W9-BZC-587

LA BUENA HIJA

KARIN SLAUGHTER

LA BUENA HIJA

HarperCollins *Español*

Publicado en Estados Unidos de América.

Título en inglés: *The Good Daughter*

Publicado por William Morrow, un sello de HarperCollins Publishers.

Título en inglés: *Last Breath*
Publicado por Witness Impulse, un sello de HarperCollins Publishers.

Título en español: *El último aliento*

Esta es una obra de ficción. Los nombres, personajes, lugares y sucesos que aparecen en ella son fruto de la imaginación de la autora, o se usan de manera ficticia, y no pueden considerarse reales. Cualquier parecido con sucesos, lugares y organizaciones reales, o personas reales, vivas o muertas, es pura coincidencia.

ISBN: 978-0-71807-437-1

Impreso en Estados Unidos de América

17 18 19 20 21 DCI 6 5 4 3 2 1

ÍNDICE

Lo que tú llamas mi lucha por resignarme (...) no es una lucha por resignarme, sino por asumir mi suerte, y con pasión. Quiero decir, quizá, con alegría. Imagíname con los dientes apretados, persiguiendo la felicidad, armada, además, de pies a cabeza, como si fuera una empresa sumamente peligrosa.

Flannery O'Connor

Jueves, 16 de marzo de 1989

LO QUE LE OCURRIÓ A SAMANTHA

Samantha Quinn sentía dentro de las piernas el aguijoneo de un millar de avispas mientras corría por el largo y desolado camino que llevaba a la granja. El ruido que hacían sus deportivas al golpear la tierra estéril retumbaba al compás de su corazón desbocado. El sudor había convertido su coleta en una gruesa maroma que fustigaba sus hombros. Los huesos de sus tobillos, delicados como ramitas, parecían a punto de quebrarse.

Apretó el paso, tragando a grandes bocanadas el aire reseco, precipitándose hacia delante en un doloroso esprint.

Delante de ella, Charlotte permanecía a la sombra de su madre. Todos se hallaban a la sombra de su madre. Gamma Quinn era una figura imponente: inquietos ojos azules, cabello corto y oscuro, la piel tan blanca como un sobre, y una lengua afilada siempre lista para infligir cortes en lugares inconveniente, cortes que no por minúsculos dejaban de ser dolorosos. Incluso desde aquella distancia, Samantha veía la fina línea de sus labios contraídos en una expresión de censura, la vista fija en el cronómetro que sostenía en la mano.

El tictac de los segundos resonaba dentro de la cabeza de Samantha. Se obligó a correr más aprisa. Los tendones de sus piernas lanzaron un gemido agudo. Las avispas pasaron a sus pulmones. Sentía en la mano el tacto resbaladizo del testigo de plástico.

Veinte metros. Quince. Diez.

Charlotte se colocó en posición. Apartando el cuerpo de ella y fijando la vista adelante, empezó a correr. Estiró el brazo derecho hacia atrás, sin mirar, y esperó a sentir el golpe del testigo en la palma de la mano para empezar a correr su manga.

Era el pase a ciegas. La entrega del testigo requería confianza y coordinación y, como había sucedido una y otra vez en la última hora, ninguna de ellas estaba a la altura de las circunstancias. Charlotte vaciló y miró hacia atrás. Samantha se impulsó hacia delante. El testigo de plástico se deslizó por la muñeca de Charlie siguiendo la marca roja de la piel desgarrada, igual que había hecho otras veinte veces antes.

Charlotte gritó. Samantha dio un traspié. El testigo cayó al suelo. Gamma profirió un sonoro exabrupto.

—Ya está bien por hoy. —Gamma se metió el cronómetro en el bolsillo del mono y echó a andar hacia la casa con paso decidido, las plantas de los pies descalzos enrojecidas por la tierra del descampado.

Charlotte se frotó la muñeca.

—Gilipollas.

—Idiota. —Samantha trató de llenarse de aire los pulmones temblorosos—. No tienes que mirar atrás.

—Y tú no tienes que rajarme el brazo.

—Se llamaba «traspaso a ciegas», no «traspaso a lo loco».

La puerta de la cocina se cerró de golpe. Miraron ambas la casa de labranza centenaria, un extenso y destartalado monumento a los tiempos en que no eran necesarios arquitectos colegiados ni permisos de obra. El sol poniente no suavizaba precisamente la desproporción de sus ángulos. Con el paso de los años, apenas se había aplicado la obligada mano de pintura blanca. Lacias cortinas de encaje colgaban de las ventanas manchadas. La puerta delantera, descolorida por más de un siglo de amaneceres de Georgia del Norte, había adquirido un tono gris semejante al de la madera que el mar arrojaba a las playas. El tejado se combaba hacia dentro, como una manifestación física del peso que soportaba la casa desde que los Quinn se habían instalado en ella.

Dos años y una vida entera de discordias separaban a Samantha de su hermana de trece años, la menor de las dos. Sabía, sin embargo, que en aquel momento al menos las dos pensaban lo mismo: «Quiero irme a casa».

Su casa era un rancho de ladrillo rojo, más cercano a la ciudad. Eran sus habitaciones infantiles, decoradas con pósteres y pegatinas y, en el caso de Charlotte, también con rotulador fluorescente de color verde. Su casa era un pulcro cuadrángulo de hierba como jardín delantero, no un descampado árido y arañado por las gallinas, con un camino de entrada de setenta y cinco metros de largo para poder ver desde lejos quién se acercaba.

En su casa de ladrillo rojo, nunca veían por anticipado quién venía de visita.

Solo habían pasado ocho días desde que sus vidas se vinieron abajo, pero parecía que hacía siglos. Esa noche, Gamma, Samantha y Charlotte habían ido andando al colegio, a una competición de atletismo. Su padre, Rusty, estaba trabajando, como siempre.

Más tarde, un vecino recordó haber visto un coche negro desconocido circulando lentamente por la calle. Nadie, en cambio, vio el cóctel molotov cruzar el ventanal de la casa de ladrillo rojo. Nadie vio el humo salir por los aleros del tejado, ni las llamas lamiendo el tejado. Cuando se dio la voz de alarma, la casa de ladrillo había quedado reducida a un foso negro y humeante.

Ropa. Pósteres. Diarios. Animales de peluche. Deberes escolares. Libros. Dos pececitos. Dientes de leche perdidos. Ahorros de cumpleaños. Barras de labios robadas. Cigarrillos escondidos. Fotos de boda. Fotos de bebés. Una cazadora de cuero de chico. Una carta de amor del mismo chico. Cintas grabadas. CD, un ordenador, un televisor y una casa.

—¡Charlie! —Gamma apareció en el umbral de la puerta de la cocina. Tenía los brazos en jarras—. ¡Ven a poner la mesa!

Charlotte se volvió hacia Samantha y le dijo:

—¡Última palabra! —Y echó a correr hacia la casa.

—Imbécil —masculló Samantha.

No se decía la última palabra sobre algo con solo decir «última palabra».

Avanzó más lentamente hacia la casa, con las piernas embotadas, porque ella no era la idiota que era incapaz de estirar el brazo hacia atrás y esperar a que le pusieran el testigo en la mano. No entendía por qué Charlotte era incapaz de aprender aquel sencillo pase.

Dejó los zapatos y los calcetines junto a los de Charlotte, en el escalón de la cocina. Dentro de la casa, el aire parecía estancado y húmedo. «Inhospitalaria», fue el primer adjetivo que se le vino a la cabeza al entrar en la casa. Su anterior ocupante, un soltero de noventa y seis años, había muerto el año anterior en el dormitorio de la planta baja. Un amigo de su padre les había prestado la granja hasta que arreglaran las cosas con su compañía de seguros. Si es que podían arreglarlas. Por lo visto, había cierto desacuerdo respecto a si la conducta de su padre había dado pie al incendio o no.

El tribunal de la opinión pública ya había emitido su veredicto, razón por la cual, posiblemente, el propietario del motel en el que se habían alojado la semana anterior les había pedido que buscaran otro lugar donde alojarse.

Samantha cerró de golpe la puerta de la cocina porque era el único modo de asegurarse de que se cerraba del todo. Sobre el fogón de color verde aceituna reposaba una cazuela con agua. Sobre la encimera de melamina marrón había un paquete de espaguetis sin abrir. En la cocina, el lugar más inhóspito de la casa, el ambiente era húmedo y sofocante. En aquella habitación, ni un solo objeto convivía en armonía con el resto. La vieja nevera pedorreaba cada vez que abrías la puerta. El cubo que había debajo de la pila temblaba espontáneamente. En torno a la temblorosa mesa de aglomerado había un batiburrillo de sillas desparejadas. Las torcidas paredes de yeso presentaban manchas blancas allí donde antaño habían colgado viejas fotografías.

Charlotte le sacó la lengua mientras arrojaba platos de papel sobre la mesa. Samantha cogió un tenedor de plástico y se lo lanzó a la cara a su hermana.

Charlotte sofocó un grito, pero no de indignación.

—¡Ostras! ¡Ha sido alucinante!

El tenedor había volado por el aire describiendo un elegante bucle y había ido a incrustarse entre sus labios. Cogió el tenedor y se lo ofreció a Samantha. —Friego los platos si consigues hacerlo dos veces seguidas.

—Si tú consigues hacerlo una sola vez, yo los friego una semana —replicó Samantha.

Charlotte entornó un ojo y apuntó. Samantha estaba intentando olvidarse de lo estúpido que era invitar a su hermana pequeña a tirarle un tenedor a la cara cuando entró su madre llevando una caja de cartón grande.

—Charlie, no le tires los cubiertos a tu hermana. Sam, ayúdame a buscar esa sartén que compré el otro día.

Gamma dejó la caja sobre la mesa. Por fuera ponía *TODO A UN DÓLAR*. Había varias decenas de cajas todavía medio llenas dispersas por toda la casa. Formaban un laberinto por pasillos y habitaciones, llenas de cachivaches comprados por unos centavos en tiendas de segunda mano y chamarilerías.

—Pensad en la cantidad de dinero que nos estamos ahorrando —había proclamado mientras sostenía una camiseta de color morado en la que se leía: *¿Verdad que soy especial?*

Por lo menos eso creía Samantha que ponía en la camiseta. Estaba demasiado concentrada en esconderse en un rincón con Charlotte, avergonzadas ambas porque su madre esperara que se pusieran la ropa de otra gente. Los calcetines de otras personas. Hasta la ropa interior de desconocidos, hasta que, por fortuna, su padre le había puesto coto.

—¡Por amor de Dios! —le había gritado Rusty a Gamma—. ¿Por qué no nos coses unos vestidos con tela de saco y ya está?

A lo que Gamma había respondido mordazmente:

—¿Ahora también quieres que aprenda a coser?

Ahora sus padres discutían por cosas nuevas, porque ya no quedaban cosas viejas por las que discutir. La colección de pipas de Rusty. Sus sombreros. Sus libros de Derecho desperdigados por toda la casa, acumulando polvo. Las revistas y los artículos de investigación de Gamma, cubiertos de subrayados rojos, de círculos y anotaciones. Sus Keds, que siempre se quitaba junto a la puerta de entrada. Las cometas de Charlotte. Las horquillas de Samantha. La sartén de la madre de Rusty también había desaparecido. Y la olla verde que les regalaron en su boda. El tostador que siempre olía a quemado. El viejo reloj de la cocina, con aquellos ojos que se movían de un lado a otro. Las perchas donde colgaban sus chaquetas. La pared a la que estaban atornilladas. La ranchera de Gamma, que yacía como un dinosaurio fosilizado en la negra caverna que antes era el garaje.

La casa de labranza contenía cinco sillas endebles que no se vendieron en la subasta que liquidó los bienes del granjero, una mesa desvencijada demasiado barata para ser considerada una pieza de anticuario y un gran chifonier encajado en un armario pequeño que, según decía su madre, habría que encargarle a Tom Robinson que convirtiera en leña a cambio de cinco centavos.*

Dentro del chifonier no había nada colgado. Tampoco había nada doblado en los cajones del aparador del cuarto de estar, ni colocado en las altas estanterías de la despensa.

Hacía dos días que se habían mudado a la granja, pero aún no habían vaciado prácticamente ninguna caja. El pasillo que salía de la cocina era una jungla de cajas mal etiquetadas y sucias bolsas de papel marrón que no podían vaciarse hasta que limpiaran los armarios, y no limpiarían los armarios hasta que Gamma las obligara a hacerlo. En la planta de arriba, los colchones descansaban sobre el suelo desnudo. Cajas puestas del revés servían para sostener las lámparas resquebrajadas a cuya luz leían, y los libros que leían ya no eran preciadas posesiones, sino préstamos de la librería pública de Pikeville.

Samantha y Charlotte lavaban a mano cada noche sus mallas de correr, sus sujetadores deportivos, sus calcetines cortos y sus camisetas del equipo de atletismo, porque se contaban entre las poquísimas posesiones que se habían salvado de la quema.

—Sam. —Gamma señaló la máquina de aire acondicionado de la ventana—. Enciende ese cacharro para que se mueva un poco el aire aquí dentro.

---

* Referencia a la novela *Matar a un ruiseñor* de Haper Lee. (N. de la T.)

Samantha observó el gran cajón de chapa hasta que dio con el botón de encendido. Empezó a oírse el ronroneo del motor. A través de la rejilla comenzó a salir un aire frío que olía ligeramente a pollo frito mojado. Samantha miró por la ventana, que daba al lateral del terreno. Cerca del destartalado establo había un tractor oxidado. A su lado, medio enterrada, se veía una herramienta agrícola de uso desconocido. El Chevette de su padre estaba cubierto por una costra de polvo, pero al menos no se había derretido hasta pegarse al suelo del garaje, como la ranchera de su madre.

—¿A qué hora tenemos que ir a buscar a papá al trabajo? —le preguntó a Gamma.

—Le traerá alguien del juzgado. —Gamma miró a Charlotte, que silbaba alegremente, absorta, mientras trataba de hacer un avión con un plato de papel—. Hoy tenía el caso ese.

«El caso ese».

Aquellas palabras rebotaron dentro de la cabeza de Samantha. Su padre siempre tenía algún caso entre manos, y siempre había gente que le odiaba por ello. No había ni un solo *presunto* delincuente en Pikeville, Georgia, al que Rusty Quinn no defendiera. Traficantes de droga. Violadores. Asesinos. Atracadores. Ladrones de coches. Pederastas. Secuestradores. Ladrones de bancos. Los sumarios de sus casos se leían como novelas de kiosco que siempre acababan igual: es decir, mal. Los vecinos del pueblo apodaban a Rusty «el abogado de los condenados», como al insigne jurista Clarence Darrow, aunque, que Samantha supiera, nadie había incendiado la casa de Clarence Darrow por sacar a un presunto asesino del corredor de la muerte.

Por eso había sido el incendio.

Ezekiel Whitaker, un negro acusado erróneamente de asesinar a una mujer blanca, había salido de la cárcel el mismo día en que una botella de queroseno encendida había sido arrojada por el ventanal de la casa de los Quinn. Por si acaso el mensaje no quedaba claro, el incendiario había pintado con espray *AMANTE DE LOS NEGROS* a la entrada de la casa.

Y ahora Rusty estaba defendiendo a un hombre acusado de secuestrar y violar a una chica de diecinueve años. Tanto el hombre como la chica eran blancos, pero aun así los ánimos estaban soliviantados porque el acusado pertenecía a una familia marginal y la víctima era de buena familia. Rusty y Gamma nunca hablaban abiertamente del caso, pero los pormenores del crimen eran tan sórdidos que los rumores que corrían por la localidad se habían colado por debajo de la puerta y las rejillas de ventilación y se habían introducido en sus oídos por la noche, cuando trataban de dormir.

«Penetración con un objeto desconocido».

«Retención ilegal».

«Delitos contra natura».

Había en los archivos de Rusty fotografías que incluso Charlotte, pese a su curiosidad innata, sabía que no debía mirar, porque algunas de ellas mostraban a la chica colgada en el granero, frente a la casa de su familia, porque lo que le hizo aquel hombre era tan espantoso que no podía seguir viviendo con ese recuerdo y se había quitado la vida.

Samantha iba al colegio con el hermano de la víctima. Era dos años mayor que ella, pero, como todo el mundo, sabía quién era Rusty, y recorrer el pasillo flanqueado de taquillas era como recorrer la casa de ladrillo rojo mientras las llamas le arrancaban la piel.

El fuego solo la había despojado de su cuarto, de su ropa y de sus pintalabios robados. Pero Samantha había perdido también al chico al que pertenecía la cazadora de cuero, a los amigos que solían invitarla a fiestas, al cine y a dormir en sus casas. Hasta su querido entrenador de atletismo, con el que entrenaba desde sexto curso, empezó a alegar, poniendo excusas, que no tenía tiempo de seguir entrenándola.

Gamma le dijo al director que iba a sacar a las chicas del colegio y a quitarlas de atletismo para que la ayudaran con la mudanza, pero Samantha sabía que era porque Charlotte volvía a casa llorando todos los días desde el incendio.

—Vaya mierda. —Gamma cerró la caja de cartón, renunciando a encontrar la sartén—. Espero que no os importe cenar vegetariano esta noche, chicas.

A ninguna de las dos le importaba porque carecía de importancia. Gamma no solo cocinaba de pena, sino que reaccionaba con agresividad hacia todo lo que tuviera que ver con la cocina. Odiaba las recetas. Tenía la guerra declarada a las especias. Como un gato montés, se erizaba instintivamente ante cualquier intento de domesticación.

A Harriet Quinn no la llamaban Gamma porque de pequeña le costara pronunciar la palabra «mamá», sino porque tenía dos doctorados, uno en física y otro en una materia igual de sesuda de la que Samantha nunca se acordaba pero que, según creía, tenía algo que ver con los rayos gamma. Su madre había trabajado para la NASA y luego en el Fermilab, en Chicago, hasta que decidió regresar a Pikeville para hacerse cargo de sus padres moribundos. Si existía una historia romántica acerca de cómo Gamma renunció a su prometedora carrera científica para casarse con un abogado de pueblo, Samantha nunca la había oído.

—Mamá. —Charlotte se sentó a la mesa con la cabeza entre las manos—. Me duele el estómago.

—¿No tienes deberes? —preguntó Gamma.

—De química. —Charlotte levantó la mirada—. ¿Puedes ayudarme?

—No es astrofísica. —Gamma echó los espaguetis en la cazuela de agua fría que había sobre el fogón. Giró el mando para encender el gas.

Charlotte cruzó los brazos por debajo de la cintura.

—¿Qué quieres decir: que como no es astrofísica debería ser capaz de hacerlos yo sola o que tú solo sabes de astrofísica y por tanto no puedes ayudarme?

—Hay demasiadas subordinadas en esta frase. —Gamma prendió una cerilla para encender el fuego. Su súbito silbido chamuscó el aire—. Ve a lavarte las manos.

—Creo que te he hecho una pregunta válida.

—Ahora mismo.

Charlotte gruñó melodramáticamente al levantarse de la mesa y echó a andar fatigosamente por el largo pasillo. Samantha oyó que se abría una puerta y que acto seguido se cerraba. Luego oyó abrirse y cerrarse otra.

—¡Jopé! —gritó Charlotte.

Había cinco puertas en el largo pasillo, todas ellas colocadas ilógicamente. Una conducía a un sótano sórdido. Otra, a un armario. Otra, la del medio, daba inexplicablemente al minúsculo dormitorio de la planta baja en el que había muerto el granjero. Otra conducía a la despensa. La restante era la del cuarto de baño y, a pesar de que llevaban dos días en la granja, ninguna de las tres era capaz de recordar a largo plazo dónde se hallaba.

—¡La encontré! —anunció Charlotte, como si hubieran estado esperando con el alma en vilo.

—Dejando a un lado la gramática —comentó Gamma—, algún día será una excelente abogada. Espero. Si no le pagan por discutir, no le pagarán por nada.

Samantha sonrió al pensar en su hermana, tan chapucera y desordenada, vistiendo chaqueta de traje y portando un maletín.

—¿Y yo? ¿Qué voy a ser?

—Lo que quieras, mi niña, pero no aquí.

Aquel tema salía a relucir cada vez con más frecuencia últimamente: el deseo de Gamma de que Samantha se marchara, huyera de allí, de que se dedicara a cualquier cosa menos a lo que solían dedicarse las mujeres de Pikeville.

Gamma nunca había encajado entre las madres de Pikeville, ni siquiera antes de que el trabajo de su marido las convirtiera en unas apestadas. Vecinas, maestras, gente de la calle, todo el mundo tenía su opinión acerca de Gamma Quinn y rara vez era positiva. Era más lista de la cuenta. Era una mujer difícil. No sabía cuándo mantener el pico cerrado. Se negaba a integrarse.

Cuando Samantha era pequeña, a su madre le había dado por correr. Como le sucedía con todo, se había aficionado al deporte mucho antes de que se pusiera de moda. Corría maratones los fines de semana y hacía gimnasia delante del televisor viendo vídeos de Jane Fonda. Pero no eran únicamente sus proezas deportivas lo que exasperaba a la gente. Era imposible derrotarla al ajedrez, al

Trivial Pursuit o incluso al Monopoly. Se sabía todas las preguntas de los concursos televisivos. Sabía cuándo usar «le» y cuándo usar «lo». No soportaba las imprecisiones. Despreciaba la religión organizada. Y, en las reuniones sociales, tenía la extraña costumbre de ponerse a hablar de datos rocambolescos.

«¿Sabíais que los pandas tienen los huesos de las muñecas más grandes de lo normal?».

«¿Sabíais que las vieiras tienen varias filas de ojos a lo largo del manto?».

«¿Sabíais que el granito del interior de la Estación Central de Nueva York emite más radiación que la que se considera aceptable en una planta nuclear?».

Que Gamma estuviera contenta, que disfrutara de la vida, que estuviera orgullosa de sus hijas y quisiera a su marido, todo eso eran fragmentos de información aislados e inconexos dentro de ese puzle de mil piezas que era su madre.

—¿Por qué tarda tanto tu hermana?

Samantha se recostó en su silla y miró por el pasillo. Las cinco puertas seguían cerradas.

—A lo mejor se ha ido por el desagüe.

—En una de esas cajas hay un desatascador.

Sonó el teléfono, el nítido tintineo de una campanilla dentro del anticuado teléfono de disco colgado de la pared. En la otra casa tenían un teléfono inalámbrico y un contestador que registraba todas las llamadas entrantes. La primera vez que Samantha oyó la palabra «joder» fue en el contestador. Estaba con su amiga Gail, de la casa de enfrente. Estaba sonando el teléfono cuando entraron por la puerta delantera, pero no le dio tiempo a contestar y la máquina hizo los honores.

«Rusty Quinn, voy a joderte la vida, chaval. ¿Me has oído? Voy a matarte y a violar a tu mujer y a arrancarles la piel a tus hijas como si estuviera desollando a un puto ciervo, pedazo de mierda hijo de puta».

El teléfono sonó una cuarta vez. Y una quinta.

—Sam —dijo Gamma en tono severo—. No dejes que conteste Charlie.

Samantha se levantó de la mesa, refrenándose para no decir «¿Y yo qué?». Levantó el teléfono y se lo acercó a la oreja. Metió automáticamente la barbilla y apretó los dientes como si se preparara para encajar un puñetazo.

—¿Diga?

—Hola, Sammy-Sam. Pásame con tu madre.

—Papá —dijo Samantha con un suspiro, y entonces vio que Gamma le hacía un gesto negando con la cabeza—. Acaba de subir a darse un baño. —De pronto cayó en la cuenta de que era la misma excusa que le había dado horas antes—. ¿Quieres que le diga que te llame?

—Parece que nuestra Gamma se preocupa mucho por su higiene últimamente —comentó Rusty.

—¿Desde que se quemó la casa, quieres decir? —Las palabras se le escaparon antes de que pudiera morderse la lengua.

El agente de su seguro de hogar no era el único que culpaba a Rusty Quinn del incendio.

Su padre se rio.

—Bueno, te agradezco que no hayas hecho ese comentario hasta ahora. —Se oyó el chasquido de su encendedor al otro lado de la línea. Por lo visto, su padre había olvidado que había jurado sobre la Biblia que iba a dejar de fumar—. Oye, cielo, dile a Gamma cuando salga de la bañera que voy a decirle al sheriff que os mande un coche.

—¿Al sheriff? —Samantha trató de transmitirle su pánico a Gamma, pero su madre no se dio la vuelta—. ¿Es que pasa algo?

—No, nada, cariño. Solo que aún no han cogido a ese mal bicho que nos quemó la casa y hoy ha salido en libertad otro inocente y hay algunas personas que tampoco se lo han tomado a bien.

—¿Te refieres al hombre que violó a la chica que se mató?

—Las únicas personas que saben lo que le pasó a esa chica son ella, el que cometió el crimen y Dios, que está en los cielos. No pretendo ser ninguna de esas personas y creo que tú tampoco deberías pretenderlo.

Samantha odiaba que su padre pusiera aquella voz de abogado de pueblo haciendo su alegato final.

—Papá, se ahorcó en un granero. Eso es un hecho probado.

—¿Por qué todas las mujeres de mi vida me llevan la contraria? —Rusty tapó el teléfono con la mano y habló con otra persona.

Samantha oyó la risa ronca de una mujer. Lenore, la secretaria de su padre. A Gamma nunca le había caído bien.

—Bueno —dijo Rusty—, ¿sigues ahí, tesoro?

—¿Dónde iba a estar, si no?

—Cuelga el teléfono —dijo Gamma.

—Nena. —Rusty expelió una bocanada de humo—. Dime qué puedo hacer para que las cosas mejoren y lo haré inmediatamente.

Un viejo truco de abogado: dejar que fuera el otro quien resolviera el problema.

—Papá, yo...

Gamma apretó bruscamente la palanca del teléfono, poniendo fin a la llamada.

—Mamá, estábamos hablando.

Gamma siguió con los dedos apoyados en el teléfono. En lugar de explicarse, dijo:

—Piensa de dónde viene la expresión «colgar el teléfono». —Le quitó el teléfono de la mano y lo colgó del soporte—. De este modo, la expresión «descolgar el teléfono» tiene su sentido. Y, naturalmente, tú ya sabes que este gancho es una palanca que, al bajar, abre el circuito indicando que puede recibirse una llamada.

—El sheriff va a mandar un coche —dijo Samantha—. O papá va a pedirle que lo mande.

Gamma puso cara de escepticismo. El sheriff no sentía mucha simpatía por los Quinn.

—Tienes que lavarte las manos para cenar.

Samantha sabía que era absurdo tratar de seguir hablando con ella, a menos que quisiera que su madre buscara un destornillador, abriera el teléfono y le explicara cómo funcionaba el circuito, lo que había sucedido con incontables aparatos domésticos en el pasado. Gamma era la única madre del barrio que cambiaba el aceite de su coche.

Aunque ya no vivían en un barrio.

Samantha tropezó con una caja en el pasillo. Se agarró los dedos de los pies como si apretándolos pudiera extraer el dolor. Tuvo que ir cojeando hasta el cuarto de baño. Se cruzó con su hermana por el camino. Charlotte le dio un puñetazo en el brazo porque así era ella.

La muy mocosa había cerrado la puerta y Samantha se equivocó una vez antes de encontrar la del baño. El váter, instalado en una época en que la gente era más baja, estaba casi pegado al suelo. La ducha, encajada en el rincón, era un cubículo de plástico en cuyas junturas crecía un moho negro. Dentro del lavabo había un martillo de cabeza redondeada. Unos tiznajos de hierro mostraban los lugares donde el martillo había caído repetidamente dentro del lavabo. Era Gamma quien había descubierto el motivo: el grifo era tan viejo y estaba tan oxidado que había que darle un buen golpe a la manilla para que dejara de gotear.

—Lo arreglaré este fin de semana —había dicho Gamma, como si aquel pequeño arreglo doméstico fuera un regalo que se haría a sí misma al final de una semana a todas luces difícil.

Como de costumbre, Charlotte había dejado empantanado el minúsculo cuarto de baño. Había un charco de agua en el suelo y salpicaduras en el espejo. Hasta el asiento del váter estaba mojado. Samantha hizo amago de coger el rollo de toallitas de papel que colgaba de la pared y luego cambió de idea. Aquella casa le había parecido desde el principio un lugar de paso, un refugio temporal, y ahora que su padre le había dicho que iba a mandar al sheriff porque quizá la incendiaran como la otra, le parecía una pérdida de tiempo ponerse a limpiar.

—¡A cenar! —gritó Gamma desde la cocina.

Samantha se echó agua en la cara. Tenía el pelo lleno de polvo y los gemelos y los brazos llenos de churretes rojos, allí donde la arcilla se había mezclado con el sudor. Tenía ganas de darse un baño caliente, pero en la casa solo había una bañera con patas de garra y un cerco de color ocre alrededor del borde dejado por el anterior propietario, que durante décadas se había desprendido allí de la capa de tierra que cubría su piel. Ni siquiera Charlotte era capaz de meterse en aquella bañera, y eso que era una cerda.

—Esto es tristísimo —había comentado su hermana al salir lentamente, marcha atrás, del cuarto de baño de arriba.

Pero la bañera no era lo único que repelía a Charlotte. También estaba el sótano húmedo y tétrico. El desván lúgubre y lleno de murciélagos. El chirrido de las puertas de los armarios. La habitación donde había muerto el granjero solterón.

Había una foto del granjero en el cajón de abajo del chifonier. La habían encontrado esa mañana, mientras hacían como que limpiaban. No se habían atrevido a tocarla. Se habían quedado mirando aquella cara redonda y melancólica y el presentimiento de algo siniestro se había apoderado de ellas, a pesar de que mostraba una típica escena agrícola de la época de la Gran Depresión, con un tractor y una mula. A Samantha le habían horrorizado los dientes amarillos del granjero, aunque ignoraba cómo algo podía parecer amarillo en una instantánea en blanco y negro.

—¿Sam? —Gamma estaba en la puerta del cuarto de baño, mirando el reflejo de ambas en el espejo.

Nadie las había tomado nunca por hermanas, pero saltaba a la vista que eran madre e hija. Tenían la misma mandíbula fuerte y los pómulos altos, las mismas cejas cuya curvatura la gente solía interpretar como indicio de soberbia. Gamma no era guapa, pero sí atractiva, con su pelo oscuro, casi negro y aquellos ojos azules claros que brillaban de gozo cuando descubría algo singularmente divertido o ridículo. Samantha tenía edad suficiente para recordar una época en que su madre se tomaba la vida con más humor.

—Estás malgastando agua —dijo Gamma.

Samantha cerró el grifo golpeándolo con el martillito y volvió a dejarlo en el lavabo. Oyó que un coche se acercaba por el camino. El agente enviado por el sheriff, lo cual resultaba sorprendente, porque Rusty rara vez cumplía sus promesas.

Gamma se puso tras ella.

—¿Sigues triste por lo de Peter?

El chico cuya cazadora de cuero se había quemado en el incendio. El que le había escrito una carta de amor y que sin embargo ya no la miraba a los ojos cuando se cruzaban por el pasillo del colegio.

—Eres muy guapa —dijo Gamma—, ¿lo sabías?

Samantha vio arrebolarse sus mejillas en el espejo.

—Más guapa de lo que era yo. —Gamma le acarició el pelo, retirándoselo de la cara—. Ojalá mi madre te hubiera conocido.

Samantha casi nunca oía hablar de sus abuelos maternos. Por lo que había podido deducir, nunca le habían perdonado a Gamma que se marchara de casa para ir a la universidad.

—¿Cómo era la abuela?

Su madre sonrió, un poco nerviosa.

—Se parecía mucho a Charlie. Era muy lista. Infatigablemente feliz. Siempre atareada y rebosante de energía. Una de esas personas que caen bien. —Meneó la cabeza. A pesar de sus títulos académicos, Gamma aún no había descifrado la ciencia de la sociabilidad—. Tenía mechones de canas antes de cumplir treinta. Decía que era porque su cerebro trabajaba a marchas forzadas, pero ya sabes, naturalmente, que el pelo es, de partida, blanco. Recibe melanina a través de células especializadas llamadas melanocitos que se encargan de llevar el pigmento a los folículos pilosos.

Samantha se recostó en brazos de su madre. Cerró los ojos y disfrutó de la melodía, tan familiar para ella, de su voz.

—El estrés y las hormonas pueden reducir la pigmentación, pero en aquella época su vida era muy sencilla: era madre, esposa y maestra de la escuela parroquial, así que podemos dar por sentado que sus canas eran resultado de un rasgo genético, lo que significa que a Charlie o a ti, o a las dos, podría ocurriros lo mismo.

Samantha abrió los ojos.

—Tú no tienes canas.

—Porque voy a la peluquería una vez al mes. —Su risa se apagó enseguida—. Prométeme que siempre cuidarás de Charlie.

—Charlotte no necesita que nadie la cuide.

—Hablo en serio, Sam.

Samantha sintió que le temblaba el corazón al advertir el tono insistente de Gamma.

—¿Por qué?

—Porque eres su hermana mayor y ese es tu cometido. —Agarró las manos de su hija. Tenía la mirada fija en el espejo—. Estamos pasando por una mala racha, mi niña. No voy a decirte que las cosas van a mejorar, sería mentirte. Charlie necesita saber que puede apoyarse en ti. Tienes que ponerle el testigo en la mano firmemente cada vez, esté donde esté. Búscala, no esperes a que ella te busque a ti.

Samantha sintió una opresión en la garganta. Gamma le estaba hablando de otra cosa, de algo más serio que una carrera de relevos.

—¿Es que te vas a ir?

—No, claro que no. —Su madre frunció el ceño—. Solo digo que tienes que ser una persona útil, Sam. Creía de verdad que habías superado esa fase tan tonta y dramática de la adolescencia.

—Yo no...

—¡Mamá! —gritó Charlotte.

Gamma hizo volverse a Samantha. Agarró su cara entre sus manos ásperas.

—No voy a ir ninguna parte, cielo. No puedes librarte de mí tan fácilmente. —La besó en la nariz—. Dale otro martillazo a ese grifo antes de venir a cenar.

—¡Mamá! —chilló Charlotte.

—Santo cielo —se quejó Gamma al salir del baño—. ¡Charlie Quinn, no me grites como una verdulera!

Samantha cogió el martillito. El fino mango de madera estaba siempre mojado, como una esponja maciza. La cabeza redondeada tenía el mismo color rojo óxido que la tierra de la explanada. Golpeó el grifo y esperó para asegurarse de que no goteaba.

—Samantha... —dijo su madre.

Notó que arrugaba la frente y se volvió hacia la puerta abierta. Su madre nunca la llamaba por su nombre completo. Incluso Charlotte tenía que soportar que la llamara Charlie. Gamma decía que algún día se lo agradecerían. A ella le habían publicado muchos más artículos y había conseguido más fondos para investigar cuando firmaba como Harry que cuando firmaba como Harriet.

—Samantha. —Su tono era frío como una advertencia—. Por favor, asegúrate de que la llave del grifo está bien cerrada y ven cuanto antes a la cocina.

Samantha volvió a mirar el espejo, como si su reflejo pudiera explicarle qué sucedía. Su madre no solía hablarles así, ni siquiera cuando les explicaba pormenorizadamente el funcionamiento de su plancha de rizar el pelo.

Sin pararse a pensar, Samantha metió la mano en el lavabo y asió el mango del martillo. Lo ocultó a su espalda mientras recorría el largo pasillo en dirección a la cocina.

Todas las luces estaban encendidas. Fuera, el cielo se había oscurecido. Se imaginó sus zapatillas de correr junto a las de Charlie en el umbral de la cocina, y el testigo de plástico tirado en la explanada. La mesa estaba puesta: platos de papel, tenedores y cuchillos de plástico.

Oyó una tos ronca, puede que de un hombre. O quizá de Gamma, porque últimamente tosía así, como si el humo del incendio se le hubiera metido de algún modo en los pulmones.

Otra tos.

Se le erizó el vello de la nuca.

La puerta trasera de la casa se hallaba en el otro extremo del pasillo. Un halo de luz tenue rodeaba el cristal esmerilado. Samantha miró hacia atrás mientras avanzaba por el pasillo. Vio el pomo. Se imaginó girándolo, sin dejar de alejarse de él. Con cada paso que daba, se preguntaba si estaba comportándose como una idiota o si tenía razón en estar preocupada, o si todo aquello era una broma, porque a su madre solía gustarle gastarles bromas, como pegar ojos de plástico en el jarro de la leche del frigorífico o escribir *Ayúdenme, estoy esclavizado en una fábrica de papel higiénico* dentro del canuto del papel higiénico.

Solo había un teléfono en la casa, el de disco de la cocina.

La pistola de su padre estaba en un cajón de la cocina. Las balas, en una caja de cartón, en alguna parte.

Charlotte se reiría de ella si la veía con el martillo. Samantha se lo metió en la parte de atrás de los pantalones de correr. Notó el frío del metal en los riñones, el mango húmedo como una lengua enroscada. Se levantó la camiseta para taparlo antes de entrar en la cocina.

Sintió que se le agarrotaba el cuerpo.

No era una broma.

Había dos hombres en la cocina. Olían a sudor, a cerveza y nicotina. Llevaban guantes negros. Negros pasamontañas de esquí cubrían sus caras.

Samantha abrió la boca. El aire había adquirido de pronto la densidad del algodón. Le oprimía la garganta.

Uno era más alto que el otro. El bajo era más grueso. Más corpulento. Vestía vaqueros y camisa negra de botones. El alto llevaba una camiseta blanca descolorida, vaqueros y zapatillas de bota azules, con los cordones rojos sin atar. El bajo parecía más peligroso, pero costaba trabajo estar segura porque lo único que veía Samantha detrás de sus máscaras eran las bocas y los ojos.

Y a los ojos no los miraba.

El de las zapatillas de bota empuñaba un revólver.

El de la camiseta negra, una escopeta con la que apuntaba directamente a la cabeza de Gamma.

Ella tenía las manos levantadas. Le dijo a Samantha:

—No pasa nada.

—No, nada. —La voz del de la camisa negra sonaba como el tintineo rasposo de la cola de una serpiente de cascabel—. ¿Quién más hay en la casa?

Gamma sacudió la cabeza.

—Nadie.

—No me mientas, zorra.

Se oyó un golpeteo. Charlotte estaba sentada a la mesa. Temblaba tan violentamente que las patas de la silla golpeaban contra el suelo, produciendo un tamborileo semejante al de un pájaro carpintero.

Samantha volvió a mirar hacia el pasillo, hacia la puerta, hacia el tenue halo de luz.

—Ven aquí.

El de las zapatillas azules le indicó con un gesto que se sentara junto a Charlotte. Ella se movió lentamente, dobló con cuidado las rodillas y mantuvo las manos encima de la mesa. El mango de madera del martillo golpeó el asiento de la silla, haciendo ruido.

—¿Qué es eso? —El de la camisa negra la miró bruscamente.

—Lo siento —susurró Charlotte. La orina había formado un charco en el suelo. Mantenía la cabeza agachada y se mecía adelante y atrás—. Lo siento, lo siento, lo siento.

—Díganos qué quieren —dijo Gamma—. Se lo daremos y luego podrán marcharse.

—¿Y si lo que quiero es eso? —El de la camisa negra tenía los ojillos fijos en Charlotte.

—Por favor —dijo Gamma—. Haré lo que quieran. Cualquier cosa.

—¿Cualquier cosa? —preguntó el de la camisa negra en un tono que no dejaba lugar a equívocos.

—No —intervino el de las zapatillas de bota. Su voz sonaba más joven, nerviosa o quizá asustada—. No hemos venido por eso. —Su nuez se movió bajo el pasamontañas cuando trató de aclararse la garganta—. ¿Dónde está su marido?

Algo brilló en los ojos de Gamma. Un destello de ira.

—Está trabajando.

—Entonces, ¿por qué está su coche ahí fuera?

—Solo tenemos un coche porque... —respondió Gamma.

—El sheriff... —dijo Samantha, y se interrumpió al darse cuenta de que no debería haber dicho nada.

El de la camisa negra volvió a mirarla.

—¿Qué dices, niña?

Ella bajó la cabeza. Charlotte le apretó la mano. «El sheriff», había empezado a decir. El hombre del sheriff llegaría enseguida. Rusty había dicho que iban a mandar un coche, pero Rusty decía muchas cosas que no se cumplían.

—Está asustada, nada más —dijo Gamma—. ¿Por qué no pasamos a la otra habitación? Podemos dialogar, ver qué es lo que queréis, chicos.

Samantha sintió que algo duro chocaba con su cabeza. Notó el sabor metálico de sus empastes. Le pitaban los oídos. La escopeta. El hombre le había apoyado el cañón de la escopeta en la cabeza.

—Has dicho algo del sheriff, niña. Te he oído.

—No —dijo Gamma—. Quería decir que...

—Cállate.

—Solo...

—¡He dicho que te calles de una puta vez!

Samantha levantó la vista cuando la escopeta giró hacia su madre. Gamma estiró los brazos, pero muy despacio, como si hiciera pasar las manos a través de arena. Se hallaron de pronto atrapadas en una película de *stop motion*: sus movimientos eran inconexos, sus cuerpos se habían convertido en plastilina. Samantha vio cómo, uno a uno, los dedos de su madre se cerraban en torno al cañón de la recortada. Las uñas pulcramente cortadas. Un grueso callo en el dedo, de sujetar el lápiz.

Se oyó un chasquido casi imperceptible.

El segundero de un reloj.

El resbalón de una puerta al encajar en la cerradura.

El percutor de una escopeta al golpear el cebo un cartucho.

Puede que oyera el chasquido o puede que solo lo intuyera porque se encontraba mirando el dedo del hombre de la camisa negra cuando apretó el gatillo.

Una roja explosión enturbió el aire.

La sangre salió despedida en un chorro hacia el techo. Se derramó por el suelo. Calientes y espesos zarcillos salpicaron la cabeza de Charlotte y mancharon la mejilla y el cuello de Samantha.

Gamma se desplomó.

Charlotte soltó un grito.

Samantha sintió que abría la boca, pero el grito quedó atrapado dentro de su pecho. Estaba paralizada. Los gritos de Charlotte se convirtieron en un eco lejano. Todo perdió su color. Estaban suspendidos en una imagen en blanco y negro, como la fotografía del granjero solterón. La sangre negra había rociado la blanca rejilla del aire acondicionado. Minúsculas motas negras salpicaban el cristal de la ventana. Fuera, en el cielo de color gris carbón, brillaba el solitario punto de luz de una estrella lejana.

Samantha levantó la mano para tocarse el cuello. Arenilla. Hueso. Y más sangre, porque todo estaba manchado de sangre. Sintió un latido en la garganta. ¿Era su corazón o eran trozos del corazón de su madre, que seguían latiendo bajo sus dedos temblorosos?

Los gritos de Charlotte se amplificaron hasta convertirse en una sirena ensordecedora. La sangre negra se volvió púrpura en los dedos de Samantha. La habitación gris se tiñó de un color furioso, intenso, cegador.

Muerta. Gamma estaba muerta. Nunca más volvería a decirle que se marchara de Pikeville, a gritarle por haber fallado una pregunta obvia en un examen, por no esforzarse más en la pista de atletismo, por no tener más paciencia con Charlotte, por no ser útil en la vida.

Samantha se frotó los dedos. Tenía en la mano un trozo de un diente de Gamma. El vómito inundó su boca. La pena vibraba como la cuerda de un arpa dentro de su cuerpo.

En un abrir y cerrar de ojos, su vida se había vuelto del revés.

—¡Cállate! —El hombre de la camisa negra asestó una bofetada tan fuerte a Charlotte que su hermana estuvo a punto de caerse de la silla.

Samantha la agarró y se aferró a ella. Sollozaban las dos. Temblaban, seguían gritando. Aquello no podía estar pasando. Su madre no podía estar muerta. Iba a abrir los ojos. Iba a explicarles el funcionamiento del sistema cardiovascular mientras recomponía poco a poco su cuerpo.

«¿Sabíais que un corazón normal bombea cinco litros de sangre por minuto?».

—Gamma —susurró Samantha.

El disparo de la escopeta le había destrozado el pecho, el cuello, la cara. El lado izquierdo de su mandíbula había desaparecido. Parte del cráneo. Su hermoso y enrevesado cerebro. El arco altivo de sus cejas. Ya nadie le explicaría las cosas. Nadie se preocuparía de si las entendía o no.

—Gamma...

—¡Dios! —El de las zapatillas de bota empezó a darse golpes en el pecho, tratando de sacudirse de encima los trozos de hueso y tejido—. ¡Por Dios santo, Zach!

Samantha giró la cabeza.

Zachariah Culpepper.

Aquellas dos palabras relumbraron como luces de neón dentro de su mente. A continuación vio también otras: *Robo de coche a mano armada. Crueldad contra los animales. Indecencia pública. Abuso de una menor.*

Charlotte no era la única que leía los expedientes de su padre. Rusty Quinn llevaba años salvando a Zach Culpepper de cumplir una condena larga. Las facturas que aún le debía eran una fuente constante de tensión entre Gamma y Rusty, sobre todo desde el incendio. Culpepper le debía más de veinte mil dólares, pero Rusty se resistía a apretarle las tuercas.

—¡Joder! —Zach se dio cuenta de que le había reconocido—. ¡Joder!

—Mamá... —Charlotte no había comprendido aún que todo había cambiado. Miraba fijamente a Gamma, temblando con tanta fuerza que le castañeteaban los dientes—. Mamá, mamá, mamá...

—No pasa nada. —Samantha trató de acariciarle el pelo, pero se le trabaron los dedos en los matojos de sangre y hueso.

—Y una mierda, claro que pasa.

Zach se quitó el pasamontañas. Tenía una cara torva. La piel picada por el acné. Un cerco rojo rodeaba su boca y sus ojos: el retroceso de la escopeta le había pintado la cara.

—¡Me cago en Dios! ¿Por qué has tenido que decir mi nombre, chaval?

—Yo... yo no... —balbució el otro—. Lo siento.

—Nosotras no diremos nada. —Samantha bajó la mirada como si así pudiera fingir que no había visto su cara—. No se lo diremos a nadie. Se lo prometo.

—Niña, acabo de volar en pedazos a tu madre. ¿De verdad crees que vais a salir vivas de aquí?

—No —dijo el otro—. No hemos venido por eso.

—Yo he venido a saldar unas deudas, chaval. —Los ojos gris acero de Zach recorrieron la habitación como una ametralladora—. Y se me está ocurriendo que va a ser Rusty Quinn quien va a tener que pagarme a mí.

—No —repitió el de las zapatillas de bota—. Te dije que...

Zach le hizo callar apuntándole a la cara con la escopeta.

—Tú no te das cuenta de lo que pasa aquí. Tenemos que largarnos de la ciudad y para eso hace falta mucha pasta. Todo el mundo sabe que Rusty Quinn guarda dinero en su casa.

—La casa se quemó. —Samantha oyó aquellas palabras antes de comprender que salían de su boca—. Se quemó todo.

—¡Joder! —gritó Zach—. ¡Joder!

Agarró al otro por el brazo y tiró de él hacia el pasillo sin dejar de apuntarles, con el dedo en el gatillo. Samantha oyó un cuchicheo feroz. Distinguía claramente las palabras, pero su cerebro se negaba a entenderlas.

—¡No! —Charlotte cayó al suelo y alargó una mano trémula hacia la de su madre—. No te mueras, mamá. Por favor. Te quiero. Te quiero muchísimo.

Samantha miró hacia el techo. El yeso estaba pintado de salpicaduras rojas que se entrecruzaban como serpentinas. Las lágrimas le corrieron por la cara, empapando el cuello de la única camiseta que se había salvado del fuego. Dejó que la pena embargara su cuerpo. Después, haciendo un esfuerzo, la expulsó de sí. Gamma había muerto. Estaban solas en la casa con su asesino y el hombre del sheriff no iba a venir.

«Prométeme que siempre cuidarás de Charlie».

—Levanta, Charlie. —Tiró del brazo de su hermana desviando los ojos para no ver el pecho destrozado de su madre, las costillas rotas que sobresalían como dientes.

«¿Sabíais que los dientes del tiburón están hechos de escamas?».

—Charlie, levántate —susurró.

—No puedo. No puedo dejar...

Tirando de ella, volvió a sentarla en la silla. Acercó la boca a su oído y le dijo:

—Sal corriendo en cuanto puedas. —Hablaba tan bajo que la voz se le atascaba en la garganta—. No mires atrás. Tú solo corre.

—¿Qué estáis cuchicheando? —Zach apretó la escopeta contra su frente. El metal estaba caliente. Algunos trozos de carne de Gamma se habían metido en el cañón. Olía a carne a la parrilla—. ¿Qué le has dicho? ¿Que salga corriendo? ¿Que intente escapar?

Charlotte soltó un chillido. Se tapó la boca con la mano.

—¿Qué te ha dicho que hagas, muñequita? —preguntó él.

A Sam se le revolvió el estómago al oír cómo se dulcificaba su tono cuando se dirigía a su hermana.

—Vamos, tesoro. —Zach posó la mirada en sus pechos pequeños, en su cintura delgada—. ¿No quieres que seamos amigos?

—Ba-basta —tartamudeó Sam.

Sudaba, temblorosa. Al igual que Charlie, iba a perder el control de su vejiga. La redonda boca del cañón le parecía un taladro abriéndose paso por su cerebro. Aun así, dijo:

—Déjela en paz.

—¿Estaba hablando contigo, puta? —Zach empujó la escopeta hasta hacerle levantar la barbilla—. ¿Eh?

Ella cerró con fuerza los puños. Tenía que poner fin a aquello. Debía proteger a Charlotte.

—Déjenos en paz, Zachariah Culpepper —dijo, y le sorprendió su tono desafiante.

Estaba aterrorizada, pero su terror estaba teñido partícula a partícula de una rabia avasalladora. Aquel hombre había matado a su madre. Miraba lascivamente a su hermana. Y les había dicho que no saldrían vivas de allí. Pensó en el martillo que llevaba metido en la parte de atrás de los pantalones, se lo imaginó alojado en la masa encefálica de Zach.

—Sé perfectamente quién es, pervertido hijo de puta.

Zachariah Culpepper dio un respingo al oírla. La furia crispó su semblante. Asió con tanta fuerza la escopeta que los nudillos se le pusieron blancos, pero su voz sonó serena cuando le dijo:

—Voy a arrancarte los párpados para que veas cómo le corto la pepita a tu hermana con mi navaja.

Samantha lo miró fijamente a los ojos. El silencio que siguió a la amenaza fue ensordecedor. Sam no podía desviar la mirada. El miedo le atravesaba el corazón como una cuchilla. Nunca había conocido a nadie de una maldad tan pura, tan desalmada.

Charlie empezó a gimotear.

—Zach —dijo el otro—, venga, hombre. —Esperó. Esperaron todos—. Teníamos un trato, ¿vale?

Zach no se movió. Ninguno de ellos se movió.

—Teníamos un trato —repitió el de las zapatillas de bota.

—Claro —dijo Zach por fin, y dejó que su compañero le quitara la escopeta de las manos—. Y uno vale lo que vale su palabra.

Hizo amago de volverse, pero luego cambió de idea. Lanzó la mano como un látigo, agarró a Sam de la cara, asiendo su cráneo como una pelota y la empujó hacia atrás con tal violencia que se volcó la silla y su cabeza fue a estrellarse contra el frontal del fregadero.

—¿Qué? ¿Ahora también te parezco un pervertido? —Le aplastó la nariz con la palma de la mano. Sus dedos se clavaban en los ojos de Sam como agujas calientes—. ¿Tienes algo más que decir sobre mí?

Samantha abrió la boca, pero no le quedaba aliento para gritar. El dolor le atravesó la cara cuando sus uñas se le clavaron en los párpados. Agarró su gruesa muñeca y comenzó a lanzar patadas a ciegas, trató de arañarle, de golpearle, de poner fin al dolor. La sangre le corría por las mejillas. Los dedos de Zach temblaban, presionando con tanta fuerza que Sam sintió cómo se le hundían los glóbulos oculares en el cerebro. Notó el arañar de sus uñas en las cuencas vacías.

—¡Pare! —gritó Charlie—. ¡Pare!

La presión cesó tan bruscamente como había empezado.

—¡Sammy! —El aliento de Charlie era un chorro caliente, aterrorizado. Palpó la cara de Sam con las manos—. ¿Sam? Mírame. ¿Puedes ver? ¡Mírame, por favor!

Con mucho cuidado, Sam trató de abrir los párpados. Los tenía desgarrados, casi hechos trizas. Tuvo la sensación de estar mirando a través de un jirón de encaje roto.

—¿Qué cojones es esto? —dijo Zach.

El martillo. Se le había caído de los pantalones.

Zach lo recogió del suelo. Examinó el mango de madera y lanzó una mirada venenosa a Charlie.

—¿Te imaginas lo que puedo hacer con esto?

—¡Ya está bien! —El de las zapatillas de bota cogió el martillo y lo lanzó pasillo adelante. Oyeron el roce de la cabeza metálica al resbalar por el suelo de madera.

—Solo me estoy divirtiendo un poco, hermano —dijo Zach.

—Levantaos las dos —ordenó su compañero—. Acabemos con esto de una vez.

Charlie no se movió. Sam pestañeó, tratando de quitarse la sangre de los ojos. Apenas podía moverse. La luz del techo le quemaba los ojos como aceite caliente.

—Ayúdala a levantarse —le dijo el de las zapatillas a Zach—. Me lo has prometido, tío. No empeores más las cosas.

Zach tiró tan fuerte del brazo de Sam que estuvo a punto de desencajárselo. Ella se levantó con esfuerzo y se apoyó contra la mesa. Zach la empujó hacia la puerta. Sam chocó con una silla. Charlie la agarró de la mano.

El otro abrió la puerta.

—Vamos.

No tuvieron más remedio que ponerse en marcha. Charlie salió primero y avanzó de lado, arrastrando los pies, para ayudar a su hermana a bajar los escalones. Al alejarse de la luz de la cocina, el latido doloroso que sentía en los ojos disminuyó en intensidad. No hizo falta que se habituara a la oscuridad. Las sombras iban y venían ante sus ojos.

A esa hora deberían estar en la pista de atletismo. Le habían pedido a Gamma que les permitiera saltarse el entrenamiento por primera vez en su vida y ahora su madre estaba muerta y a ellas las estaba sacando de casa a punta de pistola un hombre que había ido allí con intención de saldar sus deudas a tiros.

—¿Puedes ver? —preguntó Charlie—. Sam, ¿puedes ver?

—Sí —mintió ella.

Su vista centelleaba como la bola de una discoteca, solo que, en lugar de fogonazos de luz, veía destellos de gris y negro.

—Por aquí —dijo el de las zapatillas de bota, conduciéndolas no hacia la destartalada camioneta estacionada en el camino, sino hacia el sembrado de detrás de la casa. Repollos. Sorgo. Sandías. Era lo que cultivaba el granjero. Había encontrado el libro de cuentas en el que llevaba el registro de sus cosechas en un armario de arriba, por lo demás vacío. Sus ciento veinte hectáreas de terreno habían sido arrendadas a la explotación de al lado, una finca de cuatrocientas hectáreas sembrada a principios de primavera.

Sam sintió la tierra recién removida bajo los pies descalzos. Se apoyó en Charlie, que la agarraba con fuerza de la mano. Con la otra mano, tentó el aire a ciegas, temiendo irracionalmente tropezarse con algo en el campo despejado. Cada paso que se alejaba de la casa, de la luz, añadía una capa más de oscuridad a su vista. Charlie era un cúmulo gris. El de las zapatillas azules era alto y delgado como un lápiz de grafito. Zach Culpepper era un cuadrángulo de odio, negro y amenazador.

—¿Adónde vamos? —preguntó Charlie.

Sam sintió que la escopeta se clavaba en su espalda.

—Seguid andando —ordenó Zach.

—No lo entiendo —dijo Charlie—. ¿Por qué hacen esto?

Se dirigía al de las zapatillas. Al igual que Sam, intuía que el más joven de los dos era también el más débil y el que, pese a todo, parecía estar al mando.

—¿Qué le hemos hecho nosotras, señor? —insistió su hermana—. Solo somos unas niñas. No nos merecemos esto.

—Cállate —le advirtió Zach—. Callaos las dos de una puta vez.

Sam apretó aún más fuerte la mano de su hermana. Estaba ya casi completamente ciega. Iba a quedarse ciega para siempre, aunque ese para siempre fuera en realidad muy corto. Al menos, en su caso. Aflojó la mano con que se agarraba a la de Charlie. Rogó para sus adentros que su hermana estuviera atenta a su entorno, que permaneciera alerta, esperando la ocasión de escapar.

Gamma le había enseñado un mapa topográfico de la zona dos días antes, el día que se instalaron en la granja. Intentando convencerlas de lo maravillosa que era la vida campestre, les indicó todas las zonas que podían explorar. Sam repasó mentalmente los accidentes del terreno buscando una vía de escape. La finca vecina era una llanura despejada que se extendía hasta más allá del horizonte; con toda probabilidad, Charlie acabaría con un balazo en la espalda si corría en esa dirección. El lindero derecho de la finca estaba bordeado de árboles, un denso bosque que, según les advirtió Gamma, estaba probablemente repleto de garrapatas. Al otro lado del bosque había un arroyo seco que, pasado un trecho, desaparecía en un túnel que pasaba serpenteando bajo la torreta de una estación meteorológica e iba a dar a una carretera asfaltada pero que apenas tenía uso. A menos de un kilómetro por el norte había un establo abandonado. Y, a unos tres kilómetros al este, otra granja. Una charca pantanosa. Allí habría ranas. A este lado, mariposas. Si tenían paciencia, quizá vieran ciervos en los sembrados. Pero debían mantenerse alejadas de la carretera. Hojas de tres, huye a todo correr. Hojas de cinco, quédate y pega un brinco.*

«Huye, por favor», le suplicó en silencio a su hermana. «Por favor, no mires atrás para asegurarte de que te sigo».

—¿Qué es eso? —preguntó Zach.

Se volvieron los cuatro.

—Es un coche —dijo Charlie, pero Sam solo alcanzó a distinguir el centelleo de los faros que bajaban lentamente por el largo camino de entrada a la granja.

¿El hombre del sheriff? ¿Alguien que traía a su padre a casa?

—Mierda, dentro de dos segundos van a ver mi camioneta. —Zach las empujó hacia el bosque azuzándolas con la escopeta como con una pica para ganado—. Daos prisa si no queréis que os pegue un tiro aquí mismo.

---

* Rima popular que advierte del peligro de la hiedra venenosa, cuyas hojas se agrupan de tres en tres. (N. de la T.)

«Aquí mismo».

Charlie se puso rígida. Otra vez le castañeteaban los dientes. Por fin lo había entendido. Sabía que se encaminaban hacia su muerte.

—Hay otra solución para esto —dijo Sam.

Le hablaba al de las zapatillas, pero fue Zach quien soltó un bufido desdeñoso.

—Haré lo que quieran —continuó, y oyó la voz de su madre junto a la suya—. Cualquier cosa.

—Menuda mierda —respondió Zach—. ¿Te crees que no voy a hacer lo que me dé la gana de todos modos, zorra estúpida?

Sam lo intentó otra vez.

—No le diremos a nadie quién ha sido. Diremos que no se quitaron los pasamontañas y que...

—¿Estando mi camioneta en la puerta y tu madre muerta? —Zach soltó otro bufido—. Vosotros los Quinn os creéis tan listos que pensáis que siempre vais a saliros con la vuestra.

—Escúcheme —le suplicó Sam—. De todos modos tienen que marcharse de la ciudad. No tiene por qué matarnos a nosotras también. —Volvió la cabeza hacia el otro—. Por favor, piénselo. Lo único que tienen que hacer es atarnos. Dejarnos en un sitio donde no nos encuentren. De todos modos tienen que marcharse. No querrán mancharse aún más las manos de sangre.

Esperó una respuesta. Todos esperaron.

El de las zapatillas de bota carraspeó antes de contestar:

—Lo siento.

La risa de Zach tenía una nota triunfal. Pero Sam no podía darse por vencida.

—Dejen marcharse a mi hermana. —Tuvo que callarse un momento para poder tragar la saliva que se le había acumulado en la boca—. Tiene trece años. Es solo una niña.

—A mí no me lo parece —replicó Zach—. Tiene unas buenas tetitas.

—Cállate —le advirtió el otro—. Lo digo en serio.

Zach hizo un ruido de succión con los dientes.

—Ella no se lo dirá a nadie —insistió Sam—. Dirá que han sido unos desconocidos. ¿Verdad que sí, Charlie?

—¿Un negro? —preguntó Zach—. ¿Como ese al que tu padre ha sacado de la cárcel?

—¿Igual que le sacó a usted por enseñarle la pilila a un grupo de niñas pequeñas, quiere decir? —le espetó Charlie.

—Charlie, por favor, cállate —le suplicó Sam.

—Deja que hable —dijo Zach—. Me gustan un poquito peleonas.

Charlie se quedó callada. Guardó silencio mientras se internaban en el bosque.

Sam la seguía de cerca, estrujándose el cerebro en busca de un argumento que los convenciera de que no tenían por qué matarlas. Pero Zach Culpepper tenía razón. El hecho de que la camioneta estuviera aparcada junto a la casa lo cambiaba todo.

—No —susurró Charlie para sí misma. Lo hacía constantemente: exteriorizar una discusión que estaba teniendo lugar dentro de su cabeza.

«Por favor, corre», le rogó Sam en silencio. «No pasa nada, puedes irte sin mí».

—Muévete. —Zach le clavó el cañón de la escopeta en la espalda para que apretara el paso.

Las agujas de los pinos se le clavaban en los pies. Se estaban adentrando en el bosque. El aire era allí más fresco. Sam cerró los ojos: era inútil esforzarse por ver. Dejó que Charlie la guiara entre los árboles. Las hojas crepitaban. Pasaron por encima de troncos caídos y cruzaron una estrecha corriente de agua que seguramente era un aliviadero de la granja que iba a parar al arroyo.

«Corre, corre, corre», le suplicó Sam a su hermana dentro de su cabeza. «Corre, por favor».

—Sam... —Charlie se detuvo. Rodeó con el brazo la cintura de Sam—. Hay una pala. Una pala.

Sam no entendió. Se llevó los dedos a los párpados. La sangre seca los había sellado. Presionó con cuidado, esforzándose por abrir los ojos.

La luz suave de la luna arrojaba un resplandor azulado sobre el calvero que se abría ante ellas. Había algo más que una pala. Al lado de un agujero abierto en el suelo se veía un montículo de tierra recién removida.

Una fosa.

Una tumba.

Concentró la vista en el negro agujero mientras la situación se le aparecía con toda nitidez. Aquello no era un atraco, ni un intento de intimidar a su padre para que perdonara una deuda. Todo el mundo sabía que el incendio de su casa había dejado a los Quinn en una situación muy precaria. La pelea con la compañía de seguros. Su expulsión del hotel donde se alojaban. Las compras en las tiendas de segunda mano. Evidentemente, Zachariah Culpepper había dado por sentado que Rusty trataría de salir a flote exigiendo a sus clientes morosos que le pagaran sus facturas atrasadas. No iba desencaminado. Una de aquellas noches, Gamma le había gritado a Rusty que los veinte mil dólares que le debía Culpepper podían sacarlos de la ruina.

O sea, que todo se reducía a una cuestión de dinero.

O, peor aún, de estupidez, porque las facturas pendientes no habrían muerto con su padre.

Sam sintió bullir de nuevo su ira anterior. Se mordió la lengua con fuerza, hasta notar el sabor de la sangre. No era de extrañar que Zachariah Culpepper llevara toda la vida entrando y saliendo de la cárcel. Como sucedía con todos sus golpes, el plan era malo y su ejecución chapucera. Cada traspié que habían dado, cada metedura de pata, los había conducido a aquel lugar. Habían cavado una tumba para Rusty, pero como Rusty llegaba tarde porque siempre llegaba tarde, y como ese día, por primera vez, se habían saltado el entrenamiento de atletismo, ahora aquella tumba sería para Charlie y para ella.

—Muy bien, grandullón. Ahora te toca a ti. —Zach se apoyó la culata de la escopeta en la cadera, se sacó del bolsillo una navaja y la abrió con una mano—. Un disparó haría demasiado ruido. Usa esto. Cruzándoles la garganta, como harías con un cerdo.

Su cómplice no cogió la navaja.

—Venga, como acordamos —insistió Zach—. Tú te encargas de esta y yo de la pequeña.

El otro no se movió.

—La chica tiene razón. No tenemos por qué hacerlo. Lo de hacerles daño a las mujeres no entraba en el plan. Ni siquiera tenían que estar aquí.

—¿Y qué?

Sam agarró a Charlie de la mano. Estaban distraídos. Ahora podía huir.

—Lo hecho, hecho está —continuó el de las zapatillas de bota—. Pero no tenemos que empeorar las cosas matando a más gente. A gente inocente.

—Santo Dios. —Zach cerró la navaja y volvió a guardársela en el bolsillo—. Ya hablamos de eso en la cocina, tío. No tenemos elección.

—Podemos entregarnos.

Zach agarró la escopeta.

—Ni hablar.

—Me entregaré yo. Que me echen a mí las culpas de todo.

Sam empujó suavemente a Charlie para darle a entender que era hora de ponerse en marcha. Pero su hermana no se movió. Se agarró con fuerza a ella.

—Y una mierda. —Zach le clavó un dedo en el pecho a su compañero—. ¿Crees que voy a cargar con una acusación de asesinato porque tú tengas cargo de conciencia de repente?

Sam soltó la mano de su hermana. Le susurró:

—Huye, Charlie.

—No se lo diré —insistió el de las zapatillas—. Les diré que he sido yo.

—¿Con mi camioneta de los cojones?

Charlie trató de cogerle de nuevo la mano. Sam se apartó y volvió a murmurar:

—Vete.

—Hijo de puta. —Zach levantó la escopeta y apuntó al pecho de su compañero—. Te voy a decir lo que vamos a hacer, hijo. Tú coges mi navaja y le cortas el cuello a esa putita o te abro un agujero en el pecho del tamaño de Texas. —Dio un zapatazo en el suelo—. Ahora mismo.

El otro levantó el revólver y le apuntó a la cabeza.

—Vamos a entregarnos.

—Quítame de la cara esa pistola de una puta vez, maricón de mierda.

Sam le dio un codazo a Charlie. Tenía que moverse. Tenía que salir de allí. Era su única oportunidad de escapar.

—Ve —le dijo casi suplicando.

El de las zapatillas de bota dijo:

—Prefiero matarte a ti antes que a ellas.

—Tú no tienes huevos para apretar el gatillo.

—Claro que sí.

Charlie seguía sin moverse. Todavía le castañeteaban los dientes.

—Corre —le rogó Sam—. Tienes que huir.

—Eres un mierda.

Zach escupió en el suelo e hizo amago de limpiarse la boca, pero en lugar de hacerlo echó mano del revólver. El otro se anticipó y empujó la escopeta hacia atrás. Zach se desequilibró. Perdió pie. Cayó de espaldas haciendo aspavientos.

—¡Corre! —Sam empujó a su hermana con fuerza—. ¡Corre, Charlie!

Charlie se convirtió en un borrón en movimiento. Sam intentó seguirla, levantó la pierna, dobló el brazo...

Otra explosión.

Un fogonazo del revólver.

Una súbita vibración del aire.

Sam giró la cabeza tan bruscamente que le crujió el cuello. Su cuerpo se retorció en un escorzo violento. Giró como una peonza y sintió que caía en la oscuridad como Alicia cayendo por la madriguera del conejo.

«¿Sabes lo bonita que eres?».

Sus pies golpearon el suelo. Sintió que sus rodillas absorbían el impacto.

Miró hacia abajo.

Tenía los pies apoyados en un suelo de madera cubierto por un charco de agua.

Levantó la vista y vio su propia cara observándola desde el espejo.

Inexplicablemente, estaba otra vez en la granja, delante del lavabo del baño.

Gamma estaba detrás de ella, la rodeaba la cintura con sus fuertes brazos. Vista a través del espejo, su madre parecía más joven, más dulce. Había enarcado una ceja con gesto escéptico, como si acabara de oír algo que ofrecía dudas. Era la mujer que le explicaba la diferencia entre fusión y fisión a un desconocido en el supermercado. La que ideaba complejas búsquedas del tesoro en las que invertían todas las vacaciones de Pascua.

¿Cuáles eran las pistas ahora?

—Dime —le pidió Sam al reflejo de su madre—. Dime qué quieres que haga.

Gamma abrió la boca, pero no dijo nada. Su cara comenzó a envejecer. Sam sintió la añoranza de aquella madre a la que ya no vería envejecer. Unas arrugas muy finas flanquearon su boca. Le salieron patas de gallo. Las arrugas se fueron haciendo más profundas. Mechones grises festonearon su cabello oscuro. Su mandíbula pareció engrosarse.

La piel comenzó a caérsele.

Sus dientes blancos asomaron a través del agujero abierto en su mejilla. Su cabello se convirtió en grasiento bramante blanco. Sus ojos se desecaron. No estaba envejeciendo.

Se estaba descomponiendo.

Sam luchó por apartarse. El hedor de la muerte la envolvía: tierra húmeda, larvas frescas introduciéndose bajo su piel. Las manos de Gamma atenazaron su cara. Obligó a Sam a darse la vuelta. Sus dedos eran de hueso seco. Sus dientes negros se afilaron como cuchillos cuando abrió la boca y gritó:

—¡Te he dicho que salgas!

Sam entornó los ojos y vio una oscuridad impenetrable.

Tenía la boca llena de tierra. Tierra mojada. Agujas de pino. Se había tapado la cara con las manos y su aliento caliente le rebotaba en las palmas. Se oía un ruido.

Shsh. Shsh. Shsh.

Un cepillo barriendo.

El balanceo de un hacha antes de golpear.

Una pala echando tierra en una tumba.

En la tumba de Sam.

La estaban enterrando viva. La tierra la oprimía como una plancha de metal.

—Lo siento —dijo el de las zapatillas de bota con voz temblorosa—. Por favor, Dios mío, perdóname.

La tierra siguió cayendo, su peso se convirtió en una prensa que amenazaba con cortarle la respiración.

«¿Sabías que Giles Corey fue el único acusado en los juicios por brujería de Salem que murió por aplastamiento?».

Las lágrimas inundaron sus ojos y se deslizaron por su cara. Un grito se le atascó en la garganta. No podía dejarse dominar por el pánico. No podía ponerse a gritar ni agitar los brazos porque nadie acudiría en su ayuda. Volverían a dispararle. Y, si suplicaba por su vida, solo conseguiría acelerar su muerte.

«No seas tonta», le dijo Gamma. «Creía que habías superado esa fase adolescente».

Respiró hondo, trémulamente.

Se sobresaltó al darse cuenta de que el aire penetraba en sus pulmones.

¡Podía respirar!

Se había protegido la cara con las manos, creando una burbuja de aire bajo la tierra. Las juntó aún más para cerrar la juntura. Se obligó a respirar más despacio para conservar el poco aire que le quedaba.

Se lo había dicho Charlie, hacía unos años. Sam todavía la veía con su uniforme de exploradora. Piernas y brazos como palillos. La camisa amarilla fruncida y el chaleco marrón, con todas las insignias que había ganado. Estaba leyendo en voz alta su manual de *Aventuras*, a la hora del desayuno.

—«Si te encuentras atrapada por una avalancha, no grites ni abras la boca» —leyó Charlie—. «Ponte las manos delante de la cara y trata de crear una cámara de aire al detenerte».

Sam sacó la lengua, tratando de ver a qué distancia tenía las manos de la cara. Calculó que a medio centímetro, aproximadamente. Dobló los dedos por si así podía agrandar la cámara de aire, pero no pudo mover las manos. La tierra se apretaba a su alrededor como cemento.

Trató de deducir la postura de su cuerpo. No estaba tumbada de espaldas. Su hombro izquierdo se apoyaba en el suelo, pero no estaba del todo de lado. Tenía las caderas giradas en ángulo respecto a los hombros. El frío le calaba la parte de atrás de los pantalones de correr. Tenía la rodilla derecha doblada y la pierna izquierda recta.

El torso combado.

Como si estuviera estirándose antes de correr. Su cuerpo había caído en una posición que le era familiar.

Trató de cambiar de postura. No podía mover las piernas. Probó con los dedos de los pies. Los músculos de los gemelos. Los tendones de las corvas.

Nada.

Cerró los ojos. Estaba paralizada. No volvería a caminar, ni a correr, ni a moverse sin ayuda. El pánico inundó su pecho como un enjambre de mosquitos. Correr era lo que más le gustaba. Era lo que la definía. ¿Qué sentido tenía sobrevivir si no podía usar las piernas?

Acercó la cara a las manos para no ponerse a gritar.

Charlie aún podría correr. La había visto precipitarse hacia el bosque. Era lo último que había visto antes del disparo del revólver. Se la imaginó corriendo, sus piernas delgadas moviéndose a velocidad vertiginosa, siempre hacia delante, alejándose de allí sin vacilar un instante, sin pararse a mirar atrás.

«No pienses en mí», le suplicó Sam, como había hecho un millón de veces antes. «Tú concéntrate en lo tuyo y sigue corriendo».

¿Lo había conseguido Charlie? ¿Había encontrado ayuda? ¿O había mirado hacia atrás para ver si Sam la seguía y se había encontrado con el cañón de la escopeta de Zachariah Culpepper apuntándole a la cara?

O algo peor.

Apartó esa idea de su mente. Vio a Charlie corriendo sin impedimentos, encontrando ayuda, trayendo a la policía hasta la tumba porque poseía el sentido de la orientación de su madre y jamás se perdía. Recordaría dónde estaba enterrada su hermana.

Fue contando los latidos de su corazón hasta que sintió que se aquietaban ligeramente.

Notó entonces un hormigueo en la garganta.

Estaba todo lleno de tierra: sus orejas, su nariz, su boca, sus pulmones. No podía refrenar la tos que pugnaba por salir de su boca. Abrió los labios. Al tomar aire instintivamente le entró más tierra en la nariz. Tosió otra vez, y otra. La tercera vez tan fuerte que sintió un calambre en el estómago al tiempo que su cuerpo luchaba por aovillarse.

Le dio un vuelco el corazón.

Sus piernas se habían movido.

El miedo y la angustia habían interrumpido las conexiones vitales entre su cerebro y su musculatura. No estaba paralítica, sino aterrorizada. Un instinto ancestral de enfrentamiento o huida la había hecho salir de su cuerpo hasta comprender lo que sucedía. Se sintió eufórica a medida que iba recuperando la sensibilidad de cintura para abajo. Era como si caminara por una laguna. Al principio, sintió que los dedos de sus pies se abrían entre la tierra compacta. Luego pudo doblar los tobillos. A continuación, sintió que empezaba a mover ligeramente los pies.

Si podía mover los pies, ¿qué más podía mover?

Probó a flexionar las piernas para calentar los músculos. Empezaron a dolerle los cuádriceps. Tensó las rodillas. Se concentró en sus piernas, diciéndose que podía moverlas, hasta que su cerebro empezó a mandar el mensaje de que, en efecto, se movían.

No estaba paralizada. Aún tenía una oportunidad.

Gamma contaba siempre que ella, Sam, había aprendido a correr antes que a andar. Que sus piernas eran la parte más fuerte de su cuerpo.

Podía salir de allí a patadas.

Concentró toda su fuerza en las piernas, efectuando movimientos infinitesimales adelante y atrás para tratar de horadar la gruesa capa de tierra. Notaba el calor de su aliento en las manos. Un espeso aturdimiento disipó el pánico que se había apoderado de su cerebro. ¿Estaba consumiendo demasiado oxígeno? ¿Importaba, acaso? Perdía continuamente la noción de lo que hacía. La parte inferior de su cuerpo se movía adelante y atrás, y a veces se descubría pensando que estaba tumbada en la cubierta de un barquito que se mecía en el mar. Luego volvía en sí, se daba cuenta de que estaba atrapada bajo tierra y pugnaba por moverse más aprisa, con más fuerza, solo para, un momento después, volver a mecerse en aquella embarcación.

Trató de contar: un Misisipi, dos Misisipis, tres Misisipis...

Se le acalambraron las piernas. El estómago. Todo el cuerpo. Se obligó a parar, aunque fuera solo unos segundos. Pero descansar le resultó casi tan doloroso como el esfuerzo. El ácido láctico liberado en su musculatura hizo que se le revolviera el estómago. Las vértebras retorcidas pinzaban los nervios, produciéndole un dolor eléctrico en el cuello y las piernas. Cada exhalación quedaba atrapada en sus manos como un pájaro enjaulado.

«Hay un cincuenta por ciento de posibilidades de sobrevivir», había leído Charlie en su libro de *Aventuras*. «Pero únicamente si se encuentra a la persona accidentada en un plazo de una hora».

Ignoraba cuánto tiempo llevaba en la tumba. Al igual que perder la casa de ladrillo rojo o ver morir a su madre, de eso hacía una eternidad.

Tensó los músculos del abdomen y probó a moverse de lado. Tensó los brazos. Estiró el cuello. La tierra la oprimía, hundiendo su hombro en el suelo mojado.

Necesitaba más espacio.

Trató de mover las caderas. Primero, abrió un espacio de una pulgada; luego, de dos. Después consiguió mover la cintura, el hombro, el cuello, la cabeza.

¿Había de pronto más hueco entre su boca y sus manos?

Sacó la lengua de nuevo. Sintió que la punta rozaba la juntura de sus palmas. Media pulgada, como mínimo.

Un avance.

A continuación, trató de mover los brazos accionándolos arriba y abajo, arriba y abajo. Esta vez, no llegó a la pulgada. La tierra se desplazó un centímetro, luego otro; después, unos milímetros. Debía mantener las manos delante de la cara para poder respirar, pero entonces se dio cuenta de que tenía que servirse de ellas para cavar.

Una hora. Era el plazo que le había dado Charlie. Tenía que estar agotándosele el tiempo. Notaba las palmas calientes, bañadas en sudor. El aturdimiento anegaba su cerebro.

Respiró hondo una última vez.

Haciendo un esfuerzo, apartó las manos de la cara. Sintió que iban a rompérsele las muñecas al retorcer las manos. Apretó los labios, rechinó los dientes y arañó la tierra frenéticamente, tratando de desalojarla.

Pero la tierra seguía oprimiéndola.

Le ardían los hombros de dolor. Los trapecios. Los romboides. Las escápulas. Un hierro candente perforaba sus bíceps. Tenía la impresión de que iban a quebrársele los dedos. Se rompió las uñas. Se desolló los nudillos. Sus pulmones parecían al borde del colapso. No podía seguir conteniendo la respiración. No podía seguir luchando. Estaba cansada. Estaba sola. Su madre había muerto. Su hermana se había ido. Comenzó a gritar, primero mentalmente; luego, por la boca. Estaba rabiosa: rabiosa con su madre, por haber agarrado la escopeta; con su padre, por haberlas puesto en aquella situación; con Charlie, por no ser más fuerte; y consigo misma por ir a morir en aquella maldita tumba.

Una tumba poco profunda.

El aire fresco envolvió sus dedos.

Había traspasado la tierra. Menos de sesenta centímetros la separaban de la muerte.

No había tiempo de alegrarse. No tenía aire en los pulmones, ni esperanza alguna a menos que siguiera escarbando.

Empezó a apartar detritos con los dedos. Hojas. Piñas. Su asesino había intentado ocultar la tierra removida, pero no contaba con que la chica enterrada debajo pudiera salir a la superficie. Agarró un puñado de tierra y luego otro, y siguió así hasta que, tensando una última vez los músculos abdominales, logró incorporarse.

La súbita bocanada de aire fresco le provocó una arcada. Escupió tierra y sangre. Tenía el pelo apelmazado. Se tocó un lado del cráneo. Su dedo meñique se introdujo en un agujerito. Por dentro del orificio, el hueso era suave. Por allí había penetrado la bala. Le habían disparado a la cabeza.

Le habían disparado a la cabeza.

Apartó la mano. No se atrevió a enjugarse los ojos. Miró a los lejos. El bosque era un borrón. Vio dos gruesos puntos de luz que flotaban como abejorros perezosos delante de su cara.

Oyó el eco de un goteo: el ruido del agua corriendo por el túnel que pasaba bajo la torreta meteorológica y conducía a la carretera asfaltada.

Otro par de luces pasó flotando.

No eran abejorros.

Eran los faros de un coche.

28 años después

1

Charlie Quinn caminaba por los pasillos en penumbra del colegio de enseñanza media de Pikeville con una sensación de inquietud persistente. Aunque aquel no era ya el paseíllo de la vergüenza de sus años adolescentes, sentía un profundo malestar al recorrer aquellos pasillos. Lo cual era lógico, teniendo en cuenta que había sido allí, en aquel edificio, donde se acostó por primera vez con un chico con el que no debería haberse acostado. En el gimnasio, más concretamente, lo que demostraba que su padre tenía razón al advertirla de los peligros de llegar tarde a casa.

Apretó con fuerza el teléfono móvil que llevaba en la mano al doblar una esquina. El chico equivocado. El hombre equivocado. El teléfono equivocado. El camino equivocado, puesto que no tenía ni la más remota idea de adónde se dirigía. Dio media vuelta y volvió sobre sus pasos. En aquel edificio todo le resultaba familiar, y sin embargo nada era como lo recordaba.

Torció a la izquierda y se encontró frente a la puerta de la oficina de administración. Sillas vacías aguardaban a los alumnos desobedientes a los que se mandaba al despacho del director. Los asientos de plástico se parecían a aquellos en los que había matado el tiempo durante sus primeros años de adolescencia. Hablando. Gesticulando. Discutiendo con profesores, compañeros de clase y objetos inanimados. Su yo adulto habría abofeteado a su yo adolescente por dar tanto la lata.

Acercó la mano a la ventana de la puerta y echó un vistazo a la oficina en sombras. Por fin, algo que no había cambiado.

El mostrador alto desde el que la señora Jenkins, la secretaria del colegio, ejercía su autoridad. Los banderines colgados del techo manchado de humedades. Los dibujos de alumnos expuestos en las paredes. Solo había una luz encendida, al fondo. Charlie no iba a preguntarle al director Pinkman indicaciones para llegar al lugar de su cita. Aunque aquello tampoco era una cita. Podía resumirse más bien con un «Hola, nena, te llevaste el iPhone equivocado después de que te echara un polvo en mi camioneta anoche en el Shady Ray».

No tenía sentido que se preguntara cómo se le había ocurrido, porque una no va a un bar llamado Shady Ray para cuestionarse a sí misma.

Sonó el teléfono que llevaba en el bolso. Vio el fondo de pantalla, desconocido para ella: un pastor alemán con un gorila de juguete en la boca. El identificador de llamadas decía: *COLEGIO*.

—¿Sí? —contestó.

—¿Dónde estás?

Parecía tenso, y Charlie pensó en los peligros inherentes al hecho de tirarse a un extraño al que había conocido en un bar: enfermedades venéreas incurables, una esposa celosa, una mamá soltera desquiciada, alguna filiación poco recomendable con Alabama.

—Estoy delante del despacho de Pink.

—Da la vuelta y tuerce por el segundo pasillo a la derecha.

—Vale.

Charlie cortó la llamada. Sintió el impulso de ponerse a analizar su tono de voz, pero se dijo que importaba muy poco, porque no iba a volver a verle.

Volvió por donde había venido, oyendo el chirrido de sus deportivas sobre el suelo encerado mientras recorría el pasillo oscuro. Oyó un chasquido detrás de ella. Se habían encendido las luces en la oficina delantera. Una señora encorvada, que se parecía sospechosamente al fantasma de la señora Jenkins, se situó detrás del mostrador arrastrando los pies. A lo lejos, unas gruesas puertas metálicas se abrieron y se cerraron. El pitido de los detectores de metales se introdujo en sus oídos. Alguien hizo tintinear un juego de llaves.

El aire parecía contraerse con cada nuevo sonido, como si el colegio se preparara para recibir la avalancha de cada mañana. Charlie miró el gran reloj de la pared. Si el horario no había cambiado, el primer timbre sonaría pronto y los alumnos a los que sus padres dejaban temprano en la puerta y esperaban la hora de entrada en la cafetería estarían a punto de inundar el edificio.

Ella había sido uno de esos alumnos. Durante mucho tiempo, cada vez que pensaba en su padre, veía su brazo asomando por la ventanilla del Chevette, con un cigarrillo recién encendido entre los dedos, al salir del aparcamiento del colegio.

Se detuvo.

Por fin se fijó en los números de las aulas y supo de inmediato dónde estaba. Acercó los dedos a una puerta cerrada. El aula tres, su refugio. La señora Beavers llevaba siglos jubilada, pero su voz resonaba aún en los oídos de Charlie: «Solo te roban la cabra si les enseñas dónde guardas el heno».

Seguía sin saber qué significaba aquello exactamente. Podía deducirse que tenía algo que ver con el numeroso clan de las Culpepper, que había acosado a Charlie sin descanso cuando por fin regresó a clase.

O cabía suponer que, como entrenadora de baloncesto femenino que llevaba el curioso nombre de Etta Beavers*, la profesora sabía muy bien lo que era ser objeto de escarnio.

No había nadie a quien Charlie pudiera pedirle consejo sobre cómo afrontar la situación en la que se hallaba. Por primera vez desde sus tiempos en la facultad, se había acostado con un perfecto desconocido. Aunque en realidad, atendiendo a la posición exacta, no habían llegado a acostarse; más bien se habían *sentado*. Aquello no era propio de ella. No iba a bares. No bebía en exceso. No cometía errores de los que tuviera que arrepentirse amargamente. Al menos, hasta hacía muy poco.

---

* *Beaver*, «castor»; en argot, también pubis femenino. (N. de la T.)

Su vida había empezado a desmadejarse en agosto del año anterior. Desde entonces, casi no había pasado una hora despierta sin meter la pata. Por lo visto, el mes de mayo, que acababa de empezar, iba a ser del mismo tenor. Ya ni siquiera tenía que levantarse de la cama para empezar a cometer equivocaciones. Esa mañana, sin ir más lejos, estaba tumbada en la cama mirando el techo, tratando de convencerse de que lo ocurrido la noche anterior había sido un mal sueño, cuando había oído salir de su bolso un tono de llamada desconocido.

Había contestado porque solo después de contestar se le ocurrió que podía envolver el teléfono en papel de aluminio, arrojarlo al contenedor de basura de detrás de su despacho y comprarse un móvil nuevo en el que introducir la información guardada en la copia de seguridad del viejo.

La breve conversación que siguió era la que cabía esperar entre dos perfectos desconocidos: «Hola, fulanita, debí de preguntarte tu nombre pero no me acuerdo; creo que tengo tu teléfono».

Charlie le había propuesto ir a llevarle el móvil a su lugar de trabajo porque no quería que supiera dónde vivía. Ni dónde trabajaba. Ni qué coche tenía. Teniendo en cuenta que conducía una camioneta con la trasera descubierta y que poseía un físico exquisito (eso había que reconocerlo), Charlie había dado por sentado que iba a decirle que era mecánico o agricultor. Pero no, le había dicho que era maestro, y ella se había imaginado de inmediato una escena salida de *El club de los poetas muertos*. Después, él le había contado que trabajaba en el colegio de enseñanza media y ella había llegado a la conclusión infundada de que era un pederasta.

—Aquí. —Estaba frente a una puerta abierta, al fondo del pasillo.

En ese momento, como a propósito, se encendieron los fluorescentes, bañando a Charlie con la luz menos favorecedora que cupiera imaginar. Al instante se arrepintió de haberse puesto unos vaqueros viejos y una camiseta de baloncesto de los Blue Devils de Duke, descolorida y de manga larga.

—Madre mía —masculló Charlie.

El desconocido que la esperaba al fondo del pasillo no tenía ese problema. Era aún más atractivo de lo que recordaba. Pese a los pantalones chinos y la camisa de botones que vestía –el uniforme típico del profesor de enseñanza media–, se veía de lejos que poseía una recia musculatura allí donde los cuarentones solían tener flacideces causadas por la cerveza y las grasas. Su barba era más bien una sombra, y el gris de sus sienes le daba un aire misterioso, si bien algo marchito. Tenía, además, uno de esos hoyuelos en la barbilla con los que podía quitarse la chapa de una botella.

No era el tipo de hombre con el que solía salir Charlie. Era más bien el tipo de hombre que evitaba a toda costa. Parecía demasiado tenso, demasiado fuerte, demasiado hermético. Era como jugar con una pistola cargada.

—Este soy yo. —Señaló el tablón de anuncios que había al lado de la puerta del aula.

Sobre un papel blanco había pequeñas manos silueteadas y, recortado en letras de color morado, se leía *SR. HUCKLEBERRY.*

—¿Huckleberry? —preguntó Charlie.

—En realidad es Huckabee. —Le tendió la maño—. Huck.

Charlie se la estrechó, y se dio cuenta demasiado tarde de que en realidad le estaba pidiendo el teléfono.

—Perdón. —Le dio el móvil.

Él le dedicó una sonrisa ladeada que probablemente había desencadenado por sí sola la pubertad de más de una niña.

—El tuyo lo tengo aquí dentro.

Charlie le siguió al interior del aula. Las paredes estaban adornadas con mapas, lo que era lógico, dado que, al parecer, era profesor de Historia. Eso parecía deducirse, al menos, del cartel que decía *AL SR. HUCKLEBERRY LE ENCANTA LA HISTORIA UNIVERSAL.*

—Puede que anoche estuviera un poco aturdida, pero creía que habías dicho que eras marine.

—Ya no, pero suena más *sexy* que decir que eres profesor de secundaria. —Se rio, avergonzado—. Me enrolé a los diecisiete años y dejé el cuerpo hace seis. —Se apoyó contra su mesa—.

Buscaba una forma de seguir en guerra, así que pedí una beca, hice un máster y aquí estoy.

—Apuesto a que recibes un montón de tarjetas manchadas de lágrimas el día de San Valentín.

Ella no habría faltado a clase de Historia ni un solo día si su profesor se hubiera parecido al señor Huckleberry.

—¿Tienes hijos? —preguntó.

—No, que yo sepa. —Charlie no le devolvió la pregunta. Daba por sentado que un hombre con hijo no tendría a su perro como fondo de pantalla—. ¿Estás casado?

Negó con la cabeza.

—El matrimonio no me llama.

—A mí me llamó en su momento. Llevamos nueve meses oficialmente separados —explicó.

—¿Le engañaste?

—Seguramente pensarás que sí, pero no. —Charlie pasó los dedos por los libros del estante que había junto a la mesa. Homero. Eurípides. Voltaire. Brontë—. No pareces el típico fan de *Cumbres borrascosas.*

Él sonrió.

—No nos dio mucho tiempo a hablar en la camioneta.

Charlie hizo amago de corresponder a su sonrisa, pero la mala conciencia se lo impidió. En ciertos aspectos, aquella charla desenfadada y seductora le parecía más transgresora que el propio acto sexual. Era con su marido con quien mantenía conversaciones como aquella. Era a su marido a quien le hacía preguntas absurdas.

Y la noche anterior, por primera vez desde que estaba casada, había engañado a su marido.

Huck pareció percibir su cambio de humor.

—Evidentemente, no es asunto mío, pero está loco si te dejó marchar.

—Doy mucho trabajo. —Charlie observó los mapas. Había chinchetas azules en casi toda Europa y gran parte de Oriente Medio—. ¿Has estado en todos estos sitios?

Él asintió con la cabeza, pero no dijo nada.

—Marines... —prosiguió ella—. ¿Eras de los Navy Seals?

—Los marines pueden ser Navy Seals, pero no todos los Navy Seals son marines.

Charlie estuvo a punto de decirle que no había contestado a su pregunta, pero él se le adelantó.

—Tu teléfono empezó a sonar a las tantas de la madrugada.

Le dio un vuelco el corazón.

—¿No contestaste?

—No, es mucho más divertido intentar deducir cosas sobre tu vida a partir de tu identificador de llamadas. —Huck se sentó en la mesa—. B2 llamó en torno a las cinco de la mañana. Deduzco que es tu contacto en la tienda de vitaminas.

A ella le dio otro vuelco el corazón.

—Es Riboflavina, mi monitora de *spinning*.

Él entornó los párpados, pero no insistió.

—La siguiente llamada llegó alrededor de las cinco y cuarto. Un tal «Papá». Deduzco por el acento final que se trata de tu padre.

Ella asintió.

—¿Alguna otra pista?

Huck fingió acariciarse una larga barba.

—A eso de las cinco y media recibiste una serie de llamadas de la penitenciaría del condado. Seis, como mínimo, con un plazo de unos cinco minutos entre llamada y llamada.

—Me has pillado, Sherlock Holmes. —Charlie levantó las manos en señal de rendición—. Soy traficante de drogas. Y este fin de semana han pillado a varias de mis mulas.

Él se rio.

—Casi estoy tentado de creerte.

—Soy abogada defensora —reconoció ella—. La gente suele simpatizar más con los traficantes de drogas.

Huck dejó de reírse. Volvió a entornar los párpados, pero su buen humor se disipó de repente.

—¿Cómo te llamas?

—Charlie Quinn.

Habría jurado que él daba un respingo.

—¿Algún problema? —preguntó.

Él cerró la mandíbula con tanta fuerza que se le marcaron los huesos.

—Ese no es el nombre que figura en tu tarjeta de crédito.

Charlie se quedó callada un momento, sorprendida por aquel comentario.

—Ese es mi apellido de casada. ¿Por qué has mirado mi tarjeta de crédito?

—No la he mirado. La vi de pasada cuando la pusiste encima de la barra del bar. —Se levantó de la mesa—. Debería prepararme, tengo clase.

—¿He dicho algo malo? —preguntó ella, tratando de bromear. Evidentemente, era algo que había dicho—. Mira, todo el mundo odia a los abogados hasta que necesita uno.

—Yo me he criado en Pikeville.

—Lo dices como si eso lo explicara todo.

Huck abrió y cerró los cajones de la mesa.

—Está a punto de empezar la clase. Tengo que preparar mis cosas.

Charlie cruzó los brazos. No era la primera vez que tenía conversaciones parecidas con vecinos de Pikeville.

—Hay dos motivos que pueden explicar tu comportamiento.

Él abrió y cerró otro cajón sin hacerle caso.

Charlie fue contando con los dedos:

—Una de dos: o bien odias a mi padre, lo cual es normal, dado que mucha gente le odia, o bien... —Levantó el dedo para indicar la excusa más probable, la que le había colgado una diana en la espalda hacía veintiocho años, cuando regresó al colegio; la razón por la que los simpatizantes del extenso clan de los Culpepper todavía la miraban mal por la calle—. Crees que soy una zorrita mimada que ayudó a inculpar a Zachariah Culpepper y a su inocente hermanito para que mi padre se apoderara de su birriosa póliza de seguros y su caravana de mierda. Cosa que no hizo, por cierto. Eso por no hablar de que yo podría haber reconocido a esos dos cabrones hasta con los ojos cerrados.

Huck empezó a sacudir la cabeza antes de que terminara de hablar.

—Ninguna de esas cosas.

—¿En serio?

Le había tomado por un partidario de los Culpepper cuando le había dicho que se había criado en Pikeville.

Por otro lado, no le costaba imaginar que un militar de carrera aborreciera a los abogados como Rusty Quinn, hasta el día en que le pillaban con una puta, o con más oxicodona de la normal. Como solía decir su padre, un demócrata es un republicano que ha pasado por el sistema penal.

—Mira —le dijo—, quiero mucho a mi padre, pero no me dedico a lo mismo que él. La mitad de los casos que atiendo son casos de menores, y la otra mitad casos de tráfico de estupefacientes. Trabajo con personas idiotas que cometen idioteces y que necesitan un abogado para que el fiscal no les cobre de más. —Se encogió de hombros, extendiendo las manos—. Lo único que hago es nivelar la balanza.

Huck le lanzó una mirada fulminante. Su enfado inicial se había convertido en furia en un abrir y cerrar de ojos.

—Quiero que salgas de mi aula. Inmediatamente.

Charlie dio un paso atrás, sorprendida por la dureza de su tono. Por primera vez pensó que nadie sabía que estaba allí y que el señor Huckleberry seguramente podía romperle el cuello con una sola mano.

—Muy bien. —Cogió su móvil, que él había dejado sobre la mesa, y se dirigió a la puerta. Pero, mientras se decía a sí misma que debía cerrar el pico y largarse, dio media vuelta—. ¿Se puede saber qué te ha hecho mi padre?

Él no respondió. Estaba sentado a la mesa, con la cabeza inclinada sobre un fajo de papeles y un bolígrafo rojo en la mano.

Charlie esperó.

Huck tamborileó con el boli en la mesa, impaciente. Ella estaba a punto de decirle dónde podía meterse el bolígrafo cuando oyó el eco de una detonación en el pasillo.

Siguieron tres estallidos más en rápida sucesión.

No era el petardeo de un coche.

Y tampoco eran fuegos artificiales.

Alguien que ha oído de cerca el estruendo que produce una escopeta al matar a una persona nunca confunde un disparo con otra cosa.

Huck la tiró al suelo, empujándola detrás de una cajonera, y protegió su cuerpo con el suyo.

Dijo algo. Charlie vio moverse su boca, pero solo consiguió oír el estrépito de los disparos dentro de su cabeza. Cuatro detonaciones; cada una de ellas, un eco aterrado del pasado. Al igual que entonces, se le quedó la boca seca. Al igual que entonces, se le paró el corazón. Se le cerró la garganta. Su campo de visión se estrechó formando un túnel. De pronto todo le parecía pequeño, reducido a un punto insignificante.

Volvió a oír la voz de Huck.

—Ha habido un tiroteo en el colegio de enseñanza media —susurraba con calma, hablando para su teléfono móvil—. El tirador parece estar cerca del despacho del...

Otro estruendo.

Otro disparo.

Y luego otro.

Después, sonó el timbre de entrada.

—Dios mío —dijo Huck—. Hay como mínimo cincuenta chicos en la cafetería. Tengo que...

Un grito espeluznante interrumpió sus palabras.

—¡Socorro! —gritó una mujer—. ¡Ayúdennos, por favor!

Charlie pestañeó.

El pecho de Gamma saltando en pedazos.

Pestañeó otra vez.

La sangre brotando de la cabeza de Sam.

«¡Corre, Charlie!».

Salió del aula antes de que Huck pudiera detenerla. Sus piernas se movían como pistones. Su corazón latía con violencia. Sus deportivas se agarraban al suelo encerado, y sin embargo tenía la sensación de que la tierra rozaba sus pies descalzos, de que las ramas de los árboles fustigaban su cara, de que el miedo se le enroscaba en el pecho como un rollo de alambre de espino.

—¡Socorro! —gritó de nuevo la mujer—. ¡Por favor!

Huck la alcanzó cuando dobló la esquina. Charlie solo vio una figura indistinta que corría a su lado cuando su visión volvió a estrecharse, enfocando a las tres personas que había al fondo del pasillo.

Los pies de un hombre apuntaban al techo.

Detrás de él, a su derecha, se veían otros pies, más pequeños, separados sobre el suelo.

Zapatos rosas. Con estrellas blancas en las suelas. Y luces que se encendían al caminar.

Arrodillada junto a la niña, una mujer mayor se mecía adelante y atrás, gimiendo.

Charlie también sintió el impulso de gemir.

La sangre había salpicado las sillas de plástico que había frente a la oficina, había manchado las paredes y el techo, se había extendido por el suelo.

Aquella carnicería le resultaba tan familiar que una especie de embotamiento se apoderó de sus miembros. Aflojó el paso hasta dejar de correr y siguió caminando enérgicamente. No era la primera vez que veía aquello. Sabía que más tarde puedes meterlo todo en un estuchito bien cerrado; que puedes seguir con tu vida a condición de no dormir demasiado, no respirar más de lo preciso, no vivir en exceso para que la muerte no vuelva a buscarte de una vez por todas.

En algún lugar se abrieron de golpe unas puertas. Se oyó el retumbar de unas pisadas por los pasillos. Voces. Chillidos. Llantos. Alguien gritaba, pero Charlie no entendía las palabras. Estaba sumergida. Su cuerpo se movía despacio, sus piernas y brazos flotaban, pugnando contra una gravedad excesiva. Su cerebro catalogaba en silencio todo aquello que su conciencia se negaba a ver.

El señor Pinkman estaba tendido boca arriba. Tenía la corbata azul echada sobre el hombro. La sangre se había extendido desde el centro de su camisa blanca. Tenía abierta la cabeza por el lado izquierdo y la piel colgaba como jirones de papel alrededor del cráneo blanco. Había un profundo agujero negro donde debía estar su ojo derecho.

La señora Pinkman no estaba junto a su marido. Era la mujer que gritaba. La mujer que había dejado de gritar bruscamente. Acunaba la cabeza de la niña en su regazo al tiempo que oprimía contra su cuello una sudadera de color azul pastel. La bala había desgarrado algún órgano vital. Las manos de la señora Pinkman estaban teñidas de rojo. La sangre había convertido el diamante de su alianza en el hueso de una cereza.

A Charlie le fallaron las piernas.

De pronto se halló en el suelo, junto a la niña.

Se estaba viendo a sí misma tendida en el suelo del bosque.

¿Doce? ¿Trece años?

Las piernecillas delgadas. El cabello corto y negro, como el de Gamma. Las pestañas largas, como las de Sam.

—Ayuda —musitó la señora Pinkman con voz ronca—. Por favor.

Charlie estiró los brazos sin saber qué tocar. La niña movió los ojos y luego, de pronto, los fijó en ella.

—No pasa nada —le dijo Charlie—. Vas a ponerte bien.

—Antecede a este cordero, oh, Señor —rezó la señora Pinkman—. No te apartes de ella. Date prisa en socorrerla.

«No vas a morirte», pensó Charlie frenéticamente. «No vas a rendirte. Acabarás el instituto. Irás a la universidad. Te casarás. No dejarás un desgarro en tu familia, donde antes estaba tu amor».

—Apresúrate a guiarme, oh, Señor, mi salvación.

—Mírame —le dijo Charlie a la niña—. Vas a ponerte bien.

Pero la niña no iba a ponerse bien.

Sus párpados aletearon. Sus labios azulados se abrieron. Dientes pequeños. Encías blancas. La puntita rosa de su lengua.

Poco a poco, el color comenzó a abandonar su semblante. Charlie se acordó de cómo descendía el invierno sobre la montaña; de cómo las hojas rojas, naranjas y amarillas se volvían de color ámbar y después pardo, y de cómo empezaban a caer, de modo que, cuando los gélidos dedos del frío alcanzaban las colinas de las afueras de la ciudad, todo estaba ya marchito.

—Dios mío —sollozó la señora Pinkman—. Angelito. Pobre angelito.

Charlie no recordaba haber cogido la mano de la niña, pero allí estaban sus deditos, entrelazados con los suyos. Tan pequeños y fríos como un guante perdido en el patio de recreo. Charlie vio cómo se aflojaban poco a poco, hasta que la mano de la niña cayó al suelo, inerte.

Había muerto.

—¡Código negro!

Charlie se sobresaltó al oír aquella voz.

—¡Código negro! —Un policía corría por el pasillo. Llevaba la radio en la mano y una escopeta en la otra. Su voz irradiaba pánico—. ¡Envíen refuerzos al colegio! ¡Al colegio!

Sus miradas se cruzaron un instante. El policía pareció reconocerla; luego, vio el cadáver de la niña. El horror y la pena crisparon sus facciones. Pisó con la puntera un charco de sangre. Resbaló. Cayó con violencia al suelo. De su boca escapó un soplido. La escopeta se le escapó de la mano y se deslizó por el suelo.

Charlie miró su mano, la mano con la que había sostenido la de la niña. Se frotó los dedos. La sangre era pegajosa, no como la de Gamma, que le había parecido resbaladiza como el aceite.

«Hueso blanco. Trozos de corazón y pulmón. Fibras de tendones, arterias y venas, y la vida derramándose por sus heridas».

Se acordaba de haber vuelto a la casa cuando todo acabó. Rusty pagó a alguien para que limpiara, pero quien fuese no hizo el trabajo a conciencia. Meses después, mientras buscaba un cuenco al fondo de un armario, encontró un trozo de un diente de Gamma.

—¡No! —gritó Huck.

Charlie levantó la vista, estupefacta por lo que tenía ante sus ojos. Por lo que había pasado por alto. Por lo que al principio no había sido capaz de entender, a pesar de que estaba teniendo lugar a menos de quince metros de distancia.

Había una adolescente sentada en el suelo, con la espalda apoyada en las taquillas. Su cerebro le devolvió una imagen que había visto segundos antes: la imagen de aquella chica colándose en los márgenes de su campo de visión mientras corría por el pasillo, hacia el lugar de la matanza. Había reconocido al instante a qué tipo pertenecía la chica: ropa negra, raya de ojos negra. Una adolescente gótica. No había sangre. Su cara redonda reflejaba estupefacción, no dolor. «Está bien», se había dicho Charlie al pasar a su lado para llegar junto a la señora Pinkman, junto a la niña. Pero la chica gótica no estaba bien.

Era la homicida.

Tenía un revólver en la mano. Pero en lugar de apuntar a otra víctima, lo dirigía contra su propio pecho.

—¡Tira el arma!

El policía estaba a unos metros de distancia, con la escopeta apoyada en el hombro. El terror condicionaba cada uno de sus movimientos, desde el modo en que se mantenía de puntillas a la fuerza con que sostenía el arma.

—¡He dicho que tires el arma de una puta vez!

—Va a hacerlo. —Huck estaba arrodillado de espaldas a la chica, escudándola con su cuerpo. Tenía las manos levantadas. Su voz sonaba firme—. Tranquilo, agente. Conservemos la calma.

—¡Apártese! —El policía no estaba tranquilo. Estaba frenético, listo para apretar el gatillo en cuanto tuviera el campo despejado—. ¡Apártese, le digo!

—Se llama Kelly —dijo Huck—. Kelly Wilson.

—¡Quítese del medio, gilipollas!

Charlie no miraba a los hombres. Miraba las armas.

El revólver y la escopeta.

La escopeta y el revólver.

Sintió que una oleada la atravesaba: ese mismo embotamiento que tantas veces había anestesiado su conciencia.

—¡Apártese! —gritó el policía. Movió la escopeta hacia un lado y luego hacia el otro, tratando de esquivar a Huck—. ¡Quítese del medio!

—No. —Huck permaneció de rodillas, de espaldas a Kelly, con las manos alzadas—. No lo hagas, tío. Solo tiene dieciséis años. No querrás matar a una...

—¡Quítese de ahí! —El miedo del policía era como una corriente eléctrica que chisporroteaba en el aire—. ¡Al suelo!

—Tranquilo, hombre. —Huck se movió siguiendo el desplazamiento de la escopeta—. No intenta disparar a nadie, se está apuntando a sí misma.

La chica abrió la boca. Charlie no oyó sus palabras, pero el policía sí.

—¡Ya ha oído a esa zorra! —gritó el policía—. ¡Deje que se pegue un tiro o quítese de ahí de una puta vez!

—Por favor —musitó la señora Pinkman.

Charlie casi se había olvidado de ella. La esposa del director se sujetaba la cabeza con las manos y se tapaba los ojos para no ver.

—Basta, por favor.

—Kelly... —La voz de Huck sonó tranquila. Estiró la mano por encima del hombro, con la palma hacia arriba—. Kelly, dame el arma, tesoro. No tienes por qué hacerlo. —Esperó unos segundos. Luego dijo—: Kelly, mírame.

La chica levantó la mirada lentamente. Tenía la boca flácida. Los ojos vidriosos.

—¡Pasillo delantero! ¡Pasillo delantero!

Otro policía pasó corriendo junto a Charlie. Hincó una rodilla, se deslizó por el suelo y, sujetando su Glock con las dos manos, gritó:

—¡Tira el arma!

—Por favor, Dios mío —sollozaba la señora Pinkman, tapándose la cara con las manos—. Perdona este pecado.

—Kelly —repitió Huck—, dame la pistola. No tiene que morir nadie más.

—¡Abajo! —vociferó el segundo agente con voz histérica. Charlie vio que su dedo se tensaba sobre el gatillo—. ¡Tírese al suelo!

—Kelly —dijo Huck con voz firme, como un padre enfadado—, no voy a decírtelo más veces. Dame la pistola ahora mismo.

—Sacudió la mano abierta para recalcar sus palabras—. Lo digo en serio.

Kelly Wilson comenzó a asentir con la cabeza. Charlie vio que sus ojos iban enfocándose poco a poco a medida que las palabras de Huck calaban en ella. Alguien le estaba diciendo lo que tenía que hacer, mostrándole una salida. Sus hombros se relajaron. Su boca se cerró. Parpadeó varias veces. Charlie entendió instintivamente lo que sentía. El tiempo se había detenido y luego alguien, de algún modo, había encontrado la llave para volver a ponerlo en marcha.

Lentamente, se movió para dejar el revólver en la mano tendida de Huck.

Pero el policía apretó el gatillo.

2

Charlie vio sacudirse el hombro izquierdo de Huck cuando la bala le atravesó el brazo. Las aletas de su nariz se dilataron. Abrió la boca para inhalar. La sangre tiñó la tela de su camisa dibujando un iris de color rojo. Aun así, asió el revólver que Kelly le había puesto en la mano.

—Dios mío —musitó alguien.

—Estoy bien —le dijo Huck al policía que le había disparado—. Ya puede bajar el arma, ¿de acuerdo?

Al policía le temblaban tanto las manos que apenas podía sostener la pistola.

—Agente Rodgers, guarde su arma y coja este revólver.

Charlie sintió que un enjambre de agentes de policía pasaba corriendo a su lado. El aire se agitaba a su alrededor como los remolinos de los dibujos animados: finas líneas curvas que indicaban movimiento.

Después, un paramédico la agarró firmemente del brazo. Alguien la apuntó a los ojos con una linterna y le preguntó si estaba herida, si se encontraba en estado de *shock*, si quería ir al hospital.

—No —dijo la señora Pinkman, a la que examinaba otro paramédico. Tenía la camisa empapada de sangre—. Por favor, estoy bien.

Nadie examinaba al señor Pinkman.

Ni a la niña.

Charlie se miró las manos. Le temblaban los huesos de las puntas de los dedos. Aquella sensación fue extendiéndose lentamente, hasta que sintió que se hallaba fuera de su cuerpo, a varios centímetros de distancia, y que cada inspiración era el eco de otra que había efectuado previamente.

La señora Pinkman le acercó la mano a la mejilla y le limpió las lágrimas con el pulgar. El dolor se había grabado en las profundas arrugas de su rostro. De haberse tratado de otra persona, Charlie se habría apartado. En cambio, se inclinó hacia el cuerpo cálido de la señora Pinkman.

Habían pasado antes por aquella situación.

Veintiocho años antes, la señora Pinkman era la señorita Heller y vivía con sus padres a algo más de tres kilómetros de la granja. Fue ella quien salió a abrir cuando oyó que llamaban tímidamente a la puerta y quien vio a Charlie, con trece años, de pie en el porche, cubierta de sudor, manchada de sangre y preguntando si podía darle un poco de helado.

En eso era en lo que hacía hincapié la gente cuando contaba su historia: no en que Gamma hubiera sido asesinada y Sam enterrada viva, sino en que ella, Charlie, se comió dos cuencos de helado antes de contarle a la señorita Heller que había ocurrido algo terrible.

—Charlotte... —Huck la agarró del hombro.

Ella vio moverse su boca cuando repitió aquel nombre que ya no era el suyo. Tenía el lazo de la corbata deshecho. Charlie vio salpicaduras rojas en el vendaje blanco que rodeaba su brazo.

—Charlotte... —Volvió a zarandearla suavemente—. Tienes que llamar a tu padre. Ahora mismo.

Ella levantó la vista y miró a su alrededor. El tiempo había seguido pasando sin ella. La señora Pinkman había desaparecido. Los paramédicos se habían marchado. Lo único que seguía igual eran los cadáveres. Permanecían allí, a escasos pasos de distancia. El señor Pinkman, con la corbata echada sobre el hombro. La niña, con su chaqueta rosa manchada de sangre.

—Llámale —dijo Huck.

Charlie buscó a tientas el teléfono en su bolsillo trasero. Huck tenía razón. Rusty estaría preocupado. Tenía que avisarle de que estaba bien.

—Dile que traiga a la prensa —añadió Huck—, al jefe de policía, a todo el que pueda traer. —Desvió la mirada—. No puedo contenerlos yo solo.

Charlie sintió una opresión en el pecho. Su cuerpo le decía que estaba atrapada en una situación peligrosa. Siguió la mirada de Huck por el pasillo.

No era ella lo que le preocupaba.

Era Kelly Wilson.

La adolescente estaba tumbada boca abajo en el suelo, con los brazos esposados a la espalda. Era menuda, del tamaño aproximado de Charlie, pero la sujetaban como si fuera un delincuente peligroso. Un policía le clavaba la rodilla en la espalda; otro se había sentado a horcajadas sobre sus piernas y otro le pisaba un lado de la cara contra el suelo.

Aquellas medidas por sí solas podían considerarse admisibles dentro del amplio margen que dejaba la normativa en materia de reducción de un sospechoso, pero no era por eso por lo que Huck le había pedido que llamara a Rusty. Había otros cinco policías de pie, en torno a la chica. Charlie no los había oído antes; ahora, en cambio, los oía con claridad. Gritaban, maldecían, hacían aspavientos. Charlie conocía a algunos de ellos de sus tiempos del instituto o de los juzgados, o de ambas cosas. Sus semblantes reflejaban una misma ira. Estaban furiosos por las muertes, aterrorizados por su propio sentimiento de impotencia. Aquel era su pueblo. Su escuela. Tenían hijos que estudiaban allí, maestros, amigos.

Uno de ellos dio un puñetazo tan fuerte a una taquilla que rompió la bisagra de la puerta. Otros abrían y cerraban los puños. Varios se paseaban por el corto trecho de pasillo como animales enjaulados. Tal vez fueran animales. Una palabra equivocada podía desencadenar una patada, un puñetazo; después sacarían las porras, las armas, y se arrojarían sobre Kelly Wilson como chacales.

—Mi hija tiene la edad de esa niña —siseó uno entre dientes—. Iban a la misma clase.

Otro agente golpeó otra taquilla.

—Pink fue mi entrenador —dijo uno.

—Pues ya no volverá a entrenar a nadie.

Una patada desencajó la puerta de otra taquilla.

—Ustedes... —A Charlie se le quebró la voz antes de acabar. Aquello era peligroso. Demasiado peligroso—. Ya basta —dijo, y luego añadió en tono suplicante—: Por favor, ya basta.

O no la oyeron, o no quisieron escucharla.

—Charlotte —dijo Huck—, no te metas en esto. Limítate a...

—Hija de perra. —El policía que tenía la rodilla clavada en la espalda de Kelly la agarró del pelo y le levantó la cabeza—. ¿Por qué lo has hecho? ¿Por qué los has matado?

—Basta —dijo Charlie. Huck hizo amago de sujetarla, pero ella se levantó de todos modos—. Basta —repitió.

Nadie la escuchaba. Apenas le salía la voz porque todos los músculos de su cuerpo le gritaban que no se metiera en aquel torbellino de testosterona. Era como intentar impedir una pelea de perros, solo que aquellos perros llevaban pistola.

—Oigan —dijo, pero el miedo ahogó su voz—. Llévenla a jefatura. Enciérrenla en una celda.

Jonah Vickery, un bruto al que conocía del instituto, sacó su porra metálica.

—Jonah. —Charlie tenía las rodillas tan flojas que tuvo que apoyarse en la pared para no caer al suelo—. Tenéis que leerle sus derechos y...

—Charlotte... —Huck le indicó que volviera a sentarse en el suelo—. No te metas. Llama a tu padre. Él puede detenerlo.

Tenía razón. Los policías temían a su padre. Conocían sus demandas, su fama. Charlie trató de pulsar la tecla de desbloqueo del teléfono. Pero tenía los dedos agarrotados. El sudor había convertido la sangre seca en una pasta densa.

—Date prisa —la urgió Huck—. O acabarán matándola.

Charlie vio que un agente asestaba una patada en el costado a la chica, con tanta violencia que sus caderas se despegaron del suelo.

Se desplegó otra porra.

Por fin, Charlie consiguió pulsar la tecla. Una foto del perro de Huck apareció en pantalla. No le pidió el código a Huck. Era demasiado tarde para llamar a Rusty. No llegaría a tiempo. Tocó el icono de la cámara, sabedora de que no era necesario desbloquear el teléfono para ponerla en funcionamiento. Con dos toques más, empezó a grabar. Enfocó la cara de la chica.

—Kelly Wilson, mírame. ¿Puedes respirar?

La chica pestañeó. Su cabeza parecía del tamaño de la de una muñeca comparada con la bota policial que oprimía un lado de su cara.

—Kelly, mira a la cámara —dijo Charlie.

—¡Por Dios santo! —exclamó Huck—. Te he dicho que...

—Parad, chicos. —Charlie se acercó despacio, arrastrando el hombro por las taquillas—. Llevadla a comisaría. Fotografiadla. Tomadle las huellas. No os conviene que esto...

—Nos está grabando —dijo uno de los policías. Greg Brennet. Otro capullo—. Deja esa cámara, Quinn.

—Es una chica de dieciséis años. —Charlie siguió grabando—. Iré con ella en el asiento trasero del coche. Podéis detenerla y...

—Que alguien la pare de una vez —ordenó Jonah, el que pisaba la cara de la chica—. Es peor que el cabrón de su padre.

—Dadle una tarrina de helado —sugirió Al Larrisy.

—Johan —dijo Charlie—, aparta el pie de su cabeza. —Fue enfocando a los agentes, uno por uno—. Hay un modo adecuado de hacer esto. Todos conocéis el procedimiento. No permitáis que el caso se desestime por culpa de esto.

Jonah pisó a la chica con tanta fuerza que se le abrió la mandíbula. Le sangraba la boca: el aparato dental se le había clavado en la mejilla.

—¿Has visto a esa niña muerta? —preguntó el policía, señalando pasillo abajo—. ¿Has visto cómo le ha volado el cuello?

—¿Tú qué crees? —preguntó ella, con las manos llenas de sangre de la pequeña.

—Creo que te importa más una puta asesina que dos víctimas inocentes.

—Ya basta. —Greg trató de quitarle el teléfono—. Apaga eso.

Charlie se apartó para seguir grabando.

—Metednos a las dos en el coche —dijo—. Llevadnos a jefatura y...

—Dame eso. —Greg trató de nuevo de arrebatarle el teléfono.

Charlie intentó esquivarle, pero él se le adelantó. Le arrancó el teléfono de la mano y lo arrojó al suelo.

Charlie se agachó para recogerlo.

—Déjalo —ordenó el policía.

Ella siguió estirando el brazo.

Sin previo aviso, Greg le asestó un codazo en el puente de la nariz. La cabeza de Charlie golpeó contra la taquilla. Sintió un dolor tan intenso como si una bomba le hubiera estallado dentro de la cara. Abrió la boca. Tosió sangre.

Nadie se movió.

Nadie dijo nada.

Charlie se llevó las manos a la cara. La sangre le brotaba de la nariz como de un grifo. Estaba atónita. El propio Greg *parecía* estupefacto. Levantó las manos como si quisiera indicar que no lo había hecho a propósito. Pero el daño ya estaba hecho. Ella se tambaleó. Tropezó. Greg estiró el brazo para sujetarla. Pero no lo consiguió.

Lo último que vio Charlie antes de caer al suelo fue el techo girando sobre su cabeza.

3

Estaba sentada en el suelo de la sala de interrogatorio, con la espalda encajada en el rincón. Ignoraba cuánto tiempo llevaba en comisaría. Una hora, por lo menos. Seguía estando esposada. Seguía teniendo la nariz taponada con papel higiénico. Le habían dado puntos en la parte de atrás del cuero cabelludo. Le dolía la cabeza. Veía borroso. Tenía el estómago revuelto. La habían fotografiado. Le habían tomado las huellas. Seguía llevando la misma ropa. Sus vaqueros estaban llenos de salpicaduras rojas, igual que la camiseta de los Blue Devils. Seguía teniendo una costra de sangre seca en las manos, porque del sucio grifo del aseo que le habían permitido usar solo salía un hilillo de agua fría y parduzca.

Veintiocho años antes, les había suplicado a las enfermeras del hospital que le permitieran darse un baño. Tenía la sangre de Gamma pegada a la piel. Todo le parecía pegajoso. No se sumergía por completo en agua desde el incendio de la casa de ladrillo rojo, y había querido sentir el calor del baño envolviéndola, ver cómo se alejaban flotando la sangre y los fragmentos de hueso, como una pesadilla que perdiera nitidez en el recuerdo.

Pero nada se disipaba por completo. El tiempo solo conseguía embotar el filo cortante del dolor.

Charlie exhaló lentamente. Apoyó la cabeza contra la pared, de lado. Cerró los ojos. Vio a la niña muerta en el pasillo, vio cómo había perdido su color, como el invierno, cómo había resbalado su mano de la suya, igual que la de Gamma.

Estaría aún en el frío pasillo del colegio. Al menos estaría su cadáver, junto con el del señor Pinkman. Ambos muertos. Ambos, sometidos a una última injusticia. Quedarían expuestos, impotentes, desvalidos, mientras la gente trajinaba a su alrededor. Era el procedimiento en los casos de homicidio. Nadie movía nada, ni siquiera el cadáver de una niña o de un entrenador muy querido, hasta que cada palmo de la escena del crimen había sido debidamente fotografiado, medido, catalogado e investigado.

Charlie abrió los ojos.

El terreno que pisaba le resultaba tan tristemente familiar: las imágenes que no podía sacarse de la cabeza, los lugares siniestros que su mente recorría una y otra vez, como las ruedas de un coche desgastándose por un camino de grava.

Respiraba por la boca. Sentía un dolor pulsátil en la nariz. El paramédico le había dicho que no la tenía rota, pero Charlie no se fiaba de ninguno de ellos. Mientras le daban los puntos de sutura, los policías conspiraban para encubrirse unos a otros, planeando lo que dirían. Se habían puesto de acuerdo para declarar que ella se había mostrado hostil, que se había golpeado sin querer con el codo de Greg, que su teléfono se había roto cuando lo pisó accidentalmente.

El teléfono de Huck.

El señor Huckleberry había insistido reiteradamente en que tanto el teléfono como lo que contenía le pertenecían. Incluso les había mostrado la pantalla para que vieran cómo borraba el vídeo.

Mientras todo aquello sucedía, a Charlie le dolía tanto la cabeza que no había podido moverla. Ahora, en cambio, la sacudió en un gesto de negación. Le habían pegado un tiro a Huck sin que mediara provocación alguna, y él iba a encubrirlos. Había visto aquellos comportamientos en casi todas las fuerzas policiales con las que había tenido que tratar.

Al margen de lo que hubiera ocurrido, aquellos tipos siempre se tapaban entre sí.

Se abrió la puerta y entró Jonah. Llevaba dos sillas plegables, una en cada mano. Le guiñó un ojo porque, ahora que la tenía a su merced, le caía mejor. En el instituto era igual de sádico. El uniforme policial solo había sistematizado su sadismo.

—Quiero ver a mi padre —dijo Charlie, repitiendo lo que decía cada vez que alguien entraba en la sala.

Jonah le dedicó otro guiño mientras abría las sillas a ambos lados de la mesa.

—Tengo derecho a un abogado.

—Acabo de hablar con él por teléfono. —No fue Jonah quien respondió, sino Ben Bernard, un ayudante del fiscal del distrito asignado al condado. Apenas la miró al depositar una carpeta sobre la mesa y sentarse—. Quítele las esposas.

—¿Quiere que la sujete a la mesa? —preguntó Jonah.

Ben se alisó la corbata. Miró al agente de policía.

—He dicho que le quite esas putas esposas a mi mujer *ahora mismo*.

Había levantado la voz al decirlo, pero no había gritado. Nunca gritaba. Al menos, en los dieciocho años que hacía que Charlie le conocía.

Jonah jugueteó con sus llaves para dejar claro que lo haría a su ritmo, tomándose todo el tiempo que quisiera. Abrió bruscamente las esposas y se las quitó sin contemplaciones, pero le salió mal la jugada porque Charlie tenía los brazos tan entumecidos que no notó nada.

El policía cerró de un portazo al salir.

Charlie escuchó el eco del portazo al rebotar en las paredes de cemento. Siguió sentada en el suelo. Esperó a que Ben hiciera una broma, como que nadie se mete con su chica, pero Ben tenía dos cadáveres en el centro de enseñanza media, a una asesina adolescente detenida y a su esposa sentada en un rincón, cubierta de sangre, de modo que Charlie solo pudo hallar consuelo en su forma de levantar la barbilla para indicarle que se sentara en la silla, enfrente de él.

—¿Kelly está bien? —preguntó.

—Está vigilada para impedir un posible suicidio. Dos agentes, mujeres las dos, veinticuatro horas al día.

—Tiene dieciséis años —dijo Charlie, aunque ambos sabían que Kelly Wilson sería procesada como adulta. Su única salvación (literalmente) era que a los menores ya no se les sentenciaba a la pena capital—. Si ha pedido ver a sus padres, puede considerarse el equivalente a pedir un abogado.

—Eso depende del juez.

—Ya sabes que mi padre pedirá el traslado del sumario a otro juzgado. —Charlie sabía que su padre era el único abogado de la localidad que querría hacerse cargo del caso.

Las luces del techo destellaron en las gafas de Ben cuando volvió a señalar la silla con la cabeza.

Charlie se incorporó apoyándose en la pared. Una oleada de mareo la obligó a cerrar los ojos.

—¿Necesitas que te vea un médico? —preguntó su marido.

—Eso ya me lo han preguntado. —No quería ir al hospital. Seguramente tenía una conmoción cerebral, pero aún podía caminar, siempre y cuando mantuviera una parte del cuerpo en contacto con algo sólido—. Estoy bien.

Él no dijo nada, pero su respuesta tácita «Claro que estás bien, tú siempre estás bien» resonó de todos modos en la habitación.

—¿Lo ves? —Charlie tocó la pared con la punta de los dedos: una acróbata avanzando por la cuerda floja.

Su marido no miró. Se ajustó las gafas. Abrió el portafolios que tenía delante. Dentro había una sola hoja. Charlie no consiguió enfocar la vista lo suficiente para leer lo que ponía, ni siquiera cuando su marido comenzó a escribir con sus grandes letras cuadradas.

—¿De qué se me acusa? —preguntó.

—De obstrucción a la justicia.

—Una acusación muy elástica.

Él siguió escribiendo sin mirarla.

—Ya has visto lo que me han hecho, ¿verdad? —preguntó ella.

Solo se oyó el ruido que hacía el bolígrafo de Ben al arañar el papel.

—Por eso ahora no quieres mirarme, porque ya me has visto a través de eso. —Ella señaló con la cabeza el espejo polarizado—. ¿Quién más está ahí? ¿Coin?

El fiscal de distrito Ken Coin era el jefe de Ben, un capullo insoportable que lo veía todo en blanco y negro, y últimamente también en marrón, debido al boom inmobiliario que había atraído a numerosos inmigrantes mexicanos a Pikeville desde Atlanta.

Charlie vio el reflejó de su mano levantada en el espejo y saludó al fiscal Coin enseñándole el dedo corazón.

Su marido dijo:

—He tomado declaración a nueve testigos presenciales que afirman que estabas extremadamente alterada por lo ocurrido en la escena del crimen y que, mientras el agente Brenner trataba de calmarte, tu nariz chocó con su codo.

Si su marido iba a hablarle como un abogado, ella respondería como tal.

—¿Eso es lo que mostraba la grabación del teléfono móvil, o tengo que solicitar el examen forense de los archivos borrados?

Ben se encogió de hombros.

—Haz lo que tengas que hacer.

—Muy bien. —Charlie apoyó las palmas sobre la mesa para poder sentarse—. ¿Ahora viene la parte en que tú te ofreces a olvidarte de esa falsa acusación de obstrucción a la justicia si yo no presento una denuncia por brutalidad policial?

—Ya he desestimado la acusación de obstrucción a la justicia. —Su bolígrafo pasó a la línea siguiente—. Puedes presentar todas las denuncias que quieras.

—Lo único que quiero es una disculpa.

Oyó un ruido detrás del espejo, una especie de gemido de sorpresa. Durante los doce años anteriores, había presentado dos demandas contra el cuerpo de policía de Pikeville en nombre de sus clientes, con gran éxito. Seguramente Ken Coin creía que estaba contando ya el dinero que iba a sacarle al municipio, en lugar llorar la muerte de la niña que había fallecido en sus brazos, o la del director que la había castigado a quedarse después de clase en vez de expulsarla merecidamente del colegio.

Ben mantuvo la cabeza agachada. Tamborileó con el bolígrafo sobre la mesa. Charlie trató de no pensar en Huck haciendo lo mismo en la mesa de su aula.

—¿Estás segura? —preguntó él.

Charlie hizo un ademán dirigido al espejo, confiando en que Coin estuviera detrás.

—Si cuando hacéis algo mal lo reconocierais, la gente os creería cuando decís que habéis hecho algo bien.

Su marido la miró por fin. Recorrió su rostro con la mirada, fijándose en los daños. Charlie advirtió las leves arrugas que se formaban en torno a su boca cuando frunció el entrecejo, el profundo surco de su frente, y se preguntó si él veía aquellos mismos síntomas de envejecimiento en su cara.

Se habían conocido en la facultad de Derecho, y él se había mudado a Pikeville para estar con ella. Planeaban pasar el resto de sus vidas juntos.

Charlie dijo:

—Kelly Wilson tiene derecho a...

Ben la atajó levantando una mano.

—Ya sabes que estoy de acuerdo con todo lo que vas a decir.

Ella se recostó en la silla. Tuvo que recordarse que ni ella ni Ben compartían la mentalidad belicosa de Rusty y Ken Coin, que se resumía en la premisa «nosotros contra ellos».

—Quiero una disculpa por escrito de Greg Brenner —dijo—. Una disculpa auténtica, nada de chorradas del tipo «Lamento que te sientas así», como si yo fuera una histérica y él un oficial de las SA.

Ben asintió con un gesto.

—Hecho.

Charlie echó mano del impreso y agarró el bolígrafo. Veía las palabras borrosas, pero había leído muchas declaraciones de testigos: sabía dónde tenía que firmar. Garabateó su firma al final de la hoja y deslizó el impreso hacia su marido.

—Confío en que cumpláis vuestra parte del trato. Rellena la declaración como creas conveniente.

Ben fijó la mirada en el impreso. Sus dedos parecieron dudar junto al borde. No miraba la firma, sino las huellas marrones que habían dejado sus dedos en el papel blanco.

Charlie pestañeó para despejarse la vista. Era lo más cerca que habían estado de tocarse en nueves meses.

—Muy bien. —Ben cerró el portafolios. Hizo amago de levantarse.

—¿Solo han sido ellos dos? —preguntó Charlie—. ¿El señor Pink y la...?

—Sí. —Su marido dudó antes de volver a dejarse caer en la silla—. Uno de los bedeles atrancó la puerta de la cafetería. Y la subdirectora detuvo los autobuses en la calle.

Charlie no quería pensar en la masacre que podía haber causado Kelly Wilson si hubiera empezado a disparar unos segundos después de que sonara la campana, y no antes.

—Hay que interrogarlos a todos —prosiguió Ben—. A los chavales. A los profesores. Al personal.

Charlie sabía que el municipio no disponía de medios para efectuar tantos interrogatorios, y menos aún para instruir un caso tan importante. El Departamento de Policía de Pikeville contaba con doce agentes a tiempo completo. Ben era uno de los seis letrados de la oficina del fiscal del distrito.

—¿Ken va a pedir ayuda? —preguntó.

—Ya están aquí —respondió su marido—. Acaban de llegar. La policía del estado y la oficina del sheriff. Ni siquiera hemos tenido que avisarlos.

—Qué bien.

—Sí.

Pellizcó con los dedos una esquina de portafolios y tensó los labios como hacía siempre que se mordisqueaba la punta de la lengua. Era una vieja costumbre de la que no conseguía deshacerse. Charlie había visto una vez a su madre estirar el brazo sobre la mesa del comedor y darle una palmada en la mano para que parara.

—¿Has visto los cuerpos? —preguntó.

Ben no respondió, pero no era necesario. Charlie sabía que había visitado la escena del crimen. Lo notaba en el acento sombrío de su voz, en la curvatura de sus hombros. Pikeville había crecido mucho durante los últimos veinte años, pero seguía siendo una población pequeña, uno de esos lugares en los que la heroína representaba un problema mucho más grave que el asesinato.

—Ya sabes que lleva su tiempo —comentó él—, pero les he dicho que levanten los cadáveres lo antes posible.

Charlie miró el techo para que no se le saltaran las lágrimas. Ben la había despertado muchas veces de su peor pesadilla: ella y Rusty haciendo sus tareas un día cualquiera en la destartalada casa de la granja, cocinando, lavando la ropa, fregando los platos mientras el cadáver de Gamma se pudría junto a los armarios porque la policía había olvidado llevárselo.

Seguramente se debía al trozo de diente que encontró al fondo de un armario. ¿Qué más se habrían dejado?, cabía pensar.

—Tu coche está aparcado detrás de tu despacho —dijo Ben—. Han cerrado el colegio, de momento. Seguramente no volverá a abrir hasta la semana que viene. Ya ha llegado una unidad móvil de televisión, de Atlanta.

—¿Por eso no viene mi padre? ¿Porque se está atusando el pelo?

Sonrieron los dos un poco: sabían que a Rusty nada le gustaba más que verse en televisión.

—Ha dicho que tengas paciencia —dijo Ben—. Cuando le he llamado. Es lo que ha dicho: «Dile a mi chica que tenga paciencia».

Lo que significaba que Rusty no iba a precipitarse a acudir en su auxilio. Que daba por sentado que su hija podía arreglárselas sola en una sala llena de *robocops* mientras él acudía corriendo a casa de los padres de Kelly Wilson y les hacía firmar su acuerdo de honorarios.

Cuando la gente hablaba de la grima que le daban los abogados, era en Rusty Quinn en quien pensaba.

—Puedo hacer que un coche patrulla te lleve a tu despacho —le ofreció Ben.

—No pienso subirme a un coche con ninguno de esos capullos.

Ben se pasó los dedos por el pelo. Tenía que cortárselo. Llevaba la camisa arrugada y a su chaqueta le faltaba un botón. Charlie quería pensar que su vida se estaba viniendo abajo sin ella, pero Ben siempre había sido muy descuidado para esas cosas, y era más probable que ella le tomara el pelo diciéndole que parecía un vagabundo hípster que cogiera aguja e hilo para coserle un botón.

—Kelly Wilson estaba detenida y había sido reducida —dijo—. No se estaba resistiendo. Eran responsables de su seguridad desde el momento en que la esposaron.

—La hija de Greg va a ese colegio.

—Igual que Kelly. —Charlie se inclinó hacia él—. Esto no es Abu Ghraib, ¿de acuerdo? Kelly Wilson tiene el derecho constitucional a que se la procese conforme a la ley. Decidir sobre su destino es cosa de un juez y un jurado, no de una pandilla de policías justicieros a los que se la pone dura darle una paliza a una adolescente.

—Estoy de acuerdo. Todos estamos de acuerdo. —Ben pensó que su mujer hablaba en realidad para el gran Oz que se escondía detrás del espejo—. Una sociedad justa es una sociedad que se aviene a los mandamientos de la ley. No puede ser uno bueno si se comporta como un canalla.

Estaba citando a Rusty.

—Iban a darle una paliza —insistió ella—. O algo peor.

—¿Y tú te ofreciste a sustituirla?

Charlie sintió una especie de quemazón en las manos. Sin detenerse a pensar, comenzó a rascarse la sangre seca, que caía formando bolitas. Sus uñas eran diez medias lunas negras.

Miró a su marido.

—¿Has dicho que has tomado declaración a nueve testigos?

Ben asintió con la cabeza una sola vez, de mala gana. Sabía a qué obedecía la pregunta.

Ocho policías. Y la señora Pinkman no estaba ya allí cuando le rompieron la nariz, lo que significaba que la novena declaración era la de Huck. Es decir, que Ben ya había hablado con él.

—¿Lo sabes? —preguntó.

En ese momento, solo había una cosa que importara entre ellos: si Ben sabía o no por qué había ido al colegio esa mañana. Porque si Ben lo sabía, lo sabría todo el mundo, lo que significaba que ella había encontrado otra forma singularmente cruel de humillar a su marido.

—¿Ben? —preguntó.

Él se pasó otra vez los dedos por el pelo. Se alisó la corbata. Tenía tantos tics que nunca podían jugar a las cartas, ni siquiera a los juegos más sencillos.

—Cariño, lo siento —musitó Charlie—. Lo siento muchísimo.

Alguien llamó rápidamente a la puerta antes de abrir. Charlie confió momentáneamente en que fuera su padre, pero quien entró en la sala de interrogatorios era una mujer negra de edad madura, vestida con traje pantalón azul marino y blusa blanca. Tenía el cabello corto y negro entreverado de blanco, y llevaba colgado del brazo un bolso ancho y ajado, casi tan grande como el que Charlie solía llevar al trabajo. Una tarjeta plastificada colgaba de un cordón, alrededor de su cuello, pero Charlie no alcanzó a leerla.

—Soy la agente especial Delia Wofford —dijo—, de la Oficina de Investigación de Georgia. ¿Es usted Charlotte Quinn? —Estiró el brazo para estrecharle la mano, pero cambió de idea al ver la sangre seca—. ¿La han fichado?

Ella hizo un gesto afirmativo.

—Por el amor de Dios. —Delia Wofford abrió su bolso y sacó un paquete de toallitas húmedas—. Use todas las que necesite. Puedo comprar más.

Jonah volvió con otra silla. Delia señaló la cabecera de la mesa, indicando que era allí donde quería sentarse.

—¿Es usted el capullo que no ha permitido que esta mujer se asee? —le preguntó al policía.

Jonah no supo cómo reaccionar. Seguramente nunca había tenido que rendir cuentas ante una mujer, con excepción de su madre, y de eso hacía mucho tiempo.

—Cierre la puerta al salir. —Delia despidió a Jonah con un ademán al sentarse—. Señora Quinn, procederemos con la mayor brevedad posible. ¿Le importa que grabe la conversación?

Charlie negó con la cabeza.

—Como guste.

Delia tocó varios botones de su teléfono para poner en marcha la grabadora y a continuación comenzó a vaciar su bolso depositando varios cuadernos, libros y papeles sobre la mesa.

La conmoción cerebral impedía a Charlie leer lo que tenía delante, de modo que abrió el paquete de toallitas y empezó a limpiarse. Se frotó primero entre los dedos, desalojando motas negras que caían flotando al suelo como cenizas de una fogata. La sangre se le había metido en los poros. Sus manos parecían las de una anciana. De pronto la venció el cansancio. Quería irse a casa. Quería darse un baño caliente. Quería pensar en lo que había ocurrido, examinar todas las piezas, reunirlas, meterlas en una caja y guardarlas en una estantería bien alta para no tener que volver a verlas nunca más.

—¿Señora Quinn? —Delia Wofford le ofreció una botella de agua.

Charlie estuvo a punto de arrancársela de la mano. Hasta ese instante, no se dio cuenta de la sed que tenía. Engulló la mitad del agua de la botella antes de que la parte lógica de su cerebro le recordara que no era buena idea beber tanta agua teniendo el estómago revuelto.

—Perdón. —Charlie se llevó la mano a la boca para amortiguar un eructo.

Evidentemente, la agente había visto cosas peores.

—¿Lista?

—¿Está grabando?

—Sí.

Charlie sacó otra toallita del paquete.

—En primer lugar, quiero información sobre Kelly Wilson.

Delia Wofford tenía experiencia suficiente como para disimular su fastidio.

—La ha examinado un médico y se encuentra bajo vigilancia permanente.

No era a eso a lo que se refería Charlie, y la agente lo sabía.

—Hay nueve factores que tiene que considerar antes de decidir si conviene procesarla como a una mayor de edad y...

—Señora Quinn —la interrumpió Delia—, deje de preocuparse por Kelly Wilson y empiece a preocuparse por usted. No me cabe duda de que no querrá pasar aquí ni un segundo más de lo estrictamente necesario.

Charlie habría levantado los ojos al cielo si no hubiera temido marearse.

—Tiene dieciséis años. No tiene edad suficiente para...

—Dieciocho.

Charlie dejó de limpiarse las manos. Miró a Ben, no a Delia Wofford, porque ambos habían acordado al principio de su matrimonio que una mentira por omisión era, con todo, una mentira.

Ben le sostuvo la mirada inexpresivamente.

—Según su certificado de nacimiento —prosiguió Delia—, Kelly Wilson cumplió dieciocho años hace dos días.

—¿Ha...? —Charlie tuvo que apartar los ojos de Ben porque una posible condena a muerte tenía precedencia sobre sus problemas conyugales—. ¿Ha visto su certificado de nacimiento?

La agente rebuscó entre un montón de portafolios hasta que encontró lo que buscaba. Puso una hoja de papel delante de Charlie, pero ella solo alcanzó a distinguir un sello redondo de aspecto oficial.

—La fecha coincide con la que figura en los archivos del colegio —añadió Delia—, pero de todos modos hace una hora el Departamento de Salud de Georgia nos envió por fax una copia compulsada del certificado. —Señaló con el dedo la que debía ser la fecha de nacimiento de Kelly—. Cumplió dieciocho años el sábado a la seis y veintitrés de la mañana, pero, como usted sabe, a efectos legales no se la considera adulta hasta la medianoche.

Charlie se sintió enferma. *Dos días.* Cuarenta y ocho horas, ese era el plazo que decidiría entre la cadena perpetua con posibilidad de salir en libertad condicional y la muerte por inyección letal.

—Había repetido un curso. De ahí la confusión, seguramente.

—¿Qué hacía en el colegio de enseñanza media?

—Quedan aún muchos interrogantes por resolver. —Delia hurgó en su bolso y encontró un bolígrafo—. Ahora, señora Quinn, para que quede constancia, ¿está usted dispuesta a hacer una declaración? Está en su derecho a negarse. Ya lo sabe.

Charlie apenas podía seguir el hilo de la conversación. Se llevó la mano a la tripa y se obligó a conservar la calma. Incluso si, por obra de algún milagro, Kelly Wilson lograba evitar la pena capital, la Ley de los Siete Pecados Capitales de Georgia se aseguraría de que no saliera nunca de prisión.

¿Acaso estaba mal que así fuera?

Allí no había ambigüedad posible. Kelly había sido sorprendida literalmente empuñando el arma del crimen.

Charlie se miró las manos, manchadas todavía con la sangre de la pequeña que había muerto en sus brazos. Que había muerto porque Kelly Wilson le había disparado. Porque la había asesinado. Igual que había asesinado al señor Pinkman.

—¿Señora Quinn? —Delia consultó su reloj, aunque Charlie sabía que no tenía otra cita más urgente que aquella.

Sabía también cómo funcionaba el sistema penal. Nadie contaría lo sucedido esa mañana sin la intención consciente de crucificar a Kelly Wilson. Ni los ochos policías que habían estado presentes, ni Huck Huckabee. Quizá ni siquiera la señora Pinkman, cuyo marido había sido asesinado a menos de diez metros de la puerta del aula donde ella daba clase.

—Estoy de acuerdo en declarar —contestó.

Delia tenía delante una libreta. Empuñó su bolígrafo.

—Señora Quinn, en primer lugar quiero expresarle mi pesar porque se haya visto envuelta en esto. Conozco su historia familiar. Estoy segura de que habrá sido muy duro para usted presenciar...

Charlie hizo un ademán para indicarle que pasara a otro asunto.

—Está bien —dijo Delia—. Es mi deber decirle lo siguiente. Quiero que sepa que la puerta que tengo a mi espalda no está cerrada con llave. No está usted detenida. Nadie la retiene aquí. Como ya le he dicho, es libre de marcharse en cualquier momento, aunque, puesto que es usted una de las pocas personas que ha presenciado la tragedia, su declaración voluntaria puede sernos de gran ayuda a la hora de dilucidar los hechos.

Charlie reparó en que no le había advertido que mentir a un agente del GBI –la Oficina de Investigación de Georgia– era un delito que podía castigarse con la cárcel.

—Quiere que la ayude a apuntalar la acusación contra Kelly Wilson.

—Solo quiero que me diga la verdad.

—Y yo solo puedo hacerlo conforme a mi criterio. —No se dio cuenta de que se estaba mostrando beligerante hasta que bajó la vista y vio que había cruzado los brazos.

Delia dejó el bolígrafo sobre la mesa, pero no apagó la grabadora.

—Señora Quinn, creo que conviene dejar constancia de que esta es una situación muy incómoda para todos nosotros.

Charlie esperó.

—¿La ayudaría a hablar con mayor libertad que su marido no estuviera presente? —preguntó Delia.

Charlie se lamió los labios.

—Ben sabe por qué fui al colegio esta mañana.

Si la agente se llevó una decepción al comprobar que había perdido el as que guardaba en la manga, no lo demostró. Cogió de nuevo el bolígrafo.

—Empecemos a partir de ese punto, entonces. Sé que su coche estaba estacionado en el aparcamiento de personal que hay a la derecha del acceso principal. ¿Cómo entró en el edificio?

—Por la puerta lateral. Estaba abierta.

—¿Se fijó en que estaba abierta cuando aparcó?

—Siempre está abierta. —Charlie meneó la cabeza—. Quiero decir que siempre lo estaba cuando yo estudiaba allí. Es la manera más rápida de llegar del aparcamiento a la cafetería. Solía ir a la... —Se interrumpió, porque aquel detalle era irrelevante—. Dejé el coche en el aparcamiento lateral y entré por la puerta de ese lado porque supuse, dada mi experiencia como exalumna del centro, que estaría abierta.

El bolígrafo de Delia se movía por la libreta. No levantó la vista al preguntar:

—¿Fue directamente al aula del señor Huckabee?

—No, me desorienté y di un rodeo. Pasé por delante de la oficina de administración. Estaba a oscuras, pero la luz del despacho del señor Pinkman estaba encendida, al fondo.

—¿Vio a alguien?

—No vi al señor Pinkman, solo que la luz estaba encendida.

—¿Vio a alguna otra persona?

—A la señora Jenkins, la secretaria del colegio. Me pareció verla entrar en la oficina, pero en aquel momento ya estaba al final del pasillo. Se encendieron las luces. Me volví. Estaba a unos treinta metros de distancia, más o menos. —En el lugar aproximado en el que se hallaba Kelly Wilson cuando mató al señor Pinkman y a la pequeña—. No estoy segura de que fuera la señora Jenkins quien entró en la oficina, pero era una señora mayor que se parecía a ella.

—¿No vio a nadie más? ¿Solo a una señora mayor entrando en la oficina?

—Sí. Las puertas de las aulas estaban cerradas. Dentro había algunos profesores, así que supongo que también debí verlos. —Se mordisqueó el labio, tratando de ordenar sus ideas. No era de extrañar que sus clientes se metieran en líos cuando abrían la boca. Ella ni siquiera era sospechosa de un crimen; solo era una testigo, y ya estaba confundiendo las cosas—. No reconocí a ninguno de los profesores que había detrás de las puertas. No sé si me vieron, pero es posible que sí.

—De acuerdo, entonces ¿a continuación fue al aula del señor Huckabee?

—Sí. Estaba en su aula cuando oí el disparo.

—¿*El* disparo?

Charlie apretó las toallitas formando con ellas una bola sobre la mesa.

—Cuatro disparos.

—¿Muy seguidos?

—Sí. No. —Cerró los ojos. Intentó recordar. Solo habían pasado unas horas. ¿Por qué tenía la impresión de que habían pasado siglos?—. Oí primero dos disparos y luego... ¿dos más? ¿O tres y luego uno?

Delia levantó su bolígrafo, esperando.

—No me acuerdo de la sucesión —reconoció Charlie, y se recordó de nuevo que estaba haciendo una declaración jurada—.

Hasta donde yo recuerdo, hubo cuatro disparos en total. Recuerdo que los conté. Y entonces Huck me tiró al suelo. —Carraspeó y resistió el impulso de mirar a Ben para ver cómo se lo estaba tomando—. El señor Huckabee me tiró al suelo detrás de la cajonera, deduzco que para intentar protegerme.

—¿No hubo más disparos?

—Yo... —Meneó la cabeza porque de nuevo no estaba segura—. No lo sé.

—Retrocedamos un poco —dijo Delia—. ¿Estaban el señor Huckabee y usted solos en el aula?

—Sí. No vi a nadie más en el pasillo.

—¿Cuánto tiempo llevaba en el aula del señor Huckabee cuando oyó los disparos?

Charlie meneó otra vez la cabeza.

—Puede que dos o tres minutos.

—Entonces, entra usted en el aula, pasan dos o tres minutos, oye esos cuatro disparos, el señor Huckabee la hace tirarse al suelo detrás de la cajonera, ¿y después?

Se encogió de hombros.

—Salí corriendo.

—¿Hacia la salida?

Charlie miró a Ben un instante.

—Hacia los disparos.

Su marido se rascó la barbilla sin decir nada. Era un tema recurrente en su matrimonio: el hecho de que siempre corriera hacia el peligro en lugar de huir de él como todo el mundo.

—De acuerdo —dijo Delia mientras escribía—. ¿Estaba el señor Huckabee con usted cuando corrió hacia los disparos?

—Iba detrás de mí.

Recordaba haber pasado corriendo junto a Kelly, haber saltado por encima de sus piernas estiradas. Pero esta vez su memoria le mostró a Huck arrodillado junto a la chica. Era lógico. Habría visto el arma en la mano de Kelly. Habría intentado convencer a la chica de que le entregara el revólver mientras ella veía morir a la niña.

—¿Puede decirme su nombre? —le preguntó a Delia—. El de la niña.

—Lucy Alexander. Su madre es profesora del colegio.

Charlie vio dibujarse ante ella, nítidamente, el rostro de la pequeña. Su chaqueta rosa. Su mochila a juego. ¿Llevaba sus iniciales bordadas a un lado de la chaqueta o era un detalle que se estaba inventando?

—Aún no les hemos facilitado su identidad a los medios de comunicación —aclaró Delia—, pero sus padres ya han sido informados.

—No sufrió. Eso creo, por lo menos. No sabía que se estaba... —Sacudió otra vez la cabeza, consciente de que estaba rellenando huecos con suposiciones que deseaba que fueran ciertas.

—Entonces —prosiguió Delia—, corrió usted hacia los disparos, en dirección a la secretaría del centro. —Pasó una hoja de su libreta—. El señor Huckabee iba detrás de usted. ¿A quién más vio?

—No recuerdo haber visto a Kelly Wilson. Sí recuerdo haberla visto luego, cuando oí gritar a los policías, pero no cuando iba corriendo. En todo caso, antes de eso, Huck me alcanzó, me adelantó en la esquina, y luego volví a adelantarle.

Se mordió el labio de nuevo. Los relatos dubitativos como aquel la sacaban de quicio cuando hablaba con sus clientes.

—Pasé corriendo al lado de Kelly. Pensé que era una niña. Una alumna —dijo.

Y, en efecto, lo era. Era ambas cosas. A pesar de tener dieciocho años, Kelly Wilson era muy menuda, el tipo de chica que siempre parecería una niña, incluso cuando fuera una mujer adulta con hijos.

—No me queda clara la sucesión temporal —reconoció Delia.

—Lo siento. —Charlie trató de explicarse—. Estar en una situación así te trastorna. El tiempo pasa de ser una línea recta a ser una esfera, y hasta más tarde no puedes hacerte una idea clara de lo ocurrido, verlo desde distintos ángulos y pensar: «Ah, ahora me acuerdo; primero pasó esto, y luego esto y después...». Solo a posteriori puedes volver a situarlo todo linealmente para que tenga sentido.

Ben la observaba con atención. Charlie sabía lo que estaba pensando porque le conocía mejor de lo que se conocía a sí misma. Con aquellas pocas frases, había desvelado más respecto a cómo había vivido el tiroteo que truncó las vidas de su madre y de Sam que en sus dieciséis años de matrimonio.

Charlie siguió concentrada en Delia Wofford.

—Lo que trato de decirle es que no recordé que había visto a Kelly hasta que la vi por segunda vez. Fue como esa sensación de haber vivido ya un instante concreto, solo que en este caso fue real.

—Entiendo. —Delia asintió con la cabeza mientras seguía escribiendo—. Continúe.

Charlie tuvo que reflexionar un momento para retomar el hilo de su relato.

—Kelly no se movió en el tiempo que transcurrió entre que la vi por primera y por segunda vez. Tenía la espalda pegada a la pared y las piernas estiradas hacia delante. La primera vez, cuando corría por el pasillo, recuerdo que la miré de pasada para asegurarme de que estaba bien. Para cerciorarme de que no era una víctima. En ese momento no reparé en la pistola. Iba vestida de negro, como una chica gótica, pero no miré sus manos. —Hizo una pausa para respirar hondo—. La matanza parecía haber quedado limitada a un extremo del pasillo, frente a las oficinas de administración. El señor Pinkman estaba tendido en el suelo. Parecía muerto. Debería haberle tomado el pulso, pero me acerqué a la niña, a Lucy. La señorita Heller estaba con ella.

El bolígrafo de Delia se detuvo.

—¿Heller?

—¿Qué?

Se miraron, visiblemente desconcertadas. Fue Ben quien rompió el silencio.

—Heller es el apellido de soltera de Judith Pinkman.

Charlie sacudió la cabeza dolorida. Quizá debería haber ido al hospital, a fin de cuentas.

—Está bien. —La agente pasó a una nueva página de su libreta—. ¿Qué estaba haciendo la señora Pinkman cuando la vio usted al fondo del pasillo?

Charlie tuvo que reflexionar de nuevo para situarse.

—Gritaba —dijo—. No en ese momento, sino antes. Lo siento, no se lo he dicho. Antes de eso, cuando estaba en el aula de Huck, después de que me empujara detrás de la cajonera, oímos gritar a una mujer. No sé si fue antes o después de que sonara el timbre, pero gritaba «¡Ayúdennos!».

—¿Ayúdennos? —preguntó Delia.

—Sí —contestó Charlie. Por eso había echado a correr: porque conocía la pavorosa desesperación que suponía esperar a que alguien, quien fuese, te ayudara a recomponer el mundo tal y como lo conocías.

—¿Y? —insistió Delia—. ¿En qué lado del pasillo estaba la señora Pinkman?

—Estaba arrodillada junto a Lucy, agarrándola de la mano. Rezaba. Yo cogí la otra mano de la niña. La miré a los ojos. Todavía estaba viva. Movía los ojos, abrió la boca.

Trató de sofocar su pena. Había pasado las horas anteriores reviviendo la muerte de la pequeña, pero hablar de ello en voz alta le resultaba demasiado doloroso.

—La señorita Heller siguió rezado. La mano de Lucy se soltó de la mía y...

—¿Falleció? —preguntó Delia.

Charlie cerró la mano con fuerza. Todavía, después de tantos años, aún recordaba la sensación de los dedos trémulos de Sam entre los suyos.

No sabía qué era más duro de contemplar: si una muerte repentina y traumática, o la lenta pero implacable agonía de Lucy Alexander.

Ambas formas de morir pertenecían a la esfera de lo insoportable.

—¿Quiere que paremos un momento? —dijo Delia.

Charlie dejó que su silencio respondiera a la pregunta. Miró hacia el espejo, más allá del hombro de Ben. Por primera vez desde que la habían encerrado en aquella sala, observó su reflejo. Había tomado la decisión consciente de no arreglarse para ir al colegio: no quería que Huck malinterpretara sus intenciones. Vaqueros, deportivas, una camiseta de manga larga que le quedaba grande. El emblema descolorido de los Devils de Duke estaba salpicado de sangre. Su cara no presentaba mucho mejor aspecto. El hematoma rojizo que rodeaba su ojo derecho se estaba convirtiendo en un moratón en toda regla. Se sacó de los orificios de la nariz los pegotes de papel higiénico. La piel se desgarró como una postilla. Se le saltaron las lágrimas.

—Tranquila —dijo Delia.

Pero Charlie no quería estar tranquila.

—Oí a Huck decirle al policía que bajara su arma. Llevaba una escopeta —recordó—. Antes de eso había resbalado. El policía de la escopeta. Pisó un charco de sangre y...

Meneó la cabeza. Todavía veía la cara de pánico del agente, el ciego sentido del deber que reflejaba su rostro. Estaba aterrorizado, pero, al igual que ella, había corrido hacia el peligro en lugar de evitarlo.

—Quiero que mire estas fotografías. —Delia volvió a hurgar en su bolso.

Dispuso tres fotografías sobre la mesa. Tres primeros planos. Tres hombres blancos. Tres cortes de pelo a cepillo. Tres cuellos gruesos. Si no hubieran sido policías, habrían sido mafiosos.

Charlie señaló al del medio.

—Este es el que tenía la escopeta.

—El agente Carlson —dijo Delia.

Ed Carlson. Iba un curso por delante de Charlie en el colegio.

—Carlson apuntaba a Huck con la escopeta. Huck le dijo que se calmara o algo parecido. —Señaló otra fotografía. Debajo ponía *RODGERS*. A aquel no le conocía de nada—. Rodgers también estaba. Tenía una pistola.

—¿Una pistola?

—Una Glock 19 —respondió Charlie.

—¿Entiende usted de armas?

—Sí. —Había pasado los últimos veintiocho años de su vida aprendiendo todo lo posible sobre armas de fuego.

—¿A quién apuntaban con sus armas los agentes Carlson y Rodgers? —preguntó Delia.

—A Kelly Wilson, pero como el señor Huckabee estaba de rodillas delante de ella, protegiéndola con su cuerpo, supongo que puede decirse que le apuntaban a él.

—¿Y qué hacía Kelly Wilson en ese momento?

Charlie se dio cuenta de que no había mencionado el arma.

—Tenía un revólver.

—¿De cinco disparos? ¿O de seis?

—Solo son conjeturas, pero parecía antiguo. No tenía el cañón recortado, pero... —Charlie se detuvo—. ¿Había otra arma? ¿Otro tirador?

—¿Por qué lo pregunta?

—Porque me ha preguntado cuántos disparos se efectuaron y cuántas balas tenía el revólver.

—Le aconsejo que no saque conclusiones de mis preguntas, señora Quinn. En esta fase de la investigación, podemos afirmar casi con total seguridad que no había otra arma ni otro tirador.

Charlie apretó los labios. ¿Había oído más de cuatro disparos al principio? ¿Había oído más de seis?

De pronto no estaba segura de nada.

—Dice usted que Kelly Wilson tenía el revólver en la mano —prosiguió Delia—. ¿Qué hacía con él?

Charlie cerró los ojos un momento para situarse de nuevo en el pasillo.

—Estaba sentada en el suelo, como le decía. Con la espalda pegada a la pared. Y se apuntaba con el revólver al pecho, así. —Juntó las manos imitando el modo en que la chica sostenía la pistola, con el pulgar metido en el guardamonte—. Daba la impresión de que iba a matarse.

—¿Su pulgar izquierdo estaba dentro del guardamonte del revólver?

Ella se miró las manos.

—Disculpe, es solo una suposición. Yo soy zurda. Kelly tenía un dedo apoyado en el gatillo, pero no sé si era el izquierdo.

Delia continuó escribiendo.

—¿Y?

—Carlson y Rodgers le gritaban que tirara el arma. Estaban muy nerviosos. Todos lo estábamos. Excepto Huck. Imagino que ha visto combates o... —Prefirió no especular—. Le tendió la mano a Kelly y le dijo que le diera el revólver.

—¿Dijo algo Kelly Wilson en algún momento?

Charlie no quiso afirmar que Kelly Wilson había hablado, porque no se fiaba de que los dos hombres que habían oído sus palabras fueran a reproducirlas fielmente.

—Huck estaba intentando convencer a Kelly para que se entregara —contestó—. Y ella parecía dispuesta a hacerlo. —Volvió a fijar la mirada en el espejo, donde confiaba en que Ken Coin estuviera a punto de orinarse encima—. Le puso el revólver en la mano a Huck. Se lo entregó sin resistencia. Fue entonces cuando el agente Rodgers disparó al señor Huckabee.

Ben abrió la boca para decir algo, pero Delia le atajó levantando una mano.

—¿Dónde le disparó? —preguntó.

—Aquí. —Charlie se señaló el bíceps.

—¿En qué estado se encontraba Kelly Wilson en esos momentos?

—Parecía aturdida. —Charlie se reprendió para sus adentros por haber contestado a la pregunta—. Pero eso es solo una suposición. No la conozco, ni soy una experta. No puedo evaluar su estado mental.

—Entendido —dijo Delia—. ¿El señor Huckabee estaba desarmado cuando le dispararon?

—Bueno, tenía un revólver en la mano, pero de lado, como se lo había dado Kelly.

—Muéstremelo.

Delia Wofford sacó una Glock 45 de su bolso. Soltó el cargador, tiró de la corredera para extraer el cartucho y dejó la pistola sobre la mesa.

Charlie no quería cogerla. Detestaba las armas de fuego, a pesar de que practicaba dos veces al mes en la galería de tiro. No quería volver a encontrarse en una situación de peligro sin saber cómo utilizar un arma.

—Señora Quinn —dijo Delia—, no está obligada a hacerlo, pero sería de gran ayuda que me mostrara la posición del revólver cuando Kelly Wilson lo depositó en la mano del señor Huckabee.

—Ah.

Charlie sintió que una bombilla gigantesca se encendía sobre su cabeza. Estaba tan trastornada por los asesinatos que no había reparado en que había otra investigación en marcha: la del disparo que había efectuado el agente de policía. Si Rodgers hubiera desplazado su arma un par de centímetros a un lado, Huck podría haber sido el tercer cadáver tendido en aquel pasillo.

—Fue así.

Cogió la Glock y sintió en la piel el frío del metal. Se la pasó a la mano izquierda, pero se dio cuenta de su error. Huck había tendido a Kelly la mano derecha. Se puso el arma sobre la palma derecha y la colocó de lado, con el cañón apuntando hacia atrás, tal y como había hecho Kelly Wilson.

Delia ya tenía su móvil en las manos. Hizo varias fotografías, diciendo «¿Le importa?», aunque sabía perfectamente que era demasiado tarde en caso de que Charlie pusiera reparos.

—¿Qué fue del revólver?

Charlie dejó la Glock encima de la mesa, con el cañón apuntando a la pared del fondo.

—No lo sé. Huck no se movió, en realidad. Imagino que dio un respingo de dolor cuando la bala se le incrustó en el brazo, pero no cayó al suelo ni nada por el estilo. Le dijo a Rodgers que cogiera el revólver, pero no recuerdo si Rodgers lo cogió o no, o si se encargó otra persona.

Delia había dejado de escribir.

—Después de que le dispararan, ¿el señor Huckabee le dijo a Rodgers que cogiera el revólver?

—Sí. Estaba muy tranquilo, pero había mucha tensión en el ambiente porque nadie sabía si Rodgers iba a volver a disparar. Seguía apuntando a Huck con la Glock. Y Carlson todavía tenía la escopeta.

—Pero nadie volvió a disparar.

—No.

—¿Pudo ver si alguien tenía el dedo en el gatillo?

—No.

—¿Y no vio al señor Huckabee entregarle el revólver a nadie?

—No.

—¿Vio que se lo guardara? ¿O que lo dejara en el suelo?

—No... —Meneó la cabeza—. Me preocupaba más que le hubieran disparado.

—Está bien. —Tomó un par de notas más antes de levantar la vista—. ¿Qué es lo siguiente que recuerda?

Charlie no sabía qué recordaba a continuación. ¿Se había mirado las manos como se las miraba en ese momento? Recordaba claramente el ruido de la respiración agitada de Carlson y Rodgers. Parecían tan aterrorizados como ella: sudaban copiosamente y el movimiento de su pecho al subir y bajar era visible pese a que llevaban gruesos chalecos antibalas.

«Mi hija tiene la edad de esa niña».

«Pink fue mi entrenador».

Carlson no se había abrochado el chaleco antibalas, cuyos lados ondeaban, abiertos, cuando entró corriendo en el colegio con la escopeta. Ignoraba qué iba a encontrar cuando doblara la esquina: cadáveres, una carnicería, una bala directa a la cabeza.

Si nunca habías visto nada parecido, podías hundirte para siempre.

—Señora Quinn —dijo Delia—, ¿quiere que hagamos una pausa?

Charlie pensó en la cara aterrorizada de Carlson cuando resbaló en el charco de sangre. ¿Tenía lágrimas en los ojos? ¿Se estaba preguntando si la niña muerta a unos pasos de distancia era su propia hija?

—Quiero irme ya. —No supo que iba a pronunciar aquellas palabras hasta que las oyó salir de su boca—. Me voy.

—Debería terminar su declaración. —Delia sonrió—. Solo le robaré un par de minutos más.

—Prefiero terminarla en otro momento. —Se agarró a la mesa para poder levantarse—. Ha dicho que era libre de irme.

—Desde luego. —Delia Wofford se mostró de nuevo inmutable. Le ofreció una tarjeta de visita—. Confío en que volvamos a hablar muy pronto.

Charlie cogió la tarjeta. Seguía viendo borroso. Su estómago bombeaba ácido hacia su garganta.

—Te acompaño a la puerta de atrás —dijo Ben—. ¿Seguro que puedes volver andando al despacho?

Charlie no estaba segura de nada, salvo de que tenía que salir de allí. Aquellas cuatro paredes la agobiaban. No podía respirar por la nariz. Se asfixiaría si no salía de aquella habitación.

Ben se metió su botella de agua en el bolsillo de la chaqueta. Abrió la puerta. Charlie estuvo a punto de caerse al salir al pasillo. Apoyó las manos contra la pared de enfrente. Cuarenta años de pintura habían alisado los bloques de cemento. Pegó la mejilla a su fría superficie. Respiró hondo un par de veces y esperó a que remitieran las náuseas.

—¿Charlie? —dijo Ben.

Se dio la vuelta. De pronto los separaba un río de gente. El edificio estaba atestado de policías. Mujeres y hombres musculosos, armados con grandes rifles sujetos al pecho, iban apresuradamente de acá para allá. Agentes de la policía del estado. Ayudantes del sheriff. Patrulleros de tráfico. Ben tenía razón: se habían presentado todos. Observó las letras que llevaban impresas a la espalda: *GBI, FBI, ATF, SWAT, ICE, BRIGADA DE ARTIFICIEROS.*

Cuando por fin se despejó el pasillo, Ben tenía su teléfono en las manos. Guardaba silencio mientras sus pulgares se movían por la pantalla.

Charlie se recostó en la pared y esperó a que acabara de enviar el mensaje. Quizás estuviera escribiendo a aquella chica de veintiséis años de su oficina. Kaylee Collins. Era su tipo. Charlie lo sabía porque, a esa edad, también ella era su tipo.

—Mierda. —Los pulgares de Ben siguieron tocando la pantalla—. Dame un segundo.

Charlie podría haber salido sola de la jefatura de policía. Podría haber recorrido a pie las seis manzanas que la separaban de su despacho.

Pero no lo hizo.

Observó la cabeza de Ben, el modo en que el cabello le crecía desde la coronilla formando un remolino. Deseó acurrucarse contra su cuerpo. Extraviarse en él.

Pero, en lugar de hacerlo, se repitió en silencio las frases que había ensayado en el coche, en la cocina, a veces incluso delante del espejo del cuarto de baño:

«No puedo vivir sin ti.

Los últimos nueve meses han sido los más solitarios de toda mi vida.

Por favor, vuelve a casa porque ya no lo soporto más.

Lo siento.

Lo siento.

Lo siento».

—Otro caso se ha complicado, nos han echado abajo el trato al que habíamos llegado con el acusado. —Ben se guardó el teléfono en el bolsillo de la chaqueta. Chocó con la botella de agua medio vacía de Charlie—. ¿Lista?

No tuvo más remedio que echar a andar. Mantuvo las puntas de los dedos pegadas a la pared y se puso de costado cuando pasaron más policías vestidos de negro. Tenían una expresión fría, insondable. O iban a alguna parte o volvían de algo, con la mandíbula apretada para enfrentarse al mundo.

«Ha sido un tiroteo en una escuela».

Charlie había estado tan concentrada en el *qué* que había olvidado el *dónde*.

No era ninguna experta, pero conocía lo suficiente ese tipo de investigaciones como para saber que cada nuevo tiroteo en un colegio daba forma al siguiente. Columbine, Virginia Tech, Sandy Hook. Los organismos policiales estudiaban esas tragedias a fin de impedir, o al menos de entender, la siguiente.

La ATF peinaría el colegio en busca de explosivos porque otros agresores los habían empleado antes. El GBI buscaría cómplices porque en ocasiones, aunque rara vez, los había. Los perros adiestrados buscarían mochilas sospechosas en los pasillos. Inspeccionarían cada taquilla, cada mesa, cada armario en busca de explosivos. Los investigadores buscarían el diario de Kelly o una lista de objetivos, planos del colegio, alijos de armas, un plan de asalto. Los informáticos revisarían los ordenadores, los teléfonos, las páginas de Facebook, las cuentas de Snapchat. Todo el mundo buscaría un móvil, pero ¿cuál podían encontrar? ¿Qué podía alegar una chica de dieciocho años para explicar por qué había decidido cometer un asesinato a sangre fría?

Eso era ahora problema de Rusty. El tipo de asunto espinoso, tanto en un sentido jurídico como moral, que le hacía levantarse de la cama por las mañanas.

Una forma de ejercer la abogacía que a Charlie siempre le había repugnado.

—Vamos. —Ben echó a andar delante de ella. Caminaba siempre a grandes zancadas porque apoyaba demasiado peso en la parte delantera del pie.

¿Sufría maltrato Kelly Wilson? Con ese interrogante daría comienzo Rusty Quinn a sus pesquisas. ¿Había algún atenuante que pudiera librarla del corredor de la muerte? Iba un curso retrasada en la escuela. ¿Indicaba ello un bajo coeficiente intelectual? ¿Una discapacidad? ¿Era Kelly Wilson capaz de distinguir el bien del mal? ¿Podía tomar parte en su propia defensa, como exigía la ley?

Ben empujó la puerta de salida.

¿Era Kelly Wilson un monstruo? ¿Era esa la explicación: la única explicación que carecía de sentido? ¿Les diría Delia Wofford a los padres de Lucy Alexander y a la señora Pinkman que habían perdido a sus seres queridos por el simple motivo de que Kelly Wilson era una persona malvada?

—Charlie... —dijo Ben, sujetando la puerta abierta. Volvía a tener el iPhone en la mano.

Ella se hizo visera con la mano sobre los ojos al salir. El sol cortaba como una espada. Las lágrimas le corrían por las mejillas.

—Ten. —Ben le pasó unas gafas de sol. Eran de ella. Debía de haberlas sacado de su coche.

Charlie las cogió, pero no pudo apoyárselas sobre la nariz dolorida. Abrió la boca para tomar aire. El súbito calor del día la abrumó. Se inclinó, apoyando una mano sobre la rodilla.

—¿Vas a vomitar?

—No —contestó, y luego añadió—: Puede que sí.

Un segundo después, vomitó un poco, lo justo para salpicar.

Ben no se retiró. Consiguió apartarle el pelo de la cara sin tocar su piel. Charlie sufrió dos arcadas más antes de que preguntara:

—¿Mejor?

—Puede ser. —Abrió la boca. Esperó. Le salió un hilillo de espuma, nada más—. Sí, mejor.

Él dejó que el pelo le cayera sobre los hombros.

—El médico que te atendió me dijo que tenías una conmoción cerebral.

Charlie no podía levantar la cabeza, pero dijo:

—No pueden hacer nada al respecto.

—Pueden mantenerte en observación por si presentas síntomas como náuseas, visión borrosa, dolor de cabeza o dificultad para recordar los nombres o para contestar cuando te formulan una pregunta sencilla.

—Si olvidara algún nombre, ellos no lo sabrían —replicó—. No quiero pasar la noche en un hospital.

—Quédate en La Choza. —Así llamaba Sam a la laberíntica casa de la granja, y así seguían llamándola—. Rusty puede echarte un ojo.

—¿Qué quieres, que me muera por culpa del humo de su tabaco, en vez de morirme de un aneurisma?

—Eso no tiene gracia.

Sin levantar la cabeza, Charlie buscó a tientas la pared. Notar la solidez del cemento le dio fuerzas para incorporarse. Se hizo visera con la mano, y recordó que esa mañana había hecho aquel mismo gesto, pegando la mano a la ventana de la puerta de la oficina del colegio, para echar un vistazo dentro.

Ben le pasó la botella de agua. Ya le había quitado el tapón. Ella bebió un par de tragos y trató de no dar demasiada importancia a aquel detalle. Su marido era igual de atento con todo el mundo.

—¿Dónde estaba la señora Jenkins cuando empezó el tiroteo? —preguntó.

—En el archivo.

—¿Vio algo?

—Rusty se enterará de todo cuando se levante el secreto de sumario.

—De todo —repitió Charlie.

Durante los meses siguientes, Ken Coin estaría obligado por ley a revelar cualquier material que obrara en poder de los investigadores y que pudiera interpretarse razonablemente como una prueba. Claro que la idea de Coin de lo que era «razonable» era tan elástica como una tela de araña.

—¿La señora Pinkman está bien? —preguntó.

Ben no le reprochó su lapso al llamarla Heller; ese no era su estilo.

—Está en el hospital. Han tenido que sedarla.

Charlie debería visitarla, pero sabía que buscaría cualquier excusa para no hacerlo.

—Has dejado que creyera que Kelly Wilson tenía dieciséis años.

—Creía que podías descubrirlo sosteniendo en la mano una esfera y descomponiendo el tiempo.

Charlie se rio.

—La he cagado bien ahí dentro.

—Bueno, esto tampoco ha estado mal.

Charlie se limpió la boca con la manga. Volvió a notar el olor de la sangre seca. Recordaba aquel olor, como todo lo demás, de aquella otra vez. Recordaba las motas oscuras que caían de su pelo como cenizas. Recordaba que, incluso después de bañarse, incluso después de restregarse el cuerpo hasta dejarse la piel en carne viva, el olor a muerte persistía.

—Me llamaste esta mañana —dijo.

Ben se encogió de hombros como si no importara.

Charlie se echó lo que quedaba del agua en las manos para limpiárselas.

—¿Has hablado con tu madre y tus hermanas? Estarán preocupadas.

—Sí, hemos hablado. —Volvió a encogerse de hombros—. Debería volver a entrar.

Charlie esperó, pero Ben no se movió. Ella buscó a toda prisa un motivo para hacer que se quedara.

—¿Cómo está Barkzilla?

—Igual de ladrador que siempre. —Ben cogió la botella vacía. Le puso el tapón y volvió a guardársela en el bolsillo de la chaqueta—. ¿Qué tal Eleanor Roosevelt?

—Igual de callada que siempre.

Él bajó la barbilla y guardó silencio. No era ninguna novedad. Su marido, siempre tan hablador, apenas le había dirigido la palabra en los últimos nueve meses.

Pero no se marchaba, ni le hacía señas de que se fuera. No le decía que el único motivo por el que no le preguntaba si estaba bien era porque sabía que le diría que sí aunque fuera mentira. Sobre todo, si era mentira.

—¿Por qué me llamaste esta mañana? —preguntó ella.

Él dejó escapar un gruñido. Echó la cabeza hacia atrás y la apoyó contra la pared. Charlie hizo lo mismo. Observó la línea angulosa de su mandíbula. Aquel era su tipo: un friki larguirucho, desgarbado y simpático que citaba con la misma facilidad a los Monthy Python que la constitución de los Estados Unidos. Que leía novela gráfica. Que se bebía un vaso de leche todas las noches antes de irse a la cama. Al que le chiflaban la ensalada de patata, *El señor de los anillos* y los trenes de juguete. Que prefería el fútbol-fantasy al auténtico. Que no engordaba ni aunque le cebaras con mantequilla. Y que medía un metro ochenta y tres cuando se ponía derecho, lo cual no sucedía muy a menudo.

Le quería tanto que le dolía literalmente el corazón cuando pensaba que tal vez no volviera a abrazarle.

—Peggy tenía una amiga cuando tenía catorce años —dijo Ben—. Se llamaba Violet.

Peggy era la más mandona de sus tres hermanas mayores.

—Murió atropellada. Iba en su bici. Fuimos al entierro. No sé cómo se le ocurrió a mi madre llevarme. Era muy pequeño para ver una cosa así. El ataúd estaba abierto. Carla me aupó para que la viera. —Tragó saliva—. Me puse fatal. Mi madre tuvo que sacarme al aparcamiento. Después tuve pesadillas. Creía que era lo peor que vería nunca. Una niña muerta. Una niñita. Pero estaba limpia. No se veía lo que había pasado, que el coche la había embestido por detrás. Que se había desangrado, pero por dentro. No como la niña de hoy. No como lo que he visto en el colegio.

Tenía lágrimas en los ojos. Cada palabra que salía de su boca rompía otro trozo del corazón de Charlie. Tuvo que cerrar con fuerza los puños para no intentar tocarle.

—Un asesinato es un asesinato —continuó él—. Eso puedo asumirlo. Los traficantes de drogas, los pandilleros, incluso la violencia doméstica. Pero ¿una niña? ¿Una niña pequeña? —Meneó la cabeza—. No parecía estar dormida, ¿verdad que no?

—No.

—Parecía que la habían asesinado. Que le habían disparado a la garganta y que la bala le había desgarrado el cuello y había tenido una muerte horrible y violenta.

Charlie levantó la vista hacia él solo porque no quería ver morir de nuevo a Lucy Alexander.

—Ese tipo es un héroe de guerra —añadió Ben—. ¿Lo sabías?

Se refería a Huck.

—Salvó a un pelotón o algo así, pero no le gusta hablar de ello porque es como el puto Batman o algo por el estilo. —Se apartó de la pared y de ella—. Y esta mañana recibió un disparo en el brazo para salvar a una asesina, a la que impidió que lincharan. Y luego dio la cara por el tipo que había estado a punto de matarle. Mintió en una declaración jurada para no meter en líos a otro tío. Y encima está como un tren, ¿verdad? —Estaba furioso, pero su voz sonaba baja, apocada por la humillación que le había infligido su esposa—. A un tío así, cuando te lo cruzas por la calle, no sabes si te dan ganas de tirártelo o de tomarte una cerveza con él.

Charlie fijó la mirada en el suelo. Ella había hecho ambas cosas, y los dos lo sabían.

—Ha llegado Lenore.

La secretaria de Rusty acababa de parar su Mazda rojo ante la verja.

—Ben, lo siento —dijo Charlie—. Fue un error. Un error espantoso.

—¿Dejaste que se pusiera él encima?

—Claro que no. No seas absurdo.

Lenore tocó el claxon. Bajó la ventanilla y les saludó con la mano. Charlie le devolvió el saludo con la mano abierta, tratando de indicarle que esperara un minuto.

—Ben...

Pero ya era demasiado tarde. Su marido ya había entrado y estaba cerrando la puerta.

4

Charlie olisqueó sus gafas de sol mientras caminaba hacia el coche de Lenore. Sabía que se estaba comportando como una adolescente atolondrada en una novela romántica juvenil, pero tenía ganas de sentir el olor de Ben. Lo que olió, en cambio, fue el tufo de su propio sudor mezclado con olor a vómito.

Lenore se inclinó para abrir la puerta del copiloto.

—Las gafas se ponen encima de la nariz, corazón, no delante.

Charlie no podía ponerse nada encima de la nariz. Tiró las gafas baratas sobre el salpicadero al entrar.

—¿Te manda mi padre?

—Ben me mandó un mensaje, pero tu padre quiere que vayamos a buscar a los Wilson y los llevemos al despacho. Coin está intentando ejecutar una orden de registro. Te he traído ropa para que te cambies.

Charlie había empezado a negar con la cabeza al oír las palabras «tu padre quiere».

—¿Dónde está Rusty? —preguntó.

—En el hospital, con la chica.

Charlie se rio con un bufido. Ben dominaba cada vez mejor el arte del disimulo.

—¿Cuánto tiempo ha tardado en averiguar que no la tenían en comisaría?

—Algo más de una hora.

Charlie se abrochó el cinturón de seguridad.

—Estaba pensando en cuánto le gusta a Coin andarse con juegos.

No le cabía duda de que el fiscal del distrito había metido a Kelly Wilson en una ambulancia para trasladarla al hospital. Al mantener el espejismo de que no estaba bajo custodia policial, podía alegar que cualquier declaración que hiciera en ausencia de su abogado era voluntaria.

—Tiene dieciocho años.

—Sí, Rusty me lo ha dicho. Está prácticamente catatónica. Tu padre consiguió a duras penas sacarle el número de teléfono de su madre.

—Así estaba cuando la vi yo. Parecía casi en estado de fuga.

Confiaba en que Kelly Wilson saliera de su estupor en breve. De momento, era la principal fuente de información de que disponía Rusty. Hasta que recibiera el informe de Ken Coin (listado de testigos presenciales, declaraciones policiales, atestados y pruebas forenses), su padre volaría a ciegas.

Lenore puso la mano sobre la palanca de cambios.

—¿Adónde te llevo?

Charlie se imaginó en casa, dándose una ducha caliente o en la cama, rodeada de almohadones. Entonces se acordó de que Ben no estaría allí y contestó:

—A casa de los Wilson, supongo.

—Viven en Holler, en la parte de más atrás. —Lenore arrancó, dio media vuelta y enfiló la calle—. La calle no tiene nombre. Tu padre me ha mandado indicaciones para llegar: girar a la izquierda cuando vea un perro blanco y viejo, y a la derecha al llegar a un roble torcido.

—Supongo que es una buena noticia para Kelly.

Rusty podría impugnar la orden de registro si no llevaba la dirección correcta o al menos una descripción concreta de la casa. Era probable que Ken Coin no pudiera obtener ni una cosa ni otra. Había cientos de casas de alquiler y caravanas por todo el barrio de Holler. Nadie sabía exactamente cuánta gente vivía allí, cómo se llamaban o si sus hijos iban o no al colegio. Los caseros no se molestaban en firmar contratos de alquiler ni en pedir avales con tal de que sus inquilinos les hicieran llegar cada semana la cantidad acordada.

—¿Cuánto tiempo crees que tenemos antes de que Ken localice la casa? —preguntó Charlie.

—Ni idea. Trajeron un helicóptero de Atlanta hace una hora, pero, que yo sepa, está al otro lado de la montaña.

Charlie sabía que podía encontrar la casa de los Wilson. Iba a Holler dos veces al mes, como mínimo, a intentar cobrar facturas que le debían. Ben se había mostrado horrorizado cuando le dijo de pasada que a veces iba allí por las noches. El sesenta por ciento de los delitos que se cometían en Pikeville tenían lugar en Sadie's Holler o en sus inmediaciones.

—Te he traído un bocadillo —dijo Lenore.

—No tengo hambre.

Miró el reloj del salpicadero: las 11:52 de la mañana. Hacía menos de cinco horas, se había asomado a la oficina en penumbra del colegio de enseñanza media. Y menos de diez minutos después dos personas habían muerto, otra estaba herida y a ella estaban a punto de romperle la nariz.

—Deberías comer —insistió Lenore.

—Sí, ya.

Se quedó mirando por la ventanilla. El sol brillaba a intervalos entre los altos árboles de detrás de los edificios. Su luz intermitente le trajo a la cabeza, en fogonazos, imágenes inconexas como antiguas diapositivas. Se permitió el raro lujo de contemplar sin prisas las de Gamma y Sam, corriendo por el largo camino que llevaba a la granja, o riendo a causa de un tenedor de plástico arrojado a lo lejos. Sabía lo que venía después y prefirió adelantar la película, hasta que Sam y Gamma quedaron relegadas al pasado remoto y lo único que quedó fue el marasmo de aquella mañana.

Lucy Alexander. El señor Pinkman.

Una niña. Un director de colegio de enseñanza media.

Las víctimas no parecían tener mucho en común, salvo porque se hallaban en el lugar equivocado en el peor momento posible. Si tuviera que aventurar una hipótesis, diría que Kelly Wilson tenía planeado quedarse en medio del pasillo con el revólver en la mano y esperar a que sonara el timbre.

La pequeña Lucy Alexander dobló la esquina.

Bang.

Luego, el señor Pinkman salió corriendo de su despacho.

Bang, bang, bang.

Después sonó el timbre y, de no ser por la rápida intervención del personal, un torrente de nuevas víctimas habría inundado el pasillo.

Gótica. Solitaria. Repetidora.

Kelly Wilson era el prototipo de la acosada. Sola en la mesa del almuerzo, la última en ser escogida en gimnasia, la que asistía al baile del colegio con un chico que solo buscaba una cosa.

Pero ¿por qué Kelly había empuñado un arma y ella, Charlie, no?

—Por lo menos bébete la Coca-Cola que hay en la nevera —dijo Lenore—. Te ayudará a salir del *shock.*

—No estoy en estado de *shock.*

—Y me juego algo a que también crees que no tienes la nariz rota.

—La verdad es que creo que sí lo está.

La insistencia de Lenore le hizo cobrar conciencia de que, en efecto, no estaba bien. Notaba una intensa presión en la cabeza. Su nariz latía por sí sola. Le parecía tener los párpados embadurnados de miel. Cedió al cansancio unos segundos, dejó que se cerraran y una agradable sensación de vacío se apoderó de ella.

Por encima del zumbido del motor, oía los pies de Lenore manejando los pedales al cambiar de marcha. Siempre conducía descalza, con los tacones altos en el suelo, a su lado. Le gustaba ponerse faldas cortas y medias de colores. Era una indumentaria demasiado juvenil para una mujer de setenta años, pero teniendo en cuenta que Charlie tenía más vello en las piernas que Lenore, no era quién para juzgarla.

—Bebe un poco de Coca-Cola —repitió Lenore.

Charlie abrió los ojos. El mundo seguía allí.

—Venga.

Estaba demasiado cansada para discutir. Encontró la nevera portátil encajada junto al asiento. Sacó el refresco pero no cogió el bocadillo. En lugar de abrir la botella, se la acercó a la nuca.

—¿Puedo tomarme una aspirina?

—No. Aumenta el riesgo de hemorragia.

Charlie habría preferido un coma a aquel dolor. El brillo del sol había convertido su cabeza en una gigantesca campana que tañía sin cesar.

—¿Cómo se llama eso que te da en los oídos?

—Tinnitus —contestó Lenore—. Si no empiezas a beberte esa Coca-Cola ahora mismo, paro el coche.

—¿Y permitir que la policía llegue a casa de los Wilson antes que nosotras?

—Primero, tendrían que desviarse en esta carretera. Segundo, aunque encuentren la ubicación de la casa y tengan al juez listo para firmar, tardarán por lo menos media hora en expedir la orden de registro. Y tercero, cállate de una vez y haz lo que te digo o te doy un cachete.

Charlie desenroscó el tapón de la botella ayudándose con la camiseta. Bebió un sorbo de Coca-Cola y vio cómo se alejaba el centro de la ciudad por el retrovisor lateral.

—¿Has vomitado? —preguntó Lenore.

—Paso de contestar.

Sintió que otra vez se le encogía el estómago. El mundo de fuera era demasiado vertiginoso. Tuvo que cerrar los ojos para recuperar el equilibrio.

Las diapositivas volvieron a aparecer en su cabeza. Lucy Alexander. El señor Pinkman. Gamma. Sam. Pasó rápidamente las imágenes, como si buscara un archivo concreto en un ordenador.

¿Qué le había dicho a Delia Wofford que pudiera perjudicar a Kelly Wilson? Rusty querría saberlo. También querría saber cuántos disparos se habían efectuado y su secuencia, la capacidad del revólver y qué había dicho Kelly en voz baja cuando Huck le suplicó que le entregara el arma.

Esto último sería crucial para la defensa. Si había confesado, si había hecho un comentario frívolo o enunciado un móvil siniestro que explicara sus crímenes, por más florituras oratorias que derrochara Rusty no se salvaría de la inyección letal. Ken Coin no dejaría un caso tan notorio en manos de la fiscalía del estado. Había actuado en otros dos casos de asesinato con anterioridad, y ningún jurado de Pikeville rechazaría su petición de pena de muerte. Coin hablaba con peculiar autoridad. En sus tiempos, cuando era agente de policía, había ejecutado a un hombre con sus propias manos.

Veintiocho años antes, Daniel Culpepper, el hermano de Zachariah Culpepper, estaba sentado en su caravana viendo la televisión cuando el agente Ken Coin llegó en su coche patrulla. Eran las ocho y media de la tarde. Ya habían descubierto el cadáver de Gamma en la casa de la granja. Sam se desangraba en el arroyo que corría bajo la torreta meteorológica. Y Charlie, con trece años, estaba sentada en la parte de atrás de una ambulancia, suplicando al personal sanitario que la dejara volver a casa. El agente Coin echó abajo de una patada la puerta de la caravana de Daniel Culpepper. El sospechoso, de diecinueve años de edad, cogió su pistola. Coin le disparó siete veces en el pecho.

Todavía hoy, la mayoría del clan de los Culpepper seguía insistiendo en que Daniel era inocente, pero las pruebas en contra del chico eran incontrovertibles. El revólver que empuñaba fue identificado posteriormente como el mismo que efectuó el disparo que hirió a Sam en la cabeza. Unos vaqueros cubiertos de sangre y unas zapatillas de bota azules que eran suyas se encontraron, medio quemadas, en un barril detrás de la caravana. Su propio hermano declaró que habían ido juntos a la granja a matar a Rusty. Les preocupaba perder su casa si, después de perderlo todo a causa del incendio, Quinn les reclamaba el dinero que le debían por sus servicios jurídicos. Charlie sobrevivió a aquel calvario siendo consciente de que la vida de su familia se había tasado al precio de una caravana de segunda mano.

—Estamos pasando por delante del colegio —dijo Lenore.

Charlie abrió los ojos. El colegio de enseñanza media de Pikeville era el instituto público de Pikeville cuando ella estudiaba. El edificio se había extendido con el paso de los años, agrandándose apresuradamente para acomodar a los mil doscientos alumnos procedentes de las localidades vecinas. El instituto de bachillerato que había al lado era aún mayor y albergaba casi a dos mil estudiantes.

Vio el sitio vacío donde había aparcado su coche. El aparcamiento estaba acordonado con cinta policial. Había algunos coches de profesores diseminados entre los vehículos policiales, las ambulancias, los camiones de bomberos, los autobuses del laboratorio forense y la furgoneta del juez de instrucción. Un helicóptero de prensa sobrevolaba el gimnasio. La escena tenía algo de irreal, como si en cualquier momento el director de la película fuera a gritar «corten» y todo el mundo fuera a irse a comer.

—A la señora Pinkman han tenido que sedarla —comentó Charlie.

—Es una buena mujer. No se merecía esto. Nadie se merece algo así.

Charlie asintió con un gesto. No podía hablar: tenía un cristal en la garganta. Judith Heller Pinkman había sido para ella, a lo largo de los años, una extraña piedra de toque. Se veían en el pasillo cuando Charlie regresó por fin al colegio. La señorita Heller siempre sonreía, pero no la presionaba, no la obligaba a hablar de la tragedia que las había unido. Mantenía las distancias, lo que, visto en retrospectiva, requería una disciplina de la que la mayoría de la gente carecía.

—Me pregunto cuánto durará la atención mediática —dijo Lenore, mirando el helicóptero—. Dos víctimas. No es mucho, comparado con otros tiroteos.

—Las chicas no matan. Por lo menos, así.

—*No me gustan los lunes.*

—¿En general, o te refieres a la canción de los Boomtown Rats?

—A la canción —contestó Lenore—. Está inspirada en un tiroteo. De 1979. Una chica de dieciséis años cogió un rifle y se lio a tiros en el patio de un colegio. No me acuerdo de a cuántas personas mató. Cuando la policía le preguntó por qué lo había hecho, contestó: «No me gustan los lunes».

—Santo Dios —susurró Charlie, confiando en que Kelly Wilson no se hubiera mostrado tan insensible cuando había hablado en voz baja en el pasillo.

Se preguntó entonces por qué se preocupaba tanto por Kelly Wilson, si era una asesina.

La repentina claridad de esa idea la dejó sobrecogida.

Si se eliminaba todo lo que rodeaba lo sucedido esa mañana (el miedo, las muertes, los recuerdos, la aflicción), quedaba una verdad muy sencilla de enunciar: *Kelly Wilson había asesinado a dos personas a sangre fría.*

La voz de Rusty se coló en su cabeza sin que nadie la invitara: «¿Y qué?»

Aun así, Kelly tenía derecho a un juicio justo. Tenía derecho a la mejor defensa que pudiera encontrar. Eso mismo les había dicho ella a los policías enfurecidos que habían querido matarla a golpes. Ahora, en cambio, sentada en el coche con Lenore, se preguntaba si había acudido en defensa de Kelly por la simple razón de que nadie más iba a hacerlo.

Otro defecto de su carácter que había minado su matrimonio.

Estiró el brazo hacia el asiento de atrás para coger la ropa que le había llevado Lenore. Encontró la camisa que Ben llamaba su «camisa *amish*» y que ella misma consideraba poco menos que un burka. Los jueces de Pikeville, todos ellos unos viejos cascarrabias, hacían gala de un conservadurismo feroz. Las letradas tenían que elegir entre ponerse faldas largas y blusas recatadas o ver cómo cada protesta, cada moción, para palabra que salía de sus bocas era invalidada por el juez.

—¿Estás bien? —preguntó Lenore.

—No, la verdad es que no.

Decir la verdad alivió un poco la opresión que notaba en el pecho. Siempre le había contado a Lenore cosas que no se atrevía a admitir ante nadie más. Lenore conocía a Rusty desde hacía más de cincuenta años. Era un agujero negro en el que desaparecían todos los secretos de la familia Quinn.

—La cabeza me está matando. Tengo la nariz rota. Y tengo la sensación de haber vomitado un pulmón. Ni siquiera puedo leer, y nada de eso importa porque anoche le puse los cuernos a Ben.

Lenore cambió de marcha sin decir nada y tomó la carretera de dos carriles.

—Estuvo bien mientras duró —prosiguió Charlie—. Quiero decir que él cumplió. —Se quitó con cuidado la camiseta de baloncesto, tratando de no rozarse la nariz—. Esta mañana me desperté llorando. No podía parar. Estuve media hora tendida en la cama, mirando el techo y deseando morirme. Y entonces sonó el teléfono.

Lenore cambió de marcha otra vez. Estaban saliendo del término municipal de Pikeville. El viento de las montañas sacudía el utilitario.

—No debería haber contestado al maldito teléfono. Ni siquiera me acordaba de su nombre. Ni él del mío. Por lo menos, fingió que no se acordaba. Fue vergonzoso y sórdido y ahora lo sabe Ben. Lo sabe el GBI. Lo sabe todo el mundo en su oficina.

»Por eso fui al colegio esta mañana —prosiguió—. Había quedado con el tipo de anoche porque se llevó mi teléfono por error y me llamó y... —Se puso la rígida camisa almidonada, que tenía volantes en la pechera para que los jueces supieran que se tomaba su feminidad muy en serio—. No sé cómo se me ocurrió.

Lenore cambió a sexta.

—Te sentías sola, por eso fue.

Charlie se rio, a pesar de que la verdad no tenía nada de divertido. Observó sus dedos mientras se abrochaba la camisa. De repente, los botones le parecían muy pequeños. O tal vez fuera que le sudaban las manos. O quizá que el temblor había regresado a sus dedos, esa vibración del hueso que había sentido anteriormente, como si le hubieran golpeado el pecho con un diapasón.

—Nena —dijo Lenore—, desahógate.

Charlie meneó la cabeza. No quería desahogarse. Quería guardárselo todo, meter todas aquellas horribles imágenes en una caja, meterla en una estantería y no volver a abrirla nunca.

Pero entonces cayó una lágrima.

Y luego otra.

Empezó a llorar y un momento después sollozaba tan fuerte que tuvo que inclinarse hacia delante y apoyar la cabeza en las manos, porque no podía con tanta pena.

Lucy Alexander. La señora Pinkman. La señorita Heller. Gamma. Sam. Ben.

El coche aminoró la marcha. Las ruedas aplastaron la grava cuando Lenore paró en la cuneta. Le frotó la espalda.

—No pasa nada, cielo.

Sí que pasaba. Quería ver a su marido. Quería ver a ese inútil de su padre. ¿Dónde estaba Rusty? ¿Por qué nunca estaba cuando le necesitaba?

—No pasa nada. —Lenore siguió frotándole la espalda y Charlie siguió llorando, convencida de que nada de aquello tenía remedio.

Desde el momento en que oyó aquellos primeros disparos en el aula de Huck, el recuerdo de la hora más violenta de su vida regresó de golpe a su memoria consciente. Oía las mismas palabras una y otra vez. «Sigue corriendo. No mires atrás. Al bosque. A casa de la señorita Heller. Por el pasillo del colegio. Hacia los disparos». Pero llegaba demasiado tarde. Siempre llegaba demasiado tarde.

Lenore le acarició el pelo.

—Respira hondo, tesoro.

Se dio cuenta de que estaba empezando a hiperventilar. Veía borroso. Le sudaba la frente. Se obligó a respirar hondo hasta que sintió que sus pulmones aceptaban más de una cucharadita de aire cada vez.

—Tranquila —dijo Lenore.

Respiró hondo un par de veces más. Se le despejó la vista, al menos mínimamente. Inhaló varias veces más reteniendo el aire un segundo o dos para demostrarse que podía hacerlo.

—¿Mejor?

—¿Eso ha sido un ataque de ansiedad? —preguntó en un susurro.

—Puede que todavía lo esté siendo.

—Ayúdame a incorporarme. —Buscó la mano de Lenore. La sangre se le bajó de golpe de la cabeza. Se tocó instintivamente la nariz y el dolor se intensificó.

—Te han dado un buen golpe, cariño —comentó Lenore.

—Deberías ver cómo ha quedado el otro. No tenía ni un rasguño.

Lenore no se rio.

—Lo siento —dijo Charlie—. No sé qué me ha pasado.

—No seas tonta. Sabes perfectamente lo que te ha pasado.

—Sí, bueno —contestó, recurriendo a las dos palabras que decía siempre que no quería hablar de algo.

En lugar de poner el coche en marcha, los largos dedos de Lenore entrelazaron los suyos, más pequeños. A pesar de sus minifaldas, tenía manos de hombre: anchas, con nudillos protuberantes y, últimamente, con manchas hepáticas. En muchos sentidos, Lenore había sido más madre para ella que Gamma. Fue Lenore quien le enseñó a maquillarse, quien la acompañó a comprar su primera caja de tampones, quien le advirtió que nunca delegara en un hombre la cuestión de los anticonceptivos.

—Ben te ha escrito para decirte que vinieras a recogerme —dijo—. Algo es algo, ¿no?

—Sí.

Charlie abrió la guantera y encontró unos pañuelos de papel. No podía sonarse, pero se limpió con cuidado bajo la nariz. Miró por la ventanilla achicando los ojos y comprobó con alivio que veía cosas en lugar de bultos. Por desgracia, el panorama que tenía delante no era muy tranquilizador. Estaban a trescientos metros del lugar donde Daniel Culpepper había sido tiroteado en su caravana.

—Lo peor de todo es que ni siquiera puedo decir que hoy sea el peor día de mi vida —comentó.

Esta vez, Lenore sí se rio, dándole la razón con una risa ronca y gutural. Movió la palanca de cambios y volvió a la carretera. Avanzaron suavemente hasta que frenó para tomar el desvío de Culpepper Road. Allí, profundos baches daban paso a la grava, que pasado un trecho se convertía en arcilla roja y compacta. La temperatura cambió sutilmente, variando unos pocos grados mientras bajaban por la ladera de la montaña. Charlie sofocó un escalofrío. El nerviosismo que sentía le parecía un objeto físico que podía sostener en la mano. Se le erizó el vello de la nuca. Siempre se sentía así cuando entraba en Holler. No se debía únicamente a la sensación de que se estaba adentrando en territorio extraño, sino a la certeza de que un desvío mal elegido, un encuentro con un Culpepper rencoroso y el peligro físico dejaría de ser una noción abstracta.

—¡Mierda! —Lenore se sobresaltó cuando un grupo de perros se precipitó contra una alambrada.

Sus ladridos frenéticos resonaban como el ruido de mil martillos golpeando el coche.

—El sistema de alarma de los paletos —le dijo Charlie.

No podías poner el pie en Holler sin que el aullido de un centenar de perros anunciara tu llegada. Cuanto más te internabas en el arrabal, más jóvenes blancos veías de pie en el porche de sus casas, sosteniendo con una mano un teléfono móvil y frotándose la panza con la otra por debajo de la camiseta. Aquellos chavales podían trabajar, pero huían como de la peste de los duros empleos manuales para los que estaban cualificados. Pasaban el día fumando maría y jugando a videojuegos, robaban cuando necesitaban dinero, pegaban a sus novias cuando querían oxicodona, mandaban a sus hijos a la oficina de correos a recoger los cheques de su pensión por discapacidad y dejaban que sus espléndidas decisiones vitales formaran la columna vertebral del negocio de Charlie como abogada.

Sintió una punzada de mala conciencia por meter a todo Holler en el mismo saco que a los Culpepper. Sabía que allí vivían también personas decentes, hombres y mujeres que trabajaban duro para salir adelante y cuyo único pecado era la pobreza. No podía, sin embargo, evitar la repulsión instintiva que se apoderaba de ella cuando se acercaba a aquel barrio.

En la familia Culpepper, había seis chicas de distintas edades que le habían hecho la vida imposible cuando iba al instituto. Eran unas arpías infestadas de pulgas que llevaban las uñas largas y pintadas y hacían gala de un vocabulario inmundo. Acosaban a Charlie. Le robaban el dinero del almuerzo. Le rajaban los libros de texto. Una de ellas hasta le metió un montón de mierda en la bolsa de deporte.

La familia insistía todavía hoy en que Charlie mintió al asegurar que había visto a Zachariah empuñar la escopeta. Creían que seguía un plan minucioso de Rusty para apropiarse de su mísero seguro de vida y de la caravana de dos habitaciones que quedó vacía cuando murió Daniel y Zachariah fue enviado a prisión. Como si un hombre que había dedicado su vida al cumplimiento de la justicia pudiera vender su moralidad por unas pocas piezas de plata.

El hecho de que Rusty no hubiera demandado a la familia ni le hubiera exigido un solo penique no había conseguido minar sus absurdas teorías conspirativas. Seguían creyendo firmemente que Ken Coin se encargó de manipular las numerosas pruebas halladas en la caravana y en la persona de Daniel. Que asesinó a Daniel para lanzar su carrera política. Y que su hermano Keith le ayudó a alterar las pruebas en el laboratorio de criminología del estado.

Aun así, su rabia iba dirigida principalmente contra Charlie. Ella había identificado a los dos hermanos. No solo había sido la primera en mentir, sino que seguía insistiendo en que sus mentiras eran ciertas. Por lo tanto, el asesinato de un Culpepper y la condena a muerte de otro descansaban sobre sus hombros.

No iban del todo desencaminados, al menos en lo tocante a Zachariah. Pese a la feroz oposición de su padre, Charlie, a sus trece años, se había alzado ante la abarrotada sala del tribunal para pedir el juez que condenara a muerte a Zachariah Culpepper. Habría hecho lo mismo en el juicio de Daniel si Ken Coin no la hubiera privado de ese placer.

—¿Qué es ese ruido? —preguntó Lenore.

Charlie oyó el rotor de un helicóptero pasando sobre ellas. Reconoció el logotipo de una de las nuevas emisoras de Atlanta.

Lenore le pasó su teléfono.

—Léeme las indicaciones.

Charlie marcó el código de desbloqueo, que era su fecha de cumpleaños, y abrió el mensaje de Rusty. Su padre había estudiado en la facultad de Derecho de la Universidad de Georgia y era uno de los mejores penalistas del estado, pero escribía de pena.

—Tuerce a la izquierda ahí —le dijo a Lenore señalando una pista de tierra señalada con un poste blanco del que colgaba una gran bandera confederada—. Y luego a la derecha al llegar a esa caravana.

Reconocía aquella ruta; la había tomado otras veces. Más adelante, tenía un cliente que financiaba su adicción a la metanfetamina vendiéndosela a otros yonquis. Una vez, había intentado pagarle en cristal. Al parecer, vivía dos puertas más allá de los Wilson.

—Gira aquí a la derecha —dijo—, y luego otra vez a la derecha al llegar al pie de la colina.

—Te he metido el contrato de representación en el bolso.

Charlie sintió que fruncía los labios para preguntar por qué, pero finalmente decidió contestar ella misma a la pregunta:

—Papá quiere que represente a los Wilson para que no tenga que testificar contra Kelly.

Lenore la miró una vez, y luego otra.

—¿Cómo es que has tardado veinte minutos en darte cuenta?

—No sé —contestó, pero sí lo sabía.

Porque estaba traumatizada. Porque echaba de menos a su marido. Y porque era tan idiota que seguía esperando que su padre se preocupara por ella igual que se preocupaba por proxenetas, pandilleros y asesinos.

—No puedo hacerlo —dijo—. Cualquier juez medianamente decente me recusaría. De hecho, me daría tal patada que estaría en China antes de que revocaran mi licencia para ejercer.

—En cuanto ganes la demanda, no tendrás que volver a pisar este estercolero. —Señaló con la cabeza su teléfono móvil—. Tienes que hacerte fotos de la cara mientras los hematomas están todavía frescos.

—Ya le he dicho a Ben que no voy a presentar ninguna demanda.

Lenore levantó el pie del acelerador.

—Lo único que quiero es una disculpa sincera —continuó Charlie—. Por escrito.

—Una disculpa no va a cambiar nada.

Habían llegado al pie de la colina y Lenore torció bruscamente a la derecha. Charlie, que intuía que se avecinaba un sermón, no tuvo que esperar mucho tiempo para ver confirmadas sus sospechas.

—Los gilipollas como Ken Coin se pasan la vida predicando la limitación de las atribuciones del estado, pero acaban gastando mucho más en indemnizaciones a las víctimas de la brutalidad policial que si invirtieran ese dinero en formar como es debido a sus agentes.

—Sí, lo sé.

—El único modo de que cambien es darles donde más les duele: en el bolsillo.

Charlie sintió el impulso de taparse los oídos.

—Todo eso ya me lo va a soltar papá. No empieces tú también. Es aquí.

Lenore pisó el freno bruscamente. El coche se detuvo con una sacudida. Retrocedió unos metros y enfiló otra pista de tierra. Entre los surcos dejados por los neumáticos crecían malas hierbas. Pasaron junto a un autobús escolar amarillo aparcado bajo un sauce llorón. El Mazda subió un promontorio y un momento después apareció ante ellas un grupo de casitas. Eran cuatro en total, diseminadas en torno a una ancha explanada oval. Charlie leyó de nuevo el mensaje de Rusty y localizó el número de la casa más alejada, a la derecha. No había camino de entrada, solo el margen de la pista de tierra. La casa estaba hecha de aglomerado pintado. Un gran ventanal saledizo sobresalía en la parte delantera, como un grano maduro. Unos bloques de cemento servían de escalones de entrada.

—Ava Wilson conduce un autobús —explicó Lenore—. Estaba en el colegio esta mañana cuando clausuraron el centro.

—¿Le dijo alguien que era Kelly quien estaba disparando?

—No se enteró hasta que Rusty la llamó al móvil.

Charlie se alegró de que su padre no le hubiera encasquetado esa llamada.

—¿El padre anda por aquí?

—Ely Wilson. Trabaja de jornalero en Ellijay. Es uno de esos tipos que esperan delante del aserradero cada mañana a que alguien los contrate.

—¿La policía le ha localizado?

—No, que sepamos. La familia solo tiene un teléfono móvil y lo tiene la mujer.

Charlie se quedó mirando la casita de aspecto deprimente.

—Entonces está ahí sola.

—No por mucho tiempo. —Lenore levantó la vista cuando otro helicóptero apareció en el cielo. Estaba pintado con las rayas azules y plateadas de la Patrulla Estatal de Georgia—. Pegarán un mapa de Google a la orden de registro y estarán aquí dentro de media hora.

—Me daré prisa. —Charlie hizo amago de salir del coche, pero Lenore la detuvo.

—Ten. —Cogió el bolso de Charlie del asiento de atrás—. Me lo dio Ben cuando fue a buscar tu coche.

Charlie cogió la tira del bolso preguntándose si Ben la habría agarrado por ese mismo sitio.

—Algo es algo, ¿no?

—Sí.

Salió del coche y se encaminó a la casa. Buscó en su bolso un caramelo mentolado, pero tuvo que conformarse con un puñado de caramelitos de colores que se habían pegado como liendres a las costuras del bolsillo delantero.

Sabía por experiencia que los vecinos de Holler solían abrir la puerta con un arma en las manos, de modo que, en lugar de dirigirse a los bloques de cemento que servían de escalones, se acercó al ventanal. No había cortinas, pero sí tres tiestos con geranios debajo de la ventana. En el suelo había también un cenicero de cristal, pero estaba vacío.

Dentro de la casa, Charlie alcanzó a ver a una mujer menuda y de cabello oscuro que, sentada en el sofá, miraba absorta el televisor. En Holler todo el mundo tenía gigantescos televisores de pantalla plana que por lo visto se habían caído del mismo camión. Ava Wilson estaba viendo las noticias. El volumen estaba tan alto que la voz del presentador se oía desde fuera.

—Nuestro corresponsal en Atlanta tiene nuevos datos...

Charlie se acercó a la puerta y llamó con los nudillos enérgicamente, tres veces.

Esperó. Aguzó el oído. Llamó otra vez. Y luego otra.

—¿Oiga? —gritó.

Por fin se apagó el sonido del televisor. Oyó el arrastrar de unos pies. El chasquido de una cerradura. Una cadena que se deslizaba. Otra cerradura que se abría. Tantas medidas de seguridad parecían una broma teniendo en cuenta que un ladrón podía atravesar la fina pared de la casa de un puñetazo.

Ava Wilson miró con un pestañeo a la desconocida que había llamado a su puerta. Era tan menuda como su hija y tenía ese mismo aire infantil. Vestía un pijama azul claro con dibujos de elefantes en los pantalones. Tenía los ojos enrojecidos. Era más joven que Charlie, pero tenía el pelo castaño oscuro surcado de mechones grises.

—Soy Charlie Quinn —le dijo a la mujer—. Mi padre, Rusty Quinn, es el abogado de su hija. Me ha pedido que viniera a recogerla para llevarla a su despacho.

La mujer no se movió. No dijo nada. Estaba en estado de *shock*.

—¿Ha hablado con la policía? —preguntó Charlie.

—No, señora —contestó, amalgamando las palabras con un fuerte acento de Holler—. Su padre me dijo que no contestara al teléfono a no ser que me llamara él.

—Ha hecho bien. —Charlie se removió, inquieta. Oía ladridos a lo lejos. El sol le daba de lleno en la cabeza—. Mire, sé que está destrozada por lo de su hija, pero tengo que prepararla para lo que va a ocurrir a continuación. La policía viene para acá en estos momentos.

—¿Traen a Kelly a casa?

Su tono de esperanza desconcertó a Charlie.

—No. Van a registrar la casa. Seguramente empezarán por el cuarto de Kelly y luego...

—¿Van a llevarle ropa limpia?

Charlie se quedó de piedra otra vez.

—No, van a registrar la casa en busca de armas, notas, ordenadores...

—Nosotros no tenemos ordenador.

—Eso está muy buen. ¿Kelly hacía los deberes en la biblioteca?

—Kelly no ha hecho nada —dijo Ava—. No ha matado... —se interrumpió. Le brillaban los ojos—. Tiene que escucharme, señora. Mi niña no ha hecho lo que dicen que ha hecho.

Charlie había tratado con muchas madres convencidas de que sus hijos estaban siendo acusados erróneamente, pero no había tiempo para explicarle a Ava Wilson que a veces las personas buenas hacían cosas malas.

—Escúcheme, Ava. La policía va a entrar en la casa quiera usted o no. La sacarán a la fuerza si es necesario. Harán un registro exhaustivo. Puede que rompan algo o que encuentren cosas que no quiera usted que encuentren. Dudo que la detengan, pero puede que lo hagan si creen que puede alterar las pruebas materiales, así que, por favor, no lo haga. No puede, y por favor présteme atención en esto, no puede decirles nada sobre Kelly ni sobre por qué ha podido actuar así, ni sobre lo que puede haber ocurrido. No están intentando ayudar a su hija y no son sus amigos. ¿Entendido?

Ava no pareció darse por enterada. Se quedó allí parada.

El helicóptero estaba descendiendo. Charlie vio la cara del piloto detrás del cristal abombado. Estaba hablando por el micro, seguramente informando de las coordenadas para la orden de registro.

—¿Podemos entrar? —le preguntó a Ava.

La mujer no se movió, y Charlie la agarró del brazo y la hizo entrar en la casa.

—¿Ha tenido noticias de su marido?

—Ely no llama hasta que acaba de trabajar, desde la cabina que hay enfrente del aserradero.

Lo que significaba que probablemente el padre de Kelly se enteraría por la radio del coche del crimen cometido por su hija.

—¿Tiene una maleta o una bolsa de viaje en la que pueda meter algo de ropa?

Ava no contestó. Tenía los ojos fijos en el televisor con el volumen apagado.

En la pantalla aparecía el colegio de enseñanza media. Un plano aéreo mostraba la azotea del gimnasio, que probablemente estaba sirviendo como base de operaciones. Los teletipos de la parte inferior de la pantalla decían: *Los artificieros inspeccionan en estos momentos el edificio en busca de posibles explosivos. Hay dos víctimas mortales: una alumna de 8 años y el director del centro, que trató de salvarla.*

Lucy Alexander solo tenía ocho años.

—No ha sido Kelly —dijo Ava—. Ella no haría eso.

La mano fría de Lucy.

Los dedos temblorosos de Sam.

La súbita blancura cerosa de la piel de Gamma.

Charlie se enjugó los ojos. Recorrió la habitación con la mirada, intentando contener el carrusel de horrores que volvía a girar dentro de su cabeza. La casa de los Wilson era pobre y fea, pero limpia. Al lado de la puerta de entrada colgaba un cristo en una cruz. La cocinita estaba junto al cuarto de estar atestado de cosas. Unos platos se secaban en el escurridor. En el borde de la pila había unos guantes amarillos doblados. La encimera estaba llena de cosas, pero ordenada.

—Tardarán un tiempo en permitirle volver a casa —le dijo a Ava—. Va a necesitar ropa para cambiarse y cosas de aseo.

—El cuarto de baño está detrás de usted.

Charlie lo intentó de nuevo:

—Tiene que recoger lo que necesite. —Esperó a ver si Ava la entendía—. Ropa, los cepillos de dientes. Nada más.

La mujer asintió con la cabeza, pero o no podía o no quería apartar la mirada del televisor.

Fuera, el helicóptero volvió a elevarse y se alejó. Charlie se dijo que estaba perdiendo el tiempo. Era probable que Coin ya hubiera conseguido su orden de registro. El equipo policial estaría de camino con las sirenas encendidas.

—¿Quiere que la ayude a recoger lo necesario? —le preguntó a Ava. Esperó a que la mujer asintiera. Y siguió esperando—. Ava, voy a coger algo de ropa para usted y luego vamos a esperar fuera a la policía.

Ava se sentó al borde del sofá, aferrando el mando a distancia entre las manos.

Charlie abrió los armarios de la cocina hasta que encontró una bolsa de plástico de la compra. Se puso uno de los guantes de fregar que había en la pila, pasó junto al cuarto de baño y recorrió el corto pasillo recubierto de friso. Los dos dormitorios ocupaban un lado de la casa. En el de Kelly, en vez de puerta, había una cortina morada. En una hoja de cuaderno clavada a la tela se leía: *PROIBIDO ADULTOS.*

Charlie sabía que no debía entrar en el dormitorio de un sospechoso de asesinato, pero utilizó el teléfono de Lenore para fotografiar el cartel.

El dormitorio de los padres estaba a la derecha y daba a una colina muy empinada que había detrás de la casa. Dormían en una amplia cama de agua que ocupaba casi toda la habitación. Una cómoda alta impedía que la puerta se abriera del todo. Al empezar a abrir los cajones, Charlie se alegró de haberse puesto el guante amarillo, aunque a decir verdad los Wilson eran más limpios que ella. Encontró ropa interior de mujer, unos cuantos calzoncillos y unos vaqueros que parecían comprados en la sección de niños. Cogió dos camisetas y lo metió todo en la bolsa de plástico. Ken Coin tenía fama de alargar innecesariamente los registros. Los Wilson tendrían suerte si podían volver a casa aquel fin de semana.

Charlie se dio la vuelta con intención de ir al cuarto de baño, pero algo la detuvo.

PROIBIDO.

¿Cómo era posible que Kelly Wilson tuviera dieciocho años y no supiera escribir correctamente una palabra tan corriente?

Dudó un momento. Luego apartó la cortina. No pensaba entrar en la habitación. Tomaría fotografías desde el pasillo. Pero no era tan fácil como parecía. El cuarto era del tamaño de un armario empotrado espacioso.

O de una celda de prisión.

La luz entraba de soslayo por la estrecha ventana horizontal situada cerca del techo, encima de la estrecha cama. El friso de las paredes estaba pintado de lila claro. La alfombra era de pelillo naranja. La colcha estaba decorada con una Hello Kitty con grandes auriculares en las orejas.

No era la habitación de una chica gótica. Las paredes no eran negras, no había carteles de *heavy metal*. La puerta del armario estaba abierta. De la barra combada colgaban algunas prendas más largas que otras. La ropa de Kelly era de colores claros, con ponis, conejitos y los típicos adornos que cabía esperar en una niña de diez años, no en una joven de dieciocho, casi una mujer.

Charlie fotografió todo lo que pudo: la colcha, los carteles con gatitos, el brillo de labios de color rosa chicle que había sobre la cómoda. Al mismo tiempo, tomó nota de todo lo que echaba en falta. Las chicas de dieciocho años solían tener maquillaje de todo tipo. Tenían fotografías de sus amigos, notas de posibles novios y secretos que guardaban celosamente.

Le dio un vuelco el corazón al oír el ruido de unos neumáticos girando sobre el camino de grava. Se subió a la cama y miró por la ventana. Un furgón negro con las siglas SWAT en un costado se detuvo delante del autobús escolar. Dos tipos con rifles se apearon de un salto y entraron en el autobús.

—¿Cómo...? —empezó a decir, pero entonces se dio cuenta de que no importaba cómo habían logrado llegar tan rápidamente, porque en cuanto inspeccionaran el autobús procederían a poner patas arriba la casa en la que se hallaba.

Pero Charlie no se hallaba únicamente dentro de la casa, sino de pie sobre la cama de Kelly Wilson, dentro de su habitación.

—Joder —murmuró, porque no había mejor manera de expresarlo.

Se bajó de un salto y, con la mano enguantada, sacudió el polvo que habían dejado sus zapatillas. La gruesa colcha morada ocultaría las huellas, pero un técnico forense avezado descubriría el tamaño, la marca y el modelo de las zapatillas antes de que se pusiera el sol.

Tenía que salir de allí. Tenía que sacar a Ava de la casa con los brazos en alto. Tenía que dejar claro a los agentes del SWAT, armados hasta los dientes, que iban a cooperar.

—Joder —repitió.

¿De cuánto tiempo disponía? Se puso de puntillas para mirar por la ventana. Los dos policías seguían registrando el autobús. Los demás permanecían dentro del furgón. O bien creían que contaban con el factor sorpresa, o bien estaban buscando artefactos explosivos.

Charlie vio que algo se movía más cerca de la casa.

Lenore estaba de pie junto a su coche. Agrandó los ojos al ver a Charlie, porque cualquier idiota podía darse cuenta de que el ventanuco por el que miraba pertenecía a una de las habitaciones.

Le indicó con la cabeza la puerta de entrada y dijo «Sal» gesticulando sin levantar la voz.

Charlie embutió la bolsa de plástico dentro de su bolso y se dispuso a salir.

Las paredes lilas. La Hello Kitty. Los carteles con gatitos.

Treinta, cuarenta segundos como mucho. Era el tiempo que tardarían en terminar el registro del autobús, montarse en el furgón y llegar a la puerta delantera.

Con la mano enguantada, abrió los cajones de la cómoda. Ropa. Ropa interior. Bolígrafos. Ni diarios, ni cuadernos. Se puso de rodillas y pasó la mano entre el colchón y el somier. Luego miró debajo de la cama. Nada. Estaba mirando entre la ropa doblada en montones en el suelo del armario cuando oyó el ruido de las puertas del furgón al cerrase y el crujido de la grava aplastada por los neumáticos. La policía se acercaba a la casa.

Las habitaciones de los adolescentes nunca estaban tan ordenadas. Charlie registró apresuradamente el minúsculo armario sirviéndose solo de una mano. Vació dos cajas de zapatos llenas de juguetes, sacó ropa de las perchas y la arrojó sobre la cama. Palpó bolsillos, dio la vuelta a los gorros. Se puso de puntillas y palpó a ciegas el estante del armario.

El guante de goma resbaló sobre algo duro y plano. ¿Un marco de fotografía?

—Agentes. —La voz ronca de Lenore llegó a sus oídos a través de las finas paredes—. Hay dos mujeres dentro de la casa, ambas desarmadas.

El policía no pareció interesado.

—Vuelva a su coche. Inmediatamente.

A Charlie iba a estallarle el corazón en el pecho. Agarró lo que había encontrado en el estante. Pesaba más de lo que creía. El borde afilado le golpeó en la cabeza.

Un anuario.

Colegio de enseñanza media de Pikeville, año 2012.

Un golpe ensordecedor sonó en la puerta de entrada. Las paredes temblaron.

—¡Policía del estado! —vociferó un hombre—. Traemos una orden de registro. ¡Abran la puerta!

—¡Ya voy! —Charlie se metió el anuario en el bolso. Había llegado a la cocina cuando la puerta de la casa se abrió violentamente.

Ava gritó, aterrorizada.

—¡Al suelo! ¡Al suelo!

Los rayos láser recorrieron la habitación. La casa pareció estremecerse hasta los cimientos. Los agentes rompieron ventanas, reventaron puertas. Gritaban órdenes. Ava seguía chillando. Charlie estaba de rodillas, con las manos en alto y los ojos muy abiertos para ver cuál de aquellos hombres acabaría disparándole.

Pero nadie le disparó.

Nadie se movió.

Los gritos de Ava cesaron de repente.

Seis enormes policías ataviados con uniforme táctico ocupaban todo el espacio disponible en la habitación. Agarraban sus AR-15 con tanta fuerza que Charlie distinguió cómo se tensaban sus tendones para impedir que sus dedos apretaran el gatillo.

Lentamente, Charlie bajó la mirada hacia su pecho.

Tenía un punto rojo justo encima del corazón.

Miró a Ava.

Cinco puntos más en su pecho.

La mujer estaba sobre el sofá, con las rodillas dobladas. Tenía la boca abierta, pero el miedo había paralizado sus cuerdas vocales. Inexplicablemente, sostenía un cepillo de dientes en cada mano. El policía que se hallaba más cerca de ella bajó su rifle.

—Cepillos de dientes.

Otro agente bajó su arma.

—Parecían detonadores, joder.

—Sí, ya.

Los demás también bajaron sus armas. Alguien se echó a reír.

La tensión se disipó rápidamente.

—¿Caballeros? —gritó una mujer fuera de la casa.

—¡Todo despejado! —respondió el primer agente.

Agarró a Ava del brazo y la hizo salir por la puerta. Se dio la vuelta para hacer lo mismo con Charlie, pero ella salió por propia voluntad, con las manos en alto.

No bajó los brazos hasta que estuvo fuera. Respiró una profunda bocanada de aire fresco y trató de no pensar en que podía haber muerto si alguno de aquellos hombres no se hubiera tomado el tiempo suficiente para distinguir un cepillo de dientes del detonador de un chaleco suicida.

En Pikeville.

—Santo Dios —dijo, confiando en que su exclamación pasara por una oración.

Lenore se había quedado junto al coche. Parecía furiosa con ella, como era lógico, pero se limitó a levantar la barbilla, formulando la pregunta obvia: «¿Estás bien?».

Charlie hizo un gesto afirmativo, a pesar de que distaba mucho de encontrarse bien. Estaba enfadada: enfadada porque su padre la hubiera mandado allí, por haberse arriesgado tanto, por haber infringido la ley por motivos que se le escapaban, por haberse expuesto a que le pegaran un tiro en el corazón, probablemente con una bala expansiva de punta hueca.

Y todo por un puto anuario escolar.

—¿Qué está pasando? —susurró Ava.

Charlie miró hacia la casa, que seguía temblando, sacudida por las zancadas de los hombres que la recorrían arriba y abajo.

—Están buscando cosas que puedan emplear en el juicio contra Kelly.

—¿Qué cosas?

Charlie enumeró las cosas que ella misma había buscado:

—Una confesión. Una explicación. Un plano del colegio. Una lista de personas con las que estuviera enfadada.

—Kelly nunca se enfada con nadie.

—¿Ava Wilson?

Una mujer alta, vestida con un voluminoso uniforme táctico, se acercó a ellas. Llevaba el rifle colgado a un lado y sostenía en la mano una hoja de papel enrollada. Por eso habían llegado tan deprisa. Les habían mandado la orden por fax al furgón.

—¿Es usted Ava Wilson, la madre de Kelly Rene Wilson?

Ava se puso firme al oír su tono autoritario.

—Sí, señor. Señora.

—¿Es esta su casa?

—Vivimos de alquiler, sí, señora. Señor.

—Señora Wilson... —A la agente no parecía preocuparle el género gramatical—. Soy la capitán Isaac, de la policía del estado. Tengo una orden judicial para registrar su domicilio.

—Ya lo están registrando —señaló Charlie.

—Teníamos motivos para creer que alguien podía manipular posibles pruebas materiales. —Isaac observó el ojo amoratado de Charlie—. ¿Ha resultado herida accidentalmente cuando mi equipo ha entrado en la vivienda, señora?

—No. Hoy me ha pegado otro policía.

Isaac dirigió una mirada a Lenore, que seguía visiblemente furiosa. Luego volvió a mirar a Charlie.

—¿Vienen ustedes juntas?

—Sí —respondió ella—. A la señora Wilson le gustaría ver una copia de la orden judicial.

Isaac fijó ostensiblemente la mirada en el guante amarillo que cubría su mano.

—Un guante de fregar —dijo Charlie, lo que era técnicamente cierto—. A la señora Wilson le gustaría ver una copia de la orden judicial —repitió.

—¿Es usted la abogada de la señora Wilson?

—Soy abogada —aclaró Charlie—. Estoy aquí en calidad de amiga de la familia.

—Señora Wilson —le dijo Issac a Ava—, a instancias de su amiga, le entrego una copia de la orden de registro.

Charlie tuvo que levantarle el brazo a Ava para que la agente le pusiera la orden en la mano.

—Señora Wilson —prosiguió Isaac—, ¿hay algún arma en la casa?

Ava negó con la cabeza.

—No, señor.

—¿Alguna aguja que deba preocuparnos? ¿Algo con lo que podamos cortarnos?

Ava meneó la cabeza de nuevo, aunque parecía preocupada por la pregunta.

—¿Explosivos?

Ava se llevó la mano a la boca.

—¿Hay una fuga de gas?

Isaac miró a Charlie en busca de una explicación. Charlie se encogió de hombros. La vida de la señora Wilson se había venido abajo. No podían esperar de ella que razonara lógicamente.

—Señora, ¿me da su consentimiento para cachearla? —preguntó la agente.

—S...

—No —terció Charlie—. No tiene permiso para registrar nada ni a nadie más allá de los límites que figuran en la orden judicial.

Isaac miró su bolso, que había adoptado la forma aproximada de un anuario rectangular.

—¿Tengo que registrar su bolso?

Charlie sintió que su corazón daba un brinco.

—¿Tiene usted motivos para ello?

—Si ha ocultado usted pruebas o sacado algo de la casa con el propósito de ocultarlo, entonces...

—Eso sería ilegal —la atajó Charlie—. Como registrar un autobús escolar que no figura expresamente en su orden de registro y que por tanto no está englobado en ella.

Isaac asintió una sola vez con la cabeza.

—Tendría usted razón, a no ser que hubiera motivos justificados.

Charlie se quitó el guante amarillo.

—He sacado esto de la casa, aunque no intencionadamente.

—Gracias por su sinceridad. —Isaac se volvió hacia Ava. Tenía que seguir el protocolo—. Señora, puede usted quedarse fuera o puede marcharse, pero no puede volver a entrar en su domicilio hasta que le demos permiso para hacerlo. ¿Entendido?

Ava meneó la cabeza.

—Sí, entendido —dijo Charlie.

Isaac cruzó el jardincillo y se reunió con sus hombres en el interior de la casa. Junto a la puerta empezaban a apilarse contenedores de plástico. Impresos de papel para el registro de pruebas. Abrazaderas de plástico. Bolsas. Ava miró por el ventanal. El televisor seguía encendido. La pantalla era tan grande que Charlie alcanzaba a leer los teletipos de la parte de abajo: *La Policía de Pikeville informa de que las grabaciones de las cámaras de seguridad del colegio no van a hacerse públicas.*

Cámaras de seguridad. Charlie no se había fijado en ellas esa mañana, pero ahora recordaba que había una cámara al fondo de cada pasillo.

El asesinato había quedado registrado en vídeo.

—¿Qué vamos a hacer? —preguntó Ava.

Charlie tuvo que refrenarse para no contestar lo primero que se le vino a la cabeza: «Ver cómo atan a su hija a una camilla y la ejecutan».

—Mi padre se lo explicará todo en el despacho —respondió, y le quitó de la mano sudorosa la hoja de papel enrollada—. La lectura de cargos tiene que efectuarse en un plazo máximo de cuarenta y ocho horas. Es muy probable que Kelly permanezca de momento en la penitenciaría del condado y que más adelante la trasladen a otro lugar. Habrá muchas vistas judiciales y numerosas oportunidades de verla. Pero deben tener paciencia. Cada cosa lleva su tiempo.

Recorrió con la mirada la orden de registro, que era básicamente una carta de amor del juez dando permiso a la policía para hacer lo que le viniera en gana.

—¿Es esta su dirección? —preguntó.

Ava miró la orden.

—Sí, señora, es el número de la casa.

A través de la puerta abierta, Charlie vio que Isaac empezaba a abrir a tirones los cajones de la cocina. Se oyó el tintineo de los cubiertos. Estaban arrancando la moqueta del suelo. No se andaban con contemplaciones. Golpeaban violentamente el suelo con los pies buscando huecos debajo de la tarima y pinchaban las placas manchadas del techo.

Ava agarró a Charlie del brazo.

—¿Cuándo va a volver Kelly?

—Eso tendrá que hablarlo con mi padre.

—No creo que podamos permitirnos nada de esto —dijo la mujer—. No tenemos dinero, si es eso por lo que está aquí.

A Rusty nunca le había interesado el dinero.

—El estado pagará su defensa. No será mucho, pero le prometo que mi padre se dejará el pellejo para defender a su hija.

Ava pestañeó. No parecía entenderla.

—Tiene tareas que hacer.

Charlie la miró a los ojos. Tenía las pupilas encogidas, pero podía deberse a la intensa luz del sol.

—¿Me está ocultando algo?

La mujer se miró los pies.

—No, señora. Había una piedrecita, pero la he retirado con el pie.

Charlie esperó una sonrisa incoherente, pero Ava Wilson hablaba en serio.

—¿Ha tomado alguna medicación? ¿O se ha fumado quizás un porro para calmar los nervios?

—Ay, no, señora. Conduzco un autobús. No puedo tomar drogas. Los niños dependen de mí.

Charlie la miró otra vez a los ojos, buscando algún rastro de comprensión.

—¿Le explicó mi padre lo que le está pasando a Kelly?

—Me dijo que trabajaba para ella, pero no sé —dijo, y luego añadió en voz baja—: Mi primo dice que Rusty Quinn es un hombre malo, que defiende a gente baja, a violadores y asesinos.

A Charlie se le secó la boca. La mujer no parecía entender que Rusty Quinn era precisamente el tipo de abogado que necesitaba su hija.

—Ahí está Kelly. —Ava estaba mirando de nuevo el televisor.

La cara de Kelly Wilson llenaba la pantalla. Evidentemente, alguien había filtrado a la prensa una fotografía escolar. En lugar del espeso maquillaje gótico y la ropa negra, Kelly vestía una de las camisetas de su armario, adornada con un poni multicolor.

La foto desapareció, sustituida por una conexión en directo en la que se veía a Rusty Quinn saliendo del hospital del condado de Derrick. Miró con cara de pocos amigos al periodista que le puso un micrófono delante de la cara, pero si había salido por la puerta principal era por algo. Se detuvo con ensayado fastidio a atender a los periodistas. Charlie dedujo por el movimiento de su boca que estaba soltando una retahíla de declaraciones con acento sureño que se emitirían una y otra vez, incansablemente, en todas las cadenas de televisión nacionales. Así funcionaban los casos que atraían mayor atención mediática. Rusty tenía que ponerse delante de las cámaras para retratar a Kelly Wilson como una adolescente angustiada que afrontaba la pena capital y no como un monstruo que había asesinado a una niña y al director de su colegio.

—¿Un revólver es un arma? —preguntó Ava en voz baja.

Charlie notó un vuelco en el estómago. Apartó a Ava de la casa y se situó con ella en medio del camino de tierra.

—¿Tienen ustedes un revólver?

La mujer asintió con un gesto.

—Ely lo guarda en la guantera del coche.

—¿El coche en el que ha ido a trabajar hoy?

La señora Wilson asintió de nuevo.

—¿El revólver lo obtuvo por medios legales?

—Nosotros no robamos, señora. Trabajamos para ganarnos la vida.

—Lo siento, lo que quería decir es si su marido ha estado preso alguna vez.

—No, señora. Es un hombre honrado.

—¿Sabe usted de cuántas balas es ese revólver?

—De seis. —Parecía bastante segura, pero añadió—: Creo que de seis. Lo he visto un millón de veces, pero nunca le he hecho mucho caso. Lo siento, no me acuerdo.

—No pasa nada.

Charlie se había sentido igual cuando Delia Wofford la había interrogado. «¿Cuántos disparos oyó? ¿En qué sucesión? ¿El señor Huckabee estaba con usted? ¿Qué pasó con el revólver?».

Charlie se hallaba en medio de la escena, pero el miedo le había impedido registrar esos datos con claridad.

—¿Cuándo vio por última vez el revólver? —preguntó.

—Pues no... Uy. —El móvil que llevaba en el bolsillo de atrás del pijama había empezado a sonar. Lo cogió. Era un teléfono barato, de prepago por minutos—. No conozco este número.

Charlie sí lo conocía. Era el de su iPhone. Por lo visto, seguía teniéndolo Huck.

—Métase en el coche —le dijo a Ava, y le indicó a Lenore que la ayudara—. Ya contesto yo.

Ava miró a Lenore con desconfianza.

—No sé si...

—Suba al coche. —Charlie prácticamente la empujó. Contestó al teléfono al quinto pitido—. ¿Diga?

—Señora Wilson, soy el señor Huckabee, el profesor de Kelly, del colegio.

—¿Cómo has desbloqueado mi teléfono?

Huck dudó un momento.

—Deberías buscar una contraseña que no sea 1-2-3-4.

Ben le había dicho lo mismo muchas veces. Avanzó por la pista de tierra, buscando privacidad.

—¿Por qué llamas a Ava Wilson?

Él dudó por segunda vez.

—He tenido a Kelly en clase dos años. Le di clases particulares unos meses cuando pasó al instituto.

—Eso no contesta a la pregunta.

—He pasado cuatro horas contestando a las preguntas de dos capullos del GBI y una hora más contestando las que me han hecho en el hospital.

—¿Qué capullos, concretamente?

—Atkins. No, Avery. Un chavalín con tupé y una negra más mayor. Me han interrogado en equipo.

—Mierda —masculló Charlie. Seguramente se refería a Louis Avery, el agente delegado del FBI en Georgia del Norte—. ¿Te ha dado su tarjeta?

—La he tirado —contestó Huck—. Mi brazo está bien, por cierto. La bala lo atravesó limpiamente.

—Yo tengo la nariz rota y una conmoción cerebral —respondió Charlie—. ¿Para qué llamabas a Ava?

Él suspiró, haciendo acopio de paciencia.

—Porque me preocupo por mis estudiantes. Quería ayudar. Asegurarme de que tiene un abogado. Que estaba en manos de alguien que no quiere aprovecharse de ella ni meterla en más líos. —Huck suavizó de pronto su tono—. Kelly no es muy inteligente, Charlotte. No es una asesina.

—No hace falta ser inteligente para matar a alguien. En realidad, suele suceder más bien lo contrario.

Se volvió a mirar la casa de los Wilson. La capitán Isaac estaba sacando una bolsa de plástico llena de ropa de Kelly.

—Si de verdad quieres ayudarla —dijo—, no te acerques a los periodistas, no hables delante de las cámaras, no permitas que te hagan fotos, ni siquiera hables con tus amigos de lo que ha pasado, porque irán a contarlo ante las cámaras o hablarán con la prensa y no podrás controlar lo que salga de sus bocas.

—Es un buen consejo. —Dejó escapar un breve suspiro y añadió—: Oye, quería decirte que lo siento.

—¿El qué?

—B2. Ben Bernard. Tu marido te llamó esta mañana. Estuve a punto de contestar.

Charlie notó que se sonrojaba.

—No lo sabía, me lo dijo uno de los policías —prosiguió Huck—. Fue después de que hablara con él, de que le dijera lo que había pasado entre nosotros, por qué estabas en el colegio.

Charlie apoyó la cabeza en la mano. Sabía cómo hablaban algunos hombres de las mujeres. Sobre todo, de las mujeres a las que se tiraban en una camioneta, frente a un bar.

—Podrías haberme avisado —dijo él—. Nos ha puesto a todos en una situación aún peor.

—¿Me pides disculpas pero en realidad la culpa la tengo yo? —Apenas daba crédito a lo que estaba oyendo—. ¿Cuándo iba a avisarte? ¿Antes de que Greg Brenner me rompiera la nariz? ¿O después de que borraras el vídeo? O a lo mejor cuando mentiste en tu declaración acerca de cómo me rompí la nariz, lo cual es un delito, por cierto. Lo de mentir para encubrir a un policía, digo, no lo de quedarse de brazos cruzados mientras a una le parten la cara. Eso es perfectamente legal.

Huck soltó otro suspiro.

—Tú no sabes lo que es encontrarse con algo así. La gente comete errores.

—¿Que no sé lo que es? —Una furia repentina sacudió a Charlie—. Creo que yo también estaba allí, Huck. Creo, de hecho, que llegué antes que tú, así que sé perfectamente lo que es encontrarse con algo así, y no es por nada, pero si de verdad te has criado en Pikeville sabrás que es la segunda vez que me pasa, así que métete tu «tú no sabes lo que es encontrarse con algo así» por donde te quepa.

—Vale, tienes razón. Lo siento.

Ella no había acabado.

—Mentiste sobre la edad de Kelly.

—Dieciséis, diecisiete... —Charlie se le imaginó meneando la cabeza—. Está en primero de bachillerato. ¿Qué diferencia hay?

—Tiene dieciocho años. La diferencia es la pena de muerte.

Él contuvo la respiración. No había otra forma de describir esa súbita inhalación fruto del horror.

Ella esperó a que dijera algo. Echó un vistazo al icono que indicaba la cobertura del móvil.

—¿Hola?

Huck carraspeó.

—Necesito un momento, por favor.

Charlie también lo necesitaba. Estaba pasando algo importante por alto. ¿Por qué habían interrogado a Huck durante cuatro horas? El interrogatorio medio duraba entre media hora y dos horas. El suyo no había durado más de cuarenta y cinco minutos. Huck y ella habían participado en los hechos menos de diez minutos. ¿Por qué había llamado Delia Wofford al FBI para que hiciera el numerito del poli bueno y el poli malo con Huck? No era precisamente un testigo hostil. Le habían pegado un tiro en el brazo. Pero decía que le habían interrogado antes de llevarle al hospital. Delia Wofford no era de las que se saltaban el procedimiento. Y el FBI no daba palos de ciego.

Así pues, ¿por qué habían retenido a su testigo estrella cuatro horas en comisaría? No era así como se trataba a un testigo, sino a un sospechoso que no colaboraba.

—Vale, ya estoy contigo —dijo Huck—. Kelly está en... ¿Cómo lo llaman ahora? ¿Educación compensatoria? ¿Especial? Va a clases elementales. No puede retener conceptos.

—Legalmente se denominaría discapacidad psíquica, en caso de que carezca de las facultades intelectuales necesarias para perpetrar un crimen, pero eso es algo muy difícil de demostrar —le dijo Charlie—.

Los criterios de la escuela pública y los de la fiscalía son muy distintos. Una trata de ayudarla y la otra de condenarla a muerte.

Él se quedó tan callado que Charlie oyó su respiración.

—¿Esos dos agentes, Wooford y Avery, ¿te han interrogado cuatro horas seguidas o ha habido pausas?

—¿Qué? —Pareció desconcertado por la pregunta—. Sí, siempre había uno en la sala. Y a veces estaba también tu marido. Ese tipo, ¿cómo se llama? ¿Ese del traje reluciente?

—Ken Coin, el fiscal del distrito. —Charlie cambió de táctica—. ¿Kelly sufría acoso?

—En mi clase, no —contestó él, y añadió—: Fuera del centro, en las redes sociales... Eso no podemos controlarlo.

—Entonces, ¿crees que la acosaban?

—Lo que digo es que era diferente, y eso nunca es bueno cuando eres un crío.

—Tú le diste clase. ¿Cómo es que no sabías que había repetido un curso?

—Tengo más de ciento veinte alumnos cada año. No miro sus expedientes a no ser que tenga motivos para ello.

—¿Y tener dificultades de aprendizaje no es motivo?

—Muchos de mis alumnos tienen dificultades de aprendizaje. Era una alumna de aprobado raspado. Nunca se metía en líos. —Charlie oyó un tamborileo: un boli golpeando el filo de una mesa—. Mira —añadió él—, Kelly es una buena chica. No es muy lista, pero es encantadora. Sigue a quien vaya delante. No hace cosas como lo de hoy. No es propio de ella.

—¿Tenías una relación íntima con ella?

—¿Qué demonios quieres...?

—Que si te la tirabas. Que si follabas con ella. Eso digo.

—Por supuesto que no. —Parecía asqueado—. Por Dios, era una de mis alumnas.

—¿Se acostaba con algún otro profesor?

—No. Lo habría denunciado.

—¿Con el señor Pinkman?

—Ni siquiera lo...

—¿Con otro alumno del colegio?

—¿Cómo voy a...?

—¿Qué pasó con el revólver?

Si no hubiera estado esperándolo, no habría escuchado su ligera inhalación de sorpresa.

Luego, él contestó:

—¿Qué revólver?

Charlie meneó la cabeza, enfadada consigo misma por haber pasado por alto lo obvio.

Durante su interrogatorio con Delia Wofford, estaba tan desorientada que no había podido extraer conclusiones, pero ahora se daba cuenta de que la agente del GBI le había pintado prácticamente un cuadro de lo sucedido. «¿No vio al señor Huckabee entregarle el revólver a nadie? ¿No lo vio guardárselo? ¿O dejarlo en el suelo?».

—¿Qué hiciste con él? —insistió.

Huck hizo otra pausa: era lo que hacía cuando estaba mintiendo.

—No sé a qué te refieres.

—¿Eso fue lo que les dijiste a los dos agentes?

—Les dije lo que te he dicho a ti. Que no lo sé. Pasaron muchas cosas a la vez.

Charlie solo pudo mover la cabeza, asombrada por su estulticia.

—¿Kelly te dijo algo en el pasillo?

—No, que yo oyera. —Hizo su enésima pausa—. Como te decía, pasaron muchas cosas a la vez.

Le habían pegado un tiro y apenas había torcido el gesto. El miedo no había disminuido su capacidad de percepción.

—¿De qué lado estás? —preguntó Charlie.

—Aquí no hay lados que valgan. Se trata únicamente de hacer lo correcto.

—Lamento echar por tierra tu filosofía, Horacio, pero, si existe «lo correcto», también existe «lo incorrecto», y dado que soy licenciada en Derecho puedo asegurarte que robar el arma con la que se ha perpetrado un doble homicidio y mentir al respecto a un agente del FBI puede dar con tus huesos en prisión para mucho tiempo.

Él guardó silencio dos segundos. Luego dijo:

—No sé si estábamos en ese lado del pasillo, pero las cámaras de seguridad tienen un punto ciego.

—Cállate.

—Pero si...

—Cierra el pico —le advirtió Charlie—. Soy una testigo. No puedo ser tu abogada. Lo que me digas no entrará dentro del secreto profesional.

—Charlotte, yo...

Charlie cortó la llamada antes de que él pudiera hacer aún más hondo el agujero en el que se estaba metiendo.

5

Como era de esperar, el viejo Mercedes de Rusty no estaba en el aparcamiento cuando Lenore aparcó en su plaza, detrás del edificio. Charlie había visto a su padre saliendo del hospital, por la tele. Estaba a media hora del despacho, más o menos el mismo tiempo que se tardaba en llegar desde casa de los Wilson, así que debía de haberse entretenido.

—Rusty viene para acá —le dijo Lenore a Ava, una mentira que les decía a los clientes de su padre muchas veces al día.

Pero a Ava no parecía interesarle el paradero de Rusty. Abrió la boca, pasmada, cuando la verja de seguridad se cerró tras ellas. El recinto cerrado, con su despliegue de focos y cámaras de seguridad, las rejas de las ventanas y la alambrada de concertina de casi cuatro metros de alto, recordaba a la entrada de una prisión de máxima seguridad.

A lo largo de los años, Rusty no había dejado de recibir amenazas de muerte debido a que seguía defendiendo a moteros delincuentes, traficantes de drogas, pandilleros y asesinos de niños. A ello había que sumar los sindicatos, los trabajadores indocumentados y las clínicas abortistas, de ahí que su padre se hubiera granjeado la hostilidad de la práctica totalidad del estado. Charlie opinaba que la mayoría de aquellas amenazas de muerte surgían del clan de los Culpepper. Solo una pequeña parte procedía de ciudadanos honrados convencidos de que Rusty Quinn era la mano derecha de Satanás.

Era imposible saber cómo reaccionarían cuando se corriera la voz de que iba a defender a una adolescente que se había liado a tiros en un colegio.

Lenore aparcó su Mazda junto al Subaru de Charlie. Luego se giró para mirar a Ava Wilson.

—Voy a enseñarle dónde puede asearse un poco.

—¿Tienen televisión? —preguntó Ava.

Fue Charlie quien contestó:

—Puede que sea mejor no...

—Quiero verlo.

Charlie no podía privar a una mujer adulta de su derecho a ver la televisión. Salió del coche y le abrió la puerta a Ava. Al principio, no se movió. Se quedó con la vista fija en el asiento que tenía delante, con las manos posadas en las rodillas.

—Esto es real, ¿verdad? —preguntó.

—Lo siento, pero sí —contestó Charlie.

La mujer se volvió lentamente. Sus piernas parecían dos palitos debajo del pantalón del pijama. Estaba tan pálida que su piel casi parecía trasparente a la luz desabrida del sol.

Lenore cerró la puerta de su lado sin hacer ruido, aunque por su cara daba la impresión de que estaba deseando dar un portazo. Se había enfurecido con Charlie al verla asomar por la ventana del dormitorio de Kelly Wilson. De no ser porque estaba allí Ava, le habría arrancado la cabeza y la habría arrojado por la ventana en el camino de vuelta.

—Esto no se ha acabado —masculló.

—¡Estupendo! —Charlie sonrió, radiante, porque ¿por qué no echar más leña al fuego?

Lenore no podía decirle nada que Charlie no se hubiera dicho ya a sí misma. Si había algo en lo que destacaba, era en ponerse verde a sí misma.

Le dio a Ava Wilson la bolsa de plástico con la ropa para poder buscar sus llaves en el bolso.

—Ya abro yo. —Lenore abrió el cierre de seguridad y lo plegó.

Para abrir la gruesa puerta metálica había que introducir un código y girar la llave que desbloqueaba la barra que cruzaba la puerta por dentro y se encajaba a ambos lados del marco de hierro. Lenore tuvo que hacer fuerza para mover el picaporte. Se oyó un ronco chasquido antes de que abriera la puerta.

—¿Guardan dinero aquí o algo así? —inquirió Ava.

Charlie se estremeció al oír la pregunta. Dejó que Lenore y Ava entraran primero.

El olor a tabaco consiguió introducirse en su nariz rota. Le había prohibido a Rusty fumar dentro del edificio, pero la orden llegaba con treinta años de retraso. Llevaba adherido aquel olor a su cuerpo como una nube, igual que Cochino, el personaje de las tiras de Sinop. Daba igual cuántas veces limpiara Charlie o cuántas veces pintaran las paredes o incluso cambiaran la moqueta: aquel tufo persistía.

—Por aquí. —Lenore le lanzó otra mirada de reproche antes de acompañar a Ava a la sala de espera, una estancia oscura y deprimente, con una persiana enrollable que impedía ver la calle.

Charlie se dirigió a su despacho. Lo primero que tenía que hacer era llamar a su padre y decirle que se fuera para allá cagando leches. No podían permitir que Ava Wilson se quedara sentada en el incómodo sofá de la oficina recibiendo información sobre su hija a través de la televisión por cable.

Por si acaso, se pasó por el despacho de su padre para asegurarse de que no había aparcado en la parte delantera. La pintura blanca de la puerta se había vuelto amarilla debido a la nicotina. Las manchas se extendían por la pared y oscurecían el techo. Hasta el pomo de la puerta estaba cubierto por una especie de pátina. Se bajó la manga de la camisa para taparse la mano y asegurarse de que la puerta estaba cerrada con llave.

Su padre no estaba.

Dejó escapar un largo suspiro mientras seguía su camino. Había instalado sus dominios al otro lado del edificio, que anteriormente albergaba la trastienda de una papelería. La construcción, de una sola planta, le recordaba a la casa de la granja, laberíntica y destartalada. Compartía la sala de espera con su padre, pero sus bufetes estaban completamente separados. A veces había otros abogados que les alquilaban despachos por meses y que solo estaban de paso. En ocasiones, la UGA, la Universidad Estatal de Georgia y los colegios universitarios de Móreos y Amor les mandaban becarios que necesitaban mesas y teléfonos. Y Jimmy Jack Little, el detective de su padre, tenía instalado su despacho en un cuartito que antes se utilizaba como almacén. Charlie sospechaba que solo lo utilizaba para guardar sus archivos, posiblemente con la esperanza de que la policía se lo pensara dos veces antes de irrumpir en una oficina llena de abogados.

En el lado de Charlie, la moqueta era más gruesa y la decoración más alegre. Rusty había colgado en la puerta de su despacho un cartel que decía *Dewey, Paleadme & Hoce**, una broma que hacía referencia a la propensión de su hija a evitar a toda costa que sus clientes fueran a juicio. A Charlie no le importaba comparecer en los tribunales, pero la mayoría de sus clientes eran tan pobres que no podían permitirse pagar las costas, y conocían lo suficiente a los jueces de Pikeville como para no perder el tiempo enfrentándose al sistema.

Rusty, por su parte, era capaz de recurrir una multa de aparcamiento ante el Tribunal Supremo si le dejaban.

Charlie buscó las llaves del despacho. El bolso se le cayó del hombro y se abrió. El anuario de Kelly Wilson tenía una caricatura del general Lee en la portada porque el general confederado era la imagen del colegio.

«El abogado defensor que se halle en posesión de un objeto material relacionado con la posible comisión de un delito por parte de su cliente debe informar del paradero de dicho objeto o entregarlo a las autoridades policiales competentes».

Charlie no se llamaba a engaño: sabía que había sermoneado a Huck acerca de la ocultación de una prueba mientras ella tenía el anuario de Kelly Wilson metido en el bolso. Aunque, a decir verdad, se hallaba atrapada en una especie de equivalente jurídico al dilema del gato de Schrödinger: no sabría si el anuario contenía alguna

---

* Juego de palabras intraducible: la expresión *Do we plead' em? And how!*, de pronunciación semejante al nombre del bufete ficticio «Dewey, Pleadem & Howe», puede traducirse como «¿Les negociamos un trato? ¡Y tanto!». (N. de la T.)

prueba hasta que lo abriera. Lo más fácil sería ponerlo en la mesa de Rusty y dejar que su padre se encargara del asunto.

—Vamos. —Lenore había vuelto y parecía dispuesta a echarle un sermón.

Charlie indicó el cuarto de baño del otro lado del pasillo. No podía enfrentarse a Lenore con la vejiga llena.

Lenore la siguió al aseo y cerró la puerta.

—En parte me pregunto si merece la pena echarte la charla, porque a lo mejor eres tan tonta que ni siquiera te has percatado de tu propia estupidez.

—Por favor, haz caso a esa vocecilla.

Lenore la señaló con un dedo.

—A mí no me vengas con esas, listilla.

A Charlie se le ocurrieron un montón de respuestas ingeniosas, pero se las calló. Se desabrochó los vaqueros y se sentó en la taza del váter. Lenore la había bañado muchas veces, cuando estaba tan abatida por la pena que ni siquiera podía cuidar de sí misma. Podía verla hacer pis.

—Tú nunca piensas, Charlotte. Solo *actúas*. —Lenore se puso a pasear por el estrecho aseo.

—Tienes razón —contestó—. Y lo sé, igual que sé que no puedes hacer que me sienta peor de lo que ya me siento.

—No vas a salir de esta tan fácilmente.

—¿Fácilmente, dices? —Charlie estiró los brazos para mostrarle su estado—. Esta mañana me vi atrapada en un tiroteo. Me encaré con un policía y mira lo que me pasó. —Se señaló la cara—. He humillado a mi marido. Otra vez. Me he tirado a un tío que puede que sea un mártir, un pederasta o bien un psicópata. Me derrumbé delante de ti, y ni siquiera quieres saber qué estaba haciendo cuando llegó el equipo de los SWAT. Aunque, pensándolo bien, es mejor que no lo sepas. Así podrás negar verazmente toda implicación en los hechos.

A Lenore se le inflaron las aletas de la nariz.

—Vi cómo te apuntaban al pecho, Charlotte. Seis hombres armados con rifles a punto de matarte, y yo allí fuera, sin poder hacer otra cosa que retorcerme las manos como una anciana indefensa.

Charlie se dio cuenta de que Lenore no estaba enfadada. Estaba asustada.

—¿Cómo demonios se te ocurre? —preguntó—. ¿Por qué arriesgas así tu vida? ¿Qué era tan importante?

—Nada, nada es tan importante. —Charlie se sintió abrumada por la vergüenza al ver correr las lágrimas por la cara de Lenore—. Lo siento. Tienes razón. No debí hacerlo. Nada de lo que hice. Soy una boba y una idiota.

—Desde luego que sí. —Lenore agarró el rollo de papel higiénico y cortó un trozo para sonarse la nariz.

—Por favor, grítame —le suplicó Charlie—. No soporto verte disgustada.

Lenore desvió la mirada y Charlie deseó que se la tragara la tierra. ¿Cuántas veces había tenido aquella misma discusión con Ben? Como aquella vez que, estando en el supermercado, dio un empujón a un hombre que había abofeteado a su esposa. O aquella otra en que casi se la lleva por delante un coche cuando trataba de ayudar a un conductor que había tenido una avería. O cuando veía a los Culpepper por el centro de la ciudad y se encaraba con ellos. O cuando iba a Holler en plena noche. O cuando se pasaba el día entero defendiendo a sórdidos yonquis y delincuentes violentos. Ben decía que era capaz de lanzarse de cabeza contra una radial en marcha si concurrían las circunstancias adecuadas.

—No podemos llorar las dos —dijo Lenore.

—Yo no estoy llorando —mintió Charlie.

Lenore le pasó el rollo de papel higiénico.

—¿Por qué crees que ese tipo es un psicópata?

—No puedo decírtelo. —Se abrochó los vaqueros y se acercó al lavabo para lavarse las manos.

—¿Tengo que preocuparme de que vuelvas a las andadas?

Charlie no quería volver a las andadas.

—Las cámaras de seguridad tienen un ángulo muerto.

—¿Eso te lo ha dicho Ben?

—Ya sabes que Ben y yo nunca hablamos de los casos. —Charlie se limpió las axilas con una toalla de papel mojada—. El psicópata tiene mi teléfono. Tengo que darlo de baja y comprarme uno nuevo. Hoy he faltado a dos vistas.

—El juzgado cerró en cuanto se supo lo del tiroteo.

Charlie recordó que era el procedimiento habitual. Había ocurrido ya una vez antes, aunque en aquella ocasión fue una falsa alarma. Al igual que a Ava Wilson, le costaba creer que aquello estuviera sucediendo de verdad.

—Hay dos sándwiches en un recipiente, encima de tu mesa —dijo Lenore—. Si te los comes, voy a la tienda a comprarte un teléfono nuevo.

—Hecho —contestó Charlie—. Oye, siento lo de hoy. Intentaré corregirme.

Lenore puso los ojos en blanco.

—Vale, lo que tú digas.

Charlie esperó a que se cerrara la puerta para acabar de asearse. Observó su cara en el espejo mientras se lavaba. Su aspecto empeoraba por momentos. Tenía dos moratones, uno debajo de cada ojo, que la hacían parecer una víctima de violencia de género. El puente de su nariz había adquirido una tonalidad roja oscura, y tenía un bulto encima del bulto que le salió la otra vez que se rompió la nariz.

—Vas a dejar de ser tan idiota —le dijo al espejo.

Pero su reflejo parecía creerla tan poco como Lenore.

Regresó a su despacho. Vació el bolso en el suelo para buscar las llaves y luego tuvo que buscar la manera de volver a meterlo todo dentro. Se dio cuenta entonces de que Lenore ya había abierto la puerta, porque Lenore siempre iba dos pasos por delante de ella. Dejó el bolso encima del sofá, junto a la puerta. Encendió la luz. Su mesa. Su ordenador. Su silla. Era un consuelo hallarse entre cosas conocidas. El despacho no era su hogar, pero casi: pasaba más tiempo allí que en su casa, sobre todo desde la marcha de Ben.

Se zampó uno de los sándwiches de mantequilla de cacahuete y mermelada que le había dejado Lenore sobre la mesa. Echó un vistazo a la bandeja de entrada de su ordenador y contestó a los mensajes que le preguntaban si estaba bien. Tenía que escuchar su buzón de voz, llamar a varios clientes y preguntar en el juzgado cuándo se sabría la nueva fecha de las vistas a las que tenía que asistir, pero estaba demasiado nerviosa para concentrase.

Huck prácticamente había reconocido que se había llevado el arma del crimen.

Pero ¿por qué?

Aunque más oportuno era preguntar cómo.

Un revólver no era una minucia y, teniendo en cuenta que era el arma homicida, la policía se habría puesto a buscarlo casi inmediatamente. ¿Cómo había logrado Huck sacarlo del edificio? ¿Dentro de sus pantalones? ¿Lo habría metido a escondidas en el maletín de un paramédico? Imaginaba que la policía de Pikeville habría procurado no importunarle más de lo necesario. A fin de cuentas, no cacheas a un civil inocente al que has disparado accidentalmente. Además, había borrado el vídeo grabado por ella, lo que demostraba claramente que estaba de parte de la policía, al menos hasta donde podía estarlo el señor Huckleberry, que no parecía creer en «bandos».

Los agentes Delia Wofford y Louis Abey no le debían, en cambio, ninguna lealtad al señor Huckabee. Así pues, no era de extrañar que le hubieran interrogado durante cuatro horas mientras la herida de bala de su brazo sangraba gota a gota. Probablemente sospechaban que se había desecho del arma, igual que sospechaban que los agentes de la policía local eran unos idiotas por haberle permitido salir del recinto sin registrarle a conciencia.

Mentir a un agente del FBI era un delito que podía castigarse con cinco años de prisión y una multa de 250.000 dólares. Si a ello se sumaba la destrucción de una prueba, cabía la posibilidad de que fuera acusado no solo de obstrucción a la justicia sino también de complicidad en un doble homicidio y, si así era, no podría volver a trabajar en un colegio, ni en ninguna otra parte, probablemente.

Todo lo cual le ponía las cosas muy difíciles a Charlie. A no ser que estuviera dispuesta a arruinarle la vida a aquel hombre, tendría que encontrar la manera de explicarle a su padre lo del arma sin implicar a Huck. Sabía cómo reaccionaría Rusty si sospechaba que allí había gato encerrado. Huck era uno de esos filántropos guapos y modositos que se meten en el bolsillo a los jurados. Teniendo en cuenta su historial militar y su loable dedicación a la enseñanza, daría lo mismo que subiera al estrado vestido con un mono naranja de presidiario.

Miró el reloj que había encima del sofá: eran las dos y dieciséis de la tarde.

Aquel día estaba siendo como una de esas odiosas esferas que no tienen principio ni fin.

Abrió un nuevo documento de Word en el ordenador. Tenía que anotar todo lo que recordaba para dárselo a Rusty. Seguramente su padre ya habría oído la versión de Kelly Wilson. Ella al menos podía decirle lo que había oído la fiscalía en los interrogatorios.

Apoyó los dedos en el teclado, pero no escribió nada. Se quedó mirando el cursor parpadeante. No sabía por dónde empezar. Obviamente, por el principio, pero eso era lo peor: el principio.

En circunstancias normales, seguía una rutina férreamente marcada: se levantaba a las cinco, daba de comer a sus distintos animales de compañía, salía a correr, se duchaba, desayunaba, se iba a trabajar y volvía a casa. Desde que Ben se había ido, pasaba las veladas leyendo sumarios, viendo absurdos programas de televisión y, en general, matando el tiempo hasta que llegaba una hora razonable de irse la cama.

Ese día, sin embargo, se había salido de la norma y su padre necesitaría saber por qué.

Lo menos que podía hacer era averiguar el nombre de pila de Huck.

Abrió el navegador y buscó *profesorado colegio enseñanza media Pikeville.*

La ruedecita multicolor comenzó a girar. Por fin, en la pantalla apareció un mensaje: *La página web no responde.*

Trató de sortear la página de inicio tecleando el nombre de distintos departamentos y profesores e incluso el del periódico del centro. Pero siempre aparecía el mismo mensaje. Los servidores del Departamento de Educación de Pikeville no tenían capacidad suficiente para dar respuesta a los cientos de miles de curiosos que trataban de acceder a su página web.

Abrió otra pestaña y escribió *Huckabee Pikeville.*

—Mierda —masculló.

¿Quieres decir «Huckleberry»?, le preguntaba Google.

La primera página que aparecía era una entrada de Wikipedia en la que se afirmaba que el arándano* era la fruta típica de Idaho. Seguían varias noticias acerca de juntas escolares que pretendían prohibir la lectura de *Huckleberry Finn.* Al final de la página aparecía una entrada de Urban Dictionary en la que se aseguraba que, en argot del siglo XIX, la expresión «soy tu *huckleberry*» equivalía a «soy tu hombre».

Charlie tamborileó con un dedo sobre el ratón. Tendría que echar un vistazo a la CNN, o a la MSNBC, o incluso a la Fox, pero no se sentía con ánimos para consultar las páginas de las cadenas de noticias. Hacía ya una hora que aquel horrible carrusel de diapositivas se había detenido. No quería propiciar una avalancha de malos recuerdos.

Además, aquel caso era de Rusty. A ella probablemente la llamarían como testigo de la acusación. Corroboraría el relato de Huck, pero su declaración solo facilitaría al jurado una pequeña pieza del rompecabezas.

Si alguien sabía algo más, tenía que ser la señora Pinkman. Su aula estaba justo enfrente de donde con toda probabilidad había iniciado Kelly el tiroteo. Judith Pinkman habría sido la primera en acudir a la escena del crimen. Habría encontrado a su marido muerto. Y a Lucy agonizando.

«¡Por favor, ayúdennos!».

Todavía oía el eco de sus gritos. Los cuatro disparos se habían producido antes. Huck había tirado de ella detrás de la cajonera. Estaba llamando a la policía cuando Charlie oyó dos disparos más.

La claridad repentina de aquel recuerdo la dejó atónita.

---

* *Huckleberry*, «arándano». (N. de la T.)

Seis disparos. Seis balas en el revólver.

De lo contrario, Judith Pinkman habría recibido un balazo en la cara al abrir la puerta de su aula.

Miró el techo. Aquella idea había hecho aflorar una vieja imagen que no quería volver a ver.

Necesitaba salir del despacho.

Cogió el recipiente de plástico que contenía el otro sándwich de mantequilla de cacahuete y mermelada y se fue en busca de Ava Wilson. Sabía que Lenore ya le habría ofrecido comida (mostraba ese típico impulso sureño de alimentar a todo el que conocía) y que probablemente Ava estaba demasiado estresada para comer, pero no quería dejarla sola demasiado tiempo.

Al llegar a la sala de espera, se halló ante una escena conocida: Ava Wilson sentada en el sofá, delante del televisor, con el volumen demasiado alto.

—¿Quiere un sándwich? —le preguntó.

Ava no respondió. Charlie estaba a punto de repetir la pregunta cuando cayó en la cuenta de que tenía los ojos cerrados. Sus labios estaban entreabiertos y un suave silbido se escapaba por una mella de sus dientes.

Charlie no la despertó. El estrés tiene la virtud de aletargar el cuerpo cuando el organismo ya no puede soportar más tensión. Si Ava Wilson conseguía tener un rato de paz ese día, sería este.

El mando a distancia estaba sobre la mesa baja. Charlie nunca preguntaba por qué siempre estaba pegajoso. La mayoría de los botones no funcionaban. El del volumen se había evaporado: en su lugar solo había un hueco rectangular. Se acercó al televisor para ver si había otra forma de quitarlo.

En pantalla, las noticias se hallaban en un *impasse*: a falta de novedades, habían reunido a un grupo de tertulianos y psiquiatras para que especulara acerca de lo que *podía* haber pasado, de lo que *quizá* se le había pasado por la cabeza a Kelly y por qué *podía* haber hecho lo que había hecho.

—Y *hay* precedentes —decía una rubia muy guapa—. Si recuerdan la canción de los Boomtown Rats basada en...

Estaba a punto de arrancar el enchufe de la pared cuando la presentadora interrumpió a la psiquiatra.

—Tenemos nuevos datos. Damos paso a la rueda de prensa que está teniendo lugar en estos momentos en Pikeville, Georgia.

La imagen cambió de nuevo, mostrando esta vez un atril colocado en una sala que le resultaba familiar. El comedor de la jefatura de policía. Habían retirado las mesas y clavado en la pared una bandera azul con el emblema del municipio de Pikeville.

En pie detrás del atril había un hombre regordete, vestido con unos Dockers de pinzas marrones oscuros y una camisa blanca. Miró a su izquierda y la cámara enfocó a Ken Coin, que parecía irritado cuando le indicó con un gesto al otro que diera comienzo a la rueda de prensa.

Saltaba a la vista que hubiera preferido hablar él en primer lugar.

El otro bajó el micrófono, lo subió y volvió a bajarlo. Se inclinó un poco y, pegando demasiado los labios al micro, dijo:

—Soy Rick Fahey, el... —Se le quebró la voz—. El tío de Lucy Alexander. —Se limpió las lágrimas con el dorso de la mano. Tenía la cara roja. Los labios demasiado rosas—. La familia me ha pedido que... Ah. —Se sacó del bolsillo de atrás una hoja de cuaderno doblada. Le temblaban tanto las manos que el papel se sacudía como impulsado por un viento repentino. Por fin, Fahey consiguió alisarlo sobre el atril y añadió—: La familia me ha pedido que lea esta declaración.

Charlie miró a Ava. Seguía durmiendo.

—Lucy era una niña preciosa —leyó Fahey—. Era creativa, le encantaba cantar y jugar con su perro, Shaggy. Iba a las clases de la señora Dillard en la iglesia baptista, donde le encantaba leer los evangelios. Pasaba los veranos en la granja de sus abuelos, en Ellijay, donde les ayudaba a recoger man-manzanas... —Se sacó un pañuelo del bolsillo y se enjugó el sudor y las lágrimas de la cara—. La familia ha puesto su confianza en Dios para que nos ayude a superar estos momentos tan difíciles. Pedimos a nuestros conciudadanos que recen por ella y la tengan en sus pensamientos. Quisiéramos además manifestar nuestro apoyo al Departamento de Policía de Pikeville y la Oficina del Fiscal del Distrito del condado de Dickerson, el señor Ken Coin, que sin duda harán todo lo posible por llevar ante la justicia a la ase... —Se le quebró de nuevo la voz—. A la asesina de Lucy. —Miró a los periodistas—. Porque eso es Kelly Wilson. Una asesina a sangre fría.

Fahey se volvió hacia Ken Coin. Inclinaron los dos la cabeza solemnemente, como si refrendaran una promesa.

—Mientras tanto —prosiguió Fahey—, quisiéramos pedirles a los medios de comunicación y demás que respeten nuestra intimidad. Todavía no se han hecho preparativos para el funeral.

Pareció fijar la mirada a lo lejos, más allá del cúmulo de micrófonos y de las cámaras. ¿Estaba pensando en el entierro de Lucy, en que los padres tendrían que escoger un ataúd de tamaño infantil para enterrar a su hija?

Era tan pequeña... Charlie recordaba lo delicada que le había parecido su mano al agarrarla.

—Señor Fahey —dijo un periodista—, ¿podría decirnos...?

—Gracias. —Fahey se apartó del atril.

Ken Coin le dio una firme palmada en el brazo cuando pasó a su lado. Charlie vio que el jefe de su marido agarraba los bordes del atril como si se dispusiera a sodomizarlo.

—Soy Ken Coin, fiscal del distrito del condado —declaró dirigiéndose a los presentes—. Estoy aquí para responder a sus preguntas acerca de la investigación de ese vil asesinato. No se confundan, señoras y señores. Reclamaremos ojo por ojo en este atroz...

Charlie desenchufó la televisión. Se giró para asegurarse de que Ava no se había despertado. Seguía en la misma postura, vestida aún con el pijama. La bolsa de ropa estaba en el suelo, a sus pies. Charlie estaba tratando de recordar si tenían una manta en alguna parte cuando se abrió de golpe la puerta de atrás y volvió a cerrarse.

Solo Rusty entraba en la oficina armando semejante estrépito.

Por suerte, el ruido no despertó a Ava, que solo se rebulló en el sofá, dejando caer la cabeza a un lado.

Charlie dejó el sándwich en la mesa y se fue en busca de su padre.

—¿Charlotte? —gritó Rusty.

Ella oyó abrirse violentamente la puerta de su despacho. El picaporte ya había hecho un agujero en la pared. Rusty nunca desaprovechaba la ocasión de hacer ruido.

—¿Charlotte?

—Estoy aquí, papá. —Se detuvo junto a la puerta. El despacho de su padre estaba tan atiborrado de cosas que no había dónde ponerse—. Ava Wilson está en recepción.

—Buena chica.

Rusty no levantó la mirada de los papeles que tenía en las manos. Era hiperactivo: incapaz de concentrarse en una sola cosa a la vez. Incluso en ese momento, daba golpecitos con el pie en el suelo mientras leía, canturreaba espontáneamente y trataba de mantener una conversación.

—¿Qué tal está?

—No muy bien. Se ha quedado dormida hace un rato. —Charlie le hablaba a su coronilla. Su padre tenía setenta y cuatro años y seguía teniendo una buena mata de pelo entrecano, demasiado crecido por los lados—. Intenta tener paciencia con ella. No estoy segura de hasta qué punto entiende las cosas.

—Tomo nota.

Rusty anotó algo en los papeles. Sus dedos huesudos sostenían el bolígrafo igual que si fuera un cigarrillo. Quienes solo hablaran con él por teléfono se lo imaginarían como un cruce entre el coronel Sanders y el Gallo Claudio. Pero no lo era. Rusty Quinn era un hombre alto, desgarbado y larguirucho, aunque no como Ben (porque Charlie habría preferido arrojarse por un precipicio antes que casarse con alguien que se pareciera a su padre).

Aparte de su estatura y de una incapacidad para tirar los calzoncillos viejos, los dos hombres de su vida se parecían muy poco. Ben era un monovolumen fiable, pero deportivo. Rusty, un bulldozer de tamaño industrial. A pesar de haber sufrido dos infartos y un doble baipás, seguía entregándose a sus vicios sin remordimientos: el *bourbon*, el pollo frito, los Camel sin boquilla y las discusiones a gritos. A Ben, en cambio, le atraían más las conversaciones sosegadas, la buena cerveza y los quesos artesanos.

Charlie, sin embargo, se dio cuenta de que tenían otra cosa en común: ese día, a los dos les costaba mirarla a la cara.

—¿Cómo es? —preguntó.

—¿La chica? —Rusty pasó a otra nota y siguió canturreando como si el bolígrafo tuviera un ritmo propio—. Muy poquita cosa. Coin debe de estar cagándose en los pantalones. El jurado se va a enamorar de ella.

—Puede que la familia de Lucy Alexander tenga algo que decir al respecto.

—Estoy dispuesto para la batalla.

Charlie clavó la puntera del pie en la moqueta. No había nada que su padre no convirtiera en una competición.

—Podrías intentar llegar a un acuerdo con Ken, para evitar la pena de muerte.

—Bah —contestó, porque los dos sabían que Ken se negaría a negociar—. Creo que en este caso tenemos un unicornio.

Charlie levantó la cabeza. «Unicornio» era como llamaban a un cliente inocente: una rara criatura mítica que muy pocos habían visto.

—No lo dirás en serio —dijo.

—Claro que lo digo en serio. ¿Por qué no iba a decirlo en serio?

—Yo estaba allí, papá. —Le dieron ganas de zarandearle—. Estaba en medio.

—Ben me ha puesto al corriente de lo que pasó. —Rusty tosió acercándose el brazo a la boca—. Por lo visto fue complicadillo.

—Eso es quedarse muy corto.

—Ya sabes que se me conoce por mi sutileza de expresión.

Charlie le vio revolver sus papeles. Siguió canturreando. Ella contó hasta treinta; después, finalmente, su padre la miró por encima de las gafas de leer. Se quedó callado diez segundos más y a continuación esbozó una sonrisa.

—Caray, menudos cardenales. Pareces un bandido con antifaz.

—Me dieron un codazo en la cara.

—Ya le he dicho a Coin que vaya preparando la chequera.

—No he presentado una denuncia.

Su padre siguió sonriendo.

—Buena idea, nena. Guardarse un as en la manga hasta que se calmen los ánimos. No conviene pisar una mierda fresca en un día de calor.

Charlie se llevó la mano a los ojos. Estaba demasiado cansada para aquellos juegos.

—Papá, tengo que decirte una cosa.

Él no contestó. Charlie bajó la mano.

—¿Te refieres a por qué estabas en el colegio esta mañana? —preguntó Rusty, mirándola fijamente.

Sus ojos se encontraron un instante, muy breve pero incómodo. Después, ella apartó la mirada.

—Bueno, ya sabes que lo sé —añadió su padre.

—¿Te lo ha dicho Ben?

Rusty meneó la cabeza.

—Fue el bueno de Kenny Coin quien tuvo ese placer.

Charlie no iba a disculparse ante su padre.

—Voy a anotarte todo lo que recuerdo, lo que le dije a la agente de la GBI que me tomó declaración. Es la agente especial Delia Wofford. Tengo su tarjeta. Ha interrogado a los otros testigos junto a un tal Avery, o Atkins. Ben estuvo presente en mi interrogatorio. Creo que Coin estuvo detrás del espejo o en la otra sala casi todo el tiempo.

Rusty se cercioró de que había acabado antes de contestar:

—Charlotte, doy por sentado que, si no estuvieras bien, me lo dirías.

—Russell, doy por sentado que eres lo bastante inteligente para deducir esa información de los datos que obran en tu poder.

—Me parece que hemos llegado a un callejón sin salida. —Su padre dejó los papeles sobre la mesa—. La última vez que intenté adivinar tu estado de ánimo, un sello nacional costaba veintinueve centavos y tú estuviste dieciséis días y pico sin hablarme.

Hacía mucho tiempo que Charlie había renunciado a suscitar la compasión de su padre.

—Tengo entendido que hay un ángulo muerto en las cámaras de seguridad del colegio.

—¿De dónde has sacado esa información?

—De por ahí.

—¿Y has oído algo más mientras estabas *por ahí*?

—Les preocupa el arma homicida. Es posible que no sepan exactamente qué ha sido de ella.

Su padre levantó las cejas.

—Eso es un notición.

—Es una conjetura —repuso Charlie, que no quería ponerle sobre la pista de Huck—. La agente del GBI me hizo muchas preguntas acerca de dónde estaba el arma, cuándo fue la última vez que la vi, quién la tenía, etcétera. Un revólver. No estoy segura al cien por cien, pero creo que era de seis disparos.

Rusty frunció el entrecejo.

—Hay algo más, ¿no? Si se me permite hacer una deducción.

Charlie dio media vuelta, consciente de que la seguiría. Estaba en medio del edificio cuando oyó sus pesados pasos tras ella. Su padre caminaba a grandes y rápidas zancadas porque creía que caminar deprisa equivalía a hacer ejercicio cardiovascular. Oyó el tamborileo de sus dedos en la pared. Parecía estar cantando *Cumpleaños feliz*. El único sitio donde Charlie le veía completamente quieto era dentro de la sala del tribunal.

Charlie encontró su bolso en el sofá de su despacho. Sacó el anuario.

Rusty se paró en seco, jadeante.

—¿Qué es eso?

—Un anuario. «Libro de curso», se le llama a veces.

Él cruzó los brazos.

—Vas a tener que ser más explícita con tu viejo papaíto.

—Se compra en el colegio al acabar el curso. Tiene fotos de las distintas clases y de los clubes del centro, y la gente escribe cosas en las páginas, como «Nunca te olvidaré» o «Gracias por echarme un cable en biología». —Se encogió de hombros—. Es una idiotez. Cuantas más firmas tienes, más popular eres.

—Eso explica por qué nunca trajiste uno a casa.

—Ja, ja.

—Bueno —prosiguió su padre—, ¿y nuestra chica era popular? ¿O impopular?

—No lo he abierto. —Blandió el libro delante de la cara de Rusty, indicándole que lo cogiera.

Él mantuvo los brazos cruzados, pero Charlie notó cómo se encendía un interruptor en su interior, el mismo que se encendía cuando estaba en la sala del tribunal.

—¿Dónde se encontraba? —preguntó él.

—En el armario ropero de Kelly Wilson, en su casa.

—¿Antes de que se ejecutara la orden de registro?

—Sí.

—¿Algún miembro de la policía te advirtió que iba a efectuarse un registro?

—No.

—¿La madre...?

—Ava Wilson.

—¿Ava Wilson te lo entregó para que lo guardaras?

—No.

—¿Es cliente tuya?

—No, y, por cierto, gracias por intentar ayudarme a perder mi licencia.

—Tendrías al mejor abogado del país para ayudarte a conservarla. —Rusty señaló con la cabeza el anuario—. Ábrelo, hazme ese favor.

—O lo coges o lo tiro al suelo.

—Santo Dios, haces que eche de menos a tu madre —dijo Rusty con un extraño temblor en la voz.

Rara vez mencionaba a Gamma y, si lo hacía, solía ser para compararla, en términos no siempre halagüeños, con Charlie. Cogió el anuario y dedicó a su hija un saludo militar.

—Muchas gracias.

Ella le vio marchar por el pasillo con paso marcial.

—¡Eh, idiota! —gritó.

Rusty dio media vuelta y, sonriendo, volvió sobre sus pasos. Abrió el anuario haciendo una reverencia. La guarda estaba llena de mensajes escritos, algunos en tinta negra, otros en azul y unos pocos en rosa. Letras distintas. Firmas distintas. Rusty pasó la página. Más tintas de colores. Más mensajes garabateados apresuradamente.

Si Kelly Wilson era una marginada, era la marginada más popular del colegio.

—Disculpe, señorita —dijo Rusty—. Confío en no ofender sus escrúpulos morales si le pido que me lea algo de esto. —Se tocó la sien—. No llevo las gafas.

Charlie le indicó con un gesto que diera la vuelta al libro. Leyó la primera línea en la que posó la mirada, escrita en una letra grande y angulosa que parecía pertenecer a un chico.

—*Oye, tía, gracias por la mamada, fue alucinante. Das asco.* —Miró a su padre—. Vaya.

—Sí, vaya. —A Rusty nada le conmovía. Charlie había dejado de intentarlo hacía años—. Continúa.

—*Voy a violarte, zorra.* Sin firma. —Echó otro vistazo—. Otra amenaza de violación: *Voy a sodomizarte por el culo, zorra.* «Sodomizarte», escrito con *y*.

—¿Al final o en medio?

—En medio. —Buscó algún mensaje escrito en rosa, confiando en que las chicas fueran menos perversas—. *Eres una puta zorra y te odio y quiero que te mueras.* Con seis signos de exclamación. *Q-T-D.* Firmado, Mindy Zowada.

—¿Q-T-D? —preguntó Rusty.

—«Que te den».

—Conmovedor.

Charlie echó una ojeada al resto de las notas. Eran tan abyectas como las primeras.

—Son todas así, papá. O la llaman «puta», o hacen referencia al sexo, o se lo piden, o dicen que van a violarla.

Pasó a la página siguiente, que había sido dejada en blanco para que los compañeros de clase escribieran más dedicatorias. No había notas. Una polla y unos huevos gigantescos ocupaban casi toda la página. En la parte de arriba había un dibujo de una chica con el pelo tieso y enormes ojos. Tenía la boca abierta. Había una flecha que señalaba su cabeza y, escrito, ponía *KELLY*.

—Poco a poco empiezo a hacerme una idea —comentó Rusty.

—Sigue.

Su padre volvió unas cuantas páginas. Más dibujos. Más mensajes ofensivos. Varias amenazas de violación. La fotografía de la clase de Kelly estaba pintarrajeada: esta vez, la polla que apuntaba a su boca estaba eyaculando.

—Tuvieron que pasarse el anuario por todo el colegio —dijo Charlie—. Participaron cientos de chavales.

—¿Cuántos años crees que tenía cuando pasó esto?

—¿Doce o trece?

—Y lo ha conservado toooodo este tiempo —dijo Rusty, alargando la palabra como si quisiera probar cómo sonaría ante un jurado.

Charlie no podía reprochárselo. Sostenía entre las manos un ejemplo palmario de circunstancia atenuante.

Kelly Wilson no solo había sufrido acoso en el colegio. La violencia sexual de las dedicatorias de sus compañeros de clase apuntaba a algo aún más siniestro.

—¿Te ha dicho la madre si la chica ha sufrido abusos sexuales? —preguntó Rusty.

—La madre piensa que su hija es un copo de nieve.

—Muy bien —dijo Rusty—. Entonces, si pasó algo, estará en su expediente escolar. O quizá haya alguien en la oficina del fiscal del distrito a quien puedas pedirle que...

—No. —Charlie sabía que debía atajarle cuanto antes—. Puedes pedirle a Ava que solicite una copia de su expediente escolar, o pedir en el juzgado de menores que te faciliten cualquier posible denuncia al respecto.

—Eso pienso hacer.

—Vas a necesitar a un informático muy hábil —dijo Charlie—. A alguien que sepa bucear de verdad en las cuentas de las redes sociales. Si hubo tantos chavales que participaron en el «proyecto anuario», es probable que haya también una página dedicada al asunto.

—No necesito a nadie. Tengo a la CNN.

Su padre tenía razón. Los medios de comunicación ya tendrían a sus expertos investigando en la red. Sus reporteros hablarían con los compañeros de clase y los profesores de Kelly en busca de amigos o conocidos dispuestos a ponerse ante las cámaras y decir algo, verdadero o no, acerca de Kelly Wilson.

—¿Has tenido ocasión de ir a ver a la señora Pinkman? —preguntó Charlie.

—He intentado hacerle una visita, pero estaba fuertemente sedada. —Exhaló un ronco suspiro—. Perder a tu pareja ya es bastante duro, pero perderla así es la definición misma de la angustia.

Charlie observó a su padre, tratando de evaluar su tono. Era la segunda vez que mencionaba a Gamma. Supuso que era culpa suya; a fin de cuentas, era ella quien se había metido esa mañana en el colegio. Otro dardo lanzado al corazón de su padre.

—¿Dónde has ido después del hospital?

—Me he pasado un momentito por Kennesaw para que me entrevistaran vía satélite. Esta noche verás el guapo rostro de tu padre en todas las cadenas de televisión.

Charlie no pensaba acercarse al televisor si podía evitarlo.

—Procura tener cuidado con Ava, papá. No entiende muchas cosas. Y no creo que sea solo por la impresión. No es muy despierta.

—Lo mismo le pasa a la hija. Calculo que tiene un cociente intelectual de setenta y poco. —Dio unos golpecitos al anuario—. Gracias por la ayuda, cariño mío. ¿Pudiste hablar con Ben esta mañana?

Le dio un vuelco el corazón, igual que cuando se había enterado de la llamada de Ben.

—No, ¿sabes por qué me llamaba?

—Sí.

Sonó el teléfono de la mesa de Charlie. Rusty hizo amago de marcharse.

—¿Papá?

—Mañana tendrás que llevarte el paraguas. Hay un setenta y tres por ciento de probabilidades de lluvia por la mañana. —Su padre siguió canturreando pasablemente *Cumpleaños feliz*, le dedicó un saludo militar y se marchó por el pasillo levantando las rodillas como el director de una banda militar en un desfile.

—Vas a conseguir que te dé otro infarto —comentó ella.

—¡Qué más quisieras tú!

Charlie puso cara de fastidio. Rusty siempre se las arreglaba para decir la última palabra. Levantó el teléfono.

—Charlie Quinn.

—Se supone que no puedo hablar contigo —dijo Terri, la menor de las hermanas mayores de Ben—. Pero quería asegurarme de que estás bien.

—Estoy bien. —Oyó gritar a los gemelos de Terri. Sobri y Sobra, los llamaba Ben—. Ben me ha dicho que os había llamado esta mañana —añadió.

—Estaba muy disgustado.

—¿Conmigo o por mí?

—Bueno, ya sabes que eso lleva siendo un misterio nueve meses.

No lo era, en realidad, pero Charlie sabía que cualquier cosa que le contara a Terri llegaría a oídos de Carla y Peggy, que se lo dirían a su madre. De modo que mantuvo la boca firmemente cerrada.

—¿Estás ahí? —preguntó Terri.

—Perdona, estoy en el trabajo.

Su cuñada no pareció captar la indirecta.

—Cuando Ben me llamó, estuve pensando en lo raro que es para sus cosas. Tienes que insistir, insistir e insistir y luego, a lo mejor, pasado un tiempo, te cuenta que en 1998 le robaste una patata frita de su plato y heriste sus sentimientos.

Siguió hablando, pero Charlie desconectó y prestó atención a los gritos de los niños, que parecían estar matándose el uno al otro. Ya se había dejado engatusar una vez por las hermanas de Ben, tomándose sus palabras al pie de la letra cuando debería haberse dado cuenta de que, si Ben las veía solo en Acción de Gracias, era por un buen motivo. Eran mujeres desconsideradas y autoritarias que intentaban manejar a su hermano con mano de hierro. Ben ya estaba en la universidad cuando descubrió que los hombres tenían permitido mear de pie.

—Y luego estuve hablando con Carla sobre lo vuestro —prosiguió Terri—. Es absurdo. Tú sabes que él te quiere. Pero se le ha metido algo entre ceja y ceja y no suelta prenda. —Hizo una pausa para gritar a sus hijos y luego retomó el hilo de la conversación—. ¿A ti Benny te ha dicho algo? ¿Te ha dado alguna explicación?

—No —mintió Charlie, y pensó que, si de verdad conocieran a Ben, sabrían que jamás daba un paso sin tener un motivo.

—Pues sigue insistiendo. Seguro que no es nada.

Sí que lo era.

—Es demasiado sensible, más de lo que le conviene. ¿Te he contado lo de aquella vez que fuimos a Disneylandia y...?

—Lo único que podemos hacer es seguir intentando resolverlo.

—Pues tenéis que esforzaros más —contestó su cuñada—. Nueve meses es mucho tiempo, Charlie. Peggy decía el otro día que si ella ha podido tener un hijo en nueve meses no se explica cómo es que vosotros no podéis... Mierda.

Charlie sintió que su mano se crispaba alrededor del teléfono.

—Mierda —repitió Terri—. Ya sabes que no pienso antes de hablar. Así soy yo.

—No pasa nada, en serio. No te preocupes. Pero, oye, me está llamando un cliente por la otra línea —dijo Charlie atropelladamente para no darle tiempo a hablar—. Muchas gracias por llamar. Por favor, da recuerdos por ahí. Ya hablaremos.

Colgó bruscamente el teléfono.

Apoyó la cabeza entre las manos. Lo peor de aquella llamada era que esa noche no podría meterse en la cama con Ben, apoyar la cabeza en su pecho y contarle lo bruja que era su hermana.

Se recostó en su silla. Vio que Lenore había cumplido su parte del trato. Había un iPhone nuevo enchufado a la parte de atrás de su ordenador. Pulsó el botón de encendido. Probó la contraseña

1-2-3-4, pero el teléfono no reaccionó. Introdujo su fecha de cumpleaños y se desbloqueó.

Lo primero que abrió fue su lista de mensaje de voz. Uno era de Rusty, de esa mañana. Había también varios mensajes de amigos, posteriores al tiroteo.

Ninguno de Ben.

La voz bronca de Rusty retumbó en el edificio. Estaba conduciendo a Ava Wilson a su despacho. Charlie adivinó lo que estaba diciendo por la cadencia de su voz. Era su discurso habitual:

—Tiene que decirme la verdad, aunque no tiene por qué ser *toda* la verdad.

Charlie se preguntó si Ava Wilson captaría el matiz. Y rezó por que Rusty no le expusiera su teoría del unicornio. Ava ya se estaba ahogando en falsas esperanzas. No necesitaba que Rusty la lastrara insuflándole nuevas ilusiones.

Con un toque de ratón, despertó a su ordenador. El buscador seguía mostrando resultados sobre arándanos. Hizo una nueva búsqueda: *Mindy Zowada, Pikeville.*

La chica que tachaba de puta a Kelly Wilson en su anuario tenía página de Facebook. No se podía acceder a ella libremente, pero Charlie pudo ver la portada, repleta de referencias a Justin Bieber. La foto de perfil mostraba a Mindy vestida de animadora. Tenía exactamente el aspecto que imaginaba Charlie: guapa, antipática y pagada de sí misma.

Tocó otra vez el ratón.

Tenía dos cuentas en Facebook: una con su nombre y otra con un nombre falso. La segunda la había creado en broma. O, al menos, eso creyó en un principio. Pero, tras crear una dirección de correo electrónico asociada a la cuenta y añadir una imagen de un cerdo con pajarita como fotografía de perfil, asumió que iba a utilizarla para espiar a las Culpepper que le habían hecho la vida imposible en el instituto. El hecho de que aceptaran una solicitud de amistad de una tal Iona Trayler confirmaba los numerosos prejuicios que tenía Charlie acerca de su inteligencia. Curiosamente, también le había pedido amistad una tal familia Trayler que le mandaba felicitaciones el día de su presunto cumpleaños y siempre le estaba pidiendo que rezara por tías achacosas y primos lejanos.

Entró en la cuenta de Iona Trayler y mandó una solicitud de amistad a Mindy Zowada. Era una posibilidad muy remota, pero quería saber qué decía ahora sobre Kelly Wilson aquella chica que le había dedicado unas palabras tan viles. El hecho de que se hiciera pasar por otra persona para espiar a los acosadores de otra chica, además de a las Culpepper, era un síntoma de neurosis cuyo análisis prefería dejar para más adelante.

Cerró el navegador. Tenía el documento de Word en blanco abierto en el escritorio. No podía seguir posponiéndolo. Comenzó a redactar la declaración para Rusty. Refirió los hechos de la manera más aséptica posible, pensando en aquella mañana como si fuera una noticia leída en el periódico. Pasó esto, esto y esto.

Las cosas espantosas eran mucho más fáciles de digerir cuando las despojabas de emoción.

La parte de su relato que se refería al colegio no se apartó de lo que le había contado a Delia Wofford. El documento de Word podía citarse en el juicio, y no recordaba nada que difiriera sustancialmente de lo que le había dicho a la agente. Solo había cambiado una cosa: su certeza de que se habían efectuado cuatro disparos antes de que comenzaran a oírse los gritos de la señora Pinkman. Y otros dos con posterioridad.

Dejó de teclear y se quedó mirando la pantalla hasta que se le nubló la vista. ¿Había abierto la puerta la señora Pinkman al oír los primeros cuatro disparos? ¿Había gritado al ver a su marido y a la niña en el suelo? ¿Había disparado Kelly Wilson las dos balas que quedaban en el cargador a fin de acallarla?

Si Kelly no le contaba a su padre la verdad de lo ocurrido, podían tardar varias semanas o incluso meses en conocer la secuencia de los disparos. Habría que esperar a que Rusty recibiera los informes periciales y las declaraciones de los testigos.

Charlie pestañeó para despejarse la vista. Pulsó la tecla de retorno para pasar a otra línea y, saltándose su conversación con Ben en la jefatura de policía, pasó directamente al interrogatorio con Delia

Wofford. A pesar de sus dudas, estaba convencida de que su percepción del paso del tiempo se había afinado. De nuevo, era únicamente esa certeza lo que había cambiado. Tendría que corregir pasajes de su declaración ante el GBI antes de firmarla.

En su ordenador sonó una alarma.

TraylerLvr483@gmail.com: Mindy Zowada ha aceptado tu solicitud de amistad.

Abrió la página de Facebook de la chica. Mindy había cambiado la fotografía de su *banner* por la de una vela que ardía mecida por el viento.

—Hay que joderse —masculló Charlie mientras pasaba rápidamente los mensajes sirviéndose del cursor.

Seis minutos antes, Mindy Zawada había escrito: *no se que hacer estoy hecha polvo creia que kelly era buena persona supongo que lo unico que podemos hacer es rezar.*

Resultaba curioso, teniendo en cuenta lo que pensaba de Kelly Wilson cinco años antes.

Charlie echó un vistazo a las respuestas. Las tres primeras coincidían con la opinión de Mindy según la cual era sorprendente (¡sorprendente!) que la chica a la que habían acosado en masa hubiera perdido la razón. La cuarta respuesta era la del gilipollas de turno, porque a fin de cuentas era lo que tenía Facebook: que siempre podía contarse con que hubiera un gilipollas que lo degradara todo, desde una inocente foto de gatitos hasta un vídeo de la fiesta de cumpleaños de tu hijo.

Nate Marcus escribía:

yo si se lo que le a pasado que era una puta zorra que se a follado a todo el equipo de futbol asi que a lo mejor por eso lo ha hecho porque tiene sida

Chase Lovette respondía:

por mi que cuelguen a esa zorra tio a mi me comio la polla a lo mejor por eso lo ha hecho porque se trago mi lefa diavolica

Y Alicia Todd añadía:

la muy puta se va a pudrir en el infierno cuanto lo siento xt kelly wilson!

Tuvo que leer la frase en voz alta para comprender que *xt* significaba «por ti».

Anotó todos los nombres pensando que Rusty querría hablar con ellos. Si habían sido compañeros de clase de Kelly en el colegio de enseñanza media, algunos de ellos serían ya mayores de edad y Rusty no necesitaría autorización de sus padres para hablar con ellos.

—Lenore ha llevado a Ava Wilson a reunirse con su marido.

La voz de su padre la hizo sobresaltarse. El hombre más ruidoso del mundo había logrado pillarla desprevenida.

—Quieren estar solos un rato, hablar del asunto. —Rusty se dejó caer en el sofá, enfrente de su mesa. Tamborileó con las manos sobre sus piernas—. No creo que puedan permitirse pagar un hotel. Imagino que dormirán en el coche. El revólver no está en la guantera, por cierto.

Charlie miró la hora: eran las seis y treinta y ocho de la tarde. El tiempo había avanzado a paso de tortuga y luego se había acelerado.

—¿No le habrás dicho que su hija es inocente? —preguntó.

—No. —Su padre se recostó en el sofá, apoyó una mano en los cojines y siguió tamborileando con la otra—. La verdad es que no he hablado mucho con ella. Le he hecho una lista de cosas para que se la enseñe a su marido, sobre lo que los espera estas próximas semanas. Cree que la chica va a volver a casa.

—¿Como un unicornio bueno?

—Bueno, Osito Charlie, está la inocencia y la no culpabilidad, y entre una y otra puede haber mucho trecho. —Le guiñó un ojo—. ¿Qué te parece si llevas a tu papaíto a casa?

Charlotte odiaba ir a la granja aunque fuera solo para llevar a su padre. Hacía años que no entraba en La Choza.

—¿Y tu coche? ¿Dónde está?

—He tenido que llevarlo al taller. —Siguió tamborileando con más fuerza, rítmicamente—. ¿Has averiguado ya por qué te llamó Ben esta mañana?

Charlie.

—¿Tú lo sabes?

Su padre abrió la boca para responder, pero luego se limitó a sonreír.

—No estoy de humor para mamarrachadas, Rusty. Dime la verdad.

Su padre gruñó al levantarse del sofá.

—«Rara vez se manifiesta toda la verdad en una revelación humana».

Se marchó antes de que Charlie pudiera encontrar algo que tirarle.

No se apresuró a reunirse con él en el coche porque, pese a sus prisas constantes, Rusty siempre llegaba tarde. Imprimió una copia de su declaración. Se mandó el archivo a sí misma por si quería echarle un vistazo en casa. Cogió varios sumarios que tenía que revisar. Miró de nuevo la página de Facebook por si había más mensajes. Por fin recogió sus cosas, cerró su despacho con llave y encontró a su padre fuera, junto a la puerta de atrás, fumando un cigarrillo.

—Menuda cara tienes —comentó Rusty mientras apagaba el cigarrillo en el tacón del zapato y se guardaba la colilla en el bolsillo de la chaqueta—. Vas a tener las mismas arrugas alrededor de la boca que tenía tu abuela.

Ella dejó su bolso en el asiento de atrás y subió al coche. Esperó a que Rusty cerrara la oficina. Traía consigo el olor del humo del tabaco. Al salir a la carretera, Charlie tuvo la sensación de estar metida dentro de una fábrica de Camel.

Bajó la ventanilla, irritada por tener que ir a la granja.

—No voy a decirte lo absurdo que es seguir fumando después de dos infartos y una operación a corazón abierto.

—Eso se llama paralipsis o, en griego, apófasis —repuso Rusty—. Una figura retórica que se emplea para recalcar un asunto al tiempo que se afirma no querer decir nada o casi nada al respecto. —Tamborileaba con el pie alegremente—. Muy emparentado con la ironía, por cierto, con la que según creo eres uña y carne.

Charlie estiró el brazo hacia el asiento de atrás y cogió la copia impresa de su declaración.

—Lee esto. Ni una palabra hasta que lleguemos a La Choza.

—Sí, señora.

Rusty se sacó del bolsillo las gafas de leer. Encendió la luz del techo. Siguió dando golpecitos con el pie mientras leía el primer párrafo. Luego se detuvo.

Charlie adivinó por el calor que notaba a un lado de la cara que su padre estaba mirándola.

—Está bien —dijo—. Lo reconozco. No sé su nombre de pila.

Se oyó el crujido de las páginas cuando Rusty posó la mano sobre sus rodillas. Charlie le miró. Se había quitado las gafas. Ya no tamborileaba, ni daba golpecitos, ni brincaba. Miraba fijamente por la ventanilla, en silencio, con la vista fija a lo lejos.

—¿Qué pasa? —preguntó.

—Me duele la cabeza.

Los achaques de los que se quejaba su padre siempre eran ficticios.

—¿Es por lo de ese tipo? —En vista de que Rusty no decía nada, preguntó—: ¿Estás enfadado conmigo por eso?

—Claro que no.

Charlie empezó a angustiarse. A pesar de sus bravatas, no soportaba decepcionar a su padre.

—Mañana me enteraré de cómo se llama.

—Eso no es asunto tuyo. —Rusty se guardó las gafas en el bolsillo de la camisa—. A no ser que pienses seguir viéndote con él.

Charlie sintió un extraño pesar detrás de sus palabras.

—¿Importaría eso?

Su padre no contestó. Seguía mirando por la ventanilla.

—O te pones a canturrear o a hacer bromas absurdas, o te llevo ahora mismo al hospital para que te hagan pruebas, por si te pasa algo en el corazón.

—No es *mi* corazón el que me preocupa —contestó en un tono que, desprovisto de su sorna habitual, sonó extrañamente cursi—. ¿Qué pasó entre Ben y tú? —añadió.

Charlie estuvo a punto de levantar el pie del pedal del acelerador.

Su padre no le había formulado esa pregunta en los nueve meses transcurridos desde su separación. Ella esperó cinco días antes de decirle que Ben se había ido de casa. Estaba de pie, en la puerta del despacho de Rusty. Tenía pensado informarlo de que Ben se había marchado, y eso fue exactamente lo que hizo, ni más ni menos. Pero entonces Rusty inclinó escuetamente la cabeza como si se hubiera limitado a recordarle que tenía que cortarse el pelo, y el silencio que siguió desencadenó en Charlie una diarrea verbal que no sufría desde que estaba en primero de secundaria. Su boca no paraba de moverse. Le contó a Rusty que esperaba que Ben ya hubiera vuelto a casa cuando llegara el fin de semana. Que confiaba en que contestara a sus llamadas, a los mensajes de texto y los de voz, y a la nota que le había dejado en el parabrisas del coche.

Finalmente, para hacerla callar, su padre le citó los primeros versos del poema de Emily Dickinson *La esperanza es esa cosa con plumas*.

—Papá —dijo ahora, pero no se le ocurrió qué más decir.

Los faros de un coche que venía de frente la deslumbraron. Miró por el retrovisor y vio alejarse las luces rojas traseras. A pesar de que no quería hacerlo, dijo:

—No fue una sola cosa. Fueron muchas.

—Quizá la pregunta sea cómo vas a arreglarlo —repuso su padre.

Charlie comprendió de pronto que era un error hablar de ese tema.

—¿Por qué das por hecho que soy yo quien tiene que arreglarlo?

—Porque no te engañaría ni te haría daño a propósito, de modo que tiene que ser por algo que hiciste tú, o que no hiciste.

Charlie se mordió el labio con fuerza.

—Ese hombre con el que sales... —prosiguió su padre.

—No estamos saliendo —le cortó ella—. Solo ha sido una vez, la primera y la única, y te agradecería que...

—¿Es por lo del aborto?

Charlie contuvo la respiración.

—De eso hace tres años. —O seis. O trece—. Además, Ben no sería tan cruel.

—En eso tienes razón, Ben no sería tan cruel.

Su comentario chocó a Charlie. ¿Estaba dando a entender que ella sí podía serlo?

Rusty suspiró. Enrolló el fajo de papeles que tenía en la mano. Dio dos golpecitos con el pie en el suelo.

—¿Sabes? —dijo—, he tenido mucho, mucho tiempo para pensar en esto y creo que lo que más me gustaba de tu madre era que fuera tan difícil quererla.

Charlie sintió el aguijonazo de la comparación que implicaban sus palabras.

—Su problema, su único problema, y lo digo desde el punto de vista de un hombre que la adoraba, era que era demasiado lista —continuó él, enfatizando las tres últimas palabras con un golpecito del pie—. Gamma lo sabía todo, y además podía decirte cualquier cosa sin tener que pararse ni un segundo a pensarlo. Como la raíz cuadrada de tres. Te la decía así, sin más. En fin, qué diablos, yo no sé la respuesta, pero ella...

—Uno coma setenta y tres.

—Eso, eso. O alguien le preguntaba, por ejemplo, ¿cuál es el ave más común de la Tierra?

Charlie suspiró.

—La gallina.

—¿La cosa más mortífera del planeta?

—El mosquito.

—¿La principal exportación de Australia?

—Eh..., ¿el mineral de hierro? —Arrugó la frente—. ¿Adónde quiere ir a parar, papá?

—Deja que te pregunte una cosa: ¿cuál ha sido mi contribución a la pequeña conversación que acabamos de tener?

Ella no le entendía.

—Papá, estoy demasiado cansada para adivinanzas.

—Una pista visual. —Pulsó el elevalunas y bajó la ventanilla un poco, luego otro poco y otro. Luego volvió a subirla.

—Vale —contestó ella—. Tu contribución ha sido sacarme de mis casillas y romperme el coche.

—Charlotte, permíteme que te dé la respuesta.

—De acuerdo.

—No, cariño. Escucha lo que te digo. A veces, aunque sepas la respuesta, tienes que dar una oportunidad de responder al otro. Si uno se siente mal todo el tiempo, nunca tiene ocasión de sentirse bien.

Ella volvió a mordisquearse el labio.

—Volvamos a nuestra pista visual. —Rusty pulsó de nuevo el elevalunas, pero esta vez lo dejó pulsado. El cristal bajó del todo. Luego apretó el botón en la otra dirección y la ventanilla volvió a subir—. Fácil y rápido. Adelante y atrás. Como pelotear en una pista de tenis, solo que de esta forma no tengo que andar corriendo por la pista para demostrártelo.

Charlie oyó que seguía con el pie el ritmo del intermitente cuando giró a la derecha para tomar el desvío de la granja.

—Deberías haber sido consejero matrimonial.

—Lo intenté, pero no sé por qué ninguna mujer quería subirse conmigo al coche. —Le dio un codazo hasta que ella sonrió de mala gana—. Recuerdo que una vez tu madre me dijo: «Russell, tengo que descubrir antes de morirme si lo que quiero es ser feliz o tener razón».

Charlie sintió un extraño pinchazo en el corazón: aquellas palabras sonaban como salidas directamente de la boca de su madre.

—¿Era feliz?

—Creo que estaba empezando a serlo. —Rusty dejó escapar un suspiro sibilante—. Era inescrutable. Era preciosa. Era...

—¿Cabronazo? —Los faros del Subaru mostraron el lateral de la casa de la granja. Alguien había pintado *CABRONAZO* en letras gigantes sobre los listones de madera blanca de la pared.

—Es curioso —dijo Rusty—. Lo de *cabrón* lleva ahí una semana o dos. El *azo* se lo han añadido hoy. —Se dio una palmada en la rodilla—. Qué práctico, ¿no te parece? Como ya tenían *cabrón*... No hacía falta ser un Shakespeare.

—Tienes que llamar a la policía.

—Pero, cariño, si seguramente habrán sido ellos.

Charlie acercó el coche a la puerta de la cocina. Se encendieron los focos. Eran tan potentes que podía ver cada hierbajo del descuidado jardincillo.

—Debería entrar contigo para asegurarme de que no hay nadie —dijo a regañadientes.

—No. —Su padre abrió la puerta y salió de un salto—. Acuérdate del paraguas mañanas. Estoy absolutamente seguro de que va a llover.

Ella observó su paso garboso mientras avanzaba hacia la casa. Se detuvo en el porche, en el que años atrás Sam y ella solían dejar sus calcetines y sus zapatillas. Accionó las dos cerraduras y abrió la puerta de un tirón, pero en lugar de entrar se volvió para saludarla, consciente de que se hallaba de pie entre *CABRÓN* y *AZO*.

—¡Lo hecho, hecho está! —gritó—. Y ahora, a la cama, a la cama, a...

Charlie puso el coche marcha atrás.

No, no hacía falta ser un Shakespeare.

6

Sentada en el garaje, Charlie seguía agarrando el volante.

Odiaba volver a su casa vacía.

La casa *de ambos.*

Odiaba colgar las llaves del gancho que había junto a la puerta porque el de Ben siempre estaba vacío. Odiaba sentarse en el sofá porque Ben no estaba al otro lado, con sus delgados dedos de los pies enganchados al borde de la mesa baja. Ni siquiera podía sentarse junto a la encimera de la cocina porque el taburete vacío de Ben la entristecía. La mayoría de las noches acababa comiéndose un cuenco de cereales delante del fregadero, con la mirada fija en la oscuridad de más allá de la ventana.

No era lógico que una mujer sintiera eso por su marido después de casi dos décadas de matrimonio, pero, en ausencia de Ben, se había apoderado de ella una especie de enamoramiento enfermizo que no experimentaba desde sus tiempos en el instituto.

No había lavado la funda de la almohada de Ben. Su cerveza favorita seguía ocupando el mismo hueco en la puerta de la nevera. Había dejado sus calcetines sucios junto a la cama porque sabía que, si los recogía, él no estaría allí para dejar otro par.

Durante su primer año de convivencia, uno de sus principales motivos de discusión había sido esa costumbre suya de quitarse los calcetines por las noches y dejarlos en el suelo de la habitación. Charlie empezó a meterlos de una patada bajo la cama cuando él no miraba, y un día Ben se dio cuenta de que no le quedaban calcetines limpios y ella se rio, y él le gritó y ella le contestó a voces y, como tenían veinticinco años, acabaron follando en el suelo. Como por arte de magia, la furia que sentía anteriormente cada vez que veía los calcetines había remitido hasta convertirse en una leve irritación, como los últimos coletazos de una infección por hongos.

El primer mes sin Ben, cuando por fin comprendió que su marcha no era un incidente pasajero, que tal vez no volviera, se sentó en el suelo junto a los calcetines y lloró como un bebé.

Fue la primera y la última vez que se permitió abandonarse a la pena. Tras aquella larga noche de llanto, se obligó a madrugar, a lavarse los dientes al menos dos veces al día, a asearse con regularidad y a hacer todas esas cosas que demostraban a ojos del mundo que era un ser humano capaz de desenvolverse en sociedad. Sabía ya de antes que, en cuanto bajara la guardia, el mundo se convertiría en un abismo lejano pero familiar.

Sus primeros cuatro años de universidad fueron un descenso en picado hacia un paroxismo orgiástico que en el instituto solo había alcanzado a vislumbrar. Sin Lenore allí para insuflarle sentido común a bofetadas, se desinhibió por completo. Demasiado alcohol. Demasiados chicos. Un difuminarse de los contornos que solo importaba a la mañana siguiente, cuando al despertarse no reconocía al chico que había en su cama, o en cuya cama estaba acostada, y no recordaba si había dicho que sí o que no, o si se había desmayado a causa de la ingente cantidad de cerveza que había trasegado.

Fue un milagro que consiguiera aprobar con buena nota el examen de acceso a la facultad de Derecho. Duke fue la única universidad en la que solicitó el ingreso. Quería empezar de nuevo. Una nueva universidad. Una ciudad nueva. La apuesta salió bien, tras una larga racha en la que todo parecía torcerse. Conoció a Ben en Introducción a la redacción jurídica o Elementos del Derecho. En su tercera cita llegaron a la conclusión de que con el tiempo acabarían casándose, así que ¿por qué no casarse ya?

Un ruido sordo y rasposo la sacó de su ensimismamiento. Su vecino estaba sacando el cubo de basura a la acera. En casa, era Ben quien solía encargarse de esa tarea. Desde su marcha, Charlie acumulaba tan poca basura que la mayoría de las semanas dejaba una sola bolsa al final del caminito de entrada.

Se miró en el retrovisor. Los moratones que tenía debajo de los ojos se habían vuelto de un negro sólido, como los de un jugador de fútbol americano. Tenía agujetas. Le dolía la nariz. Le apetecía tomarse una sopa, unas galletas saladas y un té bien caliente, pero no había nadie para preparárselo.

Sacudió la cabeza.

—Qué triste eres, joder —se dijo, confiando en que aquella humillación verbal la hiciera espabilarse.

Pero no fue así.

Salió del coche trabajosamente antes de que le dieran ganas de cerrar la puerta del garaje y encender el motor.

Procuró ignorar el espacio vacío en el que Ben solía aparcar su camioneta y los estantes con cajas pulcramente etiquetadas y utensilios deportivos que él no se había llevado aún. Encontró una caja de pienso para gatos en el armario metálico que Ben había montado el verano anterior.

Solían reírse de la gente que acumulaba tantas cosas en el garaje que no quedaba sitio para los coches. El orden era una de las pocas cosas que se les daban bien a los dos. Limpiaban juntos la casa todos los sábados. Charlie se encargaba de lavar la ropa. Ben, de doblarla. Ella hacía la cocina. Él pasaba la aspiradora por las alfombras y quitaba el polvo a los muebles. Leían los mismos libros al mismo tiempo para poder hablar de ellos. Se daban panzadas de ver Netflix y Hulu. Se acurrucaban en el sofá y hablaban del trabajo y de sus respectivas familias y de lo que harían el fin de semana.

Se sonrojó al acordarse de cómo se ufanaban por lo fantástico que era su matrimonio. Había tantas cosas en las que estaban de acuerdo: a qué lado había que poner el rollo de papel higiénico, el número de gatos que debía tener una persona, la cantidad de años que había que llorar a tu pareja si desaparecía en el mar. Cuando sus amigos discutían en público o se dirigían comentarios hirientes durante una cena, Charlie siempre miraba a Ben, o viceversa, y se sonreían pensando en lo jodidamente sólida que era su relación.

Ella le había degradado.

Por eso se había marchado Ben.

La transformación de Charlie de amante esposa en arpía furibunda no había sido paulatina. Aparentemente de la noche a la mañana, había perdido la capacidad de transigir. Ya no podía dejar correr las cosas. Todo lo que hacía Ben era motivo de irritación. Y no era como el asunto de los calcetines. No había posibilidad de solventarlo echando un polvo. Charlie era consciente de su comportamiento insidioso, pero no podía refrenarse. No *quería* refrenarse. Se enfurecía sobre todo cuando, a regañadientes, fingía interesarse por cosas que antes le interesaban sinceramente: los entresijos políticos del trabajo de Ben, las singularidades del carácter de sus diversas mascotas, o ese curioso bulto que uno de los compañeros de Ben tenía en la nuca.

Había ido al médico y no le pasaba nada a sus hormonas. El tiroides estaba bien. No era un problema médico. Charlie se había convertido en una esposa agresiva y dominante.

Las hermanas de Ben no cabían en sí de gozo. Se acordaba todavía de cómo pestañearon la primera vez que, en Acción de Gracias, atacó a Ben como si acabaran de salir de la caverna.

«Ya es de las nuestras».

Invariablemente, empezaron a llamarla casi a diario, y ella se desahogó echando humo como una máquina de vapor. Esa forma suya de encorvarse. Ese paso desgarbado. Su costumbre de mordisquearse la punta de la lengua o de canturrear cuando se lavaba los dientes. ¿Por qué compraba leche desnatada en vez de semidesnatada? ¿Por qué dejaba la bolsa de la basura junto a la puerta de atrás en vez llevarla al cubo si sabía que los mapaches podían hurgar en ella?

Después, empezó a contarles cosas más íntimas. Como lo de aquella vez que Ben trató de contactar con su padre, con el que hacía tiempo que había perdido el contacto. ¿Por qué había estado seis meses sin hablar con Peggy cuando su hermana se marchó a la universidad? ¿Qué había pasado con aquella chica que les caía tan bien a todas (aunque no mejor que ella), con la que Ben decía que había cortado pero que todos sospechaban que le había roto el corazón?

Discutía con él en público. Le humillaba en las fiestas.

Y no se trataba únicamente de que le menospreciara. Tras casi dos años de desgaste continuo, había logrado minar la autoestima de Ben casi hasta anularla por completo. Sus miradas de resentimiento, las peticiones constantes de que transigiera en algunas cosas, caían en saco roto. Las dos veces que logró arrastrarla a terapia de pareja, se mostró tan agresiva con él que el terapeuta les sugirió que acudieran por separado a la consulta.

Era casi un milagro que Ben hubiera reunido fuerzas para recoger sus cosas y marcharse.

—Jooooder —dijo Charlie alargando la palabra.

Había vertido el pienso para gatos por toda la terraza trasera. Ben tenía razón en cuanto al número de gatos. Ella había empezado a alimentar a gatos callejeros, y los gatos callejeros se habían multiplicado y ahora acudían también ardillas grises y ardillas listadas y, para espanto de Charlie, hasta una comadreja del tamaño de un perro pequeño que cada noche se colaba en la terraza trasera y la miraba fijamente a través de la puerta de cristal, con sus ojillos rojos reluciendo a la luz del televisor.

Recogió el pienso con las manos y maldijo a Ben por tener al perro esa semana, porque Barkzilla, su voraz Jack Russell, habría dado cuenta del pienso en un abrir y cerrar de ojos. Como esa mañana se había saltado sus tareas domésticas, aún le quedaban cosas por hacer. Puso comida y agua en los cuencos y utilizó el rastrillo para cambiar el lecho de paja. Rellenó los comederos de pájaros. Fregó la terraza. Usando el cepillo del patio, quitó algunas telarañas. Hizo todo lo que pudo para posponer el momento de entrar en casa hasta que, por último, la oscuridad y el frío no le dejaron elección.

Le dio la bienvenida el gancho vacío en el que Ben solía colgar sus llaves. El taburete vacío. El sofá vacío. Aquella sensación de vacío la siguió también arriba, al dormitorio y a la ducha. No había pelos de Ben en el jabón, su cepillo de dientes no estaba junto al lavabo, ni su maquinilla de afeitar en el lado de la encimera reservado a las cosas de Charlie.

Su nivel de patetismo alcanzó un grado tan tóxico que, cuando por fin bajó las escaleras en pijama, el esfuerzo de servirse un tazón de cereales se le antojó excesivo.

Se dejó caer en el sofá. No quería leer. No quería quedarse mirando el techo y gimotear. Hizo lo que llevaba todo el día evitando hacer: puso la televisión.

Estaba sintonizada la CNN. Una adolescente rubia y guapa se hallaba delante del colegio de enseñanza media de Pikeville. Sostenía una vela en la mano porque se estaba celebrando una especie de vigilia. El cartelito colocado bajo su cara la identificaba como *CANDICE BELMONT, GEORGIA DEL NORTE.*

—La señora Alexander —decía la chica— nos hablaba mucho de su hija en clase. La llamaba «su bebé» porque decía que era tan tierna como un bebé. Se notaba que la quería muchísimo.

Charlie apagó el volumen. La prensa estaba regodeándose en la tragedia del mismo modo que ella se regodeaba en la autocompasión. Ella, que había experimentado la violencia de primera mano y había convivido con sus estragos, se ponía enferma cada vez que veía ese tipo de cobertura informativa. Los titulares impactantes. La música melodramática. Los montajes de personas llorando. Las cadenas de televisión luchaban ávidamente por mantener la atención del espectador, y el modo más fácil de conseguirlo que habían encontrado era informar de todo lo que oían sin detenerse a comprobar su veracidad.

La cámara se apartó de la rubia y enfocó a un apuesto reportero con las mangas de la camisa enrolladas. La luz de las velas brillaba suavemente al fondo de la imagen. Charlie observó su pena fingida mientras devolvía la conexión al plató. El presentador sentado detrás de la mesa adoptó la misma expresión solemne cuando siguió repitiendo datos que se habían dado ya una y mil veces. Charlie leyó en los titulares de la parte inferior de la pantalla una cita de la familia Alexander: *EL TÍO DE LUCY: KELLY RENE WILSON, «UNA ASESINA A SANGRE FRÍA».*

Kelly había ascendido de grado: ya la citaban por su nombre completo. Charlie supuso que algún productor de Nueva York había decidido que sonaba más siniestro.

Se detuvieron los titulares, desapareció el presentador y apareció en su lugar una ilustración de un pasillo flanqueado de taquillas. Era un dibujo tridimensional pero extrañamente plano, Charlie dedujo que para dejar claro que no era real. Pero por lo visto la tosquedad de las imágenes no bastaba para satisfacer las exigencias de algún asesor jurídico, y en la esquina superior derecha de la pantalla se leía en letras intermitentes *RECREACIÓN DE LOS HECHOS*.

El dibujo se volvió animado. Una figura angulosa entraba en el pasillo, moviéndose con rigidez. Su cabello largo y su ropa oscura indicaban que se trataba de Kelly Wilson.

Charlie subió el volumen.

—Sobre las ocho menos cinco de la mañana, la presunta asesina, Kelly Rene Wilson, entró en el pasillo. —La Kelly de dibujos animados se detuvo en el centro de la pantalla. Tenía una pistola en la mano, más parecida a una nueve milímetros que a un revólver—. Al parecer, Wilson se hallaba en este punto concreto cuando Judith Pinkman abrió la puerta de su aula.

Charlie se desplazó hasta el borde del sofá.

Una señora Pinkman cuadrangular abrió la puerta. Por alguna razón desconocida, el animador había cambiado su melenita rubia tirando a blanca por un moño gris plateado.

—Al ver a Pinkman, Wilson efectuó dos disparos —prosiguió el presentador. De la pistola que sostenía Kelly salieron dos nubecillas de humo. Las balas eran líneas rectas, más parecidas a flechas—. Erró ambos disparos, pero el director Douglas Pinkman, con el que Judith Pinkman llevaba veinticinco años casada, salió corriendo de su despacho al oír el tiroteo.

El señor Pinkman de mentirijillas salía flotando de su despacho. El movimiento de sus piernas no se correspondía con su impulso hacia delante.

—Cuando vio a su exdirector, Wilson efectuó otros dos disparos. —La pistola volvió a humear. Las balas-flechas enfilaron el pecho del señor Pinkman—. Douglas Pinkman cayó muerto en el acto.

Charlie vio cómo el muñeco del señor Pinkman caía de lado, llevándose las manos al pecho. Dos manchas rojas, semejantes a la tinta de un calamar, aparecieron en medio de su camisa azul de manga corta.

Lo cual también era un error, porque la camisa del señor Pinkman era blanca y de manga larga. Y además no llevaba el pelo cortado a cepillo.

Era como si el animador hubiera decidido que el director de un colegio de enseñanza media tenía que parecer un agente del FBI de los años setenta, y una maestra de lengua inglesa una abuelita con un moño en la cabeza.

—Acto seguido —continuó el narrador—, Lucy Alexander entró en el pasillo.

Charlie cerró los ojos con fuerza.

—Lucy había olvidado pedirle dinero para el almuerzo a su madre, una profesora de biología que al iniciarse el tiroteo estaba en una reunión de departamento al otro lado de la calle.

Hubo un momento de silencio y Charlie vio en su cabeza a Lucy Alexander (no el anguloso monigote diseñado erróneamente por el animador, sino a la niña de carne y hueso) balanceando los brazos y sonriendo al doblar la esquina.

—Wilson disparó dos veces contra la pequeña de ocho años. El primer disparo impactó en la parte superior del torso de la niña. El segundo atravesó la ventana de la oficina, detrás de ella.

Se oyeron tres golpes seguidos en la puerta.

Charlie abrió los ojos. Apagó el volumen.

Dos golpes más.

Una punzada de pánico le atravesó el corazón. Siempre sentía un atisbo de miedo cuando un desconocido llamaba a su puerta.

Se levantó del sofá. Al mirar por la ventana delantera, pensó en la pistola que guardaba en la mesilla de noche.

Sonrió al ir a abrir.

Llevaba tantas horas preguntándose si aún podían empeorar las cosas, que no se le había ocurrido pensar que quizá mejoraran.

—Hola. —Ben estaba en el porche, con las manos en los bolsillos—. Perdona que te moleste tan tarde. Necesito sacar un dosier del armario.

—Ah —acertó a decir, embargada por una oleada de deseo.

Ben no se había esforzado en arreglarse. Se había puesto unos pantalones de chándal y una camiseta que Charlie no conocía y que le hizo preguntarse si se la habría comprado Kaylee Collins, la chica de veintiséis años de su oficina. ¿Qué más cambios había introducido aquella chica? Sintió el impulso de olerle el pelo para ver si seguía usando el champú de siempre. De revisar su ropa interior para comprobar si era de la marca habitual.

—¿Puedo pasar? —preguntó Ben.

—Esta sigue siendo tu casa. —Se dio cuenta de que tenía que apartarse para dejarle pasar. Retrocedió, sosteniendo la puerta abierta.

Él se detuvo delante de la tele. La animación había llegado a su fin. El presentador volvía a aparecer en pantalla.

—Alguien está filtrando detalles a la prensa —comentó Ben—, pero no son nada precisos.

—Lo sé —repuso ella.

No se equivocaban únicamente respecto a la apariencia de los implicados, el lugar que ocupaban y su forma de moverse, sino también respecto a la sucesión temporal de los hechos. La persona o personas que estaban filtrando información a los medios no pertenecían probablemente al equipo de investigación, pero se hallaban lo bastante cerca como para recibir dinero a cambio de cualquier dato jugoso que pudieran ofrecer.

—Bueno. —Ben se rascó el brazo. Miró el suelo. Volvió a mirar a Charlie—. Me ha llamado Terri.

Ella asintió. Naturalmente, su hermana le había llamado. ¿Qué sentido tenía decirle algo horrible a Charlie si Ben no se enteraba?

—Siento lo que te ha dicho —comentó él.

Ella se encogió de hombros.

—No importa.

Nueve meses antes, Ben habría contestado que sí importaba. Ahora, en cambio, se limitó a encogerse de hombros.

—Bueno, si te parece bien, voy arriba.

Charlie escuchó sus pasos ligeros mientras subía las escaleras y se preguntó cómo es que había olvidado aquel sonido. Su mano produjo un chirrido en la barandilla cuando dobló la esquina del rellano. Había repetido tantas veces ese gesto que el barniz de la madera estaba desgastado en ese ángulo.

¿Cómo es que ese detalle no figuraba en su libro de lamentaciones?

Se quedó donde Ben la había dejado, mirando inexpresivamente la televisión de pantalla plana. Era enorme, más grande aún que las que había en Holler. Ben había invertido todo un día en montarla y, a eso de la medianoche, le preguntó «¿Quieres ver las noticias?». Cuando le dijo que sí, pulsó varias teclas del ordenador y de pronto Charlie se encontró viendo un documental de una manada de ñus.

Oyó que se abría una puerta en la planta de arriba. Cruzó los brazos sobre la cintura. ¿Qué debía hacer una mujer cuando hacía nueve meses que su marido la había abandonado y de pronto entraba en casa?

Le encontró en el cuarto de invitados, que era más bien un trastero lleno de libros, con varias cajoneras y las estanterías que Ben encargó a medida para su colección de *Star Trek*.

Solo al ver que la colección había desaparecido, había cobrado conciencia Charlie de que su separación iba en serio.

—Hola —dijo.

Ben estaba dentro del armario empotrado, rebuscando en los archivadores.

—¿Necesitas ayuda? —preguntó ella.

—No.

Charlie se golpeó la pierna con la cama. ¿Debía marcharse? Sí, debía marcharse.

—El acuerdo de reducción de condena de hoy —comentó Ben, y ella dedujo que estaba buscando antiguas anotaciones relativas al caso—. El tipo mintió sobre su cómplice.

—Lo siento. —Se sentó en la cama—. Deberías llevarte el muñequito de Barkzilla. Lo he encontrado junto a...

—Le he comprado uno nuevo.

Charlie fijó la vista en el suelo. Intentó no pensar en Ben en la tienda de mascotas, buscando un juguete para su perro, sin ella. O con otra persona.

—Me pregunto si la persona que ha filtrado la cronología errónea lo ha hecho por interés personal o para despistar a la prensa.

—El condado de Dickerson está revisando las grabaciones de seguridad del hospital.

Charlie no entendió a qué venía aquello.

—Estupendo.

—El que le rajó las ruedas a tu padre habrá sido algún imbécil con ganas de armar bronca, pero se lo están tomando muy en serio.

—Capullo —masculló Charlie, porque Rusty le había mentido respecto a por qué necesitaba que le acercara a la granja.

Ben sacó la cabeza del armario.

—¿Qué?

—Nada —contestó ella—. También le han hecho una pintada en casa. Han escrito «cabronazo». O, mejor dicho, «azo», porque lo de «cabrón» ya lo habían puesto antes.

—Sí, lo vi el fin de semana pasado.

—¿Qué hacías tú en La Choza el fin de semana pasado?

Ben se apartó del armario con un archivador de cartón en la mano.

—Voy a ver tu padre el último domingo de cada mes, ya lo sabes.

Rusty y Ben siempre habían tenido una extraña amistad. Se trataban como coetáneos a pesar de la diferencia de edad.

—No sabía que seguías yendo a verle.

—Pues sí. —Dejó el archivador sobre la cama. El colchón se hundió ligeramente—. Le diré a Keith lo de la pintada. —Se refería a Keith Coin, el jefe de policía y hermano mayor de Ken Coin—. Dijo que iba a mandar a alguien por lo de la primera pintada, pero después de lo que ha pasado hoy... —Se interrumpió mientras abría la caja de cartón.

—Ben... —Charlie le observó rebuscar entre las carpetas—. ¿Tienes la sensación de que nunca te dejo responder a una pregunta?

—¿No me estás dejando responder a una ahora mismo?

Ella sonrió.

—Lo digo porque mi padre ha hecho una comparación muy rara entre la ventanilla del coche y... En fin, eso no importa. Lo que ha querido decir es, básicamente, que hay que decidir entre tener razón y ser feliz. Según él, eso le dijo Gamma: que antes de morir tenía que decidir si prefería tener razón o ser feliz.

Ben levantó la mirada del archivador.

—No entiendo por qué no se pueden conseguir ambas cosas.

—Imagino que si tienes siempre razón, o sabes demasiado, o eres demasiado lista y se lo haces notar a la gente... —No estaba segura de cómo explicarlo—. Gamma sabía la respuesta a muchas cosas. A todo, de hecho.

—Entonces, ¿tu padre estaba dando a entender que habría sido más feliz si hubiera fingido no ser tan inteligente como era?

Charlie sintió el impulso automático de defender a Rusty.

—Fue ella quien lo dijo, no mi padre.

—Creo que ese problema lo tenían ellos como pareja, no nosotros. —Apoyó la mano en la caja—. Charlie, si te preocupa ser como tu madre, no creo que eso sea malo. Por lo que he oído, era una persona increíble.

Ben era tan condenadamente honesto que Charlie se quedó sin respiración.

—Tú sí que eres una persona increíble.

Él soltó una risa sarcástica. Ella lo había intentado ya otras veces: compensar sus desaires tratándole como a un niño pequeño necesitado de un trofeo de consolación.

—Hablo en serio, Ben —dijo—. Eres inteligente, divertido y... —La mirada de sorpresa que le dirigió Ben la obligó a interrumpirse—. ¿Qué?

—¿Estás llorando?

—Mierda. —Procuraba no llorar delante de nadie, salvo de Lenore—. Lo siento. No he parado de llorar desde esta mañana.

Él se quedó completamente inmóvil.

—¿Desde lo del colegio, quieres decir?

Charlie se humedeció los labios frotándolos entre sí.

—No, desde antes.

—¿Sabes siquiera quién es ese tipo?

Estaba harta de aquella pregunta.

—En eso consiste estar con un desconocido: en que es un desconocido y, si las cosas salen como deben, no tienes que volver a verle nunca más.

—Me alegra saberlo. —Él sacó un dosier y comenzó a hojearlo.

Charlie se puso de rodillas en la cama y se incorporó para poder mirarle a los ojos.

—Ha sido la primera vez. No ha habido otras. Ni siquiera de lejos.

Ben meneó la cabeza.

—Cuando estaba contigo, nunca miré a otro hombre.

Él volvió a dejar el dosier en la caja y sacó otro.

—¿Te corriste con él?

—No —contestó, pero era mentira—. Sí, pero tuve que usar la mano y no fue nada. Como un estornudo.

—Un estornudo —repitió él—. Genial, ahora cada vez que estornude me acordaré de que te has follado al puto Batman.

—Me sentía sola.

—Sola —repitió su marido.

—¿Qué quieres que te diga, Ben? Quiero correrme *contigo*. Quiero estar *contigo*. —Trató de tocarle la mano, pero él la apartó—. Haré lo que sea para solucionar esto. Dime qué tengo que hacer.

—Ya sabes lo que quiero.

Ir de nuevo al consejero matrimonial.

—No necesito que una graduada en trabajo social con un mal corte de pelo me diga que el problema soy yo. Eso ya lo sé. Estoy intentando arreglarlo.

—Me has preguntado qué quería y te lo he dicho.

—¿Qué sentido tiene hurgar en algo que sucedió hace treinta años? —Suspiró exasperada—. Ya sé que estoy enfadada por eso,

Ben. Estoy furiosa, joder. No intento ocultarlo. No finjo que no ocurrió. Pero si estuviera obsesionada y no parara de hablar de ese tema, la consejera matrimonial diría que ese es el problema.

—Sabes perfectamente que no fue eso lo que dijo.

—Por Dios, Ben, ¿qué sentido tiene esto? Me gustaría saber al menos si todavía me deseas.

—Claro que sí. —De pronto pareció angustiado, como si quisiera retirar su respuesta—. ¿Por qué no entiendes de una vez que eso no es lo que importa?

—Sí que importa. —Se acercó a él—. Te echo de menos, cariño. ¿Tú no me echas de menos?

Ben sacudió de nuevo la cabeza.

—Charlie, eso no va a arreglar las cosas.

—Puede que las arregle un poco. —Le acarició el pelo—. Te deseo, Ben.

Él siguió sacudiendo la cabeza, pero no la apartó.

—Haré lo que quieras. —Charlie se arrimó más a él. Arrojarse en sus brazos era lo único que no había intentado aún—. Dime lo que sea y lo haré.

—Para —contestó él, pero no la detuvo.

—Te deseo. —Besó su cuello, y al sentir cómo se erizaba su piel le dieron ganas de llorar. Besó su mandíbula, hasta su oreja—. Quiero sentirte dentro de mí.

Él dejó escapar un gruñido cuando deslizó las manos por su pecho. Siguió besándole y lamiéndole.

—Deja que te la chupe.

Él contuvo la respiración, trémulo.

—Te doy lo que quieras, cariño. La boca. Las manos. El culo.

—Charlie... —Su voz sonó ronca—. No podemos...

Le besó en la boca y siguió besándole hasta que él por fin comenzó a besarla. Su boca era suave como la seda. Al sentir el contacto de su lengua, Charlie notó que la sangre se agolpaba entre sus piernas. Todas sus terminaciones nerviosas parecían arder. Él acercó la mano a su pecho. Se estaba excitando, y Charlie bajó la mano para excitarle aún más.

Ben cubrió la mano de ella con la suya. Ella pensó al principio que iba a ayudarla, pero luego se dio cuenta de que quería detenerla.

—Dios. —Se apartó rápidamente, saltó de la cama y se quedó de espaldas a la pared, avergonzada, humillada, frenética—. Lo siento. Lo siento mucho.

—Charlie...

—¡No! —Levantó las manos como un guardia de tráfico—. Si dices algo ahora, será el fin, y no puede ser el fin, Ben. No puede ser. Sería demasiado después de... —Se interrumpió, pero sus propias palabras resonaron en sus oídos como una advertencia.

Él se quedó mirándola. Tragó saliva.

—¿Después de qué?

Charlie oyó la sangre que retumbaba en sus oídos. Estaba inquieta, como si sus dedos de los pies colgaran al borde de un abismo sin fondo.

El teléfono de Ben dejó oír los primeros compases de la sintonía de *COPS*, el tono de llamada que había elegido para el Departamento de Policía de Pikeville.

Bad boys, bad boys, whatchu gonna do...

—Es del trabajo —dijo Charlie—. Tienes que contestar.

—No, no tengo que contestar. —Levantó la barbilla y esperó. *Bad boys, bad boys...*—. Dime qué ha pasado hoy.

—Estabas presente cuando hice mi declaración.

—Corriste hacia los disparos. ¿Por qué? ¿Cómo se te ocurrió?

—No corrí hacia los disparos. Acudí a los gritos de la señora Pinkman, que estaba pidiendo socorro.

—¿De la señorita Heller, quieres decir?

—Esa es precisamente la clase de chorrada que diría un psicólogo. —Tuvo que levantar la voz para hacerse oír por encima de la dichosa sintonía del teléfono—. Que me puse en peligro porque hace treinta años, cuando alguien me necesitaba de verdad, salí corriendo.

—¡Y mira lo que pasó! —El repentino arrebato de ira de Ben reverberó en el silencio.

El móvil había dejado de sonar.

El silencio retumbó como un trueno.

—¿Qué *coño* quieres decir con eso? —preguntó ella.

Ben había apretado la mandíbula con tanta fuerza que casi le oyó rechinar los dientes. Cogió el archivador de la cama y lo arrojó al armario.

—¿De qué estás hablando, Ben? —Charlie estaba temblorosa, como si algo se hubiera roto irreparablemente—. ¿Te refieres a lo que ocurrió entonces o a lo que ha pasado hoy?

Él se puso a revolver entre las cajas de las estanterías.

Charlie se colocó ante la puerta del armario, cortándole el paso.

—No puedes lanzarme algo así y luego darme la espalda.

Él no dijo nada.

Charlie oyó el timbre lejano de su teléfono móvil, guardado al fondo de su bolso, en la planta de abajo. Contó cinco largos pitidos, conteniendo la respiración durante las pausas, hasta que saltó el buzón de voz.

Ben seguía moviendo cajas de un lado a otro.

El silencio comenzó a enconarse. Iba a empezar a llorar otra vez: era lo único que podía hacer ese día.

—¿Ben? —Se derrumbó por fin y le suplicó—: Por favor, dime qué querías decir.

Él quitó la tapa a una de las cajas. Pasó el dedo por las carpetas etiquetadas. Charlie pensó que iba a seguir ignorándola, pero por fin dijo:

—Hoy es día tres.

Ella desvió la mirada. Por eso la había llamado esa mañana. Por eso había canturreado Rusty *Cumpleaños feliz* mientras ella le pedía una y otra vez, como una imbécil, que le dijera lo que sabía.

—La semana pasada miré en el calendario qué día era —dijo—, pero...

El teléfono de Ben comenzó a sonar otra vez. Esta vez no era la policía, sino un tono de llamada normal. Uno. Dos. Contestó al tercer pitido. Charlie escuchó sus escuetas respuestas:

—¿Cuándo? —Y luego—: ¿Es grave? —Y, finalmente, con voz más ronca—: ¿Ha dicho el médico si...?

Charlie apoyó el hombro en la jamba de la puerta. Había oído distintas variaciones de aquella llamada en múltiples ocasiones. Alguien en Holler había dado una paliza a su mujer o había agarrado un cuchillo para poner fin a una discusión, o un arma, quizá, y ahora el ayudante del fiscal del distrito tenía que personarse en comisaría para ofrecer un trato al primero que estuviera dispuesto a hablar.

—¿Saldrá adelante? —preguntó Ben. Empezó a asentir de nuevo con la cabeza—. Sí, yo me ocupo, gracias.

Charlie le vio cortar la llamada y meterse el teléfono en el bolsillo.

—Déjame adivinar —dijo—. ¿Han detenido a un Culpepper?

Ben no se dio la vuelta. Se agarró al borde de una estantería como si necesitara algo en lo que apoyarse.

—¿Ben? ¿Qué ocurre?

Él ahogó un sollozo. Su marido no era del todo impasible, pero Charlie podía contar con los dedos de una mano las veces que le había visto llorar. Ahora, sin embargo, no solo lloraba: le temblaban los hombros. Parecía transido por el dolor.

Ella también empezó a llorar. ¿Sus hermanas? ¿Su madre? ¿El egoísta de su padre, que se había marchado cuando él tenía seis años?

Le puso la mano en el hombro. Seguía temblando.

—Cariño, ¿qué ocurre? Me estás asustando.

Él se limpió la nariz. Se dio la vuelta. Tenía los ojos arrasados en lágrimas.

—¿Qué pasa? —preguntó ella con un hilo de voz—. ¿Qué pasa, Ben?

—Es tu padre. —Tragó saliva con esfuerzo—. Han tenido que llevarle en helicóptero al hospital. Ha...

Charlie notó que le fallaban las rodillas. Ben la agarró antes de que cayera al suelo.

«¿Saldrá adelante?».

—Le ha encontrado vuestro vecino —dijo Ben—. Estaba al final del camino de entrada a la casa.

Charlie se imaginó a Rusty caminando hacia el buzón, canturreando, marchando con paso enérgico, chasqueando los dedos. Y luego lo vio llevándose la mano al pecho y cayendo al suelo.

—Es tan... —dijo. «Idiota. Terco. Autodestructivo»—. Hoy estábamos en el despacho y le he dicho que iba a darle otro infarto y ahora...

—No ha sido el corazón.

—Pero...

—No le ha dado un infarto. Le han apuñalado.

Charlie movió la boca sin emitir sonido. Después dijo:

—¿Apuñalado? —Y tuvo que repetirlo porque no tenía sentido—. ¿Apuñalado?

—Charlie, tienes que llamar a tu hermana.

LO QUE LE OCURRIÓ A CHARLOTTE

Charlotte se volvió hacia su hermana y gritó:

—¡Última palabra!

Corrió hacia La Choza antes de que a Samantha se le ocurriera una réplica mordaz. La arcilla roja que levantaban sus pies se le pegaba a las piernas sudorosas. Subió de un salto los escalones del porche, se quitó las zapatillas y los calcetines y abrió la puerta de un empujón a tiempo de oír que Gamma gritaba:

—¡Joder!

Su madre estaba doblada por la cintura. Con una mano se agarraba a la encimera y con la otra se tapaba la boca como si hubiera estado tosiendo.

—Mamá, eso es una palabrota —dijo Charlotte.

Gamma se incorporó. Se sacó un pañuelo de papel del bolsillo y se limpió la boca.

—He dicho «jopé», Charlie. ¿Qué te has pensado que he dicho?

—Has dicho... —Charlie adivinó la trampa—. Si digo la palabrota, sabrás que la conozco.

—No enseñes tus cartas, tesoro. —Volvió a guardarse el pañuelo en el bolsillo y se dirigió hacia el pasillo—. Quiero que la mesa esté puesta cuando vuelva.

—¿Adónde vas?

—A un lugar indeterminado.

—¿Cómo voy a saber cuánto tiempo tengo para poner la mesa si no sé cuándo vas a volver?

Esperó una respuesta y oyó los fuertes tosidos de Gamma.

Cogió los platos de papel. Tiró sobre la mesa la caja de tenedores de plástico. Gamma había comprado platos y cubiertos de verdad en una chamarilería, pero no encontraban la caja donde los había guardado. Charlotte sabía que estaba en el despacho de Rusty. Se suponía que al día siguiente iban a ordenar esa habitación, lo que significaba que alguien tendría que lavar los platos en el fregadero por la noche.

Samantha cerró la puerta de la cocina con tanta fuerza que tembló la pared.

Charlotte no le hizo caso. Tiró los platos de papel sobre la mesa.

De pronto, sin previo aviso, su hermana le lanzó un tenedor a la cara.

Estaba abriendo la boca para llamar a gritos a Gamma cuando sintió que las púas del tenedor rozaban su labio inferior. Cerró la boca instintivamente.

El tenedor quedó atrapado entre sus labios como una flecha temblorosa en una diana.

—¡Ostras! —exclamó—. ¡Ha sido alucinante!

Samantha se encogió de hombros, como si no fuera tan difícil coger un tenedor al vuelo con los labios.

—Friego los platos si eres capaz de hacerlo dos veces seguidas.

—Si tú consigues hacerlo una sola vez, yo los friego una semana.

—Trato hecho. —Charlotte apuntó, sopesando sus alternativas: ¿darle en la cara a Samantha a propósito o tratar de verdad de meterle el tenedor en la boca?

Gamma había vuelto.

—Charlie, no le tires los cubiertos a tu hermana. Sam, ayúdame a buscar esa sartén que compré el otro día.

La mesa ya estaba puesta, pero Charlotte no quería participar en la búsqueda de la sartén. Las cajas olían a bolas de naftalina y a pies de perro. Enderezó los platos. Alineó los tenedores. Iban a cenar espaguetis, así que necesitarían cuchillos porque a Gamma siempre le quedaban duros y se pegaban entre sí como haces de tendones.

—Sam. —Gamma había empezado a toser otra vez. Señaló la máquina de aire acondicionado—. Enciende ese cacharro para que se mueva un poco el aire aquí dentro.

Samantha miró el cajetón empotrado en la ventana como si nunca hubiera visto una máquina de aire acondicionado. Estaba deprimida desde el incendio. Charlotte también, pero ella no lo demostraba porque Rusty ya se sentía bastante mal sin necesidad de que se lo restregaran por la cara.

Cogió otro plato de papel. Intentó doblarlo para hacer con él un avión y regalárselo a su padre.

—¿A qué hora tenemos que ir a buscar a papá al trabajo? —preguntó Samantha.

—Le traerá alguien del juzgado —contestó Gamma.

Charlotte confió en que le llevara Lenore. La secretaria de Rusty le había prestado un libro titulado *Secretos*, que iba de cuatro amigas, a una de las cuales violaba un jeque, pero no se sabía a cuál de ellas, y la chica se quedaba embarazada y nadie le decía a la hija lo que había pasado hasta que se hacía mayor y millonaria y entonces les preguntaba: «A ver, zorras, ¿cuál de vosotras es mi madre?».

—Vaya mierda. —Gamma se incorporó—. Espero que no os importe cenar vegetariano esta noche, chicas.

—Mamá. —Charlotte se dejó caer en la silla. Apoyó la cabeza en las manos y fingió que se encontraba mal con la esperanza de que su madre le permitiera cenar una sopa de lata—. Me duele el estómago.

—¿No tienes deberes? —preguntó Gamma.

—De química. —Charlotte levantó la mirada—. ¿Puedes ayudarme?

—No es astrofísica.

—¿Qué quieres decir: que como no es astrofísica debería ser capaz de hacerlos yo sola o que tú solo sabes de astrofísica y que por tanto no puedes ayudarme?

—Hay demasiadas subordinadas en esta frase —respondió Gamma—. Ve a lavarte las manos.

—Creo que te he hecho una pregunta válida.

—Ahora mismo.

Charlotte se fue corriendo al pasillo. Era tan largo que, si te situabas en la puerta de la cocina, podías usarlo como pista de bolos. Por lo menos eso decía Gamma, y era justamente lo que pensaba hacer Charlotte en cuanto consiguiera una bola.

Abrió una de las cinco puertas y encontró las escaleras que bajaban al asqueroso sótano. Probó con otra y encontró el pasillo que llevaba al siniestro dormitorio del granjero solterón.

—¡Jopé! —gritó para que la oyera Gamma.

Abrió otra puerta. El chifonier. Charlotte sonrió al acordarse de la broma que le estaba gastando a Samantha. O quizá no fuera una broma, si tenías intención de darle un susto de muerte a alguien.

Estaba intentando convencer a su hermana de que La Choza estaba encantada.

El día anterior, había encontrado una fea fotografía en blanco y negro en una de las cajas de la chamarilería. Empezó a colorearla, pero solo le había dado tiempo a pintar de amarillo los dientes cuando se le ocurrió meter la foto en el cajón de abajo del chifonier para que la encontrara Samantha.

Su hermana se había asustado, seguramente porque la noche anterior Charlotte hizo crujir los tablones del suelo frente a su cuarto para que Samantha la siguiera hasta el dormitorio donde había muerto el granjero, y allí procedió a insinuarle que tal vez el viejo carcamal había abandonado la casa en cuerpo, pero no en espíritu. O sea, que era un fantasma.

Probó a abrir otra puerta.

—¡La encontré!

Tiró del cordel que encendía la luz. Se bajó los pantalones cortos, pero se quedó helada al ver que había unas gotas de sangre en el asiento del váter.

No era la sangre que dejaba a veces Samantha cuando tenía la regla. Eran salpicaduras, como las que te salían de la boca cuando tosías muy fuerte.

Gamma tosía mucho últimamente.

Charlotte se subió los pantalones. Abrió el grifo y cogió agua con las manos. Mojó el asiento del váter para quitar las manchas rojas. Luego vio que había más en el suelo. Echó un poco de agua sobre ellas, y también en el espejo, donde había más. Hasta el borde mohoso de la ducha estaba salpicado de sangre.

Sonó el teléfono en la cocina. Oyó dos pitidos más, preguntándose si alguien iba a cogerlo. A veces Gamma no les dejaba coger el teléfono porque podía ser Rusty. Seguía enfadada por lo del incendio, pero no estaba alicaída, como Samantha. Ella gritaba, sobre todo. Y también lloraba, pero solo lo sabía Charlotte.

El mango del martillo de cabeza redondeada estaba empapado cuando acabó de cerrar el grifo a golpes. Se le mojó el trasero cuando volvió a sentarse en la taza del váter. Se dio cuenta de que había dejado el baño hecho un asco. Parte del agua se había vuelto rosa. Se subió los pantalones. Intentó enjugar el agua con un trozo de papel higiénico, pero el papel empezó a desintegrarse y cogió un poco más. Y luego otro poco. Se suponía que el papel tenía que absorber el agua, pero lo único que estaba consiguiendo era formar una gigantesca bola de papel mojado que atascaría el váter si intentaba tirarlo por el desagüe.

Se incorporó. Echó un vistazo a su alrededor. El color rosa había desaparecido, pero seguía habiendo agua en el suelo. De todos modos, el cuarto de baño era muy húmedo. El moho de la ducha le recordaba a una de esas películas en las que salía un monstruo de una laguna.

En el pasillo se oyó un estrépito. Sam dejó escapar un gemido ahogado, como si se hubiera golpeado el pie con una caja.

—Jopé —dijo Charlotte, esta vez de verdad.

La bola de papel higiénico se había puesto rosa de sangre. Se la metió en el bolsillo delantero de los pantalones cortos. No había tiempo para hacer pis. Cerró la puerta del baño al salir. Samantha estaba a unos tres metros de allí. Charlotte le dio un puñetazo en el brazo para que no se fijara en el bulto mojado de sus pantalones.

Luego recorrió el pasillo al galope porque no había quien ganara a un caballo.

—¡A cenar! —gritó Gamma. Estaba de pie junto al fogón cuando Charlotte entró trotando en la cocina.

—Ya estoy aquí —dijo.

—Tu hermana no.

Charlotte vio los gruesos espaguetis que Gamma había sacado de la cazuela con unas pinzas.

—Mamá, por favor, no nos hagas comer eso.

—No voy a dejar que os muráis de hambre.

—Podría comerme un cuenco de helado.

—¿Quieres que te dé una diarrea explosiva?

A Charlotte le sentaba mal todo lo que llevara leche, pero estaba convencida de que los espaguetis duros surtirían el mismo efecto.

—Mamá, ¿qué pasaría si me comiera dos cuencos de helado? De los grandes.

—Que te reventaría el intestino y morirías.

Charlotte observó la espalda de su madre. A veces no sabía cuándo hablaba en serio.

El teléfono sonó con un trino. Charlotte lo levantó antes de que su madre pudiera prohibírselo.

—¿Diga? —dijo.

—Hola, Osito Charlie. —Rusty se rio como si no le hubiera dicho esas mismas palabras un millón de veces antes—. Tenía la esperanza de poder hablar con mi querida Gamma.

Gamma oyó sus palabras desde el otro lado de la cocina porque su padre siempre gritaba mucho por teléfono. Sacudió la cabeza mirando a Charlotte y dijo «no» en voz baja para dejar claro que no quería ponerse.

—Se está lavando los dientes —dijo Charlotte—. O puede que ya esté pasándose el hilo dental. He oído unos ruiditos, pero he pensado que podía ser un ratón, solo que...

Gamma agarró el teléfono y le dijo a Rusty:

—«La esperanza es esa cosa con plumas que se posa en el alma y entona una melodía sin palabras y no se detiene ante nada».

—Colgó el teléfono y le dijo a Charlotte—: ¿Sabías que la gallina es el ave más común del mundo?

Su hija meneó la cabeza. No lo sabía.

—Te ayudaré con la química después de la cena, que no será helado.

—¿La química o la cena?

—Qué lista es mi niña. —Sostuvo la cara de Charlotte con una mano—. Algún día encontrarás a un hombre que caerá rendido de amor ante ese cerebro tuyo.

Charlotte se imaginó a un hombre tropezando y dando una voltereta en el aire como el tenedor de plástico.

—¿Y si se rompe el cuello al caer?

Gamma le dio un beso en la coronilla antes de salir de la cocina.

Charlotte se dejó caer en la silla. Inclinó la silla hacia atrás y vio que su madre se dirigía a la despensa. O a las escaleras del sótano. O al chifonier. O al dormitorio. O al cuarto de baño.

Volvió a apoyar las cuatro patas de la silla en el suelo. Apoyó los codos en la mesa.

No estaba segura de querer que un hombre se enamorara de ella. Había un chico en el instituto que estaba enamorado de Samantha. Peter Alexander. Tocaba la guitarra y quería irse a vivir a Atlanta y unirse a un grupo de *jazz* cuando acabara el instituto. Por lo menos eso decía en las largas y aburridas cartas que Samantha escondía entre el colchón y el somier de su cama.

Peter era lo que su hermana más lamentaba haber perdido después del incendio. Charlotte había visto cómo Samantha le dejaba que la tocara debajo de la camiseta, lo que significaba que le gustaba de veras, porque eso no se hacía, si no. Peter tenía una chaqueta de cuero muy molona que le había prestado a Samantha y que se había quemado en el incendio. Se había metido en un buen lío con sus padres por perderla. Desde entonces le había retirado la palabra a Samantha.

Charlotte tenía muchos amigos que también habían dejado de hablarle, pero Rusty decía que era porque sus padres eran unos imbéciles que no creían que estuviera mal que ejecutaran a un negro aunque fuera inocente.

Se puso a silbar entre dientes mientras doblaba los lados del plato de papel e intentaba de nuevo convertirlo en un avión. Rusty también le había dicho que el incendio había trastocado las cosas, pero que era algo temporal. Gamma y Samantha, que normalmente eran las más lógicas, se habían cambiado los papeles con ellos, que solían ser los más emotivos. Como en *Ponte en mi lugar*, solo que ellos no podían tener un perro porque Samantha era alérgica.

Lamió los pliegues del avión, confiando en que con la saliva no perdiera su forma. No le había dicho a Rusty que en realidad a ella no se le había encendido de repente la lógica como si alguien hubiera pulsado un interruptor. Fingía que todo iba bien a pesar de que sabía perfectamente que no era cierto. Ella también había perdido muchas cosas, como su colección de libros de Nancy Drew, su pececito (que era *un ser vivo*), sus insignias de los *scouts* y seis insectos muertos que tenía guardados para el curso siguiente porque sabía que, en biología, el primer trabajo que te mandaban era clavar insectos en un tablero e identificarlos.

Había intentado varias veces hablarle de su pena a Samantha, pero su hermana se limitaba a enumerar todas las cosas que había perdido ella, como si aquello fuera un concurso. Luego había intentado hablarle de otras cosas, del colegio, por ejemplo, o de la tele, o del libro que había sacado de la biblioteca, pero Samantha se quedaba mirándola fijamente hasta que Charlotte captaba la indirecta y se marchaba.

Su hermana solo la trataba como a un ser humano normal por las noches, cuando lavaban las camisetas, los pantalones cortos y los sujetadores deportivos en el lavabo del cuarto de baño. La ropa de atletismo y las zapatillas era lo único que les había quedado después del incendio, pero Samantha no le hablaba de esas cosas. Le hablaba lentamente, con paciencia, del traspaso a ciegas, como si fuera lo único que importaba en ese momento de sus vidas. «Dobla la pierna delantera, mantén la mano derecha detrás de ti, inclínate hacia delante, hacia la pista, pero no arranques hasta que yo esté en mi marca. En cuanto sientas que el testigo te toca la mano, sal corriendo».

—No mires atrás —le decía Samantha—. Tienes que confiar en que voy a estar ahí. Limítate a agachar la cabeza y corre.

A Samantha siempre le había encantado correr. Quería que le dieran una beca de atletismo para llegar a la universidad a la carrera y no volver a Pikeville nunca más, lo que significaba que dentro de un año podría marcharse, porque Gamma le dejaría saltarse otro curso si sacaba un diez en las pruebas de acceso a la universidad.

Charlotte se dio por vencida y dejó el avión. El plato no conservaría su nueva forma. Quería seguir siendo un plato. Iría a buscar una hoja de papel y lo haría como es debido. Quería lanzar el avión desde la vieja torreta meteorológica. Rusty había prometido llevarla porque estaba preparando una sorpresa para Gamma.

El granjero solterón había sido «colaborador científico» del Programa de Observatorios Ciudadanos del Servicio Meteorológico Nacional. Rusty había encontrado en el establo varias cajas llenas de estadillos del Servicio de Recogida de Datos sobre el Clima en los que el granjero había anotado la temperatura, la presión barométrica, el nivel de precipitaciones, el viento y la humedad atmosférica casi a diario desde 1948.

Había miles de voluntarios como él en todo el país, que mandaban sus datos al Observatorio Atmosférico y Oceánico Nacional para ayudar a los científicos a predecir cuándo iban a formarse las tormentas y tornados. Había que hacer muchas cuentas y, si había algo que hiciera feliz a Gamma, eran las matemáticas.

La torreta meteorológica iba ser la mayor sorpresa de su vida.

Charlotte oyó un coche en el camino de entrada. Agarró el avión frustrado y lo hizo trocitos para que Rusty no adivinara lo que se traía entre manos, porque ya le había dicho que no podía subirse a lo alto de la torreta metálica para lanzar el avión desde allí. Al acercarse al cubo de basura, se metió la mano en los pantalones y sacó el asqueroso pegote de papel higiénico mojado. Se secó las manos con la camiseta. Corrió a la puerta para ver a su padre.

—¡Mamá! —gritó, pero no le dijo que había llegado Rusty.

Abrió la puerta de un tirón, sonriendo, y luego dejó de sonreír porque en el porche había dos desconocidos.

Uno de ellos retrocedió hacia los escalones. Charlotte vio que se le agrandaban los ojos como si no esperara que se abriera la puerta, y luego se fijó en que llevaba un pasamontañas negro, camisa negra y guantes de cuero. Después, vio el cañón de una escopeta apuntando a su cara.

—¡Mamá! —chilló.

—Cállate —siseó el de la camisa negra, empujándola hacia la cocina.

Sus gruesas botas dejaron un rastro de arcilla roja. Charlotte debería haberse puesto a gritar aterrorizada, pero solo pudo pensar en cuánto iba a enfadarse Gamma por tener que volver a fregar el suelo.

—¡Charlie Quinn! —gritó Gamma desde el cuarto de baño—. ¡No me grites como una verdulera!

—¿Dónde está tu papá? —preguntó el de la camisa negra.

—P-por favor —balbució Charlotte dirigiéndose al otro. También llevaba pasamontañas y guantes, pero su camisa blanca de Bon Jovi le daba un aspecto menos amenazador, a pesar de que empuñaba un arma—. Por favor, no nos hagan daño.

Bon Jovi miraba más allá de ella, hacia el pasillo. Charlotte oyó los lentos pasos de su madre. Gamma debía de haberla visto al salir del baño. Sabía que pasaba algo malo, que Charlotte no estaba sola en la cocina.

—¡Eh! —El de la camisa negra chasqueó los dedos para llamar la atención de Charlotte—. ¿Dónde está el cabrón de tu padre?

Ella sacudió la cabeza. ¿Para qué querían a Rusty?

—¿Quién más hay en la casa? —preguntó el hombre.

—Mi hermana está en...

De pronto, la mano de Gamma le tapó la boca. Sus dedos se le clavaron en el hombro. Les dijo a los hombres:

—Hay cincuenta dólares en mi bolso y otros doscientos en un tarro de cristal, en el establo.

—Me importa una mierda —replicó el de la camisa negra—. Dile a tu otra hija que venga. Y nada de tonterías.

—No. —Bon Jovi parecía nervioso—. Tenían que estar en atletismo, hombre. Vamos a...

Charlotte se vio arrancada violentamente de los brazos de Gamma. El de la camisa negra la asió del cuello, oprimiéndola como un cepo. La parte de atrás de la cabeza de Charlotte se apretó contra su pecho. Charlotte notó cómo se cerraban sus dedos en torno a su esófago. Lo agarraban como si fuera un mango.

—Llámala, puta —le dijo a Gamma.

—Sa... —Gamma estaba tan asustada que apenas le salía la voz—. ¿Samantha?

Escucharon. Esperaron.

—Déjalo, hombre —dijo Bon Jovi—. No está aquí. Vamos a hacer lo que nos ha dicho la señora, cogemos el dinero y nos largamos.

—No seas maricón, a esto hay que echarle huevos. —El otro apretó la garganta de Charlotte.

Sintió un dolor ardiente. No podía respirar. Se puso de puntillas. Intentó apartarle rodeándole la muñeca con los dedos, pero era demasiado fuerte.

—Dile que venga de una vez —le ordenó él a Gamma— o...

—¡Samantha! —gritó Gamma en tono enérgico—. Por favor, asegúrate de que la llave del grifo está bien cerrada y ven cuanto antes a la cocina.

Bon Jovi se apartó de la puerta del pasillo para que Samantha no le viera. Le dijo a su compañero:

—Venga, hombre. Ha hecho lo que le has dicho. Suéltala.

Lentamente, el de la camisa negra soltó a Charlotte, que comenzó a boquear tragando aire. Intentó acercarse a su madre, pero el hombre la detuvo poniéndole una mano en el pecho y oprimiéndola contra su cuerpo.

—Esto no es necesario —dijo Gamma apelando a Bon Jovi—. No sabemos quiénes son. No sabemos sus nombres. Pueden irse ahora mismo y no se lo diremos a nadie.

—Cállate la puta boca. —El de la camisa negra se movió adelante y atrás—. No voy a creerme ni una palabra de lo que digas, no soy tan idiota.

—No pueden... —Gamma tosió acercándose la mano a la boca—. Por favor. Dejen que se vayan mis hijas y yo... —Tosió otra vez—. Pueden llevarme al banco. Quédense con el coche. Les daré todo el dinero que tengo.

—Voy a coger lo que me dé la gana. —El de la camisa negra deslizó la mano por el pecho de Charlotte.

Apretó su esternón y se restregó contra su espalda. Charlotte notó el bulto de sus partes íntimas y sintió una náusea repentina. Tenía ganas de orinar. Se puso muy roja.

—Para ya. —Bon Jovi agarró a Charlotte del brazo. Tiró de ella y luego volvió a tirar con más fuerza, hasta que logró liberarla.

—Cariño. —Gamma rodeó los hombros de Charlotte, la estrechó con fuerza y le besó la cabeza y el oído. Susurró—: Corre si...

Sin previo aviso, Gamma la soltó, casi empujándola. Dio dos pasos atrás, hasta chocar con la encimera de la cocina. Tenía los brazos levantados.

El de la camisa negra le apuntaba con la escopeta al pecho.

—Por favor. —A Gamma le temblaron los labios—. Por favor, se lo suplico —dijo en voz baja, como si solo estuvieran ella y el de la camisa negra en la habitación—. Conmigo puede hacer lo que quiera, pero no haga daño a mi niña.

—Descuida —murmuró él—. Solo duele las primeras veinte veces.

Charlotte empezó a temblar.

Sabía a qué se refería. Sabía lo que significaba aquella mirada turbia. Aquella forma de sacar la punta de la lengua entre los labios mojados. Su forma de restregarse contra ella.

Dejaron de funcionarle las rodillas.

Se desplomó en la silla. El sudor le cubría la cara y le chorreaba por la espalda. Se miró las manos, pero no eran sus manos de siempre. Los huesos le vibraban dentro, como si la hubieran golpeado en el pecho con un diapasón.

—No pasa nada —dijo Gamma.

—No, nada —repuso el de la camisa negra.

Ya no hablaban entre sí. Samantha estaba en la puerta, paralizada como un conejo asustado.

—¿Quién más hay en la casa? —preguntó el hombre.

Gamma sacudió la cabeza.

—Nadie.

—No me mientas.

Charlotte notó que se le taponaban los oídos. Oyó el nombre de su padre, vio la mirada furiosa de Gamma.

Rusty. Buscaban a Rusty.

Empezó a balancearse adelante y atrás sin poder evitarlo, como si tratara instintivamente de calmarse. Aquello no era una película. Había dos hombres en su casa. Tenían armas. No querían dinero. Habían ido a por Rusty, pero, al enterarse de que no estaba, el de la camisa negra había decidido que quería otra cosa. Charlotte sabía lo que quería. Había leído sobre ello en el libro de Lenore. Y Gamma estaba allí porque ella la había llamado, y Samantha porque ella les había dicho a los hombres que su hermana estaba en casa.

—Lo siento —susurró. No podía seguir reteniendo la orina. Sintió que el líquido caliente le chorreaba por la pierna. Cerró los ojos. Siguió meciéndose—. Lo siento, lo siento, lo siento.

Samantha le apretó la mano tan fuerte que sintió moverse los huesos.

Charlotte iba a vomitar. Se le revolvía el estómago una y otra vez como si estuviera atrapada en un barco, en medio de una tempestad. Cerró los ojos con fuerza. Pensó en correr. En las suelas de sus zapatos golpeando el suelo. En el ardor de sus piernas. En la opresión del pecho necesitado de aire. Samantha iba a su lado. Sonreía con la coleta al viento y le decía lo que tenía que hacer.

«Respira. Despacio y rítmicamente. Espera a que pase el dolor».

—¡He dicho que te calles de una puta vez! —gritó el de la camisa negra.

Levantó la cabeza, pero era como si se moviera entre un aceite muy espeso.

Hubo una explosión y un chorro de líquido caliente le salpicó la cara y el cuello con tanta fuerza que chocó contra Samantha, junto a la mesa.

Empezó a gritar antes de saber el porqué.

Había sangre por todas partes, como si hubieran abierto una manguera. Era caliente y viscosa y le cubría la cara, las manos, el cuerpo entero.

—¡Cállate! —El de la camisa negra le dio una bofetada.

Samantha la agarró. Estaba sollozando, temblaba, gritaba.

—Gamma —susurró Samantha.

Charlie se aferró a ella. Volvió la cabeza. Se obligó a mirar a su madre porque quería asegurarse de no olvidar nunca lo que habían hecho aquellos canallas.

«Hueso blanco. Trozos de corazón y pulmón. Fibras de tendones, arterias y venas, y la vida derramándose por sus heridas».

—¡Por Dios santo, Zach! —gritó Bon Jovi.

Charlie se mantuvo muy quieta, sin reaccionar. Jamás volvería a irse de la lengua.

Zachariah Culpepper.

Había leído su expediente. Rusty le había representado cuatro veces, por lo menos. Justo anoche, Gamma había dicho que, si Zach Culpepper les pagara lo que les debía, no tendrían que vivir en la granja.

—¡Joder! —Zach miraba fijamente a Samantha. Ella también había leído el expediente—. ¡Joder!

—Mamá —dijo Charlie, intentando distraerlos, convencer a Zach de que no sabía nada—. Mamá, mamá, mamá...

—No pasa nada —le dijo Samantha intentando tranquilizarla.

—Y una mierda, claro que pasa. —Zach arrojó su pasamontañas al suelo. La sangre de Gamma había formado un cerco alrededor de sus ojos. Parecía un mapache. Se parecía a su fotografía policial, solo que más feo—. ¡Me cago en Dios! ¿Por qué has tenido que decir mi nombre, chaval?

—Yo... yo no... —tartamudeó Bon Jovi—. Lo siento.

—Nosotras no diremos nada. —Samantha miraba el suelo como si no fuera ya demasiado tarde—. No se lo diremos a nadie. Se lo prometo.

—Niña, acabo de volar en pedazos a tu madre. ¿De verdad crees que vais a salir vivas de aquí?

—No —dijo el otro—. No hemos venido por eso.

—Yo he venido a saldar unas deudas, chaval —dijo Zach—. Y se me está ocurriendo que va a ser Rusty Quinn quien va a tener que pagarme a mí.

—No —repitió Bon Jovi—. Te dije que...

Zach le hizo callar apuntándole a la cara con la escopeta.

—Tú no te das cuenta de lo que pasa aquí. Tenemos que largarnos de la ciudad y para eso hace falta mucha pasta. Todo el mundo sabe que Rusty Quinn guarda dinero en su casa.

—La casa se quemó —dijo Samantha—. Se quemó todo.

—¡Joder! —gritó Zach—. ¡Joder!

Empujó a Bon Jovi hacia el pasillo, pero siguió apuntando a Samantha a la cabeza, con el dedo en el gatillo.

—¡No! —Charlotte tiró de su hermana hacia el suelo para alejarla de la escopeta. Notó una especie de arenilla en las rodillas. El suelo estaba salpicado de trozos de hueso. Miró a Gamma. Cogió su mano blanca y cerosa. El calor ya había abandonado su cuerpo. Susurró—: No te mueras, mamá. Por favor. Te quiero. Te quiero muchísimo.

Oyó que Zach decía:

—¿Por qué te comportas como si no supieras cómo va a acabar esto?

Sam le tiró del brazo.

—Levanta, Charlie.

Zach dijo:

—No vamos a largarnos de aquí sin que tú también te manches las manos de sangre.

—Charlie, levántate —repitió Sam.

—No puedo. —Trataba de oír lo que decía Bon Jovi—. No puedo dejar...

Su hermana prácticamente la levantó en brazos y volvió a sentarla en la silla.

—Sal corriendo en cuanto puedas —le susurró, igual que había intentado hacer Gamma—. No mires atrás. Tú solo corre.

—¿Qué estáis cuchicheando? —Zach volvió a la mesa. Sus botas aplastaron algo con un crujido. Acercó la escopeta a la frente de Samantha. Charlie vio trozos de Gamma adheridos al cañón—. ¿Qué le has dicho? —le preguntó a Sam—. ¿Que salga corriendo? ¿Que intente escapar?

Charlie hizo un ruido gutural, intentando distraerle.

Él siguió apuntando a Sam, pero le sonrió enseñando una fila de dientes torcidos y sucios.

—¿Qué te ha dicho que hagas, muñequita?

Charlie intentó no pensar en cómo cambiaba su tono de voz cuando se dirigía a ella.

—Vamos, tesoro. —Zach le miró el pecho. Volvió a lamerse los labios—. ¿No quieres que seamos amigos?

—Ba-basta —dijo Sam. La escopeta oprimía su frente con tanta fuerza que brotó un hilillo de sangre—. Déjela en paz.

—¿Estaba hablando contigo, puta? —Zach se inclinó contra la escopeta y Sam tuvo que echar la cabeza hacia atrás—. ¿Eh?

Sam apretó los dientes. Cerró los puños. Era como ver cómo empezaba a hervir una cazuela, solo que era la rabia lo que borboteaba dentro de ella. Gritó:

—¡Déjenos en paz, Zachariah Culpepper!

Zach se echó ligeramente hacia atrás, sorprendido por su tono desafiante.

—Sé perfectamente quién es, pervertido hijo de puta.

Él agarró con fuerza la escopeta. Torció la boca.

—Voy a arrancarte los párpados para que veas cómo le corto la pepita a tu hermana con mi navaja.

Se miraron con furia el uno al otro. Sam no iba a acobardarse. Charlie la había visto así otras veces, había visto la mirada que se le ponía cuando no quería escuchar a nadie. Solo que aquel tipo no era Rusty, ni eran las chicas del instituto. Era un hombre con una escopeta y muy mal genio que el año anterior había estado a punto de matar a otro hombre de una paliza.

Charlie había visto las fotografías en los archivos de Rusty. Había leído el atestado policial. Zachariah le rompió el cráneo a aquel hombre con sus propias manos.

Charlie dejó escapar un gemido.

—Zach —dijo Bon Jovi—. Venga, hombre.

Ella esperó a que Sam apartara la mirada, pero no lo hizo. No quiso. No pudo.

—Teníamos un trato, ¿vale? —dijo Bon Jovi.

Zach no se movió. Ninguno de ellos se movió.

—Teníamos un trato —repitió el otro.

—Claro. —Zach le lanzó la escopeta—. Y uno vale lo que vale su palabra.

Hizo como si fuera a alejarse, pero de pronto soltó la mano como una serpiente de cascabel atacando. Agarró a Sam de la cara y la empujó tan fuerte contra el fregadero que su cabeza chocó contra el hierro.

—¡No! —gritó Charlie.

—¿Qué? ¿Ahora también te parezco un pervertido? —Zach estaba tan cerca de Sam que su saliva le salpicaba la cara—. ¿Tienes algo más que decir sobre mí?

Sam abrió la boca, pero no pudo gritar. Agarró su brazo y comenzó a arañarle, a tirar de él, pero las uñas de Zach se le clavaban en los ojos. Caían gotas de sangre como lágrimas. Sam pataleaba. Luchaba por respirar.

—¡Pare! —Charlie saltó sobre la espalda de Zach y comenzó a golpearle con los puños—. ¡Pare!

Él la lanzó al otro lado de la cocina. La cabeza de Charlie

golpeó la pared, retumbando como una campana. De pronto veía doble, pero aun así consiguió enfocar a Sam. Zach la había dejado en el suelo. La sangre le corría por las mejillas y se acumulaba en el cuello de su camiseta.

—¡Sammy! —gritó. Trató de mirar los ojos de su hermana para ver qué le había hecho—. ¿Sam? Mírame. ¿Puedes ver? ¡Mírame, por favor!

Con mucho cuidado, Sam trató de abrir los párpados. Los tenía rotos, como trozos de papel húmedo.

—¿Qué cojones es esto? —preguntó Zach.

El martillo del grifo del cuarto de baño. Lo recogió del suelo. Le guiñó un ojo a Charlie.

—¿Te imaginas lo que puedo hacer con esto?

—¡Ya está bien! —Bon Jovi le quitó el martillo y lo lanzó al pasillo.

Zach se encogió de hombros.

—Solo me estoy divirtiendo un poco, hermano.

—Levantaos las dos —ordenó el otro—. Acabemos con esto de una vez.

Charlie no se movió. Sam pestañeó, con los ojos llenos de sangre.

—Ayúdala a levantarse —le dijo Bon Jovi a Zach—. Me lo has prometido, tío. No empeores más las cosas.

Zach tiró de Sam tan bruscamente que su hombro emitió un chasquido. Chocó contra la mesa. Zach la empujó hacia la puerta. Ella se golpeó con una silla. Charlie la agarró de la mano para impedir que se cayera.

Bon Jovi abrió la puerta.

—Vamos.

Charlie salió primero y, poniéndose de lado, ayudó a su hermana a bajar los peldaños. Sam tentaba delante de sí como si fuera ciega. Charlie vio sus zapatos y sus calcetines. Si pudieran ponérselos, podrían huir corriendo. Pero solo si Sam veía por dónde iban.

—¿Puedes ver? —le preguntó—. Sam, ¿puedes ver?

—Sí —contestó su hermana, pero seguro que era mentira. Ni siquiera podía abrir del todo los párpados.

—Por aquí. —Bon Jovi indicó el sembrado que había detrás de la casa.

Estaba recién sembrado. Se suponía que no debían pisarlo, pero Charlie hizo lo que le decían, guiando a Sam por entre los profundos surcos.

—¿Adónde vamos? —le preguntó a Bon Jovi.

Zach le clavó la escopeta en la espalda a Sam.

—Seguid andando —ordenó.

—No lo entiendo —le dijo Charlie al otro—. ¿Por qué hacen esto? —Él meneó la cabeza—. ¿Qué le hemos hecho nosotras, señor? Solo somos unas niñas. No nos merecemos esto.

—Cállate —le advirtió Zach—. Callaos las dos de una puta vez.

Sam apretó la mano de Charlie. Caminaba con la cabeza levantada, como un perro buscando un rastro. Charlie comprendió instintivamente lo que trataba de hacer su hermana. Dos días antes, Gamma les había enseñado un mapa topográfico de la zona. Sam estaba intentando recordar los accidentes del terreno. Trataba de orientarse.

Ella hizo lo mismo.

La finca del vecino se extendía hasta más allá de donde alcanzaba la vista, pero por aquella parte el terreno era completamente llano. Aunque corrieran en zigzag, Sam acabaría por tropezar y caer. El lindero derecho de la finca estaba bordeado de árboles. Si conseguía llevar a Sam hasta allí, tal vez pudieran encontrar un lugar donde esconderse. Al otro lado del bosque había un arroyo que pasaba por debajo de la torreta meteorológica. Más allá había una carretera asfaltada que casi nadie usaba. Al norte, como a un kilómetro de distancia, había un establo abandonado. Y otra granja unos tres kilómetros al este. Esa sería su mejor opción. Si conseguían llegar a la otra granja, podrían llamar a Rusty y él las salvaría.

—¿Qué es eso? —preguntó Zach.

Ella miró hacia la casa. Vio unas luces, dos puntos que flotaban a lo lejos. No era la furgoneta de Lenore.

—Es un coche.

—Mierda, dentro de dos segundos van a ver mi camioneta. —Zach clavó la punta de la escopeta en la espalda de Samantha, usándola como un timón para guiarla—. Daos prisa si no queréis que os pegue un tiro aquí mismo.

«Aquí mismo».

Charlie se puso rígida. Rezó por que Sam no hubiera oído aquello, porque no entendiera lo que querían decir esas palabras.

—Hay otra solución para esto —dijo Sam volviendo la cabeza hacia Bon Jovi a pesar de que no podía verle.

Zach soltó un bufido.

—Haré lo que quieran —continuó ella, y se aclaró la garganta—. Cualquier cosa.

—Menuda mierda —respondió Zach—. ¿Te crees que no voy a hacer lo que me dé la gana de todos modos, zorra estúpida?

Charlie se tragó una bocanada de bilis. Vio un claro más adelante. Podía correr con Sam hasta allí, buscar un escondrijo.

—No le diremos a nadie quién ha sido —continuó Sam—. Diremos que no se quitaron los pasamontañas y que...

—¿Estando mi camioneta en la puerta y tu madre muerta? —Zach resopló otra vez—. Vosotros los Quinn os creéis tan listos que pensáis que siempre vais a saliros con la vuestra.

Charlie no conocía ningún escondite en el bosque. Desde que se habían mudado, prácticamente no había hecho otra cosa que vaciar cajas. No había tenido tiempo de explorar. Lo mejor que podían hacer era volver corriendo a La Choza, donde estaba el policía. Podía guiar a su hermana por el sembrado. Sam tendría que confiar en ella, igual que le decía que confiara en ella, cuando le pasaba el testigo. Sam corría muy rápido, más rápido que ella. Con tal de que no tropezase...

—Escúcheme —dijo Sam—. De todos modos tienen que marcharse de la ciudad. No tiene por qué matarnos a nosotras también. —Se volvió hacia Bon Jovi—. Por favor, piénselo. Lo único que tienen que hacer es atarnos. Dejarnos en un sitio donde no nos encuentren. De todos modos tienen que marcharse. No querrán mancharse aún más las manos de sangre.

Esperó una respuesta. Todos esperaron.

Bon Jovi ya estaba sacudiendo la cabeza.

—Lo siento.

Charlie sintió que un dedo se deslizaba por su espalda, hacia arriba. Se estremeció y Zach soltó una risotada.

—Dejen marcharse a mi hermana —dijo Sam—. Tiene trece años. Es solo una niña.

—A mí no me lo parece. —Zach hizo un gesto con la mano, como si fuera a pellizcar el pecho de Charlie—. Tiene unas buenas tetitas.

—Cállate —le advirtió el otro—. Lo digo en serio.

—Ella no se lo dirá a nadie —insistió Sam—. Dirá que han sido unos desconocidos. ¿Verdad que sí, Charlie?

—¿Un negro? —preguntó Zach—. ¿Como ese al que tu padre ha sacado de la cárcel?

Charlie sintió que sus dedos le rozaban los pechos. Se volvió hacia él y gritó:

—¿Igual que le sacó a usted por enseñarle la pilila a un grupo de niñas pequeñas, quiere decir?

—Charlie, por favor, cállate —le suplicó Sam.

—Deja que hable —dijo Zach—. Me gustan un poquito peleonas.

Charlie le miró con furia. Siguió marchando a través del bosque, tirando de Sam. Intentaba no ir demasiado deprisa, pero se resistía a aflojar el paso para que Zach no caminara a su lado.

—No —musitó.

¿Por qué iba tan deprisa? Tenía que frenarse. Cuanto más se alejasen de La Choza, más peligroso sería echar a correr. Se detuvo. Dio media vuelta. Ya apenas veía la luz de la cocina.

Zach apuntaba de nuevo a la espalda de Sam.

—Moveos.

Las pinochas se clavaron en los pies descalzos de Charlie cuando se internaron en el bosque. El aire se volvió más frío. Notaba los pantalones tiesos por la orina seca. Sintió que empezaba a irritársele la cara interna de los muslos. Tenía la impresión de que cada paso que daba le arrancaba una capa de piel.

Miró a Sam. Su hermana tenía los ojos cerrados y seguía palpando delante de ella. Las hojas crujían bajo sus pies. Charlie se detuvo para ayudar a Sam a pasar por encima de un tronco caído. Cruzaron el arroyo de agua helada. Las nubes se movieron, dejando pasar un rayo de luna. Distinguió a lo lejos la silueta de la torreta meteorológica. Su estructura de hierro oxidado se recortaba como un esqueleto contra el cielo oscurecido.

Sintió que su sentido de la orientación se afinaba. Si la torreta estaba a su izquierda, es que caminaban hacia el este. La otra granja estaba a unos tres kilómetros al norte, por su derecha.

Tres kilómetros.

Su mejor marca era de siete minutos y una décima. Sam podía correr un kilómetro en cinco minutos y cincuenta y dos segundos en terreno llano. Pero el bosque no era llano. Y la luz de la luna era impredecible. Sam no veía. Podían recorrer un kilómetro en ocho minutos, quizá, si Charlie no se despistaba, si miraba fijamente hacia delante, si no miraba hacia atrás.

Observó el terreno que se extendía ante ella buscando el mejor camino, la ruta más despejada.

Pero era demasiado tarde.

—Sam. —Charlie se detuvo trastabillando. Otro hilillo de orina resbaló por su pierna. Agarró a su hermana por la cintura—. Hay una pala. Una pala.

Sam se palpó la cara, se subió los párpados. Contuvo la respiración al ver lo que tenían delante.

A menos de dos metros de distancia, la tierra húmeda y oscura se abría como una herida.

A Charlie empezaron a castañetearle los dientes otra vez. Oía su ruido. Zach y Bon Jovi habían cavado una tumba para Rusty y ahora iban a usarla para ellas.

Tenían que escapar.

Ahora lo sabía, lo sentía en el centro de su ser. Sam veía lo suficiente para distinguir la tumba, lo que significaba que podía correr. No tenían elección. No podían quedarse allí, esperando educadamente que las asesinaran.

O lo que proyectara hacer con ellas Zachariah Culpepper.

Apretó la mano de Sam. Su hermana oprimió la suya para indicarle que estaba lista. Lo único que tenían que hacer era esperar el momento oportuno.

—Muy bien, grandullón. Ahora te toca a ti. —Zach se apoyó la culata de la escopeta en la cadera y con la otra mano abrió una navaja—. Un disparó haría demasiado ruido. Usa esto. Cruzándoles la garganta, como harías con un cerdo.

Bon Jovi no se movió.

—Venga, como acordamos —dijo Zach—. Tú te encargas de esta y yo de la pequeña.

—La chica tiene razón —dijo Bon Jovi—. No tenemos por qué hacerlo. Lo de hacerles daño a las mujeres no entraba en el plan. Ni siquiera tenían que estar aquí.

—¿Y qué?

Sam apretó la mano de Charlie. Observaron a los dos hombres, esperando.

—Lo hecho, hecho está —continuó Bon Jovi—. Pero no tenemos que empeorar las cosas matando a más gente. A gente inocente.

—Santo Dios. —Zach cerró la navaja y volvió a guardársela en el bolsillo—. Ya hablamos de eso en la cocina, tío. No tenemos elección.

—Podemos entregarnos.

—Ni hablar.

Sam se inclinó hacia Charlie, empujándola unos pasos a la derecha para que se preparara para huir.

—Me entregaré yo —dijo Bon Jovi—. Que me echen a mí las culpas de todo.

—Y una mierda. —Zach le clavó un dedo en el pecho—. ¿Crees que voy a cargar con una acusación de asesinato porque tú tengas cargo de conciencia de repente?

Sam soltó la mano de Charlie. A ella le dio un vuelco el corazón.

—Huye, Charlie —susurró Sam.

—No se lo diré —dijo Bon Jovi—. Les diré que he sido yo.

Charlie trató de agarrar a Sam de la mano. Tenían que mantenerse juntas para que le enseñara el camino.

—¿Con mi camioneta de los cojones?

Sam le indicó que se alejara y susurró:

—Vete.

Charlie meneó la cabeza. ¿Qué quería decir su hermana? No podía irse sin ella. No podía dejarla allí.

—Hijo de puta. —Zach apuntó al pecho a Bon Jovi—. Te voy a decir lo que vamos a hacer, hijo. Tú coges mi navaja y le cortas el cuello a esa putita o te abro un agujero en el pecho del tamaño de Texas. —Dio un zapatazo en el suelo—. Ahora mismo.

El otro le apuntó a la cabeza con el revólver.

—Vamos a entregarnos.

—Quítame de la cara esa pistola de una puta vez, maricón de mierda.

Sam le dio un codazo a Charlie para que se moviera.

—Ve.

Charlie no se movió. No iba a dejar a su hermana.

—Prefiero matarte a ti antes que a ellas —dijo Bon Jovi.

—Tú no tienes huevos para apretar el gatillo.

—Claro que sí.

Charlie oyó el castañeteo de sus dientes. ¿Debía irse? ¿La seguiría Sam? ¿Era eso lo que quería decir su hermana?

—Corre —le rogó Sam—. Tienes que huir.

«No mires atrás. Tienes que confiar en que voy a estar ahí».

—Eres un mierda. —Zach soltó la mano que tenía libre.

Bon Jovi apartó la escopeta de un manotazo.

—¡Corre! —Sam la empujó con fuerza—. ¡Corre, Charlie!

Cayó de culo, golpeándose contra el suelo. Vio el fogonazo del revólver, oyó la súbita explosión cuando la bala salió del cañón. Luego, una llovizna brotó de un lado de la cabeza de Sam.

Su hermana voló por el aire dando casi un salto mortal, como el tenedor, y cayó en las fauces abiertas de la tumba.

Tonc.

Charlie miró la fosa abierta y esperó, suplicando, rezando por que Sam se incorporara, por que mirara a su alrededor y dijera algo, lo que fuese, que indicara que estaba viva.

—Mierda —dijo Bon Jovi—. Santo Dios. Santo Dios. —Tiró el revólver como si estuviera envenenado.

Charlie vio el destello metálico del arma cuando cayó al suelo. La expresión horrorizada de Bon Jovi. El blanco repentino de los dientes de Zach cuando sonrió.

Cuando le sonrió a ella.

Le estaba sonriendo.

Se apartó a rastras, como un cangrejo, apoyándose en las manos y los talones. Zach echó a andar hacia ella, pero Bon Jovi le agarró de la camisa.

—¿Qué cojones vamos a hacer?

Charlie chocó de espaldas contra un árbol. Se levantó. Le temblaban las piernas. Le temblaban las manos. Su cuerpo entero se estremecía. Miró la tumba. Su hermana estaba allí dentro. Le habían pegado un tiro en la cabeza. No la veía, no sabía si estaba viva o muerta, si necesitaba ayuda o...

—Tranquila, guapa —le dijo Zach—. Quédate donde estás.

—A-acabo... —tartamudeó Bon Jovi—. Acabo de matar... Acabo...

Matar.

No podía haber matado a Sam. La bala del revólver era pequeña, no como la de la escopeta. Quizá no le hubiera hecho nada grave. Quizá Sam estuviera bien, escondida en la fosa, lista para levantarse de un salto y escapar.

Pero no salía. No se movía, ni hablaba, ni gritaba, ni daba órdenes a todo el mundo.

Charlie necesitaba que su hermana le hablara, que le dijera lo que tenía que hacer. ¿Qué le diría Sam? ¿Qué le mandaría hacer?

—Tú entierra a esa puta —dijo Zach—. Yo voy a llevarme un momentito a la pequeña.

—Santo Dios.

Sam no le estaría hablando, le gritaría, furiosa con ella por quedarse allí parada, por echar a perder su única oportunidad, por no hacer lo que le había enseñado.

«No mires atrás. Confía en que voy a estar ahí. Mantén la cabeza baja y...».

Charlie echó a correr.

Movía los brazos frenéticamente. Sus pies buscaban agarre en el suelo. Las ramas le fustigaban la cara. No podía respirar. Sentía como si se le clavaran agujas en el pecho cada vez que respiraba.

«Respira. Despacio y rítmicamente. Espera a que pase el dolor».

Antes eran grandes amigas. Lo hacían todo juntas. Pero luego Sam entró en el instituto y ella se quedó atrás, y el único modo de que Sam le hiciera caso era pedirle que la enseñara a correr.

«Relaja la tensión. Retén la respiración durante dos zancadas. Expulsa el aire en una sola».

Charlie odiaba correr porque le parecía una idiotez y además dolía y te daba agujetas, pero quería pasar más tiempo con Sam, hacer lo mismo que su hermana, llegar incluso a hacerlo mejor que ella algún día. Por eso iba a la pista de atletismo con Sam, por eso se había apuntado al equipo del colegio y se cronometraba cada día, porque cada día mejoraba su marca.

—¡Vuelve aquí! —gritó Zach.

Tres kilómetros hasta la otra granja. Doce, trece minutos, quizá. No podía correr más deprisa que un chico, pero podía correr más distancia. Tenía resistencia, estaba entrenada. Sabía cómo ignorar el dolor físico. Sabía que debía seguir respirando rítmicamente cuando el aire le cortaba los pulmones como un cuchillo.

Pero no estaba entrenada para soportar el terror de oír unos pasos pesados golpeando la tierra a su espalda, ni el golpeteo que resonaba en su pecho.

Zachariah Culpepper iba tras ella.

Apretó el paso. Pegó los brazos a los costados. Se obligó a relajar la tensión de los hombros. Se imaginó que sus piernas eran los pistones de una máquina revolucionada. Se olvidó de las piñas y de las piedras afiladas que se le clavaban en los pies descalzos. Pensó en los músculos que la ayudaban a moverse.

«Gemelos, cuádriceps, tendones de las corvas, tensa la tripa, protégete la espalda».

Zachariah se estaba acercando. Oía el ruido que hacía, como el de una máquina de vapor, cada vez más cerca.

Saltó por encima de un árbol caído. Miró a izquierda y a derecha, consciente de que no debía correr en línea recta. Tenía que localizar la torreta meteorológica para asegurarse de que iba en la dirección correcta, pero sabía que, si miraba atrás, vería a Zachariah Culpepper y se asustaría aún más y, si eso ocurría, tropezaría y, si tropezaba, se caería.

Y entonces él la violaría.

Viró a la derecha, agarrándose con los dedos de los pies al suelo al cambiar de rumbo. En el último segundo, vio otro árbol caído. Se arrojó por encima de él y aterrizó desmañadamente. Se torció el pie. Sintió que su tobillo tocaba tierra. El dolor le atravesó la pierna.

Siguió avanzando.

Y avanzando.

Y avanzando.

Tenía los pies ensangrentados y pegajosos. El sudor le corría por el cuerpo. Le ardían los pulmones, pero no tanto como le ardería si Zachariah volvía a pellizcarle los pechos. Se le encogieron las tripas, sus entrañas se habían vuelto líquidas, pero eso no era nada comparado con lo que sentiría si Zachariah le metía dentro su cosa.

Aguzó la mirada buscando una luz delante de sí, algún indicio de civilización.

¿Cuánto tiempo había pasado?

¿Cuánto más tenía que correr?

«Imagínate la línea de meta. Tienes que desearla más que la persona que va detrás de ti».

Zachariah quería algo. Pero el deseo de Charlie superaba el suyo: el deseo de escapar, de buscar ayuda para su hermana, de encontrar a Rusty para que encontrara el modo de arreglar las cosas.

De pronto, tiraron de su cabeza hacia atrás con tanta violencia que creyó que iban a arrancársela.

Sus pies se levantaron del suelo. Su espalda chocó contra la tierra. Vio como su aliento salía en una nubecilla de su boca, como si fuera algo tangible.

Zachariah se le echó encima. Empezó a tocarla por todas partes. Le agarró los pechos. Tiró de sus pantalones. Sus dientes se apretaban contra la boca cerrada de Charlie. Ella le arañó los ojos. Intentó darle un rodillazo, pero no pudo doblar la pierna.

Él se sentó a horcajadas sobre su cuerpo.

Charlie siguió lanzándole manotazos, trató en vano de liberarse del inmenso peso de su cuerpo.

Zachariah se desabrochó la hebilla del cinturón.

Ella abrió la boca, pero no le quedaba aliento para gritar. Estaba mareada. El vómito le quemaba la garganta. Cerró los ojos y vio a Sam girando en el aire. Oyó el golpe sordo que produjo el cuerpo de su hermana al caer en la fosa, como si sucediera todo de nuevo. Y entonces vio a Gamma. En el suelo de la cocina. De espaldas al armario.

«Hueso blanco. Trozos de corazón y pulmón. Fibras de tendones, arterias y venas, y la vida derramándose por sus heridas».

—¡No! —gritó cerrando los puños.

Le golpeó en el pecho y en la mandíbula, tan fuerte que se le torció la cabeza. Le salió un chorro de sangre por la boca: grandes goterones, no como las gotitas de Gamma.

—Jodida zorra. —Zachariah echó el puño hacia atrás para golpearla.

Charlie vio algo borroso por el rabillo del ojo.

—¡Apártate de ella!

Bon Jovi dio un salto y tiró a Zachariah al suelo. Sus puños iban y venían. Se subió a horcajadas sobre él, igual que Zachariah había hecho con Charlie. Sus brazos formaban un molinete, golpeándole sin cesar.

—¡Hijo de puta! —gritó—. ¡Voy a matarte!

Charlie se apartó de ellos. Hundiendo las manos en la tierra, se obligó a levantarse. Se tambaleó. Se limpió los ojos. El sudor había vuelto a licuar la sangre reseca de su cara y su cuello. Giró sobre sí misma, ciega como Sam. No lograba orientarse. No sabía hacia dónde tenía que correr, pero sabía que tenía que seguir moviéndose.

Un pinchazo de dolor le atravesó el tobillo cuando se internó corriendo en el bosque. No buscó la torreta meteorológica. No aguzó el oído por si oía el fragor del arroyo ni intentó encontrar a Sam o volver a La Choza. Siguió corriendo y luego caminando. Después, se sintió tan cansada que le dieron ganas de arrastrarse por el suelo.

Por fin se dio por vencida y se dejó caer de rodillas.

Escuchó por si oía pasos tras ella, pero solo oyó sus propios jadeos.

Vomitó. La bilis cayó al suelo violentamente y salpicó su cara. Quería echarse, cerrar los ojos, dormir y despertar dentro de una semana, cuando hubiera pasado todo.

«Sam.

En la fosa.

Con una bala en la cabeza.

Gamma.

En la cocina.

Hueso blanco.

Trozos de corazón y pulmón.

Fibras de tendones, arterias y venas y su vida evaporándose con el fogonazo de una escopeta por culpa de Zachariah Culpepper».

Charlie conocía su nombre. Sabía qué aspecto tenía Bon Jovi, había oído su voz, sabía que se había quedado de brazos cruzados mientras Gamma era asesinada, había visto el arco que describía su mano al disparar a Sam a la cabeza, había oído que Zachariah le llamaba «hermano».

Hermano.

Quería verlos a los dos muertos. Algún día vería cómo el verdugo los sujetaba a la silla de madera y les ponía en la cabeza el casco metálico con la esponja debajo para que no ardieran, y miraría la entrepierna de Zachariah Culpepper para ver cómo se orinaba encima al comprender que iba a morir electrocutado.

Se levantó.

Volvió a tambalearse y luego echó a andar. Apretó el paso y, al cabo de un rato, vio por fin la luz del porche de la otra granja.

7

Sam Quinn alternaba el movimiento de los brazos (el izquierdo, luego el derecho, luego el izquierdo otra vez), abriendo un estrecho canal en el agua fresca de la piscina. Cada tres brazadas giraba la cabeza y tomaba aire en una larga inhalación. Batía los pies. Esperaba la siguiente inhalación.

«Izquierda-derecha-izquierda-respira».

Siempre le había encantado la calma, la sencillez del estilo libre, tener que concentrarse en nadar lo justo para que los pensamientos que la agobiaban se borraran de su mente. Los teléfonos no sonaban bajo el agua. Bajo el agua no sonaba el pitido de los ordenadores anunciando una reunión urgente. No había correos que leer bajo el agua.

Vio la marca de los dos metros, la señal de que la calle estaba a punto de acabarse y se impulsó hacia delante hasta tocar la pared con los dedos.

Se arrodilló en el suelo de la piscina respirando trabajosamente y echó un vistazo a su cronómetro: 2,4 kilómetros a 150 segundos por cada 100 metros. Es decir, 37,5 segundos por cada largo de 25 metros.

Sintió un aguijonazo de decepción al ver los números, que superaban en varios segundos su marca de ayer, porque su afán competitivo se rebelaba, rabioso, contra sus capacidades físicas. Miró la piscina preguntándose si tendría fuerzas para hacer otro largo.

No.

Era su cumpleaños. No quería cansarse hasta el punto de tener que usar el bastón para llegar a la oficina.

Se impulsó, encaramándose al borde de la piscina. Se duchó rápidamente para quitarse el agua salada. Notó las yemas de los dedos ásperas y arrugadas al contacto con la toalla de algodón egipcio. En algún lugar al fondo de su mente, la voz de su madre le dijo que el cuerpo reaccionaba a una inmersión prolongada arrugando las yemas de los dedos de manos y pies para mejorar su agarre.

Gamma tenía cuarenta y cuatro años cuando murió, la edad que ella cumplía hoy.

O que cumpliría dentro de tres horas y media.

Se dejó puestas las gafas de nadar graduadas mientras subía en el ascensor hacia su apartamento. Las puertas cromadas reflejaban su imagen ondulante. Complexión delgada. Bañador enterizo negro. Se pasó los dedos por el pelo para que se le fuera secando. Hacía veintiocho años, al adentrarse en el bosque de detrás de la granja, lo tenía de color azabache. Casi un mes después, cuando se despertó en el hospital, una pelusilla blanca cubría su cabeza afeitada.

Se había acostumbrado a las miradas de extrañeza, a la sorpresa de los desconocidos al darse cuenta de que la anciana de cabello cano sentada al fondo del aula, que compraba vino en el supermercado o paseaba por el parque, era en realidad una chica joven.

Tenía que admitir, sin embargo, que cada vez ocurría con menos frecuencia. Su marido la había avisado de que algún día su cara cuadraría con su pelo.

Se abrieron las puertas del ascensor.

El sol entraba parpadeando por los grandes ventanales que rodeaban su apartamento. Allá abajo, el Distrito Financiero era un hervidero de actividad, pero los cristales de triple capa amortiguaban los pitidos de los cláxones y las grúas, el estrépito cotidiano de la gran ciudad.

Se dirigió a la cocina, encendiendo las luces a su paso. Cambió las gafas de nadar por las normales. Sacó comida para el gato. Llenó de agua la tetera. Preparó el infusor de té, la taza y la cucharilla, pero antes de poner a hervir el agua se acercó a la colchoneta de yoga que tenía en el cuarto de estar.

Se quitó las gafas. Hizo una serie de estiramientos para mantener los músculos calientes. Se sentó en la colchoneta con las piernas cruzadas. Apoyó el dorso de las manos sobre las rodillas. Acercó el corazón al pulgar como en un leve pellizco. Cerró los ojos, respiró hondo y pensó en su cerebro.

Unos años después del tiroteo, un psiquiatra le mostró un croquis de las zonas motoras de su cerebro. Quería que viera la trayectoria que siguió la bala para que entendiera qué estructuras había dañado a su paso. Le dijo que pensara en esas estructuras una vez al día como mínimo, que invirtiera todo el tiempo que pudiera en visualizar cada pliegue y cada grieta y que imaginara su cerebro y su organismo funcionando en perfecta sincronía, como antes del disparo.

Al principio, se había resistido a hacerlo. Aquel ejercicio le parecía en parte una especie de quimera y en parte un ritual vudú.

Ahora, era lo único que mantenía a raya sus migrañas, lo que le permitía conservar su equilibrio.

Desde entonces había estudiado en profundidad el funcionamiento del cerebro; había visto resonancias magnéticas y leído gruesos tomos de neurología, pero aquel primer croquis seguía siendo el mapa que la guiaba a la hora de meditar. En su mente, el corte transversal de la corteza motora y la corteza sensorial izquierdas se hallaba para siempre pintado de amarillo brillante y verde. Cada zona llevaba adjunto en una etiqueta el nombre de la parte del cuerpo con la que se correspondía. Dedos de los pies. Tobillo. Rodilla. Cadera. Tronco. Brazo. Muñeca. Dedos de las manos.

Sam sentía un hormigueo en las distintas zonas del cuerpo a medida que examinaba calladamente las partes que componían el todo.

La bala había penetrado en su cráneo por el lado izquierdo, justo por encima de la oreja. El lado izquierdo del cerebro controla el lado derecho del cuerpo y viceversa. Según el criterio médico, el impacto había afectado a la parte más superficial de su cerebro. Pero a ella el término «superficial» siempre le había parecido engañoso. Ciertamente, el proyectil no había cruzado el mesencéfalo ni se había alojado en lo más profundo del sistema límbico, pero el área de Broca, donde se produce el lenguaje, el área de Wernicke, involucrada en la compresión del lenguaje, y las diversas regiones que controlan el movimiento del lado derecho del cuerpo, habían sufrido daños irreversibles.

«Superficial»: *perteneciente o relativo a la superficie, frívolo, somero, más aparente que real.*

Tenía una placa de metal en la cabeza. La cicatriz de debajo de la oreja medía el largo y el ancho de su dedo índice.

Guardaba de aquel día un recuerdo fragmentario. Solo estaba segura de algunas cosas. Se acordaba del lodazal que había formado Charlie en el baño. Se acordaba de los hermanos Culpepper, de su olor, del sabor casi palpable de su amenaza. No recordaba haber presenciado la muerte de Gamma. Ni los pasos que dio para salir a rastras de la fosa. Se acordaba de que Charlie se orinó encima. Recordaba haberle gritado a Zachariah Culpepper. Y el ansia descarnada y dolorosa de que Charlie huyera, de que se pusiera a salvo, de que sobreviviera a toda cosa.

Fisioterapia. Terapia ocupacional. Logopedia. Terapia cognitiva. Psicoterapia. Acuaterapia. Había tenido que aprender a hablar otra vez. A pensar otra vez. A hacer conexiones neuronales. A conversar. A escribir. A leer. A comprender. A vestirse. A aceptar lo que le había ocurrido. A asumir que las cosas habían cambiado. Había tenido que regresar al colegio y aprender a estudiar de nuevo. A articular sus procesos lógicos. A comprender la retórica, la lógica y el movimiento, la función y la forma.

Comparaba a menudo su primer año de recuperación con un disco colocado en el plato de un viejo tocadiscos. Cuando se despertó en el hospital, todo iba a la velocidad equivocada. Se le trababa la lengua. Sus pensamientos parecían abrirse paso entre una masa de tarta. Parecía imposible que volviera a funcionar a treinta y tres revoluciones por minuto. Nadie creía que pudiera lograrlo. Sin embargo, parecían convencidos de que su edad podía actuar como un ingrediente mágico. Como le dijo un cirujano, si te van a pegar un tiro en la cabeza, mejor que pase cuando tienes quince años.

Sintió un roce en el brazo. Conde Fosco, el gato, había acabado de desayunar y reclamaba atenciones. Sam le acarició las orejas y, mientras escuchaba su ronroneo tranquilizador, se preguntó si no sería más práctico prescindir de la meditación y adoptar más gatos.

Se puso las gafas. Volvió a la cocina y puso a calentar la tetera. El sol asomaba de soslayo por la parte baja de Manhattan. Cerró los ojos y se dejó acariciar por su calor. Cuando volvió a abrirlos, vio que Fosco estaba haciendo lo mismo. Le encantaba la calefacción radiante del suelo de la cocina. Ella, en cambio, no se acostumbraba a sentir aquel calor repentino en los pies descalzos cuando se despertaba por las mañanas. Su piso nuevo tenía toda clase de adelantos tecnológicos de los que carecía el anterior.

Eso era lo bueno que tenía: que nada en él le recordaba al anterior.

Silbó la tetera. Se sirvió una taza de té. Puso el temporizador de los huevos para dejar las hojas en infusión tres minutos y medio. Sacó yogur de la nevera y lo mezcló con muesli con una cuchara que extrajo del cajón. Se quitó las gafas de lejos y se puso las de leer (sus ojos nunca habían podido acostumbrarse a las lentes bifocales).

Encendió su teléfono.

Tenía varios correos de trabajo y un par de felicitaciones de amigos, pero siguió bajando hasta que encontró el inesperado mensaje de felicitación de Ben Bernard, el marido de su hermana. Se habían visto una sola vez, hacía mucho tiempo. Seguramente no se reconocerían si se vieran por la calle, pero Ben tenía un sentido de la responsabilidad tan enternecedor que era capaz de hacer por Charlie lo que ella no hacía por propia voluntad.

Sam sonrió al ver su mensaje: una fotografía del señor Spock haciendo el saludo vulcaniano, con la leyenda: *La lógica dicta que te desee un feliz cumpleaños.*

Sam solo había contestado una vez a un e-mail de Ben, el 11 de Septiembre, para decirle que se encontraba a salvo.

Zumbó el temporizador. Se puso un poco de leche en el té caliente y se sentó junto a la encimera.

Sacó un cuaderno y un bolígrafo del maletín. Echó un vistazo a los mensajes de trabajo, respondió a algunos, reenvió otros, tomó algunas notas y siguió trabajando hasta que se enfrió el té y se comió el yogur con muesli.

Fosco se subió de un salto a la encimera para inspeccionar el cuenco.

Sam miró la hora. Tenía que darse una ducha y marcharse a la oficina.

Miró su teléfono. Tamborileó con los dedos sobre la encimera.

Pasó el dedo por la pantalla para ver si tenía mensajes de voz.

Otra previsible felicitación de cumpleaños.

Hacía más de veinte años que no veía a su padre cara a cara. Habían dejado de hablarse cuando Sam estudiaba Derecho. No discutieron ni rompieron oficialmente, pero un buen día, sin previo aviso, Sam dejó de ser la buena hija que telefoneaba a su padre una o dos veces al mes.

Al principio, Rusty trató de acercarse a ella pero, al ver que no reaccionaba, empezó a llamarla al colegio mayor cuando sabía que estaba en clase y a dejarle mensajes. No la presionaba. Si daba la casualidad de que Sam estaba en la residencia cuando llamaba, no pedía que le pasaran con ella. Tampoco le pedía que le devolviera la llamada. Los mensajes que le hacía llegar decían siempre lo mismo: que podía contar con él si le necesitaba, que había estado pensando en ella, o que se le había ocurrido llamarla para ver qué tal estaba. Durante los años siguientes, siguió telefoneándola puntualmente el segundo viernes de cada mes y el día de su cumpleaños. Cuando Sam se trasladó a Portland para trabajar en la oficina del fiscal del distrito, mantuvo su costumbre y empezó a dejarle los mensajes en la oficina.

Después, de repente, aparecieron los teléfonos móviles y, el segundo viernes de cada mes y el día de su cumpleaños, Rusty comenzó a dejarle mensajes de voz en su móvil con tapa, y luego en su Motorola Razr, y posteriormente en su Nokia, y luego en su

Blackberry. Ahora, fue su iPhone el que la informó de que su padre había llamado a las 5:32 de la mañana, por su cumpleaños.

Sam podía predecir el tenor de su llamada, aunque no su contenido exacto. Rusty había desarrollado una fórmula característica con el paso de los años. Comenzaba con un saludo efusivo. A continuación, le daba el parte meteorológico, porque, por alguna razón desconocida, creía que el tiempo que hacía en Pikeville revestía cierta importancia. Acto seguido añadía algún dato curioso sobre ese día (su cumpleaños, o el viernes concreto en que efectuaba la llamada). Y, por último, a modo de despedida, soltaba algún disparate.

En otra época, Sam fruncía el ceño al ver el nombre de su padre escrito en una notita rosa, borraba sus mensajes de voz sin pensárselo dos veces o posponía tanto tiempo el momento de escucharlos que acababan extraviándose en el sistema.

El de hoy, lo escuchó inmediatamente.

—¡Buenos días, Sammy-Sam! —vociferaba su padre—. Aquí Russell T. Quinn, a tu servicio. Ahora mismo hay seis grados de temperatura y sopla viento del suroeste, a tres kilómetros por hora. La humedad es del treinta y nueve por ciento y la presión barométrica no pasa de treinta. —Sam meneó la cabeza, atónita—. Te llamo hoy, el mismo día en que, en 1536, Ana Bolena fue arrestada y conducida a la Torre de Londres, para recordarte, mi querida Samantha, que no pierdas la cabeza el día de tu cuarenta y cuatro cumpleaños. —Se rio, porque siempre se reía de sus propios chistes. Sam aguardó la frase final—. «Sale, perseguido por un oso».

Sam sonrió. Estaba a punto de borrar el mensaje cuando, inopinadamente, Rusty añadió algo nuevo:

—Tu hermana te manda recuerdos.

Arrugó el entrecejo y puso de nuevo el mensaje para volver a escuchar esa última frase.

—...un oso —decía Rusty y, tras una breve pausa, añadía—: Tu hermana te manda recuerdos.

Dudaba mucho que Charlie le mandara tal cosa.

La última vez que había hablado con ella (la última vez que habían estado juntas en la misma habitación), habían puesto punto y final a su relación, sabedoras ambas de que no querían, ni necesitaban, volver a dirigirse la palabra.

Charlie estaba en su último curso en Duke. Fue a Nueva York para visitar a Sam y hacer varias entrevistas de trabajo en bufetes de prestigio. Sam comprendió al instante que su hermana no estaba allí porque tuviera interés en verla, sino porque le venía bien contar con alojamiento gratuito en una de las ciudades más caras del mundo, pero hacía más de una década que no veía a su hermana pequeña y estaba deseando que se reencontraran de adultas.

La primera sorpresa de aquel viaje no fue que Charlie se presentara acompañada de un hombre, sino que ese hombre fuera su marido. Charlie llevaba menos de un mes saliendo con Ben Bernard cuando contrajo matrimonio con él, con un hombre del que no sabía absolutamente nada. Fue una decisión irresponsable y peligrosa, y de no ser porque Ben resultó ser uno de los seres humanos más amables y honrados del planeta (a lo que había que añadir que estaba locamente enamorado de su hermana), Sam se habría puesto furiosa con ella por cometer semejante estupidez.

La segunda sorpresa fue que Charlie había cancelado todas sus entrevistas de trabajo. El dinero que Sam le había mandado para que se comprara ropa adecuada, lo invirtió en comprar entradas para ver a Prince en el Madison Square Garden.

Lo que dio paso a la tercera y última sorpresa.

Charlie pensaba ponerse a trabajar con su padre.

Ella insistía en que solo compartirían oficina y en que no se mezclaría en los asuntos de Rusty, pero para Sam ese matiz carecía por completo de sentido.

Rusty asumía riesgos en el trabajo que repercutían en su vida personal. Los clientes que visitaban su despacho –el despacho que pronto compartiría Charlie– eran el tipo de personas que te quemaban la casa o que iban a buscarte y, al no encontrarte, asesinaban a tu madre, disparaban a tu hermana y te perseguían por el bosque con una escopeta porque querían violarte.

El altercado final entre Sam y Charlie no se produjo de inmediato. Discutieron intermitentemente durante tres largos días de los cinco que iba a durar la visita de Charlie.

Luego, el cuarto día, Sam estalló por fin.

Siempre había tenido un genio muy vivo. De ahí que se hubiera encarado con Zachariah Culpepper en la cocina mientras su madre yacía muerta a escasa distancia de ella, su hermana estaba cubierta de orina y una escopeta manchada de sangre le apuntaba directamente a la cara.

A raíz de su lesión cerebral, su genio se volvió casi incontrolable. Había innumerables estudios que demostraban que ciertos tipos de lesiones en los lóbulos frontal y temporal podían traducirse en comportamientos coléricos, impulsivos e incluso violentos, pero la ferocidad de su ira escapaba a toda explicación científica.

Nunca había pegado a nadie, lo cual era un triste consuelo, pero lanzaba y rompía cosas, incluso sus posesiones más preciadas, como si la locura la dominara por completo. Y sin embargo esos actos físicos de destrucción no eran nada comparados con los daños que podía infligir su lengua afilada. Cuando la furia se adueñaba de ella, el odio que echaba por la boca quemaba como el ácido.

Ahora, la meditación la ayudaba a disciplinar sus emociones. Los largos que se hacía en la piscina la ayudaban a encauzar su ansiedad transformándola en algo positivo.

Pero en aquel entonces no había nada capaz de contener su rabia venenosa.

Charlie era una niña mimada. Era egoísta. Era una cría. Era una puta. Estaba deseando complacer a su padre. Nunca había querido a Gamma. Nunca la había querido a ella. Por su culpa estaban todas en la cocina. Por su culpa había muerto Gamma. Había dejado a Sam para que se muriera. Había huido aquel día igual que iba a huir ahora.

Esto último, al menos, resultó ser cierto.

Charlie y Ben regresaron a Durham en plena noche. Ni siquiera se pararon a hacer las maletas.

Sam se disculpó. Claro que se disculpó. En aquel entonces los estudiantes no tenían buzón de voz ni correo electrónico, de modo que le mandó a Charlie una carta certificada, dirigida a su apartamento cercano al campus, junto con una caja en la que embaló con todo cuidado las cosas que se habían dejado en Nueva York.

Escribir aquella carta fue sin duda lo más difícil que había hecho en su vida. En ella le decía a su hermana que la quería, que siempre la había querido, que era especial, que su relación era muy importante para ella. Que Gamma la adoraba, que la había querido con locura. Que entendía que Rusty la necesitara y que ella, Charlie, necesitara sentirse imprescindible para su padre. Que se merecía ser feliz, disfrutar de su matrimonio y tener hijos, un montón de hijos. Que ya tenía edad de decidir por sí misma. Que todos estaban muy orgullosos de ella y se alegraban de su felicidad. Y que estaba dispuesta a hacer cualquier cosa con tal de que la perdonara.

Por favor, añadía al final de la carta. *Tienes que creerme. Lo único que me permitió superar meses de tormento, años de recuperación, una vida entera de dolor crónico, es el hecho de que mi sacrificio (e incluso el de Gamma) te diera la oportunidad de escapar y ponerte a salvo.*

La respuesta de Charlie tardó seis semanas en llegar. Se componía de una sola frase, sincera y compleja:

Te quiero y sé que me quieres, pero, cada vez que nos vemos, vemos lo que ocurrió y ninguna de las dos podrá seguir adelante mientras sigamos mirando atrás.

Su hermana pequeña era mucho más lista de lo que creía Sam.

Se quitó las gafas y se frotó suavemente los ojos. Bajo las yemas de sus dedos, las cicatrices de sus párpados parecían braille. A pesar de su repugnancia hacia todo lo «superficial», se esforzaba mucho por ocultar sus heridas, no porque la avergonzaran, sino porque despertaban la curiosidad ajena. No había mejor forma de atajar una conversación que decir: «Me pegaron un tiro en la cabeza».

Disimulaba con maquillaje las rosadas rugosidades de sus párpados. Un corte de pelo de trescientos dólares cubría la cicatriz de su cabeza. Solía vestir vaporosos pantalones y camisas de color negro para camuflar cualquier posible vacilación al andar. Cuando hablaba, hablaba con claridad y, cuando el cansancio amenazaba con trabarle la lengua, guardaba silencio. Algunos días necesitaba un bastón para caminar, pero con el transcurso de los años había aprendido que el esfuerzo físico solo se recompensaba con más esfuerzo físico. Si se quedaba trabajando hasta tarde y no le apetecía recorrer a pie las seis manzanas que separaban su casa de la oficina, pedía un coche.

Ese día, recorrió andando las seis manzanas con relativa facilidad. Para celebrar su cumpleaños, se había puesto un pañuelo de colores que animaba su acostumbrado atuendo negro. Al torcer a la izquierda hacia Wall Street, una fuerte ráfaga de viento sopló del río East. El pañuelo ondeó a su espalda como una capa. Se rio mientras luchaba con el fular de seda. Se lo enrolló alrededor del cuello y sujetó suavemente las puntas mientras cruzaba su nuevo barrio.

Hacía poco tiempo que vivía allí, pero siempre le había encantado la historia de aquella zona, el hecho de que Wall Street se llamara así porque antiguamente había allí un muro de adobe que protegía el extremo norte de Nueva Ámsterdam, o de que las calles Pearl, Beaver y Stone llevaran los nombres de las mercaderías que los comerciantes holandeses vendían a lo largo de las calles embarradas que irradiaban de los muelles donde antaño atracaban encumbrados veleros de madera.

Diecisiete años atrás, cuando se instaló en Nueva York, había podido elegir bufete a su antojo. En el mundo del derecho de patentes, su posgrado en ingeniería mecánica por Stanford pesaba mucho más que su título en Derecho por la Universidad del Noroeste. Aprobó los exámenes de cualificación profesional de Nueva York al primer intento. Era una mujer en un campo dominado por hombres que necesitaba con urgencia abrirse a los nuevos tiempos. Los bufetes prácticamente se hincaban de rodillas para ofrecerle trabajo.

Ingresó en el primer bufete cuya prima inicial bastaba para pagar la entrada de un piso en un edificio con ascensor y piscina climatizada.

Situado en Chelsea, era un bonito edificio de mediana altura, construido antes de la guerra, con altos techos y una piscina en el sótano que le recordaba a un balneario victoriano. A pesar de la rapidez con que mejoró su situación económica durante los años siguientes, había vivido felizmente en aquel abarrotado apartamento de dos habitaciones hasta la muerte de su marido.

—Feliz cumpleaños. —Eldrin, su asistente, estaba esperándola frente al ascensor cuando se abrieron las puertas.

Seguía una rutina tan estricta que Eldrin era capaz de predecir sus movimientos al segundo.

—Gracias. —Sam le dejó coger su maletín, pero no su bolso.

El joven atravesó junto a ella las oficinas mientras la ponía al corriente de su agenda, como hacía siempre.

—La reunión con UXH es a las diez y media en la sala seis. A las tres tienes conferencia con Atlanta, pero le he dicho a Laurens que tienes que marcharte a las cinco en punto a una reunión muy importante.

Sam sonrió. Había quedado con una amiga para tomarse una copa por su cumpleaños.

—Hay un detallito urgente sobre la reunión de socios de la semana que viene. Tienes que aclararles un punto. Te he dejado el dosier en tu mesa.

—Gracias.

Sam se detuvo en la cocina de la oficina. No esperaba que Eldrin le llevara el té, pero, debido a la rutina que habían adoptado, su asistente tenía que ver cómo se lo preparaba ella misma todas las mañanas.

—Hoy he recibido un correo de Curtis —dijo mientras sacaba una bolsita de té de la lata que había en la encimera—. Quiero estar en Atlanta la semana que viene, para la declaración de Coca-Cola.

Stehlik, Elton, Mallory y Sanders tenía sucursal en Atlanta, entre otros lugares. Sam visitaba la ciudad al menos una vez al mes. Se alojaba en el Four Seasons, recorría a pie las dos manzanas que separaban el hotel de las oficinas de Peachtree Street y hacía como que Pikeville no estaba a dos horas en coche de allí.

—Avisaré a Viajes. —Eldrin sacó un envase de leche de la nevera—. También puedo preguntar si Grainger ha... Ay, no.

Estaba mirando el televisor que había en el rincón, con el volumen apagado. Un titular anunciaba ominosamente en pantalla *TIROTEO EN UN COLEGIO.*

Sam, que había padecido en carne propia la violencia que engendraban las armas, sentía un profundo horror cuando se enteraba de que había habido un tiroteo, pero, como la mayoría de los estadounidenses, se había habituado hasta cierto punto a ellos, puesto que ocurrían casi cada mes.

La pantalla mostraba la fotografía de una niña, extraída de un anuario escolar. Debajo se leía *LUCY ALEXANDER.*

Sam añadió leche a su té.

—Yo salí con un chico en el instituto que se llamaba Peter Alexander.

Eldrin levantó las cejas mientras salían de la cocina. Su jefa rara vez daba detalles sobre su vida privada.

Sam se dirigió a su despacho. Eldrin seguía desgranando la agenda del día, pero ella solo le escuchaba a medias. Hacía mucho tiempo que no pensaba en Peter Alexander. Era un chico melancólico, aficionado a pronunciar largos y tediosos discursos acerca de los tormentos propios de la condición del artista. Sam había dejado que le tocara los pechos, pero solo porque quería saber lo que se sentía.

Había sido una experiencia sudorosa, la verdad, porque Peter no tenía ni idea de lo que hacía.

Dejó el bolso junto a su mesa, un armatoste de acero y cristal que dominaba su soleado despacho en una esquina del edificio. Las vistas, como era normal en el Distrito Financiero, eran las del edificio situado justo enfrente. Cuando se erigieron los desfiladeros de Wall Street, aún no había normativa sobre la anchura de las vías públicas, y la mayoría de los edificios de la calle estaban separados por apenas seis metros de acera.

Eldrin concluyó su exposición en el instante en que Sam dejaba su té sobre un posavasos, junto al ordenador.

Esperó a que su asistente se marchara. Se sentó en su silla. Sacó del maletín sus gafas de lectura. Comenzó a revisar sus notas para la reunión de las diez treinta.

Cuando optó por dedicarse al derecho de patentes, era consciente de que su trabajo consistiría básicamente en tratar de influir en la transferencia de enormes sumas de dinero: una empresa increíblemente rica demandaba a otra por emplear unas rayas parecidas en su nuevo modelo de zapatillas de deporte, o por apropiarse de un color concreto de su marca, y carísimos abogados tenían que argumentar delante de aburridísimos jueces acerca del porcentaje de cian de determinado Pantone.

Los tiempos en que Newton y Leibniz se disputaban el derecho a ser reconocidos como los inventores del cálculo habían quedado muy atrás, y Sam invertía la mayor parte de su tiempo en analizar los pormenores de diagramas esquemáticos y consignar solicitudes de patente que en ocasiones se remontaban a los primeros tiempos de la revolución industrial.

Disfrutaba de cada segundo.

Le encantaba esa mezcla de ciencia y derecho, y le producía una enorme satisfacción haber logrado destilar lo mejor de su madre y de su padre, transformándolo en una profesión gratificante.

Eldrin llamó a la puerta de cristal del despacho.

—Quería ponerte al corriente. Por lo visto ese tiroteo ha sido en un colegio de Georgia del Norte.

Sam asintió con la cabeza. «Georgia del Norte» era un término nebuloso que abarcaba cualquier zona fuera de los límites de Atlanta.

—¿Se sabe ya cuántas víctimas ha habido?

—Solamente dos.

—Gracias.

Intentó no dar importancia al «solamente», porque Eldrin tenía razón: dos víctimas eran pocas. Seguramente el tiroteo habría desaparecido de las noticias al día siguiente.

Encendió su ordenador. Abrió el borrador de un escrito que quería tener fresco para la reunión de las diez y media. Un abogado novato del bufete había hecho intento de redactar la impugnación de una solicitud de sobreseimiento en el caso de *SaniLady, una división de UXH Financial Holdings contra LadyMate Corporation, una división de Nippon Development Resources.*

Tras seis años de tira y afloja, dos mediaciones fallidas y una discusión a gritos que tuvo lugar fundamentalmente en japonés, el caso iba a ir a juicio.

Estaba en juego el diseño de una bisagra que controlaba el movimiento de la tapa automática de un contenedor de tampones y compresas para aseos públicos. LadyMate Corporation fabricaba varios modelos del contenedor de marras: desde el *FemyGeni* al *LadyMate*, pasando por el *Tough Guy*, de extraño nombre.

Sam era la única persona implicada en el caso que había usado uno de aquellos contenedores. Si la hubieran consultado durante el proceso de diseño, les habría aconsejado que se decantaran por la veracidad a la hora de publicitarlos y los llamaran a todos por igual: *Hijodeputa*, porque eso era lo primero que se le venía a la cabeza a una mujer cuando tenía que utilizarlos.

Además, habría diseñado la bisagra de piano con resorte en dos piezas aunque los costes de fabricación aumentaran en 0,03 centavos por pieza, en vez de arriesgarse a emplear una sola bisagra integrada que podía dar lugar a una demanda por violación de derechos de patente que se traduciría en un desembolso de millones de dólares en abogados, a los que habría que sumar los daños y perjuicios si Nippon perdía el caso.

Pero si del escrito que estaba leyendo dependía, UXH no vería ni un centavo de esos daños y perjuicios. La legislación sobre patentes no era el campo más barroco del derecho, pero el abogado que había redactado el documento escribía con la sutileza de un papel de lija.

Por eso ella había pasado tres años trabajando en la oficina del fiscal del distrito de Portland: quería dominar el lenguaje de los tribunales.

Leyó por encima el escrito, tomó algunas notas y rescribió un largo párrafo traduciéndolo a un inglés relativamente llano. Solo añadió alguna que otra floritura al final porque sabía que descolocaría al abogado de la parte contraria, un tipo que, en su primera reunión, le había pedido que le llevara un café con dos azucarillos y le dijera a su jefe que no le gustaba que le hicieran esperar.

Gamma tenía razón en muchas cosas. El nombre de Sam Quinn imponía mucho más respeto que el de Samantha Quinn.

Sam fue la última persona en entrar en la sala de reuniones, exactamente a las diez y treinta y cuatro. Llegaba tarde a propósito. Detestaba tener que poner mala cara a los rezagados.

Ocupó su sitio en la cabecera de la mesa. Contempló al nutrido grupo de jóvenes blancos cuyas titulaciones en Michigan, Harvard y el MIT les conferían una percepción desmesurada de su propia importancia. Aunque quizá su soberbia estuviera justificada. Estaban sentados en las relucientes y acristaladas oficinas de una de las empresas de patentes más importantes del mundo. Si se creían magnates de los negocios, seguramente era porque pronto lo serían.

Pero, de momento, tenían que demostrar su valía ante ella. Escuchó sus informes, comentó las estrategias que proponían y dejó que lanzaran ideas, hasta que tuvo la impresión de que se movían en círculos. Sam era conocida por la parquedad de sus reuniones. Les pidió que estudiaran la jurisprudencia, que tuvieran acabada la revisión de sus escritos para el día siguiente y que incorporaran cierta solicitud de patente de los años sesenta a la documentación del caso.

Se levantó de la silla seguida por todos los presentes y, antes de salir de la sala, comentó mecánicamente que estaba impaciente por ver los resultados.

La siguieron guardando las distancias, porque todos ellos trabajaban en el mismo lado del edificio. Sam sentía a menudo, durante el largo camino de regreso a su despacho, que la seguía una bandada de gansos. Invariablemente, alguno de ellos se acercaba con la esperanza de hacerse notar o de demostrar a los otros que no le tenía miedo. Unos cuantos se desviaron para asistir a otras reuniones, deseándole un feliz cumpleaños. Alguien preguntó si había disfrutado de su reciente viaje a Europa. Otro, un chico joven que manifestaba una efusividad excesiva desde que se había corrido la voz de que pronto sería nombrada socia del bufete, la siguió hasta la puerta de su despacho, refiriéndole una larga anécdota que concluyó con el detalle de que su abuela era de origen danés.

El marido de Sam había nacido en Dinamarca.

Anton Mikkelsen era veintiún años mayor que ella. Se habían conocido en Stanford, donde él era profesor. Sam se matriculó en un curso de Tecnología Social impartido por él bajo el título *Proyectando el diseño del Imperio Romano* y su pasión por el tema la cautivó. Siempre se había sentido atraída por las personas que gozaban del mundo, que miraban hacia fuera en lugar de volver la mirada hacia dentro.

Anton, por su parte, se había mostrado absolutamente respetuoso mientras Sam fue su alumna. Distante, incluso, hasta el punto de que ella llegó a convencerse de que había cometido algún error. Solo después de su graduación, cuando estaba cursando su segundo año en la Universidad del Noroeste, Anton hizo por fin un acercamiento.

En Stanford, ella era una de las pocas mujeres dedicadas al estudio de un campo dominado por hombres. Muy de tarde en tarde, recibía un correo electrónico de alguno de sus profesores. El tenor de esos correos solía resumirse en una desesperación que se manifestaba en un uso poco riguroso de los puntos suspensivos: *No consigo quitármela de la cabeza...* o *Tiene que... ayudarme*. Como si estuvieran locos de deseo y solo ella pudiera aliviar su dolor. Sus inseguridades colectivas eran uno de los motivos por los que se había matriculado en la facultad de Derecho, en lugar de hacer el doctorado. La idea de que alguno de aquellos patéticos donjuanes entrados en años dirigiera su tesis le resultaba intolerable.

Anton era muy consciente de la reputación de sus colegas la primera vez que le mandó un e-mail.

Le pido disculpas si el hecho de que me ponga en contacto con usted le parece inconveniente, escribió. *He esperado tres años para asegurarme de que mi autoridad profesional no se solapaba con su campo de estudio ni ejercía influencia alguna sobre él.*

Se jubiló pronto de Stanford y aceptó un puesto como consultor en una empresa de ingeniería extranjera. Estableció su residencia en Nueva York para poder estar más cerca de ella. Se casaron cuatro años después de que Sam ingresara en el bufete.

Anton había ampliado sus horizontes de un modo que antes Sam ni siquiera alcanzaba a imaginar.

Su primer viaje al extranjero fue mágico. Con la excepción de una insensata escapada a Tijuana cuando estaba en primer curso de la facultad, Sam nunca había salido de Estados Unidos. Anton la llevó a Irlanda, donde de niño solía pasar los veranos con la familia de su madre; a Dinamarca, donde había aprendido a amar el diseño; a Roma, para enseñarle las ruinas; a Florencia, para mostrarle el Duomo; y a Venecia, para descubrirle el amor.

Viajaron mucho durante los años que duró su matrimonio. Anton aceptaba trabajos y ella asistía a congresos con el único fin de conocer sitios nuevos. Dubái. Australia. Brasil. Singapur. Bora Bora. En cada nuevo país, en cada nueva ciudad extranjera que pisaba, Sam pensaba en Gamma, en cómo la había instado su madre a marcharse, a ver mundo, a vivir en cualquier lugar que no fuera Pikeville.

El hecho de haber podido hacerlo acompañada de un hombre al que adoraba hacía que cada viaje fuera aún más satisfactorio.

Sonó el teléfono de su despacho.

Sam se recostó en su silla. Miró la hora. Su llamada de las tres desde Atlanta. Había vuelto a enfrascarse en el trabajo y se había saltado el almuerzo, absorta como estaba en el proyecto de patente de una bisagra pivotante cromada.

Laurens van Loon, su experto en derecho internacional de patentes, era holandés y residía en Atlanta. La llamaba por el caso UXH, pero, al igual que Sam, era un viajero entusiasta. Antes de entrar en materia, le preguntó por el viaje que había hecho hacía un par de semanas, un recorrido de diez días por Italia e Irlanda.

En otra etapa de su vida, cuando hablaba de las ciudades extranjeras que visitaba, Sam se refería a su cultura, a su arquitectura y a sus gentes. Pero el dinero y el paso del tiempo la habían abocado a hablar principalmente de sus hoteles.

Le habló a Laurens de su estancia en el Merrion de Dublín, cuya suite ajardinada no daba al jardín, sino a un callejón trasero. Le contó que el Aman del Gran Canal de Venecia era impresionante, que el servicio era impecable y que el pequeño patio donde tomaba el té cada mañana era uno de los rincones más tranquilos de la ciudad. El Westin Excelsior de Florencia tenía unas vistas magníficas sobre el Arno, pero el ruido del bar de la azotea se dejaba sentir de cuando en cuando en su habitación. En Roma —le dijo—, se había alojado en el Cavalieri por sus baños y sus preciosas piscinas.

Esto último era mentira.

En realidad, había reservado habitación en el Raffaello, porque aquel hotel económico era el único que pudieron permitirse Anton y ella en su primer y mágico viaje a Roma.

Para no defraudar a Laurens, siguió mintiendo, recomendándole restaurantes y museos que había visitado en otros viajes. No le dijo que en Dublín se había detenido en la Long Room de la biblioteca del Trinity College y había contemplado con lágrimas en los ojos su hermosa bóveda de cañón. Tampoco le contó que, en Florencia, se había sentado en uno de los muchos bancos de la Galleria dell'Accademia, donde se exhibía el *David* de Miguel Ángel, y había llorado.

Para ella, Roma rebosaba nostalgia y dolor a partes iguales. La Fontana di Trevi, la Plaza de España, el Panteón, el Coliseo, la Piazza Navona, donde Anton le propuso matrimonio mientras bebían vino a la luz de la luna.

Había visto por primera vez todos aquellos lugares con su marido, y ahora que Anton había muerto, no volvería a verlos con el mismo placer.

—Suena fantástico —comentó Laurens—. Irlanda e Italia. Países que empiezan con «I», aunque supongo que, en rigor, deberías haber incluido la India en tu recorrido.

—O Islandia, Indonesia, Israel... —Sam sonrió al oírle reír—. Creo que deberíamos dejar de hablar de hoteles y pasar al emocionante mundo de los contenedores de compresas.

—Sí, desde luego —repuso Laurens—. Pero ¿puedo preguntarte...? Espero que no te parezca una intromisión.

Sam se preparó para escuchar una pregunta sobre Anton, porque la gente todavía le preguntaba, a pesar de que había transcurrido todo un año.

—Ese tiroteo en el colegio —dijo Laurens.

Ella se avergonzó de haberse olvidado por completo del asunto.

—¿Te parece mal momento para hablar de negocios?

—No, no. Es un asunto terrible, claro. Pero he visto a un hombre en la tele. Russell Quinn, el abogado que representa a la sospechosa.

Sam agarró con tanta fuerza el teléfono que empezó a temblarle el pulgar. No había caído en la cuenta, pero en realidad no debía sorprenderle que Rusty se ofreciera a defender a alguien que se había liado a tiros en un colegio y había matado a dos personas.

—Sé que eres de Georgia —prosiguió Laurens—, y me preguntaba si hay alguna relación. Por lo visto —añadió—, ese hombre es todo un defensor de las causas perdidas.

Sam se quedó sin palabras. Por fin acertó a decir:

—Es un apellido muy corriente.

—¿Sí? —Laurens siempre estaba ansioso por aprender cosas nuevas sobre su ciudad de adopción.

—Sí. Desde antes de la Guerra Civil. —Sam meneó la cabeza, porque podría haber inventado una excusa mejor. Ahora ya solo podía cambiar de tema—. Bueno, me he enterado por la gente de UXH que va a haber cambios importantes en la dirección de Nippon.

Laurens dudó ligeramente antes de lanzarse a hablar de trabajo. Sam escuchó sus explicaciones acerca de los rumores que habían llegado a sus oídos, pero al mismo tiempo echó un vistazo al ordenador.

Abrió la página de *The New York Times*. Lucy Alexander. El tiroteo había tenido lugar en el colegio de enseñanza media de Pikeville.

Su colegio.

Estudió la cara de la niña buscando en la forma de sus ojos, en la curva de sus labios, algo que le recordara a Peter Alexander, pero no encontró nada. Aun así, Pikeville era una ciudad muy pequeña. Era probable que la pequeña estuviera emparentada de algún modo con su antiguo novio del instituto.

Leyó por encima el artículo en busca de datos sobre el tiroteo. Una chica de dieciocho años había entrado en el centro portando un arma de fuego. Había empezado a disparar antes de que sonara el primer timbre. Un profesor cuyo nombre no se citaba había conseguido quitarle el arma, un exmarine condecorado que ahora enseñaba historia a adolescentes.

Bajó hasta llegar a otra fotografía, esta de la segunda víctima.

Douglas Pinkman.

Se le cayó el teléfono de la mano. Tuvo que recogerlo del suelo.

—Perdona —le dijo a Laurens con voz algo trémula—. ¿Te importa que sigamos mañana?

Apenas oyó la respuesta de Laurens. Tenía los ojos clavados en la pantalla.

Durante sus años en el colegio, Douglas Pinkman había sido el entrenador del equipo de fútbol y del equipo de atletismo. Había sido el primero en animarla a seguir por ese camino, firmemente convencido de que, si entrenaba duro, si se esforzaba lo suficiente, conseguiría una beca para estudiar en cualquier universidad que quisiera. Sam era consciente de que, con su intelecto, podía conseguir eso y más, pero le intrigaba la idea de que su cuerpo pudiera trabajar con el mismo nivel de eficacia que su cerebro. Además, le gustaba mucho correr. El aire libre. El sudor. La liberación de endorfinas. La soledad.

Y ahora ella usaba bastón cuando tenía un mal día y el señor Pinkman había sido asesinado frente a su despacho del colegio.

Siguió leyendo en busca de nuevos datos. Dos impactos en el pecho con balas de punta hueca. Pinkman, según informaban fuentes anónimas, había muerto en el acto.

Abrió el *Huffington Post*, sabedora de que dedicaría más espacio a la noticia que *The Times*. La página de portada estaba dedicada en exclusiva al tiroteo. El titular decía *TRAGEDIA EN GEORGIA DEL NORTE.* Había sendas fotografías de Lucy Alexander y Douglas Pinkman, puestas una al lado de la otra.

Sam se saltó los hipervínculos:

EL HÉROE DE LA TRAGEDIA PREFIERE PERMANECER EN EL ANONIMATO

DECLARACIONES DEL ABOGADO DE LA DETENIDA

CÓMO SUCEDIERON LOS HECHOS: GRÁFICO DEL TIROTEO

LA ESPOSA DE PINKMAN LE VIO MORIR

No quería ver al abogado de la detenida. Abrió el último enlace.

Abrió los labios, sorprendida.

El señor Pinkman se había casado con Judith Heller.

«Qué extraño es el mundo».

Nunca había visto a la señorita Heller en persona, pero conocía su nombre, claro está. Después de que Daniel Culpepper le pegara un tiro y de que Zachariah intentara violar a Charlie, su hermana logró llegar corriendo a la granja de los Heller para pedir socorro. Mientras la señorita Heller cuidaba de ella, su anciano padre se sentó en el porche, armado hasta los dientes, por si los Culpepper aparecían por allí antes que la policía.

Por razones obvias, Sam solo se enteró de esos detalles con posterioridad. Ni siquiera durante el primer mes de su recuperación fue capaz de retener la secuencia temporal de los hechos. Guardaba borrosos recuerdos de Charlie sentada en su cama del hospital, repitiéndole una y otra vez cómo habían sobrevivido porque su memoria a corto plazo era un colador. Seguía teniendo los ojos vendados. Estaba ciega, indefensa. Buscaba a tientas la mano de Charlie, identificaba poco a poco su voz y le formulaba constantemente las mismas preguntas.

«¿Dónde estoy? ¿Qué ha pasado? ¿Por qué no viene Gamma?».

Y cada vez, decenas, tal vez centenares de veces, Charlie contestaba lo mismo:

«Estás en el hospital. Te pegaron un tiro en la cabeza. Gamma está muerta, la mataron».

Entonces Sam se quedaba dormida o pasaban unos minutos y, alargando el brazo hacia su hermana, preguntaba otra vez «¿Dónde estoy? ¿Qué ha pasado? ¿Por qué no viene Gamma?».

«Gamma está muerta. Tú estás viva. Todo se va a arreglar».

Durante muchos años, no se había parado a considerar el impacto emocional que tuvo para su hermana de trece años el hecho de tener que contar una y otra vez la misma historia. Sabía, sin embargo, que pasado un tiempo Charlie dejó de llorar. Que la emoción amainó, o al menos logró pasar desapercibida. Aunque no se mostraba reacia a hablar sobre lo ocurrido, Charlie comenzó a referir los hechos como una autómata. No exactamente como si aquello le hubiera sucedido a otra persona, sino como si quisiera dejar claro que la tragedia ya no la mantenía atenazada.

Se notaba con especial claridad en las transcripciones del juicio. Sam había leído sus mil doscientas cincuenta y ocho páginas varias veces a lo largo de su vida, como ejercicio memorístico. Me pasó *esto*, luego *esto otro* y *así* fue como logré sobrevivir.

El testimonio de Charlie durante el turno de preguntas de la fiscalía fue escueto, como el de un reportero narrando un suceso. A Gamma le pasó *esto*. A Sam, *aquello*. *Esto* fue lo que intentó hacer Zachariah Culpepper. Y *esto* dijo la señorita Heller cuando abrió la puerta trasera de su casa.

Por fortuna, la declaración de Judith Heller sirvió para colorear el conciso relato de Charlie. Describió desde el estrado el horror que sintió al encontrar en su porche a una niña aterrorizada y cubierta de sangre. Charlie temblaba tanto que al principio no pudo hablar. Cuando por fin entró en la casa, cuando pudo articular palabra, pidió inexplicablemente un cuenco de helado.

La señorita Heller no supo qué hacer, excepto satisfacer el deseo de la niña mientras su padre telefoneaba a la policía. Tampoco sabía que a Charlie le sentaba mal el helado. Se comió dos cuencos y luego corrió al servicio. Y fue allí, a través de la puerta cerrada del cuarto de baño, cuando le contó a la señorita Heller que creía que su madre y su hermana estaban muertas.

Un fuerte pitido la sacó de su ensimismamiento.

Laurens había colgado hacía varios minutos, pero ella seguía con el teléfono en la mano. Colgó, pero dejó la mano posada sobre el aparato.

«Pensemos en la etimología de la expresión "colgar el teléfono"».

La página del *Huffington Post* volvió a cargarse automáticamente. La familia Alexander estaba dando una rueda de prensa en directo.

Bajó el volumen. Vio el vídeo. El portavoz de la familia era un tal Rick Fahey. Sam escuchó sus ruegos de que se respetara la intimidad de la familia, sabedora de que caerían en saco roto. La única ventaja de estar en coma –supuso– era que, después de que le dispararan, no tuvo que escuchar especulaciones interminables en las noticias acerca de su caso.

En el vídeo, Fahey miraba directamente a la cámara. Decía: «Eso es Kelly Wilson. Una asesina a sangre fría».

Luego giraba la cabeza. Cruzaba una mirada con un hombre que solo podía ser Ken Coin. Pero, en lugar de su holgado uniforme policial, Coin vestía un traje azul marino con mucho brillo. Sam sabía que era el fiscal del distrito de Pikeville, aunque no estaba segura de por qué lo sabía.

En todo caso, la mirada que intercambiaron los dos hombres no dejaba lugar a dudas: aquel iba a ser un caso de pena de muerte. Eso explicaba la intervención de Rusty. Su padre defendía públicamente desde hacía tiempo la abolición de la pena capital. Como abogado penalista que había intervenido en la exoneración de numerosos reclusos, creía que el riesgo de error era demasiado alto.

Sam sabía por las transcripciones del juicio que la declaración de su padre duró casi una hora y que Rusty hizo un alegato apasionado y conmovedor para librar a Zachariah Culpepper de la pena capital, argumentando que el estado carecía de autoridad moral para cercenar una vida.

Charlie, por su parte, argumentó con la misma vehemencia a favor de su condena a muerte.

Sam se hallaba en un punto intermedio, pero en el momento del juicio aún no era capaz de verbalizar sus ideas con claridad. En la carta que dirigió al tribunal pedía que se condenara a Zachariah Culpepper a cadena perpetua. No era una muestra de compasión. En aquel momento, se hallaba internada en el Sheperd Center de Atlanta, un hospital especializado en lesiones medulares. El personal que la atendió durante los arduos meses de su recuperación era eficiente y compasivo, pero ella se sentía como un conejo atrapado en un cepo.

No podía acostarse ni levantarse sin ayuda.

No podía ir al servicio sin ayuda.

No podía salir de su cuarto sin ayuda.

No podía comer cuando quería, ni llevarse a la boca lo que quería comer.

Como sus dedos eran incapaces de abrochar un botón o accionar una cremallera, no podía ponerse la ropa que quería llevar.

Como no podía atarse los cordones de las zapatillas, se veía obligada a llevar horribles zapatos ortopédicos con cierre de velcro.

Lavarse, cepillarse los dientes, peinarse, dar un paseo, salir al sol o a la lluvia, eran cosas que otra persona decidía por ella.

Invocando sus elevados principios morales, Rusty pidió al juez que condenara a Zachariah Culpepper a cadena perpetua. Charlie, dominada por su sed de venganza, quería que le sentenciaran a muerte. Ella, por su parte, pidió que le condenaran a una larga vida de tormento, privado de toda autonomía, porque sabía de primera mano lo que era estar prisionero.

Al final, todos habían visto satisfecho su deseo. Debido a las apelaciones, las maniobras legales y los aplazamientos temporales de la pena de muerte, Zachariah Culpepper era actualmente uno de los reclusos que más tiempo llevaban internados en el corredor de la muerte de Georgia.

Seguía defendiendo su inocencia ante todo aquel que quisiera prestarle oídos. Seguía asegurando que Charlie y Sam se pusieron de acuerdo para inculparles a él y a su hermano, debido a que tenía pendiente una deuda de varios miles de dólares con Rusty Quinn.

Pensándolo bien, debería haber pedido la pena de muerte.

Cerró el navegador.

Abrió un borrador en blanco y le mandó un mensaje a su amiga pidiéndole disculpas por no poder ir a tomar una copa con ella esa noche. Le dijo a Eldrin que no le pasara ninguna llamada. Se puso las gafas de leer y volvió a concentrarse en la bisagra cromada.

Cuando apartó la mirada del ordenador, la oscuridad había pintado de negro sus ventanas. Eldrin se había marchado. La oficina estaba en silencio. Estaba sola en la planta, como otras veces.

Había permanecido demasiado tiempo sentada sin cambiar de postura. Hizo algunos estiramientos sin levantarse de la silla. Notaba el cuerpo agarrotado, pero al cabo de un rato logró ponerse en pie con decisión. Desdobló el bastón plegable que guardaba en el cajón inferior de la mesa. Se enrolló el pañuelo al cuello. Pensó en pedir un coche, pero para cuando llegara uno ya le habría dado tiempo a recorrer a pie las seis manzanas que había hasta su casa.

Se arrepintió de su decisión nada más salir a la calle.

Soplaba un viento cortante procedente del río. Se sujetó el pañuelo con una mano. Con la otra empuñaba con fuerza el bastón. El maletín y el bolso le pesaban, colgados a la altura del codo. Debería haber esperado el coche. Debería haber ido a tomar esa copa con su amiga. Debería haber hecho muchas cosas de otra manera.

El portero de noche le deseó feliz cumpleaños cuando entró en su edificio. Se detuvo a darle las gracias y a preguntarle por sus hijos, pero le dolía tanto la pierna que apenas podía tenerse en pie.

Subió sola en el ascensor.

Observó su reflejo en la parte interior de las puertas.

Una solitaria figura de cabello blanco le devolvía la mirada.

Se abrieron las puertas. Fosco se acercó y se estiró en el suelo cuando entró en la cocina. Se obligó a ingerir la comida tailandesa que había sobrado de su cena de cumpleaños del sábado. El taburete era incómodo. Se sentó en el borde, con los dos pies apoyados en el suelo. El dolor le subía por un lado de la pierna como un cuchillo al rojo seccionándole el músculo.

Miró el reloj. Era demasiado temprano para irse a la cama, pero estaba tan cansada que no podría concentrarse en el trabajo ni en leer el libro que le habían regalado por su cumpleaños.

En su viejo apartamento de Chelsea, Anton y ella evitaban ver la televisión. Sam se pasaba todo el día mirando una pantalla, y el exceso de luz azul le provocaba un dolor insidioso detrás de los ojos que no tardaba en convertirse en migraña.

El piso nuevo venía con un enorme televisor ya instalado en el despachito. A menudo, se descubría atraída por una fuerza irresistible hacia aquel cuarto oscuro, uno de esos cajones sin ventanas que los constructores denominaban «espacios adicionales» porque legalmente no podían llamarlos «habitaciones».

Se sentó en el sofá. Puso una copa de vino vacía sobre la mesa baja. Al lado, colocó una botella de Tenuta Poggio San Nicolò de 2011.

El vino preferido de Anton.

Fosco se subió a su regazo de un salto. Le rascó distraídamente las orejas. Observó la elegante etiqueta de la botella de vino, la delicada filigrana de su borde, el sencillo sello de cera roja del centro.

El líquido que contenía muy bien podía ser veneno.

Sam estaba convencida de que fueron los vinos como el San Nicolò lo que mató a su marido.

A medida que la consultoría de Anton se expandía y ella ascendía en su trabajo, habían podido permitirse mayores lujos. Hoteles de cinco estrellas. Vuelos en primera clase. Suites. Visitas privadas. Restaurantes exquisitos. Una de las mayores pasiones de Anton era el vino. Le encantaba disfrutar de una copa en la comida y de otra (o quizá dos) en la cena. Los tintos secos eran sus favoritos. De tarde en tarde, cuando ella no estaba presente, acompañaba la bebida con un puro.

Los médicos culparon al destino y quizá a los puros, pero Sam tenía la firme convicción de que era el alto nivel de taninos del vino lo que había matado a su marido.

Cáncer de esófago.

Un tipo de cáncer que se daba en menos del dos por ciento del total de los casos.

El tanino, un astringente natural, sirve a determinadas plantas como mecanismo de defensa contra insectos y predadores. Su principio activo puede encontrarse en numerosas frutas, bayas y legumbres. Los tanoides tienen diversas aplicaciones prácticas: se emplean taninos vegetales y sintéticos en la fabricación de cuero, y la industria farmacéutica utiliza con frecuencia sales de tanato en la producción de antihistamínicos y medicamentos antitusivos.

En el vino tinto, los taninos producidos por la reacción de la piel de la uva al entrar en contacto con las pepitas sirven como componente estructural. Los vinos con mayor nivel de taninos envejecen mejor, de modo que, cuanto más añeja y cara es la botella, mayor es la concentración de esta sustancia.

Los taninos también están presentes de manera natural en el té, pero las proteínas de la leche pueden neutralizar su efecto coagulante.

En opinión de Sam, las proteínas y los taninos eran los responsables últimos de la enfermedad de Anton, especialmente las histatinas, proteínas salivales secretadas por las glándulas de la parte posterior de la lengua. Dicha secreción tiene propiedades antimicrobianas y antifúngicas, pero también desempeña un papel crucial en la cicatrización de las heridas.

Esta última función es quizá la más importante. A fin de cuentas, el cáncer es el resultado del crecimiento anormal de las células. Si las histatinas no protegen y reparan los tejidos que recubren el esófago, el ADN de las células puede alterarse y producir un crecimiento anormal.

Se sabe que los taninos suprimen la producción de histatinas en la boca.

Cada brindis que hacía Anton, cada *salud*, había contribuido a la mutación que se desarrollaba dentro de los tejidos que recubrían su esófago y que con el tiempo se había extendido a sus nódulos linfáticos y, finalmente, a sus órganos.

Al menos esa era la teoría de Sam. Mientras veía consumirse a su bello y enérgico marido en el curso de dos largos años, se había aferrado a lo que parecía una explicación tangible: una *x* que había dado lugar a una *y*. Anton había dado negativo en las pruebas de VPH oral, una infección vírica asociada a un setenta por ciento de los cánceres de cabeza y cuello. Solo fumaba de vez en cuando. No era alcohólico. Y en su familia inmediata no había otros casos de cáncer.

Ergo, tenían que ser los taninos.

Aceptar que era el destino el que había provocado la enfermedad de su marido (que un rayo la había golpeado no una, ni dos, sino tres veces) era algo que escapaba a su capacidad de comprensión y a sus facultades emocionales.

Fosco restregó la cabeza contra su brazo. Era el gato de Anton. Seguramente reaccionaba al aroma del vino como un perro de Pavlov.

Apartó suavemente al gato y se desplazó hasta el borde del sofá. Se sirvió una copa que no se bebería por su marido muerto, por ese hombre al que ya no podía ver.

Luego hizo lo que llevaba evitando desde las tres de la tarde.

Encendió la televisión.

La mujer que para ella sería siempre la señorita Heller se hallaba de pie frente a la entrada principal del hospital del condado de Dickerson. Como era de esperar, parecía destrozada. Llevaba despeinado el largo cabello gris tirando a rubio, cuyos mechones se agitaban frenéticamente al viento. Tenía los ojos enrojecidos y la fina línea de sus labios era casi del mismo color que su tez. Dijo:

—La muerte de otra joven no puede borrar la tragedia de hoy. —Hizo una pausa. Apretó los labios. Sam oyó el chasquido de las cámaras, el carraspeo de los fotógrafos. La voz de la señora Pinkman sonó con firmeza—: Rezo por la familia Alexander. Rezo por el alma de mi marido. Por mi propia salvación. —Apretó de nuevo los labios. Las lágrimas empañaban sus ojos—. Pero también rezo por la familia Wilson. Porque hoy han sufrido tanto como cualquiera de nosotros. —Miró fijamente a la cámara, con los hombros muy rectos—. Perdono a Kelly Wilson. La absuelvo de esta horrible tragedia. Porque, como decía Mateo, «si perdonas a quienes pecan contra ti, el Padre celestial también perdonará tus pecados».

Dio media vuelta y entró en el hospital. Los guardias se colocaron ante las puertas para impedir que los periodistas la siguieran.

Sam dejó escapar el aliento que había estado conteniendo.

El presentador volvió a aparecer en pantalla. Estaba sentado a una mesa, junto a un plantel de presuntos expertos. Sus palabras flotaban en el aire cuando Sam volvió a colocar a Fosco sobre su regazo.

Un amigo suyo británico afirmaba que Inglaterra perdió su circunspección característica el día en que murió la princesa Diana. De la noche a la mañana, la sociedad británica, tan tendente a sustituir las expresiones de emoción por comentarios sarcásticos, se entregó al llanto. Su amigo consideraba aquel fenómeno otra americanización indebida (los ingleses se quejaban constantemente de Estados Unidos, pero consumían con avidez productos y cultura norteamericanos) y afirmaba que las manifestaciones públicas de dolor por la muerte de Diana habían alterado para siempre el modo en que sus compatriotas consideraban apropiado reaccionar ante una tragedia.

Seguramente había algo de verdad en su teoría, incluso en cuanto a la responsabilidad que atribuía a los americanos, pero Sam opinaba que el resultado más deleznable de estas oleadas de dramatismo nacional era la emergencia de una fórmula fija para la recuperación. Los atentados del maratón de Boston. San Bernardino. La discoteca Pulse de Orlando.

La gente se indignaba. Se pegaba a la televisión, al ordenador, a sus páginas de Facebook. Manifestaba verbalmente su pena, su horror, su furia y su dolor. Exigía cambios. Recaudaba dinero. Demandaba que se tomaran medidas.

Y luego volvía a su rutina hasta que ocurría otra masacre.

Volvió a fijar la mirada en la pantalla.

—Vamos a mostrarles de nuevo el vídeo que emitimos con anterioridad —decía en esos momentos el presentador—. Para los espectadores que acaben de sintonizarnos, se trata de una recreación de los hechos acaecidos esta mañana en Pikeville, a dos horas de Atlanta.

Sam vio cómo se movían los toscos dibujos por la pantalla. Más que una recreación de los hechos, era una simulación.

—En torno a las ocho menos cinco de la mañana —prosiguió el presentador—, la presunta atacante, Kelly Rene Wilson, entró en el pasillo.

Sam vio que la figura se desplazaba hasta el centro del pasillo.

Se abrió una puerta. Una anciana asomó la cabeza al tiempo que se efectuaban dos disparos.

Sam cerró los ojos, pero siguió escuchando.

El señor Pinkman cae abatido por un disparo. Luego cae también Lucy Alexander. Dos figuras más aparecen en el encuadre. A ninguna de ellas se la identifica por su nombre. Una es un varón; la otra, una mujer. La mujer corre hacia Lucy Alexander. El hombre forcejea con Kelly Wilson para arrebatarla la pistola.

Sam abrió los ojos. Tenía una gota de sudor en la frente. Había cerrado las manos con tanta fuerza que las uñas le habían dejado marcas en forma de media luna en las palmas.

Empezó a sonar su móvil. En la cocina. Dentro de su bolso.

No se movió. Siguió mirando la televisión. El presentador estaba entrevistando a un hombre calvo cuya pajarita indicaba casi con toda probabilidad que era un psiquiatra.

—Normalmente —dijo—, este tipo de agresores son sujetos solitarios. Se sienten alienados, rechazados. A menudo son víctimas de acoso.

Su teléfono dejó de sonar.

El de la pajarita siguió hablando:

—El hecho de que la agresora sea en este caso una mujer...

Apagó la televisión. La habitación quedó completamente a oscuras, pero Sam estaba acostumbrada a moverse en la oscuridad. Comprobó que Fosco dormía a su lado. Cogió a tientas la botella de vino y la copa y las llevó a la cocina, donde vertió el contenido de ambas en el fregadero.

Echó un vistazo a su móvil. La llamada era de un número desconocido. Un teleoperador, seguramente, a pesar de que había añadido su número al registro de teléfonos que no aceptaban llamadas comerciales. Sirviéndose del pulgar, fue pasando pantallas hasta que dio con la función que bloqueaba el número.

El teléfono le vibró en la mano, anunciando un nuevo correo electrónico. Miró la hora. En Hong Kong era pleno día. Si alguna constante había en su vida, era el ingente volumen de trabajo siempre pendiente.

No quería molestarse en ir a buscar sus gafas de leer a no ser que hubiera un mensaje urgente. Entrecerró los párpados y leyó por encima la lista de correos entrantes.

Los dejó sin abrir.

Dejó el teléfono sobre la encimera y siguió su rutina de todas las noches: se aseguró de que el cuenco de agua de Fosco estaba lleno; apagó las luces; pulsó los botones necesarios para cerrar las persianas y comprobó que el despertador estaba puesto a su hora.

Entró en el cuarto de baño y se lavó los dientes. Se tomó las pastillas que se tomaba todas las noches. Se puso el pijama en el vestidor. Tenía una novela excelente en la mesilla de noche, pero estaba deseando descansar, dejar atrás el día y despertarse a la mañana siguiente con una nueva perspectiva.

Se metió en la cama. Fosco apareció como salido de la nada. Ocupó su lugar en la almohada, al lado de su cabeza. Sam se quitó las gafas. Apagó la luz. Cerró los ojos.

Dejó escapar una lenta exhalación.

Sin prisas, procedió a hacer sus ejercicios nocturnos, tensando y relajando cada músculo de su cuerpo, desde el flexor corto de los dedos de los pies hasta la galea aponeurótica del cráneo.

Aguardó a que su cuerpo se relajase, a que le llegara el sueño, pero su organismo no cooperaba. En la habitación, el silencio era absoluto. Ni siquiera se oían los habituales suspiros, lametazos y ronquidos de Fosco.

Abrió los ojos.

Se quedó mirando el techo, esperó a que la oscuridad se tornara gris y a que el gris diera paso a las sombras que proyectaba el filo de luz que siempre se colaba por entre las lamas de la persiana.

«¿Puedes ver?», le había preguntado Charlie. «Sam, ¿puedes ver?».

«Sí», había mentido ella. Sentía la tierra recién sembrada bajo los pies descalzos. Cada paso que la alejaba de la granja, de la luz, añadía una nueva capa de oscuridad. Charlie era un borrón gris. Daniel era alto y flaco como un lápiz de grafito. Zachariah Culpepper era un cuadrángulo de odio, negro y amenazador.

Se incorporó y descolgó las piernas por el borde de la cama. Apretó con las manos sus muslos para relajar los músculos agarrotados. La calefacción radiante calentó las plantas de sus pies.

Sentía cómo latía su corazón, lenta y rítmicamente. El nódulo sinoatrial, el nódulo atrioventricular, la red de fibras de Purkinje que mandaba impulsos a las paredes musculares de los ventrículos, haciendo que se contrajeran y relajaran alternativamente.

Se levantó. Volvió a la cocina. Sacó las gafas de leer del maletín. Cogió el teléfono.

Abrió el nuevo correo de Ben.

Charlie te necesita.

8

Sentada en la parte de atrás de un Mercedes negro, Sam abría y cerraba la mano en torno al teléfono mientras el chófer se incorporaba a la Interestatal 575.

Dos décadas de progreso habían dejado su huella en el paisaje de Georgia del Norte. Nada estaba intacto. Los centros comerciales se habían extendido como la mala hierba. Las vallas publicitarias salpicaban el panorama. Incluso las medianas, antes frondosas y cuajadas de flores silvestres, habían desaparecido. Un enorme carril de peaje reversible discurría por el centro de la carretera interestatal, dando servicio a los pueblerinos que, al volante de sus camionetas, hacían todos los días el trayecto hasta Atlanta para ganarse el jornal y regresaban de noche, despotricando contra los liberales ateos que llenaban sus bolsillos y subvencionaban sus infraestructuras, su sistema sanitario, los almuerzos de sus hijos y sus escuelas.

—Queda otra hora, quizá —dijo Stanislav, el conductor, con su denso acento croata—. Con estas obras... —Hizo un amplio ademán encogiéndose de hombros—. ¿Quién sabe?

—No pasa nada.

Sam miró por la ventanilla. Siempre pedía que la llevara Stanislav cuando estaba en Atlanta. Era uno de los pocos chóferes que comprendían su necesidad de silencio. O quizá daba por sentado que ir de pasajera le crispaba los nervios. No podía saber que Sam estaba tan acostumbrada a ir en el asiento trasero de un sedán negro que rara vez se fijaba en la carretera.

Nunca había aprendido a manejar un coche. Al cumplir los quince años, Rusty la llevó a dar una vuelta en la ranchera de Gamma para enseñarle a conducir, pero, como sucedía con casi todas las tareas familiares, su padre encontró pronto mil excusas para posponer sus lecciones. Gamma intentó sustituirle, pero era una conductora extremadamente quisquillosa y una copiloto dotada de una lengua viperina. Si a ello se añadía que tanto ella como Sam tenían un carácter explosivo y una tendencia inveterada a discutir, no era de extrañar que hubieran acordado que Sam empezaría sus clases de conducción durante el semestre de otoño en el instituto.

Pero entonces los hermanos Culpepper aparecieron en la cocina.

Y mientras otras chicas de su edad estudiaban para sacarse el permiso de conducir, ella estaba ocupada tratando de restablecer las conexiones neuronales entre sus dedos, pies, tobillos, gemelos, rodillas, muslos, glúteos y caderas con la esperanza de aprender a caminar de nuevo.

La movilidad no era, sin embargo, su único obstáculo. Los daños que Zachariah Culpepper infringió a sus ojos eran –por emplear de nuevo *esa palabra*– superficiales en su mayoría. La sensibilidad persistente a la luz era un problema fácil de resolver. Un cirujano plástico volvió a coser sus párpados desgarrados. Las uñas cortas y rotas de Zachariah le habían perforado la esclerótica, pero no la coroides, ni el nervio, la retina o la córnea.

Lo que la privó de la vista fue una hemorragia cerebral ocasionada por la ruptura de un aneurisma congénito durante la operación, que dañó algunos de los tejidos responsables de transmitir información visual desde sus ojos a su cerebro. Con gafas, tenía una visión de 20/40, el umbral que permitía conducir en la mayoría de los estados, pero la visión periférica de su ojo derecho no superaba los veinte grados.

A efectos legales, se la consideraba invidente.

Por suerte, nunca había tenido necesidad de conducir. Cuando tenía que ir o volver del aeropuerto, la llevaban en coche. Iba andando al trabajo, o al supermercado, o a sus citas y reuniones sociales en las calles aledañas a su casa. Si tenía que desplazarse al centro, podía parar un taxi o pedirle a Eldrin que le reservara un coche. Nunca había sido una de esas neoyorkinas que afirmaban adorar la ciudad pero que estaban deseando escapar a los Hamptons o a Martha's Vineyard en cuanto podían permitirse comprar una segunda residencia. Anton y ella ni siquiera se habían planteado esa posibilidad. Si querían ver el mar, iban a Palioxori o a Korčula, no se encerraban en una playa que venía a ser el equivalente a un resort mezcla de Disneyland y Manhattan.

Vibró su teléfono. No se percató de que lo estaba apretando con fuerza hasta que vio marcas de sudor en los márgenes de la pantalla.

Ben la había ido poniendo al corriente de las novedades esporádicamente, desde que había contestado a su e-mail la noche anterior. Primero, Rusty estaba en el quirófano; después le habían pasado a la UCI; luego habían vuelto a operarle para tratar una hemorragia que habían pasado por alto, y finalmente le habían devuelto a la UCI.

El último mensaje que había recibido era idéntico al que había leído antes de que despegara su avión: *Sin cambios.*

Sam consultó la hora. Ben había localizado el número de vuelo de Delta Airlines que le había proporcionado. Su mensaje había llegado diez minutos después de la hora prevista de aterrizaje. Ignoraba que Sam le había mentido acerca del número de vuelo y del vuelo mismo. Su bufete disponía de un avión privado que los socios capitalistas podían utilizar por orden de antigüedad. El nombre de Sam no figuraba aún en el letrero de acero inoxidable colocado frente a las puertas del ascensor, pero había firmado los contratos, había hecho la transferencia que la convertía en socia principal de la empresa, y el avión estuvo a su disposición en cuanto le pidió a Eldrin que solicitara su uso.

Pero Sam no había partido la noche anterior.

Había mirado el número del primer vuelo de Delta que salía al día siguiente para enviárselo a Ben. Había hecho la maleta. Había enviado un correo electrónico a la persona que se ocupaba de su gato cuando ella se ausentaba. Se había sentado a la encimera de la cocina. Había escuchado a Fosco roncar y gruñir, acurrucado en la silla, a su lado, y había llorado.

¿A qué estaba renunciado al regresar a Pikeville?

Le había prometido a Gamma que nunca regresaría.

Aunque si Gamma viviera, si habitara aún la destartalada casa de la granja, ella sin duda habría vuelto por Navidad, o quizás incluso en otros momentos del año. Gamma habría ido a cenar con ella a Atlanta cuando visitara la ciudad por trabajo. Y ella la habría llevado a Brasil o a Nueva Zelanda, o adonde Gamma hubiera querido. No habría roto con Charlie. Y habría sido una hermana como es debido, cuñada e incluso tía.

Su relación con Rusty sería probablemente la misma, o peor, porque tendría que verle con frecuencia, pero su padre se crecía ante ese tipo de adversidad. Y quizá ella también habría prosperado en esa otra vida, en la vida que habría llevado de no haber recibido un disparo en la cabeza.

Su cuerpo estaría intacto.

Podría salir a correr por las mañanas, en lugar de nadar abúlicamente un largo tras otro. Podría caminar sin sentir dolor. Levantar el brazo sin preguntarse hasta dónde alcanzaría ese día. Podría confiar en que su boca articulara claramente las palabras que le dictaba su cabeza. Podría conducir por la interestatal. Podría disfrutar de la libertad de saber que su cuerpo, su mente y su cerebro estaban intactos.

Se tragó la pena quc se había agolpado en su garganta. No había vuelto a regodearse en aquellas fantasías desde que salió del Shepherd Center. Si ahora se permitía el lujo de caer en la tristeza, se quedaría paralizada.

Miró su teléfono y abrió el primer mensaje de Ben.

Charlie te necesita.

Su cuñado había dado con la única frase capaz de hacerla reaccionar.

Pero no inmediatamente. Y no sin dudas considerables.

La noche anterior, tras leer por fin el e-mail, había vacilado. Se había paseado por el apartamento, con la pierna tan débil que empezó a cojear. Se había dado una ducha caliente. Se había preparado un té, había intentado hacer sus estiramientos y meditar, pero un desasosiego insidioso había minado todos sus intentos de postergar el momento de tomar una decisión.

Charlie no la había necesitado hasta entonces.

En lugar de enviar un mensaje a Ben formulándole las preguntas obvias (*¿Por qué? ¿Qué ocurre?*), había puesto las noticias. Pasó media hora antes de que la MSNBC informara del apuñalamiento. Tenían muy poca información al respecto. A Rusty le había encontrado un vecino. Estaba tendido al final del camino que daba acceso a la casa. Había cartas tiradas por el suelo. El vecino llamó a la policía. La policía llamó a una ambulancia. La ambulancia llamó a un helicóptero y ahora ella estaba volviendo al lugar al que le había prometido a su madre que no volvería jamás.

Se recordó que, técnicamente, no iba a estar *en* Pikeville. El hospital del condado de Dickerson estaba a treinta minutos de allí, en un municipio llamado Bridge Gap. Cuando ella era adolescente, Bridge Gap era la gran ciudad, el sitio al que ibas si tu novio o una amiga tenían coche y tus padres te dejaban cierta libertad.

Puede que, de joven, Charlie hubiera ido a Bridge Gap con un chico o con un grupo de amigos. Rusty era muy tolerante en ese sentido, desde luego. En su familia, la que imponía disciplina era Gamma. Sam sabía que, faltando su madre para equilibrar la balanza, Charlie se había desmandado. Lo peor llegó en la universidad, cuando recibió varias llamadas nocturnas desde Athens, donde su hermana estudiaba por aquel entonces. Charlie necesitaba dinero para comida, para el alquiler, para el médico y, una vez, para lo que resultó ser una falsa alarma de embarazo.

«¿Vas a ayudarme o no?», le preguntó en tono agresivo, atajando los reproches que Sam aún no había tenido tiempo de formular.

A juzgar por cómo era Ben, su hermana había logrado enmendarse. Esa transición no habría sido en realidad un cambio, sino una vuelta a sus orígenes. Charlie nunca había sido una rebelde. Era una de esas chicas simpáticas y sociables a las que invitaban a todas las fiestas, que se mezclaban sin esfuerzo con la multitud. Poseía una afabilidad natural de la que Sam carecía incluso antes del tiroteo.

¿Cómo era su vida ahora?

Sam ignoraba si su hermana tenía hijos. Daba por sentado que sí. A Charlie siempre le habían encantado los bebés. Trabajó como niñera para la mitad del vecindario antes de que se incendiara la casa de ladrillo rojo. Siempre andaba cuidando de animalillos extraviados, dejaba nueces pecanas en la calle para las ardillas, fabricaba comederos de pájaros en los encuentros de los *scouts* y una vez construyó una conejera en el jardín de atrás, aunque se llevó una decepción al comprobar que los conejos preferían la caseta de perro abandonada que había en el jardín del vecino.

¿Qué aspecto tendría ahora? ¿Tendría el pelo cano, como ella? ¿Seguiría siendo delgada y musculosa, gracias al movimiento perpetuo de su vida? ¿La reconocería Sam si la veía?

Cuando la viera.

Un cartel dándoles la bienvenida al condado de Dickerson destelló más allá de la ventanilla.

Debería haberle dicho a Stanislav que condujera más despacio.

Abrió el navegador de su móvil. Volvió a cargar la página de la MSNBC y encontró una noticia sobre Rusty. *Pronóstico reservado.* A pesar de haber pasado siglos entrando y saliendo de hospitales, Sam seguía sin saber qué significaba aquello. ¿Era mejor que «estado crítico»? ¿Peor que «estable»?

Al final de la vida de Anton, cuando ya estaba hospitalizado, nadie le daba novedades acerca de su estado. Solo le decían que ese día estaba cómodo o que al día siguiente no. Después, solo quedó la convicción, sobreentendida por todos, de que no habría un día siguiente.

Abrió el *Huffington Post* en su móvil para ver si había nuevos datos. La sorpresa le cortó la respiración al ver aparecer una fotografía reciente de Rusty.

Por razones desconocidas, cada vez que escuchaba los mensajes de voz de su padre la asaltaba la imagen de Burl Ives en los anuncios del té Luzianne: un hombre robusto y corpulento, vestido con sombrero y traje blancos y corbata de lazo negra sujeta con un chabacano medallón de plata.

Su padre no era así en absoluto. Ni antes ni, desde luego, ahora.

Su espeso cabello negro se había vuelto casi por completo gris. Su cara tenía la textura, aunque no el color, de la cecina. Seguía teniendo ese aire consumido y montaraz, como si por fin hubiera logrado salir de la selva. Las mejillas chupadas; los ojos hundidos. Las fotos nunca le habían hecho justicia. En persona estaba en perpetuo movimiento, siempre nervioso, siempre haciendo aspavientos, como el Gran Oz, para que no se viera al débil anciano de detrás de la cortina.

Sam se preguntó si todavía seguiría con Lenore. Incluso de adolescente, se había dado cuenta de por qué Gamma le tenía tanta antipatía a la mujer con la que Rusty pasaba la mayor parte de su tiempo. ¿Habría caído en el tópico y se habría casado con su secretaria tras un periodo de duelo prudencial? Lenore era todavía joven cuando murió Gamma. ¿Habría un hermanastro o hermanastra esperándola en el hospital?

Volvió a guardarse el teléfono en el bolso.

—Bueno —dijo Stanislav—. Queda un kilómetro y medio más según esto. —Señaló su iPad—. ¿Dice usted que dos horas y que luego volvemos?

—Aproximadamente —contestó Sam—. Puede que menos.

—Voy a comer algo en un restaurante. La cafetería del hospital, esa comida no es buena. —Le pasó su tarjeta—. Mándeme un mensaje. Cinco minutos y la recojo en la entrada.

Sam se resistió al impulso de decirle que la esperara en el coche con el motor en marcha y las ruedas giradas hacia Atlanta, y respondió:

—De acuerdo.

Stanislav puso el intermitente. Giró con la palma de la mano el volante, tomando la amplia curva que desembocaba en el sinuoso acceso al hospital.

Ella sintió que se le encogía el estómago.

El hospital del condado de Dickerson era mucho más grande de lo que recordaba, o puede que hubieran ampliado el edificio en los últimos treinta años. Los Quinn habían visitado la sala de urgencias una sola vez antes de que los Culpepper entraran en sus vidas, cuando Charlie se cayó de un árbol y se rompió un brazo. Ocurrió por razones típicas de Charlie: estaba intentando rescatar a un gato. Sam recordaba aún la disertación que les lanzó Gamma mientras su hermana chillaba de dolor durante el trayecto en coche hasta el hospital: no sobre la idiotez de intentar rescatar a un animal cuya agilidad natural le permitía bajarse de un árbol sin dificultad alguna, sino sobre estructura anatómica.

«El hueso que va del hombro al codo se llama "húmero". Es decir, la parte superior del brazo o, simplemente, el brazo. El húmero encaja con otros dos huesos a la altura del codo: el radio y el cúbito, que para nosotros forman el antebrazo».

Ninguno de esos datos logró aplacar los gritos. Por una vez, Sam no pudo acusar a Charlie de exagerar. Su húmero roto (o *brazo*, como lo llamó Gamma) sobresalía de su carne desgarrada como la aleta de un tiburón.

Stanislav detuvo el Mercedes bajo el ancho voladizo de cemento de la entrada principal. Era un hombre fornido. El coche se estremeció cuando salió de detrás del volante. Rodeó la parte trasera del Mercedes y le abrió la puerta a Sam. Ella tuvo que levantarse la pierna derecha para poder salir. Ese día llevaba el bastón porque no iba a encontrarse con nadie que no estuviera al corriente de lo ocurrido.

—Me manda un mensaje y vengo en cinco minutos —repitió Stanislav, y volvió a subir al coche.

Sam observó cómo se alejaba, sintiendo una extraña opresión en la garganta. Tuvo que recordarse que llevaba su número en el bolso, que podía pedirle que volviera, que tenía una tarjeta bancaria sin límite de crédito, un avión privado a su disposición, la posibilidad de huir en cuanto quisiera.

Y sin embargo tenía la sensación de que una camisa de fuerza iba cerrándose en torno a sus brazos a medida que el Mercedes se alejaba.

Dio media vuelta. Miró el hospital. Sentados junto a la puerta, en un banco, había dos periodistas con sus credenciales de prensa colgadas de cintas alrededor del cuello y sendas cámaras a sus pies. Lanzaron una ojeada a Sam y volvieron a fijar la vista en sus teléfonos mientras ella entraba en el edificio.

Recorrió la zona con la mirada buscando a Ben, esperando a medias que estuviera allí para recibirla. Solo vio pacientes y visitas merodeando por el vestíbulo. Había un mostrador de información, pero las flechas de colores del suelo no dejaban lugar a equívocos. Siguió la línea verde hasta los ascensores. Pasó el dedo por el directorio hasta que dio con las palabras *UCI ADULTOS.*

Subió sola en el ascensor. Tenía la sensación de haber pasado gran parte de su vida subiendo o bajando en ascensores mientras los demás iban por la escalera. El timbre tintineaba al pasar por cada piso. El ascensor estaba limpio pero olía vagamente a enfermedad.

Fijó la vista al frente y se obligó a no contar los pisos. El interior de las puertas del ascensor tenía un acabado satinado para ocultar las huellas de dedos, pero aun así distinguió su silueta anamórfica y solitaria: el aire distante, los rápidos ojos azules, el cabello corto y blanco, la tez tan pálida como un sobre, y una lengua afilada, proclive a infligir minúsculos y dolorosos cortes en los lugares más inoportunos. A pesar de la distorsión de la imagen, alcanzaba a ver la fina línea de sus labios desdeñosos. Aquella era la mujer furiosa y amargada que nunca había abandonado Pikeville.

Se abrieron las puertas.

Había una línea negra en el suelo, muy parecida a la del fondo de la piscina, que conducía hacia las puertas cerradas de la Unidad de Cuidados Intensivos.

Hacia Rusty.

Hacia su hermana.

Hacia su cuñado.

Hacia lo desconocido.

Sintió subirle y bajarle por la pierna el aguijonazo de un millar de avispas mientras recorría el largo y desangelado pasillo. El ruido que hacían sus zapatos al golpear las baldosas retumbaba al compás de los lentos latidos de su corazón. El sudor le pegaba el pelo a la nuca. Los huesos de sus muñecas y sus tobillos, delicados como ramitas, parecían a punto de quebrarse.

Siguió andando, sofocada por el aire aséptico, apoyándose en el dolor.

Las puertas automáticas se abrieron antes de que llegara a ellas.

Una mujer se interponía en su camino. Alta, atlética, melena larga y oscura, ojos azules claros. Parecía haberse roto la nariz recientemente. Dos oscuros cardenales ribeteaban sus ojos.

Sam se obligó a apretar el paso. Los tendones de su pierna emitieron un agudo quejido. Las avispas se trasladaron a su pecho. El mango del bastón le resbalaba en la mano.

Estaba muy nerviosa. ¿Por qué estaba tan nerviosa?

—Te pareces a mamá —dijo Charlie.

—¿Sí? —A Sam le tembló la voz en el pecho.

—Solo que ella tenía el pelo negro.

—Porque iba a la peluquería. —Se pasó la mano por el cabello. Las puntas de sus dedos chocaron con el surco por el que había penetrado la bala. Dijo—: Un estudio llevado a cabo en Latinoamérica por el Colegio Universitario de Londres aisló el gen que causa las canas. El IRF4.

—Fascinante —dijo Charlie.

Tenía los brazos cruzados. ¿Debían abrazarse? ¿Darse la mano? ¿Quedarse allí paradas, mirándose la una a la otra, hasta que a Sam le fallara definitivamente la pierna?

—¿Qué te ha pasado en la cara? —preguntó.

—Sí, ¿qué me ha pasado?

Sam esperó a que Charlie le explicara por qué tenía aquellos moratones alrededor de los ojos, aquel feo bulto en la nariz, pero, como de costumbre, su hermana no parecía inclinada a dar explicaciones.

—¿Sam? —Ben interrumpió aquel momento de incomodidad.

La abrazó, apoyando con firmeza las manos en su espalda, como nadie la abrazaba desde la muerte de Anton.

Sam notó lágrimas en los ojos. Vio que Charlie la observaba y desviaba la mirada.

—Rusty está estable —dijo su hermana—. Lleva toda la mañana despertándose intermitentemente, pero creen que pronto recuperará del todo la consciencia.

Ben mantuvo la mano en la espalda de Sam. Le dijo:

—Estás exactamente igual.

—Gracias —masculló ella, avergonzada.

—Se supone que va a venir el sheriff —dijo Charlie—. Keith Coin. ¿Te acuerdas de ese cretino?

Sam se acordaba de él.

—Han declarado ante la prensa que estaban haciendo todo lo posible por encontrar a quien apuñaló a Rusty, pero nos vale esperar sentados. —Charlie seguía con los brazos fuertemente cruzados sobre el pecho. La misma Charlie de siempre, quisquillosa y arrogante—. No me extrañaría que hubiera sido uno de sus ayudantes.

—Va a defender a esa chica —dijo Sam—. A la del tiroteo en el colegio.

—Kelly Wilson —repuso su hermana—. Es una historia larga y tediosa que prefiero ahorrarte.

A Sam le extrañó que empleara esos adjetivos. Habían muerto dos personas. Rusty había sido apuñalado. No parecía haber ningún aspecto de aquella historia que pudiera considerarse ni demasiado largo ni tedioso en modo alguno, pero Sam se recordó que no estaba allí para hacer averiguaciones.

Estaba allí por el e-mail.

Le preguntó a Ben:

—¿Puedes dejarnos solas un momento?

—Claro. —Ben dejó apoyada la mano sobre su espalda un instante más, y Sam comprendió entonces que no se trataba de un gesto de cariño, sino de consideración hacia su cojera.

Se envaró.

—Estoy bien, gracias.

—Lo sé. —Ben le frotó la espalda—. Tengo que irme a trabajar. Estaré cerca si me necesitáis.

Charlie hizo amago de cogerle la mano, pero él ya se había dado la vuelta para marcharse.

Las puertas automáticas se cerraron a su espalda. Sam observó sus andares relajados, de largas zancadas, a través de los ventanucos. Se colgó el bastón del brazo. Le indicó a Charlie que la acompañara hasta una fila de sillas de plástico que había más adelante, en el pasillo.

Charlie la precedió, levantando los pies del suelo con su agilidad y su energía de siempre. El paso de Sam era más inseguro. Sin el bastón, se sentía como si caminara por el suelo inclinado de una atracción de feria. Aun así, llegó hasta la silla. Apoyó la mano en el asiento y se sentó.

—Qué Rusty esta causa... —Cerró los ojos al oír sus palabras sin sentido. Añadió—: Quiero decir...

—Creen que ha sido porque va a defender a Kelly Wilson —respondió Charlie—. A alguien de por aquí no le ha hecho ninguna gracia. Podemos descartar a Judith Heller. Estuvo aquí toda la noche. Se casó con el señor Pinkman hace veinticinco años. Qué raro, ¿verdad?

Sam solo acertó a asentir con una inclinación de cabeza.

—Así que eso deja a la familia Alexander. —Charlie tamborileó suavemente con el pie en el suelo. Sam había olvidado que su hermana podía ser tan nerviosa como Rusty—. No son parientes de Peter. Te acuerdas de Peter, el del instituto, ¿verdad?

Sam asintió de nuevo, tratando de no reprender a Charlie por caer en su vieja costumbre de acabar cada frase diciendo «¿verdad?», como si quisiera aliviar el esfuerzo lingüístico de su hermana de modo que solo tuviera que afirmar o negar con la cabeza.

—Peter se fue a vivir a Atlanta —prosiguió Charlie—, pero murió atropellado por un coche hace un par de años. Lo leí en la página de Facebook de no sé quién. Triste, ¿verdad?

Sam asintió por tercera vez, sintiendo una inesperada punzada de tristeza.

—Papá estaba trabajando también en otro caso —añadió su hermana—. No estoy segura de quién está implicado, pero lleva una temporada quedándose en la oficina más tiempo del normal. Lenore no quiere decírmelo. Rusty la saca de quicio, como a todos, pero aun así le guarda los secretos.

Sam levantó las cejas.

—Sí, ya, ¿verdad? ¿Cómo es posible que le haya aguantado tanto tiempo sin matarlo? —Charlie soltó una risa repentina—. Por si acaso te lo estabas preguntando, estaba en casa cuando apuñalaron a papá.

—¿Dónde? —preguntó Sam. Se refería a dónde vivía Lenore, pero Charlie interpretó de otro modo la pregunta.

—El señor Thomas, el vecino de uno poco más abajo, encontró a Rusty al final del camino de entrada. No había mucha sangre a la vista: un poco en la camisa y un corte en la pierna. La hemorragia ha sido sobre todo interna, en la parte del abdomen. Imagino que es lo normal en ese tipo de heridas. —Se señaló el vientre—. Aquí, aquí y aquí. Como te rajan en la cárcel, *pa, pa, pa,* por eso creo que puede estar relacionado con ese otro caso. Papá siempre ha tenido un talento especial para tocarles las narices a los presidiarios.

—No me digas —contestó Sam con un dejo de sorna.

—A lo mejor tú puedes sonsacarle algo más. —Charlie se levantó cuando se abrieron las puertas.

Evidentemente, había visto llegar a Lenore por las ventanas.

Sam también la vio. Y sintió que se quedaba boquiabierta de asombro.

—Samantha —dijo Lenore, y su voz ronca le sonó tan familiar como el timbre del teléfono de la cocina anunciando que Rusty llegaría tarde—. Estoy segura de que tu padre agradecerá que hayas venido. ¿El vuelo, bien?

Sam se vio de nuevo obligada a asentir con un movimiento de cabeza, esta vez debido a la impresión.

—Imagino que estáis hablando como si no hubiera pasado nada y todo fuera perfectamente —comentó Lenore. No aguardó respuesta—. Voy a ver cómo está vuestro padre.

Apretó el hombro de Charlie antes de seguir pasillo adelante. Sam la vio meterse el oscuro bolsito azul debajo del brazo al acercarse al puesto de enfermeras. Llevaba tacones de color azul marino y una minifalda a juego, muy por encima de la rodilla.

—No lo sabías, ¿verdad? —preguntó Charlie.

—¿Que era...? —Sam luchó por encontrar las palabras correctas—. ¿Que...? Quiero decir que era...

Charlie se tapó la boca con la mano. Se le escapó la risa.

—No tiene gracia —dijo Sam.

El aire atrapado detrás de la mano de Charlie se escapó con un sonoro chisporroteo.

—Para. Es una falta de respeto.

—Solo para ti —replicó Charlie.

—No puedo creer... —Sam no pudo acabar la frase.

—Siempre has sido tan lista que no te dabas cuenta de lo tonta que eres. —Su hermana no podía parar de sonreír—. ¿De verdad no sabías que Lenore es transexual?

Sam volvió a sacudir la cabeza. En Pikeville había llevado una vida muy protegida, pero la identidad de género de Lenore saltaba a la vista. ¿Cómo era posible que no supiera que Lenore había nacido siendo un varón? Medía por lo menos un metro noventa y su voz era más ronca que la de Rusty.

—Leonard —dijo Charlie—. Era el mejor amigo de papá en la universidad.

—Gamma la odiaba. —Sam se volvió hacia su hermana, alarmada por una idea—. ¿Mamá odiaba a los transexuales?

—No. Por lo menos, eso creo. Salió primero con Lenny. Estuvieron a punto de casarse. Creo que estaba enfadada porque... —Dejó inacabada la frase, pero era fácil rellenar los huecos en blanco. Dijo—: Gamma se enteró de que Lenore se ponía ropa suya. No quiso decirme qué prendas exactamente, pero cuando me lo contó pensé enseguida en su ropa interior. Me refiero a Lenore, claro, fue ella quien me lo dijo. Con Gamma nunca hablé de ese tema. ¿De verdad no te habías dado cuenta?

De nuevo, Sam solo alcanzó a mover la cabeza.

—Creía que Gamma pensaba que estaban liados.

—Eso no se lo deseo a nadie —repuso Charlie—. Estar liada con Rusty, quiero decir. No me gustaría...

—¿Chicas? —Los tacones de Lenore resonaron en las baldosas del suelo mientras avanzaba hacia ellas—. Está despierto y lúcido, por lo menos todo lo lúcido que puede estar Rusty. Dicen que solo podemos entrar de dos en dos.

Charlie se levantó rápidamente. Le ofreció el brazo a su hermana.

Sam se apoyó pesadamente en el bastón para incorporarse. No iba a permitir que aquellas personas la trataran como una inválida.

—¿Cuándo podremos hablar con los médicos?

—Harán la ronda dentro de una hora —dijo Lenore—. ¿Te acuerdas de Melissa LaMarche, de la clase del señor Pendleton?

—Sí —contestó Sam, aunque no entendía por qué Lenore se acordaba del nombre de una amiga suya y de uno de sus profesores del instituto.

—Pues ahora es la doctora LaMarche. Fue ella quien operó anoche a Rusty.

Sam pensó en Melissa, en cómo lloraba cada vez que no sacaba un diez en un examen. Seguramente era la clase de persona que uno quería que operase a su padre.

Su padre.

Hacía años que no asociaba esa palabra con Rusty.

—Tú primero —le dijo Charlie a Lenore. Su ansiedad por ver a Rusty se había disipado visiblemente. Se detuvo delante de la hilera de grandes ventanas—. Sam y yo entraremos después.

Lenore se alejó sin decir nada.

Al principio, Charlie dejó que el silencio se alargara. Se acercó a las ventanas. Miró hacia el aparcamiento.

—Ahora es tu oportunidad.

De marcharse, quería decir. Antes de que Rusty la viese. Antes de que aquel mundo volviera a absorberla.

—¿De verdad necesitabas que viniera? —preguntó Sam—. ¿O fue cosa de Ben?

—No, fue cosa mía y Ben tuvo la bondad de pedírtelo porque yo no podía, o no me atrevía. Creía que papá iba a morirse. —Apoyó la frente contra el cristal—. Le dio un infarto hace dos años. El anterior fue suave, pero la última vez tuvieron que hacerle un baipás y hubo complicaciones.

Sam no dijo nada. Ignoraba que Rusty estuviera enfermo del corazón. Jamás había dejado de llamarla en la fecha estipulada. Hasta donde ella sabía, había conservado la salud todos esos años.

—Tuve que tomar una decisión —prosiguió Charlie—. En cierto momento dejó de respirar por sus propios medios y tuve que decidir si debían aplicarle la ventilación mecánica.

—¿No tiene testamento vital? —preguntó Sam.

El testamento vital, que especificaba si una persona quería o no que la mantuvieran con vida por medios artificiales, solía redactarse a la hora de dictar las últimas voluntades ante notario.

Adivinó cuál era el problema antes de que a su hermana le diera tiempo a contestar.

—Rusty no ha hecho testamento —dijo.

—No, no ha hecho testamento. —Charlie dio media vuelta y quedó de espaldas a la ventana—. Evidentemente, tomé la decisión correcta. Quiero decir que ahora es evidente, porque ha vivido estos años y ha estado bien, pero esta vez, cuando Melissa salió del quirófano durante la operación y me dijo que estaban teniendo problemas para controlar la hemorragia, que su ritmo cardíaco era muy inestable, y que tal vez tuviera que decidir otra vez si quería que le pusieran la...

—Querías que estuviera aquí para matarle.

Charlie pareció alarmada, pero no por la crudeza de sus palabras, sino por su tono, por el atisbo de ira que reflejaban.

—Si vas a enfadarte —le dijo a Sam—, será mejor que salgamos.

—¿Para que los periodistas nos oigan discutir?

—Sam. —Su hermana parecía nerviosa, como si estuviera observando la cuenta atrás de una cabeza nuclear lista para estallar—. Vamos fuera.

Sam cerró los puños. Sintió que una negrura olvidada hacía mucho tiempo volvía a agitarse dentro de ella. Respiró hondo una vez, y luego otra, y una tercera, hasta que consiguió hacer con aquel sentimiento una prieta pelota dentro de su pecho.

Le dijo a su hermana:

—Charlotte, no tienes ni idea de mi disposición ni de mi capacidad para poner fin a la vida de otra persona.

Apoyándose en el bastón, se dirigió hacia el puesto de enfermeras. Miró el tablero blanco colocado detrás del mostrador vacío y localizó la habitación de Rusty. Levantó la mano para llamar a la puerta, pero Lenore la abrió antes de que sus nudillos tocaran la madera.

—Le he dicho que estabas aquí —dijo—. No quería que le diera un infarto.

—Otro, quieres decir —repuso Sam, pero no le dio tiempo a responder.

Entró en la habitación de su padre.

El aire parecía muy fino.

Las luces, demasiado brillantes.

Parpadeó, intentando mantener a raya el dolor de cabeza que empezaba a aguijonear la parte de atrás de sus ojos.

La habitación de Rusty en la UCI le resultaba familiar, aunque era una versión más humilde de la suite privada en la que había muerto Anton. No había friso de madera en la pared, ni un mullido sofá, ni un televisor de pantalla plana, ni un escritorio en el que Sam podía trabajar, pero las máquinas eran las mismas: el monitor cardíaco que pitaba intermitentemente, el siseante suministro de oxígeno, el áspero ruido del brazalete del tensiómetro al inflarse en torno al brazo de Rusty.

Su padre se parecía mucho a su fotografía, salvo porque su cara había perdido por completo el color. La cámara no había podido captar el brillo malicioso de su mirada, los hoyuelos de sus mejillas gomosas.

—¡Sammy-Sam! —gritó, y le dio una tos seca—. Ven aquí, niña. Deja que te vea de cerca.

Sam no se acercó. Sintió que arrugaba la nariz. Su padre apestaba a tabaco y a Old Spice, dos fragancias que, por suerte, estaban ausentes de su vida cotidiana.

—Santo cielo, cómo te pareces a tu madre. —Rusty soltó una risa llena de júbilo—. ¿A qué debe tu viejo papaíto este placer?

Charlie apareció de pronto a la derecha de Sam. Su hermana sabía que ese era su lado ciego. Le era imposible saber cuánto tiempo llevaba allí.

—Creíamos que ibas a morirte, papá —dijo Charlie.

—Soy una decepción constante para las mujeres de mi vida. —Rusty se rascó el mentón. Bajo las sábanas, su pie marcaba un ritmo silencioso—. Me alegra ver que os habéis portado civilizadamente.

—Por lo menos, que tú hayas visto. —Charlie se acercó al otro lado de la cama. Tenía los brazos cruzados. No cogió la mano de su padre—. ¿Estás bien?

—Bueno... —Rusty pareció pensárselo—. Me apuñalaron. O, dicho en jerga callejera, me *rajaron*.

—Y con saña, además.

—Tres puñaladas en el vientre y otra en la pierna.

—No me digas.

Sam dejó de escuchar su cháchara. Siempre había asistido de mala gana al espectáculo que montaban Rusty y Charlie. Su padre, en cambio, parecía encantado. Saltaba a la vista que disfrutaba hablando con Charlie: le brillaban literalmente los ojos mientras se lanzaban dardos el uno al otro.

Miró su reloj. No podía creer que solo hubieran pasado dieciséis minutos desde que se había bajado del coche. Levantó la voz para hacerse oír por encima del parloteo y preguntó:

—¿Qué pasó, Rusty?

—¿Cómo que qué...? —Él se miró el estómago. De ambos lados de su torso salían tubos quirúrgicos. Volvió a mirar a Sam, fingiéndose horrorizado—. ¡Dios mío, me muero!

Por una vez, Charlie no le siguió la corriente.

—Papá, Sam tiene que tomar un vuelo de regreso esta tarde.

Sam se sorprendió al oírla. Había olvidado momentáneamente que podía marcharse.

—Venga, papá —insistió su hermana—. Cuéntanos qué paso.

—Está bien, está bien. —Dejó escapar un suave quejido al intentar incorporarse en la cama. Sam se dio cuenta de que era la primera señal que daba de estar herido—. Bueno...

Tosió con un húmedo traqueteo que sacudió su pecho. Hizo una mueca de dolor, volvió a toser, torció de nuevo el gesto y esperó para asegurarse de que se le había pasado la tos.

Cuando por fin se sintió capaz de hablar, se dirigió a Charlie, su público más receptivo.

—Después de que me dejaras en mi vetusta morada, tomé un bocado, bebí una copa, quizá, y entonces me di cuenta de que no había visto si tenía correo.

Sam no se acordaba de cuándo había sido la última vez que recibía una carta en casa. Parecía un ritual de otro siglo.

—Me calcé —prosiguió Rusty— y salí. Hacía una noche preciosa, anoche. Un poco nublada, hay riesgo de lluvia esta mañana. Ah... —Pareció acordarse de que la mañana ya había pasado—. ¿Ha llovido?

—Sí. —Charlie hizo un gesto con la mano, indicándole que abreviara—. ¿Viste quién fue?

Él volvió a toser.

—Esa es una pregunta complicada con una respuesta igualmente complicada.

Charlie esperó. Esperaron ambas.

—Bueno —dijo Rusty—, el caso fue que me acerqué al buzón para ver si había correo. Una noche preciosa. La luna estaba muy alta en el cielo. El camino despedía todo el calor que había acumulado durante el día. Os hacéis una idea, ¿verdad?

Sam sintió que asentía con un gesto al mismo tiempo que Charlie, como si no hubieran pasado treinta años y siguieran siendo dos niñas pequeñas que escuchaban uno de los cuentos de su padre.

Rusty parecía disfrutar de su atención. Sus mejillas habían recuperado parte de su color.

—Doblé la curva y oí algo por encima de mí, así que levanté la vista por si era un pájaro. ¿Recuerdas que te dije lo del halcón, Charlotte?

Ella asintió.

—¡Creía que el muy tunante había vuelto a cazar una ardilla! Y entonces... ¡zas! —Dio una palmada—. Noté un dolor ardiente en la pierna.

Sam sintió que se sonrojaba. Al igual que Charlie, había dado un respingo al oír la palmada.

—Miré hacia abajo —continuó Rusty— y tuve que girarme un poco para ver qué pasaba, y entonces fue cuando lo vi. Tenía un enorme cuchillo de caza clavado en la parte de atrás del muslo.

Sam se llevó la mano a la boca.

—Así que —prosiguió su padre— caí al suelo como una piedra arrojada al agua, porque duele tener un cuchillo clavado en el muslo. Y entonces veo que se acerca ese tipo y que empieza a darme patadas. Me daba patadas y más patadas, en el brazo, en las costillas, en la cabeza. Y había cartas tiradas por todas partes, pero el caso es que intenté levantarme a pesar de que seguía teniendo el cuchillo clavado en la pierna. Entonces el tipo ese me lanzó una última patada a la cabeza y yo me agarré a su pierna con los dos brazos y le arreé un puñetazo en los cataplines.

Sam sintió que el corazón le latía en la garganta. Sabía lo que era luchar para salvar la vida.

—Seguimos forcejando un rato, él dando brincos porque le tenía agarrado por la pierna y yo intentando levantarme. Y entonces el tipo pareció acordarse del cuchillo que tenía en la pierna. Lo agarró, lo sacó de un tirón y empezó a apuñalarme en el vientre. —Rusty hizo un brusco movimiento con la mano, como si asestara una puñalada—. Después estábamos los dos agotados. Hechos polvo. Yo me alejé cojeando, sujetándome la tripa con las manos. Y él se quedó allí de pie. Me estaba preguntando si podría llegar a casa y llamar a la policía cuando vi que sacaba una pistola.

—¿Una pistola? —preguntó Sam. ¿También le habían disparado?

—Una pistola —repitió Rusty—. Uno de esos modelos extranjeros.

—Joder, papá —masculló Charlie—. ¿Y qué hiciste tú? ¿Lanzarle un contenedor de barco a la cabeza?

—Bueno...

—Así es como acaba *Arma letal 2*. Me dijiste que la habías visto la otra noche.

—¿Sí? —Rusty puso cara de inocencia, señal inequívoca de que era culpable de lo que se le acusaba.

Y de que Sam era idiota.

—Gilipollas... —Charlie apoyó la mano en la cadera—. ¿Qué pasó de verdad?

Sam notó que su boca empezaba a moverse, pero no pudo hablar.

—Que me apuñalaron —dijo Rusty—. Estaba oscuro. No vi a quien lo hizo. —Se encogió de hombros—. Disculpadle a uno por intentar aprovecharse de las escasas atenciones de dos hijas extremadamente exigentes.

—¿Era todo mentira? —Sam apretó su bolso entre las manos—. ¿Todo sacado de una absurda película? —Casi sin darse cuenta de lo que hacía, arrojó el bolso a la cabeza de su padre—. Gilipollas —siseó, imitando a su hermana—. ¿Por qué lo has hecho?

Rusty se rio al tiempo que levantaba las manos para parar el golpe.

—Gilipollas —repitió su hija lanzándole otro bolsazo.

Él dio un respingo. Se llevó la mano al estómago.

—Esto es absurdo: levantas los brazos y te duele la tripa.

—Te han seccionado los músculos abdominales, maldito imbécil embustero —replicó Sam—. El núcleo central del tronco, lo que sostiene toda la musculatura corporal, de ahí que se llame «tronco».

—Dios mío —repuso él—. Es como estar oyendo a Gamma.

Sam dejó el bolso en el suelo para no volver a golpearle. Le temblaban las manos. Se sentía asediada por la amargura, por el rencor y la indignación, por todas esas emociones tumultuosas que la habían mantenido tantos años apartada de su familia.

—Santo Dios —dijo prácticamente gritando—. ¿Se puede saber qué demonios te pasa?

Rusty fue contando con los dedos:

—Me han asestado varias puñaladas. Estoy mal del corazón. Tengo una lengua viperina que al parecer han heredado mis hijas. Imagino que el tabaco y la bebida pueden contarse por separado, pero...

—Cállate —le interrumpió Charlie, cuya cólera parecía haberse avivado tras el estallido de Sam—. ¿Te das cuenta de la noche que hemos pasado? He dormido en una puñetera silla. Lenore estaba que se subía por las paredes. Y Ben... Bueno, Ben te dirá que está perfectamente, pero no es verdad, papá. Estaba muy disgustado, y tuvo que darme la noticia de que estabas herido, y ya sabes el mal trago que es eso, y luego tuvo que escribir a Sam, y te aseguro que Sam no tiene ni pizca de ganas de estar aquí. —Se detuvo a tomar aliento. Tenía los ojos llenos de lágrimas—. Creíamos que te morías, maldito carcamal egoísta.

Rusty no pareció inmutarse.

—La muerte se ríe de todos nosotros, cariño mío. El eterno lacayo no me sostendrá el abrigo eternamente.*

—No me salgas ahora con Prufrock. —Charlie se secó los ojos con los dedos. Se volvió hacia Sam—. Seguramente podré meterme en Internet e intentar cambiar tu vuelo para que te vayas antes. —Luego añadió dirigiéndose a Rusty—: Le diré a Lenore que avise a tus clientes. Puedo pedir el aplazamiento de...

—No. —Rusty se incorporó, serio de pronto—. Necesito que mañana asistas a la lectura de cargos contra Kelly Wilson.

—¿Qué...? —Charlie levantó las manos, visiblemente exasperada—. Rusty, ya hemos pasado por esto. No puedo ser...

—Se refiere a mí —dijo Sam, porque Rusty la había mirado fijamente al hacer su petición—. Quiere que asista yo a la lectura de cargos.

Un destello de envidia brilló en los ojos de Charlie, aunque se hubiera negado a aceptar esa tarea.

Rusty se encogió de hombros mirando a Sam.

—Es mañana a las nueve. Pan comido. Entrar y salir, diez minutos como mucho.

—Ella no tiene licencia para ejercer en este estado —señaló Charlie—. No puede...

—Sí que la tiene. —Rusty le guiñó un ojo a su hija mayor—. ¿Verdad que sí?

---

* Referencia al poema de T. S. Elliott *Canción de amor de J. Alfred Prufrock*. (N. de la T.)

Sam no le preguntó cómo sabía que había aprobado el examen que habilitaba a los licenciados en Derecho para ejercer la abogacía en Georgia. En lugar de hacerlo, consultó su reloj.

—Ya tengo el vuelo reservado para esta tarde.

—Los planes pueden cambiar.

—Delta me cobrará un recargo por cambiar el billete y...

—Puedo hacerte un préstamo para cubrir el recargo.

Sam se quitó un hilillo imaginario de la manga de su blusa de seiscientos dólares.

Todos sabían que no era cuestión de dinero.

—Solo necesito un par de días para recuperarme un poco —dijo su padre—. Luego me pondré manos a la obra con el caso. Es un asunto muy turbio, mi niña. Están pasando muchas cosas. ¿Qué me dices? ¿Quieres ayudar a tu viejo papaíto a hacer que la gran rueda siga girando?

Sam negó con la cabeza, a pesar de que sabía que Rusty era probablemente el único que podía proporcionar a Kelly Wilson una defensa eficaz y apasionada ante los tribunales. Incluso dejándolo en una defensa simplemente correcta, sería casi imposible encontrar a alguien que quisiera hacerse cargo del caso en un tiempo tan corto, sobre todo teniendo en cuenta que el abogado de Kelly había sido apuñalado.

Pero eso, en todo caso, era problema de Rusty.

—Tengo trabajo pendiente en Nueva York —dijo—. Debo ocuparme de mis propios casos. Casos muy importantes. Tengo un juicio dentro de tres semanas.

Ni Rusty ni Charlie contestaron. Se limitaron a mirarla fijamente.

—¿Qué pasa?

—Siéntate, Sam —dijo Charlie con calma.

—No necesito sentarme.

—Se te está trabando la lengua.

Sam sabía que su hermana tenía razón. Pero no pensaba sentarse por un simple caso de disartria causado por el agotamiento.

Solo necesitaba un momento.

Se quitó las gafas. Sacó un pañuelo de papel de la caja que había junto a la cama de Rusty. Limpió los cristales, como si el problema fuera una mancha que podía quitar fácilmente.

—Nena —dijo Rusty—, ¿por qué no bajas con tu hermana a comer algo y hablamos luego, cuando te encuentres mejor?

Ella meneó la cabeza.

—Estoy...

—No, no, no —la interrumpió Charlie—. Ese no es mi trabajo, caballero. Cuéntale tú lo de tu unicornio.

—Venga ya —dijo Rusty—. Eso no necesita saberlo ahora.

—No es idiota, Rusty. Al final lo preguntará y seré yo quien tenga que decírselo.

—Estoy aquí. —Sam se puso las gafas—. ¿Podéis dejar de hablar como si no estuviera presente?

Charlie se recostó contra la pared y cruzó de nuevo los brazos.

—Si vas a la lectura de cargos, tendrás que declarar que tu representada es inocente del delito del que se la acusa.

—¿Y? —preguntó Sam. Rara vez se presentaba una declaración de culpabilidad durante la lectura de cargos.

—Que no se trata de un puro trámite. Me refiero a que papá cree de verdad que Kelly Wilson es inocente.

—¿Inocente? —Sam sintió que empezaba a fallarle el oído. Por fin habían logrado cortocircuitar por completo sus procesos neuronales—. Pero es evidente que es culpable.

—Díselo aquí al Gallo Claudio. Está convencido de su inocencia.

—Pero...

Charlie levantó las manos en señal de rendición.

—A mí no tienes que convencerme.

Sam se volvió hacia Rusty. Si era incapaz de formular las preguntas obvias, no se debía a su lesión cerebral, sino a que su padre había perdido definitivamente la cabeza.

—Habla tú misma con Kelly Wilson —dijo Rusty—. Ve a la comisaría cuando hayas comido algo. Diles que eres mi ayudante. Consigue quedarte a solas con Kelly y habla con ella. Cinco minutos, como mucho. Ya verás a lo que me refiero.

—¿Qué es lo que hay que ver? —preguntó Charlie—. Ha matado a un hombre adulto y a una niña pequeña a sangre fría—. ¿Quieres que te diga lo que vi yo? Estuve allí menos de un minuto después de que ocurriera. Vi a Kelly literalmente con el arma humeante en la mano. Vi morir a esa niña. Pero aquí Ironside cree que es inocente.

Sam tardó un momento en asimilar sus palabras. Luego preguntó:

—¿Qué hacías tú allí? ¿En el tiroteo? ¿Cómo es que...?

—Eso da igual. —Charlie siguió mirando a Rusty—. Piensa en lo que le estás pidiendo, papá. En lo que supone para Sam meterse en esto. ¿Quieres que algún loco sediento de venganza la ataque también a ella? —Soltó una risa burlona—. ¿Otra vez?

Rusty era inmune a los golpes bajos.

—Mira, Sammy-Sam, tú habla con la chica. De todos modos, me vendrá bien tener una segunda opinión. Ni siquiera el gran hombre que ves ante ti es infalible. Valoraría mucho tu opinión como colega.

Sus halagos solo consiguieron irritarla.

—¿Los tiroteos indiscriminados entran dentro del ámbito de la propiedad intelectual? —preguntó—. ¿O acaso has olvidado a qué rama del Derecho me dedico?

Rusty le guiñó un ojo.

—Me figuro que la oficina del fiscal del distrito de Portland era todo un hervidero de violaciones del derecho de patente, ¿verdad que sí?

—De eso hace mucho tiempo.

—¿Y ahora estás demasiado ocupada ayudando a Chorradas S.A. a demandar a Chorradas S.L. por alguna chorrada?

—Todo el mundo tiene derecho a sus chorradas. —Sam no permitió que su padre desviara la cuestión—. No soy la clase de abogada que necesita Kelly Wilson. Ya no. En realidad, no lo he sido nunca. Le sería de más ayuda a la acusación. Siempre me he puesto de su parte.

—Defensa, acusación... Lo que importa es comprender el pulso vital de un juicio, y eso tú lo llevas en la sangre. —Rusty volvió a incorporarse. Tosió, tapándose la boca con la mano—. Cariño, sé que has venido esperando encontrarme en mi lecho de muerte y te juro por mi vida que en algún momento me encontraré en ese trance, pero ahora voy a decirte algo que nunca te he dicho en los cuarenta y cuatro hermosos años que llevas en este mundo: necesito que hagas esto por mí.

Exasperada, Sam meneó la cabeza. No quería estar allí. Tenía el cerebro agotado. Oyó cómo se escapaba el aire de su boca, silbando como una culebra.

—Voy a marcharme —dijo.

—Claro que sí, pero mañana —repuso Rusty—. Nena, nadie más va a hacerse cargo de Kelly Wilson. Está sola en el mundo. Sus padres no tienen capacidad para entender lo que se le viene encima. Ella no puede valerse sola. No puede ayudar en su defensa, y a nadie le importa. Ni a la policía, ni a los investigadores, ni a Ken Coin. —Le tendió la mano. Sus dedos manchados de nicotina rozaron la manga de su blusa—. Van a matarla. Van a clavarle una aguja en el brazo. Acabarán con la vida de una chica de dieciocho años.

—Su vida acabó en el instante en que decidió llevar una pistola cargada al colegio y matar a dos personas —repuso ella.

—Tienes toda la razón, Samantha —dijo Rusty—. Pero, por favor, ¿puedes escuchar a la chica? ¿Darle una oportunidad de hacerse oír? ¿Ser *su* voz? Estando yo en estas condiciones, tú eres la única persona de la que me fío para que la defienda.

Sam cerró los ojos. Le dolía la cabeza. El ruido de las máquinas le hacía daño en los oídos. Las luces del techo eran demasiado fuertes.

—Habla con ella —le suplicó Rusty—. Lo digo en serio: confío en ti para que la defiendas. Si no estás de acuerdo con su declaración de inocencia, ve a la lectura de cargos y alega que tiene una discapacidad psíquica. En eso, al menos, estaremos todos de acuerdo.

—Es un falso dilema, Sam —dijo Charlie—. En cualquiera de los dos casos, acabarás compareciendo ante el juez.

—Sí, Charlie, estoy familiarizada con las falacias retóricas.

Sintió un calambre en el estómago. Hacía quince horas que no comía. Y más tiempo aún que no dormía. Se le trababa la lengua cuando era capaz de articular una frase completa. No podía moverse sin el bastón. Hacía años que no se sentía tan furiosa. Y aun así estaba escuchando a Rusty como si fuera su padre y no un abogado capaz de hacer cualquier cosa, de sacrificar a cualquiera, por un cliente.

Incluso a su familia.

Recogió su bolso del suelo.

—¿Adónde vas? —preguntó Charlie.

—A casa —contestó—. Me apetece tanto esta mierda como que me peguen otro tiro en la cabeza.

La risotada de Rusty la acompañó cuando salió por la puerta.

9

Se sentó en un banco de madera, en el espacioso jardín de detrás del hospital. Se quitó las gafas. Cerró los ojos. Volvió la cara hacia el sol. Respiró el aire fresco. El banco estaba en un rincón apartado; el agua de una fuente tintineaba junto a la verja de entrada, y en un cartel colocado justo encima de otro que mostraba un teléfono móvil cruzado por una raya roja se leía *JARDÍN DE LA SERENIDAD. BIENVENIDOS.*

Al parecer, la prohibición de teléfonos móviles bastaba para garantizar que el jardín estuviera vacío. Sam se sentó a solas, con ánimo sereno. O al menos con intención de recuperar su serenidad.

Habían transcurrido apenas treinta y seis minutos desde el momento en que Stanislav la dejó frente a la puerta del hospital y el instante en que salió de la habitación de Rusty, y otra media hora desde que descubrió el Jardín de la Serenidad. No le preocupaba interrumpir el almuerzo de su chófer, pero necesitaba tiempo para reponerse. Sus manos no dejaban de temblar. No confiaba en poder hablar sin que se le trabase la lengua. Y hacía años que no le dolía tanto la cabeza.

Se había dejado en casa la medicación para las migrañas.

En casa.

Pensó en Fosco formando una C invertida al estirar el lomo, repantigado en el suelo. En el sol entrando a raudales por las ventanas. En la calidez de la piscina. En el confort de su cama.

Y en Anton.

Se permitió por un instante recordar a su marido. Sus manos grandes y fuertes. Su risa. Su gozo al descubrir comidas nuevas, nuevas culturas, nuevas experiencias.

No había conseguido dejarle marchar en paz.

Al menos, cuando más importaba, cuando él le pidió, le suplicó, le imploró que le ayudara a poner fin a su agonía.

Al principio, emprendieron juntos la batalla. Viajaron al Centro MD Anderson de Houston, a la Clínica Mayo de Rochester y volvieron al Sloan Kettering de Nueva York. Cada especialista, cada experto de renombre mundial, estimó que Anton tenía entre un diecisiete y un veinte por ciento de posibilidades de sobrevivir.

Ella estaba decidida a mejorar esos porcentajes.

Terapia fotodinámica. Quimioterapia. Radioterapia. Dilatación endoscópica. Endoscopia con colocación de *stent*. Electrocoagulación. Terapia antiangiogénica. Le extirparon el esófago, le subieron el estómago y lo unieron a la parte posterior de la garganta. Le quitaron nódulos linfáticos. Llevaron a cabo nuevas operaciones de cirugía reconstructiva. Le pusieron una sonda para alimentarle. Una bolsa de colostomía. Ensayos clínicos. Tratamientos experimentales. Apoyo nutricional. Cirugía paliativa. Más tratamientos experimentales.

¿En qué momento se dio por vencido Anton?

¿Cuando perdió la voz, la capacidad de hablar? ¿Cuando su movilidad quedó tan reducida que ni siquiera tenía fuerzas para mover las piernas en la cama del hospital? Sam no recordaba el momento exacto de su rendición, no llegó a advertir el cambio. Él le dijo una vez que se había enamorado de ella porque era una luchadora, pero, al final, su incapacidad para rendirse había prolongado el sufrimiento de su marido.

Abrió los ojos. Se puso las gafas. Una onda azul y blanca se agitaba en los márgenes de su reducida visión periférica.

—Deja de hacer eso —le dijo a Charlie.

Su hermana apareció en su campo de visión. Tenía otra vez los brazos cruzados.

—¿Qué haces aquí fuera?

—¿Y por qué iba a estar dentro?

—Buena pregunta. —Charlie se sentó en el banco de enfrente. Miró las copas de los árboles cuando una suave brisa agitó sus hojas.

Sam sabía desde siempre que había heredado los rasgos más llamativos de su madre, esa frialdad hermética que suscitaba el rechazo de tanta gente. El rostro afable de Charlie era todo lo contrario. Su cara, incluso con aquellos moratones, seguía siendo claramente preciosa. Siempre había sido ingeniosa, pero de un modo que hacía reír a los demás, en lugar de repelerlos. «Infatigablemente feliz», había dicho Gamma. «Una de esas personas que caen bien».

Ese día no, en cambio. Había algo distinto en Charlie, una melancolía casi palpable que no parecía tener relación con la situación de Rusty.

¿Por qué le había pedido a Ben que le escribiera aquel e-mail?

Su hermana se recostó en el banco.

—Me estás mirando fijamente.

—¿Te acuerdas de cuando mamá te trajo al hospital? Te rompiste el brazo intentando salvar a un gato.

—No era un gato —contestó Charlie—. Estaba intentando recuperar mi pistola de aire comprimido.

—Mamá la tiró al tejado para que no jugaras más con ella.

—Exacto. —Charlie puso los ojos en blanco al reclinarse en el banco. Tenía cuarenta y un años, pero podría haber tenido trece otra vez—. No dejes que te convenza para quedarte.

—No pensaba hacerlo. —Sam buscó su taza. Había pedido agua caliente en la cafetería, además de un sándwich que había sido incapaz de acabarse. Sacó una bolsa con autocierre del bolso. Dentro llevaba sus sobrecitos de té.

—Aquí también tenemos té —comentó Charlie.

—Me gusta esta marca.

Metió el sobrecito en el agua y, al ver su dedo anular desnudo, el pánico se apoderó de ella un instante. Entonces se acordó de que había dejado en casa su alianza de boda.

—¿Qué ocurre? —preguntó su hermana, siempre atenta a todo.

Sam hizo un gesto negativo con la cabeza.

—¿Tienes hijos? —preguntó.

—No. —Charlie no le devolvió la pregunta—. No te he hecho venir para que mataras a Rusty. De eso se encargará él mismo con el tiempo. Está mal del corazón. El cardiólogo le ha dicho básicamente que está a un espasmo intestinal de la muerte. Pero no deja de fumar. Ni de beber. Ya sabes lo cabezota que es. No hace caso a nadie.

—No puedo creer que no te haya hecho el favor de redactar un testamento.

—¿Eres feliz?

A Sam, la pregunta le pareció extraña y brusca a un tiempo.

—Unos días más que otros.

Charlie tamborileó levemente con el pie en el suelo.

—A veces, pienso en ti completamente sola en ese pisito cutre y abarrotado de cosas y me pongo triste.

Sam no le dijo que ese «pisito cutre» se había vendido por tres millones doscientos mil dólares. En lugar de hacerlo, contestó con una cita:

—«Imagíname con los dientes apretados, persiguiendo la felicidad».

—Flannery O'Connor. —A Charlie siempre se le habían dado bien las citas—. Gamma estaba leyendo *El hábito de ser*, ¿verdad? Lo había olvidado por completo.

Sam no. Todavía recordaba su sorpresa cuando su madre sacó el volumen de ensayos de la biblioteca. Gamma no ocultaba su desdén por el simbolismo religioso que dominaba la mayor parte del canon literario anglosajón.

—Papá dice que estaba intentando ser feliz antes de morir —repuso Charlie—. Tal vez porque sabía que estaba enferma.

Sam miró su té. Al hacer la autopsia de Gamma, el forense descubrió que tenía un cáncer de pulmón muy avanzado. De no haber sido asesinada, probablemente habría muerto en menos de un año.

Zachariah Culpepper había enarbolado ese dato en su defensa, como si unos preciosos meses más con Gamma no supusieran nada.

—Me dijo que cuidara de ti —dijo Sam—. En el cuarto de baño, aquel día. Parecía tan alterada...

—Siempre parecía alterada.

—En fin... —Sam dejó colgando el cordel del sobrecito sobre el borde de la taza.

—Me acuerdo de cómo discutíais —dijo Charlie—. Apenas entendía lo que decíais. —Imitó el gesto de hablar con las manos—. Papá decía que erais como dos imanes, siempre cargándoos la una contra la otra.

—Los imanes no se cargan. Se atraen o se repelen dependiendo del alineamiento de su polaridad norte-sur. Norte-sur, o sur-norte, se atraen, mientras que norte-norte o sur-sur, se repelen. Si los cargas con algún tipo de corriente eléctrica, como imagino que quería decir Rusty, solo consigues reforzar su polaridad —explicó.

—Vaya, es impresionante.

—No seas tan listilla.

—Y tú no seas tan boba.

Sam la miró a los ojos. Ambas sonrieron.

—El Fermilab está trabajando en protocolos de terapia de neutrones para el tratamiento del cáncer —comentó Charlie.

A Sam le sorprendió que su hermana estuviera al tanto de esas cosas.

—Tengo algunos *papers* de mamá. Artículos, quiero decir. Publicados.

—¿Artículos escritos por ella?

—Son muy antiguos, de los años sesenta. Encontraba referencias a su trabajo en notas a pie de página, pero nunca el material original. Al final, pude descargarme dos de la *International Database of Modern Physics*. —Abrió su bolso y sacó un grueso fajo de papeles que había impreso esa mañana en el aeropuerto de Teterboro—. No sé por qué los he traído —dijo, y aquellas fueron las palabras más sinceras que le había dicho a su hermana desde su llegada—. Pensé que a lo mejor querías tenerlos, como...

Se detuvo ahí. Las dos sabían que todo lo demás se perdió en el incendio. Sus películas caseras. Sus boletines de notas. Sus álbumes de recortes. Sus dientes de leche. Sus fotos de vacaciones.

Solo sobrevivió una fotografía de Gamma, una instantánea en la que aparecía de pie en un campo. Miraba hacia atrás, por encima del hombro, no a la cámara sino a alguien que estaba al otro lado. Se veían tres cuartas partes de su cara. Tenía una ceja levantada. Los labios entreabiertos. La foto estaba en la mesa de Rusty en el bufete cuando las llamas devoraron la casa de ladrillo rojo.

Charlie leyó el título del primer artículo:

—*Enriquecimiento fototransmutativo del medio interestelar. Estudios observacionales de la nebulosa de la Tarántula.* —Dejó escapar una especie de ronquido y pasó al segundo artículo—. *Secuencias dominantes del Proceso P en entornos de supernova.*

Sam se dio cuenta de su error.

—Puede que no los entiendas, pero está bien tenerlos.

—Sí, está bien. Gracias. —Charlie siguió ojeando los artículos, intentando descifrarlos—. Siempre me siento como una tonta cuando me doy cuenta de lo lista que era.

Sam recordó entonces que a ella le había pasado lo mismo durante toda su infancia. Tal vez Gamma y ella fueran imanes, pero eran imanes de potencia dispar. Si Sam sabía algo, Gamma sabía aún más.

—¡Ja! —se rio Charlie al leer un párrafo especialmente abstruso.

Sam también se rio.

¿Era eso lo que había echado en falta todos esos años? ¿Esos recuerdos? ¿Esas anécdotas? ¿Esa complicidad con Charlie que creía desaparecida desde la muerte de Gamma?

—Es verdad que te pareces mucho a ella —comentó su hermana. Dobló las hojas y las dejó sobre el banco, a su lado—. Papá todavía tiene la foto encima de su mesa.

La foto.

Sam siempre había querido tener una copia, pero era demasiado orgullosa para darle a Rusty la satisfacción de pedirle ese favor.

—¿De verdad cree que voy a defender a alguien que ha matado a tiros a dos personas? —preguntó.

—Sí. Claro que Rusty se cree capaz de convencer a cualquiera de cualquier cosa.

—¿Crees que debería hacerlo?

Charlie sopesó su respuesta antes de hablar.

—¿Lo haría la Sam con la que me crie? Tal vez, aunque no por complacer a Rusty. Esa Sam estaría enfadada, igual que me enfado yo cuando algo me parece injusto. Y supongo que no es justo porque no hay otro abogado en doscientos kilómetros a la redonda que pueda tratar a Kelly Wilson como un ser humano y no como un fardo. Pero ¿lo haría la Sam que eres ahora? —Se encogió de hombros—. La verdad es que ya no te conozco. Igual que tú no me conoces a mí.

Sus palabras, pese a ser ciertas, hirieron a Sam como un aguijón.

—Tienes razón.

—¿Ha sido justo pedirte que vinieras?

Sam no estaba acostumbrada a no tener lista una respuesta.

—En serio, ¿por qué querías que viniera?

Charlie meneó la cabeza. Tardó un momento en contestar. Tiró de un hilo suelto de sus vaqueros. Dejó escapar un profundo suspiro que, al atravesar su nariz rota, sonó como un silbido.

—Anoche —dijo—, Melissa me preguntó si quería que tomara medidas extraordinarias. Es decir: «¿Le dejo morir o no le dejo morir? Dímelo ya, ahora mismo». Me entró el pánico, pero no por miedo o indecisión, sino porque sentí que no tenía derecho a tomar sola esa decisión. —Miró a Sam—. Cuando lo del infarto, sentí que tenía que presentar batalla. Sé que la culpa es suya por fumar y beber, pero en esa situación me parecía que había una lucha interna, algo orgánico, que surgía de dentro, y que tenía que ayudarle a combatirlo.

Sam conocía esa sensación: la había experimentado con Anton.

—Creo que te entiendo.

La tensa sonrisa de Charlie reflejaba incredulidad.

—Me parece que, si vuelve a darse el caso, te encerraré con él en una habitación y dejaré que le liquides a bolsazos.

Sam no se enorgullecía de aquel arrebato.

—Antes me decía a mí misma que, si había algún rasgo que me redimía por mi mal carácter, era que nunca había pegado a nadie.

—Pero solo es papá. Yo le pego constantemente. Puede soportarlo.

—Hablo en serio.

—A mí estuviste a punto de pegarme —repuso Charlie levantando la voz, señal de que intentaba quitar hierro al asunto.

Se refería a la última vez que se vieron. Sam recordaba la mirada de pánico de Ben al interponerse entre ellas.

—Siento mucho lo que pasó —dijo—. Perdí el control. Si te hubieras quedado, quizá te habría pegado. No puedo asegurar que no lo hubiera hecho, y lo lamento.

—Sé que lo lamentas —contestó Charlie sin asomo de crueldad, lo que hizo que sus palabras fueran aún más hirientes.

—Ya no soy así —dijo Sam—. Sé que cuesta creerlo después de cómo me he portado hace un rato, pero este sitio tiene algo que hace salir lo peor que hay en mí.

—Entonces deberías volver a Nueva York.

Sam sabía que su hermana tenía razón, pero en ese instante, en aquel momento de intimidad con Charlie, no quería marcharse.

Bebió un sorbo de té. El agua se había quedado fría. Lo tiró a la hierba, detrás del banco.

—Cuéntame por qué estabas ayer en el colegio cuando empezó el tiroteo.

Charlie apretó los labios.

—¿Vas a quedarte o vas a irte?

—Ninguna de las dos cosas debería influir en que me lo cuentes o no. La verdad es la verdad.

—No hay matices. Solo existe lo que está bien y lo que está mal.

—Es una lógica muy clara.

—Sí, lo es.

—¿Vas a decirme por qué tienes esos moratones en la cara?

—¿Voy a decírtelo? —preguntó Charlie retóricamente.

Cruzó los brazos de nuevo. Levantó la mirada hacia los árboles. Tenía la mandíbula tensa. Sam vio cómo sobresalían los músculos de su cuello. Había algo tan extraordinariamente triste en su hermana en ese momento que sintió el impulso de sentarse a su lado y abrazarla hasta que le contara qué le ocurría.

Pero era más probable que Charlie la apartara.

Repitió su pregunta anterior.

—¿Qué hacías en el colegio ayer por la mañana?

Su hermana no tenía hijos. No tenía por qué estar allí, y menos aún antes de las ocho de la mañana.

—¿Charlie?

Charlie se encogió de hombros con desgana.

—La mayoría de los casos que llevo son de menores. Fui al colegio a pedir una carta de recomendación a un profesor.

Parecía muy propio de Charlie hacer algo así, y sin embargo sus palabras tenían un tono engañoso.

—Estábamos en su aula cuando oímos los disparos —prosiguió Charlie—. Luego oímos gritar a una mujer pidiendo socorro y corrí hacia ella.

—¿Quién era la mujer?

—La señorita Heller, aunque parezca increíble. Estaba con la niña cuando llegué. La vimos morir. Lucy Alexander. Yo la agarré de la mano. Estaba fría. No cuando llegué, sino cuando murió. Ya sabes lo rápidamente que se quedan fríos.

Sam lo sabía.

—Entonces... —Charlie respiró hondo y contuvo un momento el aire—. Huck le quitó el arma a Kelly. Un revólver. La convenció para que se lo entregara.

Por alguna razón desconocida, Sam sintió que el bello de su nuca se erizaba.

—¿Quién es Huck?

—El señor Huckabee, el profesor al que fui a ver. Para mi cliente. Dio clase a Kelly en...

—¿Mason Huckabee?

—No sé su nombre de pila. ¿Por qué?

Sam sintió que un estremecimiento atravesaba su cuerpo.

—¿Cómo es físicamente?

Charlie meneó la cabeza con indiferencia.

—¿Qué importa eso?

—¿Es más o menos de tu estatura, con el pelo castaño claro, un poco mayor que yo y criado en Pikeville? —Sam advirtió por la expresión de su hermana que había dado en el clavo—. Ay, Charlie. No te acerques a él. ¿Es que no lo sabes?

—¿Saber qué?

—Que su hermana era Mary-Lynne Huckabee, la chica a la que violó ese individuo, ¿cómo se llamaba? —Trató de recordar—. No sé qué Mitchell, de Bridge Gap. ¿Kevin Mitchell?

Charlie siguió meneando la cabeza.

—¿Cómo es que lo sabe todo el mundo menos yo?

—La violó y ella se ahorcó en el granero, y papá consiguió que absolvieran a Mitchell.

La cara de perplejidad de Charlie reflejaba una súbita desconfianza.

—Me dijo que llamara a papá. Huck, Mason, como se llame. Cuando detuvieron a Kelly, la policía se puso, en fin, como suele ponerse la policía. Y Huck me dijo que llamara a papá para que representara a Kelly.

—Imagino que Mason Huckabee sabe qué tipo de abogado es Rusty.

Charlie parecía visiblemente afectada.

—Había olvidado ese caso. Su hermana estaba en la universidad.

—Vino de vacaciones. Fue a Bridge Gap con unos amigos a ver una película. Entró en el aseo y Kevin Mitchell la atacó.

Charlie se miró las manos.

—Vi las fotografías en los archivos de papá.

Sam también las había visto.

—¿Mason no te reconoció? Quiero decir, cuando le pediste ayuda para defender a ese menor.

—No hablamos mucho. —Volvió a encogerse de hombros—. Pasaron muchas cosas, y muy deprisa.

—Siento que hayas tenido que presenciar algo así. Lo de la niña. Estando allí la señorita Heller, debió de traerte malos recuerdos.

Su hermana siguió mirándose las manos. Con un pulgar se rascaba la articulación del otro.

—Fue muy duro.

—Me alegro de que puedas apoyarte en Ben. —Sam aguardó a que Charlie dijera algo sobre Ben, de que le explicara aquel gesto de incomprensión que había presenciado entre ellos.

Pero Charlie siguió rascándose la articulación del pulgar.

—Ha tenido gracia, eso que le has dicho a papá sobre que te peguen otro tiro en la cabeza.

Sam la observó. Charlie era una experta en sortear cuestiones incómodas.

—No suelo hablar así, pero me pareció que resumía bastante bien mi estado anímico.

—Hablas como ella. Te pareces a ella. Hasta tienes su mismo porte. —La voz de Charlie se suavizó—. Cuando te he visto en el pasillo, he notado una sensación muy extraña en el pecho. Por una décima de segundo, he pensado que eras Gamma.

—A mí también me pasa a veces —reconoció Sam—. Me veo en el espejo y... —De ahí que no se mirara al espejo muy a menudo—. Ahora tengo su edad.

—Ah, sí. Feliz cumpleaños.

—Gracias.

Charlie seguía sin mirarla. Se retorcía las manos. Se habían vuelto desconocidas al hacerse mayores, pero había ciertas cosas que ni siquiera la edad, a pesar de sus trucos, podía borrar. La forma en que Charlie encorvaba los hombros. La blandura de su voz. El temblor de su labio al reprimir una emoción. Le habían roto la nariz. Tenía cardenales bajo los ojos. Y su antigua complicidad con Ben se había erosionado visiblemente. Estaba claro que ocultaba algo, quizá muchas cosas, y también que tenía sus motivos para hacerlo.

La mañana anterior, había presenciado la muerte de una niña pequeña y antes de la medianoche le habían comunicado que su padre podía morir. Sin duda no era la primera vez que eso sucedía, pero esta vez, por la razón que fuese, le había pedido a Ben que le escribiera.

Charlie no le había pedido que fuera para ayudarla a tomar una decisión que ya había tenido que tomar en una ocasión anterior.

Y no se había puesto directamente en contacto con ella, porque ya de niña siempre pedía lo que quería, nunca lo que necesitaba.

Sam levantó de nuevo la cara hacia el sol. Cerró los ojos. Se vio ante el espejo del cuarto de baño de la granja. Gamma estaba tras ella. Sus reflejos rebotaban en el cristal.

«Tienes que ponerle el testigo en la mano firmemente cada vez, esté donde esté. Búscala, no esperes a que ella te busque a ti».

—Seguramente deberías marcharte —dijo Charlie.

Sam abrió los ojos.

—No querrás perder el vuelo.

—¿Has hablado con esa tal Wilson? —preguntó Sam.

—No. —Charlie se incorporó. Se enjugó los ojos—. Huck me dijo que es muy lenta de reflejos. Rusty calcula que tiene un coeficiente intelectual de setenta y poco. —Se inclinó hacia su hermana con los codos apoyados en las rodillas—. He visto a la madre. Tampoco es muy brillante. Buena gente de campo, ya que hoy estamos citando a Flannery O'Connor. Lenore los llevó a un hotel anoche. Los detenidos no pueden recibir visitas hasta que se les imputa oficialmente. Sus padres estarán deseando verla.

—Así que, como mínimo, será trastorno mental —dijo Sam—. El argumento principal de la defensa, digo.

De nuevo, Charlie encogió un solo hombro.

—En realidad, es la única estrategia que cabe seguir en estos casos de tiroteo indiscriminado. ¿Por qué harían algo si no estuvieran locos?

—¿Dónde la tienen?

—Seguramente en los calabozos de Pikeville.

Pikeville.

Aquel nombre era como un fragmento de cristal clavado en su pecho.

—Yo no puedo personarme en la lectura de cargos porque soy testigo presencial —dijo Charlie—. No es que papá tenga ningún reparo ético, pero... —Sacudió la cabeza—. En todo caso, Rusty conoce a un viejo profesor de Derecho, Carter Grail. Lleva algún tiempo jubilado. Tiene noventa años, es alcohólico y odia a todo el mundo. Pero puede sustituirle en la comparecencia de mañana.

Sam se obligó a levantarse del banco.

—Lo haré yo.

Charlie también se levantó.

—No, nada de eso.

Sam buscó la tarjeta de Stanislav en su bolso. Sacó su teléfono. Le mandó un mensaje: *Quedamos en la entrada principal.*

—Sam, no puedes hacerlo. —Charlie la seguía como un perrillo—. No voy a consentirlo. Vete a casa. Haz tu vida. No permitas que este sitio saque lo peor de ti.

Sam miró a su hermana.

—Charlotte, ¿de veras crees que he cambiado hasta el punto de permitir que mi hermana pequeña me diga lo que tengo que hacer?

Su obstinación hizo gruñir a Charlie.

—No me escuches a mí. Escucha a tu instinto. No puedes dejar que Rusty se salga con la suya.

Stanislav contestó a su mensaje: *CINCO MINUTOS.*

—No se trata de Rusty. —Sam se colgó el bolso del brazo. Agarró su bastón.

—¿Qué vas a hacer?

—Tengo la bolsa de viaje en el coche. —Tenía pensado alojarse en el Four Seasons y visitar la oficina de Atlanta a la mañana siguiente, antes de regresar a Nueva York—. Puedo pedirle a mi chófer que me lleve a la jefatura de policía o puedo ir contigo. Tú decides.

—¿Para qué? —Charlie la siguió hasta la verja—. Lo digo en serio. ¿Por qué quieres hacerle ese favor al idiota de nuestro padre?

—Tú misma lo has dicho antes. No es justo que Kelly Wilson no tenga a nadie de su parte. —Abrió la verja—. Siguen sin gustarme las injusticias.

—Sam, para, por favor.

Se volvió para mirar a su hermana.

—Sé que esto es duro para ti —dijo Charlie—, que volver a estar aquí es como hundirte en arenas movedizas.

—Yo no he dicho eso.

—No hace falta que lo digas. —Le puso la mano en el brazo—. No habría permitido que Ben mandara ese e-mail si hubiera sabido cuánto iba a afectarte todo esto.

—¿Porque se me traba un poco la lengua, quieres decir? —Sam miró el sinuoso camino asfaltado que conducía al hospital—. Si hubiera hecho caso a los médicos respecto a mis limitaciones, me habría muerto en aquella cama de hospital.

—No digo que no puedas hacerlo. Te estoy preguntando si te conviene.

—Eso no importa. Ya he tomado una decisión. —Solo se le ocurría un modo de poner fin a aquella conversación. Le cerró la verja en la cara a Charlie y dijo—: Última palabra.

10

Mientras iba en el coche con Charlie, Sam comprendió que nunca le había inquietado ir de pasajera porque nunca había montado en un coche que condujera su hermana pequeña. Charlie apenas miraba por los retrovisores antes de cambiar de carril, pitaba a menudo y hablaba con los otros conductores en voz baja, instándolos a acelerar, a frenar o a quitarse de en medio.

Sam estornudó violentamente. Le lagrimeaban los ojos. El coche de Charlie, mezcla de ranchera y todoterreno, olía a heno mojado y animales.

—¿Tienes perro?

—Está en préstamo temporal al Guggenheim.

Sam se agarró al salpicadero cuando Charlie cambió bruscamente de carril.

—¿No deberías poner antes el intermitente?

—Creo que otra vez tienes síntomas de parafasia —repuso Charlie—. Has dicho «¿no deberías?» cuando querías decir «deberías».

Sam se rio, lo que parecía inadecuado teniendo en cuenta que iban a la cárcel.

Representar a Kelly Wilson era menos importante para ella que averiguar lo que le ocurría a Charlie, tanto físicamente (debido a sus hematomas) como anímicamente, pero Sam no se tomaba a la ligera la tarea de defender a la presunta responsable del tiroteo en el colegio. Por primera vez en muchos años, sentía cierto nerviosismo ante la idea de hablar con un cliente y, lo que era peor aún, ante la perspectiva de comparecer en un juzgado con el que no estaba familiarizada.

—Los casos que llevaba en Portland se veían en el Tribunal de Familia —dijo—. Es la primera vez que voy a sentarme frente a un presunto asesino.

Charlie la miró con cautela, como si temiera que le pasara algo.

—Ambas nos hemos sentado ante un asesino, Sammy.

Sam restó importancia a su comentario con un ademán. No estaba dispuesta a explicarle que siempre había ordenado su vida en categorías. La Sam que se sentó frente a los hermanos Culpepper en la mesa de la cocina no era la misma que ejercía la abogacía en Portland.

—Hace mucho tiempo que no me ocupo de un caso penal —dijo.

—No es más que una lectura de cargos. Enseguida te acordarás.

—Nunca he estado en el otro bando.

—Pues lo primero que notarás es que el juez no va a hacerte la ola.

—En Portland tampoco me la hacían. Hasta los policías llevaban pegatinas en los parachoques de sus coches que decían *Que le den por culo al fiscal.*

Charlie meneó la cabeza. Seguramente nunca se había visto en una situación así.

—Normalmente suelo disponer de cinco minutos con mis clientes antes de que empiece la vista. No hay mucho que decir. Por lo general son culpables de los delitos que se les imputan: comprar o vender drogas, consumir drogas, robar o traficar para comprar más droga. Echo un vistazo a su expediente para ver si se puede ver su ingreso en algún programa de desintoxicación o alargar de algún modo el proceso, y luego les explico lo que va a pasar a continuación. Normalmente es lo que quieren saber. Aunque hayan estado mil veces en los juzgados, quieren conocer la secuencia de los acontecimientos. ¿Qué va a pasar ahora? ¿Y luego? ¿Y después? Se lo cuento cien veces, y vuelven a preguntármelo una y otra vez.

Sam pensó que aquello se parecía mucho al papel que adoptó su hermana durante la primera fase de su recuperación.

—¿Y no te aburres?

—Siempre me recuerdo a mí misma que están cagados de miedo y que saber lo que va a pasar a continuación les da cierta sensación de control. ¿Por qué tienes licencia para ejercer en Georgia? —preguntó.

Sam se había preguntado si sacaría a relucir el tema.

—Mi empresa tiene oficinas en Atlanta.

—Venga ya. O sea, que hay un tío aquí que se ocupa de los asuntos locales, y tú eres la tocapelotas que viene cada pocos meses a vigilar lo que hace.

Sam volvió a reírse. Su hermana había descrito con bastante acierto la dinámica de su trabajo. Laurens van Loon era oficialmente el director de su sucursal en Atlanta, pero a Sam le gustaba poder sustituirle si era necesario. Y también le había gustado presentarse al examen para ejercer en Georgia y haber salido de él con la certeza de que había aprobado sin necesidad de abrir un solo libro.

—El Colegio de Abogados de Georgia tiene un directorio online —dijo Charlie—. Yo estoy justo encima de Rusty y él está justo encima de ti.

Sam pensó en sus tres nombres colocados juntos.

—¿Ben también trabaja con papá?

—*También* no, porque yo no trabajo con papá, y no, Ben es ayudante del fiscal del distrito. Trabaja a las órdenes de Ken Coin.

Sam hizo caso omiso del tono de desprecio de su hermana.

—¿Y eso no os causa conflictos?

—Hay delincuentes más que suficientes para todos. —Charlie señaló por la ventanilla—. Ahí venden unos tacos de pescado muy ricos.

Sam sintió que enarcaba una ceja. Estacionado en la cuneta había un puesto ambulante de tacos, muy parecido a los que podían verse en Nueva York o Los Ángeles. La cola era de al menos veinte personas. En otras furgonetas que vendían comida, la cola era aún más larga: barbacoa coreana, pollo al piri piri y una cosa llamada *Fusion Obstrusion.*

—¿Dónde estamos? —preguntó.

—Hace cosa de un minuto que entramos en el término municipal de Pikeville.

Sam se llevó automáticamente la mano al corazón. No se había fijado en la señal de demarcación. No había notado el pálpito que esperaba, el temor, el sentimiento de aflicción que creía que anunciaría su vuelta a casa.

—A Ben le encanta ese sitio, pero yo no lo soporto. —Charlie señaló un edificio cuyo diseño de chalet alpino encajaba a la perfección con el nombre del restaurante: el Biergarten.

Pero aquel local no era la única novedad. El centro de la ciudad estaba casi irreconocible. Los edificios de ladrillo de dos y tres plantas albergaban *lofts* arriba y, abajo, locales en los que se vendía ropa, antigüedades, aceite de oliva y quesos artesanos.

—¿Quién puede permitirse en Pikeville pagar tanto por un queso? —inquirió.

—Al principio, la gente que venía a pasar el fin de semana. Luego empezó a mudarse gente aquí desde Atlanta. Jubilados, gente con pasta que se dedica al sector tecnológico, unos cuantos *gays*... Aquí ya no rige la ley seca. Hace cinco o seis años aprobaron una ordenanza que permite vender alcohol.

—¿Y qué opinó de eso la vieja guardia?

—A las autoridades del condado les interesaban los impuestos y los buenos restaurantes que trae la venta de alcohol. Los fanáticos religiosos montaron en cólera. Podías comprar cristal en cualquier esquina, pero para tomarte una cerveza aguada tenías que ir hasta Ducktown. —Charlie se detuvo ante un semáforo en rojo—. Pero supongo que esos chalados tenían razón. El alcohol lo cambió todo. Fue entonces cuando empezó de verdad el *boom* inmobiliario. Vienen mexicanos de Atlanta en busca de trabajo. Vienen autobuses turísticos constantemente. En el puerto se alquilan barcos y se celebran fiestas de empresa. El Ritz Carlton está construyendo un resort con campo de golf. Que te parezca bueno o malo depende de por qué vivas aquí.

—¿Quién te ha roto la nariz?

—Dicen que no está rota de verdad. —Charlie torció a la derecha sin poner el intermitente.

—¿No contestas porque no quieres que lo sepa o porque quieres fastidiarme?

—Esa es una pregunta complicada con una respuesta igualmente complicada.

—Si empiezas a citar a papá, salto del coche.

Charlie aminoró la marcha.

—Era una broma.

—Lo sé. —Se apartó al arcén y puso el punto muerto. Luego se volvió hacia Sam—. Mira, me alegro de que hayas venido. Sé que ha sido por un mal motivo, pero me alegro de verte y de que hayamos podido hablar.

—¿Pero?

—No hagas esto por mí.

Sam observó los ojos amoratados de su hermana, la protuberancia de su nariz allí donde el cartílago estaba sin duda fracturado.

—¿Qué tiene que ver contigo la imputación de Kelly Wilson?

—Kelly Wilson es un pretexto —respondió Charlie—. No necesito que cuides de mí, Sam.

—¿Quién te ha roto la nariz?

Charlie puso los ojos en blanco, exasperada.

—¿Te acuerdas de cuando intentabas enseñarme a hacer el traspaso a ciegas? —preguntó.

—¿Cómo no voy a acordarme? —dijo Sam—. Eras una pésima alumna. Nunca me hacías caso. Seguías dudando una y otra vez.

—Seguía mirando hacia atrás. Tú creías que ese era el problema, que no podía correr hacia delante porque miraba hacia atrás.

Sam distinguió el eco de la carta que su hermana le había enviado hacía años.

Ninguna de las dos podrá seguir adelante mientras sigamos mirando atrás.

Charlie levantó la mano.

—Soy zurda.

—Igual que Rusty —repuso Sam—. Aunque se cree que la lateralidad es poligénica. Hay menos de un veinticinco por ciento de probabilidades de que heredaras de papá uno de los cuarenta *loci* genéticos que determinan...

Charlie emitió un ronco bufido hasta que su hermana dejó de hablar.

—Lo que quiero decir —dijo— es que intentabas enseñarme a coger el testigo con la mano derecha.

—Pero es que eras el segundo relevo. Y esa es la norma: el testigo se entrega primero con la mano derecha y luego con la izquierda, y así sucesivamente.

—Pero nunca se te ocurrió preguntarme cuál era el problema.

—Ni a ti *decírmelo*. —Sam no entendía a qué venía aquella excusa—. Habrías fallado igual en el primer relevo que en el tercero. Tenías una tendencia inveterada a salir en falso. Y lo hacías fatal en las curvas. Tenías velocidad para ser una esprínter, pero no te esforzabas lo suficiente.

—Quieres decir que corría lo justo para llegar en cabeza.

—Sí, exacto. —Sam sintió que empezaba a enojarse—. Reunías todas las condiciones para hacer bien el segundo relevo: eras una velocista explosiva, la más rápida del equipo. Lo único que te hacía falta era dominar la recepción del testigo y, practicando lo suficiente, hasta un chimpancé puede llegar a dominar el traspaso de los veinte metros. No entiendo cuál es tu problema. Querías ganar, ¿no?

Charlie agarró con fuerza el volante. Su nariz volvió a emitir aquel sonido sibilante cuando tomó aire.

—Creo que intento pelearme contigo.

—Pues lo estás consiguiendo.

—Perdona. —Charlie se acomodó en su asiento, metió primera y se incorporó de nuevo a la carretera.

—¿Ya has terminado? —preguntó Sam.

—Sí.

—¿Vamos a pelearnos?

—No.

Sam trató de rememorar la conversación, aislando los diversos momentos en que su hermana había intentado provocarla.

—Nadie te obligó a entrar en el equipo de atletismo.

—Lo sé. No debería haber dicho nada. Eso fue hace un millón de años.

Sam seguía molesta.

—No se trata del equipo de atletismo, ¿verdad?

—Joder. —Charlie frenó y detuvo el coche en medio de la carretera—. Los Culpepper.

Sam sintió que se le revolvía el estómago antes incluso de que su cerebro tuviera tiempo de procesar a qué se refería su hermana. O a *quién*.

—Esa es la camioneta de Danny Culpepper —dijo Charlie—. El hijo pequeño de Zachariah. Le pusieron así por Daniel.

Daniel Culpepper.

El hombre que disparó a Sam.

El que la enterró viva.

Sintió que el aire escapaba de sus pulmones.

No pudo impedir que sus ojos siguieran la mirada de Charlie. Una llamativa camioneta negra con embellecedores y tapacubos dorados ocupaba las dos únicas plazas para discapacitados que había delante de la jefatura de policía. Sobre la luna trasera tintada se leía *Danny* en grandes letras reflectantes de color oro. La cabina era de las que tenían espacio para cuatro personas. Había dos chicas jóvenes apoyadas contra las puertas cerradas. Sostenían sendos cigarrillos entre sus dedos rechonchos. Esmalte de uñas rojo. Pintalabios rojo. Sombra de ojos oscura. Raya gruesa. Cabello rubio oxigenado. Apretados pantalones negros. Camisetas ceñidas. Tacones altos. Siniestras. Detestables. Agresivamente ignorantes.

—Puedo dejarte en la parte de atrás del edificio —dijo Charlie.

Sam lo prefería. Si había una lista de motivos por los que había abandonado Pikeville, los Culpepper ocupaban sin duda sus primeros puestos.

—¿Siguen pensando que mentimos? ¿Que todo formaba parte de un gran complot para inculparlos?

—Claro que sí. Hasta tienen una página en Facebook.

Sam no se había desvinculado aún de la vida en Pikeville cuando Charlie estaba acabando el instituto. Su hermana le mandaba actualizaciones mensuales acerca de las odiosas Culpepper, de la firme creencia de su familia en que Daniel estaba en casa la noche de los ataques, de que Zachariah se hallaba trabajando en Alabama y de que ellas, las Quinn (una embustera y una disminuida psíquica, respectivamente) les habían inculpado porque Zachariah le debía a Rusty veinte mil dólares por sus servicios como abogado.

—¿Son las chicas del instituto? —preguntó—. Parecen muy jóvenes.

—Hijas o sobrinas, pero son todas iguales.

Su cercanía hizo que Sam se estremeciera.

—¿Cómo soportas verlas a diario?

—Con suerte, no tengo que verlas. Voy a dejarte detrás —se ofreció Charlie de nuevo.

—No, no voy a permitir que me intimiden. —Sam dobló su bastón plegable y lo metió en el bolso—. Ni voy a dejar que me vean con este chisme.

Charlie entró lentamente en el aparcamiento. La mayoría de las plazas estaban ocupadas por coches patrullas del departamento del sheriff, furgones forenses y Lincolns negros sin distintivos. Tuvo que llegar al fondo del aparcamiento para poder aparcar, a unos doce metros de la puerta.

Apagó el motor.

—¿Puedes llegar andando? —preguntó.

—Sí.

Charlie no se movió.

—No quiero ponerme pesada...

—Ponte pesada.

—Si te caes delante de esas zorras, se reirán de ti. Puede incluso que intenten algo peor, y entonces tendré que matarlas.

—Si llega el caso, usa mi bastón. Es metálico. —Sam abrió la puerta. Se agarró al reposabrazos y se impulsó hacia fuera.

Charlie rodeó el coche, pero no para ayudarla, sino para unirse a ella. Para caminar codo con codo hacia las Culpepper.

Se levantó el viento mientras cruzaban el aparcamiento. Sam pensó un momento en lo ridículo que era todo aquello. Casi podía oír el tintineo de las espuelas sobre el asfalto. Las Culpepper entornaron los ojos. Charlie levantó la barbilla. Parecían estar en un *western*, o en una película de John Hughes, si John Hughes hubiera escrito alguna vez sobre mujeres agraviadas casi entradas en años.

La jefatura de policía se hallaba en un complejo de oficinas administrativas de los años sesenta, bajo y chato, con estrechas ventanas y una cubierta que apuntaba hacia las montañas y que parecía salida de un episodio de Los Supersónicos. Charlie había ocupado la última plaza de aparcamiento libre, la más alejada de la entrada. Para llegar a la acera, tenían que recorrer a pie unos doce metros de suave cuesta arriba. No había rampa para acceder al edificio, solo tres anchos escalones de cemento que desembocaban en una acera bordeada de setos, de unos cuatro metros y medio de anchura, y, más allá, las puertas de cristal delanteras.

Sam podía recorrer esa distancia, pero Charlie tendría que ayudarla a subir las escaleras. O quizá le bastara con apoyarse en la barandilla metálica. El truco consistiría en apoyarse fingiendo que descansaba la mano en la barandilla. Tendría que adelantar primero la pierna izquierda y luego arrastrar la derecha, y confiar en que soportase el peso de su cuerpo cuando volviera a adelantar la izquierda.

Se pasó los dedos por el pelo.

Notó el surco de piel endurecida de encima de su oreja.

Apretó el paso.

El viento cambió de dirección. Sam oyó las voces de las Culpepper. La más alta de las dos arrojó su cigarrillo hacia ellas. Alzó la voz al decirle a la otra:

—*Pa'ece* que a la *mu* puta le han *dao* por fin su merecido.

—Los dos ojos. O sea, que *l'han arreao* dos mamporros —graznó la otra—. La próxima vez que la veamos, podemos traerle un *helao*.

Sam sintió que los músculos de su pierna derecha empezaban a temblar. Enlazó el brazo de Charlie como si estuvieran dando un paseo por el parque.

—Había olvidado el sociolecto de los aborígenes de los Apalaches.

Charlie se rio. Puso la mano sobre la de Sam.

—¿*C'ha* dicho? —preguntó la alta—. ¿Qué *t'ha llamao*?

Las puertas de cristal se abrieron bruscamente. El estruendo las sobresaltó a las cuatro.

Un joven de aspecto amenazador salió a la acera con paso decidido. No era alto, pero sí muy fornido. La cadena que le sujetaba la cartera al cinturón colgaba a un lado, de ahí aquel tintineo. Su atuendo cumplía todos los estereotipos del palurdo de la América profunda: desde la gorra de béisbol manchada de sudor a la camisa de franela roja y negra con las mangas arrancadas, pasando por los vaqueros mugrientos y rotos.

Danny Culpepper, el hijo menor de Zachariah.

El vivo retrato de su padre.

Sus botas retumbaron con estrépito cuando bajó los escalones. Sus ojillos se clavaron en Charlie. Simuló una pistola con la mano y fingió que la apuntaba con ella.

Sam apretó los dientes. Intentó no equiparar la corpulenta figura del joven con la de Zachariah Culpepper. Su paso chulesco. Su forma de chasquear los gruesos labios al sacarse el palillo de la boca.

—¿Qué tenemos aquí? —Se detuvo delante de ellas, abriendo los brazos para cortarles el paso—. Su cara me suena, señora.

Sam apretó el brazo de Charlie. No iba mostrarse asustada ante aquel animal.

—Ya sé. —Él chasqueó los dedos—. Vi su foto en el juicio de mi padre, pero tenía la cabeza *to'a* hinchada, por el balazo.

Sam clavó las uñas en el brazo de su hermana. Rogó que no le fallara la pierna, que su cuerpo no se echara a temblar, que su ira no fulminara a aquel tipejo a las puertas de la comisaría.

—Apártese —ordenó.

Él no se apartó. Empezó a batir palmas y a dar zapatazos en el suelo.

—Dos Quinn había en el pueblo —canturreó—, a una se la follaron y a otra le dieron *p'al* pelo.

Las chicas soltaron una risa estridente.

Sam intentó esquivar a Danny, pero Charlie la agarró de la mano con firmeza evitando que se alejara.

—Difícilmente puede uno follarse a una niña de trece años si la polla no se le levanta —le espetó.

Él soltó un bufido.

—Y una mierda.

—Seguro que sus compañeros de la cárcel sí consiguen levantársela.

Era un insulto tosco pero eficaz. Danny señaló su cara con el dedo agresivamente.

—¿Crees que no soy capaz de coger el rifle y volarte la puta cabeza aunque esté delante de la comisaría?

—Asegúrese de acercarse bien —replicó Sam—. Los Culpepper no son precisamente famosos por su buena puntería. —El silencio hizo vibrar el aire. Sam se llevó el dedo a un lado de la cabeza—. Por suerte para mí.

Charlie soltó una risa de sorpresa. Siguió riéndose hasta que Danny Culpepper pasó a su lado, golpeándola con el hombro.

—Malditas zorras —masculló, y añadió dirigiéndose a sus hermanas—. Si queréis que os lleve a casa, subid de una puta vez.

Sam tiró del brazo de Charlie para que se moviera. Temía que su hermana no diera por zanjada la discusión, que hiciera algún otro comentario vitriólico que impulsara a Danny Culpepper a dar media vuelta.

—Vamos —susurró tirando de ella—. Ya es suficiente.

Pero solo cuando Danny estuvo sentado al volante de su camioneta dejó Charlie que la alejara de allí.

Caminaron hacia la entrada del edificio cogidas del brazo.

Sam se había olvidado de las escaleras.

Oyó el rugido de la camioneta de Danny Culpepper a su espalda. Seguía revolucionando el motor. Dejarse atropellar supondría menos esfuerzo que subir las escaleras.

Le dijo a Charlie:

—Creo que no...

—Yo te sujeto. —Su hermana no le permitió detenerse. Deslizó el brazo bajo su codo doblado, formando una especie de estante para que se apoyara—. Una, dos...

Sam adelantó la pierna izquierda, se apoyó en Charlie al mover la derecha, volvió a adelantar la derecha y subió los peldaños.

Los Culpepper se habían quedado sin espectáculo.

Los neumáticos chirriaron tras ellas. El aire se llenó de humo. La camioneta arrancó envuelta en un estruendo en el que se mezclaban el rugido del motor y la música rap.

Sam se detuvo a descansar. La puerta de acceso quedaba aún a un metro y medio de distancia. Estaba casi sin aliento.

—¿Por qué han venido? ¿Por papá?

—Si yo estuviera investigando quién apuñaló a Rusty Quinn, el primer sospechoso que se me ocurriría sería Danny Culpepper.

—Pero ¿crees que le han hecho venir para interrogarle?

—No creo que le estén dedicando mucha atención al asunto, bien porque ya tienen bastante lío con el tiroteo en el colegio, bien porque no les importa que alguien haya intentado matar a papá. Normalmente —añadió—, la policía no deja que vengas en tu propio coche y con tus primas a comisaría si te va a interrogar por intento de asesinato. Echan tu puerta abajo, te traen hasta aquí a rastras y hacen todo lo que pueden por asustarte y que sepas que estás con el agua al cuello.

—Entonces, ¿es simple coincidencia que estuviera aquí?

Charlie se encogió de hombros.

—Trafica con drogas. Viene mucho por comisaría.

Sam buscó un pañuelo de papel en el bolso.

—¿Así es como ha podido comprarse esa camioneta tan hortera?

—No, no se le da *tan* bien vender drogas. —Charlie vio cómo la camioneta enfilaba a toda velocidad una calle prohibida—. Los precios de las camionetas horteras están por las nubes.

—Sí, lo leí en el *Times*.

Sam usó el pañuelo para enjugarse el sudor de la cara. Ignoraba por qué había hablado con Danny Culpepper y no se explicaba por qué le había dirigido esas palabras. En Nueva York, hacía todo lo posible por ocultar su discapacidad. Aquí, parecía blandirla como un arma.

Volvió a guardar el pañuelo en su bolso.

—Estoy lista.

—Kelly tenía un anuario —le dijo Charlie en voz baja—. Ya sabes, esa cosa que...

—Sé lo que es un anuario.

Charlie asintió con la cabeza, mirando hacia las escaleras.

Sam tuvo que apoyarse en su bastón, pero consiguió recorrer la distancia hasta la puerta sin que la ayudara. Fue entonces cuando vio una plancha de madera prensada apoyada sobre el terraplén de hierba, al otro lado de las escaleras. La rampa para discapacitados, supuso.

—Maldito lugar —masculló. Se apoyó contra la barandilla metálica. Preguntó a Charlie—: ¿A qué estamos esperando?

Charlie volvió a mirar las puertas como si temiera que alguien pudiera oírlas y dijo casi susurrando:

—El anuario estaba en el cuarto de Kelly, escondido en el estante de arriba de su armario.

Sam no entendió. El crimen había tenido lugar el día anterior por la mañana.

—¿Papá ya ha recibido parte del sumario?

Charlie contestó levantando una ceja. Sam dejó escapar un suspiro que era a medias un gruñido. Sabía que su padre era aficionado a tomar atajos.

—¿Qué hay en el anuario?

—Muchos comentarios desagradables calificando a Kelly de puta y acusándola de tener relaciones sexuales con jugadores del equipo de fútbol.

—Pero eso no es nada raro en el instituto. Las chicas pueden ser muy crueles.

—El colegio de enseñanza media —repuso Charlie—. Eso fue hace cinco años, cuando Kelly tenía catorce. Y no se trata de simple crueldad. Las hojas del anuario están llenas de comentarios. Firmaron cientos de alumnos. La mayoría probablemente ni la conocía.

—Una versión de *Carrie* hecha en Pikeville, solo que sin la sangre de cerdo. —Sam se dio cuenta de lo evidente—. Aunque al final se ha derramado sangre.

—Exacto.

—Es un atenuante. La acosaban en el colegio. Seguramente estaba aislada. Eso podría salvarla del corredor de la muerte. Es una suerte. Para la defensa de papá, quiero decir —explicó.

—Kelly dijo algo en el pasillo antes de entregarle el arma a Huck —añadió Charlie.

—¿Qué dijo? —A Sam le dolía la garganta del esfuerzo de hablar en voz baja—. ¿Por qué no me has contado todo esto en el coche, en vez de esperar a que estuviéramos delante de la comisaría?

Charlie señaló con la mano hacia las puertas.

—Ahí dentro solo hay un tipo gordo detrás de una mampara de cristal blindado.

—Contéstame, Charlie.

—Porque en el coche estaba cabreada contigo.

—Lo sé. —Sam volvió a agarrarse a la barandilla—. ¿Por qué?

—Porque estás aquí a pesar de que te he dicho que no te necesitaba, y porque estás mintiendo, como haces siempre, por ese absurdo sentido del deber hacia Gamma y fingiendo que lo haces por la lectura de cargos, y hace un momento, mientras subíamos las escaleras, me he dado cuenta de que lo que está en juego aquí no es ese tira y afloja entre nosotras. Es la vida de Kelly. Y Kelly necesita que estés al cien por cien.

Sam enderezó la espalda.

—Yo siempre estoy al cien por cien con mis clientes. Me tomo muy en serio mis responsabilidades profesionales.

—Esto es mucho más complicado de lo que piensas.

—Entonces explícamelo. No me mandes ahí dentro a ciegas. —Se señaló el ojo—. Más de lo que ya lo estoy.

—Tienes que dejar de usar ese chiste.

Seguramente su hermana tenía razón.

—Dime qué dijo Kelly en el pasillo.

—Fue después del tiroteo, cuando estaba sentada en el pasillo. Intentaban que entregara la pistola. Vi que sus labios se movían y Huck tuvo que oír lo que decía, aunque no se lo ha dicho al GBI, pero había un policía allí cerca que también la oyó, y estaba allí, como te digo, y aunque no oí lo que decía me di cuenta de que se ponía muy nervioso.

—¿Has desarrollado una súbita aversión por los pronombres personales? —Sam se sintió de pronto abrumada por aquella avalancha de datos inconexos. Su hermana se estaba comportando de nuevo como si tuviera trece años, atolondrada por la emoción de contar una historia—. ¿Te parece que esa información es menos importante que quejarte de ser segunda relevista hace treinta años?

—Hay algo más que tienes que saber sobre Huck —dijo Charlie.

—De acuerdo.

Su hermana desvió la mirada. Inexplicablemente, tenía lágrimas en los ojos.

—¿Charlie? —Sam sintió que a ella también se le saltaban las lágrimas. Nunca había soportado ver sufrir a su hermana—. ¿Qué pasa?

Charlie se miró las manos. Se aclaró la garganta.

—Creo que se llevó el arma homicida del lugar de los hechos.

—¿Qué? —Sam levantó la voz, alarmada—. ¿Cómo?

—Es solo una corazonada. El GBI me preguntó por...

—Espera, espera. ¿El GBI te interrogó?

—Soy una testigo presencial.

—¿Estaba tu abogado presente?

—Yo soy abogada.

—Charlie...

—Sí, ya sé que mi clienta es idiota. Pero descuida, no dije ninguna estupidez.

Sam prefirió no llevarle la contraria.

—¿El GBI te preguntó si sabías dónde estaba el arma homicida?

—Indirectamente. La agente que me interrogó era muy astuta, no enseñaba sus cartas. El arma es un revólver, seguramente de seis disparos. Y después, cuando hablé con Huck por teléfono, me dijo que le habían preguntado lo mismo, solo que en su caso fue el FBI. Cuándo había sido la última vez que vio la pistola, quién la tenía, qué pasó con ella. El caso es que tengo la sensación de que fue Huck quien se llevó el arma. Pero no es más que una corazonada. No se lo he dicho a papá, claro, porque si se entera hará que detengan a Huck. Y sé que sería lo más lógico, pero Huck solo intentaba hacer lo correcto, y teniendo en cuenta que se trata del FBI estaríamos hablando de un delito grave y... —Dejó escapar un profundo suspiro—. En fin, eso es todo.

Había tantas cosas alarmantes en aquel caso que Sam no podía asimilarlas todas de golpe.

—Charlotte, no puedes volver a hablar nunca más con Mason Huckabee, ni por teléfono ni de ningún otro modo.

—Lo sé. —Charlie pisó el filo de un peldaño, estiró los gemelos y se balanceó sobre sus excelentes piernas—. Antes de que digas nada, le advertí a Huck que no intentara verme o llamarme y que se buscara un buen abogado.

Sam contempló el aparcamiento. Coches patrulla del departamento de sheriff. Vehículos policiales. Furgones forenses. Los Linconls del FBI. Aquello era a lo que se enfrentaba Rusty, y su hermana se había dejado arrastrar a aquel embrollo.

—¿Lista? —preguntó Charlie.

—¿Puedes darme un segundo para que me reponga?

En lugar de verbalizar su respuesta, Charlie asintió con un gesto. Pero Charlie rara vez se limitaba a asentir con la cabeza. Al igual que Rusty, sentía el impulso irresistible de hablar, de dar explicaciones, de argumentar su gesto afirmativo.

Sam estaba a punto de preguntarle qué más le estaba ocultando cuando su hermana dijo:

—¿Qué hace Lenore aquí?

Sam vio que un coche rojo entraba bruscamente en el aparcamiento. El sol centelleó en su parabrisas cuando se dirigió velozmente hacia ellas. Viró de nuevo con brusquedad y se detuvo con un chirrido de neumáticos.

Se abrió la ventanilla. Lenore les indicó con un gesto que se apresuraran.

—La lectura de cargos empieza a las tres.

—Joder, tenemos una hora y media como máximo. —Charlie ayudó rápidamente a Sam a bajar las escaleras—. ¿Quién es el juez?

—Lyman. Dice que lo ha adelantado para evitar a la prensa, pero la mitad de los periodistas ya están haciendo cola para coger sitio. —Les indicó que subieran al coche—. También ha designado a Carter Grail para que sustituya a Rusty.

—Mierda, se encargará de colgar a Kelly él solito. —Charlie abrió la puerta trasera y le dijo a Lenore—: Tú lleva a Sam. Yo voy a intentar mantener a Grail alejado de Kelly y averiguar qué está pasando. Llegaré antes si voy corriendo.

—¿Antes? ¿De qué? —preguntó Sam.

Pero Charlie ya se había marchado.

—Grail es un bocazas —contestó Lenore—. Si Kelly habla con él, le contará lo que diga a todo el mundo.

—Estoy segura de que eso no tiene nada que ver con que el juez le haya nombrado a él.

Sam no tuvo más remedio que subir al coche. El juzgado, un gran edificio rematado por una cúpula, se hallaba justo enfrente de la jefatura de policía, pero la calle era de una sola dirección y para llegar a él era necesario dar un rodeo. Debido a sus problemas para caminar, tendrían que esperar en el semáforo, rodear el juzgado y volver a enfilar la calle.

Sam vio que su hermana cruzaba la calle esquivando una camioneta y se subía de un salto a la acera de cemento. Corría magníficamente, con los brazos pegados al cuerpo, la cabeza recta, los hombros echados hacia atrás.

Sam tuvo que desviar la mirada.

—Es una sucia artimaña —le dijo a Lenore—. La vista estaba fijada para mañana por la mañana.

—Lyman hace lo que se le antoja. —Lenore la miró a los ojos por el retrovisor—. Los reclusos le llaman «el Santo Grial». Si bebe antes de tu juicio, seguro que te cae cadena perpetua.

—En realidad es un cáliz. En la tradición cristiana.

—Le mandaré un telegrama a Indiana Jones. —Lenore salió del aparcamiento.

Sam vio que su hermana cruzaba corriendo el césped del juzgado. Saltó por encima de un seto. Había una fila de personas frente a la puerta, pero pasó a toda prisa a su lado, subiendo los escalones de dos en dos.

—¿Puedo preguntarte una cosa?

—Por qué no.

—¿Cuánto tiempo lleva mi hermana acostándose con Mason Huckabee?

Lenore frunció los labios.

—No era esa le pregunta que esperaba.

Tampoco era una pregunta que Sam hubiera esperado tener que formular, pero eso lo explicaba todo: la frialdad entre Charlie y Ben, las lágrimas de Charlie al hablarle de Mason Huckabee.

—¿Le has dicho quién es? —preguntó Lenore.

Sam asintió con la cabeza.

—Entonces debe de sentirse como una mierda —añadió Lenore—. Más de lo que ya se sentía.

—No será por falta de defensores.

—Sabes mucho para llevar aquí cinco minutos.

Lenore bordeó el edificio y se dirigió a su parte trasera. Paró el coche delante de una zona de carga y descarga de mercancías.

—Sube por la rampa —le dijo a Sam—. El ascensor está a la derecha. Baja una planta, hasta el subsótano. Los calabozos están ahí. Y oye. —Se volvió para mirarla—. Ayer Rusty no consiguió sacarle ni una palabra a Kelly. Puede que con una mujer esté más dispuesta a hablar. Cualquier cosa que puedas sacarle nos servirá. Ahora mismo no tenemos nada.

—Entendido.

Sam desplegó su bastón. Se sintió más fuerte al salir del coche. La adrenalina siempre había sido su mejor aliada, seguida de cerca por la ira. Subió con paso decidido la rampa destinada a la entrega de pedidos al por mayor de papel higiénico y papeleras. El olor a comida podrida de los contenedores era nauseabundo.

Por dentro, el juzgado era como todos los que conocía, salvo porque en él había una sobreabundancia de mujeres y hombres guapos, ataviados para hablar ante las cámaras. Apoyándose en el bastón, llegó al principio de la cola. Dos ayudantes del sheriff montaban guardia junto al detector de metales. Sam tuvo que mostrar su documentación, firmar el control de entrada, dejar su bolso y su bastón en la bandeja de los rayos equis y mostrar sus credenciales como abogada para que le permitieran quedarse con el teléfono móvil. Luego aguardó a que una ayudante del sheriff la cacheara porque la placa metálica de su cabeza hizo que saltase la alarma cuando pasó por el detector.

El ascensor estaba a la derecha. Había dos plantas por debajo del sótano, pero Lenore le había dicho que bajara una planta, de modo que pulsó el botón indicado y esperó. El ascensor estaba lleno de hombres trajeados. Se situó al fondo y se apoyó contra la pared para descargar de peso su pierna. Cuando se abrieron las puertas, todos los hombres se apartaron para dejarla pasar.

Había ciertas costumbres del Sur que Sam echaba de menos.

—Hola. —Charlie estaba esperándola junto a la puerta. Se sujetaba un pañuelo contra la nariz, que había empezado a sangrarle, seguramente por culpa de la carrera. Respiró hondo y un chorro de palabras salió de su boca—. Le he dicho a Coin que la ayudante de papá eres tú. Le ha sentado... fatal. Y a Lyman también, así que intenta no cabrearle más. Me he enterado de que Grail no ha tenido ocasión de hablar con Kelly, pero quizá deberías asegurarte. Está enferma desde que llegó. Ha atascado el váter. Según me han dicho, es un desastre.

—¿Enferma? ¿Qué le pasa exactamente?

—Tiene vómitos. He llamado a la cárcel. Ha desayunado y ha comido bien. No hay nadie más enfermo, así que no se trata de una intoxicación alimentaria. Pero ya estaba potando cuando la trajeron, hace cosa de media hora. No se está desintoxicando. Deben de ser los nervios. Esta es Mo —añadió señalando a la mujer mayor sentada detrás del mostrador—. Mo, esta es mi hermana, Samantha.

—No me manches de sangre el mostrador, Quinn.

Mo no levantó la vista del teclado. Chasqueó los dedos para pedirle a Sam su documentación y sus credenciales. Tocó algunas teclas del ordenador. Levantó el teléfono. Señaló un impreso de control de acceso.

Estaba casi lleno. Sam anotó su nombre y firmó en el último recuadro, debajo de Carter Grail. La hora de entrada y salida indicaba que Grail había pasado menos de tres minutos con Kelly.

—Lyman lleva aquí unos doce años —explicó Charlie—. Venía de Marietta. Es un tocapelotas, muy rígido con el procedimiento. ¿Tienes un vestido o una falda en la maleta?

—¿Para qué?

—Es igual.

—Ya lo creo que da igual. —Mo colgó el teléfono y le dijo a Sam—: Dispone de diecisiete minutos. Grail ha gastado tres. Tendrá que hablar con ella en la celda.

Charlie dio un puñetazo en el mostrador.

—Pero ¿qué coño...?

—Ya me ocupo yo, Charlie —dijo Sam, y se dirigió a Mo—. Si la sala no está disponible en estos momentos, debería usted informar al juez de que hay que posponer la vista hasta que disponga del tiempo necesario para hablar en privado con mi cliente.

Mo soltó un gruñido. La miró con enfado, esperando que se retractrara. Pero, al ver que seguía en sus trece, dijo:

—Creía que usted era la lista. —Metió la mano debajo de la mesa y pulsó un timbre. Le guiñó un ojo a Sam—. La sala está a la derecha. Dieciséis minutos.

Charlie agitó el puño en el aire y corrió hacia las escaleras. Era tan ligera de pies que apenas hacía ruido.

Sam se colgó el bolso en el otro hombro y, apoyada en el bastón, cruzó trabajosamente la puerta. Se detuvo delante de otra y esperó mientras se cerraba la primera. Se oyó otro zumbido y la segunda puerta se abrió delante de ella.

La asaltó de inmediato el olor, olvidado hacía tiempo, de los calabozos: un hedor a vómito putrefacto, a sudor alcalino, al amoníaco de la orina y al desagüe de un único váter utilizado por cerca de un centenar de reclusos al día.

Avanzó ayudándose con el bastón. Sus zapatos chapaleaban en charcos de agua marrón. Nadie había limpiado el aseo desbordado. Solo quedaba una detenida en el calabozo, una mujer mayor y desdentada, acuclillada en un largo banco de cemento. Su mono naranja la cubría como una manta. Se mecía lentamente adelante y atrás. Sus ojos legañosos siguieron a Charlie cuando se dirigió a la puerta cerrada de la derecha.

El pomo giró antes de que le diera tiempo a llamar. La ayudante del sheriff que salió de la sala tenía un aspecto rudo y atrabiliario. Cerró la puerta, pegando la espalda al cristal opaco.

—¿Es usted la segunda abogada?

—Tercera, técnicamente. Samantha Quinn.

—La hija mayor de Rusty.

Sam asintió con un gesto, a pesar de que no era una pregunta.

—La detenida ha vomitado unas cuatro veces durante la última media hora. Le he dado un paquete de galletas de naranja y una lata de Coca-Cola servida en un vaso de plástico. Le he preguntado si quería atención médica. Me ha dicho que no. Dispone de quince minutos antes de que vuelva. —Se tocó el reloj de pulsera—. Si entro y oigo algo, lo he oído. ¿Conforme?

Sam sacó su móvil. Puso la alarma para que sonara catorce minutos después.

—Me alegro de que nos entendamos.

La mujer abrió la puerta.

La sala estaba tan a oscuras que sus ojos tardaron en habituarse a la penumbra. Dos sillas. Una mesa metálica atornillada al suelo. Un tubo fluorescente que parpadeaba, torcido, colgado de dos tramos de cadena forrada.

Kelly Rene Wilson había apoyado el cuerpo sobre la mesa y se cubría la cabeza con los brazos. Al abrirse la puerta, se puso en pie de un salto, dejó caer los brazos y cuadró los brazos como si Sam le hubiera ordenado que se pusiera firme.

—Puedes sentarte —le dijo.

Kelly esperó a que se sentara ella primero.

Sam ocupó la silla vacía que había junto a la puerta. Apoyó el bastón en la mesa. Sacó su cuaderno y su bolígrafo del bolso. Se puso las gafas de leer.

—Me llamo Samantha Quinn. Voy a representarte como abogada en la lectura de cargos. Ayer conociste a mi padre, Rusty.

—Qué raro habla —comentó Kelly.

Sam sonrió. A los neoyorkinos, su acento les sonaba sureño, y a los sureños les sonaba yanqui.

—Vivo en Nueva York.

—¿Porque es coja?

Sam estuvo a punto de reírse.

—No. Vivo en Nueva York porque me gusta. Utilizo bastón cuando se me cansa la pierna.

—Mi abuelo tenía un bastón, pero era de madera.

La chica parecía tranquila, pero el tintineo de sus esposas indicaba que movía la pierna con nerviosismo.

—No debes tener miedo, Kelly —le dijo Sam—. Soy tu aliada. No estoy aquí para tenderte una trampa. —Anotó el nombre de Kelly y la fecha en la parte de arriba de una hoja del cuaderno. Subrayó las palabras dos veces y notó un curioso hormigueo en el estómago—. ¿Has hablado con el señor Grail, el abogado que vino antes a verte?

—No, señora, porque estaba mala.

Sam la observó. Hablaba despacio, casi como si estuviera drogada. A juzgar por la *S* de la parte delantera de su mono naranja, le habían dado un uniforme de talla pequeña, pero era tan menuda que le quedaba grande. Estaba pálida y demacrada. Tenía el pelo grasiento y salpicado de trozos de vómito. Pese a ser delgada, tenía la cara redondeada y angelical.

Sam se recordó que Lucy Alexander también parecía un ángel.

—¿Estás tomando alguna medicación? —le preguntó.

—Ayer en el hospital me pusieron unos líquidos. —Le enseñó el puntito rojo y amoratado que tenía en la cara interna del codo derecho—. Por aquí.

Sam anotó sus palabras exactas. Rusty tendría que pedir la historia de la chica en el hospital.

—¿Crees que te dieron fluidos pero no medicación?

—Sí, señor, eso me dijeron. Porque estaba en estado de *shock*.

—¿En estado de *shock*? —preguntó Sam.

La chica afirmó con la cabeza.

—Sí, señora.

—¿No has tomado ninguna droga ilegal, ni ahora ni antes?

—¿Ninguna droga ilegal? —preguntó la chica—. No, señora. Eso no estaría bien.

De nuevo, Sam transcribió sus palabras.

—¿Y cómo te encuentras ahora?

—Bien, creo. No tan mal como antes.

Sam miró a Kelly Wilson por encima de las gafas. Tenía las manos unidas por debajo de la mesa y los hombros hundidos, de modo que parecía aún más pequeña. Sam se fijó en que la silla de plástico rojo sobresalía a ambos lados de su espalda.

—¿Estás bien o estás bien, crees?

—Estoy muy asustada —dijo Kelly—. Aquí gente mala.

—Lo mejor que puedes hacer es ignorarlos.

Sam tomó algunas notas acerca del aspecto sucio y descuidado que presentaba Kelly. Tenía las uñas mordidas y sangre seca en las cutículas.

—¿Qué tal tienes el estómago?

—A esta hora del día lo tengo un poco revuelto.

—¿A esta hora del día? —Sam hizo una anotación y apuntó la hora—. ¿Ayer también vomitaste?

—Sí, señora, pero no se lo dije a nadie. Cuando me pongo así, se me suele pasar solo, pero esa señora de ahí fuera ha sido muy amable y me ha dado unas galletas.

Sam mantuvo la mirada fija en el cuaderno. No quería mirar a Kelly porque cada vez que lo hacía se apoderaba de ella una compasión que no deseaba sentir. La chica no encajaba con la imagen de una asesina, y mucho menos con la de una asesina indiscriminada. Claro que tal vez ella tuviera una imagen distorsionada debido a sus pasadas experiencias con Zachariah y Daniel Culpepper. Lo cierto era que cualquiera podía matar.

—Estoy sustituyendo a mi padre, Rusty Quinn, hasta que se encuentre mejor —dijo—. ¿Te ha dicho alguien que está en el hospital?

—Sí, señora. Los guardias de la cárcel estaban hablando de eso. De que han apuñalado al señor Rusty.

Sam dudaba de que los guardias tuvieran algo bueno que decir sobre su padre.

—Entonces, ¿el señor Rusty te dijo que trabaja para ti y no para tus padres? ¿Y que cualquier cosa que le digas quedará en secreto?

—Es la ley —contestó la chica—. El señor Rusty no puede contarle a nadie lo que le diga.

—Eso es —repuso Sam—. Y lo mismo pasa conmigo. Los dos hemos hecho un juramento de confidencialidad. Puedes hablar conmigo y yo puedo hablar con el señor Rusty de lo que me digas, pero no podemos contarle a nadie tus secretos.

—¿Es difícil, saber los secretos de otras personas?

Sam se sintió desarmada por la pregunta.

—Puede serlo, pero forma parte de mi trabajo y ya sabía que tendría que guardar secretos cuando decidí convertirme en abogada.

—Para eso hay que estudiar un montón de años.

—Sí. —Sam consultó su móvil. Normalmente cobraba por horas. No estaba acostumbrada a escatimar su tiempo—. ¿Te dijo el señor Rusty lo que es una lectura de cargos?

—No es un juicio.

—Exacto. —Sam se dio cuenta de que estaba modulando la voz como si hablara con una niña pequeña. Pero Kelly tenía dieciocho años, no ocho.

Era Lucy Alexander la que tenía ocho años.

Se aclaró la garganta.

—En la mayoría de los casos —explicó—, la ley exige que la lectura de cargos tenga lugar en un plazo de cuarenta y ocho horas tras la detención. Fundamentalmente, es cuando un caso pasa de ser una investigación policial a ser una causa criminal de la que se encargan los tribunales. Hay una lectura formal de los cargos o imputación en presencia del abogado de la defensa para informar al imputado, o sea, a ti, de las acusaciones a las que se enfrenta y darle la oportunidad de hacer una primera alegación ante el juez. Sé que parecen muchas cosas, pero, en total, no tendría que durar más de diez minutos.

Kelly pestañeó.

—¿Entiendes lo que acabo de decirte?

—Habla muy deprisa.

Sam, que había invertido centenares de horas en recuperar el habla normal, tuvo que concentrarse para hablar más despacio. Lo intentó:

—Durante la lectura de cargos, no se llamará a declarar a ningún agente de policía ni a ningún testigo. ¿De acuerdo?

Kelly asintió.

—No se presentarán pruebas. No se valorará ni se decidirá si eres culpable o inocente.

La chica esperó.

—El juez te preguntara cómo te declaras para que conste en acta. Contestaré yo en tu lugar y diré que te declaras inocente. Después puedes cambiar tu declaración si así lo deseas. —Sam hizo una pausa. Había empezado a acelerarse otra vez—. Después, el juez, el fiscal y yo discutiremos fechas, procedimientos y otros asuntos del juzgado. Pediré que todas esas cuestiones se retomen cuando mi padre, el señor Rusty, se haya recuperado, es decir, la semana que viene, probablemente. No hace falta que digas nada durante la vista. Yo hablaré por ti. ¿Entendido?

—Su papá me dijo que no hablara con nadie, y eso he hecho —dijo Kelly—. Solo con los guardias para decirles que me encontraba mal. —Encorvó un poco más los hombros—. Pero han sido muy amables, como le digo. Aquí todo el mundo me ha tratado muy bien.

—Menos la gente mala.

—Sí, señora, algunos son malos.

Sam miró sus notas. Rusty tenía razón. Kelly era demasiado dócil. No parecía entender la gravedad de su situación. Tendría que pasar por una evaluación psicológica. Sam estaba segura de que encontraría a alguien en Nueva York que estuviera dispuesto a evaluarla sin cobrar.

—Señorita Quinn —dijo Kelly—, ¿puede decirme si mis padres saben que estoy aquí?

—Sí. —Sam comprendió que nadie la había informado de nada durante las veinticuatro horas anteriores—. Tus padres no pueden visitarte en la cárcel hasta después de la lectura de cargos, pero están deseando verte.

—¿Están enfadados por lo que pasó?

—Están preocupados por ti —contestó, a pesar de que solo eran conjeturas—. Pero te quieren muchísimo. Vais a superar esto juntos. Pase lo que pase.

A Kelly le tembló el labio. Empezó a llorar.

—Yo también los quiero mucho.

Sam se recostó en la silla. Tuvo que hacer un esfuerzo para acordarse de Douglas Pinkman y de cómo la animaba en cada competición de atletismo, incluso después de que pasara al instituto. El director había visto más carreras suyas que su propio padre.

Y ahora estaba sentada delante de la chica que le había matado.

—Tus padres estarán arriba, en la sala del juzgado —dijo—, pero no vas a poder tocarles ni hablar con ellos, excepto para decirles hola. —Confiaba en que no hubiera cámaras en la sala. Tendría que asegurarse de advertir a los padres de Kelly—. Cuando vuelvan a trasladarte a la cárcel, podrán ir a visitarte, pero recuerda que cualquier cosa que les digas a tus padres o a cualquier otra persona en la cárcel quedará grabada. En la sala de visitas o en el teléfono, siempre hay alguien escuchando. No hables con ellos sobre lo que pasó ayer. ¿Entendido?

—Sí, señora, pero ¿puede decirme si me he metido en un lío?

Sam observó su cara, intentando descubrir si estaba fingiendo.

—Kelly, ¿te acuerdas de lo que pasó ayer por la mañana?

—Sí, señora. Maté a dos personas. Tenía la pistola en la mano.

Sam buscó en su rostro algún indicio de arrepentimiento.

No encontró ninguno.

Hablaba como si aquello le hubiera pasado a otra persona.

—¿Por qué...? —Pensó en cómo formular la pregunta—. ¿Conocías a Lucy Alexander?

—No, señora. Creo que debía estar en el colegio de primaria, porque parecía muy pequeñita.

Sam abrió la boca y aspiró.

—¿Y al señor Pinkman?

—Bueno, oía decir a la gente que no era mala persona, pero a mí nunca me mandaron a su despacho.

El hecho de que hubiera elegido a sus víctimas al azar empeoraba las cosas.

—Entonces, ¿tanto el señor Pinkman como Lucy Alexander estaban simplemente en el pasillo cuando pasó todo?

—Supongo que sí —contestó Kelly—. Ya le digo que tenía la pistola en la mano, y luego el señor Huckabee se la guardó en los pantalones.

Sam sintió que se le encogía el corazón. Consultó el cronómetro del teléfono. Se aseguró de que no había ninguna sombra merodeando junto a la puerta.

—¿Le dijiste a mi padre lo que acabas de decirme? —preguntó.

—No, señora. Ayer casi no hablé con él. Estaba muy disgustada porque me tenían en el hospital, y además me dolía la tripa como me pasa últimamente y decían que iba a tener que pasar allí la noche y sé que eso cuesta mucho dinero.

Sam cerró su cuaderno. Puso la capucha a su bolígrafo. Cambió sus gafas de leer por las normales.

Se hallaba en una situación inaudita. Un abogado defensor no podía, por ley, llamar a declarar a un testigo a sabiendas de que iba a mentir. Esa regla explicaba por qué los abogados nunca querían que sus clientes les contaran toda la verdad. La verdad íntegra rara vez beneficiaba a la defensa. Todo lo que le dijera Kelly sería confidencial, pero Sam no tendría que llamar a declarar a un testigo, ni se vería en el trance de repreguntar, de modo que no tendría las manos atadas. Podía sencillamente omitir los datos desventajosos para la defensa cuando le refiriera a Rusty su conversación con Kelly y dejar que su padre se ocupara de lo demás.

—Mi tío Shane murió en el hospital —añadió Kelly— y su mujer y sus hijos tuvieron que dejar su casa porque no podían pagar las facturas.

—No van a cobrarte nada por la estancia en el hospital.

La chica sonrió. Sus dientes eran minúsculas cuentas blancas.

—¿Lo saben mis padres? Porque creo que se alegrarán muchísimo.

—Me aseguraré de aclarárselo.

—Gracias, señorita Quinn. Le agradezco mucho lo que han hecho por mí su padre y usted.

Sam dio vueltas al bolígrafo entre los dedos. Recordó algo que había oído la noche anterior, en las noticias.

—¿Sabes si hay cámaras de seguridad en el colegio?

—Sí, señora. Hay una en cada pasillo, pero la que hay cerca de la secretaría la rompieron de un golpe y a partir de cierto sitio no ve casi nada.

—¿Tiene un punto ciego?

—No sé qué es eso, pero más o menos desde la mitad del pasillo no lo ve todo.

—¿Cómo lo sabes?

Kelly encogió sus delgados hombros y los mantuvo así un segundo antes de volver a bajarlos.

—Lo sabe todo el mundo.

—Kelly —dijo Sam—, ¿tienes muchos amigos en el colegio?

—¿Si conozco a mucha gente, quiere decir?

Sam asintió.

—Sí, eso.

—Supongo que conozco a casi todo el mundo. Llevo mucho tiempo estudiando. —Sonrió otra vez—. Aunque no tanto como para ser abogada.

Sam sintió que ella también sonreía.

—¿Tienes algún amigo o amiga en especial?

La chica se puso muy colorada. Sam reconoció aquel sonrojo. Abrió el cuaderno.

—Puedes decirme su nombre. No se lo diré a nadie.

—Adam Humphrey. —Saltaba a la vista que estaba deseando hablar del chico—. Tiene el pelo y los ojos marrones y no es muy alto, pero tiene un Camaro. Pero no es que salgamos juntos. No somos novios, ni nada.

—De acuerdo, ¿y qué me dices de chicas? ¿Tienes alguna amiga?

—No, señora. Ninguna a la que invite a casa, ni nada. —Luego pareció acordarse de algo—. Menos Lydia Phillips, cuando iba a primaria, pero se fue a vivir a otro sitio cuando a su padre le trasladaron por culpa de la crisis.

Sam tomó nota de los detalles.

—¿Hay algún profesor o profesora con el que te lleves especialmente bien?

—Bueno, antes el señor Huckabee me ayudaba con las clases de historia, pero de eso hace ya mucho tiempo. El señor Jodie dijo que iba a mandarme un trabajo por faltar a clase unos días la semana pasada, pero aún no me lo ha mandado. Y la señora Pinkman...

Kelly bajó rápidamente la cabeza.

Sam acabó de escribir una frase. Dejó el bolígrafo. Observó a la chica.

Kelly se había quedado callada.

—¿La señora Pinkman te estaba ayudando a estudiar lengua? —preguntó Sam.

La chica no contestó. Mantuvo la cabeza agachada. El pelo le tapaba la cara. Sam la oyó sollozar. Empezaron a temblarle los hombros. Estaba llorando.

—Kelly —dijo—, ¿por qué lloras?

—Porque el señor Pinkman era buena persona. —Sollozó otra vez—. Y esa niña era muy pequeña.

Sam juntó las manos. Puso los codos sobre la mesa.

—¿Por qué fuiste al colegio ayer por la mañana?

—Porque sí —masculló.

—¿Porque sí?

—Porque saqué la pistola de la guantera del coche de mi padre. —Sollozó—. Y la tenía en la mano cuando maté a dos personas.

La fiscal que Sam llevaba dentro sintió el impulso de insistir, pero no estaba allí para hacer confesar a Kelly.

—Kelly, sé que seguramente estarás cansada de que te lo repita, pero es importante. No puedes decirle a nadie lo que acabas de decirme. ¿De acuerdo? Ni a tus padres, ni a tus amigos, ni a desconocidos, y menos aún a personas que conozcas dentro de la cárcel.

—No son amigos míos, me lo dijo el señor Rusty. —La voz de la chica sonó sofocada por su espesa masa de pelo—. Me dijo que a lo mejor intentaban meterme en líos para librarse ellos de la cárcel.

—Exacto. No confíes en nadie que conozcas aquí. Ni en los guardias, ni en tus compañeras, ni en el conserje. En nadie.

La chica sollozó. La cadena de las esposas volvía a tintinear bajo la mesa.

—No he hablado con nadie. Me lo callo todo, como hago siempre.

Sam sacó un paquete de pañuelos de papel del bolso y se lo dio.

—Voy a hablar con tus padres antes de que los veas y a pedirles que no te pregunten por lo que pasó. —Daba por sentado que Rusty ya habría advertido a los Wilson, pero de todos modos hablaría con ellos antes de marcharse de la ciudad—. Todo lo que me has dicho sobre lo que pasó ayer queda entre nosotras, ¿de acuerdo?

Kelly sorbió por la nariz.

—De acuerdo.

—Suénate. —Esperó a que Kelly obedeciera. Luego dijo—: Háblame de Adam Humphrey. ¿Le conociste en el instituto?

Kelly negó con la cabeza. Sam seguía sin verle la cara. Solo veía su coronilla.

—¿Quedabas con él cuando salías? —insistió—. ¿Para ir al cine, por ejemplo, o a la iglesia?

La chica volvió a negar con la cabeza.

—Háblame del anuario que tenías en el armario de tu cuarto.

Kelly levantó bruscamente la mirada. Sam esperaba ver una expresión de rabia, pero solo vio miedo.

—Por favor, no se lo diga a nadie.

—No se lo diré a nadie —prometió Sam—. Recuerda que todo esto es confidencial.

Kelly seguía teniendo el pañuelo en la mano cuando se limpió la nariz con la manga.

—¿Puedes decirme por qué escribieron esas cosas sobre ti? —preguntó Sam.

—Eran cosas malas.

—No creo que los actos que describen fueran malos. Creo que las personas que escribieron esas cosas hicieron algo muy feo.

Kelly se quedó atónita, pero Sam no podía reprochárselo. En todo caso, aquel no era momento de dar una lección de feminismo a una asesina de dieciocho años.

—¿Por qué escribieron esas cosas sobre ti? —preguntó Kelly.

—No lo sé, señora. Tendría que preguntárselo a ellos.

—¿Algunas de las cosas que decían eran ciertas?

Kelly fijó la mirada en la mesa.

—No como las decían ellos, pero a lo mejor sí parecidas.

Su respuesta chocó a Sam. La chica no era tan torpe como para no poder responder con evasivas.

—¿Estabas enfadada porque se metían contigo?

—No —contestó—. Me dolió, porque eran cosas íntimas y no conocía a muchas de esas personas. Pero de eso hace mucho. Muchos se habrán graduado ya.

—¿Tu madre ha visto el anuario?

Los ojos de Kelly se agrandaron. De pronto parecía asustada.

—Por favor, no se lo enseñe a mi madre.

—No voy a enseñárselo —prometió Sam—. ¿Recuerdas que te he dicho que cualquier cosa que me digas es confidencial?

—No.

Sam sintió un picor en la ceja izquierda.

—Cuando he entrado aquí, te he explicado quién soy y que trabajo con mi padre, y que los dos hemos hecho un juramento de confidencialidad.

—No, señora, eso no lo recuerdo.

—«Confidencialidad» significa que tengo que guardarte el secreto.

—Ah, bueno, vale, eso me lo dijo también su padre, lo de los secretos.

Sam miró la hora. Le quedaban menos de cuatro minutos.

—Kelly, me han dicho que ayer por la mañana, justo después del tiroteo, cuando el señor Huckabee te pidió que le dieras el revólver, dijiste algo que oyó el señor Huckabee y posiblemente también uno de los policías. ¿Recuerdas qué fue lo que dijiste?

—No, señora. La verdad es que no tenía muchas ganas de hablar.

Sam lo intentó de nuevo:

—Dijiste algo. El policía te oyó. Y también el señor Huckabee.

—Vale. —Kelly asintió lentamente—. Dije algo.

A Sam le sorprendió lo rápidamente que había cambiado su respuesta.

—¿Recuerdas qué dijiste?

—No lo sé. No recuerdo haber dicho nada.

Sam sintió que su deseo de complacer ocupaba el espacio que mediaba entre ellas. Intentó abordar la cuestión desde otro ángulo y preguntó:

—Kelly, ayer por la mañana, en el pasillo, ¿les dijiste al señor Huckabee y al agente de policía que las taquillas son azules?

—Sí, señora —contestó Kelly, aferrándose de inmediato a sus palabras—. Son azules.

Sam empezó a asentir con la cabeza.

—Sé que son azules. Pero ¿eso fue lo que dijiste en ese momento? ¿Les dijiste eso, que las taquillas son azules? ¿Fue eso lo que les dijiste al señor Huckabee y al policía? ¿Que las taquillas son azules?

Kelly empezó a asentir con la cabeza.

—Sí, eso dije.

Sam comprendió que estaba mintiendo. En aquel momento, la mañana del día anterior, Kelly Wilson acababa de matar a tiros a dos personas. Su exprofesor le estaba pidiendo que le entregara el arma homicida. Sin duda un agente de policía le estaba apuntando a la cabeza. Kelly no se había parado a pensar en la decoración del colegio.

—¿Recuerdas haberles dicho que las taquillas son azules? —preguntó.

—Sí, señora. —Parecía tan segura de la respuesta que posiblemente habría pasado la prueba del detector de mentiras.

—Muy bien, o sea que el señor Huckabee estaba allí —dijo Sam mientras se preguntaba hasta qué punto podía presionarla—. Y la señora Pinkman también. ¿Había alguien más? ¿Alguien a quien no conocieras?

—Había una mujer con una camiseta con un diablo. —Se señaló el pecho—. El diablo llevaba un antifaz azul y en la camiseta ponía *Devils*.

Sam todavía se acordaba de cuando recogió las cosas de Charlie tras su desastrosa visita a Nueva York. Todas las camisetas de su hermana estaban adornadas con alguna variante del emblema de los Blue Devils.

—La mujer de la camiseta de los Devils —dijo—, ¿agredió a alguien?

—No, señora. Estaba allí sentada, delante de la señora Pinkman, mirándose las manos.

—¿Estás segura de que no agredió a nadie? —preguntó Sam con firmeza—. Es muy importante, Kelly. Tienes que decirme si la señora de la camiseta de los Devils agredió a alguien.

—Bueno... —Kelly observó su cara buscando pistas—. No lo sé muy bien, porque yo estaba sentada.

Sam empezó a asentir de nuevo, muy despacio.

—Creo que viste a esa mujer agredir a alguien, aunque estuvieras sentada. Las pruebas así lo demuestran, Kelly. No tiene sentido mentir.

Kelly volvió a parecer insegura.

—No quería mentirle. Sé que intenta ayudarme.

—Entonces admite la verdad —repuso Sam en tono perentorio—. Viste a la mujer de la camiseta de los Devils agrediendo a alguien.

—Sí, señora. —Kelly también asintió—. Ahora que lo pienso, puede que hiriera a alguien.

—¿Te atacó a ti?

Kelly titubeó. Escudriñó el semblante de Sam, buscando una respuesta.

—¿Puede que sí?

—No puedo ayudarte si me dices «puede que sí», Kelly. —Sam lo intentó de nuevo—: Viste a la mujer de la camiseta de los Blue Devils atacar a alguien en el pasillo.

—Sí, señora. —De pronto parecía más segura de sí misma. Asentía con la cabeza como si aquel movimiento diera forma a sus pensamientos—. Eso fue lo que vi.

—¿La mujer de la camiseta de los Devils agredió a la señora Pinkman? —preguntó Sam inclinándose hacia delante—. Porque la señora Pinkman estaba allí mismo, Kelly. Me lo has dicho tú misma hace unos segundos. ¿Crees que la mujer de la camiseta pudo hacer daño a la señora Pinkman?

—Creo que sí. —Siguió asintiendo porque era la pauta que seguía: primero lo negaba, luego admitía que podía ser cierto y finalmente aceptaba la proposición como un hecho fehaciente.

Lo único que tenía que hacer Sam era hablar con autoridad, darle la respuesta, asentir un par de veces y esperar a que la falacia saliera regurgitada de su boca.

—Kelly —prosiguió—, según los testigos presenciales viste claramente lo que hizo la mujer de la camiseta de los Devils.

—Sí —contestó la chica—. Eso fue lo que vi. Que la atacaba.

—¿Qué le hizo a la señora Pinkman? —Sam hizo un ademán, tratando de ofrecer algún ejemplo—. ¿Le dio una patada? ¿Un puñetazo?

—Le dio una bofetada con la mano.

Sam se miró la mano que había agitado en el aire, segura de que había sido ese gesto suyo el que había plantado aquella idea en la mente de Kelly.

—¿Estás segura de que viste a la mujer de la camiseta de los Devils dar una bofetada a la señora Pinkman?

—Sí, señora, pasó como usted dice. Le dio una torta en la cara y yo oí el ruido desde donde estaba sentada en el pasillo.

Sam comprendió de pronto la magnitud de aquel embuste. Sin pretenderlo, había acusado a su propia hermana de agresión.

—Entonces, ¿me estás diciendo que viste con tus propios ojos que la mujer de la camiseta de los Devils abofeteó a la señora Pinkman?

Kelly siguió asintiendo con la cabeza. Tenía lágrimas en los ojos. Saltaba a la vista que ansiaba complacer a Sam, como si al hacerlo pudiera descifrar el secreto que la salvaría de aquel calvario.

—Lo siento —susurró.

—No pasa nada.

Sam no quiso presionarla más. El experimento había dado resultado. Si se le formulaba la pregunta adecuada, en el tono preciso, Kelly Wilson sería capaz de afirmar rotundamente que Charlie había matado a Judith Pinkman con sus propias manos.

Era tan sugestionable como si estuviera hipnotizada.

Sam consultó su reloj. Faltaba un minuto y medio, más el minuto de cortesía.

—¿Hablaste ayer con la policía? ¿Antes que con el señor Rusty?

—Sí, señora. Hablé con ellos en el hospital.

—¿Te leyeron tus derechos antes de hablar contigo? —Sam se dio cuenta de que no la entendía—. ¿Te dijeron: «Tiene derecho a guardar silencio, tiene derecho a un abogado»? ¿Te lo dijeron?

—No, señora, en el hospital no, porque me acordaría, lo he visto en la tele.

Sam volvió a inclinarse sobre la mesa.

—Kelly, esto es muy importante. ¿Le dijiste algo a la policía antes de hablar con mi padre?

—Ese señor mayor hablaba sin parar, el que vino conmigo en la ambulancia hasta el hospital y luego se quedó en mi habitación para asegurarse de que estaba bien.

Sam dudaba de que a aquel hombre le importara su bienestar.

—¿Contestaste a alguna de sus preguntas? ¿Te interrogó?

—No sé.

—¿Estabas esposada cuando habló contigo?

—No estoy segura. ¿En la ambulancia, dice?

—Sí.

—Pues entonces no. No que yo recuerde.

—¿Recuerdas exactamente cuándo te esposaron?

—En algún momento.

A Sam le dieron ganas de arrojar el bolígrafo contra la pared.

—Kelly, es muy importante que intentes acordarte. ¿Te interrogaron en el hospital, antes de que mi padre te dijera que no contestaras a ninguna pregunta?

—Lo siento, señora. No me acuerdo de casi nada de ayer.

—Pero ¿ese señor mayor estuvo todo el tiempo contigo?

—Sí, señora, menos cuando iba al cuarto de baño. Entonces venía un policía y se sentaba a mi lado.

—¿Ese señor mayor llevaba uniforme de policía?

—No, señora. Llevaba traje y corbata.

—¿Te dijo cómo se llamaba?

—No, señora.

—¿Recuerdas cuándo te leyeron tus...? ¿Cuándo te dijeron que tenías derecho a guardar silencio y a un abogado? —Esperó—. Kelly, ¿recuerdas cuándo te dijeron esas palabras?

Era evidente que la chica se daba cuenta de la importancia de ese detalle.

—Puede que fuera esta mañana, cuando me llevaron a la cárcel en un coche de la policía.

—Pero ¿no fue en el hospital?

—No, señora. Fue esta mañana, pero no sé la hora exactamente.

Sam se recostó en la silla. Intentó dar sentido a todo aquello. Si no le habían leído sus derechos hasta esa mañana, cualquier cosa que hubiera dicho con anterioridad sería técnicamente inadmisible ante un tribunal.

—¿Estás segura de que esta mañana fue la primera vez que te dijeron tus derechos?

—Bueno, sé que esta mañana me lo dijo ese señor mayor. —Encogió sus delgados hombros—. A lo mejor, si lo hizo antes, lo puede usted ver en el vídeo.

—¿Qué vídeo?

—El que grabaron en el hospital.

11

Sam se hallaba sentada, sola, en la mesa de la defensa. Había dejado el bolso en el suelo, con el bastón plegado dentro. Releía las notas de su entrevista con Kelly Wilson fingiendo ignorar que había al menos un centenar de personas sentadas tras ella. No había duda de que la mayoría de los espectadores eran vecinos de la localidad. El calor que desprendía su rabia hacía que el sudor le corriera por la espalda.

Uno de ellos podía ser quien había apuñalado a Rusty.

Sam dedujo de sus cuchicheos furiosos que muchos de ellos de buena gana la apuñalarían también a ella.

Ken Coin tosió tapándose la boca con la mano. El fiscal del condado iba acompañado por toda una guardia pretoriana: un ayudante de cara carnosa y lozana, un hombre mayor con bigote de cepillo, y la obligada joven rubia y atractiva. En Nueva York, ese tipo de mujeres vestían traje bien cortado y zapatos caros. La de Pikeville parecía más bien una monja católica.

Ken volvió a toser. Quería que Sam le mirara, pero ella se resistía a hacerlo. Solo le había dedicado un somero apretón de manos. Cualquier deuda de gratitud que Coin creyera que le debía por haber matado a Daniel Culpepper había quedado invalidada por su comportamiento injurioso. Sam no era vecina de Pikeville. No volvería nunca. No tenía por qué fingir simpatía alguna por aquel sucio y tramposo cabrón. Coin era el tipo de fiscal que hacía quedar mal a todos los fiscales, no solo por la jugada que les había hecho al cambiar de fecha la lectura de cargos, sino por el vídeo que habían grabado en el hospital.

Fuera lo que fuese lo que contenía aquella grabación, podía sentenciar a muerte a Kelly Wilson.

Era imposible saber qué habría dicho la chica. Basándose en el rato que había pasado con ella, Sam no dudaba de que podía haber admitido que había asesinado a Abraham Lincoln. La cuestión crucial –posiblemente la principal alegación que podía esgrimir Rusty– era si el vídeo de Kelly podía ser admitido por el tribunal que juzgara el caso. Si no le habían leído sus derechos antes de que contestara a las preguntas grabadas, o si quedaba claro que no entendía sus derechos, la acusación no podría mostrar el vídeo al jurado.

Así debía ser en rigor.

Pero se trataba de un asunto jurídico. Siempre había posibles interpretaciones.

Ken Coin podía alegar que el hecho de que le hubieran leído o no sus derechos carecía de importancia, habida cuenta de que Kelly había prestado declaración voluntariamente ante la cámara. Tendría que salvar, sin embargo, un escollo legal de proporciones considerables. Para que el vídeo fuera admitido por el tribunal, Coin debía demostrar que una «persona razonable» (por suerte no la propia Kelly) daría por sentado que Kelly *no* se hallaba bajo custodia policial en el momento de grabarse su declaración. Si la acusada creía estar detenida, si creía que estaban a punto de esposarla, tomarle las huellas y ficharla, entonces la policía tenía obligación de leerle sus derechos.

Ergo, si no lo habían hecho, no podían mostrarle el vídeo al jurado.

Al menos así debía ser, en rigor.

Había otros eslabones débiles en el sistema, incluyendo el humor del juez. Muy pocas veces se encontraba a un magistrado totalmente imparcial en el estrado. Siempre se inclinaban bien por la acusación, bien por la defensa. A ningún juez le gustaba que se apelaran sus decisiones y, cuanto más ascendía un caso en la escala del sistema judicial, más difícil era para la defensa demostrar que se había cometido un error de procedimiento. A ningún magistrado le gustaba enmendarle la plana a un juez que ocupaba un puesto inferior en el escalafón.

Sam cerró su cuaderno. Miró a su espalda. Los Wilson se habían sentado con Lenore. Sam había hablado con ellos menos de cinco minutos antes de que se permitiera el acceso del público a la sala. Se oyó el *clic* de las cámaras cuando los fotógrafos de prensa captaron el momento en que Sam miraba a los padres de la imputada. Al parecer habían prohibido la entrada de cámaras de vídeo, pero había numerosos periodistas dejando constancia escrita de cada gesto.

No era el momento adecuado para dedicarles una sonrisa tranquilizadora, de modo que Sam se limitó a saludar a Ava y Ely con una inclinación de cabeza. Ambos le devolvieron el saludo con los dientes apretados, aferrados el uno al otro. Su ropa tenía la tiesura de las prendas recién compradas: las arrugas dejadas por las perchas y los pliegues bien marcados en mangas y hombros. Lo primero que le habían preguntado tras asegurarse de que Kelly estaba bien era cuándo podrían volver a casa.

Sam no había podido darles una respuesta clara. Los Wilson se lo habían tomado con una resignación que parecían llevar grabada en el alma. Formaban parte –saltaba a la vista– de esa franja olvidada de la población: la de los pobres que vivían en zonas rurales. Estaban acostumbrados a esperar a que el sistema decidiera, normalmente en su contra. Su mirada vacía le recordaba a las fotografías de refugiados que veía en la prensa. Tal vez hubiera algún paralelismo. Ava y Ely Wilson estaban completamente desorientados: tras perder su sentimiento de paz y seguridad y todo aquello que amaban de su vida anterior, se veían obligados a transitar por un mundo que les era desconocido.

Sam tuvo que recordarse que Lucy Alexander y Douglas Pinkman también lo habían perdido todo, incluso la vida.

Lenore se inclinó y le dijo algo a Ava en voz baja. La mujer asintió con un gesto. Sam se fijó en la hora. La vista estaba a punto de comenzar.

La entrada de Kelly Wilson fue precedida por un lejano tintineo de cadenas, como si Papá Noel y su trineo estuvieran al otro lado de la pared. El alguacil abrió la puerta. Se oyó el chasquido de las cámaras. Un murmullo cundió por la sala.

Kelly entró escoltada por cuatro guardias armados, tan corpulentos que la adolescente parecía inmersa en un mar de carne. Los grilletes que le habían puesto solo le permitían arrastrar los pies. El guardia de la derecha sujetaba su brazo rodeándolo por completo con los dedos. Era tan musculoso que podría haberla levantado con una sola mano para depositarla en la silla.

Sam se alegró de que aquel hombre escoltara a Kelly porque, tan pronto vio a sus padres, le fallaron las piernas. El guardia impidió que cayera al suelo. Ella comenzó a sollozar.

—¡Mamá! —Trató de tenderles los brazos, pero tenía las manos encadenadas a la cintura—. ¡Papá! —gritó—. ¡Por favor!

Sam se levantó y cruzó la sala casi sin darse cuenta de lo que hacía ni de cómo había logrado moverse tan rápidamente. Agarró a Kelly de las manos.

—Mírame.

La chica no apartó la mirada de sus padres.

—Mamá, lo siento mucho.

Sam le apretó las manos con más fuerza, la justa para hacerle daño.

—Mírame —ordenó.

Kelly la miró. Tenía la cara mojada por las lágrimas. Le goteaba la nariz. Sus dientes castañeteaban.

—Estoy aquí —dijo Sam, sujetando sus manos con firmeza—. No pasa nada. Sigue mirándome.

—¿Listas? —preguntó el alguacil. Era un hombre mayor, pero no apartaba la mano de la culata de su pistola eléctrica.

—Sí —contestó Sam—. Listas.

Los guardias liberaron a Kelly de los grilletes de los tobillos, las muñecas y la cintura.

—No puedo —susurró Kelly.

—No pasa nada, estás bien —insistió Sam, intentando convencerla de ello—. Recuerda que hablamos de que habría gente mirándote.

Kelly asintió en silencio. Se limpió la nariz con la manga sin dejar de agarrarle las manos.

—Tienes que ser fuerte —dijo Sam—. No disgustes más a tus padres. Quieren que te portes como una chica mayor. ¿De acuerdo?

Kelly asintió de nuevo.

—Sí, señora.

—Estás bien —repitió Sam.

Las cadenas cayeron al suelo. Uno de los guardias se agachó y las recogió con una mano.

Sam se apoyó en el hombro de la chica mientras caminaban hacia la mesa. Se sentó. El guardia empujó a Kelly para que ocupara la silla contigua. Ella miró a sus padres.

—Estoy bien —les dijo con voz temblorosa—. Estoy bien.

Se abrió la puerta del juez. La secretaria del juzgado dijo:

—Preside el tribunal Stanley Lyman. Pónganse en pie.

Sam hizo un gesto con la cabeza indicando a Kelly que se levantara. Mientras el magistrado se dirigía a su estrado, Kelly agarró la mano de Sam. Tenía la palma empapada de sudor.

Stan Lyman parecía tener la edad aproximada de Rusty, sin su paso campechano. Los jueces eran una estirpe variada. Unos tenían el aplomo suficiente para limitarse a ocupar su lugar en el estrado. Otros trataban de imponer su autoridad tan pronto entraban en la sala del tribunal. Stan Lyman pertenecía a esta última categoría. Miró ceñudamente la tribuna y la atestada mesa de la fiscalía. Su mirada se detuvo en Sam. Llevó a cabo una evaluación casi automática de su apariencia, como si la sometiera a una resonancia magnética. No se sentía inspeccionada con tanta minuciosidad por un hombre desde su última revisión médica.

El juez hizo resonar su maza, los ojos aún fijos en Sam.

—Siéntense.

Sam se sentó, tirando de Kelly. Volvía a sentir aquel inoportuno hormigueo en el estómago. Se preguntó si Charlie estaría viéndola desde la tribuna.

La secretaria anunció:

—Vista del caso número OA 15-925, el Condado de Dickerson contra Kelly Rene Wilson, para la lectura de cargos contra la acusada. —Se volvió hacia Ken Coin—. Letrado, tenga la bondad de decir su nombre para que conste en acta.

Coin se puso en pie y se dirigió al juez:

—Buenas tardes, señoría. Kenneth C. Coin, Darren Nickelby, Eugene *Cotton* Henderson y Kaylee Collins en representación del condado.

Lyman inclinó la cabeza severamente.

—Buenas tardes.

Sam se levantó también.

—Señoría, Samantha Quinn en representación de la señorita Wilson, aquí presente.

—Buenas tardes. —Lyman inclinó de nuevo la cabeza—. Esta lectura de cargos tendrá validez como vista de instrucción preliminar. Señorita Quinn, si la señorita Wilson y usted tienen la bondad de ponerse en pie para la lectura de acusaciones.

Sam indicó a Kelly que se levantara. La chica temblaba otra vez. Sam no la cogió de la mano. Kelly iba a pasar varios años entrando y saliendo de salas de juzgado. Tenía que aprender a comportarse en ellas.

—Señorita Quinn. —Apartándose del guion, Lyman la miró desde la altura de su estrado—. Tendrá que quitarse esas gafas de sol en mi sala.

Su orden dejó un momento perpleja a Sam. Llevaba gafas tintadas desde hacía tantos años que ya apenas reparaba en ello.

—Señoría, estas son mis gafas graduadas. Están tintadas por motivos médicos.

—Venga aquí. —Le hizo señas de que se acercara al estrado—. Déjeme verlas.

Sam sintió el latido desbocado de su corazón en el pecho. Cien pares de ojos se habían clavado en su espalda. Se oía el *clic* de las cámaras. Los periodistas anotaban cada palabra. Ken Coin volvió a toser tapándose la boca con la mano, pero no dijo nada para respaldarla.

Sam dejó el bastón en el bolso y se acercó cojeando al estrado, ardiendo de humillación. Las cámaras sonaban como decenas de cigarras frotando sus patas. Las imágenes que captaran aparecerían en los periódicos y quizá también en Internet, donde las verían sus colegas. Los comentarios que acompañarían a las fotos indagarían probablemente en los motivos por los que necesitaba gafas. Los vecinos que ocupaban la tribuna, los que llevaran largo tiempo viviendo en Pikeville, se mostrarían encantados de brindarles todos los detalles. Observaban atentamente su paso, tratando de ver cuánto daño había hecho aquella bala.

En esos momentos era una auténtica atracción de circo.

En el estrado, le tembló la mano al quitarse las gafas. La desabrida luz fluorescente se le clavó en las córneas. Le dijo al juez:

—Por favor, tenga cuidado con ellas. No he traído unas de repuesto.

Lyman cogió las gafas bruscamente y las levantó para inspeccionarlas.

—¿No le han dicho que se vistiera adecuadamente para comparecer en mi sala?

Sam miró su atuendo: una variante de la blusa de seda blanca y los vaporosos pantalones negros que se ponía a diario.

—¿Disculpe?

—¿De qué va vestida?

—De Armani —contestó—. ¿Puede devolverme mis gafas, por favor?

El juez las depositó de golpe sobre el estrado.

—Puede volver a su sitio.

Sam echó un vistazo a los cristales en busca de huellas de dedos. Se puso las gafas. Dio media vuelta. Buscó a Charlie entre el gentío, pero solo vio las caras vagamente familiares, aunque envejecidas, de personas que había conocido de niña.

El camino de regreso se le hizo más largo que el de ida. Estiró el brazo para sujetarse a la mesa. En el último instante, vio a Ben sentándose en la tribuna, justo detrás de Ken Coin. Su cuñado le guiñó un ojo y sonrió para darle ánimos.

Kelly la agarró de la mano cuando llegó a su lado y le dijo:

—No pasa nada.

—Sí, gracias. —Sam dejó que la muchacha le aferrara la mano. Estaba demasiado trémula para impedírselo.

El juez Lyman carraspeó un par de veces. El hecho de que pareciera haberse dado cuenta del calvario al que la había sometido no sirvió de consuelo a Sam. Sabía por experiencia que algunos jueces trataban de ocultar sus errores castigando al letrado que los había provocado.

—Señorita Quinn —dijo el juez—, ¿renuncia a la lectura completa de los cargos que se le imputan a la señorita Wilson?

Sam estuvo tentada de contestar que no, pero apartándose de la norma solo conseguiría alargar el procedimiento.

—Sí.

Lyman hizo una seña a la secretaria.

—Proceda a imputar a la señorita Wilson y a informarla de sus derechos.

La secretaria volvió a levantarse.

—Kelly Rene Wilson, ha sido usted detenida como probable causante del homicidio en primer grado de dos personas. Señorita Quinn, ¿cómo se declara la acusada?

Sam respondió:

—Rogamos al tribunal que conste en acta que la acusada se declara no culpable.

El público, mal informado, dejó escapar un murmullo de sorpresa. Lyman levantó su maza, pero el ruido se apagó antes de que la dejara caer.

La secretaria dijo:

—Que conste en acta que la acusada se declara no culpable de todos los cargos que se le imputan.

La mujer se volvió hacia Kelly. A Sam le sonaba vagamente su cara redonda. Otra compañera de colegio olvidada hacía tiempo. Ella tampoco había intervenido para respaldarla cuando el juez exigió ver sus gafas.

—Kelly Rene Wilson —prosiguió la secretaria—, tiene derecho a un juicio público y rápido mediante jurado. Tiene derecho a defensa jurídica. Tiene derecho a no autoinculparse. Estos derechos la asistirán durante todo el procedimiento judicial.

—Gracias. —Lyman bajó la mano.

Sam le dijo a Kelly que se sentara. El juez añadió:

—Lo primero que me preocupa, señor Coin, es si cree usted que se introducirá alguna modificación en el auto de procesamiento tras la convocatoria de un gran jurado.

Sam hizo una anotación en su cuaderno mientras Ken Coin se acercaba al atril arrastrando los pies. Otro de sus trucos baratos: tratar de imponer su dominio. Como si se trata de un niño, lo mejor era ignorarle.

—Señoría —dijo apoyando los codos en el atril—, es probable que así sea.

—¿Puede decirme en qué plazo? —preguntó Lyman.

—No con seguridad, señoría. Calculamos que la convocatoria del jurado se llevará a cabo en las próximas dos semanas.

—Gracias, señor fiscal, puede volver a la mesa. —Lyman era un juez veterano; conocía las artimañas de los abogados—. ¿Qué disposiciones aconseja la fiscalía que se tomen con la imputada hasta que dé comienzo el juicio?

Coin ocupó su sitio detrás de la mesa mientras se dirigía al juez.

—Aconsejamos que sea trasladada bien a la prisión local, bien a la del condado, lo que se considere más oportuno para su seguridad.

—¿Señorita Quinn? —dijo el juez.

Sam sabía que era casi imposible que se le concediera la libertad bajo fianza.

—En estos momentos no tengo objeciones respecto a su traslado a prisión, señoría. Aunque, como anteriormente, renunciamos al derecho de la señorita Wilson a la lectura de cargos por parte de un gran jurado.

Kelly ya se enfrentaba a una doble imputación por homicidio en primer grado. Sam no quería arriesgarse a que la convocatoria de un gran jurado se tradujera en nuevas imputaciones.

—Mi cliente no tiene ningún deseo de prolongar innecesariamente el procedimiento.

—Muy bien. —Lyman hizo una anotación—. Señor Coin, ¿tiene intención de poner a disposición de las partes el sumario completo del caso, es decir, de entregar un informe completo de las pruebas e indicios materiales, sin reservarse ninguno?

Coin levantó las manos como un discípulo de Cristo.

—Desde luego, señoría. A menos que haya motivos jurídicos justificados, esta fiscalía siempre ha optado por la transparencia absoluta.

Sam sintió que se le hinchaban las aletas de la nariz. Tuvo que recordarse que el vídeo grabado en el hospital era asunto de su padre; esa batalla le correspondía a él.

—¿Está usted de acuerdo, señorita Quinn? —preguntó Lyman.

—De momento, sí, señoría. Hoy estoy actuando como abogada adjunta. Mi padre se incorporará a las actuaciones del caso en cuanto le sea posible.

Lyman bajó su pluma. Por primera vez la miró con censura.

—¿Cómo está su padre?

—Ansioso por defender con vigor y firmeza a la señorita Wilson, señoría.

Lyman torció la boca, visiblemente desconcertado por el tono de sus palabras.

—¿Se da usted cuenta de que nos hallamos ante un delito de asesinato, señorita Quinn, lo que significa que la fiscalía muy bien podría pedir la pena capital, como es su derecho?

—Sí, señoría, me doy cuenta.

—Desconozco las costumbres del lugar del que procede, señorita Quinn, pero por estos contornos nos tomamos muy en serio los casos de asesinato.

—Soy de Winder Road, a unos veinte kilómetros de aquí calle arriba, señoría. Soy consciente de la gravedad de estas imputaciones.

A Lyman no parecieron gustarle las risas que se oyeron en la tribuna.

—¿Por qué tengo la sensación de que en realidad no está usted actuando como adjunta de su padre? —preguntó, haciendo un amplio ademán con la mano—. Dicho de otra manera, que no tiene usted intención de seguir interviniendo como letrada en este caso.

—Tengo entendido que designó usted al señor Grail como letrado adjunto, señoría, pero le aseguro que es mi intención seguir trabajando en este caso y apoyar a la señorita Wilson en todo lo que me sea posible para contribuir a su defensa.

—Muy bien. —El juez sonrió y Sam sintió que se le helaba la sangre en las venas: había caído de lleno en su trampa—. ¿Tiene algún interrogante o alguna duda respecto a la capacidad de la imputada para asistirla en su defensa o comprender la naturaleza de estas actuaciones?

—No deseo plantear esa cuestión en estos momentos, señoría.

Lyman no pensaba dejarla escapar tan fácilmente.

—Y dígame, señorita Quinn, como letrada adjunta de la defensa, ¿piensa plantear la cuestión en un futuro?

—Solo lo haría en caso de que hubiera pruebas científicas que lo justificaran, señoría.

—¿Pruebas científicas? —El juez la miró de reojo.

—La señorita Wilson se muestra vulnerable a la sugestión, señoría —repuso ella—, como sin duda podrá confirmar la acusación pública.

Coin se levantó de un salto.

—Señoría, yo no puedo...

Sam le interrumpió:

—El cociente intelectual verbal de la señorita Wilson es bajo para una mujer de dieciocho años. Deseo que se someta a evaluación su capacidad memorística respecto a la comunicación visual no verbal, su comprensión oral y cualquier posible deficiencia en la recuperación de información lingüística y codificada, y que se cuantifique su coeficiente emocional e intelectual.

Coin se rio con un bufido.

—¿Y espera que el condado pague todo eso?

Sam se volvió hacia él.

—Tenía entendido que por estos contornos se tomaban muy enserio los casos de asesinato en primer grado.

Las risas cundieron entre el público. Lyman hizo resonar su maza varias veces antes de que se apagaran. Sam observó que las comisuras de su boca se tensaban ligeramente, como si reprimiera una sonrisa. Los jueces rara vez se divertían durante una vista oral. Probablemente Lyman llevaba tanto tiempo sentándose en el estrado que creía haberlo visto todo.

—Señoría —dijo Sam, sondeando el terreno—, si se me permite plantear otra cuestión...

El magistrado inclinó aparatosamente la cabeza para dejar claro hasta qué punto le estaba haciendo un favor.

—¿Por qué no?

—Gracias, señoría —dijo Sam—. Los padres de la señorita Wilson están ansioso por regresar a su casa. Sería muy de agradecer quc la fiscalía pudiera decirnos cuánto tiempo más tardará en concluir el registro de su vivienda.

Ken Coin volvió a levantarse de un salto.

—Señoría, en estos momentos el condado no tiene fecha estimada para la conclusión del susodicho registro de la morada de los señores Wilson. —Pareció darse cuenta de que no podía competir en elocuencia con Sam. Sonrió enseñándole los dientes al juez—. Es muy difícil calcularlo, señor juez. Necesitamos tiempo para hacer un registro exhaustivo, conforme a lo que dicta la orden judicial.

Sam se recriminó por no haber leído con antelación la orden de registro.

—Ahí tiene su respuesta, señorita Quinn —dijo el juez—, sirva para lo que sirva.

—Gracias, señoría.

Sam le vio levantar de nuevo la maza y pensó en la frase que había empleado, «sirva para lo que sirva». Sintió que una certeza se apoderaba de ella: su instinto le decía que aquel era el momento.

—¿Señoría?

Lyman volvió a bajar la maza.

—¿Señorita Quinn?

—En cuanto a la entrega de pruebas materiales...

—Creo que ya hemos aclarado ese extremo.

—Lo sé, señoría, pero ayer por la tarde se grabó a la señorita Wilson en vídeo mientras se hallaba retenida en el hospital.

—Señoría. —Coin había vuelto a levantarse—. ¿Retenida?

—Bajo custodia policial —aclaró Sam.

—Venga ya. —El tono de Coin rebosaba desdén—. No puede...

—Señoría...

Lyman levantó la mano para hacerlos callar. Se recostó en su silla. Juntó los dedos, pensativo. Pausas como aquella se daban con frecuencia en los tribunales, cuando el juez detenía el procedimiento para reflexionar sobre las complejidades de una solicitud. La mayoría de las veces acababan posponiendo la cuestión: pedían que se presentaran por escrito las alegaciones o simplemente postergaban el momento de tomar una decisión.

En ocasiones devolvían la cuestión a los letrados, lo que significaba que estos debían estar preparados para exponer sucintamente sus argumentos a favor o en contra, o corrían el riesgo de suscitar la desconfianza del juez en su actuación mientras durara el proceso.

Sam se puso tensa. De pronto se sentía clavada en el punto de salida de una carrera, con los ojos fijos en la pista. Lyman había hablado nada más arrancar la vista de la puesta a disposición de la defensa de las pruebas del sumario, lo que significaba que probablemente sabía que Ken Coin solo estaba dispuesto a cumplir la ley de palabra, no de obra.

El juez le indicó con una inclinación de cabeza que prosiguiera.

Sam arrancó:

—La señorita Wilson se hallaba custodiada por un agente de policía vestido de paisano que la acompañó desde el colegio al hospital. Subió a la ambulancia con ella. Se quedó con ella en la habitación del hospital toda la noche. La acompañó en el coche patrulla que la trasladó a la cárcel esta mañana, y estaba presente cuando le leyeron sus derechos esta mañana. Si digo que estaba «retenida» o «bajo custodia policial», se debe a que cualquier persona razonable...

—Señoría —la interrumpió Ken Coin—, ¿esto es una lectura de cargos o un episodio especial de *Cómo defender a un asesino*?

Lyman lanzó a Sam una mirada pétrea, pero le permitió proseguir.

—¿Señorita Quinn?

—Conforme a la posición que ha expresado el fiscal respecto a la puesta a disposición de esta defensa de las pruebas e indicios materiales que atañen al caso, solicitamos que nos sea entregada una copia de la grabación de vídeo efectuada en el hospital con la mayor brevedad posible para que podamos evaluar el procedimiento a seguir.

—«El procedimiento a seguir» —repitió Coin, imitándola, como si la sola idea fuera absurda—. Lo que dijo Kelly Wilson fue que...

—Señor Coin. —Lyman levantó la voz lo justo para proyectarla hasta el fondo de la sala. Carraspeó en medio del silencio. Le dijo a Coin—: Yo que usted mediría mucho mis palabras.

Coin se acobardó.

—Sí, señoría, gracias.

Lyman empuñó su pluma y la abrió parsimoniosamente: otra forma de ganar tiempo destinada a censurar la actitud de Coin. Hasta Kelly Wilson sabía que no se presentaban pruebas en una vista preliminar.

—Señor Coin —dijo—, ¿cuándo puede poner a disposición de la defensa una copia de esa grabación hecha en el hospital?

—Tendremos que cambiarla de formato, señor —contestó Coin—. Se hizo con un iPhone perteneciente al sheriff Keith Coin.

—Señoría... —Sam sintió que rechinaba los dientes. Keith Coin representaba la autoridad masculina por antonomasia. Si le hubiera dicho a Kelly que se tirara por un precipicio, lo habría hecho—. ¿Podrían aclararme...? Como sin duda habrá deducido, llevo largo tiempo fuera. ¿El sheriff Coin es hermano del fiscal Coin?

—Ya sabes que sí, Samantha. —Coin se inclinó hacia el juez, agarrándose al borde de la mesa—. Señoría, me dicen que habrá que traer a alguien de Atlanta para asegurarnos de que la transferencia del vídeo se haga correctamente. Hay una nube o algo así de por medio. No soy experto en estas cosas. Solo soy un hombre mayor que echa de menos los teléfonos que pesaban diez kilos y costaban dos pavos de alquiler al mes. —Sonrió al juez, que era más o menos de su misma edad—. Señor, estas cosas requieren tiempo y dinero.

—Pues invierta el dinero que sea necesario y no pierda el tiempo —replicó Lyman—. ¿Algo más, señorita Quinn?

Sam experimentó la euforia que producía saber que un juez se estaba poniendo de su parte. Decidió tentar a la suerte.

—Señoría, respecto al tema de las grabaciones de vídeo, también quisiéramos solicitar que se nos entreguen las de las cámaras de seguridad del colegio a la mayor brevedad posible para que nuestros expertos tengan tiempo de analizarlas.

Coin dio unos golpecitos con los nudillos sobre la mesa, visiblemente contrariado.

—Eso también llevará un tiempo, señoría. Mi personal tampoco ha visto esas grabaciones. Tenemos el deber de proteger la intimidad de otras personas que se hallaban presentes en el colegio en el momento del tiroteo y de asegurarnos de entregar únicamente las pruebas a las que tenga derecho la imputada conforme a las reglas del procedimiento judicial.

Lyman no pareció dudar.

—¿No ha visto usted las grabaciones hechas en el colegio ayer por la mañana?

Coin movió los ojos con nerviosismo.

—Mi personal no las ha visto, no, señor.

—¿Y tiene que verlas todo su personal?

—Los expertos, señor —contestó el fiscal, improvisando sobre la marcha—. Tenemos que...

—Voy a echarle una mano —dijo Lyman con exasperación evidente—. ¿Su *personal* tardará en ver esas grabaciones una semana? ¿Dos?

—No puedo calcular una fecha, señoría. La cantidad de factores en juego...

—Tiene de plazo para responder a mi pregunta hasta finales de esta semana. —Levantó la maza de nuevo, listo para poner fin a la vista.

—Si me permite, señoría... —dijo Sam.

El juez hizo girar la maza en el aire, instándola a darse prisa.

—¿Podría decirme el fiscal si debo buscar también un experto en análisis auditivo? A menudo cuesta encontrar profesionales cualificados.

—Yo creía —repuso el juez— que para encontrar a un perito judicial solo hacía falta arrastrar un billete de cien dólares por el aparcamiento de una universidad. —Sonrió cuando algunos periodistas se rieron de su broma trillada—. ¿Señor Coin?

Coin fijó la mirada en la mesa. Tenía la mano apoyada en la cadera, la americana desabrochada, la corbata torcida.

—Señoría.

Sam esperó. Coin no dijo nada más.

—Señor Coin —insistió el juez—, ¿su respuesta a la pregunta de la letrada?

Coin tocó la mesa con el dedo índice.

—¿«Está muerto el bebé»? —Nadie respondió—. ¿«Está muerto el bebé»? —Coin clavó de nuevo el dedo en la mesa, una vez por cada palabra—. ¿«Está muerto el *bebé*»?

Sam no quería interrumpirle, pero se vio obligada a decir:

—Señoría...

Lyman se encogió de hombros, desconcertado. Coin dijo:

—Eso es lo que busca la señorita Quinn. Quería saber qué dijo Kelly Wilson en el pasillo después de asesinar a un hombre y una niña a sangre fría.

El juez frunció el ceño.

—Señor Coin, este no es momento para eso.

—«El bebé»...

—Señor Coin.

—Era como llamaban sus padres a Lucy Alexander...

—Señor Coin.

—Así era como se refería Barbara Alexander a su hija delante de sus alumnos, y Frank Alexander en el instituto...

—Señor Coin, se lo advierto por última vez.

—En el que el señor Alexander iba a suspender a Kelly Wilson. —Coin se volvió hacia el público—. Kelly quería saber si «el bebé» estaba muerto.

Lyman hizo sonar su maza.

—Sí —le dijo Coin a Kelly—, «el bebé» está muerto.

—Alguacil...

Coin volvió a mirar al juez.

—Señoría...

—¿Se refiere a mí? —Lyman se fingió sorprendido—. Creía que no se había percatado usted de mi presencia en esta sala.

Esta vez no se oyeron risas nerviosas en la tribuna. Las palabras de Coin habían hecho mella en el público. Los titulares para los próximos días estaban servidos.

—Le pido disculpas, señoría —dijo el fiscal—. Acabo de venir de la autopsia de la pequeña Lucy y...

—¡Ya basta! —Lyman buscó al alguacil con la mirada. El funcionario se había puesto en guardia—. Como usted mismo ha dicho, señor Coin, esto es una lectura de cargos, no un episodio de *Cómo defender a un asesino*.

—Sí, señor. —Coin apoyó las yemas de los dedos sobre la mesa, de espaldas al público—. Le pido disculpas, señoría. Me he dejado llevar por la emoción.

—Pues procure controlar su vena teatral. —Lyman estaba visiblemente furioso.

Sam insistió de nuevo.

—Señoría, ¿debo entender, pues, que las grabaciones del colegio de enseñanza media tienen también sonido?

—Creo que es lo que ha entendido todo el mundo en esta sala, señorita Quinn. —El juez apoyó la mejilla en el puño. Se tomó unos segundos para sopesar las consecuencias de lo que acababa de suceder. No tardó mucho en deliberar—. Señorita Quinn, el fiscal habrá de entregarles mañana a las cinco en punto como muy tarde, a usted y a la secretaria del juzgado, un escrito especificando las siguientes fechas.

Sam tenía listos su cuaderno y su bolígrafo.

—Fecha de devolución de la *morada* de los Wilson a sus legítimos ocupantes. Fecha de entrega de la grabación de vídeo, completa y sin editar, efectuada en el hospital. Fecha de entrega de las grabaciones efectuadas por las cámaras de seguridad del interior del colegio de enseñanza media y de sus inmediaciones, así como las del colegio de enseñanza primaria y las del instituto del otro lado de la calle, todas ellas sin editar.

Coin abrió la boca dispuesto a protestar, pero se lo pensó mejor.

—Señor Coin —prosiguió Lyman—, sus fechas de entrega me dejan asombrado por su velocidad y concreción. ¿Me equivoco?

—No, señoría, no se equivoca.

El juez hizo sonar por fin su maza.

—¡En pie! —ordenó la secretaria.

Lyman cerró de un portazo al salir.

En la sala se oyó un suspiro colectivo.

Los guardias se acercaron a Kelly. Prepararon sin prisas los grilletes, permitiéndole generosamente que pasara unos instantes con sus padres.

Coin no le tendió la mano a Sam, como era costumbre. Ella apenas se fijó. Estaba demasiado atareada escribiendo en su cuaderno, tomando nota de todo lo que recibiría Rusty la tarde siguiente porque la transcripción de la vista tardaría al menos una semana en estar disponible. El juez había exigido muchas cosas, más de las que ella esperaba. Acabó teniendo que glosar algunas de las notas que había tomado durante su conversación con Kelly.

De pronto dejó de escribir.

Miró una nota subrayada.

A esta hora del día lo tengo un poco revuelto.

Pasó una página. Y luego otra. Leyó por encima lo que le había dicho Kelly Wilson.

Me dolía la tripa como me pasa últimamente... Se me suele pasar solo... Ayer también vomité... Iba a mandarme un trabajo por faltar a clase unos días la semana pasada

—Kelly...

Se volvió hacia la chica. Kelly ya tenía los pies encadenados. Los guardias estaban a punto de ponerle las esposas, pero Sam se acercó y la rodeó con los brazos, estrechándola con fuerza. El mono naranja formaba bolsas bajo sus brazos. Su tripa se apretó contra la de Sam.

—Gracias, señorita Quinn —susurró.

—Todo va a salir bien —le dijo Sam—. Y recuerda lo que te dije: no hables con nadie.

—Sí, señora. No hablaré con nadie.

Mostró las delgadas muñecas para que los guardias la esposaran. Le engancharon la cadena alrededor de la cintura. Sam tuvo que reprimir el impulso de decirles que no la apretaran demasiado.

El bebé que tanto preocupaba a Kelly Wilson no era Lucy Alexander.

12

Sam bajó con cuidado la empinada rampa de carga y descarga del juzgado. El olor a comida podrida se había disipado, o quizá ella se había acostumbrado al olor. Miró el cielo. Un sol naranja rozaba las cumbres de las montañas lejanas. Faltaban apenas dos horas para que oscureciera. Ignoraba dónde iba a dormir esa noche, pero tenía que hablar con Rusty antes de marcharse.

Su padre debía saber que Kelly Wilson podía llevar en el vientre el móvil de sus crímenes.

Los mareos matutinos no siempre se daban por la mañana. A veces se presentaban por la tarde, pero el factor decisivo era que solían darse aproximadamente a la misma hora todos los días, casi siempre durante el primer trimestre de embarazo. Eso explicaría por qué Kelly había faltado varios días a clase. Y también la redondez de su abdomen, que Sam había notado al abrazarla con fuerza.

Kelly Wilson estaba embarazada de varias semanas.

El coche rojo de Lenore describió una amplia curva y se detuvo a escasa distancia de la rampa.

—¡Sammy! —Charlie salió de un salto del asiento delantero—. ¡Joder, has estado fantástica ahí dentro! ¡Dios mío! —Enlazó a Sam por la cintura—. Deja que te ayude.

—Dame un minuto —contestó su hermana. Su cuerpo se hallaba en ese punto en el que le era más fácil permanecer de pie que sentarse—. Podrías haberme advertido sobre el juez.

—Te dije que era un tocapelotas —replicó Charlie—. Pero, santo cielo, le has hecho sonreír. Nunca le había visto sonreír. Y Coin se ha puesto a soltar saliva como un aspersor roto. El muy cretino ha expuesto sus cartas en plena vista preliminar.

Lenore salió del coche.

Charlie sonreía de oreja a oreja.

—¿Verdad que mi hermana mayor le ha dado mil vueltas a Ken Coin?

—Ha sido impresionante —contestó ella de mala gana.

—Ese juez... —Sam se quitó las gafas para frotarse los ojos—. Había olvidado...

—¿Que pareces una especie de Draculina de la era victoriana?

—*Drácula* es una novela ambientada, de hecho, en la era victoriana. —Sam volvió a ponerse las gafas—. La prioridad de Rusty debería ser encontrar un experto que evalúe a Kelly. O es deficiente, o lo bastante lista para fingirlo. Puede que esté engañándonos a todos.

Charlie se rio con un bufido.

—A papá puede que sí, pero a ti no puede engañarte.

—¿No dijiste que era demasiado lista para darme cuenta de lo tonta que soy?

—Tienes razón, necesitamos un experto —repuso Charlie—. También vamos a necesitar a alguien especializado en desmontar confesiones falsas. Ya sabes que en esa grabación del hospital hay una confesión que parecerá motivada por la esperanza de obtener algún beneficio penal.

—Puede ser.

A Sam le preocupaba que Ken y Keith Coin fueran demasiado listos para mostrar sus cartas. La esperanza de obtener algún beneficio penal, o cualquier otra incitación realizada con engaño, como la promesa de una imputación menos grave a cambio de una confesión, eran ilegales.

—Puedo encontrar un experto en Nueva York. Alguien tendrá que inspeccionar las grabaciones para asegurarse de que no han sido manipuladas. ¿Rusty trabaja con algún detective privado?

—Con Jimmy Jack Little —contestó Lenore.

Sam no prestó atención al absurdo nombre del detective.

—Pues Jimmy Jack tiene que localizar a un joven llamado Adam Humphrey.

—¿En base a qué? —preguntó Lenore.

—Puede que sea el confidente de Kelly.

—¿Quieres decir que se la tiraba, o que intentaba tirársela?

Sam se encogió de hombros, porque era lo único que podía hacer sin quebrantar su juramento de confidencialidad.

—Creo que no va a clase con Kelly. Puede que ya se haya graduado. Lo único que sé es que conduce un Cámara.

—Cuánta clase —comentó Charlie—. Puede que esté en el anuario. Quizá encontremos ahí su foto, o un comentario suyo. ¿Te ha dicho Kelly que era su novio?

—Sin comentarios —repuso Sam. Tal vez Kelly Wilson no entendiera del todo en qué consistía el juramento de confidencialidad, pero Sam se lo tomaba muy a pecho—. ¿Sabe Rusty que el padre de Lucy Alexander era profesor de Kelly? —Podía ser un posible sospechoso en la búsqueda del padre del bebé—. Lenore, si pudieras hacerle a Rusty un listado de los profesores de Kelly...

—Ya sabes que ese es el enfoque que van a darle —dijo Charlie—. Que estaba enfadada con el señor Alexander porque iba a suspenderla, y que por eso se presentó en el colegio con el revólver y mató a su hija.

No podrían servirse de ese argumento si la prueba de embarazo daba positivo.

Charlie abrió la boca para hablar.

—Silencio. —Lenore indicó con la cabeza detrás de ellas.

Ben bajaba por la rampa con las manos en los bolsillos y el pelo alborotado por el viento. Sonrió a Sam.

—De mayor deberías ser abogada.

Ella le devolvió la sonrisa.

—Me lo pensaré.

—Has estado magnífica. —Él le apretó el hombro—. Rusty va a estar orgullosísimo de ti.

Ella sintió que su sonrisa se aflojaba. Lo último que había deseado en su vida era la aprobación de Rusty.

—Gracias.

—Cariño —dijo Charlie—, ¿verdad que mi hermana lo ha bordado?

Él asintió con un gesto.

—Sí, lo ha bordado.

Charlie levantó el brazo para atusar con los dedos su cabello revuelto, pero él ya se estaba echando hacia atrás. Volvió a acercarse a ella, pero Charlie ya había bajado la mano. Aquella extraña incomodidad había vuelto a instalarse entre ellos.

—Ben —dijo Sam—, ¿podemos cenar todos juntos?

—Voy a estar muy ocupado intentando que mi jefe se recupere después de la paliza que le has dado, pero gracias por preguntar. —Miró un momento a Charlie y luego volvió a fijar la mirada en ella—. Pero, oye, Sam, yo no sabía lo del vídeo del hospital. Ayer estuve todo el día en comisaría. Me enteré de la vista media hora antes de que empezara. —Encogió un solo hombro, como hacía Charlie—. Yo no juego así de sucio.

—Te creo —repuso Sam.

—Será mejor que entre. —Ben tendió la mano a Lenore—. Asegúrate de que llegan a casa sanas y salvas.

Subió por la rampa con las manos hundidas en los bolsillos.

Charlie se aclaró la garganta. Sam sintió una punzada en el corazón al ver la añoranza con que miraba a su marido. Ese día había visto llorar a su hermana más que cuando eran niñas. Le dieron ganas de tirar de ella, de llevarla a rastras ante Ben y obligarla a pedirle perdón. Era tan terca... Nunca se disculpaba por nada.

—Subid al coche. —Lenore se sentó tras el volante y cerró la puerta de golpe.

Sam miró a su hermana inquisitivamente, pero Charlie se encogió de hombros antes de sentarse en el asiento trasero, dejándole sitio.

Lenore arrancó antes de que Sam acabara de cerrar la puerta.

—¿Adónde vamos? —preguntó Charlie.

—A la oficina. —Lenore enfiló la calle y aceleró para saltarse un semáforo en ámbar.

—Mi coche está en la comisaría —dijo Charlie—. ¿Hay algún motivo por el que tengamos que ir a la oficina?

—Sí —fue lo único que contestó Lenore.

Charlie pareció conformarse con eso. Se arrellanó en el asiento y miró por la ventanilla. Sam dedujo que estaba pensando en Ben. Sentía un impulso arrollador de agarrarla y zarandearla para hacerle entrar en razón. ¿Por qué había puesto en peligro su matrimonio? Ben era lo mejor de su vida.

Lenore tomó otra bocacalle. Sam consiguió orientarse por fin. Estaban en el lado malo de la ciudad, allí donde no llegaba el dinero del turismo. Los edificios parecían tan cochambrosos como treinta años antes.

Lenore levantó una nave Enterprise en miniatura.

—Ben me ha dado esto.

Sam ignoraba por qué su cuñado le daba un juguete a Lenore. Charlie, en cambio, sí parecía saberlo.

—No debería haberlo hecho.

—Pues me lo ha dado —repuso Lenore.

—Tíralo —dijo Charlie—. Mételo en la batidora.

Sam preguntó:

—¿Puede alguien decirme qué...?

—Es un lápiz de memoria —dijo Charlie—. Imagino que contiene algo que nos ayudará en el caso.

—Exacto —dijo Lenore.

—He dicho que lo tires, joder —ordenó Charlie con énfasis—. Se meterá en un lío. Le despedirán. O algo peor.

Lenore se metió el lápiz de memoria en el sujetador.

—Yo no quiero saber nada de esto. —Charlie levantó las manos—. Si por tu culpa inhabilitan a Ben, nunca te lo perdonaré.

—Añádelo a la lista.

Lenore viró hacia otra bocacalle. El edificio de la antigua papelería había cambiado ligeramente. La luna delantera había sido condenada. Gruesas rejas protegían las ventanas. La verja de entrada también era nueva. Sam se acordó del safari del zoo de San Diego cuando la verja se abrió con un zumbido, permitiéndoles el acceso al patio amurallado de detrás del edificio.

—¿Vas a abrir el lápiz de memoria? —preguntó Charlie.

—Voy a abrir el lápiz de memoria —respondió Lenore.

Charlie miró a Sam en busca de ayuda. Su hermana se encogió de hombros.

—Él quería dárnoslo.

—Os odio a las dos, joder. —Charlie se apeó de un salto y abrió la puerta de seguridad y la normal antes de que a Sam le diera tiempo a contestar.

—Podemos abrir el archivo en mi despacho —dijo Lenore.

Charlie dobló una esquina y empezó a encender luces a su paso.

Sam no sabía si seguir a su hermana o darle tiempo para tranquilizarse. Temía en cierto modo sus reacciones. Era tan cambiante... Tan pronto la felicitaba por su actuación en el juzgado como la insultaba por hacer su trabajo. Había en ella una corriente de sufrimiento soterrado que acababa por desvirtuarlo todo.

—Mi despacho está por aquí. —Lenore señaló hacia el otro lado del edificio.

Sam la siguió por otro largo pasillo, impregnado del olor de los cigarrillos que fumaba Rusty. Intentó recordar cuándo había sido la última vez que se había expuesto al humo del tabaco. Seguramente en París, antes de que se prohibiera fumar en lugares cerrados.

Pasaron junto a una puerta cerrada en cuyo cartel figuraba el nombre de Rusty. Sam habría adivinado que aquel era su despacho solo por el olor. Los rayos de nicotina que irradiaban de la puerta eran otro indicio.

—Hace años que no fuma aquí dentro —comentó Lenore—. Pero trae el olor en la ropa.

Sam arrugó el ceño. Su cuerpo estaba tan maltrecho que no entendía cómo alguien podía hacerse daño a propósito. Si dos infartos no servían para hacer entrar en razón a su padre, nada lo conseguiría.

Lenore sacó un juego de llaves y se puso el bolso bajo el brazo mientras abría la puerta. Encendió la luz. Sam entornó los ojos, heridos por la súbita claridad.

Cuando sus pupilas se acostumbraron por fin a la luz, vio una estancia limpia y acogedora. En el despacho de Lenore todo era muy azul. Paredes azul claro. Moqueta azul oscuro. Sofá azul pastel con cojines de diversos tonos de azul.

—Me gusta el azul —dijo.

Sam se quedó de pie junto al sofá.

—Es muy agradable.

—Puedes sentarte.

—Creo que es mejor que me quede de pie.

—Como quieras. —Lenore se sentó detrás de la mesa.

—La pierna me está...

—No hace falta que me des explicaciones. —La secretaria de su padre se inclinó e insertó la memoria USB en su ordenador. Giró el monitor para que Sam pudiera verlo—. ¿Quieres que me vaya?

Sam no quería ofenderla.

—Te dejo a ti decidirlo.

—Pues entonces me quedo. —Lenore abrió el lápiz de memoria—. Un solo archivo. Una serie de números, solamente. ¿Los ves?

Sam asintió en silencio. El archivo llevaba la extensión que significaba que era una película de vídeo.

—Adelante.

Lenore pulsó el nombre del archivo.

El vídeo se abrió.

Pulsó el botón que abría la pantalla completa.

La imagen podría haber sido una fotografía fija, de no ser por los números que iban pasando en una esquina: 07:58:47. Un típico pasillo de colegio. Taquillas azules. Suelo de baldosas marrones. La cámara apuntaba en exceso hacia abajo, de modo que solo permitía ver una mitad del pasillo, unos quince metros de espacio diáfano. El punto más distante mostraba una fina franja de luz que debía proceder de una puerta abierta. Había carteles en las paredes. Pintadas en las taquillas. El pasillo estaba completamente desierto. La imagen era granulosa. El color desvaído, tirando a sepia.

Lenore subió el volumen de los altavoces.

—No hay sonido.

—Mira. —Sam señaló el monitor.

Mientras miraban, una esquirla saltó espontáneamente de un bloque de cemento de la pared.

—Un disparo —dijo Lenore.

Sam observó el orificio redondo de la bala.

Un hombre salía corriendo al pasillo.

Había entrado en escena desde detrás de la cámara. Estaba de espaldas a ellas. Camisa de vestir blanca. Pantalones oscuros. Cabello gris peinado con un típico corte masculino, corto por detrás y con la raya al medio.

Se detenía bruscamente, adelantando las manos.

No, no.

Lenore dejó escapar un hilillo de aire entre los dientes al ver cómo el hombre se sacudía violentamente una, dos, tres veces.

La sangre impregnó el aire.

El hombre cayó al suelo. Sam le vio la cara.

Douglas Pinkman.

Un impacto en el pecho. Dos en la cabeza. Un agujero negro en lugar de su ojo derecho.

Un río de sangre comenzó a fluir en torno a su cuerpo.

Sam sintió que se tapaba la boca con la mano.

—Ay, Dios —dijo Lenore.

Una figura pequeña acababa de doblar la esquina. Estaba de espaldas a la cámara.

Sus coletas se mecían a ambos lados de la cabeza.

Mochila de princesas, zapatillas que se iluminaban, un balanceo en los brazos.

Se paró en seco.

El señor Pinkman, muerto en el suelo.

Lucy Alexander cayó enseguida, apoyada en su mochila.

Su cabeza se inclinó hacia atrás. Sus piernas se abrieron. Sus zapatos apuntaron hacia el techo.

La niña intentó en vano levantar la cabeza. Tocó con los dedos la herida abierta de su cuello.

Su boca se movía.

Judith Pinkman corrió hacia la cámara. Su blusa roja era de un ocre apagado en la pantalla. Tenía los brazos estirados hacia atrás y separados de los costados, como una criatura alada dispuesta a emprender el vuelo. Pasó junto a su marido y cayó de rodillas junto a Lucy.

—Mira —dijo Lenore.

Kelly Wilson entraba por fin en escena.

Lejana. Ligeramente desenfocada. La chica se hallaba en un extremo del encuadre. Vestía toda de negro. El cabello grasiento le colgaba alrededor de los hombros. Tenía los ojos dilatados. La boca abierta. Sostenía el revólver en la mano derecha.

«Ya le digo que tenía la pistola en la mano».

Kelly se sentó en el suelo. El lado izquierdo de su cuerpo quedaba fuera del alcance de la cámara. Estaba de espaldas a las taquillas. Seguía teniendo el revólver a un lado, apoyado en el suelo. Miraba fijamente hacia delante.

—Apenas once segundos desde el momento en que la primera bala impacta en la pared —comentó Lenore. Señaló la hora en la esquina de la pantalla—. He contado cinco disparos en total. Uno en la pared. Tres que dieron a Pinkman. Uno a Lucy. No era lo que mostraba la simulación de las noticias. Decían que Judith Pinkman recibió dos disparos, los dos fallidos.

Sam se permitió mirar de nuevo a Lucy.

Judith Pinkman tenía la boca abierta y gritaba mirando hacia el techo.

Sam leyó en sus labios.

«¡Socorro!».

En algún lugar del colegio, Charlie estaba oyendo sus gritos.

Lenore levantó la caja de pañuelos de su mesa.

Sam cogió varios. Se enjugó los ojos. Se sonó la nariz. Vio cómo Judith Pinkman pasaba la mano bajo la cabeza de Lucy para acunarla. Intentaba en vano cerrar la herida que había desgarrado el cuello de la pequeña. La sangre manaba entre sus dedos como si estrujara una esponja. Era evidente que sollozaba, gritando de dolor.

Charlie apareció de repente en el encuadre.

Corría por el pasillo, hacia la cámara, hacia Lucy y la señora Pinkman. Tenía una expresión de pánico absoluto. Apenas dirigía una mirada a Douglas Pinkman. Caía de rodillas al suelo. De perfil ante la cámara, su cara se veía claramente. Agarraba la mano de Lucy Alexander. Le decía algo a la niña. Se mecía adelante y atrás, intentando tranquilizarla y tranquilizarse.

Sam la había visto mecerse así una sola vez antes.

—Ese es Mason —dijo Lenore antes de sonarse la nariz ruidosamente.

Mason Huckabee estaba de espaldas a la cámara. Hablaba con Kelly tratando de quitarle la pistola. La chica seguía sentada, pero se había desplazado un poco más allá, pasillo abajo. Sam ya no le veía la cara. Las únicas partes visibles de su cuerpo eran la pierna derecha y la mano que sujetaba el revólver.

La culata del arma descansaba en el suelo.

Mason se ponía de rodillas. Se inclinaba hacia delante. Extendía la mano con la palma abierta. Se acercaba poco a poco a Kelly. Despacio, muy despacio. Sam solo podía conjeturar lo que estaba diciendo. «Dame la pistola. Dámela. No tienes por qué hacerlo».

Mason conocía a Kelly Wilson, le había dado clases, había sido su tutor. Sabía que podía convencerla.

En pantalla seguía aproximándose a la chica hasta que, sin previo aviso, Kelly levantaba el arma sacándola del encuadre.

A Sam se le encogió el estómago.

Mason retrocedió rápidamente, apartándose de Kelly.

—La chica volvió la pistola contra sí misma —dijo Lenore—. Por eso tiene las manos bajadas, en lugar de subirlas.

Sam miró de nuevo a Charlie. Estaba junto a Lucy, enfrente de la señora Pinkman que, con la cara levantada hacia el techo, parecía rezar con los ojos cerrados. Charlie se había sentado en el suelo con las piernas cruzadas. Tenía las manos en el regazo. Se frotaba los dedos manchados de sangre como si nunca hubiera visto tal cosa.

O quizá pensando que ya había visto aquello mismo en otra ocasión.

Giraba lentamente la cabeza, dando la espalda a la cámara. Una escopeta se deslizaba por el suelo y se detenía a escasos pasos de ella. Charlie no se movía. Pasaba otro segundo. Un policía recogía la escopeta. Corría por el pasillo. Llevaba abierto el chaleco antibalas, que ondeaba alrededor de su cintura. Clavaba una rodilla en el suelo y apoyaba la culata de la escopeta en el hombro.

Apuntaba a Mason Huckabee, no a Kelly Wilson.

Mason estaba de rodillas, de espaldas a Kelly, interponiéndose entre ella y el policía.

Charlie parecía ajena a todo aquello. Seguía mirándose las manos, aparentemente hipnotizada por la sangre. Su balanceo se había mitigado: no era ya más que una vibración que recorría su cuerpo.

—Mi pobre niña —musitó Lenore.

Sam tuvo que desviar la vista de su hermana. Mason seguía de rodillas, de espaldas a Kelly Wilson. La escopeta le apuntaba al pecho.

La escopeta le apuntaba al pecho.

Sam miró de nuevo a Charlie. No se había movido. Seguía balanceándose. Parecía enajenada. No se percató de que otro agente de policía pasaba corriendo a su lado.

Sam siguió el rápido avance del policía por el pasillo. Como sucedía con su compañero, estaba de espaldas a la cámara, pero Sam vio que empuñaba una pistola. Se detuvo a poca distancia del agente armado con la escopeta.

Escopeta y revólver.

Revólver y escopeta.

Mason Huckabee había alargado la mano hacia Kelly pasándola por encima del hombro izquierdo para ofrecerle la palma. Seguía hablando con ella, posiblemente tratando de convencerla de que le entregara el revólver.

Los policías blandían sus armas en actitud agresiva. Sam no necesitaba verles las caras para saber que estaban gritando órdenes.

Mason, en cambio, parecía sereno, dueño de sí mismo. Su boca se movía lentamente. Sus movimientos eran casi felinos.

Sam volvió a mirar a Charlie en el instante en que su hermana levantaba la mirada. Su expresión era desgarradora. Sam sintió el impulso de meterse en la película y abrazarla.

—Se echa hacia atrás —dijo Lenore.

Se refería a Kelly. La chica estaba casi fuera del encuadre. Solo una franja negra de sus vaqueros indicaba que seguía allí. Mason se había desplazado, siguiéndola. Su cabeza, su hombro izquierdo y su mano izquierda quedaban fuera de la vista. El ángulo de cámara cortaba su torso en diagonal.

Los policías no se movían.

Mason no se movía.

Una nubecilla de humo salió de la pistola del policía.

El brazo izquierdo de Mason se vio impulsado violentamente hacia atrás.

El policía le había disparado.

—Dios mío —dijo Sam.

No veía la cara de Mason, pero su tronco solo se giraba ligeramente.

Los policías parecían tan sorprendidos como ella. Tardaron unos instantes en moverse, hasta que, muy despacio, ambos bajaron las armas. Hablaron entre sí. El de la escopeta desenganchó el micro de la radio que llevaba sujeto al hombro. El otro dio media vuelta, miró a Charlie y volvió a girarse.

Le tendió la mano a Mason.

Él se levantó. El otro policía se acercó a Kelly Wilson.

De pronto, la chica apareció en pantalla, boca abajo, con la rodilla del policía en la espalda. La habían arrojado al suelo como a un saco.

Sam buscó con la mirada el arma homicida.

Kelly no la tenía en las manos, ni parecía llevarla encima.

Tampoco estaba en el suelo, a su lado.

Ni en manos del policía que la sujetaba oprimiéndola con la rodilla.

Mason Huckabee estaba de pie, con las manos vacías junto a los costados, hablando con el policía de la escopeta. La sangre volvía casi negra la manga de su camisa. Conversaba con el policía como si comentaran una mala jugada en un evento deportivo.

Sam observó el suelo a sus pies.

Nada.

No había ninguna taquilla rota y abierta.

Ninguno de los agentes de policía parecía tener un revólver metido en la cinturilla de los pantalones.

Nadie había dado una patada al arma en el suelo.

Nadie se había empinado para esconderla detrás de una plancha del techo.

Sam volvió a mirar a Charlie. Tenía las manos vacías. Seguía sentada con las piernas cruzadas y la mirada perdida. No miraba a los hombres. Sam advirtió que tenía una mancha de sangre en la mejilla. Debía de haberse tocado la cara.

Aún no tenía la nariz rota, ni moratones en torno a los ojos.

No pareció notar que un grupo de policías irrumpía de pronto en el pasillo. Empuñaban sus armas. Sus chalecos antibalas ondeaban, abiertos.

El monitor quedó en negro.

Sam se quedó mirando la pantalla vacía unos segundos, a pesar de que no había nada que ver.

Lenore soltó un largo soplo de aire.

Sam formuló la única pregunta que importaba:

—¿Charlie está bien?

Lenore frunció el ceño.

—Hubo un tiempo en que podría habértelo contado todo sobre ella.

—¿Y ahora?

—Las cosas han cambiado mucho en los últimos años.

Los infartos de Rusty. ¿Había trastornado a Charlie la posibilidad repentina de que Rusty muriera? Sería propio de ella ocultar su miedo, o encontrar un modo autodestructivo de olvidarse de él. Como acostarse con Mason Huckabee. O apartarse de Ben.

—Deberías comer —le dijo Lenore—. Voy a hacerte un bocadillo.

—Gracias, pero no tengo hambre —contestó—. Necesito un sitio donde redactar unas notas para papá.

—Usa su despacho. —Lenore sacó una llave de su bolso y se la pasó—. Voy a transcribir el vídeo para asegurarnos de que no hemos pasado nada por alto. También quiero recuperar esa presunta simulación de las noticias. No sé de dónde están sacando la información sobre la secuencia de los hechos, y especialmente sobre los disparos, pero según este vídeo se equivocan.

—En el juzgado —dijo Sam—, Coin ha dado a entender que había sonido.

—No ha corregido a Lyman —comentó Lenore—. Imagino que disponen de otra fuente. El colegio a duras penas puede permitirse pagar la factura de la luz. Esas cámaras deben de tener décadas de antigüedad. No creo que graben también sonido.

—De todos modos no serviría de gran cosa, teniendo en cuenta la cantidad de niños que circulan por esos pasillos. Sería muy difícil aislar una sola voz entre esa barahúnda. ¿Un teléfono móvil, quizá? —aventuró.

—Es posible. —Lenore se encogió de hombros al regresar a su ordenador—. Rusty lo averiguará.

Sam miró la llave que Lenore había dejado sobre la mesa. No le apetecía nada sentarse en el despacho de Rusty. Su padre ya tenía el síndrome de Diógenes antes de que la televisión popularizara el trastorno. Estaba segura de que había en la granja cajas que no se abrían desde que las llevó allí Gamma.

Gamma...

Charlie le había dicho que la foto, la única foto de Gamma, estaba en la mesa de Rusty.

Sam se dirigió al despacho de su padre. Solo consiguió abrir la puerta a medias antes de que se atascara con algo. El despacho era espacioso, pero la acumulación de cosas reducía el espacio. Cajas, papeles y carpetas rebosaban de casi todas las superficies. Solo el estrecho pasillo que conducía a la mesa indicaba que aquel cuarto seguía utilizándose. El aire viciado la hizo toser. Hizo amago de encender la luz, pero se lo pensó mejor. Su jaqueca solo había remitido ligeramente desde que se había quitado las gafas en el juzgado.

Dejó el bastón junto a la puerta. Caminó con cuidado hacia la mesa de Rusty, pensando que aquello no era muy distinto a darse una vuelta por el laberíntico cerebro de su padre. Para ella era un misterio que consiguiera trabajar allí. Encendió la lámpara de la mesa. Abrió las persianas de la sucia ventana enrejada. Supuso que la superficie plana formada por un montón de expedientes servía a su padre de escritorio. No había ordenador. Un radiodespertador que Gamma le regaló cuando ella era niña era el único indicio de modernidad.

La mesa era de nogal, muy grande. Sam recordaba que en otros tiempos tenía un vade de cuero verde. Seguramente el vade seguía impecable, preservado del paso del tiempo por la basura que acumulaba encima. Probó la solidez de la silla. Se inclinaba hacia un lado porque su padre era incapaz de sentarse derecho. Cuando Sam se lo imaginaba sentado, siempre lo veía apoyado en el codo derecho, con un cigarrillo en la mano.

Se sentó en la torcida silla de su padre. El fuerte chirrido del mecanismo que regulaba la altura era completamente innecesario: bastaría con aplicar un poco de aceite lubricante para eliminar el ruido. Los brazos de la silla podían enderezarse poniendo un poco de Loctite en las tuercas. Y seguramente podía mejorarse su estabilidad sustituyendo las arandelas.

O el muy necio de su padre podía meterse en Internet y encargar una silla nueva en Amazon.

Sam removió papeles y dosieres buscando la fotografía de Gamma. Le daban ganas de tirarlo todo al suelo, pero estaba segura de que había cierta sistematicidad en el desorden de Rusty. Ella jamás permitiría que su mesa estuviera en ese estado, pero quien cambiaba de sitio sus cosas corría peligro de muerte.

Echó un vistazo a la parte de arriba del aparador, sobre el que había, entre muchas otras cosas, un paquete de libretas sin abrir. Lo abrió. Buscó sus notas en el bolso. Se cambió de gafas. Anotó el nombre de Kelly Wilson en la parte de arriba de la hoja amarilla. Añadió la fecha. Hizo un listado de asuntos a los que Rusty debía prestar especial atención.

1. *Prueba de embarazo*
2. *Paternidad: ¿Adam Humphrey? ¿Frank Alexander?*
3. *Vídeo del hospital; grabaciones de las cámaras de seguridad (¿audio?)*
4. *¿Qué hacía Kelly en el colegio? (víctimas elegidas al azar)*
5. *Lista de tutores/profesores/horario de clases*
6. *Judith Pinkman— ¿?*

Trazó las letras del nombre de la maestra.

Cuando ella estudiaba en el colegio de enseñanza media, las aulas de enfrente de la secretaría estaban destinadas al departamento de lengua inglesa. Judith Pinkman era profesora de lengua, lo que explicaba por qué estaba allí al iniciarse el tiroteo.

Sam pensó en la grabación de la cámara de seguridad.

La señora Pinkman apareció en el pasillo después de que Lucy recibiera el impacto en el cuello. Calculó que pasaban menos de tres segundos desde el instante en que la niña caía al suelo de espaldas hasta el momento en que Judith Pinkman aparecía por un extremo del pasillo.

Cinco impactos. Uno en la pared. Tres en Douglas Pinkman. Otro en Lucy.

Si el revólver tenía seis balas, ¿por qué Kelly no había efectuado un último disparo contra Judith Pinkman?

—Creo que estaba embarazada. —Charlie estaba de pie en la puerta del despacho, con un plato con un sándwich en una mano y una botella de Coca-Cola en la otra.

Sam dio la vuelta a sus notas. Intentó que su semblante no se alterara.

—¿Qué?

—En el colegio, cuando la pusieron verde. Creo que Kelly estaba embarazada.

Sam experimentó un alivio momentáneo, pero entonces se dio cuenta de lo que estaba diciendo su hermana.

—¿Por qué lo dices?

—Lo he sacado de Facebook. Me he hecho amiga de una de las chicas del colegio.

—Charlie...

—Es una cuenta falsa. —Su hermana dejó el plato sobre la mesa, delante de ella—. Esa chica, Mindy Zowada, es una de las arpías que escribieron esas cosas en el anuario. La he sondeado un poco. Le dije que había oído rumores de que Kelly era muy golfa en el colegio. Tardó como dos segundos en soltarme que abortó a los trece años. O que «avortó», con uve, como dice ella.

Sam apoyó la cabeza en la mano. Aquel dato arrojaba nueva luz sobre Kelly Wilson. Si no era la primera vez que se quedaba embarazada, sin duda ya conocía los síntomas. Así pues, ¿por qué no se lo había dicho? ¿Se estaba haciendo la tonta para ganarse su simpatía? ¿Podía confiarse en lo que decía?

—Hey —dijo Charlie—, te cuento el secreto más oscuro de Kelly Wilson, ¿y me pones esa cara de aburrimiento?

—Perdona. —Sam se incorporó en la silla—. ¿Has visto el vídeo?

Charlie no contestó, pero estaba al corriente de que había un problema con el sonido.

—Dudo de esa teoría del teléfono móvil. El sonido tiene que proceder de otro sitio. Hay un protocolo de cierre de emergencia en caso de que un tirador entre en el colegio. Los profesores hacen simulacros una vez al año. Todos se habrían quedado en sus aulas con las puertas cerradas. Es posible que alguien llamara a emergencias, pero en todo caso la conversación del pasillo no pudo quedar registrada en esa llamada.

—Judith Pinkman no siguió el protocolo —repuso Sam—. Salió corriendo al pasillo después de que dispararan a Lucy. —Dio la vuelta a la libreta y la mantuvo apartada de Charlie mientras tomaba nota de ese dato—. Y tampoco se acercó primero a su marido. Se fue derecha hacia Lucy.

—Era evidente que estaba muerto.

Charlie se señaló un lado de la cara. Uno de los disparos había volado casi por completo la mandíbula de Douglas Pinkman. Tenía un orificio de bala en la cuenca ocular.

—Entonces, ¿mentía Coin al hacernos creer que existe una grabación de audio en la que se oye a Kelly preguntar por «el bebé»?

—Coin es un embustero y yo tiendo a creer que los embusteros mienten siempre. —Charlie pareció pensárselo un poco más—. Puede que se lo dijera el policía. Estaba justo allí, en el pasillo, cuando habló Kelly. Parecía muy afectado. Se enfadó más que antes, y ya estaba que echaba chispas.

Sam acabó de tomar nota.

—Tiene sentido.

—¿Qué hay del arma homicida? —preguntó Charlie.

—¿Qué pasa con ella?

Su hermana se apoyó en un montón de cachivaches que tenía la forma aproximada de una silla. Se quitó un hilillo de los vaqueros, el mismo que se había quitado esa mañana.

Sam dio un bocado al sándwich. Miró por la ventana sucia. Había sido un día largo y agotador, y el sol solo estaba empezando a ponerse.

Señaló la Coca-Cola.

—¿Puedo tomar un poco?

Charlie desenroscó el tapón. Puso la botella sobre la libreta vuelta del revés de su hermana.

—¿Vas a decirle a papá lo de Huck y la pistola?

—¿Qué más te da a ti?

Charlie se encogió de hombros vagamente.

—¿Qué pasa entre Ben y tú? —preguntó Sam.

—Sin comentarios.

Sam se tragó el bocado de pan con mantequilla de cacahuete con un trago de refresco. Era el momento de hablarle a Charlie de

Anton. De decirle que sabía lo que era estar casada, que entendía cómo podían acumularse los pequeños resquemores. Debía decirle que no importaba. Que, si querías a alguien, debías hacer todo lo que estuviera en tu mano para que la relación funcionase, porque la persona a la que más amabas podía quejarse de un leve dolor de garganta un buen día y estar muerta al siguiente.

Pero le dijo:

—Tienes que arreglar las cosas con Ben.

—Me pregunto —dijo Charlie— cuántas veces hablarías si eliminaras de tu vocabulario las palabras «tienes que».

Sam estaba demasiado cansada para discutir. Sabía, además, que tenía todas las de perder. Dio otro bocado al sándwich. Masticó lentamente.

—Estaba buscando la foto de Gamma.

—La tiene en la mesa de casa.

Eso zanjaba la cuestión. No pensaba ir a la granja.

—Está esto. —Sirviéndose del pulgar y dos dedos, Charlie sacó un libro de bolsillo de debajo de un archivador, como si jugara al Jenga, sin volcar los papeles de encima.

Le dio el libro a Sam, que leyó el título en voz alta.

—*Predicción meteorológica mediante análisis numérico.*

El libro parecía antiguo y muy manoseado. Sam lo hojeó. Había párrafos subrayados a lápiz. Su contenido se correspondía con el título: era una guía para predecir el tiempo utilizando un algoritmo que incorporaba la presión barométrica, la temperatura y la humedad.

—¿De quién son estos cálculos?

—Yo tenía trece años —contestó Charlie.

—Pero no eras tonta. —Sam corrigió una ecuación—. Por lo menos, eso creía yo.

—El libro era de Gamma.

Sam se quedó quieta.

—Lo encargó antes de morir. Llegó un mes después —explicó Charlie—. Hay una antigua torreta meteorológica detrás de la granja.

—¿No me digas?

Sam había estado a punto de ahogarse en el arroyo que corría por debajo de la torreta porque estaba tan débil que ni siquiera podía levantar la cabeza del agua.

—En fin... —dijo Charlie—. Rusty y yo íbamos a arreglar los instrumentos de la torreta para darle una sorpresa a Gamma. Pensábamos que le encantaría llevar el registro de datos. El Observatorio Atmosférico Nacional llama a eso ser «colaborador científico». Hay miles de personas en todo el país que anotan datos, pero ahora los cálculos se hacen por ordenador. Imagino que el libro demuestra que Gamma iba un paso por delante de nosotros. Como siempre.

Sam hojeó los gráficos y los intrincados algoritmos.

—Imagino que sabes que esto es muy poco realista, en términos físicos. El equilibrio dinámico de la atmósfera entre los campos de masa y movimiento es muy delicado.

—Sí, Samantha, eso lo sabe todo el mundo —repuso Charlie, y añadió—: Papá y yo hacíamos los cálculos juntos. Anotábamos los datos de los instrumentos todas las mañanas, aplicábamos el algoritmo y predecíamos el tiempo que haría al día siguiente. O por lo menos lo intentábamos. Así nos sentíamos más cerca de ella.

—A Gamma le habría gustado.

—Se habría puesto furiosa conmigo por no saber hacer los cálculos.

Sam se encogió de hombros porque era cierto.

Fue pasando despacio las páginas del libro sin prestar atención al texto. Pensó en Charlie cuando era pequeña, en cómo hacía los deberes en la mesa de la cocina, con la cabeza agachada y la lengua asomando entre los labios. Siempre canturreaba cuando hacía matemáticas. Silbaba cuando hacía trabajos manuales. Y a veces cantaba en voz alta frases que leía en libros, pero solo si creía que nadie la oía. Sam solía escuchar sus suaves gorgoritos operísticos a través del fino tabique que separaba sus habitaciones. «¡Compórtate con dignidad, amor, y el amor vendrá!» o «¡Pongo a Dios por testigo de que nunca volveré a pasar hambre!».

¿Qué había sido de aquella Charlie cantarina, que silbaba y tarareaba cancioncillas?

Lo que les había ocurrido a Gamma y a ella había borrado parte de esa alegría, como era lógico, pero Sam había visto aquella chispa de júbilo en Charlie la última vez que estuvieron juntas en Nueva York. Gastaba bromas, tomaba el pelo a Ben, canturreaba, cantaba y se entretenía, en general, haciendo pequeños ruiditos. Su conducta de entonces le recordó a Sam a Fosco, su gato, al que a veces sorprendía solo en una habitación, ronroneando por puro placer.

Así pues, ¿quién era aquella mujer profundamente infeliz en la que se había convertido su hermana?

Charlie volvió a tirarse del hililllo de los pantalones. Sorbió por la nariz. Se llevó los dedos a la nariz.

—Santo Dios, estoy sangrando otra vez. —Siguió sorbiendo por la nariz—. ¿Tienes un pañuelo?

Kelly Wilson había gastado la provisión de pañuelos de Sam. Recorrió el despacho con la mirada. Abrió los cajones de la mesa.

Charlie volvió a sorber por la nariz.

—Papá no va a tener Kleenex.

Sam encontró un rollo de papel higiénico en el cajón de abajo. Se lo pasó a Charlie diciendo:

—Deberías ir a que te arreglen la nariz antes de que sea demasiado tarde. ¿No pasaste toda la noche en el hospital?

Su hermana se limpió la sangre.

—Duele un montón.

—¿Vas a decirme quién te golpeó?

Charlie, que estaba examinando el papel manchado de sangre, levantó la vista.

—En términos generales no tiene mucha importancia, pero no sé por qué no me apetece contártelo.

—Muy bien.

Sam echó un vistazo al interior del cajón. Había unos rieles metálicos para carpetas, vacíos. Rusty había arrojado un fajo de cartas encima de un ejemplar deteriorado del *Código de Legislación*

Procesal de Georgia, editado tres años atrás. Estaba a punto de cerrar el cajón cuando reparó en el remite de uno de los sobres.

Escrito a mano.

Con letra precisa y desquiciada.

CENTRO PENITENCIARIO DE DIAGNÓSTICO Y CLASIFICACIÓN DE GEORGIA
APARTADO DE CORREOS 3877 JACKON, GA 30233

Se quedó paralizada.

La DyC de Georgia.

Sede del corredor de la muerte del estado.

—¿Qué pasa? —preguntó Charlie—. ¿Has encontrado algún cadáver?

Sam no veía el nombre escrito sobre la dirección. Lo tapaba otro sobre, a excepción de la mitad de la primera letra.

Distinguió una línea curva, posiblemente parte de una *O*, algo que parecía una *I* escrita atropelladamente, y quizás el borde de una *C* mayúscula.

El resto del nombre quedaba oculto bajo una revistilla que anunciaba coronas navideñas.

—Por favor, no me digas que es pornografía. —Charlie rodeó la mesa. Miró el cajón.

Sam seguía con la vista fija en él.

—Todo lo que hay aquí es propiedad privada de papá. No tenemos derecho a mirar —dijo Charlie.

Sam hurgó en el cajón con el bolígrafo.

Apartó le revistilla de abigarrados colores.

CULPEPPER, ZACHARIAH RECLUSO N.º 4252619

—Será una amenaza de muerte —dijo Charlie—. Ya has visto hoy a los Culpepper. Cada vez que por fin parece que van a fijar la fecha para la ejecución de Zachariah...

Sam cogió la carta. Aunque no pesaba nada, sintió una

especie de pesadez en los huesos de los dedos. El sobre ya estaba rasgado.

—Sam, eso es privado —dijo su hermana.

Sacó una hoja de cuaderno doblada dos veces para que cupiera en el sobre. Por detrás estaba en blanco. Zachariah Culpepper se había tomado la molestia de arrancar los bordes, deshilachados al arrancar la hoja de la espiral del cuaderno.

Con los mismos dedos con los que había desgarrado sus párpados.

—Sam —insistió Charlie. Estaba mirando el cajón. Había decenas de cartas más del asesino—. No tenemos derecho a leerlas.

—¿«Derecho»? ¿Cómo que no tenemos «derecho»? —preguntó Sam con voz estrangulada—. Tengo todo el derecho a saber qué le dice a mi padre el hombre que mató a mi madre.

Charlie le quitó la carta.

Volvió a meterla en el cajón y lo cerró de un puntapié.

—Perfecto. —Sam dejó el sobre vacío en la mesa. Tiró del cajón, pero no se movió. Charlie lo había golpeado con tanta fuerza que se había encajado en el marco—. Ábrelo.

—No. Nosotras no tenemos por qué leer nada de lo que diga.

—¿Nosotras? —repitió Sam, porque no era ella la chiflada que había estado a punto de pelearse con Danny Culpepper unas horas antes—. ¿Desde cuándo hablas en plural en lo que concierne a los Culpepper?

—¿Qué rayos quieres decir con eso?

—Nada. No tiene sentido discutir. —Sam estiró el brazo y volvió a tirar del cajón. No se movió. Sus dedos parecían plumas.

—Sabía que seguías enfadada conmigo —dijo Charlie.

—No *sigo* enfadada contigo —replicó Sam—. Me he enfadado contigo *ahora* porque te estás comportando como una niña de tres años.

—Ya, claro —dijo Charlie—. Lo que tú digas, Sammy. Tengo tres años. Estupendo.

—¿Se puede saber qué te pasa? —Sam sintió que la ira de

Charlie alimentaba la suya—. Quiero leer las cartas del hombre que mató a nuestra madre.

—Ya sabes lo que dicen. Solo llevas un día aquí y ya has oído al cabrón del hijo de ese cabrón. Dicen que mentimos. Que es inocente. Y que planeamos matarle para cobrar una puta deuda que papá no pudo cobrar de todos modos.

Sam sabía que su hermana tenía razón, pero aun así no cambió de idea.

—Charlie, estoy cansada. ¿Puedes, por favor, abrir el dichoso cajón?

—No hasta que me digas por qué te has quedado. Por qué has ido a la vista. Por qué sigues aquí.

Sam se sentía como si sostuviera un yunque en cada hombro. Se apoyó en la mesa.

—Muy bien, ¿quieres saber por qué me he quedado? Porque me cuesta creer que hayas echado a perder tu vida de esta manera.

Charlie soltó un bufido tan fuerte que le salió sangre de la nariz. Se la limpió con los dedos.

—¿Porque la tuya es perfecta?

—No tienes ni idea de qué...

—Te fuiste a mil seiscientos kilómetros de mí. Nunca contestas a las llamadas de papá, ni a los correos de Ben, ni nos llamas. Por lo visto vienes con frecuencia a Atlanta, a menos de dos horas de camino, y nunca...

—Me dijiste que no querías volver a saber de mí. *Ninguna de las dos podrá seguir adelante mientras sigamos mirando hacia atrás.* Fueron tus palabras exactas.

Charlie meneó la cabeza, con lo que solo consiguió enojar aún más a su hermana.

—Charlotte, llevas todo el día intentando pelearte conmigo —dijo Sam—. Deja de mover la cabeza como si estuviera loca.

—No es que estés loca, es que eres una puta arpía. —Charlie cruzó los brazos—. Te dije que no debíamos mirar atrás, no que no miráramos adelante, o que no intentáramos superarlo juntas, como se supone que hacen las hermanas.

—Discúlpame por no haber sabido leer entre líneas tu mal redactado resumen de nuestra fallida relación fraternal.

—Bueno, te pegaron un tiro en la cabeza. Seguramente tienes un agujero en la parte de la comprensión lectora.

Sam juntó las manos con fuerza. No iba a estallar.

—Todavía conservo la carta. ¿Quieres que te mande una copia?

—Quiero que vayas a la copistería, que la imprimas por las dos caras y que te la metas por ese culo de yanqui estreñida que tienes.

—¿Por qué iba a imprimir por las dos caras una carta de una sola hoja?

—¡Por Dios santo! —Charlie dio un puñetazo en la mesa—. Llevas aquí menos de un día, Sam. ¿Por qué de pronto te preocupa tanto mi patética y mezquina existencia?

—Esos adjetivos no han salido de mi boca.

—No paras de pincharme. —Charlie le clavó el dedo en el hombro—. Me pinchas, me pinchas sin parar como una puta aguja.

—¿De veras? —Sam hizo caso omiso de la punzada de dolor que sentía cada vez que Charlie le clavaba el dedo en el hombro—. ¿*Yo* te pincho?

—Me preguntas por Ben. —Le clavó otra vez el dedo, más fuerte—. Me preguntas por Rusty. —Volvió a hacer aquel gesto—. Me preguntas por Huck. —Hundió de nuevo el dedo en su hombro—. Me preguntas por...

—¡Para! —gritó Sam apartándole la mano de un golpe—. ¿Por qué coño estás tan hostil?

—¿Y tú por qué coño te pones tan pesada?

—¡Porque se suponía que eras feliz! —respondió su hermana a gritos, y el sonido de la verdad sacudió sus sentidos como una corriente eléctrica—. ¡Mi cuerpo no sirve para nada! Mi cerebro está... —Levantó las manos—. ¡Inservible! Todo lo que iba a ser se perdió. No veo bien. No puedo correr. No puedo moverme. No puedo desenvolverme normalmente. No tengo paz, ni comodidad, nunca. Y todos los días, todos los días, Charlotte, me digo que no importa porque tú conseguiste escapar.

—¡Y es verdad, escapé!

—¿Para qué? —preguntó Sam, furiosa—. ¿Para poder encararte con los Culpepper? ¿Para convertirte en Rusty? ¿Para que te den un puñetazo en la cara? ¿Para destruir tu matrimonio?

Lanzó un montón de revistas al suelo y dejó escapar un gemido al sentir una punzada de dolor en el brazo. Notó un espasmo en el bíceps. Se le agarrotó el hombro. Se apoyó contra la mesa, jadeante.

Charlie se acercó.

—No. —Sam no quería su ayuda—. Se suponía que ibas a tener hijos. Que ibas a tener amigos que te quisieran y a vivir en una casa preciosa con tu maravilloso marido, no a tirarlo todo por la borda por un inútil como Mason Huckabee.

—Eso es...

—¿Injusto? ¿Incierto? ¿No es eso lo que te ha pasado con Ben? ¿Lo que pasaba en la universidad? ¿Lo que pasa cada vez que te entran las putas ganas de huir porque te sientes culpable, Charlie? Porque te culpas a ti misma, *no a mí*. Yo no te culpo porque huyeras. Gamma quería que escaparas. Yo te *supliqué* que escaparas. De lo que te culpo es de esconderte: de la vida, de mí, de tu propia felicidad. ¿Y tú crees que yo soy hermética? ¿Que soy fría? Estás *consumida* por el odio que sientes hacia ti misma. Apestas a autodesprecio. Y crees que ponerlo todo y a todos en compartimentos separados es la única forma de que tu vida no se desmorone.

Charlie no dijo nada.

—Yo estoy en Nueva York —prosiguió Sam—. Rusty, en su casucha. Ben, aquí. Mason, allá. Lenore, dondequiera que esté. Ese no es modo de vivir, Charlie. Tú no estabas hecha para llevar esa clase de vida. Eras tan lista, tan tenaz, tan fastidiosamente, tan infatigablemente *feliz*... —Se masajeó el hombro. Le ardía el músculo. Preguntó a su hermana—: ¿Qué ha sido de esa persona, Charlie? Huiste. *Te escapaste.*

Charlie fijó la mirada en el suelo. Tensó la mandíbula. Respiraba agitadamente.

Pero lo mismo podía decirse de Sam. Sentía cómo se agitaba

su pecho, subiendo y bajando. Le temblaban los dedos como el segundero atascado de un reloj. Tenía la sensación de que el mundo se había convertido en un torbellino incontrolable. ¿Por qué seguía presionándola Charlie? ¿Qué intentaba conseguir?

Lenore llamó a la puerta abierta.

—¿Va todo bien?

Charlie negó con la cabeza. Le salía sangre de la nariz.

—¿Llamo a la policía? —preguntó en broma Lenore.

—Mejor llama a un taxi. —Charlie agarró el tirador del cajón y tiró con fuerza. Se astilló la madera. Las cartas de Zachariah Culpepper se esparcieron por el suelo. Dijo—: Vete a casa, Samantha. Tenías razón. Este sitio saca lo peor que hay en ti.

13

Sam estaba sentada delante de Lenore, a una mesa de la cafetería casi desierta. Hundía lentamente el sobrecito de té en el agua caliente que le había traído la camarera. Sentía la mirada de Lenore fija en ella, pero no sabía qué decir.

—Es más rápido que te lleve yo al hospital —se ofreció Lenore.

Sam negó con la cabeza. Prefería esperar el taxi.

—No hace falta que te quedes conmigo.

Lenore sostuvo su taza de café entre las manos. Llevaba las manos pulcramente arregladas y pintadas de esmalte muy claro. Lucía un único anillo en el dedo índice derecho. Notó que Sam lo miraba y dijo:

—Me lo regaló tu madre.

Sam pensó que era un anillo muy propio de su madre: raro, no especialmente bonito, pero hermoso a su manera.

—Háblame de ella —dijo.

Lenore levantó la mano y contempló el anillo.

—Mi hermana Lana trabajaba en Fermilab con ella. No estaban en el mismo departamento, ni siquiera en el mismo nivel, pero en aquel entonces no se permitía que las jóvenes solteras vivieran solas, de modo que la universidad las puso a vivir juntas. Mi madre solo consentía que Lana trabajara allí porque vivía alejada de los científicos sedientos de sexo.

Sam aguardó a que continuara.

—Lana trajo a Harriet a casa unas vacaciones de Navidad y yo al principio no le hice caso, pero luego, una noche que no podía dormir, salí al jardín a tomar un poco el aire y allí estaba ella. —Lenore levantó las cejas—. Estaba mirando las estrellas. La física era su vocación, pero sentía verdadera pasión por la astronomía.

A Sam le entristeció no conocer ese dato sobre su madre.

—Estuvimos hablando toda la noche. Para mí fue algo excepcional conocer a alguien tan interesante. Empezamos a salir, pero nunca hubo nada... —Se interrumpió, encogiéndose de hombros—. Estuvimos juntos poco más de un año, aunque fue una relación a larga distancia. Yo estudiaba Derecho con Rusty. El porqué no funcionó es otra historia. Luego, un verano, fui a Chicago con tu padre y Rusty la encandiló. —Se encogió de hombros de nuevo—. Yo me retiré discretamente. Siempre fuimos más amigos que novios.

—Pero siempre estaba enfadada contigo —comentó Sam—. Se lo notaba en la voz.

—Porque por mi culpa su marido se quedaba hasta las tantas por ahí, bebiendo y fumando, en lugar de estar con su familia. —Un nuevo encogimiento de hombros—. Tu madre siempre quiso llevar una vida convencional.

Sam no se imaginaba a su madre deseando tal cosa.

—Distaba mucho de ser una mujer convencional.

—La gente siempre desea lo que no puede tener —repuso Lenore—. Harriet nunca encajaba del todo en ningún sitio, ni siquiera en Fermilab. Era demasiado singular. Carecía de habilidades sociales. Supongo que ahora dirían que entraba dentro del espectro autista, pero en aquel entonces se la consideraba sencillamente demasiado inteligente, demasiado dotada, demasiado rara. Sobre todo, tratándose de una mujer.

—¿Y qué era para ella una vida normal?

—Matrimonio. Una rutina normal y corriente. Y vosotras dos, claro. Nunca la vi tan feliz como cuando te tuvo. Observar cómo se desarrollaba tu cerebro... Estudiar tus reacciones a los estímulos... Escribía páginas y páginas en sus diarios.

—Haces que parezca un proyecto científico.

—A tu madre le encantaban los proyectos —repuso Lenore—. Charlie, en cambio, era tan distinta... Tan creativa, tan espontánea... Harriet la adoraba. Os adoraba a las dos, pero a Charlie nunca llegó a comprenderla del todo.

—Ya somos dos. —Sam bebió un sorbo de té. La leche sabía agria. Dejó la taza—. ¿Por qué no te gusto?

—Porque haces daño a Charlie.

—Charlie parece muy capaz de hacerse daño ella solita.

Lenore hurgó en su bolso y sacó la memoria USB que le había dado Ben.

—Quiero que te lleves esto.

Sam se echó hacia atrás como si la hubiera amenazado físicamente.

—Tíralo en Atlanta, en algún sitio. —Lenore deslizó la nave espacial por la mesa—. Hazlo por Ben. Ya sabes que puede traerle un problema muy serio.

A Sam no se le ocurrió qué hacer, excepto guardarse el aparatito en el bolso. No podía llevarlo encima cuando subiera al avión, de regreso a Nueva York. Tendría que buscar a alguien en la oficina de Atlanta que se encargase de destruirlo.

—Conmigo puedes hablar del caso, ¿sabes? —dijo Lenore—. A mí Coin no va a llamarme como testigo. Vestida así, escandalizaría al jurado.

Sam sabía que tenía razón, aunque fuera una razón equivocada.

—Me preocupa lo de las balas —prosiguió Lenore—. Ese tiro perdido que se incrustó en la pared no tiene sentido. Kelly fue capaz de acertar a Pinkman tres veces: una en el pecho y dos en la cabeza. O acertó de chiripa o tiene una puntería alucinante.

—Lucy. —Sam se tocó un lado del cuello—. A ella no le acertó de lleno.

—No, pero escucha una cosa. Una mujer como yo no puede vivir en Pikeville si no sabe manejar un arma. Y yo no podría acertar esos blancos en la galería de tiro, sin presión y sin que hubiera vidas en juego. Estamos hablando de una chica de dieciocho años que estaba en el pasillo, esperando a que sonara el timbre de entrada. Debía de tener la adrenalina por las nubes. O es la asesina con más temple que ha conocido esta ciudad o aquí pasa algo raro.

—¿Algo raro? ¿Como qué?

—No tengo ni idea.

Sam pensó en el embarazo de Kelly. En Adam Humphrey. En el anuario. Eran piezas de un rompecabezas que probablemente nunca vería terminado.

—Nunca hablo de mis casos —le dijo a Lenore.

Ella se encogió de hombros como si no tuviera importancia.

Sam se sintió culpable por pensar siquiera en quebrantar su juramento de confidencialidad. Sobre todo, porque no había confiado en su hermana. Aun así, acabó diciendo:

—Puede que Kelly esté embarazada.

Lenore bebió un sorbo de café, pero no dijo nada.

—Cuando hablamos, mencionó a un tal Adam Humphrey. Creo que podría ser el padre. O quizá sea Frank Alexander —añadió Sam—. Por lo visto, es su segundo embarazo. Ya estuvo embarazada otra vez, cuando iba al colegio. Según dicen las malas lenguas, abortó. Charlie está al corriente de eso. Pero no sabe que quizá también esté embarazada ahora.

Lenore dejó su taza.

—Coin dirá que el niño es de Frank Alexander y que Kelly mató a Lucy por despecho o por celos.

—Puede hacerse una prueba de paternidad muy sencilla.

—Quizá Rusty les haga esperar a que nazca el niño. Puede que alegue problemas de salud. Esas pruebas entrañan cierto riesgo. ¿Crees que alguno de los dos, Adam Humphrey o Frank Alexander, convenció a Kelly para que se presentara armada en el colegio por alguna razón desconocida? ¿O crees que fue idea suya?

—De lo único de lo que estoy segura es de que no podemos fiarnos del testimonio de Kelly Wilson. —Sam se apretó las sienes con los dedos, tratando de aliviar parte de la tensión—. He visto otras veces vídeos de falsas confesiones: en la facultad, en televisión, en documentales. Los Tres de West Memphis, Brendan

Dassey, Chuck Erickson... Todos los hemos visto o hemos leído sobre ellos, pero aun así, cuando estás sentada delante de una persona tan sugestionable, tan ansiosa por complacer que es capaz de confesar literalmente cualquier cosa, por absurda que sea, resulta increíble.

Sam intentó recapitular su conversación con Kelly, analizarla, entender qué había pasado exactamente.

—Supongo que se debe a una especie de prejuicio. Te dices a ti misma que es imposible que alguien sea tan necio, que tiene que estar fingiendo con intención de engañarte, pero el hecho es que no tienen la capacidad mental necesaria para engañarte. Son demasiado cortos de entendederas para poner en práctica un subterfugio semejante y, si tuvieran la capacidad suficiente para engañarte, no cometerían la estupidez de autoinculparse. —Se dio cuenta de que estaba parloteando como su hermana. Intentó resumir—. Convencí a Kelly Wilson para que afirmara que había visto a Charlie abofetear a Judith Pinkman.

—Santo Dios. —Lenore se llevó la mano al corazón. Probablemente estaba dando gracias a Dios por que el vídeo demostrara que no era así.

—Fue muy fácil conseguir que lo dijera —reconoció Sam—. Yo sabía que estaba cansada, que se encontraba mal, que estaba confusa, asustada y sola. Y en menos de cinco minutos la convencí no solo para que repitiera lo que le decía, sino para que lo afirmara rotundamente, incluso añadiendo detalles de su cosecha, como que la bofetada sonó tan fuerte que se oyó en todo el pasillo. Y todo para corroborar una mentira que yo le había contado.

Meneó la cabeza, porque aún le costaba creerlo.

—Siempre he sabido que vivo en un mundo muy alejado del de la mayoría de la gente —añadió—. Pero Kelly vive en la más absoluta miseria. No lo digo con crueldad, ni con arrogancia. Es así, sencillamente. A nadie puede extrañarle que las chicas como ella acaben estando tan perdidas.

—¿Que vayan por mal camino, quieres decir? —sugirió Lenore.

Sam negó de nuevo con la cabeza. No quería aventurar ninguna teoría más.

—Ya he puesto a Jimmy Jack a buscar a ese tal Humphrey. Seguramente ya le habrá localizado.

—No podemos descartar por completo al padre de Lucy Alexander —le recordó Sam—, solo porque no queramos que Ken Coin tenga razón.

—Si alguien puede llegar al fondo de este asunto, es Jimmy Jack.

Sam se preguntó si debían ampliar sus averiguaciones para incluir a Mason Huckabee, pero sabía que no debía mencionar al amante de su hermana delante de Lenore. Por fin, dijo:

—Descubrir el móvil de Kelly no les devolverá la vida a sus víctimas.

—No, pero puede impedir que la tercera víctima acabe en el corredor de la muerte.

Sam frunció los labios. No estaba del todo convencida de que Kelly Wilson fuera una víctima. Pese a la escasa inteligencia que demostraba, había llevado un revólver al colegio y había apretado el gatillo las veces suficientes como para asesinar brutalmente a dos personas inocentes. Sam se alegraba de que el destino de la joven no descansara sobre sus hombros. Si los jurados debían ser imparciales, era por un buen motivo. Claro que la probabilidad de encontrar un jurado imparcial en un radio de ciento cincuenta kilómetros alrededor de Pikeville era tan remota que parecía absurda.

—Tu taxi llegará pronto. —Lenore buscó a la camarera con la mirada y levantó la mano para llamarla.

Sam se giró. La mujer estaba sentada junto a la barra.

—Perdone —dijo.

La camarera se levantó y se acercó a la mesa con evidente desgana. Suspiró antes de preguntar:

—¿Qué?

Sam miró a Lenore, que meneó la cabeza.

—Quiero pagar la cuenta.

La camarera dejó bruscamente la cuenta sobre la mesa y cogió la taza de Lenore con el índice y el pulgar, como si temiera contaminarse. Sam aguardó a que aquella horrible mujer se alejara.

—¿Por qué vives aquí? —preguntó a Lenore—. ¿En este sitio tan paleto?

—Porque es mi hogar. Y porque todavía queda buena gente que cree en el vive y deja vivir. Además —añadió—, Nueva York perdió su superioridad moral en las últimas elecciones presidenciales.

Sam se rio a regañadientes.

—Voy a ver cómo está Charlie. —Lenore sacó un billete de dólar de la cartera, pero Sam le hizo señas de que pagaba ella.

—Gracias —dijo, a pesar de que solo podía conjeturar todo lo que había hecho por su familia.

Había estado siempre tan absorta en su propia recuperación que no se había parado a pensar en cómo vivían Rusty y Charlie. Evidentemente, Lenore había llenado el vacío que dejó la muerte de Gamma.

Oyó la campanilla de la puerta cuando Lenore salió del local. La camarera le hizo un comentario malévolo a la cocinera. Sam pensó en replicarle, en apabullarla con un comentario mordaz, pero le faltaban fuerzas para librar otra batalla.

Fue al servicio. De pie delante del lavabo, se aseó someramente mientras soñaba con darse una ducha en el Four Seasons de Atlanta. Habían transcurrido dieciséis horas desde que salió de Nueva York. Llevaba casi el doble de ese tiempo sin dormir. Le dolía la cabeza con el dolor sordo de una muela picada. Su cuerpo no cooperaba. Observó su rostro demacrado en el espejo y vio la amarga decepción de su madre.

Estaba dando por perdida a Charlie.

Pero no le quedaba otro remedio. Su hermana no quería hablar con ella, se negaba a abrirle la puerta del despacho, a la que Sam había llamado repetidamente. No era como la última vez, cuando huyó de casa de Sam de madrugada, temiendo por su integridad física. Sam le había suplicado, se había disculpado aunque no sabía por qué, y su hermana le había contestado con un terco silencio. Finalmente, tuvo que asumir con amargura lo que debería haber sabido desde el principio.

Que Charlie no la necesitaba.

Usó un poco de papel higiénico para secarse los ojos. No sabía si lloraba por lo inútil de aquel viaje o por agotamiento. Veinte años atrás, al perder a su hermana, había tenido la sensación de que se trataba de un divorcio de mutuo acuerdo. Ella había estallado. Y Charlie también. Se pelearon, estuvieron a punto de tirarse de los pelos, y al final acordaron que lo mejor sería no volver a verse.

Esta nueva ruptura, en cambio, se le antojaba un robo. Había tenido momentáneamente entre las manos algo bueno, algo que sentía como auténtico, y Charlie se lo había arrebatado.

¿Era por Zachariah Culpepper?

Sam tenía las cartas en el bolso. Algunas de ellas, al menos, porque había dejado muchas más en el despacho de Rusty. Sentada a su mesa, había abierto sobre tras sobre. Todas contenían una sola hoja de cuaderno doblada y las tres mismas palabras escritas con tanta fuerza que el lápiz había hecho surcos en el papel:

ME DEBES ALGO.

Un solo renglón enviado centenares de veces, mensualmente, al despacho de su padre.

Sonó su teléfono.

Lo buscó atropelladamente en el bolso. No era Charlie. Ni Ben. Era un mensaje de texto de la empresa de taxis. El coche estaba fuera.

Se secó los ojos. Se pasó los dedos por el pelo. Regresó a la mesa. Dejó encima un billete de un dólar. Salió tirando de su maleta con ruedas y se dirigió al taxi. El conductor se bajó de un salto para ayudarla a meterla en el maletero. Sam ocupó su sitio en el asiento trasero. Miró por la ventanilla mientras atravesaban el centro de Pikeville.

Stanislav iba a ir a recogerla al hospital. Sam no tenía ganas de ver a su padre, pero tenía el deber, para con él y con Kelly Wilson, de entregarle sus anotaciones y hacerle partícipe de sus ideas y sospechas acerca del caso.

Lenore tenía razón en cuanto a los disparos. Kelly había demostrado una notable puntería en el pasillo. Había logrado acertar a Douglas Pinkman y a Lucy Alexander desde una distancia considerable.

Así pues, ¿por qué no había acertado también a Judith Pinkman cuando esta salió de su aula?

Más misterios que Rusty tendría que resolver.

Bajó la ventanilla del taxi. Miró las estrellas que tachonaban el cielo. En Nueva York había tanta contaminación lumínica que había olvidado cómo debía ser la noche. La luna era poco más que una esquirla de luz azul. Se quitó las gafas. Sintió el aire fresco en la cara. Dejó que se le cerraran los párpados. Pensó en Gamma observando las estrellas. ¿De verdad aquella mujer brillante y rebosante de talento ansiaba una vida convencional?

Ser ama de casa y madre. Tener un marido que cuidara de ella. Comprometerse a cuidar de él.

El recuerdo que guardaba de su madre mostraba a un Gamma en perpetua búsqueda. Búsqueda de conocimiento. De información. De soluciones. Sam se acordaba de un día en el que, como tantos otros, al regresar a casa del colegio se la encontró trabajando en un proyecto. Charlie estaba en casa de una amiga. Todavía vivían en la casa de ladrillo rojo. Ella abrió la puerta trasera, dejó la mochila en el suelo de la cocina, se quitó los zapatos. Gamma se volvió hacia ella. Tenía un rotulador en la mano. Había estado escribiendo en el ventanal que daba al jardín de atrás. Sam vio que eran ecuaciones, aunque su significado se le escapaba.

—Estoy intentando averiguar por qué no ha subido mi bizcocho —le dijo Gamma—. Es lo que tiene la vida, Sam: que, si no subes, bajas.

Una sacudida del taxi la despertó.

Durante un instante de terror, no supo dónde estaba.

Se puso las gafas. Había transcurrido casi media hora. Ya estaban en Bridge Gap. Edificios de cuatro o cinco plantas se alzaban por encima de las cafeterías. Carteles callejeros anunciaban conciertos en el parque y meriendas campestres. Pasaron frente al cine al que Mary-Lynne Huckabee fue con sus amigos y en cuyo aseo la violaron.

Había hombres tan violentos en aquel condado...

Sam posó la mano sobre su bolso. Las cartas que contenía desprendían un calor palpable.

ME DEBES ALGO.

¿Le importaba acaso lo que Zachariah Culpepper se creyera con derecho a reclamar como una deuda? Casi tres décadas antes, Rusty había argumentado ante el tribunal que le juzgaba para que se respetara su derecho a vivir. En todo caso era Zachariah quien estaba en deuda con él. Y con Gamma. Y con Charlie. E incluso con Ben.

Sam consultó su teléfono.

Abrió un correo electrónico en blanco y tecleó la dirección de Ben. Sus dedos no lograban decidirse por una combinación de letras que sirviera de encabezamiento al mensaje. ¿El nombre de Charlie? ¿Una solicitud de consejo? ¿Una disculpa por no haber podido arreglar lo que estaba roto?

Lo único que veía con toda claridad era que Charlie no estaba bien. Su hermana le había pedido que viniera por *algo*. Para que la obligara a reconocer algo, a confesar algo, a decir la verdad sobre algo que la atormentaba. De ahí sus constantes provocaciones, sus ataques, su rechazo.

Era una táctica que Sam conocía muy bien. Después de recibir el disparo, se había mostrado tan irascible y violenta, tan furiosa por la debilidad de su cuerpo, tan enfadada porque su cerebro no funcionara como antes, que había descargado su furia contra todo y contra todos. Los esteroides, antidepresivos y antiepilépticos que le recetaban los médicos solo servían para excitar sus emociones. Estaba casi siempre alterada, y lo único que aplacaba hasta cierto punto su ira era dirigirla hacia fuera.

Charlie y Rusty eran sus dos blancos predilectos.

Los seis meses que vivió en la granja después de la rehabilitación fueron un infierno para todos. Nunca estaba satisfecha. Se quejaba constantemente. Acosaba a Charlie, la hacía sentir que se equivocaba a cada paso. Cuando alguien le sugirió que fuera a terapia, puso el grito en el cielo e insistió en que estaba bien, en que se estaba recuperando y en que ella *no estaba enfadada, joder*, solo cansada y molesta, y en que necesitaba tiempo, espacio, la oportunidad de estar sola, de alejarse de todo, de recuperar su noción de sí misma.

Por fin, Rusty le permitió presentarse a los exámenes de acceso a la universidad antes de tiempo para que pudiera entrar en Stanford antes de lo que le correspondía por edad. Solo cuando estuvo en la facultad, a cuatro mil kilómetros de distancia, comprendió que su ira no era una criatura confinada exclusivamente en la granja.

Hay cosas que solo se ven cuando te alejas de ellas.

Estaba enfadada con Rusty por introducir a los Culpepper en sus vidas. Estaba enfadada con Charlie por abrir la puerta de la cocina. Estaba enfadada con Gamma por agarrar la escopeta. Y estaba enfadada consigo misma por no hacer caso a su instinto cuando, en el cuarto de baño, agarró el martillo y se encaminó hacia la cocina en lugar de huir por la puerta trasera.

Estaba enfadada. Furiosa. Loca de ira.

Y sin embargo, hasta cumplir los treinta y un años, no se dio a sí misma permiso para decirlo en voz alta. Su bronca con Charlie arrancó la costra, y solo Anton, con su insistencia y tenacidad, consiguió que la herida comenzara finalmente a curar.

Sam estaba en su apartamento, en Nochevieja. Estaban viendo por la tele cómo descendía la bola en Times Square. Bebían champán, o al menos ella fingía beberlo.

Anton dijo:

—Trae mala suerte no beber un sorbito.

Ella se rio, porque la mala suerte la había perseguido la mitad de su vida o más. Y entonces reconoció ante su marido algo que nunca antes le había confesado a nadie:

—Temo constantemente beber algo, o tomar algo, o hacer un movimiento que provoque un ataque o un ictus que destruya lo poco que queda de mi mente.

Anton no recurrió a tópicos acerca de los misterios de la vida, ni le ofreció consejo sobre cómo arreglar el problema. Le dijo:

—Mucha gente te habrá dicho que tienes suerte de estar viva. Yo creo que habrías tenido suerte si no te hubieran disparado.

Sam estuvo llorando casi una hora.

Todo el mundo le decía constantemente lo afortunada que era por haber sobrevivido al disparo. Nadie reconocía nunca que tenía derecho a estar enfadada por *cómo* tenía que sobrevivir.

—¿Señora? —El taxista puso el intermitente. Señaló el indicador blanco que había más adelante.

El hospital del condado de Dickerson. Rusty estaría en su habitación viendo las noticias, ávido, seguramente, por verse a sí mismo en pantalla. Sabría ya lo que había sucedido en la sala del juzgado. Sam sintió de nuevo aquel cosquilleo en el estómago y se reprendió a sí misma por preocuparse por lo que pensara su padre.

Solo había ido a entregarle sus notas. Le diría adiós, seguramente por última vez, y luego volvería a Atlanta, donde a la mañana siguiente se despertaría instalada de nuevo en su vida real, como Dorothy de regreso en Kansas.

El taxista detuvo el coche bajo el voladizo de cemento del hospital. Sacó su maleta del maletero. Subió el asa. Sam había emprendido el camino hacia la entrada tirando de la maleta cuando notó un olor a tabaco.

—«¡Oh, soy el bufón de Fortuna!» —vociferó Rusty.

Estaba sentado en una silla de ruedas, con el codo derecho apoyado en el reposabrazos y un cigarrillo en la mano. Dos bolsas colgaban de una pértiga sujeta al respaldo de la silla. Su bolsa de drenaje pendía como un llavero. Se había situado bajo la señal que advertía a los fumadores de que se mantuvieran a treinta metros de la puerta. Él estaba a seis, como mucho.

—Eso acabará por matarte —dijo Sam.

Su padre sonrió.

—Hace una noche deliciosa. Estoy hablando con una de mis preciosas hijas. Tengo un paquete entero de cigarrillos. Lo único que me hace falta es un vaso de buen *bourbon* y ya puedo morir feliz.

Sam disipó el humo con la mano.

—No tan deliciosa, con este olor.

Él se rio y empezó a toser.

Sam llevó la maleta hasta el banco de cemento que había junto a la silla de ruedas. Los periodistas se habían marchado, seguramente a la espera de un nuevo tiroteo indiscriminado. Se sentó en el extremo del banco, lejos del humo.

—He oído que ha habido cierto jaleo en la vista —comentó Rusty.

Sam encogió un solo hombro. Charlie le había contagiado esa mala costumbre.

—«¿Está muerto el bebé?» —preguntó su padre imprimiendo a su voz un trémolo dramático—. «¿Está muerto el bebé?».

—Papá, han asesinado a una niña.

—Lo sé, cariño. Créeme que lo sé. —Dio una última calada al cigarrillo antes de apagarlo con el talón de la zapatilla. Se guardó la colilla en el bolsillo de la bata—. Un juicio no es más que una competición en la que cada narrador intenta contar la mejor historia. Quien consigue engatusar al jurado, gana. Y Ken ha dado con una historia estupenda.

Sam refrenó el impulso de halagar a su padre, de decirle que él podía contar una historia aún mejor y salirse con la suya.

—¿Qué te ha parecido? —preguntó él.

—¿Kelly? —Sam meditó su respuesta—. No estoy segura. Puede que sea más lista de lo que creemos. O más obtusa de lo que queremos creer. Se le puede hacer creer cualquier cosa, papá. Cualquier cosa.

—Siempre he preferido los locos a los estúpidos. Los estúpidos pueden romperte el corazón. —Rusty miró hacia atrás para asegurarse de que estaban solos—. Me he enterado de lo del aborto.

Sam se imaginó a su hermana en el despacho, llamando a Rusty para chismorrear.

—Has hablado con Charlie.

—No. —Se apoyó en el codo con la mano hacia arriba y los dedos estirados como si aún sostuviera el cigarrillo—. Jimmy

Jack, mi detective, dio con ello ayer por la tarde. Encontramos ciertos indicios que apuntaban a que pasó algo grave cuando Kelly estaba en el colegio de enseñanza media. Solo rumores, ya sabes. Kelly engorda de repente, luego se toma unas vacaciones y vuelve flaca como un palillo. Anoche me lo confirmó su madre. Es un asunto que sigue angustiándola. El padre de la criatura era un chaval del equipo de fútbol que se fue a vivir a otro sitio hace tiempo. El aborto lo pagó él, o su familia. La madre llevó a Kelly a Atlanta. Estuvieron a punto de despedirla del trabajo por tomarse el día libre.

—Es posible que Kelly esté otra vez embarazada —dijo Sam.

Rusty levantó las cejas.

—Últimamente vomita a diario, más o menos a la misma hora. Ha perdido días de clase. Y tiene la tripa hinchada.

—Lleva una temporada vistiendo de negro. Su madre dice que no sabe por qué.

Sam cayó de pronto en la cuenta de que había un asunto crucial que todavía no había comentado con su padre.

—Mason Huckabee tiene relación con ella.

—Sí, en efecto.

Sam esperó a que se explicara, pero Rusty se limitó a contemplar el aparcamiento.

—Lenore ya ha avisado a vuestro detective —añadió ella—, pero hay un chico, un tal Adam Humphrey, del que Kelly está enamorada. También convendría que investigarais a Frank Alexander, el padre de Lucy. O a Mason Huckabee —dijo, intentándolo de nuevo.

Rusty se rascó la mejilla, pero por segunda vez se hizo el sordo.

—Que esté embarazada... No es bueno.

—Podría ayudar a su defensa.

—Sí, pero sigue siendo una chica de dieciocho años embarazada a la que le espera una condena a cadena perpetua. Eso, si tiene suerte —añadió su padre.

—Creía que era tu unicornio.

—¿Sabes cuántas personas inocentes hay en prisión?

—Prefiero no saberlo. ¿Por qué crees que es inocente? —preguntó—. ¿Qué más has descubierto?

—Nada, ni en general, ni en concreto. Me lo dice esto —dijo su padre señalándose la tripa—. El navajazo no afectó a mi intuición. Sigue intacta. Y me dice que este asunto no es lo que parece.

—Pues yo he visto ya suficiente —repuso Sam—. ¿Te ha dicho Lenore que ha conseguido hacerse con las imágenes de la cámara de seguridad?

—También me ha dicho que tu hermana y tú habéis estado a punto de llegar a las manos en mi despacho. —Rusty se llevó la mano al corazón—. Que no se rompa el círculo.

Sam no quería tomarse aquello a broma.

—Papá, ¿qué le pasa a Charlie?

Rusty siguió mirado el aparcamiento. Las luces de las farolas arrancaban destellos a los coches aparcados.

—«No hay pecado y no hay virtud. Solo son cosas que hace la gente».*

Sam estaba segura de que Charlie reconocería aquella cita.

—Nunca he entendido tu relación con ella. Habláis constantemente, pero nunca os decís nada de verdadera importancia. —Sam se imaginó a dos gallos rondándose el uno al otro en el corral—. Supongo que por eso ha sido siempre tu favorita.

—Las dos sois mis favoritas.

Sam no le creyó. Charlie había sido siempre la buena, la que le reía las gracias, la que le llevaba la contraria, la que se había quedado a su lado.

—Un padre tiene la obligación de querer a todas sus hijas como cada una de ellas necesite que la quieran.

Sam se rio de aquel absurdo tópico.

—¿Cómo es que nunca te han nombrado padre del año?

Rusty se echó a reír.

---

* Cita de *Las uvas de la ira*, de John Steinbeck. (N. de la T.)

—La mayor desilusión de mi vida ha sido que no me regalarais una de esas tazas que ponen «al mejor padre». —Rebuscó en el bolsillo de su bata. Encontró su paquete de tabaco—. ¿Te ha dicho Charlotte qué relación tiene con Mason?

—¿Por fin vamos a hablar de eso?

—Sin entrar en pormenores.

—Fui *yo* quien le habló de Mason. Ella no tenía ni idea de quién era.

Rusty encendió pausadamente el cigarrillo. Tosió al expeler el humo. Se quitó una hebra de tabaco de la lengua.

—Nunca más, desde aquel día, he podido defender a un violador.

A Sam le sorprendió su confesión.

—Siempre has dicho que todo el mundo merece una oportunidad.

—Sí, pero no tengo que ser yo quien se la dé. —Rusty volvió a toser—. Cuando vi las fotos de aquella chica, Mary-Lynne, se llamaba, me di cuenta de algo que hasta entonces no había comprendido respecto a la violación.

Hizo girar el cigarrillo entre sus dedos. No miraba a Sam. Seguía con la vista fija en el aparcamiento.

—Lo que un violador le quita a una mujer es su futuro —prosiguió—. La persona en la que va a convertirse, la que se supone que es, desaparece. En muchos sentidos es peor que un asesinato, porque el violador mata a esa persona en potencia, anula esa vida futura, y sin embargo la mujer sigue viviendo y respirando, y tiene que encontrar otra manera de seguir adelante y florecer. —Sacudió la mano en el aire—. O no, según los casos.

—Como cuando te pegan un tiro en la cabeza.

Rusty se atragantó con el humo y volvió a toser.

—Charlotte siempre ha sido un animal gregario —dijo—. No necesita ser la jefa, pero sí pertenecer a la manada. Y Ben era su manada.

—¿Por qué le ha engañado?

—No me corresponde a mí hablarte de tu hermana.

Sam no quería seguir hablando con rodeos, aunque sabía que Rusty podía pasarse toda la noche mareando la perdiz. Sacó sus notas del bolso.

—Hay varias cosas a las que deberías prestar especial atención. No parece que Kelly conociera personalmente a las víctimas, aunque no sé si eso empeora o mejora las cosas. —Desde su punto de vista, las empeoraba. Siempre le había horrorizado la violencia desatada al azar—. Conviene que aclares la secuencia de los hechos y el número de disparos que se efectuó. Parece haber cierta confusión al respecto.

—Embarazada, signo de interrogación —dijo Rusty, leyendo también la lista—. Paternidad, signo de interrogación mayúsculo. Vídeo: tenemos uno, gracias a quien tú ya sabes, pero habrá que ver si ese viejo zorro del señor Coin cumple el mandato del juez. —Tocó el papel con un dedo—. Sí, ¿por qué estaba Kelly en el colegio? Víctimas elegidas al azar. —La miró—. ¿Estás segura de que no las conocía?

Ella negó con la cabeza.

—Le pregunté y me contestó que no, pero merece la pena indagar.

—Indagar es lo que más me gusta en este mundo. —Leyó el último renglón de la lista—. Judith Pinkman. La he visto antes en las noticias. Menudo cambio ha dado, con eso de ofrecer la otra mejilla. —Volvió a doblar la hoja por la mitad y se la guardó en el bolsillo—. Cuando juzgaron a Zachariah Culpepper, quería pulsar el interruptor con sus propias manos. En aquellos tiempos todavía se usaba la silla eléctrica. Acuérdate de que todo aquel que cometiera un crimen antes de mayo de 2000 estaba invitado a sentarse en ella.

Sam había leído acerca de los métodos de ejecución cuando estudiaba en la facultad. El procedimiento le había parecido de una brutalidad extrema hasta que se imaginó a Zachariah Culpepper orinándose encima, como se orinó Charlie, mientras esperaba la primera descarga de mil ochocientos voltios.

—Quería que ejecutaran al asesino de mamá —añadió Rusty—, y ahora no quiere que ejecuten a la asesina de su marido.

Sam se encogió de hombros.

—La gente se ablanda al hacerse mayor. Por lo menos, alguna gente.

—Me lo tomaré como un cumplido —repuso su padre—. En cuanto a Judith Pinkman, yo diría que «es preferible acertar a veces que errar siempre».

Sam decidió que aquel era tan buen momento como otro cualquiera para endosarle a su padre el problema de Charlie.

—Kelly me dijo que Mason Huckabee se metió el arma homicida en la parte de atrás de los pantalones. Doy por sentado que la sacó del edificio llevándola encima. Tienes que averiguar por qué se arriesgó hasta ese extremo.

Rusty no respondió. Siguió fumando con la mirada fija en el aparcamiento.

—Papá —dijo Sam—, se llevó el arma homicida del lugar de los hechos. O está implicado o es idiota.

—Ya te he dicho que los idiotas te rompen el corazón.

—Has llegado a esa conclusión muy deprisa.

—¿Sí?

Sam no tenía intención de seguirle la corriente; estaba harta de adivinanzas. Era evidente que Rusty sabía algo que no quería contarle.

—Tendrás que denunciar a Mason. Aparte de Judith Pinkman, seguramente es el principal testigo de Coin.

—Encontraré otra solución.

Sam meneó la cabeza.

—¿Cómo dices?

—Encontraré otro modo de neutralizar a Mason Huckabee. No hace falta mandarle a prisión por cometer un error estúpido.

—Según ese criterio, tendríamos que dejar en libertad a la mitad de los imputados. —Sam se frotó los ojos. Estaba demasiado cansada para prolongar la conversación—. ¿Lo dices porque te sientes culpable? ¿Como una especie de penitencia? No sé si hacer la vista gorda con Huckabee te convierte en un hipócrita o en un blando, porque está claro que intentas proteger a Charlie a expensas de tu cliente.

—Seguramente ambas cosas —reconoció él—. Samantha, voy a decirte una cosa muy importante: perdonar es necesario.

Sam pensó en las cartas que llevaba en el bolso. No estaba segura de querer saber por qué el asesino de su madre, el hombre que había intentado violar a su hermana y se había quedado de brazos cruzados mientras a ella le pegaban un tiro en la cabeza, escribía a Rusty. A decir verdad, temía que su padre le hubiera perdonado, y temía no poder perdonar nunca a Rusty por haber aliviado la mala conciencia de Zachariah Culpepper.

—¿Alguna vez has presenciado una ejecución? —preguntó Rusty.

—¿Por qué demonios iba a presenciar una ejecución?

Rusty apagó su cigarrillo. Se guardó la colilla en el bolsillo. Extendió el brazo hacia su hija.

—Tómame el pulso. —Observó la expresión de Sam—. Haz caso por una vez a tu viejo antes de subirte a un avión de vuelta a casa.

Ella oprimió con los dedos la cara interna de su muñeca huesuda. Al principio no sintió nada. Luego, notó la gruesa línea del flexor radial del carpio. Palpó con los dedos hasta sentir el *tap-tap-tap* de la sangre corriendo por las venas.

—Ya lo tengo —dijo.

—Cuando ejecutan a una persona —prosiguió Rusty—, te sientas en la zona del público, con la familia delante, y un sacerdote y un periodista, y allí estás tú, al otro lado, la persona que no ha podido impedir que eso ocurra.

Puso la mano sobre la de Samantha. Su piel era seca y áspera. Sam se dio cuenta de que era la primera vez que tocaba a su padre desde hacía casi treinta años.

—Retiran la cortina —añadió él— y allí está el reo, esa persona, ese ser vivo que respira y siente. ¿Es un monstruo? Puede que haya cometido actos monstruosos. Pero en ese momento está atado con correas a una camilla. Tiene las piernas, los brazos y la cabeza sujetos de manera que no pueda mirar a nadie. Mira fijamente al techo, pintado de azul cielo con nubes blancas, muy torpemente, como si fuera otro recluso quien se hubiera encargado de pintarlo. Es lo último que verá el condenado.

Rusty le apretó los dedos contra su muñeca. Se le había acelerado el pulso.

—Y te das cuenta de cómo le sube y le baja el pecho porque está intentando controlar su respiración. Y es entonces cuando lo sientes. —Comenzó a seguir el ritmo con los dedos—. Dum-dum, dum-dum. Sientes cómo te bombea la sangre por el cuerpo. Sientes cómo sale y entra el aire de tus pulmones.

Sin darse cuenta, Sam comenzó a respirar al compás de su padre.

—Entonces le preguntan cuáles son sus últimas palabras y él dice algo acerca del perdón, o de su confianza en que su muerte traiga paz a la familia de la víctima, o afirma ser inocente, pero le tiembla la voz porque sabe que ha llegado el fin. Que el teléfono rojo de la pared no va a sonar. Que nunca volverá a ver a su madre. Que no volverá a abrazar a su hijo. Que se acabó. Que la muerte está próxima.

Sam apretó los labios. No sabía si su corazón se había acompasado con el de Rusty o si de nuevo se había dejado embelesar por sus palabras.

—El alcaide da la orden con una inclinación de cabeza —prosiguió él—. Hay dos hombres en la sala. Pulsan sendos botones a la vez para inyectar el cóctel letal. De ese modo, no se sabe cuál de los dos ha sido el verdugo. —Se quedó callado unos segundos, como si estuviera viendo cómo pulsaban aquellos botones—. Notas un sabor raro en la boca, un regusto químico, como si estuvieras saboreando lo que va a matar a ese hombre. El reo se tensa y luego, poco a poco pero sin pausa, sus músculos comienzan a relajarse hasta que queda completamente inmóvil. Y entonces empiezas a notar esa sensación de cansancio, como si el fármaco estuviera penetrando en tus venas. Y empiezas a dar cabezadas. Casi te sientes aliviado, porque durante el tiempo de espera tu cuerpo se ha agarrotado, y ya quedan escasos segundos para que acabe. —Hizo otra pausa—. Se te frena el corazón. Empiezas a respirar con normalidad.

Sam aguardó el final.

Pero Rusty no dijo nada.

—¿Y entonces qué? —preguntó ella.

—Y entonces se acaba. —Su padre le dio unas palmaditas en la mano—. Ya está. Cierran las cortinas. Sales de la sala. Te metes en el coche. Te vas a casa. Tomas una copa. Te lavas los dientes. Te vas a la cama y te quedas mirando el techo el resto de tu vida, igual que lo miraba el reo. —Apretó con fuerza la mano de Sam—. En eso piensa Zachariah Culpepper cada segundo de su vida, y seguirá pensando en ello todos los días hasta que lo lleven a esa sala en camilla y descorran la cortina.

Sam se apartó de él. Notaba tensa la piel de la mano, como si se hubiera quemado.

—Lenore te ha dicho que encontramos las cartas.

—Nunca conseguí que no husmearais en mis archivos. —Se agarró a los brazos de la silla de ruedas. Miró a lo lejos—. Está siendo castigado. Sé que querías que sufriera. Está sufriendo. No tiene sentido volver a mezclarse con ese hombre. Tienes que volver a Nueva York y olvidarte de él. Vive tu vida. Así es como podrás vengarte.

Sam meneó la cabeza. Debería haber intuido lo que iba a pasar. Se enfureció consigo misma por permitir que Rusty se refugiara siempre en su punto ciego.

—Si no puedes hacerlo por ti —añadió él—, hazlo por tu hermana.

—He intentado ayudarla, pero no quiere mi ayuda.

Rusty la agarró del brazo.

—Escúchame, cariño. Tienes que escucharme porque es importante. —Esperó a que lo mirara—. Si ahora remueves las cosas, si obligas a Charlotte a pensar en Zachariah Culpepper, nunca podrá salir del pozo en el que se ha metido.

—¿Por qué cree Zachariah que estás en deuda con él?

Rusty la soltó. Se recostó en su silla.

—Citando a Churchill, es una adivinanza envuelta en un infundio.

—Un infundio es una noticia falsa o un rumor infundado.

—En inglés se dice *canard*, que también es una proyección del ala de un avión. Y, en francés, un pato.

—Rusty... —dijo Sam—. Te manda esas cartas, la misma carta con la misma frase, el segundo viernes de cada mes.

—¿Ah, sí?

—Ya sabes que sí. El mismo día que tú me llamas.

—Me alegra saber que esperas con ilusión mis llamadas telefónicas.

Sam sacudió la cabeza. Los dos sabían que no era así.

—Papá, ¿por qué te manda siempre la misma carta? ¿Qué es lo que le debes?

—No le debo nada. Te lo juro por mi vida. —Rusty levantó la mano derecha como si jurara sobre la Biblia—. La policía sabe lo de las cartas. Son obsesiones suyas. El pobre infeliz tiene un montón de tiempo libre. Es fácil caer en la rutina.

—Entonces, ¿no hay nada detrás de esas cartas? ¿Solo un recluso en el corredor de la muerte que cree que estás en deuda con él por algo?

—Los hombres en su posición suelen sentirse agraviados.

—Por favor, no me digas que es importante perdonarle.

—Es importante *olvidarle* —puntualizó Rusty—. Yo le he olvidado para poder seguir adelante con mi vida. Mi mente le ha borrado de la existencia. Sin embargo, nunca le perdonaré el haberme robado al amor de mi vida.

Sam sintió el impulso de poner los ojos en blanco.

—Quería a tu madre más que nada en el mundo. Cada día que pasaba con ella era el mejor de mi vida, aunque estuviéramos gritándonos a pleno pulmón.

Sam recordaba los gritos. El amor, no.

—Nunca entendí qué veía en ti.

—A un hombre que no quería ponerse su ropa interior.

Sam se rio y luego se sintió mal por haberse reído.

—Fue Lenny quien nos presentó. ¿Lo sabías? —Rusty no esperó respuesta—. Me llevó a rastras al norte para que conociera a la chica con la que estaba saliendo, o algo parecido, y en cuanto la vi pensé que me había caído un pedrusco en la cabeza. No podía apartar los ojos de ella. Era la cosa más bonita que había visto nunca. Esas piernas kilométricas. Esa curva de la cadera, tan bonita. —Sonrió a Sam—. Y, naturalmente, para que no pienses que tu padre era un salido, estaba el enigma de su mente. Dios mío, las cosas que sabía... La profundidad y la amplitud de sus conocimientos me dejaban anonadado. Nunca había conocido a una mujer como ella. Era como un gato. —Señaló a Sam con el dedo—. ¿Alguna vez han dicho eso de ti?

—Creo que no.

—Los perros son tontos —afirmó Rusty—, es un hecho conocido. Pero un gato... El respeto de un gato tienes que ganártelo todos los días. Lo pierdes y... —Chasqueó los dedos—. Eso era tu madre para mí. Era mi gato. Mantenía mi brújula orientada hacia el norte.

—Estás mezclando metáforas.

—Los vikingos llevaban gatos en sus barcos.

—Para que eliminaran a las ratas, no para que pilotaran el barco —repuso Sam—. Mamá odiaba tu trabajo.

—Odiaba los riesgos inherentes a mi trabajo. Y odiaba que tuviera que dedicarle tanto tiempo, de eso no hay duda. Pero entendía que era necesario, y siempre respetó a las personas que hacían algo útil.

Sam oyó la voz de Gamma en su voz.

—*La ciudad de Portland contra Henry Alameda* —dijo de pronto Rusty.

Sam dio un respingo de sorpresa.

Su primer caso.

—Me sentaba al fondo de la sala, sonriendo de oreja a oreja —añadió su padre—. Estaba tan contento que habría podido enseñar a un gato a pilotar un barco.

—Pero papá...

—Tenías un don natural, mi niña. Eras una fiscal estupenda. Dominabas por completo la sala. Nunca he estado más orgulloso.

—¿Por qué no...?

—Solo quería ver cómo estabas, saber si habías encontrado tu lugar. —Sacó otro cigarrillo del paquete—. *Clinton Cable Sociedad Anónima contra Stanley Mercantile Sociedad Limitada*—. Le guiñó un ojo como si citar de memoria la primera demanda relativa a una patente que había defendido ella sola no tuviera ninguna importancia—. Ese es tu sitio, Samantha. Has encontrado la forma de ser útil en esta vida, y sin duda eres la mejor en tu campo. —Se metió el cigarrillo en la boca—. No diré que yo hubiera elegido ese rumbo para tu notable intelecto, pero es indudable que te encuentras a tus anchas exponiendo ante un tribunal los pormenores de la fuerza de tensión de un cable reforzado. —Se inclinó hacia ella y la señaló con el dedo—. Gamma habría estado orgullosa.

Sam sintió que se le saltaban sin querer las lágrimas. Intentó imaginarse la sala del tribunal, darse la vuelta y ver a su padre sentado en la fila de atrás de la tribuna, pero el recuerdo se le escapaba.

—No sabía que estabas allí.

—No, no lo sabías. Quería verte. Y tú no querías verme a mí. —Levantó la mano para ahorrarle el esfuerzo de inventar una excusa—. Es la obligación de un padre querer a su hija como ella necesite que la quiera.

Esta vez, en lugar de bromear, Sam se secó las lágrimas.

—Hay una foto de Gamma en mi despacho que quiero que tengas —dijo Rusty.

Sam se sorprendió. Rusty no podía saber que había pasado parte del día pensando en aquella fotografía.

—Es una foto que no has visto nunca —explicó él—. Lo siento. Siempre he pensado que os la enseñaría en algún momento.

—¿Charlie no la ha visto?

Rusty negó con la cabeza.

—No.

Sam sintió una extraña ligereza en el pecho porque su padre le estuviera contando algo que Charlie ignoraba.

—Bueno... —Él se sacó de la boca el cigarrillo sin encender—. Cuando se tomó esa fotografía, Gamma estaba de pie en medio de un campo. Había una torreta meteorológica a lo lejos. No metálica, como la de la granja. Era de madera, un armatoste viejo y endeble. Y Gamma estaba mirándola cuando Lenny sacó su cámara. Llevaba puestos unos pantalones cortos. —Sonrió—. Dios mío, los momentos que pasé con esas piernas... —Dejó escapar un gruñido bajo y desconcertante—. En fin, la foto que tú conoces se tomó el mismo día. Hicimos un pícnic en la hierba. Yo la llamé y ella giró la cabeza y me miró levantando una ceja, porque le había hecho un comentario de una agudeza apabullante.

Sam sonrió a su pesar.

—Pero hay otra foto. La mía privada. Gamma está de frente a la cámara, pero tiene la cabeza un poco vuelta hacia un lado porque me está mirando y yo la estoy mirando a ella, y cuando Lenny y yo volvimos a casa y llevamos el carrete a revelar, eché un vistazo a esa foto y dije: «Ese fue el momento en que nos enamoramos».

Era una historia demasiado encantadora para ser cierta, se dijo Sam.

—¿Gamma estaba de acuerdo contigo?

—Mi preciosa hija... —Rusty alargó el brazo y posó la mano en su barbilla—. Puedo decir sin sombra de duda que mi interpretación de ese momento crítico constituye el único caso en que tu madre y yo estábamos completamente de acuerdo en algo.

Sam parpadeó, intentando contener las lágrimas.

—Me gustaría verla.

—Te la mandaré por correo en cuanto pueda. —Rusty tosió tapándose la boca con la mano—. Y seguiré llamándote, si no te importa.

Ella asintió en silencio. No se imaginaba su vida en Nueva York sin los mensajes de Rusty.

Su padre tosió de nuevo con un estertor ronco que sin embargo no le impidió intentar encender el cigarrillo.

—¿Sabes que toser es un síntoma de insuficiencia cardíaca congestiva?

Él volvió a toser.

—También es síntoma de sed.

Sam captó la indirecta. Dejó su maleta al lado del banco y entró en el hospital. La tienda de regalos estaba junto a la entrada. Sacó una botella de agua de la nevera. Esperó en la cola, detrás de una mujer mayor que se empeñaba en pagar la cuenta con toda la calderilla que había sacado del fondo del bolso.

Respiró hondo y exhaló lentamente. Veía a Rusty fuera. Estaba otra vez apoyado en el codo derecho. Sostenía el cigarrillo encendido entre los dedos.

La mujer de delante hurgaba en el bolso buscando centavos sueltos. Charlaba con la cajera acerca de la amiga enferma a la que iba a visitar en una de las plantas del hospital.

Sam miró a su alrededor. Tardaría otras dos horas en volver en coche a Atlanta. Seguramente debía comprar algo de comer. En la cafetería estaba tan disgustada que no había querido pedir nada. Estaba mirando una barrita de cereales cuando se fijó en unas tazas expuestas al fondo de la tienda. *PARA LA MADRE DEL AÑO. PARA EL MEJOR AMIGO DEL MUNDO. PARA EL PADRASTRO DEL AÑO. PARA EL MEJOR PAPÁ DEL MUNDO.*

Cogió la taza al mejor papá. La inspeccionó.

Se puso de puntillas para poder ver a Rusty.

Seguía reclinado en su silla. El humo se le enroscaba en volutas alrededor de la cabeza. Dejó la taza en el estante y eligió la del padrastro: a Rusty le haría gracia.

La señora mayor se había apartado por fin de la caja. Sam sacó su tarjeta del bolso. Esperó a que el lector de código de barras registrara su compra.

—¿Viene a ver a su padrastro? —preguntó la cajera.

Ella asintió con un gesto, porque a ninguna persona normal le haría gracia la explicación.

—Espero que se encuentre mejor. —La cajera arrancó el tique y se lo entregó.

Sam volvió a cruzar el vestíbulo. Las puertas del hospital se abrieron. Rusty seguía junto al banco. Ella levantó la taza.

—Mira lo que tengo.

Rusty no se volvió a mirar.

—¿Papá? —preguntó Sam.

Rusty no estaba simplemente recostado en la silla. Estaba inclinado hacia un lado. Su mano colgaba. El cigarrillo encendido había caído al suelo.

Sam se acercó. Miró la cara de su padre.

Rusty tenía los labios entreabiertos. Sus ojos miraban fijamente las luces del aparcamiento. Su piel parecía cerosa, casi blanca.

Sam acercó los dedos a su muñeca. A su cuello. Aplicó el oído a su pecho.

Cerró los ojos. Prestó atención. Esperó. Rezó.

Se apartó de él.

Se sentó en el banco.

Las lágrimas emborronaron su vista.

Su padre había muerto.

14

Despertó en el sofá de Charlie. Se quedó mirando el techo blanco. No había parado de dolerle la cabeza desde que había salido de Nueva York. Esa noche, había sido incapaz de subir las escaleras hasta el cuarto de invitados. A duras penas había podido subir los dos escalones de la entrada. Su cuerpo había empezado a aletargarse. Su cerebro no quería o no podía seguir combatiendo el estrés, el agotamiento y la inesperada aflicción que le causó encontrar a Rusty muerto en su silla de ruedas.

Normalmente, al acabar un día especialmente agotador, negociaba consigo misma sobre si debía o no añadir más fármacos a su cóctel diario de Celebrex para el dolor articular, Neurontin para evitar las convulsiones, paroxetina para el dolor crónico y ciclobenzaprina para los espasmos musculares. ¿De verdad necesitaba otro antiinflamatorio? ¿Podría dormir sin tomar otro relajante muscular? ¿El grado de dolor que sentía justificaba la ingesta de medio Oxycontin o de un Percocet?

Esa noche, le había dolido tanto el cuerpo que había tenido que refrenarse para no tomar de todo.

Apartó la mirada del techo y observó las fotografías que adornaban la repisa de la chimenea de su hermana. Ya las había mirado de cerca esa noche, antes de que los fármacos hicieran efecto. Rusty sentado en una mecedora, con el codo apoyado en el reposabrazos, el cigarrillo en la mano y la boca abierta. Ben vestido con una camiseta de los Devils y un extraño gorro. Diversos perros que sin duda habían fallecido ya. Charlie y Ben posando al borde de lo que parecía ser una playa caribeña. Vestidos de esquí al pie de una ladera cubierta de nieve. Y junto al cable de un puente pintado con el rojo inconfundible del Golden Gate.

Pruebas de que las cosas habían marchado mejor en algún punto de sus vidas.

Como era de esperar, se sintió embotada por los fármacos al incorporarse en el sofá. Tenía las piernas agarrotadas. Le dolía la cabeza. No conseguía enfocar la mirada. Fijó la vista en el gigantesco televisor que ocupaba gran parte de la pared. La sombra de su reflejo la miraba.

Rusty había muerto.

Siempre había dado por sentado que recibiría la noticia de la muerte de su padre mientras estuviera en una reunión, o cuando acabara de aterrizar en otra ciudad, en otro mundo. Daba por supuesto que su fallecimiento provocaría en ella una tristeza pasajera, como cuando Charlie le contó que Peter Alexander, su antiguo novio del instituto, había muerto atropellado por un coche.

Nunca se le había ocurrido que pudiera encontrar a su padre muerto. Que sería ella quien tendría que darle la noticia a su hermana. Que se descubriría tan paralizada por la pena que tuvo que pasar media hora sentada en el banco, junto a Rusty, hasta que por fin se sintió con fuerzas de avisar al personal del hospital.

Había llorado por el padre al que había perdido.

Había llorado por el padre al que nunca había conocido.

Encontró sus gafas sobre la mesa baja. Estiró las piernas, se miró los tobillos, tensó los gemelos y a continuación los cuádriceps. Le dolía la espalda. Estiró los brazos delante de sí y los levantó por encima de la cabeza. Cuando se sintió preparada, se levantó. Siguió haciendo estiramientos hasta que se le calentaron los músculos y sus extremidades comenzaron a moverse sin apenas producirle dolor.

No había alfombras en el suelo de tarima y dudaba de que Charlie tuviera una colchoneta de yoga. Se sentó con las piernas cruzadas junto al sofá. Miró el jardín trasero. La puerta corredera estaba abierta el ancho de una rendija para que entrara la brisa de la mañana. La conejera que Charlie hizo muchos años atrás, cuando estaba en los *scouts*, seguía en pie. Sam estaba demasiado abrumada por la pena la noche anterior para hacer algún comentario al respecto, pero se alegraba de ver que Charlie y Ben habían edificado su casa en el solar donde antaño se levantaba la casa de ladrillo rojo.

Pero Ben no se había quedado a dormir anoche. Solo había subido al piso de arriba unos minutos. Sam había oído el crujido del suelo cuando entró en el cuarto de Charlie. No se oyeron gritos, ni llantos. Luego, Ben volvió a bajar las escaleras en silencio y se marchó sin decirle adiós.

Sam estiró la espalda. Apoyó el dorso de las manos en las rodillas. Pero, antes de que le diera tiempo a cerrar los ojos, vio a Charlie empujando una carretilla por el patio. Vio a su hermana esparcir heno por la conejera mientras unos cuantos gatos callejeros maullaban a sus pies. Llevaba varios sacos de comida en la carretilla. Pienso, alpiste, cacahuetes. A juzgar por cómo le lagrimeaban los ojos, Sam dedujo que en algún momento había habido un perro en la casa.

De modo que así era como pasaba Charlie su tiempo libre: alimentando a un pequeño zoológico.

Trató de alejar de su pensamiento los problemas de su hermana. No estaba allí para salvar a Charlie y, aunque así fuera, su hermana no se lo permitiría.

Cerró los ojos. Juntó los dedos. Visualizó las partes rotas de su mente. Los delicados pliegues de materia gris. La corriente eléctrica de las sinapsis.

Rusty derrengado en su silla de ruedas.

No conseguía alejar de su cabeza aquella imagen. La forma en que la comisura izquierda de su boca se inclinaba hacia abajo. La desaparición absoluta y repentina de su espíritu, de esa chispa que siempre había estado ahí. La tristeza que había sentido al darse cuenta de que estaba muerto.

La necesidad de consuelo.

El anhelo de estar con su hermana.

No tenía el teléfono de Charlie. Le daba tanta vergüenza reconocerlo que no se lo dijo al personal del hospital y optó por escribir un correo a Ben y aguardar su respuesta. De nuevo, la tarea de darle una mala noticia a Charlie había recaído sobre los hombros de su marido. Su hermana no había ido al hospital, como esperaba ella. Había mandado a Ben a buscarla. Tampoco bajó las escaleras cuando Sam llegó a su casa. Podía haber sido una desconocida, aunque Charlie jamás habría sido tan maleducada con una persona ajena a la familia.

—¿Te está dando un ictus? —Charlie estaba de pie en la puerta abierta.

Tenía los ojos hinchados de llorar. Los hematomas de debajo de sus ojos se habían vuelto completamente negros.

—Estaba intentando meditar —contestó Sam.

—Yo lo intenté una vez. Me sacó de quicio.

Se quitó las botas empujando una con la otra. Tenía paja en el pelo. Olía a gato. Sam reconoció el emblema de su camiseta: era el del club de matemáticas, el símbolo pi con una serpiente enroscada alrededor. Los Python de Pikeville.

Se ajustó las gafas. Estaban algo torcidas desde que el juez las había toqueteado en la sala del juzgado. Se levantó con menos dificultad de la que esperaba. Le dijo a Charlie:

—Una comadreja se ha pasado toda la noche mirándome a través de la puerta.

—Es Bill. —Charlie encendió el televisor gigantesco—. Mi amante.

Sam se apoyó contra el brazo del sofá. Aquel era el tipo de comentario escandaloso que Charlie solía hacer cuando tenía diez años.

—Las comadrejas pueden transmitir la leptospirosis, la E.coli y la salmonela. Sus excrementos pueden contener una bacteria carnívora que produce ulceraciones graves.

—Ya, pero no nos va la coprofagia. —Charlie empezó a pasar canales.

—Menuda televisión —comentó Sam.

—Ben la llama Eleanor Roosevelt porque es grande y fea pero aun así la adoramos.

Encontró la CNN. Quitó el volumen. Los titulares desfilaban por la pantalla. Sam advirtió que los ojos de su hermana seguían velozmente las palabras.

—¿Por qué ves eso?

—Quiero ver si hablan de papá.

Sam observó a su hermana mientras esta veía las noticias. No había nada en ellas que Sam no pudiera contarle. Sabía, sin duda alguna, mucho más que los periodistas. Lo que había dicho su padre. Lo que probablemente estaba pensando. Que avisaron a la policía. Y que el cadáver de Rusty permaneció más de una hora en la silla. Dado que había sido apuñalado y con toda probabilidad ello había contribuido a su muerte, se alertó al Departamento de Policía de Bridge Gap.

Por suerte, Sam se las ingenió para sacar del bolsillo de la bata de Rusty la lista del caso de Kelly Wilson antes de que llegara la policía. De lo contrario, los secretos de la chica habrían llegado a oídos de Ken Coin.

—Mierda. —Charlie puso el volumen del televisor.

Una voz en *off* decía:

—Entrevista exclusiva con Adam Humphrey, un antiguo alumno del instituto de Pikeville que fue compañero de clase de Kelly Rene Wilson.

Vio a un joven gordo y con la cara llena de granos de pie ante un Camaro destartalado. Tenía los brazos cruzados. Vestía como para ir a la iglesia, con camisa blanca, fina corbata negra y pantalones negros. El escaso vello que tenía en el mentón sugería una perilla. Los cristales de sus gafas tenían huellas de dedos visibles.

—Kelly era maja. Supongo. La gente decía cosas malas de ella. Pero era... Bueno, era un poco lenta, ¿vale? De aquí. —Se tocó un lado de la cabeza—. Pero no pasa nada, ¿vale? No todo el mundo puede sacar sobresalientes. Era una chica simpática. No muy lista. Pero se esforzaba.

El periodista aparecía en el encuadre, poniéndole el micrófono bajo la barbilla.

—¿Puedes decirnos cómo os conocisteis?

—No sé. A lo mejor fue en primaria. Aquí nos conocemos casi todos. Es un pueblo muy pequeño. Cuando vas por la calle, siempre te encuentras con alguien que conoces.

—¿Eráis amigos Kelly Rene Wilson y tú en el colegio de enseñanza media? —El periodista tenía la mirada de un animal que ha olfateado carne fresca—. Hay rumores de que Kelly cometió ciertas indiscreciones en esa época. Queríamos saber si tú...

—No, hombre, en eso no voy a meterme. —Tensó los brazos cruzados—. Mira, a la gente le gusta contar cosas malas, como que la acosaban y cosas así, y puede que hubiera alguna gente que se portaba mal con ella, pero así es la vida. Por lo menos, en el colegio. Eso Kelly lo sabe. Y también lo sabía en aquella época. No es tonta. La gente anda diciendo que es retrasada. Vale, no es muy lista, ya lo he dicho, pero tampoco es idiota. Es que cuando eres un chaval las cosas son así. Los chavales son malos. A veces siguen siendo malos y a veces dejan de serlo cuando se gradúan, pero es lo normal. Kelly se lo tomaba como algo normal. Así que no sé qué le ha pasado, pero seguro que no es eso. Lo que andan diciendo por ahí no es. Eso es falso.

El periodista insistió:

—Pero ¿tuviste con Kelly Rene Wilson algún tipo de...?

—No intenten convertirla en una especie de psicópata asesina, ¿vale? No es más que Kelly. Kelly Wilson. Y lo que ha hecho está fatal. No sé por qué lo ha hecho. No puedo especular, ni nada de eso. Nadie puede, ni debería, y si lo intentan es que son una panda de mentirosos. Ha pasado lo que ha pasado y solo Kelly sabía por qué, pero ustedes, los de la tele, tienen que acordarse de que es solo Kelly. Y la gente que iba con ella a clase, lo mismo. Es solo Kelly.

Adam Humphrey se alejó. El periodista no permitió que su ausencia le estropeara la emisión. Le dijo al presentador en el plató:

—Ron, como te decía antes, el perfil típico del tirador es un hombre solitario, normalmente al que han sometido a acoso, aislado y resentido. El perfil de Kelly Rene Wilson es muy distinto: el de una joven rechazada por su promiscuidad sexual que, según fuentes cercanas a la familia, puso fin a un embarazo no deseado, lo que en una población pequeña...

Charlie quitó el sonido.

—Un embarazo no deseado. Estaba en el colegio. Ni que llevara un puto calendario de fertilidad.

—Adam Humphrey sería un buen testigo —comentó Sam—. Está claro que no quiere denigrarla, como han hecho otros amigos.

—Los amigos no te denigran —repuso Charlie—. Seguro que si Mindy Zowada saliera en la tele, hablaría del amor y el perdón, pero si lees las porquerías que publica en Facebook te das cuenta de que está en un tris de empuñar un rastrillo y una antorcha y de irse a la cárcel dispuesta a linchar al monstruo de Frankenstein.

—Es lógico que la gente la considere un monstruo. Ha matado a...

—Sé a quién ha matado. —Charlie se miró las manos como si todavía esperara verlas manchadas con la sangre de Lucy—. Espero que ese tal Humphrey se busque un buen abogado. Intentan presentar a Kelly como una *femme fatale*, y seguro que la historia prende. Le van a vincular con Kelly quiera o no quiera.

Sam prefirió no decir nada. Se sentía culpable por haberse desahogado con Lenore en la cafetería y no haberle contado nada, en cambio, a su hermana. Pero a Lenore, a diferencia de Charlie, no iban a llamarla a declarar en el juicio. Sam no quería poner a su hermana en situación de tener que elegir entre cometer perjurio o suministrar pruebas que podían inducir al jurado a votar a favor de la pena de muerte.

Por eso, entre otras cosas, Sam no se dedicaba al derecho penal. No quería que sus palabras pudieran marcar literalmente la diferencia entre la vida y la muerte.

—¿Y ahora qué? —le preguntó a Charlie, cambiando de tema—. Imagino que tendremos que hacer preparativos para el entierro de papá.

—Él ya se ocupó de eso. Lo ha dejado todo pagado, y le explicó al director de la funeraria cómo quería que fuera su entierro.

—¿Hizo todo eso y no redactó sus últimas voluntades ni su testamento vital?

—A Rusty siempre le gustaron las despedidas teatrales. —Charlie miró el reloj de la pared—. El entierro es dentro de tres horas.

Sam se quedó anonadada. Daba por sentado que tendría que buscar un hotel para pasar la noche.

—¿Por qué tan pronto?

—No quería que le embalsamaran. Dijo que le parecía indigno.

—Pero seguramente se podrá esperar un día.

—Quería que fuera rápido para que no te sintieras en la obligación de venir, o bien para que te sintieras culpable por no haber venido. —Charlie apagó el televisor—. Ya sabes que no le gustaba alargar las cosas.

—Como no fueran sus estúpidas anécdotas.

Charlie se encogió de hombros en lugar de hacer un comentario mordaz.

Sam la siguió a la cocina. Se sentó junto a la encimera. Observó a su hermana limpiar la encimera y cargar el lavavajillas.

—Creo que no sufrió —dijo.

Charlie sacó dos tazas de un armario. Sirvió café en una. Llenó la otra con agua del grifo y la metió en el microondas.

—Puedes marcharte después del entierro. O antes. Por mí, es igual. Papá no va a enterarse y a ti te trae sin cuidado lo que piense la gente.

Sam ignoró su comentario hiriente.

—Ben fue muy amable conmigo anoche, antes de marcharse.

—¿Dónde tienes el té? —Charlie cogió el bolso de Sam, que estaba en el banco, junto a la puerta—. Aquí, ¿no?

—En el bolsillito lateral.

Sacó la bolsa con autocierre y la deslizó por la encimera.

—¿Podemos dejar claro de una vez por todas que Ben ya no vive aquí y zanjar el tema?

—Creo que hace rato que está claro. —Sam sacó un sobrecito de té. Se lo lanzó a Charlie—. ¿Tienes leche?

—¿Por qué iba a tenerla?

Sam se encogió de hombros y meneó la cabeza al mismo tiempo.

—No he olvidado que eres alérgica a la lactosa, pero pensaba que quizá Ben... —Comprendió que era inútil dar más explicaciones—. Vamos a intentar pasar el día sin discutir otra vez. O sin continuar la discusión de ayer. O lo que fuese.

Pitó el microondas. Charlie buscó una manopla. Puso la taza sobre la encimera. Sacó un platillo del armario. Sam observó la parte de atrás de su camiseta. Charlie había puesto su apodo del club de matemáticas en letras autoadhesivas en la espalda de la camiseta: *Minino Común Denominador*.

—¿Qué va a pasar con Kelly Wilson? —preguntó—. ¿Ese borrachín de Grail va a hacerse cargo de su defensa?

Charlie se dio la vuelta. Puso la taza delante de su hermana con el platillo encima, por razones desconocidas.

—Hay un tipo en Atlanta, Steve LaScala. Creo que podré convencerle de que se ocupe del caso. Puede que te llame para preguntarte tu opinión.

—Te dejaré mi número.

—Ya lo tiene Ben.

Sam puso el platillo debajo de la taza. Hundió el sobrecito de té en la taza con movimientos ascendentes y descendentes.

—Si ese LaScala no actúa de oficio, puedo pagarle yo.

Charlie soltó un bufido.

—Pues te va a costar más de un millón de pavos.

Sam se encogió de hombros.

—Es lo que querría papá.

—¿Desde cuándo haces lo que querría papá?

Sam sintió que su tregua temporal empezaba a desgarrarse.

—Papá te quería mucho. Fue una de las últimas cosas de las que hablamos.

—No empieces con eso.

—Estaba preocupado por ti.

—Estoy harta de que los demás se preocupen por mí.

—Sin duda los demás también están hartos de preocuparse por ti. —Sam levantó la mirada de la taza—. Charlie, no sé qué es lo que te preocupa, pero no merece la pena. Esa ira tuya. Esa tristeza.

—Mi padre ha muerto. Mi marido me ha dejado. Estos últimos días han sido los peores que he vivido desde que a ti te dispararon y mataron a mamá. Lamento no estar alegre y pizpireta para ti, Sam, pero es lo que hay.

Charlie bebió un sorbo de café. Miró por la ventana de la cocina. Los pájaros se habían congregado alrededor del comedero.

Aquel era el momento, quizá la última oportunidad, para que Sam le hablara de Anton. Quería que Charlie supiera que sabía lo que era sentirse amada, y lo agobiante que podía ser a veces la responsabilidad de ese amor. Podían intercambiar secretos como cuando eran pequeñas: «Yo te digo qué chico me gusta si tú me dices por qué te ha castigado mamá tres días sin salir».

—Rusty me dijo que las cartas de Zachariah Culpepper carecían de importancia —dijo—. Que la policía está al corriente. Que está simplemente desesperado. Que intenta amargarnos la vida. Y que no podemos permitirle ganar.

—¿Ganar? Cuando estás en el corredor de la muerte no te corresponde ni un trofeo de consolación. —Charlie dejó su café. Cruzó los brazos—. Adelante. ¿Qué más te dijo?

—Me habló de la pena de muerte.

—¿Te dijo que le tomaras el pulso?

Sam volvió a sentirse engañada.

—¿Cómo es que nunca le han echado del pueblo por charlatán?

—No quería que yo fuera a la ejecución de Culpepper. Si es que alguna vez le ejecutan, claro. —Charlie meneó la cabeza, como si la muerte de un hombre fuera un inconveniente menor—. No sé si quiero ir. Pero nada de lo que diga, de lo que dijera Rusty va a influir en mi decisión.

Sam confió en que no fuera cierto.

—Me habló de una foto de mamá.

—¿De *la* foto?

—No, de otra, una que dice que no hemos visto ninguna de las dos.

—Me cuesta creerlo —repuso Charlie—. Registrábamos todas sus cosas. No tenía intimidad.

Sam se encogió de hombros.

—Me dijo que la tenía en el despacho de casa. Me gustaría recogerla antes de marcharme.

—Ben puede llevarte a La Choza después del entierro.

La granja. Sam no quería ir, pero no pensaba marcharse de Pikeville sin llevarse al menos un recuerdo de su madre a Nueva York.

—Puedo ayudarte a tapar eso —dijo indicando los hematomas de su hermana—. Para el entierro.

—¿Y por qué iba a taparlos?

A Sam no se le ocurrió un buen motivo. Era probable que no acudiera nadie al funeral. Al menos, nadie a quien ella quisiera ver. Rusty no era un personaje muy querido en el pueblo. Ella haría acto de presencia, luego se pasaría por la granja, esperaría a Stanislav para que la llevara a Atlanta y se marcharía de aquel lugar lo antes posible.

Siempre y cuando consiguiera reunir fuerzas para levantarse. Los efectos del relajante muscular aún no se habían disipado del todo. Todavía se sentía embotada por el fármaco. Llevaba menos de quince minutos despierta y otra vez estaba soñolienta.

Cogió la taza de té.

—No te bebas eso. —Charlie se puso colorada—. Tiene sudor de tetas.

—¿Que tiene...?

—Sudor de tetas —contestó su hermana—. Me he pasado la bolsita por debajo del sujetador cuando no mirabas.

Sam bajó la taza. Debería haberse enfadado, pero se echó a reír.

—¿Por qué has hecho eso?

—No esperes que te lo explique —dijo Charlie—. No sé por qué me estoy portando otra vez como una cría, pinchándote y tratando de hacerte enfadar o de llamar tu atención. Me veo haciéndolo y lo odio, joder.

—Pues para.

Su hermana exhaló un profundo suspiro.

—No quiero discutir, Sam. Y papá tampoco querría que discutiéramos, sobre todo hoy.

—La verdad es que le encantaban las discusiones.

—No de las que hacen daño.

Sam bebió un sorbo de té. Le hacía tanta falta la teína que no le importaba qué más contuviera.

—Bueno, ¿y ahora qué?

—Creo que voy a ir a llorar un rato en la ducha y luego a arreglarme para el precipitado entierro de mi padre.

Charlie aclaró su taza en el fregadero. La metió en el lavavajillas. Se secó las manos con un paño de cocina. Hizo amago de marcharse.

—Mi marido murió. —Sam habló tan atropelladamente que no supo si Charlie la había entendido—. Se llamaba Anton. Estuvimos doce años casados.

Charlie entreabrió los labios, sorprendida.

—Murió hace trece meses. Cáncer de esófago.

Su hermana movió la boca como si tratara de decir algo. Por fin dijo:

—Lo siento.

—Fueron los taninos —añadió Sam—. Del vino. Son...

—Sé lo que son los taninos. Creía que ese tipo de cáncer lo causada el VPH.

—En su caso dio negativo. Puedo mandarte información sobre el tema —añadió.

—No —dijo Charlie—. Te creo.

Sam ya no estaba segura de creerlo ella misma. Tenía la inveterada costumbre de aplicar la lógica a cualquier situación conflictiva, pero, como en el caso de la atmósfera, la vida presentaba un precario equilibrio dinámico entre los campos de masa y movimiento.

En resumen, que a veces todo se iba a la mierda.

—Quiero ir al tanatorio contigo —le dijo a Charlie—, pero no creo que pueda quedarme. No quiero ver a la gente que va a ir.

Los hipócritas, los mirones... Gente que se cambiaba de acera cuando veía a papá por la calle y que nunca ha comprendido que su único afán era hacer el bien.

—Papá no quería que se oficiara un funeral formal —dijo Charlie—. Hay un velatorio, y luego quería que nos fuéramos todos al Shady Ray.

Sam se había olvidado del bar preferido de su padre.

—No me apetece escuchar a un hatajo de borrachines contando anécdotas de juzgado.

—Pues a él le encantaba. —Charlie se apoyó contra la encimera. Se miró los pies. Tenía un agujero en el calcetín. Sam vio que su dedo gordo asomaba por él—. Hablamos de su entierro la última vez, antes de la operación a corazón abierto. Solos papá y yo. Fue cuando hizo todos estos planes. Me dijo que quería que la gente estuviera contenta, que celebrara la vida. Suena bonito, ¿verdad? Pero ahora que estoy en esta situación, solo se me ocurre pensar que era un gilipollas por creer que tendría ganas de celebrar algo cuando él acabara de morir. —Se secó las lágrimas—. No sé si estoy en estado de *shock* o si lo que siento es normal.

Sam no podía sacarla de dudas. Anton era un científico y pertenecía a una cultura que no atribuía tintes románticos a la muerte. Ella había permanecido en pie ante el crematorio, viendo cómo su ataúd de madera se internaba entre las llamas.

—Recuerdo el funeral de Gamma —dijo Charlie—. Eso sí que fue un *shock*. Fue tan inesperado... Y me daba terror que Zachariah saliera de prisión. Que volviera a por mí. O que su familia hiciera algo. Que tú murieras. Que te mataran. Creo que no le solté la mano a Lenore hasta que se acabó.

Sam estaba todavía en el hospital cuando enterraron a su madre. Estaba segura de que Charlie le habló del entierro, y de que su cerebro no fue capaz de retener esa información.

—Papá se portó muy bien ese día —prosiguió Charlie—. Estuvo muy pendiente de mí, asegurándose de que estaba bien, me miraba, cortaba la conversación cuando alguien metía la pata. Fue como tú has dicho. Algunos hipócritas, unos cuantos mirones.

Pero también había otras personas, como la señora Kimble, la vecina de enfrente, y el señor Edwards, el de la inmobiliaria, que contaban anécdotas, cosas curiosas que decía Gamma, o cómo resolvía problemas especialmente difíciles, y fue muy bonito ver esa otra faceta suya. La faceta adulta.

—Nunca llegó a encajar del todo aquí.

—En todas partes hay alguien que no acaba de encajar. Razón por la cual encaja, en realidad. —Charlie consultó el reloj—. Deberíamos arreglarnos. Cuanto antes pasemos el mal trago, mejor.

—Puedo quedarme. —Sam percibió su recelo—. Para el entierro. Puedo quedarme si...

—No ha cambiado nada, Sam. —Charlie se encogió de hombros a medias—. Yo sigo sin saber qué voy a hacer con esta vida de mierda que llevo y tú sigues teniendo que irte.

15

Sam miraba a Charlie pasearse por el vestíbulo del tanatorio. El edificio era moderno por fuera, pero por dentro estaba decorado con el estilo de una anciana remilgada. Un estilo que también parecía contagiarse a la eficacia del personal. Se estaban celebrando dos funerales en las capillas que flanqueaban el vestíbulo. Dos coches fúnebres idénticos aguardaban fuera. Sam recordaba haber visto el logotipo del tanatorio en una valla publicitaria al entrar en Pikeville. El anuncio mostraba a un adolescente de aspecto atolondrado junto al agorero eslogan: ¡Echa el freno! No *necesitamos más clientela.*

Charlie pasó junto a ella balanceando los brazos, la boca fruncida. Llevaba vestido y zapatos de tacón negros. Se había recogido el pelo. No se había maquillado ni había hecho nada para ocultar su pena. Masculló en voz baja:

—¿Dónde se ha visto? ¡Tener que hacer cola en un puñetero tanatorio!

Sam sabía que su hermana no esperaba una respuesta. Hacía menos de diez minutos que les habían dicho que esperasen. La música que salía por las puertas cerradas situadas a ambos lados del vestíbulo parecía competir entre sí. Una ceremonia se hallaba en su tramo final en tanto que la otra acababa de empezar. Pronto el vestíbulo se llenaría de deudos y demás circunstantes.

—Increíble —masculló Charlie, pasando de nuevo ante su hermana.

Sam sintió vibrar su teléfono. Miró la pantalla. Antes de salir de casa de Charlie había mandado un mensaje a Stanislav pidiéndole que se reuniera con ella en la casa de la granja. El chófer recibiría una compensación económica por cada viaje, pero aun así Sam creyó percibir un tono cortante en su respuesta: *Saldremos inmediatamente.*

Aquel «inmediatamente» le molestó. De pronto sintió el impulso de decirle que no se diera ninguna prisa. Había llegado al condado de Dickerson deseando marcharse cuanto antes. Ahora que estaba allí, sin embargo, se sentía dominada por la inercia.

O quizá fuera mejor decir por la obstinación.

Cuanto más le decía Charlie que se marchase, más enraizada se sentía en aquel maldito lugar.

Se abrió una puerta lateral. Sam había dado por supuesto que se trataba de la puerta de un armario, pero por ella salió un anciano caballero con traje y corbata, secándose las manos con una toalla de papel. Se inclinó hacia atrás y arrojó la toalla a la papelera.

—Edgar Graham. —Primero le estrechó la mano a Sam; luego, a Charlie—. Lamento haberles hecho esperar.

—Llevamos aquí casi veinte minutos —contestó Charlie.

—Les pido otra vez disculpas. —Edgar señaló el pasillo—. Por aquí, señoras, si tienen la bondad.

Sam se adelantó. Su pierna parecía dispuesta a cooperar; solo un atisbo de dolor le recordaba que se trataba de una tregua temporal. Oyó a Charlie farfullar tras ella, en voz tan baja que no distinguió lo que decía.

—Su marido se ha pasado por aquí esta mañana para dejarnos la ropa necesaria —dijo Edgar.

—¿Ben? —Charlie pareció sorprendida.

—Por aquí. —Edgar se adelantó para abrirles la puerta, en cuyo letrero decía *ASESORAMIENTO PSICOLÓGICO.*

Había cuatro sillones, una mesa baja y varias cajas de Kleenex discretamente colocadas detrás de macetas, en torno a la sala.

Charlie miró con enfado el cartel de la puerta. Sam percibía el calor explosivo que emanaba de su hermana. Normalmente, servían de caja de resonancia la una para la otra: cualquier emoción que sintiera Charlie, se amplificaba dentro de Sam. Ahora, en cambio, la angustia y la ira de su hermana surtieron el efecto de serenarla.

Para eso había ido. No podía resolver los problemas de Charlie, pero en ese instante podía ofrecerle lo que necesitaba.

—Aquí pueden esperar cómodamente —dijo Edgar—. Hoy estamos a tope. Lo lamento, pero no las esperábamos.

—¿No esperaban que viniéramos al entierro de nuestro padre? —preguntó Charlie.

—Charlie —dijo Sam, tratando de contenerla—. Hemos venido antes de tiempo. El entierro no empieza hasta dentro de dos horas.

—Normalmente abrimos la sala a los asistentes una hora antes de que empiece el servicio religioso —explicó Edgar.

—En nuestro caso no va a haber servicio religioso. ¿De quién es el funeral que hay en la otra capilla? —preguntó Charlie—. ¿Del señor Pinkman?

—No, señora. —Edgar había dejado de sonreír, pero no pareció inmutarse—. El funeral de Douglas Pinkman está previsto para mañana. Pasado mañana será el de Lucy Alexander.

Sam sintió un extraño alivio. La muerte de Rusty la había dejado tan anonadada que no se acordaba de que había otros dos cadáveres que aguardaban su sepelio.

Edgar le indicó un sillón, pero ella no se sentó.

—Su padre se halla abajo en estos momentos —les informó él—. Cuando acabe el oficio en la Capilla de la Memoria, le subiremos y colocaremos el féretro en la peana, al fondo de la sala. Les aseguro que...

—Quiero verle ahora —dijo Charlie.

—No está preparado.

—¿No ha estudiado para el examen?

Sam apoyó la mano en el hombro de su hermana.

—Lamento no haberme explicado bien —dijo Edgar con las manos posadas en el respaldo del sillón, sin que su serenidad sobrenatural se alterara lo más mínimo—. Hemos puesto a su padre en el féretro que él eligió, pero tenemos que trasladarlo a la peana, colocar las flores y preparar la sala. Querrán verlo cuando esté...

—No es necesario. —Sam apretó el hombro de Charlie para impedirle hablar. Sabía lo que estaba pensando: «No me diga lo que quiero»—. Estoy segura de que tendrán algo precioso planeado, pero nos gustaría verle ahora.

Edgar asintió levemente con la cabeza.

—Desde luego, señoras. Desde luego. Por favor, permítanme un momento.

Charlie no esperó a que la puerta se cerrara tras él.

—Menudo capullo condescendiente.

—Charlie...

—Lo peor que puedes decir en este momento es que parezco mamá. ¡Dios! —Se tiró del cuello del vestido—. Aquí hace cuarenta grados.

—Eso es la pena, Charlie. Una quiere controlarlo todo porque se siente fuera de control. —Sam procuró que sus palabras no sonaran a sermón—. Tienes que aprender a asumir esto porque lo que sientes ahora no va a acabarse cuando pase el día de hoy.

—«Tienes» —repitió Charlie. Sacó un pañuelo de la caja que había junto al sillón. Se limpió el sudor de la frente—. Lo lógico sería que, con tantos muertos, mantuvieran baja la temperatura.

Empezó a pasearse por la salita. Movía las manos y meneaba la cabeza como si mantuviera una conversación consigo misma.

Sam se sentó en el sillón. Tenía la sensación de haber vivido ya aquella situación, de asistir de nuevo a la transformación en ira de la energía frenética y obsesiva de su hermana. Charlie estaba en lo cierto al decir que se parecía a su madre. Gamma siempre reaccionaba con agresividad cuando se sentía amenazada, igual que le había sucedido a ella misma y le estaba sucediendo ahora a su hermana.

—Llevo un Valium en el bolso —dijo.

—Pues deberías tomártelo.

Sam lo intentó de nuevo:

—¿Dónde está Lenore?

—¿Para que pueda calmarme? —Charlie se acercó a la ventana, separó las lamas metálicas de la persiana y miró el aparcamiento—. No va a venir. Si viniera, le darían ganas de asesinar a todos los presentes. ¿Qué te pones en el cuello?

Sam se llevó los dedos al cuello.

—¿Qué?

—Recuerdo que a Gamma se le estaba estropeando el cuello. Habían empezado a salirle arrugas aunque solo tenía tres años más que yo ahora.

Sam no supo qué hacer, salvo seguirle la corriente.

—Gamma estaba siempre al sol. Y nunca usaba protector solar. Nadie de su generación lo usaba.

—¿Y a ti no te preocupa? Lo digo porque ahora estás bien, pero... —Charlie se miró al espejo que había junto a la ventana. Se tiró de la piel del cuello—. Yo me doy loción todas las noches, pero creo que debería comprarme una crema.

Sam abrió su bolso. Lo primero que vio fue la nota que le había dado a Rusty. El papel aún olía a tabaco. Resistió el impulso de hacer algo melodramático, como acercarse el papel a la cara para recordar el olor de su padre. Encontró su crema de manos junto a la memoria USB de Ben.

—Ten.

Charlie miró la etiqueta.

—¿Qué es esto?

—Es lo que uso yo.

—Pero aquí dice que es para manos.

—Podemos buscar algo en Google. —Sam echó mano de su teléfono—. ¿Qué te parece?

—Me parece... —Charlie respiró hondo un momento—. Me parece que estoy perdiendo los nervios.

—Seguramente te está dando un ataque de ansiedad.

—No me está dando un ataque de ansiedad —replicó Charlie, pero el temblor de su voz indicaba lo contrario—. Estoy mareada. Y temblorosa. Puede que vomite. ¿Eso es un ataque de ansiedad?

—Sí. —Sam la ayudó a sentarse en el sillón—. Respira hondo varias veces seguidas.

—Dios. —Puso la cabeza entre las rodillas—. Ay, Dios.

Sam le frotó la espalda. Intentó pensar en algo que aliviara el dolor de su hermana, pero la pena no entendía de argumentos lógicos.

—No creía que fuera a morirse. —Charlie se agarró del pelo—. Sabía que pasaría en algún momento, claro, pero no me lo creía. Es lo contrario que pasa cuando compras un billete de lotería. Te dices «por supuesto, no va a tocarme», pero en realidad crees que quizá pueda tocarte, porque, sino, ¿para qué vas a comprar el dichoso billete?

Sam siguió frotándole el cuello.

—Sé que sigo teniendo a Lenore, pero papá era... —Charlie se incorporó. Tomó aire trémulamente—. Siempre sabía que, si tenía algún problema, fuera el que fuese, podía acudir a él y no me juzgaría, y bromearía para quitarle hierro al asunto y luego buscaríamos entre los dos una solución. —Se tapó la cara con las manos—. Le odio por no haberse cuidado más. Y le quiero por haber vivido siempre como le daba la gana.

Sam conocía bien esas sensaciones.

—No sabía que Ben le había traído ropa. —Charlie se volvió hacia ella, alarmada—. ¿Y si pidió que le vistieran de payaso?

—No seas tonta, Charlie. Ya sabes que habría elegido más bien un traje renacentista.

Se abrió la puerta. Charlie se levantó. Edgar dijo:

—La Capilla de la Memoria estará disponible dentro de un momento. Si esperan unos minutos, puedo colocar a su padre en un entorno más natural.

—Está muerto —repuso Charlie—. Nada de esto es natural.

—Muy bien. —Edgar bajó la barbilla—. Le hemos colocado temporalmente en la sala de exposición. He llevado dos sillas para que estén más cómodas y puedan meditar tranquilamente.

—Gracias. —Sam se volvió hacia Charlie, esperando que se quejase de las sillas o que hiciera un comentario mordaz acerca de la meditación. Pero descubrió a su hermana llorando—. Estoy aquí —le dijo, aunque no sabía si eso le serviría de consuelo.

Charlie se mordisqueó el labio. Había cerrado los puños con fuerza y temblaba.

Sam la obligó a abrir los dedos y le dio la mano. Hizo una seña a Edgar inclinando la cabeza. Él cruzó la salita. Sam no se había fijado en una puerta discretamente empotrada en el friso de madera. Edgar giró el pomo y ella vio la sala de exposición profusamente iluminada.

Charlie no se movió por sí sola, y Sam tuvo que conducirla suavemente hacia la puerta. Aunque Edgar había llamado a aquella estancia «sala de exposición», le sorprendió descubrir que se trataba de eso mismo. Relucientes féretros pintados en oscuros tonos tierra flanqueaban las paredes, inclinados en ángulo de quince grados y con la tapa abierta para dejar a la vista sus sedosos forros. Los focos iluminaban las asas de color plata y oro. En un expositor giratorio se exhibían cojines variados. Sam se preguntó si los familiares comprobaban su blandura antes de tomar una decisión.

Charlie se movía, inquieta, sobre sus tacones altos.

—¿Fue así cuando tu...?

—No —la atajó Sam—. Anton fue incinerado. Le pusieron en un ataúd de pino.

—¿Y por qué no eligió eso papá? —Charlie miró un féretro de color azabache con forro de raso negro—. Me siento como en un cuento de Shirley Jackson.

Sam reparó de pronto en que Edgar seguía allí y se volvió hacia él. Le dijo en voz baja:

—Gracias.

Él se inclinó, salió marcha atrás de la habitación y cerró la puerta a su espalda.

Sam miró a su hermana. Se había quedado paralizada. Su petulancia se había disipado por completo. Miraba fijamente hacia el fondo de la sala. Dos sillas plegables cubiertas con fundas de raso de color azul pastel. Un féretro blanco con asas doradas sobre un carro de acero inoxidable con grandes ruedas negras. La tapa estaba abierta. La cabeza de Rusty se apoyaba, muy erguida, en un cojín. Sam distinguió su cabello entrecano, la punta de su nariz y un destello de su traje azul claro.

—Ese es papá —dijo Charlie.

Sam volvió a hacer intento de cogerla de la mano, pero su hermana ya se había puesto en marcha. Se encaminó hacia su padre con paso decidido, acompañado por el tamborileo de sus tacones. De pronto se detuvo. Se llevó la mano a la boca. Empezaron a temblarle los hombros.

—No es él —le dijo a Sam.

Sam entendió lo que quería decir. Era, evidentemente, su padre, y al mismo tiempo no lo era. Tenía las mejillas demasiado coloradas. Sus cejas hirsutas parecían extrañamente domeñadas. El cabello, que normalmente apuntaba en todas direcciones, había sido peinado formando una especie de tupé.

—Me prometió que estaría guapo —dijo Charlie.

Sam la enlazó por la cintura.

—Cuando hablamos de ello, le dije que no quería que el ataúd estuviera abierto y me prometió que estaría guapo. Que me gustaría ver el buen aspecto que tendría. Pero no tiene buen aspecto —le dijo a Sam.

—No —convino ella—. No parece él.

Miraron ambas a su padre. Sam no recordaba haberle visto nunca inmóvil. Cuando no estaba encendiendo un cigarrillo, estaba haciendo aspavientos, o tamborileando con los pies, o chasqueando los dedos, o meneando la cabeza mientras canturreaba, o chasqueaba la lengua o silbaba una tonada que ella no conocía y que sin embargo no podía quitarse de la cabeza.

—No quiero que le vean así —dijo Charlie, e hizo amago de cerrar la tapa.

—¡Charlie! —le advirtió Sam en voz baja.

Su hermana tiró de la tapa, pero no se movió.

—Ayúdame a cerrarlo.

—No podemos...

—No quiero que venga ese cretino tan estirado. —Charlie tiró con las dos manos. La tapa se movió unos centímetros; luego, se detuvo—. Ayúdame.

—No voy a ayudarte.

—¿Qué es lo que dijiste? Que no podías ver, ni correr, ni desenvolverte con normalidad. No recuerdo que dijeras que tampoco podías ayudar a cerrar la tapa del puto ataúd de tu padre.

—Es un féretro, no un ataúd. Los ataúdes son más estrechos por la parte de los pies y la cabeza.

—¡Joder! —Charlie dejó su bolso en el suelo. Se quitó los zapatos empujando uno con otro y tiró de la tapa con las dos manos, casi colgándose de ella.

Se oyó un crujido de protesta, pero el féretro permaneció abierto.

—No se va a cerrar así, por las buenas —dijo Sam—. Por seguridad.

—¿Quieres decir que podría matarle si se cerrara de golpe?

—Quiero decir que podría darte en la cabeza o partirte los dedos.

Se inclinó sobre Rusty para examinar las bisagras de latón. Un fleje y una abrazadera forrados de tela impedían que la tapa se abriera en exceso, pero no parecía haber ningún mecanismo que controlara el cierre.

—Tiene que haber algún seguro.

—Santo Dios. —Charlie volvió a colgarse de la tapa—. ¿Por qué no me ayudas?

—Estoy tratando de...

—Ya lo hago yo.

Charlie rodeó el féretro, se situó en la parte de atrás y empujó. El carro se movió. Una de las ruedas delanteras no estaba trabada. Empujó un poco más. El carro volvió a moverse.

—Espera. —Sam inspeccionó la parte exterior del féretro buscando algún botón o palanca—. Vas a...

Charlie dio un salto y empujó la tapa con todas sus fuerzas.

—Vas a volcarlo —le advirtió Sam.

—Mejor. —Charlie volvió a empujar. Esta vez, nada se movió. Golpeó la tapa con la mano abierta—. ¡Joder! —La golpeó de nuevo, esta vez con el puño—. ¡Joder! ¡Joder! ¡Joder!

Sam pasó los dedos por el borde del forro de seda. Encontró un botón.

Se oyó un fuerte chasquido.

El mecanismo neumático emitió un siseo al cerrarse lentamente la tapa.

—Mierda. —Charlie estaba sin aliento. Apoyó las manos sobre el féretro cerrado. Cerró los ojos. Sacudió la cabeza—. Nos dice adiós con una metáfora.

Sam se sentó en la silla.

—¿No vas a decir nada? —le preguntó su hermana.

—Estoy meditando.

Charlie se rio, pero un sollozo interrumpió su risa. Sus hombros se sacudieron mientras lloraba. Sus lágrimas cayeron sobre el féretro. Sam observó cómo rodaban por un lado, resbalaban por el borde del carro de madera y caían al suelo.

—Mierda —repitió Charlie mientras se limpiaba la nariz con el dorso de la mano.

Encontró una caja de pañuelos detrás del expositor de asas. Se sonó. Se secó los ojos. Por último, se dejó caer en la silla, junto a Sam.

Miraron ambas el féretro. Las ostentosas asas doradas y las cantoneras con filigrana. La pintura blanca tenía un acabado brillante, como si hubieran mezclado brillantina con el barniz.

—Es increíble lo feo que es —comentó Charlie. Tiró el pañuelo usado. Sacó otro de la caja—. Ni que fuera el ataúd de Elvis.

—¿Te acuerdas de cuando fuimos a Graceland?

—Aquel Cadillac blanco.

Rusty había engatusado al conserje para que le dejara sentarse tras el volante. La pintura del Fleetwood era del mismo blanco brillante que el féretro. El efecto se conseguía con polvo de diamante.

—Papá era capaz de convencer a cualquiera de cualquier cosa. —Charlie volvió a limpiarse la nariz. Se recostó en la silla. Había cruzado los brazos.

Sam oyó el tictac de un reloj en alguna parte, una especie de metrónomo que seguía el compás de su corazón. Sus dedos conservaban aún el recuerdo del *tap-tap-tap* de la sangre de Rusty corriendo por sus venas. Había pasado dos días suplicándole a Charlie que se desahogara, y de pronto sus propias faltas le parecían mucho más abrumadoras que las de su hermana.

—No pude dejarle morir —dijo—. A mi marido. No pude dejarle ir.

Charlie siguió manoseando el pañuelo de papel.

—Hizo testamento vital, pero no se lo entregué al hospital. —Sam trató de respirar hondo. Sentía que el peso de la muerte de Anton le oprimía el pecho—. Él ya no podía hablar. No podía moverse. Solo podía ver y oír, y lo que veía y oía era a su mujer negándose a permitir que los médicos desconectaran las máquinas que prolongaban su agonía. —Sintió que la vergüenza hervía como aceite dentro de su estómago—. El cáncer se había extendido a su cerebro. El cráneo tiene una capacidad limitada. La presión empujaba su cerebro contra la médula espinal. El dolor era insoportable. Le daban morfina, y luego fentanilo, y yo me quedaba allí, sentada junto a su cama, viendo cómo le corrían las lágrimas, y no podía dejarle marchar.

Charlie continuaba jugueteando nerviosamente con el pañuelo, enrollándoselo alrededor de un dedo.

—Aquí habría hecho lo mismo —prosiguió Sam—. Podría habértelo dicho desde Nueva York. No era la persona indicada. No pude dejar a un lado mis necesidades, mi desesperación, por el único hombre al que he querido. Y tampoco podría haberlo hecho por papá.

Charlie empezó a deshacer el pañuelo.

El reloj seguía haciendo tic-tac.

El tiempo seguía pasando.

Charlie dijo:

—Quería que vinieras porque quería que estuvieras aquí.

Sam no pretendía hacerla sentirse culpable.

—Por favor, no intentes consolarme.

—No es eso —repuso Charlie—. Detesto haberte hecho venir. Haberte hecho pasar por esto.

—No me has obligado a hacer nada.

—Sabía que vendrías si te lo pedía. Lo he sabido siempre, estos últimos veinte años, y utilicé a papá como excusa porque ya no aguantaba más.

—¿Qué es lo que no aguantabas?

Charlie hizo una pelota con el pañuelo y lo apretó con fuerza.

—Tuve un aborto cuando estaba en la universidad.

Sam recordó aquella llamada hostil, años atrás, y la torva exigencia de dinero de su hermana.

—Me sentí muy aliviada cuando ocurrió. Cuando eres tan joven, no piensas que vas a envejecer. Que llegará un momento en que dejarás de sentirte aliviada.

Sam sintió que se le humedecían los ojos al percibir la angustia que entrañaban las palabras de su hermana.

—El segundo aborto fue peor —continuó Charlie—. Ben cree que fue el primero, pero no, fue el segundo. —Se encogió de hombros—. Estaba a finales del primer trimestre. Estaba en el juzgado cuando empezó a dolerme. Eran como calambres. Tuve que esperar una hora más, hasta que el juez hizo una pausa en la sesión. Corrí al cuarto de baño y me senté, y tuve la sensación de que la sangre salía a chorros de mi cuerpo. —Se detuvo para tragar saliva—. Miré el váter y... no era nada. No parecía nada. Una regla especialmente abundante, una especie de pegote. Pero me resistía a tirar de la cadena. No podía dejarlo allí. Salí arrastrándome por el hueco de debajo de la puerta para poder dejarla cerrada. Llamé a Ben. Lloraba tanto que no entendió lo que le decía.

—Charlie... —susurró Sam.

Su hermana sacudió la cabeza: eso no era todo.

—La tercera vez, que Ben cree que fue la segunda, fue aún peor. Estaba de dieciocho semanas. Estábamos fuera, rastrillando hojas en el jardín. Ya habíamos empezado a preparar la habitación del bebé, ¿sabes? Pintamos las paredes, estuvimos mirando cunas... Sentí los mismos calambres. Le dije a Ben que iba a por agua, pero casi no pude llegar al baño. Lo expulsé como si mi cuerpo estuviera librándose de él. —Se limpió las lágrimas con las puntas de los dedos—. Me dije que no volvería a pasar, que no pensaba arriesgarme más, pero ocurrió otra vez.

Sam estiró el brazo y apretó con fuerza su mano.

—Fue hace tres años. Dejé de tomarme la píldora. Fue una estupidez. No se lo dije a Ben, y fue un error no decirle la verdad. Al mes ya estaba embarazada. Luego pasó otro mes, y pasé la marca de los tres meses, y me puse en seis, y luego en siete... Estábamos superemocionados. Papá no cabía en sí de contento. Y Lenore no paraba de sugerirnos nombres.

Se llevó los dedos a los párpados. Lloraba copiosamente.

—Hay una cosa llamada síndrome de Dandy Walker. Tiene un nombre ridículo, como un baile para carrozas, pero es un grupo de malformaciones cerebrales congénitas.

Sam sintió una punzada en el corazón.

—Nos lo dijeron un viernes a última hora. Ben y yo pasamos todo el fin de semana leyendo sobre el asunto en Internet. Había una historia estupenda acerca de un niño que sonreía, que hacía su vida, que soplaba las velas de su tarta de cumpleaños, y nos dijimos «Bueno, vale, es... es estupendo, es un regalo del cielo, podemos con ello». Pero luego leímos otra historia acerca de un bebé que nació ciego y sordo y al que tuvieron que operar del corazón y del cerebro y que murió antes del año, y no pudimos hacer otra cosa que abrazarnos y llorar.

Sam le apretó la mano.

—Decidimos que no podíamos rendirnos. Era nuestro bebé, ¿no? Así que fuimos a Vanderbilt a ver a un especialista. Me hizo unas ecografías y luego nos llevó a una sala. No había fotos en la pared. Es lo que recuerdo. En el resto de la clínica había bebés por todas partes. Fotos de familias. Pero en aquella sala, no.

Hizo una pausa para secarse de nuevo los ojos.

Sam esperó.

—El médico nos dijo que no había nada que hacer —continuó Charlie—. Que el líquido cefalorraquídeo tenía una fuga. Que el bebé no tenía... órganos. —Respiró hondo, trémula—. Yo tenía la tensión alta. Había riesgo de septicemia. El médico nos dijo que faltaban unos cinco días, una semana como máximo, para que muriera el bebé, o para que muriera yo. Y yo... no pude esperar. No podía ir a trabajar, cenar y ver la tele sabiendo que... —Agarró con fuerza la mano de Sam—. Así que decidimos ir a Colorado. El único sitio que encontramos donde era legal.

Sam sabía que estaba hablando del aborto.

—Nos costó veinticinco mil dólares. Más los billetes de avión. Más el hotel. Más el tiempo que perdimos en el trabajo. No nos dio tiempo a pedir un préstamo y no queríamos que nadie supiera para qué íbamos a usar el dinero. Vendimos el coche de Ben. Papá y Lenore nos prestaron dinero. El resto, lo sacamos de nuestras tarjetas de crédito.

Sam sintió una vergüenza abrumadora. Debería haber estado allí. Ella podría haberles dado el dinero, podría haber acompañado a Charlie en el avión.

—La noche anterior al viaje, me tomé una pastilla para dormir, porque a fin de cuentas qué más daba, ¿no? Pero me desperté con un dolor horrible. No fue como las otras veces, con los calambres. Tenía la sensación de que iba a partirme en dos. Bajé las escaleras para no despertar a Ben. Empecé a vomitar. No pude llegar al baño. Había muchísima sangre. Parecía la escena de un crimen. Vi trozos, trozos de... —Sacudió la cabeza, incapaz de continuar—. Ben llamó a una ambulancia. Tengo una cicatriz como la de una cesárea, pero no un bebé que mostrar. Y cuando por fin volví a casa, la alfombra había desaparecido. Ben lo había limpiado todo. Fue como si nunca hubiera ocurrido.

Sam se acordó del suelo desnudo del cuarto de estar de su hermana. No habían sustituido la alfombra en tres años.

—¿Hablaste con Ben? —preguntó.

—Sí. Hablamos de ello. Fuimos a terapia. Lo superamos.

Sam no la creyó.

—Fue culpa mía —dijo Charlie—. No se lo dije a Ben, pero cada vez fue culpa mía.

—No creerás de veras eso, ¿verdad?

Charlie se frotó los ojos con el dorso de la mano.

—Una vez vi a papá haciendo un alegato en un juicio. Habló de cómo se obsesiona siempre la gente con las mentiras. Con las dichosas mentiras. Pero nadie entiende de verdad que el verdadero peligro está en la verdad. —Miró el féretro blanco—. La verdad puede hacer que te pudras por dentro. No deja espacio para nada más.

—Culparte a ti misma no es la verdad —repuso Sam—. La naturaleza sigue su propio curso.

—Esa no es la verdad de la que hablo.

—Entonces dime cuál es, Charlie. ¿Cuál es la verdad?

Su hermana se inclinó hacia delante. Apoyó la cabeza en las manos.

—Por favor —le suplicó Sam. No soportaba su propia ineptitud—. Dímelo.

Charlie respiró hondo, inhalando por el hueco que dejaban sus manos.

—Todo el mundo piensa que me siento culpable por haber huido.

—¿Y no es así?

—No —contestó—. Me culpo a mí misma por no huir lo bastante deprisa.

LO QUE DE VERDAD LE OCURRIÓ A CHARLIE

—¡Corre! —Sam la empujó—. ¡Corre, Charlie!

Charlie cayó al suelo. Vio el fogonazo del arma al disparar, oyó la súbita explosión de la bala al salir por el cañón.

Sam giró en el aire y, dando casi un salto mortal, cayó en las fauces de la tumba.

—Mierda —dijo Daniel—. ¡Dios! ¡Santo Dios!

Charlie se alejó a rastras, como un cangrejo, apoyándose en las manos y los talones, hasta que chocó de espaldas contra un árbol. Se incorporó. Le temblaban las rodillas. Le temblaban las manos. Todo su cuerpo temblaba.

—Tranquila, guapa —le dijo Zach—. Quédate donde estás.

Charlie miró la tumba. Tal vez Sam se estuviera escondiendo, aguardando el momento de levantarse de un salto y echar a correr. Pero no salía. No se movía, ni hablaba, ni gritaba, ni daba órdenes.

Zach le dijo a Daniel:

—Tú entierra a esa puta. Yo voy a llevarme un momentito a la pequeña.

Si Sam hubiera podido hablar en ese momento, se habría puesto a gritar, furiosa con Charlie por quedarse allí parada, por desperdiciar su única oportunidad, por no hacer lo que siempre le decía que hiciera.

«No mires atrás. Confía en que voy a estar ahí. Mantén la cabeza baja y...».

Charlie echó a correr.

Movía los brazos. Sus pies descalzos se esforzaban por encontrar agarre en el suelo. Las ramas de los árboles azotaban su cara. No podía respirar. Tenía la sensación de que se le clavaban agujas en los pulmones.

Oyó la voz de Sam.

«Respira. Despacio y rítmicamente. Espera a que pase el dolor».

—¡Vuelve aquí! —gritó Zach.

El aire se estremecía con un golpeteo rítmico, *zum-zum-zum*, que empezaba a resonarle dentro del pecho.

Zachariah Culpepper ibas tras ella.

Pegó los brazos a los costados. Se obligó a relajar la tensión de los hombros. Imaginó que sus piernas eran los pistones de una máquina. Se olvidó de las piñas y de las piedras cortantes que se le clavaban en los pies. Pensó en los músculos que la ayudaban a moverse.

«Gemelos, cuádriceps, tendones de las corvas, tensa la tripa, protégete la espalda».

Zach se acercaba. Oía el ruido que hacía, como el de una máquina de vapor, cada vez más cerca.

Saltó por encima de un árbol caído. Miró a izquierda y a derecha, consciente de que no debía correr en línea recta. Tenía que localizar la torreta meteorológica para asegurarse de que iba en la dirección correcta, pero sabía que, si miraba atrás, vería a Zachariah Culpepper y se asustaría aún más y, si eso ocurría, tropezaría y, si tropezaba, se caería.

Y entonces él la violaría.

Viró a la derecha, agarrándose con los dedos de los pies al suelo al cambiar de rumbo. En el último segundo, vio otro árbol caído. Se arrojó por encima de él y aterrizó desmañadamente. Se torció el pie. Sintió que su tobillo tocaba tierra. El dolor le atravesó la pierna.

Siguió corriendo.

Tenía los pies ensangrentados y pegajosos. El sudor le corría por el cuerpo. Miraba hacia delante buscando una luz, algún lugar donde pudiera refugiarse.

¿Cuánto tiempo más podría seguir corriendo Zachariah Culpepper? ¿Cuánta distancia más podría recorrer ella?

Volvió a oír la voz de Sam.

«Imagínate la línea de meta. Tienes que desearla más que la persona que va detrás de ti».

Zachariah quería algo. Pero el deseo de Charlie superaba el suyo: el deseo de escapar, de buscar ayuda para su hermana, de encontrar a Rusty para que encontrara el modo de arreglar las cosas.

De pronto, sintió un tirón en la cabeza.

Levantó los pies.

Cayó violentamente de espaldas al suelo.

Vio cómo su aliento salía en una nubecilla de su boca, como si fuera algo tangible.

Zach se le echó encima. Empezó a tocarla por todas partes. Le agarró los pechos. Tiró de sus pantalones. Sus dientes se apretaban contra la boca cerrada de Charlie. Ella le arañó los ojos. Intentó darle un rodillazo, pero no pudo doblar la pierna.

Él se sentó a horcajadas sobre su cuerpo. Se desabrochó la hebilla del cinturón. Pesaba mucho. Su peso le impedía respirar.

Charlie abrió la boca. No le quedaba aliento para gritar. Estaba mareada. El vómito le quemaba la garganta.

Él le bajó los pantalones. Le dio la vuelta como si no pesara. Charlie intentó gritar de nuevo, pero él le aplastó la cara contra el suelo. Se le llenó la boca de tierra. Zachariah la agarró del pelo. Charlie sintió que algo se desgarraba dentro de su cuerpo cuando la penetró por la fuerza. Le clavó los dedos en el hombro. Gruñó como un cerdo mientras la sodomizaba a la fuerza. Charlie notó el olor a podrido de la tierra, de la boca de Zachariah Culpepper, de eso que le estaba metiendo dentro.

Cerró los ojos con fuerza.

«No estoy aquí. No estoy aquí. No estoy aquí».

Cada vez que se convencía de que aquello no estaba pasando, de que estaba haciendo los deberes en la cocina de la casa de ladrillo rojo, o corriendo por la pista de atletismo del colegio o escondida en el armario de Sam escuchando a su hermana hablar por teléfono con Peter Alexander, Zachariah hacía algo nuevo y el dolor la devolvía bruscamente a la realidad.

Él no había acabado.

Charlie movió los brazos frenéticamente cuando la hizo darse la vuelta. La penetró por delante. Una especie de embotamiento dominó por fin a Charlie. Su mente quedó en blanco. Era consciente de cosas, pero como si las sintiera desde muy lejos: de que su cuerpo se movía arriba y abajo mientras él la penetraba; de que su boca se abría de par en par; de que él le metía la lengua hasta la garganta; de que sus dedos se le clavaban en los pechos como si quisiera arrancárselos del cuerpo.

Miró hacia arriba. Más allá de su cara fea y crispada.

Más allá de los árboles que se inclinaban hacia el suelo. De sus ramas torcidas.

Hacia el firmamento.

La luna se recortaba, azul, contra un inmenso paño de negrura.

Las estrellas dispersas parecían alfileres indistintos.

Cerró los ojos. Quería oscuridad, pero veía a Sam retorciéndose en el aire. Oía el estruendo sordo del cuerpo de su hermana al caer en la tumba como si estuviera sucediendo otra vez. Y entonces vio a Gamma. En el suelo de la cocina. De espaldas al armario.

«Hueso blanco. Trozos de corazón y pulmón. Fibras de tendones, arterias y venas, y la vida derramándose por sus heridas».

Gamma le había dicho que huyera.

Sam le había ordenado que escapara.

Ellas no querrían aquello.

Habían sacrificado sus vidas por ella, pero no para esto.

—¡No! —gritó cerrando los puños.

Golpeó a Zachariah en el pecho y le asestó un puñetazo tan fuerte en la barbilla que se le giró la cabeza. Le salió sangre por la boca, grandes pegotes de sangre, no como las gotitas de Gamma.

—Jodida zorra.

Echó la mano hacia atrás para golpearla.

Charlie vio algo borroso por el rabillo del ojo.

—¡Apártate de ella!

Daniel dio un salto y tiró a Zach al suelo. Sus puños iban y venían. Se subió a horcajadas sobre él, igual que Zachariah había hecho con ella. Sus brazos formaban un molinete, golpeándole sin cesar.

—¡Hijo de puta! —gritó—. ¡Voy a matarte!

Charlie se apartó de ellos. Hundiendo las manos en la tierra, se obligó a levantarse. La sangre le chorreaba por las piernas. El dolor que sentía en el vientre la obligó a doblarse por la cintura. Se tambaleó. Giró sobre sí misma, ciega como Sam. No lograba orientarse. No sabía hacia dónde tenía que correr, pero sabía que tenía que seguir moviéndose.

Un pinchazo de dolor le atravesó el tobillo cuando se internó corriendo en el bosque. No buscó la torreta meteorológica. No aguzó el oído por si oía el fragor del arroyo ni intentó encontrar a Sam o volver a La Choza. Siguió corriendo y luego caminando. Después, se sintió tan cansada que le dieron ganas de arrastrarse por el suelo.

Por fin se dio por vencida y se dejó caer de rodillas.

Escuchó por si oía pasos tras ella, pero solo oyó sus propios jadeos.

Le goteaba sangre entre las piernas. La *cosa* de Zachariah Culpepper seguía dentro de ella, infectándola, pudriéndola por dentro. Vomitó. La bilis cayó al suelo violentamente y salpicó su cara. Quería echarse, cerrar los ojos, dormir y despertar dentro de una semana, cuando hubiera pasado todo.

Pero no podía hacerlo.

Zachariah Culpepper.

Daniel Culpepper.

Hermanos.

Quería verlos a los dos muertos. Algún día vería cómo el verdugo los sujetaba a la silla de madera y les ponía en la cabeza el casco metálico con la esponja debajo para que no ardieran, y miraría la entrepierna de Zachariah Culpepper para ver cómo se orinaba encima al comprender que iba a morir electrocutado.

Se levantó.

Volvió a tambalearse y luego echó a andar. Apretó el paso y luego, de repente, como por milagro, vio una luz.

La otra granja.

Charlotte alargó el brazo como si pudiera tocarla.

Sofocó un sollozo.

El tobillo apenas la sostenía cuando cruzó renqueando los campos recién arados. Mantuvo los ojos fijos en la luz del porche como si fuera un fanal, un faro que podía alejarla de los escollos.

«Estoy aquí. Estoy aquí. Estoy aquí».

Había cuatro escalones para subir al porche trasero. Charlotte empezó a subirlos intentando no pensar en los escalones de La Choza, en que unas horas antes los había subido de dos en dos, se había quitado los zapatos y los calcetines y había encontrado a Gamma maldiciendo en la cocina.

—Jopé —susurró—. Jopé.

Se le torció el tobillo al subir el primer peldaño. Se agarró a la temblorosa barandilla. Miró parpadeando la luz del porche, que era blanca y brillante, como una llama. La sangre se le metía en los ojos. Se la limpió con los puños. El felpudo tenía pintada una fresa gorda y roja con una cara sonriente, brazos y piernas.

Sus pies dejaron huellas oscuras en el felpudo.

Alzó la mano.

Su muñeca tenía una textura blanda y elástica, como la banda de goma de una pelota de pádel.

Tuvo que sujetarse una mano con la otra para poder llamar a la puerta. La mancha húmeda y roja de sus nudillos quedó impresa en la madera pintada de blanco.

Oyó moverse una silla dentro de la casa. Unos pasos por el suelo. La voz aguda de una mujer preguntando:

—¿Quién será a estas horas?

Charlotte no contestó.

No se oyó el chasquido de la cerradura, ni el ruido de la cadena. Se abrió la puerta. Una mujer rubia apareció en la puerta de la cocina. Llevaba el pelo recogido en una coleta floja. Era mayor que Charlotte. Guapa. Sus ojos se dilataron. Abrió la boca.

Se llevó la mano al pecho como si hubiera recibido el impacto de una flecha.

—¡Ah...! —exclamó—. Dios mío. Dios mío. ¡Papá! —Extendió las manos hacia Charlotte, pero no pareció saber dónde tocarla—. ¡Entra! ¡Entra!

Charlotte dio un paso, luego otro. Después se halló dentro de la cocina.

Tiritaba, a pesar de que hacía calor en la casa.

Todo estaba tan limpio, tan brillantemente iluminado... El papel de la pared era amarillo con fresas rojas. Una cenefa a juego bordeaba lo alto de las paredes. El tostador estaba cubierto por una funda de punto con una fresa bordada a un lado. La tetera que había sobre el fogón era roja. El reloj de pared –un gato cuyos ojos se movían– también era rojo.

—Dios bendito —susurró un hombre.

Era mayor, con barba. Sus ojos parecían de una redondez casi perfecta tras las gafas.

Charlotte retrocedió hasta que chocó de espaldas con la pared.

—¿Qué diablos ha pasado? —le preguntó el viejo a la mujer.

—Acaba de llamar a la puerta. —La mujer había empezado a llorar. Su voz trinaba como un flautín—. No lo sé. No lo sé.

—Es una de las hijas de los Quinn. —El hombre descorrió las cortinas y miró fuera—. ¿Están ahí fuera todavía?

«Zachariah Culpepper.

Daniel Culpepper.

Sam».

El hombre estiró los brazos y buscó algo en lo alto del armario. Bajó un rifle y una caja de balas.

—Dame el teléfono.

Charlotte empezó a temblar otra vez. El rifle era largo. Su cañón era como una espada capaz de abrirla en canal.

La mujer agarró el teléfono inalámbrico que había en la pared. Se le cayó al suelo. Lo recogió. Sus manos temblaban, se movían caóticamente, incontrolables. Subió la antena del teléfono. Se lo pasó a su padre.

—Voy a llamar a la policía —dijo él—. Tú cierra la puerta con llave.

La mujer obedeció, pero le temblaban tanto los dedos que tuvo dificultades para echar el cierre de la puerta. Juntó las manos. Miró a Charlotte. Respiró hondo bruscamente. Miró a su alrededor.

—No sé qué... —Se llevó la mano a la boca. Miraba las manchas del suelo.

Charlotte lo vio también. La sangre se acumulaba en torno a sus pies. Le salía de dentro y le chorreaba por las piernas, por las rodillas y los tobillos, lenta pero constantemente, como el hililllo de agua que salía del grifo de la granja si no le dabas un buen golpe con el martillo.

Movió el pie. La sangre siguió su movimiento. Se acordó de los caracoles, del rastro de baba que dejaban tras ellos.

—Siéntate —dijo la mujer. Parecía más calmada, más segura de sí misma—. Tranquila, cariño. Puedes sentarte. —La agarró suavemente por el hombro y la condujo a la silla—. Enseguida vendrá la policía —dijo—. Ya estás a salvo.

Charlotte no se sentó. La mujer no parecía sentirse a salvo.

—Soy la señorita Heller. —Se arrodilló delante de Charlotte y le retiró el pelo de la cara—. Tú eres Charlotte, ¿verdad?

Ella asintió en silencio.

—Ay, ángel mío. —La señorita Heller siguió acariciándole el pelo—. Lo siento. No sé qué te ha pasado, pero lo siento muchísimo.

Charlotte sintió que se le aflojaban las rodillas. No quería sentarse, pero tuvo que hacerlo. El dolor era como un cuchillo que se le clavaba en los costados. Le dolía el culete. Notaba que algo caliente le salía por delante, como si se estuviera orinando otra vez.

—¿Puedo tomar un poco de helado? —le preguntó a la señorita Heller.

La mujer no dijo nada al principio. Luego se incorporó. Sacó un cuenco, un recipiente de helado de vainilla y una cuchara. Lo puso todo encima de la mesa.

El olor dio arcadas a Charlotte. Tragó saliva con esfuerzo. Cogió la cuchara. Se comió el helado engulléndolo tan rápido como pudo.

—Tranquila —dijo la señorita Heller—. Vas a vomitar si te lo comes tan deprisa.

Charlotte quería vomitar. Quería expulsar de sí a Zachariah Culpepper. Quería limpiarse. Quería matarse.

«—Mamá, ¿qué pasaría si me comiera dos cuencos de helado? De los grandes.

—Que te reventaría el intestino y morirías».

Devoró otro cuenco de helado sirviéndose de las manos porque la cuchara era muy pequeña. Echó mano del recipiente, pero la señorita Heller la obligó a parar. Parecía horrorizada.

—¿Qué te ha pasado? —le preguntó.

Charlotte estaba agotada de comer tan deprisa. Oía cómo le salía la respiración por la nariz con un silbido. Tenía los pantalones cortos mojados de sangre. El cojín de fresas de la silla estaba completamente empapado. Notaba el goteo que manaba entre sus piernas y sabía que no era solo sangre. Era también él. Era Zachariah Culpepper. Había dejado su pringue dentro de ella.

Volvió a sentir una arcada. Esta vez no pudo detenerla. Se tapó la boca con la mano. La señorita Heller la agarró por la muñeca y corrió por el pasillo, tirando de ella hacia el baño.

Charlotte vomitó tan violentamente que pensó que iba a salírsele el estómago por la boca. Se agarró al borde frío del váter. Tenía los ojos desorbitados. Le ardía la garganta. Sentía como si unas cuchillas cortaran sus intestinos. Se bajó los pantalones a tirones. Se sentó en el váter. Sintió que un torrente brotaba de su cuerpo. Sangre. Heces. Él.

Lloró de dolor. Se dobló por la cintura. Abrió la boca. Dejó escapar un gemido angustiado.

Quería a su madre. *Necesitaba* a su madre.

—Ay, cariño. —La señorita Heller estaba al otro lado de la puerta. Se había arrodillado otra vez. Charlotte oyó su voz a través del ojo de la cerradura—. «Y les dijo: Dejad que los niños se acerquen a mí, no se lo impidáis porque de ellos es el reino de los cielos».

Charlotte cerró los ojos con fuerza. Sus lágrimas seguían fluyendo. Respiraba por la boca abierta. Oía cómo caían goterones de sangre en el agua. No acababan de caer. No acabarían nunca.

—Cariño mío —dijo la señorita Heller—, deja que Dios lleve esta carga.

Charlotte sacudió la cabeza. El cabello empapado de sangre le azotó la cara. Mantuvo los ojos cerrados. Veía a Sam girando en el aire, dando un salto mortal.

Las salpicaduras cuando la bala penetró en su cráneo.

El borbotón de sangre cuando estalló el pecho de Gamma.

—Mi hermana —susurró—. Está muerta.

—¿Qué, cielo? —La señorita Heller había abierto un poco la puerta—. ¿Qué has dicho?

—Mi hermana. —De pronto le castañeteaban los dientes—. Está muerta. Mi madre está muerta.

La señorita se agarró al picaporte y se dejó caer al suelo.

No dijo nada.

Charlotte miró las blancas baldosas que había a sus pies. Manchas negras punteaban su visión. Le salía sangre de la boca abierta. Arrancó un poco de papel higiénico. Se lo acercó a la nariz. El hueso parecía roto.

La señorita Heller entró en el cuarto de baño. Abrió el grifo del lavabo.

Charlotte trató de limpiarse. Notaba tiras de carne colgándole entre las piernas. La sangre no cesaría. No pararía nunca. Se subió los pantalones, pero un súbito mareo la impidió levantarse.

Volvió a dejarse caer en el váter. Miró fijamente un cuadro enmarcado que había en la pared. Representaba una mata de fresas.

—Tranquila. —La señorita Heller le limpió la cara con una toalla humedecida. Le temblaban las manos tanto como la voz—. «Mas para vosotros que teméis mi nombre, se alzará el sol de la justicia y en sus alas traerá la salvación, y saldréis y saltaréis como...».

Un fuerte golpe sacudió la puerta trasera. Alguien aporreaba la puerta. Vociferaba.

La señorita Heller puso la mano en el pecho de Charlotte para que se estuviera quieta.

—¡Judith! —gritó el viejo—. ¡Judith!

La puerta trasera se abrió violentamente.

La señorita Heller agarró otra vez a Charlotte, levantándola por la cintura. Charlie sintió que sus pies se separaban del suelo. Apoyó las manos en los hombros de la mujer. Sintió una opresión en las costillas mientras la señorita Heller corría por el pasillo.

—¡Charlotte! —gritó alguien con un gemido angustiado, como el de un animal moribundo.

La señorita Heller se paró en seco.

Dio media vuelta.

Aflojó lentamente los brazos en torno a la cintura de Charlotte.

Rusty estaba de pie al fondo del pasillo. Se apoyaba pesadamente en la pared. Jadeaba. Llevaba en la mano un pañuelo.

Charlotte sintió que sus pies tocaban el suelo. Se le doblaron las rodillas, incapaces de soportar su peso.

Rusty avanzó tambaleándose por el pasillo. Golpeó la pared con el hombro, primero a un lado y luego al otro. Después, cayó de rodillas y abrazó a Charlotte.

—Mi niña —sollozó, envolviéndola con su cuerpo—. Mi tesoro.

Charlotte sintió que sus músculos se aflojaban poco a poco. Su padre era como una droga. Quedó inerte, como una muñeca de trapo, en sus brazos.

—Mi niña —repitió él.

—Gamma...

—Sí, lo sé —sollozó Rusty. Charlotte sintió que su pecho se agitaba mientras trataba de dominarse—. Lo sé, cariño. Lo sé.

Ella comenzó a sollozar, no de dolor, sino de miedo, porque nunca había visto llorar a su padre.

—Ya te tengo. —Rusty la meció en sus brazos—. Papá está aquí. Ya te tengo.

Charlotte lloraba tan fuerte que no podía abrir los ojos.

—Sam...

—Lo sé —dijo él—. Vamos a encontrarla.

—La han enterrado.

Rusty dejó escapar un alarido de desesperación.

—Han sido los Culpepper —dijo Charlotte. Conocer sus nombres, confiarle esa información a Rusty, era lo único que la había mantenido en movimiento—. Zach y su hermano.

—Eso no importa. —La besó en la coronilla—. Va a venir una ambulancia. Te atenderán enseguida.

—Papá. —Charlotte levantó la cabeza. Acercó la boca a su oído. Susurró—: Zach me metió dentro su cosa.

Los brazos de Rusty se aflojaron lentamente, como si se desinflara. Abrió la boca. Cayó al suelo. Miró ansiosamente la cara de su hija. Su garganta se movió. Trató de hablar, pero solo le salió un gemido.

—Papá —susurró ella otra vez.

Rusty acercó un dedo a su boca para hacerla callar. Se mordió el labio como si no quisiera hablar pero tuviera que hacerlo.

—¿Te ha violado? —preguntó.

Charlotte asintió en silencio.

La mano de Rusty cayó como una piedra. Desvió la mirada. Sacudió la cabeza. Sus lágrimas se habían convertido en dos ríos que corrían por ambos lados de su cara.

Su silencio avergonzó a Charlotte. Su padre sabía las cosas que hacían los hombres como Zachariah Culpepper. Ni siquiera podía mirarla.

—Lo siento —dijo—. No corrí lo bastante deprisa.

Rusty miró a la señorita Heller y luego, por fin, volvió a fijar los ojos en ella.

—No es culpa tuya. —Carraspeó y dijo otra vez—: No es culpa tuya, cariño. ¿Me oyes?

Ella le oía, pero no le creía.

—Lo que te ha pasado —dijo Rusty con voz estridente—, no es culpa tuya, pero no podemos decírselo a nadie, ¿de acuerdo?

Charlotte solo pudo mirarle, extrañada. Si algo no era culpa tuya, no tenías por qué mentir.

—Es una cosa privada —explicó Rusty—, y no vamos a decírselo a nadie, ¿de acuerdo? —Miró otra vez a Judith Heller—. Yo sé cómo tratan los abogados a las chicas que han sido violadas. No voy a permitir que mi hija pase por ese infierno. No voy a permitir que la gente la trate como si estuviera contaminada. —Se secó los ojos con el dorso de la mano. Su voz se hizo más fuerte—. Los colgarán por esto. Son unos asesinos y van a morir por ello, pero, por favor, que no se lleven a mi hija con ellos. Por favor. Es demasiado. Es demasiado.

Esperó, los ojos fijos en la señorita Heller. Charlie se volvió. La señorita Heller la miró. Asintió con una inclinación de cabeza.

—Gracias. Gracias.

Rusty posó la mano en el hombro de Charlotte. Miró de nuevo su cara, vio la sangre, el hueso, los trozos de rama y hojas que se habían adherido a su cuerpo. Tocó la costura rota de sus pantalones. Se echó a llorar otra vez. Estaba pensando en lo que le habían hecho, en lo que le habían hecho a Sam, y a Gamma. Se tapó la cara con las manos. Sus sollozos se convirtieron en alaridos. Cayó contra la pared, sacudido por la pena.

Charlotte trató de tragar saliva, pero tenía la garganta demasiado seca. Notaba todavía un regusto a leche agria. Estaba desgarrada por dentro. Sentía el flujo constante que resbalaba por la cara interna de su pierna.

—Papá —dijo—, lo siento.

—No. —Él la agarró y la zarandeó—. No te disculpes nunca, Charlotte, ¿me oyes? —Parecía tan enfadado que Charlotte no se atrevió a hablar—. Lo siento —balbució, y se puso de rodillas.

Posó la mano en la nuca de su hija y acercó su cara a la de ella hasta que sus narices se tocaron. Charlotte notó su olor a tabaco y a colonia de hombre.

—Escúchame, Osito Charlie. ¿Me estás escuchando?

Ella le miró fijamente a los ojos. De sus iris azules salían líneas rojas.

—No es culpa tuya —repitió su padre—. Soy tu papá y te digo que nada de esto es culpa tuya. —Esperó—. ¿De acuerdo?

Charlotte asintió con la cabeza.

—De acuerdo.

Rusty dejó escapar otro gemido. Tragó saliva con dificultad. Seguía llorando.

—¿Te acuerdas de todas esas cajas que trajo mamá de la tienda de segunda mano?

Charlotte se había olvidado de las cajas. Ya no habría nadie para vaciarlas. Solo quedaban ella y Rusty. Nunca habría nadie más.

—Escúchame, nena. —Él tomó su cara entre las manos—. Quiero que cojas lo que te ha hecho ese hombre malo y quiero que lo metas en una de esas cajas, ¿de acuerdo?

Esperó, visiblemente ansioso porque ella asintiera.

Charlotte inclinó la cabeza en un gesto afirmativo.

—Muy bien —dijo él—. Muy bien. Ahora, tu papá va a coger cinta de embalar y entre los dos vamos a cerrar muy bien la caja, cariño. —Volvió a temblarle la voz. Sus ojos escudriñaban frenéticamente los de Charlotte—. ¿Me oyes? Vamos a cerrar la caja y a asegurarla con cinta de embalar.

Ella asintió otra vez.

—Y luego vamos a guardar esa caja tan vieja y tan fea en una estantería. Y vamos a dejarla ahí. Y no volveremos a pensar en ella, ni a mirarla, hasta que estemos bien y nos sintamos preparados, ¿de acuerdo?

Charlotte seguía asintiendo porque eso era lo que quería Rusty.

—Buena chica.

La besó en la mejilla. La apretó contra su pecho. A Charlotte se le dobló la oreja contra su camisa. Sentía cómo latía el corazón de su padre bajo la piel y el hueso. Sonaba tan frenético, tan angustiado.

—Vamos a ponernos bien, ¿verdad que sí? —preguntó él.

La sujetaba tan fuerte que no pudo asentir, pero Charlotte entendía lo que quería su padre. Necesitaba que ella pulsara el interruptor de su raciocinio, que pusiera su lógica en funcionamiento, pero esta vez de verdad. Gamma había muerto. Sam, también. Ella tenía que ser fuerte. Tenía que ser la buena hija que cuidara de su padre.

—¿De acuerdo, Osito Charlie? —Rusty la besó en la coronilla—. ¿Podemos hacer eso?

Ella se imaginó el ropero vacío del dormitorio del solterón en la granja. Vio la caja en el suelo. De cartón marrón, bien cerrada con cinta de embalar. Vio la etiqueta. *ALTO SECRETO*. Vio a Rusty levantar la caja, apoyársela en el hombro y colocarla en el estante de arriba. La empujó hasta el fondo, hasta que quedó oculta en la oscuridad.

—¿Podemos hacer eso, nena? —le suplicó él—. ¿Podemos cerrar la caja?

Charlie se imaginó cerrando la caja.

—Sí, papá —contestó.

Nunca volvería a abrirla.

16

Charlie no podía mirar a Sam. Doblada en la silla, mantuvo la cabeza apoyada en las manos. Hacía muchos años que no pensaba en la promesa que le hizo a Rusty. Había sido la buena hija, la hija obediente que guardó su secreto en una caja y dejó que las sombras del tiempo ofuscaran su memoria. Nunca había tenido la impresión de que aquel pacto con el diablo fuera lo más importante de aquella historia, pero ahora se daba cuenta de que importaba casi más que el resto.

Le dijo a Sam:

—Supongo que la moraleja del cuento es que siempre me pasan cosas malas en los pasillos.

Sintió la mano de Sam en su espalda. En ese momento, lo que más deseaba era apoyarse en su hermana, poner la cabeza sobre el regazo de Sam y dejar que la abrazara mientras lloraba.

Pero se levantó. Buscó sus zapatos. Apoyó la cadera en el féretro de su padre para ponérselos.

—Se llamaba Mary-Lynne. Yo creía que Lynne era su apellido, pero era Huckabee. —Sintió una náusea al recordar la frialdad con que había reaccionado Huck al saber que era hija de Rusty Quinn—. ¿Te acuerdas de sus fotos en el establo?

Sam asintió sin decir nada.

—Se le había alargado el cuello por lo menos medio metro. Es lo que más recuerdo. Que casi parecía una jirafa. Y la expresión de su cara... —Charlie se preguntó si tenía aquella misma expresión de sufrimiento cuando Rusty la encontró en el pasillo—. Creíamos que estabas muerta, y sabíamos que mamá había muerto. Él no me lo dijo, pero sé que le daba miedo que me ahorcara, o que encontrara algún otro medio de matarme, como Mary-Lynne. —Se encogió de hombros—. Seguramente tenía razón. Era demasiado.

Sam se quedó callada un momento. Nunca había sido muy dada a los gestos nerviosos, pero esta vez se alisó la pernera de los pantalones.

—¿Los médicos opinaban que esa era la causa de tus abortos?

Charlie casi se rio. Sam siempre buscaba una explicación científica.

—Después del segundo —contestó—, que en realidad fue el tercero, fui a la consulta de una experta en fertilidad, en Atlanta. Ben creía que estaba en un congreso. Le dije lo que me había pasado. Lo que pasó de verdad. Se lo conté con todo detalle, cosas que ni siquiera papá sabía. Que usó las manos. Los puños. Y el cuchillo.

Sam se aclaró la garganta. Su expresión, como siempre, quedó oculta tras los cristales tintados de las gafas.

—¿Y?

—Me hizo pruebas y ecografías y luego dijo algo acerca de la delgadez de no sé qué pared o las cicatrices de no sé qué trompa, y me dibujó un diagrama en una hoja de papel, pero yo le dije que fuera clara, que no se anduviera con rodeos. Y eso hizo. Me dijo que tengo un útero inhóspito. —Se rio amargamente de aquella expresión, que le recordaba las reseñas de las páginas web de viajes—. El entorno de mi útero no es adecuado para albergar un feto. Parecía sorprendida porque hubiera conseguido llegar al segundo trimestre de embarazo.

—¿Te dijo que se debía a lo que pasó? —preguntó Sam.

Charlie se encogió de hombros.

—Dijo que podía ser, pero que no había forma de saberlo a ciencia cierta. Pero no sé, si un tío te mete el mango de un machete por el coño, me parece lógico que no puedas tener hijos.

—Pero la última vez... —dijo Sam, centrándose de inmediato en la falla que entrañaba su argumentación—. Dijiste que la enfermedad de Dandy Walker es un síndrome, no el resultado de una malformación uterina. ¿No hay un componente genético?

Charlie no quería recorrer de nuevo ese camino.

—Tienes razón, esa fue la última vez. Ya soy demasiado mayor. Si me quedara embarazada ahora, se consideraría un embarazo de alto riesgo. Se pasó el momento.

Sam se quitó las gafas. Se frotó los ojos.

—Debería haber estado aquí para apoyarte.

—Y yo no debería haberte pedido que vinieras. —Sonrió al acordarse de algo que le había dicho Rusty dos días antes—. Pero me parece que hemos llegado a un callejón sin salida.

—Tienes que decírselo a Ben.

—Otra vez ese «tienes que». —Charlie se sonó la nariz. Una cosa que no había echado de menos durante aquellos años, era el autoritarismo de su hermana mayor—. Creo que lo nuestro ya no tiene remedio.

Había hablado en tono frívolo, pero lo cierto era que, después del desastroso intento de seducir a Ben, tenía que asumir que era muy posible que su marido no volviera con ella. Esa noche ni siquiera había tenido valor para pedirle que se quedara con ella. Le daba demasiado miedo que volviera a decirle que no.

—Ben se portó como un santo cada vez —añadió—. Siempre. Lo digo de verdad. No sé de dónde saca esa bondad. De su madre no, desde luego. Ni de sus hermanas. Estuvieron odiosas. Querían saberlo todo con pelos y señales, como si fuera un cotilleo. Se pasaban el día al teléfono. Y no te imaginas lo que es estar embarazada y comprar muebles para el bebé y planear tu baja maternal y ponerte como un tonel, y una semana después ir al supermercado y que toda la gente que antes te sonreía ya ni siquiera pueda mirarte a los ojos. Doy por sentado que no lo sabes, ¿verdad? —preguntó.

Sam negó con la cabeza.

A Charlie no le sorprendió. No veía a su hermana asumiendo el riesgo que supondría para ella un embarazo.

—Me convertí en una arpía —prosiguió—. Me oía a mí misma... Me oigo ahora, hace diez minutos, o ayer, o cualquier puto día y pienso «Cállate, olvídalo». Pero no puedo. No puedo.

—¿Y la adopción?

Charlie intentó no reaccionar con agresividad. Su bebé había muerto. No era como un perro, que puedes adoptar uno nuevo a los pocos meses para suplir su pérdida.

—Creía que Ben hablaría de adoptar en algún momento, pero decía que estaba a gusto conmigo, que éramos un equipo, que le encantaba la idea de que envejeciéramos juntos, solos. —Se encogió de hombros—. Puede que él esperara que yo hablara del tema. Como en *El regalo de los Reyes Magos*, solo que con útero tóxico incluido.

Sam se puso las gafas.

—Pero dices que lo tuyo con Ben ya no tiene remedio. ¿Qué pierdes con contarle lo que ocurrió?

—No es lo que pierdo, sino lo que me ahorro —contestó su hermana—. No quiero que se apiade de mí. No quiero que se quede a mi lado porque se sienta obligado. —Apoyó la mano en el féretro cerrado. Hablaba para Rusty tanto como para Sam—. Ben sería más feliz con otra persona.

—Eso es una idiotez —replicó Sam en tono cortante—. No tienes derecho a decidir por él.

Charlie tenía la impresión de que Ben ya había decidido. Y no podía reprochárselo. Le costaba creer que un hombre de cuarenta y un años pudiera ser infeliz con una atractiva joven de veintiséis.

—Se le dan muy bien los niños. Le gustan muchísimo.

—Igual que a ti.

—Pero no es él quien me impide tener hijos.

—¿Y si lo fuera?

Charlie meneó la cabeza. Las cosas no funcionaban así.

—¿Quieres quedarte un minuto a solas con él? —Señaló el féretro—. Para despedirte.

Sam arrugó el ceño.

—¿Y con quién iba a hablar?

Charlie cruzó los brazos.

—¿Puedo quedarme yo a solas un minuto?

Sam levantó las cejas, pero consiguió reservarse su opinión por una vez.

—Te espero fuera.

Charlie la vio salir de la sala. Ese día su hermana no cojeaba tanto. Eso, al menos, era un alivio. No soportaba verla otra vez en Pikeville, tan lejos de su elemento, tan desvalida. Sam no podía doblar una esquina, no podía caminar por la calle sin que todo el mundo supiera al instante qué le había pasado.

Excepto el juez Stanley Lyman.

Si hubiera podido acercarse al estrado y abofetear a aquel cabrón por humillar a su hermana, se habría arriesgado a que la detuvieran.

Sam se esforzaba mucho por ocultar sus debilidades, pero solo hacía falta observarla atentamente unos minutos para darse cuenta de que tenía algún problema físico. Su postura, siempre tan rígida. Su forma de caminar, con los brazos pegados a los costados en lugar de dejarlos oscilar libremente. El modo en que ladeaba la cabeza, temerosa siempre de su lado ciego. Y su dicción, tan precisa y esforzada que a veces resultaba exasperante. Su tono de voz siempre había sido cortante y acerado, pero desde que la hirieron era como si cada palabra se amoldara a la esquina de un ángulo recto. A veces, uno advertía una leve vacilación mientras buscaba la palabra exacta. En ocasiones, más raramente, se oía cómo exhalaba el aire al pronunciar, sirviéndose del diafragma como le había enseñado el logopeda.

Los médicos. Los logopedas. Los terapeutas. Su hermana había vivido rodeada por un equipo completo de especialistas, cada uno de ellos con su opinión, con sus recomendaciones y advertencias. Ninguno de ellos entendía, sin embargo, que Sam los desafiaría a todos. Que no era una persona corriente. Que no lo era ya antes del disparo, y que desde luego no lo sería durante su recuperación.

Charlie se acordaba de que un médico le dijo a Rusty que los daños cerebrales que había sufrido podían haber reducido su coeficiente intelectual en unos diez puntos. Charlie estuvo a punto de echarse a reír. Diez puntos serían una catástrofe para un ser humano normal. En el caso de Sam, solo suponía que pasaría de ser un prodigio rayano en el genio a ser una tía brillante.

Dos años después de recibir el disparo, cuando tenía diecisiete, le dieron una beca completa para estudiar en Stanford.

¿Era feliz?

Charlie oyó resonar la pregunta de Rusty dentro de su cabeza.

Se volvió para mirar el horrendo féretro de su padre. Apoyó la mano en la tapa. La pintura se había descascarillado ligeramente en la esquina, como era lógico si alguien se colgaba de la tapa como un mono enloquecido.

Sam no parecía feliz, pero sí satisfecha con su vida.

Pensándolo bien, debería haberle dicho a su padre que ese tipo de satisfacción era una meta risible. Sam triunfaba en su trabajo. Por fin parecía haber disciplinado su mal genio, que antes se desataba como un huracán. La ira que llevaba consigo a todas partes, como un ladrillo hundido en el pecho, había desaparecido claramente. Seguía siendo una pedante insoportable, claro, pero ese era un rasgo heredado de su madre.

Tamborileó con los dedos sobre el féretro.

Resultaba irónico que tanto su hermana como ella hubieran fracasado tan estrepitosamente en lo tocante a la vida y la muerte. Sam no había podido poner fin al sufrimiento de su marido. Y ella no había sido capaz de ofrecerle a su hijo un lugar seguro en el que desarrollarse.

—Y aquí vienen otra vez —masculló cuando las lágrimas volvieron a inundar sus ojos.

Estaba harta de llorar. No quería seguir llorando. No quería seguir portándose como una arpía. No quería estar triste. No quería vivir separada de su marido.

Por duro que fuese aferrarse a las cosas, más duro aún era prescindir de ellas.

Acercó una silla y le quitó la funda de raso azul claro porque no estaba en la fiesta de cumpleaños de una quinceañera.

Se sentó en el duro plástico.

Le había contado a Sam su secreto. Había abierto la caja.

¿Por qué no se sentía distinta? ¿Por qué no había cambiado nada milagrosamente?

Años atrás, Rusty la había obligado a ir al psicólogo. Tenía dieciséis años. Vivía en California. Había empezado a desmandarse en la universidad, a salir con chicos que no le convenían, a follárselos y a acuchillar los neumáticos de sus coches.

Rusty seguramente daba por sentado que iba a contarle al psicólogo la verdad de lo ocurrido, igual que ella daba por sentado que su padre esperaba que no tocase ese tema.

«Me parece que hemos llegado a un callejón sin salida».

El psicólogo, un hombre muy serio que usaba chaleco, intentó hacer que se retrotrajera a aquel día, que regresara a la cocina de la granja, a aquella habitación húmeda en la que Gamma dejó una cazuela con agua sobre el fogón mientras se iba por el pasillo en busca de Sam.

Le dijo que cerrase los ojos y que se imaginara sentada a la mesa de la cocina, doblando el plato de papel para intentar convertirlo en un avión. En lugar de oír el coche en el camino, le dijo que imaginara que Jesucristo entraba por la puerta.

Era un psicólogo cristiano. Sus intenciones eran buenas y no hay duda de que era sincero, pero creía que Jesucristo era la respuesta a casi todo.

—Mantén los ojos cerrados —le dijo—. Imagina que Jesucristo te coge en brazos.

En lugar de imaginar que Gamma agarraba la escopeta. Que disparaban a Sam. Que ella corría por el bosque hacia la casa de la señorita Heller.

Charlie mantuvo los ojos cerrados, como le ordenó el psicólogo. Puso las manos debajo de los muslos para no moverlas. Recordaba que balanceaba las piernas y que fingió hacer lo que le pedía, pero no fue a Jesucristo a quien vio acudir en su auxilio, sino a Lindsay Wagner. La Mujer Biónica utilizaba su fuerza sobrehumana para asestarle un puñetazo a Daniel Culpepper en plena cara y una patada de kárate en los huevos a Zachariah. Se movía a cámara lenta. Su larga melena rubia ondeaba mientras se oía de fondo un *chu-che-chu-chu* biónico.

A Charlie nunca se le había dado bien seguir instrucciones.

Le avergonzaba pensar, sin embargo, que la trabajadora social con un mal corte de pelo cuya consulta Ben se había empeñado en que visitara tenía razón en una cosa, al menos: algo espantoso sucedido hacía casi tres décadas le estaba arruinando la vida.

Se la había arruinado, de hecho, porque su marido la había dejado, su hermana volvía a Nueva York dentro de un par de horas y ella tendría que regresar a su casa desierta.

Esa semana, ni siquiera tenía al perro.

Se quedó mirando el féretro de su padre. No quería pensar en Rusty tendido dentro de aquella caja metálica y fría. Quería recordarle sonriendo. Guiñándole un ojo. Dando golpecitos con los pies. Tamborileando con los dedos sobre una mesa. Contándole una de sus absurdas anécdotas, ya contada mil veces antes.

Debería haberle hecho más fotos.

Debería haber grabado su voz para no olvidar sus inflexiones, el acento que ponía en las palabras malsonantes.

En algunas épocas de su vida, había rezado para que Rusty se callara de una puta vez. Ahora, en cambio, lo que más deseaba en el mundo era oír su voz. Escuchar una de sus historias. Reconocer sus abstrusas citas. Sentir ese momento de lucidez, al comprender que la historia, que el verso suelto o el comentario aparentemente inocuo era en realidad un consejo, un consejo que normalmente valía la pena escuchar.

Alargó el brazo hacia su padre.

Puso la mano sobre el costado del féretro. Se sentía ridícula, pero tuvo que preguntar:

—¿Y ahora qué hago, papá?

Esperó.

Pero, por primera vez en cuarenta y un años, Rusty no tenía la respuesta.

17

Charlie se paseaba por la Capilla de la Memoria con una copa de vino en la mano. Solo a su padre se le ocurriría especificar que hubiera barra libre en su velatorio. Había licores fuertes en el bar, pero era mediodía: demasiado pronto para la mayoría de los asistentes. Ese era el primer problema del precipitado entierro de su padre. El otro era el que Sam ya había augurado: los mirones, los hipócritas.

Charlie se sentía mal por meter en ese saco a algunos de sus antiguos amigos. No podía culparles por preferir a Ben antes que a ella. Ella habría hecho lo mismo. Dentro de una semana, un mes o quizá un año, su presencia silenciosa, sus amables inclinaciones de cabeza y sus sonrisas, significarían algo. Ahora, en cambio, solo podía pensar que eran unos gilipollas.

Los vecinos que criticaban a Rusty por sus actitudes liberales y tolerantes habían acudido en masa. Judy Willard, que había tachado a su padre de asesino por defender ante los tribunales a una clínica abortista. Abner Coleman, que le había tildado de cabrón por defender a un asesino. Whit Fieldman, que le había llamado traidor por representar a un canalla. La lista era infinita, pero Charlie se sentía demasiado asqueada para repasarla.

El peor de todos era Ken Coin. Aquel mamón repugnante se erguía en el centro de un grupo de esbirros de la oficina del fiscal del distrito. Kaylee Collins se hallaba a su lado. La joven que seguramente se estaba tirando a su marido no parecía darse cuenta de que tal vez su presencia no fuera bienvenida. Claro que el mundillo jurídico de Pikeville al completo se estaba tomando el entierro de Rusty como una reunión social. Coin estaba contando una anécdota sobre Rusty, alguna payasada que su padre hizo en el juzgado. Charlie vio que Kaylee echaba la cabeza hacia atrás y se reía. Agitaba su larga melena rubia para apartarse el pelo de los ojos y hacía ese gesto íntimo que solo hacen las mujeres: alargar la mano y tocar el brazo de un hombre de un modo que solo su esposa considera inadecuado.

Charlie bebió otro sorbo de vino y lamentó que no fuera ácido. Así podría arrojárselo a la cara a aquella mujer.

Su teléfono empezó a sonar. Se acercó a un rincón vacío y contestó justo antes de que saltara el buzón de voz.

—Soy yo —dijo Mason Huckabee.

Su mala conciencia se manifestó en forma de vergüenza, y tuvo que dar la espalda a los asistentes.

—Te dije que no me llamaras.

—Lo siento. Tenía que hablar contigo.

—No, no tenías que hablar conmigo —contestó—. Escúchame con mucha atención: lo que pasó entre nosotros fue el peor error de mi vida. Quiero a mi marido. No me interesas. No quiero hablar contigo. No quiero saber nada de ti y, si vuelves a llamarme, pediré una orden de alejamiento y me aseguraré de que la Junta de Educación se entere de que te han denunciado por acosar a una mujer. ¿Eso es lo que quieres?

—No. Santo Dios. Cálmate un poco, ¿vale? Por favor. —Parecía desesperado—. Charlotte, necesito hablar contigo cara a cara. Es muy importante, de verdad. Más importante que lo nuestro. Que lo que hicimos.

—Ahí es donde te equivocas —le aseguró—. Para mí lo más importante es mi relación con mi marido, y no voy a permitir que te inmiscuyas en eso.

—Charlotte, si pudieras...

Cortó la llamada antes de que le diera tiempo a decir más chorradas.

Volvió a guardarse el teléfono en el bolso. Se atusó el pelo. Apuró su copa de vino. Fue a buscar otra a la barra. Cuando dejó de temblar, ya se había bebido media. Por suerte Mason solo la había llamado. Si se hubiera presentado en el tanatorio, si todo el pueblo los hubiera visto juntos, si los hubiera visto Ben, se habría muerto de vergüenza y de odio hacia sí misma.

—Charlotte... —Newton Palmer, abogado holgazán de los muchos que había en la sala, le dedicó un ensayado gesto de condolencia—. ¿Qué tal lo llevas?

Charlie acabó de beberse el vino para no soltar una sarta de maldiciones. Newton era uno de esos típicos hombres blancos y entrados en años que gobernaban la mayoría de las pequeñas poblaciones de Estados Unidos. Ben había comentado una vez que solo tenían que esperar a que se muriesen todos los viejos cabrones racistas y machistas como Newton Palmer. No se daba cuenta de que seguían reproduciéndose.

—Vi a tu padre la semana pasada, en el desayuno del club —dijo—. Tan varonil como siempre, aunque me dijo una cosa de lo más divertida.

—Así era mi padre. De lo más divertido. —Charlie fingió escuchar su estúpida anécdota mientras buscaba con la mirada a su hermana.

Sam también estaba atrapada, en su caso por la señora Duncan, su maestra de lengua de octavo curso. Asentía con la cabeza y sonreía, pero Charlie no creía que su hermana tuviera mucha paciencia para la charla banal. Su extraña presencia resaltaba aún más en medio de tanta gente, no por sus discapacidades, sino porque era evidente que no pertenecía a aquel ambiente; puede que ni siquiera a aquel tiempo. Las gafas negras. La soberbia inclinación de la cabeza. Y su forma de vestir, que no contribuía a que pasara desapercibida en Pikeville, ni siquiera en un funeral. Vestía completamente de negro, pero de un negro singular. De ese negro que solo podía permitirse el uno por ciento de la población. De pie junto a su anciana maestra, parecía un ser de otra galaxia.

—Es como ver a tu madre. —Lenore vestía un ceñido vestido negro y tacones más altos que los de Charlie. Sonrió a Newton—. Señor Palmer.

Newton palideció.

—Charlotte, si me disculpas.

Lenore no le hizo caso, ni Charlie tampoco. Apoyó el hombro contra Lenore mientras observaban a Sam. La señora Duncan seguía hablando por los codos.

—Harriet deseaba muchísimo conectar con la gente —comentó Lenore—, pero nunca consiguió resolver esa ecuación.

—Con papá sí conectó.

—Lo de tu padre fue una anomalía. Eran dos personas peculiares que funcionaban mejor cuando estaban juntas.

Charlie se recostó en su brazo.

—Creía que no ibas a venir.

—No he podido resistirme a fastidiar una última vez a estos cerdos odiosos. Oye... —Respiró hondo como si se preparase para hacer algo difícil—. Creo que voy a jubilarme y a irme a Florida. Para estar entre mi gente: viejas blancas y amargadas que viven de su pensión.

Charlie apretó los labios. No podía volver a llorar. No podía permitir que Lenore se sintiera culpable por hacer lo que quería.

—Ay, cariño. —Lenore le pasó el brazo por la cintura y acercó la boca a su oído—: Yo nunca voy a dejarte. Solo voy a estar en otro sitio. Y puedes venir a visitarme. Tendré preparada una habitación especial para ti, con fotos de caballos en las paredes, y gatitos y comadrejas.

Charlie se rio.

—Es hora de que me retire —añadió Lenore—. Llevo demasiado tiempo batiéndome el cobre.

—Papá te quería mucho.

—Por supuesto que me quería. Y yo te quiero a ti. —La besó a un lado de la cabeza—. Hablando de amor...

Ben avanzaba hacia ellas entre la gente. Levantó las manos al esquivar a un señor mayor que parecía querer contarle algo.

Saludó a un par de personas sin dejar de avanzar y consiguió desprenderse fácilmente de quienes querían retenerle. La gente siempre sonreía cuando veía a Ben. Charlie sintió que ella también sonreía.

—Hola. —Él se alisó la corbata—. ¿Es una reunión solo de chicas?

—Estaba a punto de ir a tocarle un poco las narices a tu jefe —respondió Lenore y, después de darle otro beso a Charlie, se acercó a Ken Coin.

El corrillo del fiscal del distrito se disolvió de repente, pero Lenore acorraló a Coin como un guepardo a una cría de jabalí verrugoso.

—Lenore va a irse a vivir a Florida —le dijo Charlie a Ben.

No pareció sorprendido.

—Aquí ya no le queda nada, ahora que ha muerto tu padre.

—Solo yo. —No concebía que Lenore pudiera marcharse. Le dolía demasiado—. ¿El traje de papá lo elegiste tú? —preguntó.

—Es todo idea de Rusty. Extiende la mano —dijo Ben.

Charlie extendió la mano.

Él rebuscó en el bolsillo de su americana. Sacó una bola roja. La puso sobre su palma.

—De nada.

Charlie miró la nariz roja de payaso y sonrió.

—Vamos fuera —dijo Ben.

—¿Por qué?

Él esperó, tan paciente como siempre.

Charlie dejó su copa de vino. Se guardó la nariz de payaso en el bolso mientras le seguía. Lo primero que advirtió fue la densa nube de humo de tabaco de la entrada. Después, advirtió que estaba rodeada de expresidiarios. Sus ropas baratas no conseguían ocultar los tatuajes de la prisión y los músculos fruto de las innumerables horas que habían pasado levantando pesas en el patio. Había decenas de hombres y mujeres. Medio centenar, quizá.

Eran ellos quienes de verdad lamentaban la muerte de Rusty. Y allí estaban, como chavales díscolos fumando detrás del gimnasio del instituto.

—Charlotte... —Un hombre la agarró de la mano—. Quiero que sepas lo mucho que significaba tu padre para mí. Me ayudó a sacar a mi chico.

Charlie sintió que sonreía mientras estrechaba la áspera mano de aquel hombre.

—A mí me ayudó a encontrar trabajo —dijo otro hombre. Tenía los dientes podridos, pero los finos surcos dejados por el peine en su pelo grasiento demostraban que se había esforzado en arreglarse.

—Era un tío legal. —Una mujer arrojó su cigarrillo al cenicero rebosante que había junto a la puerta—. Gracias a él el capullo de mi exmarido empezó a pagarme la manutención de los críos.

—¡Venga ya! —dijo otro, probablemente el capullo del exmarido.

Ben le guiñó un ojo a Charlie antes de volver a entrar. Un ayudante del fiscal del distrito no despertaba muchas simpatías en aquel ambiente.

Charlie siguió estrechando manos. Había mucho humo, pero intentó no toser. Escuchó diversas anécdotas acerca de cómo ayudaba Rusty a la gente cuando nadie más quería hacerlo. Tenía ganas de entrar e ir en busca de Sam, porque su hermana querría oír lo que decía aquella gente sobre su padre, aquel hombre irascible y complicado. O quizá no *querría* oírlo. Quizá *necesitaba* oírlo. Sam siempre había visto el mundo tan en blanco y negro, sin ningún matiz... Las zonas grises, esas en las que Rusty parecía hallarse como pez en el agua, siempre la desconcertaban.

Charlie se rio para sus adentros. Resultaba paradójico que, tras descargar en Sam su secreto más oscuro y profundo, sintiera que lo más importante que su hermana podía llevarse de vuelta a casa era la certeza de que su padre había sido un buen hombre.

—¿Charlotte?

Jimmy Jack Little no desentonaba entre los expresidiarios. Tenía más tatuajes que la mayoría. Entre ellos, un brazo completamente cubierto que databa de cuando cumplió condena por atracar un banco. Su sombrero de fieltro negro, en cambio, le situaba en otra época y otro lugar. Parecía perpetuamente enfadado, como si le amargara saber que no era uno de los buenos al que una mujer fatal corrompía en una novela negra de los años cuarenta.

—Gracias por venir. —Charlie le abrazó, cosa que no había hecho nunca y que posiblemente no volvería a hacer—. Papá se habría puesto muy contento de verte aquí.

—Sí, bueno. —Parecía abrumado por el contacto físico. Encendió un cigarrillo con parsimonia mientras restauraba su hombría—. Siento toda esta mierda. Creía que caería en acto de servicio, acribillado a balazos.

—Me alegro de que no —repuso Charlie, porque a su padre le habían apuñalado hacía apenas dos días. Que le mataran a balazos era una posibilidad demasiado plausible como para bromear sobre ella.

—Ese tal Adam Humphrey... —Jimmy Jack se quitó una hebra de tabaco del labio—. No estoy seguro de tenerle calado. Puede que se estuviera beneficiando a la chica, pero ya se sabe que los chavales de hoy en día pueden ser amigos sin darle al ñacañaca. —Se encogió de hombros como si aquello le resultara tan inexplicable como los coches autónomos o la televisión inteligente—. En cuanto a Frank Alexander, a ese lo conozco desde hace un par de años. Le denunciaron por conducir bebido y Rusty le ayudó a salir del apuro.

—¿Mi padre trabajó con la familia Alexander? —Charlie se dio cuenta de que había alzado la voz y añadió en un susurro—: ¿Qué pasó?

—Nada del otro mundo, en lo tocante a Rusty. No hubo nada raro. Lo que pasó fue que Frank estaba metiendo la pilila donde no debía, se achispó un poco con la chica en un motel de mala muerte y llegó a casa apestando a perfume de mujer. O intentó llegar a casa, porque la policía le puso una sanción leve por conducir bajo la influencia del alcohol.

Charlie sabía que ello quería decir que, aunque los resultados de la prueba de alcoholemia de Frank Alexander se hallaban por debajo del límite legal permitido, le habían denunciado porque el agente de tráfico en cuestión consideró que su capacidad para conducir se hallaba disminuida por los efectos del alcohol.

—¿Su amante era una alumna? —preguntó Charlie.

—No, una agente inmobiliaria mucho mayor que su mujer, lo cual no tiene mucho sentido, porque a ver, ¿para qué? La tía estaba forrada, eso sí, pero las tías no son como los coches, que se vuelven clásicos con el paso del tiempo. Y a uno le gusta que el género esté bien fresco, ¿me equivoco?

Charlie prefirió no entrar a debatir esa cuestión.

—¿Qué le pasó a Frank Alexander?

—Le condenaron a prestar servicios a la comunidad y tuvo que ir a clases de reeducación vial. El juez borró la denuncia de su expediente para que pudiera seguir ejerciendo como profesor. Pero, según mis fuentes, el verdadero problema lo tenía en casa. A la parienta no le sentó nada bien lo de su amiguita. Porque, joder, ¿a santo de qué liarse con una vieja?

—¿Se habló de divorcio? —preguntó Charlie.

Jimmy Jack se encogió de hombros.

—A lo mejor no pudieron ni planteárselo. Las multas de alcoholemia cuestan un riñón. Las facturas en abogados, el dinero para las clases de reeducación vial, la propia multa, los trámites... Ya sabes que todo ese rollo te puede salir por ocho o nueve de los grandes.

Charlie sabía que era mucho dinero para cualquiera, pero los Alexander eran los dos maestros y tenían una hija pequeña. Dudaba que tuvieran tanto dinero a mano.

—Nada une tanto como saber que te vas a pasar el resto de tu vida comiendo espaguetis viudos —comentó Jimmy Jack.

—O puede que se quieran y que decidieran intentar arreglarlo porque tenían una hija pequeña.

—Eso es muy bonito viniendo de ti, preciosa. —Se había fumado el cigarrillo hasta el filtro. Tiró la colilla a un macetero que había junto a la puerta—. Supongo que ya da igual. Rusty no va a pagarme desde la tumba para que me entere de qué va el rollo.

—La persona que se haga cargo del caso necesitará un detective.

Jimmy Jack dio un respingo, como si le hubiera ofendido.

—No sé si me apetece trabajar para un abogado que no sea tu padre. Como no sea para ti, claro. Pero, qué diablos, los abogados no pagan las facturas y en general son un asco.

Charlie no le llevó la contraria.

Él le guiñó un ojo.

—Vale, muñeca, vuelve ahí dentro a escuchar a esos soplagaitas. Esos cabrones no conocían a tu padre. No le llegaban ni a la suela del zapato, en mi humilde opinión.

Charlie sonrió.

—Gracias.

Jimmy Jack chasqueó la lengua y volvió a guiñarle un ojo. Charlie le vio alejarse entre la gente. Saludó a un par de personas con una palmada en la espalda o un entrechocar de puños mientras se dirigía a la puerta y, presumiblemente, a la barra libre. Se llevó la mano al sombrero al saludar a la mujer que había conseguido recuperar la pensión de sus hijos, y ella reaccionó apoyando la mano en la cadera. Charlie tuvo la impresión de que ninguno de los dos dormiría solo esa noche.

Se oyó el pitido de un coche.

Miraron todos hacia el aparcamiento.

Ben estaba sentado al volante de su camioneta. Sam iba a su lado.

La última vez que un chico la llamó haciendo sonar el claxon de su coche, Rusty le castigó por escaparse por la ventana de su habitación en plena noche.

Ben volvió a pitar. Le indicó por señas que se acercara.

Charlie se disculpó con los presentes, aunque estaba segura de que muchos de ellos habrían pasado en algún momento de sus vidas por la experiencia de correr hacia una camioneta puesta al ralentí en un aparcamiento.

Sam salió apoyándose en la puerta abierta. Charlie oyó el petardeo del tubo de escape de la camioneta desde diez metros de distancia. La Datsun de Ben tenía veinte años: fue lo único que pudieron permitirse después de pagar aquel viaje a Colorado que tuvieron que cancelar en el último momento. Tuvieron que vender el todoterreno de Ben para conseguir liquidez y una semana después de la transacción el comprador se negó a revendérselo. Rusty y Lenore les dijeron que se quedaran con el dinero que les habían prestado, pero Charlie no quiso aceptar su ofrecimiento. La clínica de Colorado les devolvió la transferencia a los pocos días. El problema no era ese, sino los otros gastos: la cancelación de los billetes de avión y la reserva del hotel, las comisiones de las tarjetas de crédito por el dinero que sacaron en efectivo y las facturas hospitalarias que generó el aborto: una avalancha de gastos de quirófano, de especialistas, de anestesia, de radiología, de atención médica, de medicamentos, de copago y gastos de seguro. En aquel momento estaban tan agobiados por las deudas que tuvieron suerte de poder comprar aquella porquería de camioneta.

Tuvieron que pasarse un fin de semana entero raspando la gigantesca pegatina de una bandera confederada que adornaba la luna trasera.

—Ben se ha ofrecido a ayudarme a escapar —dijo Sam—. No soportaba más estar entre esa gente.

—Yo tampoco —repuso Charlie, aunque casi prefería soportar la reunión de expresidiarios que tener que afrontar los torpes intentos de su hermana por reconciliarla con su marido.

Tuvo un momento de azoramiento por culpa de la palanca de cambios, que sobresalía del suelo del coche. Hizo intento de subirse el vestido para sentarse a horcajadas, pero Ben le había dejado muy claro la otra noche que no quería meter nada suyo entre sus piernas.

—¿Estás bien? —preguntó su marido.

—Sí, claro. —Acabó sentada de lado, con las rodillas juntas y las piernas torcidas, como Bonnie Blue Butler antes de la caída.*

Las bisagras oxidadas de la puerta chirriaron cuando Sam la cerró.

—Un poco de aceite lubricante eliminaría ese ruido.

---

* Hija de Escarlata O'Hara y Rhett Butler en la película *Lo que el viento se llevó*. (N. de la T.)

—Ya le puse WD-40.

—Eso es disolvente, no lubricante —repuso Sam, y añadió dirigiéndose a su hermana—. He pensado que podíamos pasar un rato juntas en la granja.

Charlie la miró extrañada. No entendía por qué quería su hermana pasar ni dos segundos en aquel lugar detestable. La noche anterior a su marcha a Stanford, hizo una broma no del todo insípida acerca de la manera más eficaz de hacerla arder hasta los cimientos.

Ben arrancó y cambió de sentido, rodeando un grupo de coches aparcados. BMW. Audi. Mercedes. Charlie confió en que los amigos de Rusty no robaran ninguno.

—Mierda —mascculló Ben.

Había dos coches de policía estacionados en la mediana, junto a la salida. Charlie reconoció a Jonah Vickery, Greg Brenner y a casi todos los demás agentes que habían acudido al colegio tras el tiroteo. Estaban esperando para escoltar al cortejo fúnebre, apoyados contra sus coches, fumando.

Ellos también la reconocieron.

Jonah hizo dos círculos con los dedos y se los acercó a los ojos. El resto de la banda le imitó y se rieron como hienas al poner ojos de mapache para burlarse de los moratones de Charlie.

—Cabrones. —Ben agarró la manivela y bajó la ventanilla.

—Cariño... —dijo Charlie, alarmada.

Él se asomó por la ventanilla con el puño levantado.

—¡Hijos de puta!

—¡Ben! —Trató de retirarle de la ventanilla. Su marido estaba casi gritando. ¿Qué mosca le había picado? Siempre había sido muy pacífico—. Ben, ¿qué...?

—¡Que os den! —Ben les sacó el dedo corazón con ambas manos—. ¡Gilipollas!

Los policías habían dejado de reírse. Miraron fijamente la camioneta mientras salían a la carretera.

—¿Estás loco? —preguntó Charlie. Se suponía que la desquiciada era ella—. Pueden darte una paliza.

—Pues que me la den.

—¿Es que quieres que te maten? Por Dios, Ben. Son peligrosos. Como tiburones. Con navajas automáticas.

—¿Con navajas automáticas? —preguntó Sam—. Eso no puede ser. Están prohibidas por la ley.

Charlie ahogó un gruñido de fastidio.

Ben bajó la ventanilla.

—Estoy harto de este puto sitio.

Metió tercera y luego cuarta, acelerando al enfilar la carretera.

Charlie miró la carretera vacía que se extendía ante ellos.

Era la primera vez que Ben declaraba estar harto de Pikeville.

—Bueno. —Sam carraspeó—. A mí me encanta vivir en Nueva York. La cultura. El arte. Los restaurantes.

—Yo no podría vivir en el norte —dijo Ben como si sopesase la idea—. En Atlanta puede que sí.

—Seguro que en el turno de oficio te darían trabajo encantados —repuso Sam.

Charlie la miró con enfado y preguntó gesticulando sin emitir sonido «¿Qué cojones estás diciendo?».

Sam se encogió de hombros inexpresivamente.

Ben se aflojó la corbata. Se desabrochó el cuello de la camisa.

—Ya he trabajado bastante por el bien común. Quiero unirme al lado oscuro.

Charlie casi notó físicamente cómo le daba vueltas la cabeza.

—¿Qué? —preguntó.

—Llevo un tiempo pensándolo —continuó él—. Estoy cansado de ser un pobre funcionario. Quiero ganar dinero. Quiero comprarme un barco.

Charlie apretó los labios como había hecho cuando Lenore le dijo que se iba a vivir a Florida. Ben tenía en general muy buen carácter, pero Charlie sabía que, una vez tomaba una decisión, era difícil hacerle cambiar de idea. Estaba claro que ya había decidido cambiar de trabajo. Tal vez tuviera intención de irse. Notaba algo raro en él. Parecía relajado, casi eufórico, como si se hubiera quitado un gran peso de encima.

Charlie supuso que ese peso era ella.

—Hay varios bufetes de Atlanta con los que colaboramos en casos de demandas penales —comentó Sam—. Podría escribirte algunas cartas de recomendación.

Charlie volvió a mirarla con enfado.

—Gracias. Te diré algo después de sondear un poco el terreno. —Ben se desató la corbata. Sonó como un latigazo cuando la sacó bruscamente del cuello de la camisa. La tiró al asiento de atrás—. La cinta del hospital contiene la confesión de Kelly.

—¡Por Dios, Ben, no puedes decirnos eso! —exclamó Charlie con una voz tan aguda que podría haber roto un cristal.

—Tú todavía estás casada conmigo, así que está el derecho de confidencialidad entre cónyuges, y ella... —Se rio—. Dios mío, Sam, hiciste que Coin se cagara de miedo. Cuando empezaste a debatir con el juez, prácticamente vi cómo se lo hacía encima.

Charlie le agarró del brazo.

—¿Se puede saber qué te pasa? Podrían despedirte por...

—Dimití anoche.

Charlie bajó la mano. Sam preguntó a Ben:

—¿El vídeo...?

—Mierda —musitó Charlie.

—¿Qué opinas? —preguntó su hermana—. ¿Es culpable?

—Sin duda, es culpable. Y las pruebas de laboratorio lo confirman. Dio positivo en las pruebas de pólvora. Tenía residuos en la mano, en la manga y alrededor del cuello de la camiseta y en el pecho derecho, o sea, exactamente donde cabía esperar que los hubiera. —Ben se mordisqueó la punta de la lengua. Al menos seguía sabiendo, en parte, que estaba faltando a su ética profesional—. No me gusta cómo consiguieron la confesión. No me gusta cómo hacen muchas cosas.

—A Kelly se la puede convencer de cualquier cosa —comentó Sam.

Él asintió.

—No le leyeron sus derechos. Y, aunque se los leyeran, cualquiera sabe si entiende lo que significa tener derecho a permanecer callada.

—Creo que está embarazada.

Charlie giró la cabeza bruscamente.

—¿Por qué dices eso?

Sam meneó la cabeza. Estaba hablando con Ben.

—¿Sabes qué fue de la pistola?

—No. ¿Tú sí? —preguntó Ben.

—Sí —contestó Sam—. ¿Dijo Kelly si conocía a las víctimas?

—Sabía que Lucy Alexander era la hija de Frank Alexander, pero se enteró después de los hechos.

—Respecto a los Alexander —terció Charlie—, Jimmy Jack me ha dicho que a Frank su mujer le pilló poniéndole los cuernos hace un par de años. Le pararon en la carretera para hacerle un control de alcoholemia y se descubrió el pastel.

—Ah —dijo Sam—. Así que no sería la primera vez. ¿Era una alumna?

—No, una agente inmobiliaria. Rica, pero mayor que él, lo que por lo visto es un escándalo. Papá le defendió en la vista por conducir ebrio —añadió—. Jimmy Jack dice que fue pura rutina.

—Sí —afirmó Ben—. Coin ya lo ha comprobado. Se está centrando en el hecho de que Frank era el profesor de álgebra de Kelly y pensaba suspenderla. Ya oísteis ayer su teoría. Coin cree que una chica que tiene el coeficiente intelectual de un nabo estaría tan angustiada y avergonzada por suspender álgebra que agarró una pistola, se presentó en el colegio y mató a dos personas. En su antiguo colegio, no en el actual, por cierto.

—Ese detalle es muy interesante —comentó Sam—. ¿Qué hacía Kelly en el colegio de enseñanza media?

—Judith Pinkman le estaba dando clases particulares para no sé qué examen que tenía que pasar.

—Ah —repitió Sam, como si las piezas empezaran a encajar por fin.

—Pero Judith afirma que esta semana no había quedado con ella —añadió Ben—. Ni siquiera sabía que Kelly estaba en el pasillo hasta que oyó los disparos.

—¿Qué más os dijo Judith? —preguntó Sam.

—No mucho. Estaba muy afectada, como es lógico teniendo en cuenta que vio muerto a su marido, y luego vio morir a Lucy y seguramente encontrarse allí a Charlie le... —Miró a Charlie y luego volvió a fijar la vista en la carretera—. Estaba fuera de sí. Tuvieron que sedarla para meterla en la ambulancia. Supongo que fue entonces cuando cobró conciencia de lo que había pasado, cuando salió del edificio. Se puso histérica, en el verdadero sentido de la palabra. Estaba completamente rota de dolor.

—¿Dónde estaba Judith cuando empezó el tiroteo?

—En su aula —contestó Ben—. Oyó el primer disparo. Se suponía que tenía que cerrar la puerta con llave y esconderse en el rincón del fondo de la clase, pero salió corriendo al pasillo porque sabía que estaba a punto de sonar el timbre y quería avisar a los chavales de que no entraran. Eso, si conseguía salir sin que le pegaran un tiro. Dice que no pensó en ponerse a salvo. —Miró de nuevo a Charlie—. Igual que tú.

—Los barcos son muy caros de mantener —comentó Sam.

—No es un yate lo que busco.

—Pero está el seguro, los gastos de amarre, los impuestos...

Charlie no podía soportar oír a su hermana, a la que hacía años que no veía, hablar de barcos con su marido, que la había abandonado. Miró inexpresivamente la carretera, intentando comprender lo que acababa de ocurrir. Ben había dimitido... Pero en eso no podía pensar en esos momentos: no se sentía con fuerzas. Prefirió concentrarse en su conversación con Sam. Ben se había ido de la lengua como un soplón de tres al cuarto. Sam se había mostrado más circunspecta. Kelly, embarazada. El revólver, desaparecido. Ella estaba presente en el colegio cuando tuvo lugar el tiroteo, presenció parte de lo ocurrido, y sin embargo sabía menos sobre el asunto que su hermana y su marido.

Ben se inclinó para mirar a Sam.

—Deberías hacerte cargo del caso —le dijo.

Ella se rio.

—No puedo permitirme cobrar tan poco.

Ben aminoró la marcha. Había un tractor delante de ellos, en la carretera. Ocupaba los dos carriles. Llevaba bajado el cilindro de la cosechadora. Ben pitó dos veces y el conductor se apartó lo justo para permitir que le adelantaran por la mediana.

Ben y Sam siguieron charlando sobre barcos. Charlie se descubrió repasando las preguntas de Sam, tratando de deducir sus intenciones. Sam siempre había sido más rápida que ella resolviendo rompecabezas. En eso y en casi todo, a decir verdad. Desde luego, era mejor que ella en la sala del tribunal. Charlie se había quedado pasmada el día anterior, y su primera descripción seguía pareciéndole la más acertada: su hermana parecía el vampiro victoriano por antonomasia, desde sus elegantes ropas a su actitud altiva, pasando por el modo en que había desencajado la mandíbula para tragarse a Ken Coin como si fuera una rata bien gorda.

—¿Cuántos disparos se efectuaron? —preguntó de pronto Sam.

Charlie esperó a que Ben contestara, y entonces se dio cuenta de que se lo estaba preguntando a ella.

—¿Cuatro? ¿Cinco? ¿Seis? No lo sé. Soy una testigo pésima.

—En la grabación se ven cinco —dijo Ben—. Uno en...

—La pared, tres que impactaron en Pinkman y uno en Lucy. —Sam se inclinó hacia delante para mirarle—. ¿Y cerca del aula de la señora Pinkman? ¿Había alguno cerca de su puerta?

—No tengo ni idea —reconoció él—. Solo llevamos dos días de investigación. Todavía están haciendo las pruebas de laboratorio. Pero hay otro testigo que afirma que contó seis disparos en total. Y ha estado en la guerra. Es bastante fiable.

Mason Huckabee.

Charlie se miró las manos.

—¿Qué hay del sonido?

—Hay una llamada de móvil, muy temblorosa, hecha desde la secretaría del colegio con posterioridad al tiroteo. Pero el sonido que te interesa procede del micro abierto de uno de los policías del pasillo. De ahí sacó Coin eso del bebé. No se oye ningún disparo —agregó Ben—. Aún no tenemos el informe del forense. Por lo menos, yo no lo tengo. Puede que haya una bala más dentro de los cadáveres.

—Creo que quiero ver otra vez ese vídeo —dijo Sam.

—No tengo acceso a él. No me anduve con pelos en la lengua al dimitir —repuso Ben—. Sospecho que no van a darme una carta de recomendación.

Charlie sintió el deseo de meterse bajo las mantas de su cama y echarse a dormir. Tenían que pagar una hipoteca. Y un coche. Y las primas del seguro sanitario. Y el seguro del coche. Y los impuestos. Y las facturas de hacía tres años.

—No te preocupes, te la daré yo. —Sam hundió la mano en su bolso, un bolso de piel que probablemente costaba más que todas sus deudas juntas. Sacó la memoria USB de Ben—. ¿Papá tiene ordenador en casa?

—Tiene un televisor estupendo —contestó Ben.

Le habían comprado a Rusty el mismo modelo que ellos tenían en casa. De eso hacía cuatro años, antes de lo de Colorado. Antes de lo del barco.

Ben detuvo la camioneta. Habían llegado a La Choza, pero no tomó el desvío de entrada. La sangre había teñido de negro la arcilla roja del camino. Allí era donde había caído su padre la noche en que salió a recoger el correo.

—Creen que fue el tío quien apuñaló a Rusty —dijo Ben.

—¿Faber? —preguntó Sam.

—Fahey, Rick Fahey. —Charlie se acordaba del tío de Lucy Alexander, de la rueda de prensa—. ¿Por qué creen que fue él?

Ben negó con la cabeza.

—De eso no tengo ni idea. Oí algunos comentarios en la oficina, y luego Kaylee se quejó de que la habían llamado de madrugada la noche que apuñalaron a Rusty.

—Así que necesitaban a alguien que hablara con un posible sospechoso —dijo Charlie, fingiendo que no había sentido una puñalada en el estómago al oír mencionar a su marido el nombre de la mujer con la que estaba convencida de que se acostaba—. Creo que papá vio a quien lo hizo.

—Yo también —repuso Sam—. Me soltó un rollo acerca de la virtud del perdón.

—¿Te imaginas? —dijo Charlie—. Si hubiera vivido, seguro que se habría ofrecido a defender a Fahey.

Nadie se rio, porque todos sabían que entraba dentro de lo posible.

Ben metió primera, enfiló el desvío y avanzó despacio para evitar los surcos del camino de entrada.

La casa apareció ante su vista: la pintura estaba desconchada, la madera podrida y las contraventanas torcidas, pero por lo demás nada había cambiado desde la noche en que los Culpepper llamaron a la puerta de la cocina, veintiocho años antes.

Charlie sintió que Sam se removía en su asiento. Se estaba armando de valor, haciendo acopio de fuerzas. Quiso decir algo para tranquilizarla, pero solo pudo agarrarla de la mano.

—¿Por qué aquí no hay rejas ni valla? —preguntó Sam—. La oficina es un fortín.

—Papá decía que nunca cae dos veces un rayo en el mismo sitio.

Charlie sintió que se le formaba de nuevo un nudo en la garganta. Sabía que las medidas de seguridad de la oficina eran para protegerla a ella, no a Rusty. Las pocas veces que había visitado la granja durante esos años, se había quedado en el coche y había pitado para que saliera su padre porque no quería entrar en la casa. Tal vez si hubiera ido más a menudo, Rusty habría reforzado la seguridad.

—Me parece increíble haber estado aquí el fin de semana pasado, hablando con él en el porche —comentó Ben.

Charlie sintió el impulso de recostarse en él, de apoyar la cabeza en su hombro.

—Atención —dijo Ben.

Las ruedas atravesaron un bache y luego un surco profundo. Después, el camino se allanó. Ben se dirigió a la zona de aparcamiento que había junto al granero.

—Aparca delante de la puerta delantera —le dijo Charlie. No quería entrar por la cocina.

—*Cabronazo* —dijo Sam, leyendo la pintada—. Se ve que el sospechoso le conocía.

Charlie se rio. Sam, no.

—Nunca pensé que volvería aquí —dijo.

—No tienes por qué hacerlo —repuso Charlie—. Puedo entrar yo y buscar la foto.

Sam tenía una expresión decidida.

—Quiero que la busquemos juntas.

Ben dio la vuelta para aparcar frente a la puerta delantera. El césped estaba invadido de hierbajos. Se suponía que el hijo de unos vecinos tenía que cortarlo, pero Charlie hundió el pie hasta el tobillo en dientes de león al salir de la camioneta.

Sam volvió a darle la mano. No se tocaban tanto desde que eran niñas.

Con excepción de aquel día aciago.

—Recuerdo que estaba muy triste por haber perdido la casa de ladrillo rojo —comentó Sam—, pero también recuerdo que aquel fue un buen día. —Se volvió hacia Charlie—. ¿Tú te acuerdas de eso?

Charlie asintió en silencio. Gamma había estado muy irritable durante los días anteriores, pero las cosas parecían haber empezado a mejorar en ese aspecto.

—Este podría haber sido nuestro hogar.

—Es lo que quieren todos los niños, ¿no? —dijo Ben—. Tener un sitio seguro donde vivir. —Pareció caer en la cuenta de lo que había dicho—. Quiero decir que era seguro antes de...

—No pasa nada —le dijo Charlie.

Ben dejó su americana en la camioneta y sacó su ordenador portátil de detrás del asiento.

—Voy dentro, a conectarlo en la tele.

Sam le puso en la mano la memoria USB.

—No te olvides de devolvérmelo para que lo mande destruir —le dijo.

Ben le hizo un saludo militar.

Charlie le vio subir enérgicamente los peldaños de entrada. Su marido palpó el montante de la puerta en busca de la llave y entró.

Incluso desde allí fuera, Charlie sintió el olor de los Camel sin boquilla de Rusty.

Sam miró la casa.

—Sigue siendo una choza —comentó.

—Imagino que tendremos que venderla.

—¿Papá la compró?

—El granjero solterón era un poquitín *voyeur*. Y fetichista, obsesionado con los pies. Además, era aficionado a robar lencería. —Charlie se rio al ver la cara de su hermana—. Le debía un montón de dinero a papá en concepto de honorarios de representación cuando murió. Así que la familia le cedió la propiedad de la casa a Rusty.

—¿Por qué no la vendió papá hace años y reconstruyó la otra casa? —quiso saber Sam.

Charlie conocía el motivo. La recuperación de Sam había sido muy costosa. Los gastos de médicos, hospitales, terapeutas, la rehabilitación... Sabía por experiencia lo abrumadora que podía ser una enfermedad repentina. No te quedaba tiempo, ni energías, para pensar en reconstruir nada.

—Creo que por inercia, sobre todo —contestó—. Ya sabes que a Rusty no le gustaban los cambios.

—Puedes quedarte con la casa. Quiero decir que... No es que me lo hayas preguntado, pero no necesito el dinero. Solo quiero la foto de mamá. O una copia. Haré una para ti, claro. O para mí. Puedes quedarte con el original si...

—Ya arreglaremos eso. —Charlie intentó sonreír. Sam nunca perdía la compostura, pero en esos momentos su nerviosismo era palpable—. Puedo entrar yo, ¿sabes?

—Vamos. —Sam indicó la casa con una inclinación de cabeza.

Charlie la ayudó a subir los peldaños, aunque su hermana no se lo pidió. Ben había dejado la puerta abierta. Le oyó abrir las ventanas para que entrara aire fresco.

Harían mejor en sellarlas, como el reactor de Chernóbil.

El grueso de su herencia familiar ocupaba el cuarto de estar. Periódicos viejos. Revistas. Números de la *Georgia Law Review* que se remontaban a los años noventa. Archivadores llenos de sumarios antiguos. Una pierna ortopédica que Rusty había recibido como pago de un borracho al que todos conocían por Skip.

—Las cajas —dijo Sam.

Algunas de las cosas que Gamma encontró en chamarilerías y tiendas de segunda mano nunca se habían desempaquetado. Retiró la cinta de embalar reseca de una caja de cartón en la que ponía *TODO A UN DÓLAR* y sacó la camiseta morada que apareció al abrirla.

Ben se asomó por detrás del televisor.

—Hay otra caja en el despacho —dijo—. Podríais ganar una fortuna si vendéis esos trastos en eBay. —Miró a Charlie—. No hay nada de *Star Trek*. Solo de *Star Wars*.

Charlie no pudo creer que se las hubiera arreglado para defraudar a su marido hasta cuando tenía trece años.

—Fue Gamma quien lo eligió todo, no yo.

Él volvió a quedar oculto detrás del televisor. Intentaba volver a conectar todos los componentes que había desenchufado Rusty alegando que le daría un ataque si veía todas aquellas lucecitas parpadeantes.

—Bueno —dijo Sam—, creo que estoy lista.

Charlie no supo si estaba lista hasta que vio a su hermana mirando el largo pasillo que recorría la casa. La puerta trasera, con su ventana opaca, se veía al fondo. La cocina quedaba en el otro extremo. Allí era donde estaba situado Daniel Culpepper cuando vio salir a Gamma del cuarto de baño.

Todavía se acordaba de cómo recorrió el pasillo en busca del cuarto de baño y de cómo gritó «¡Jopé!» para que la oyera su madre.

Había cinco puertas, todas ellas dispuestas de manera ilógica. Una conducía al tétrico sótano. Detrás de otra estaba el chifonier. Otra daba a la despensa. Otra, al cuarto de baño. Y una de las puertas del medio conducía inexplicablemente al minúsculo dormitorio de la planta baja en el que falleció el granjero.

Rusty había convertido aquella habitación en su despacho.

Sam entró primero. Vista por detrás, parecía impertérrita. Tenía la espalda derecha, la cabeza muy alta. Incluso la leve vacilación de su paso había desaparecido. Solo el hecho de que tocara con los dedos la pared como si quisiera asegurarse de que tenía un punto de apoyo delataba su nerviosismo.

—La puerta de atrás. —Señaló la puerta. El cristal esmerilado estaba rajado. Rusty había intentado repararlo con cinta amarilla—. No sabes cuántas veces he soñado durante estos años con que huía por esa puerta en vez de entrar en la cocina.

Charlie no dijo nada, aunque ella también soñaba cosas parecidas.

—Muy bien. —Sam agarró el pomo de la puerta del despacho de su padre. Abrió la boca y respiró profundamente, como un nadador a punto de meter la cabeza bajo el agua.

La puerta se abrió.

Más de lo mismo, solo que envuelto en el persistente olor de la nicotina rancia. Los papeles, las cajas, las paredes, hasta el aire parecía teñido de amarillo. Charlie trató de abrir una ventana, pero estaba sellada por la propia pintura del marco. Se dio cuenta de que se había hecho daño en la muñeca al golpear el féretro de su padre. Ese día no estaba teniendo suerte con los objetos inanimados.

—No la veo —dijo Sam, nerviosa. Estaba junto a la mesa de Rusty. Apartó unos papeles y amontonó otros—. No está aquí.

Miró las paredes, pero estaban adornadas con dibujos de Charlie, de cuando iba al colegio. Solo a Rusty se le ocurría pegar en la pared el dibujo de la anatomía de un escarabajo pelotero hecho por una niña de octavo curso.

—Está esta —dijo Charlie al ver el endeble marco de metal negro que había contenido *la* fotografía durante casi cincuenta años—. Joder, papá.

Rusty había permitido que el sol decolorara la cara de su madre. Solo los agujeros oscuros de sus ojos y su boca se destacaban bajo la negra mata de pelo.

—Está inservible. —Sam parecía afligida.

Charlie sintió una dolorosa punzada de culpabilidad.

—Debería habérsela quitado hace mucho tiempo para conservarla como es debido. Lo siento mucho, Sam.

Su hermana meneó la cabeza. Volvió a dejar el marco sobre un archivador.

—No es la foto a la que se refería. Recuerda que me dijo que había otra que no nos había enseñado nunca.

Empezó a remover papeles otra vez y a mirar detrás de los archivadores y las carpetas. Parecía angustiada. La fotografía le importaba, obviamente, pero aquella era, además, una de las últimas cosas que le había dicho su padre.

Charlie se quitó los zapatos para no engancharse los tacones con algo y partirse el cuello. Iba a pasar el año siguiente ordenando toda aquella morralla. Más valía que empezara cuanto antes.

Retiró unas cajas de una temblorosa mesa plegable. Una fila de fichas de damas rojas cayó al suelo y rebotó en un trozo de tarima que estaba despejado. Sonaron como canicas dispersándose por el suelo.

—¿Crees que estará en las cajoneras donde guardaba sus archivos? —le preguntó a Sam.

Sam pareció recelosa. Había cinco cajoneras de madera, todas ellas protegidas con gruesas cerraduras.

—¿Encontraremos las llaves en medio de este desorden?

—Seguramente las tenía encima cuando le llevaron al hospital.

—Lo que significa que estarán en poder de la policía.

—Y no conocemos a nadie en la oficina del fiscal que pueda echarnos un cable porque por lo visto mi marido los ha mandado a la mierda. —Pensó en Kaylee Collins y añadió para sus adentros: «Puede que no a todos»—. ¿Papá estaba seguro que nunca hemos visto esa fotografía? —le preguntó a Sam.

—Ya te lo he dicho. Dijo que se la había guardado para sí. Que captaba el momento en que Gamma y él se enamoraron.

Aquel comentario de su padre emocionó a Charlie. Rusty se expresaba siempre con un lenguaje tan barroco que a veces perdía de vista el significado de sus palabras.

—La quería mucho —le dijo a Sam.

—Sí —repuso su hermana—. Y yo me olvidé de que él también la había perdido.

Charlie miró por la ventana. Había derramado ya lágrimas suficientes para toda una vida.

—No puedo irme sin encontrarla —comentó Sam.

—Puede que se lo inventara —dijo Charlie—. Ya sabes cómo le gustaba adornar una historia.

—No nos mentiría sobre eso.

Charlie no dijo nada. No las tenías todas consigo.

—¿Habéis mirado en su caja fuerte? —preguntó Ben.

Estaba en el pasillo, con un montón de cables de colores colgados del hombro.

Charlie se frotó los ojos.

—¿Desde cuándo tenía mi padre una caja fuerte?

—Desde que descubrió que Sam y tú leíais todo lo que traía a casa. —Apartó un montón de archivadores con el pie, dejando a la vista una caja fuerte que le llegaba hasta la mitad del muslo—. ¿Sabes la combinación?

—Ni siquiera sabía que existía —le recordó Charlie—. ¿Cómo voy a saber la combinación?

Sam se arrodilló y observó la rueda.

—Tiene que ser una cifra que fuera importante para él.

—¿Cuánto cuesta un cartón de Camel?

—Tengo una idea. —Sam giró la rueda un par de veces. Se detuvo en el número dos, luego volvió al ocho y finalmente marcó el setenta y seis.

La fecha de nacimiento de Charlie.

Probó a accionar el tirador.

La caja no se abrió.

—Prueba con tu fecha de nacimiento —dijo Charlie.

Sam volvió a girar la rueda, deteniéndose en los números adecuados. Tiró de la manilla.

—Nada.

—La fecha de nacimiento de Gamma —sugirió Ben.

Sam introdujo los números. No hubo suerte. Sacudió la cabeza, como si hubiera pasado por alto lo más obvio.

—Su cumpleaños.

Giró de nuevo el dial para introducir la fecha de nacimiento de Rusty.

Probó a tirar de la manilla.

Nada.

Miró a Ben.

—Tu fecha de nacimiento.

—Prueba con 16-3-89 —dijo Charlie.

El día en que los Culpepper se presentaron en la puerta de la cocina.

Sam exhaló lentamente. Se volvió hacia la caja. Giró la rueda a derecha e izquierda, y luego otra vez a la derecha. Apoyó los dedos en el tirador. Miró a Charlie. Probó a tirar de la manilla.

La caja fuerte se abrió.

Charlie se arrodilló a su lado. La caja estaba llena a rebosar, como todo en la vida de su padre. Al principio, solo notó el olor a moho de los papeles viejos. Luego reparó en otra cosa. Olía casi a perfume de mujer.

—Creo que es el jabón de mamá —susurró Sam.

—«Fragancia de pétalo de rosa» —recordó Charlie. Gamma lo compraba en la droguería. Su única concesión a la vanidad.

—Creo que viene de aquí. —Sam tuvo que usar ambas manos para extraer un fajo de sobres encajados en la parte de arriba.

Estaban atados con una cinta roja.

Olisqueó las cartas. Cerró los ojos como un gato ronroneando al sol. Puso una sonrisa beatífica.

—Es ella.

Charlie también olió los sobres. Asintió en silencio. Era un olor tenue, pero inconfundible.

—Mira. —Sam indicó las señas de los sobres. Eran las de Rusty en la Universidad de Georgia—. Es la letra de mamá. —Pasó los dedos por la perfecta caligrafía de su madre—. El remite es de Batavia, Illinois, donde está el Fermilab. Deben de ser cartas de amor.

—Ah —dijo Ben—. Sí, quizá no debáis leerlas.

—¿Por qué no?

—Porque estaban muy muy enamorados.

Sam sonrió de oreja a oreja.

—Pero eso es fantástico.

—¿Sí? —La voz de Ben subió hasta un registro que seguramente no empleaba desde la pubertad—. ¿De verdad queréis leer un fajo de cartas perfumadas que vuestro padre guardaba atadas con una cinta roja y que datan de cuando vuestra madre y él se acababan de conocer y seguramente estaban...? —Introdujo el dedo índice en el puño de la otra mano—. Pensadlo bien. Vuestro padre podía ser muy fogoso.

Charlie sintió que se le revolvía el estómago.

—Será mejor que pospongamos esa decisión de momento —dijo Sam. Colocó las cartas encima de la caja fuerte. Volvió a meter la mano dentro y sacó una postal.

Le enseñó a Charlie la fotografía aérea del Centro Espacial Johnson.

Gamma había trabajado en la NASA antes de pasar al Fermilab.

Sam dio la vuelta a la postal. La pulcra letra de su madre resultaba inconfundible.

Charlie leyó en voz alta el mensaje dirigido a Rusty:

—*Si eres capaz de desmontar una cosa, también puedes montarla*. Es una cita del doctor Seuss.

Sam le lanzó una mirada elocuente, como si su madre le estuviera dando un consejo matrimonial desde la tumba.

—Evidentemente, trataba de ponerse al nivel de papá para comunicarse con él —dijo Charlie.

—Evidentemente.

Sam sonreía como en las mañanas de Navidad. Siempre abría sus regalos con exasperante parsimonia, haciendo comentarios sobre el papel de regalo, la cantidad de celofán que habían empleado y el tamaño y la forma de la caja, mientras que ella, Charlie, rasgaba el papel y rompía las cajas como un chihuahua atiborrado de metanfetamina.

—Tenemos que revisarlo todo con mucho cuidado —dijo Sam sentándose en el suelo—. Espero que encontremos la foto hoy, pero, si no, ¿te importa que me lleve todo esto a Nueva York?

Puedo llevármelo de todos modos, si no te importa. Algunas cosas son muy valiosas. Puedo catalogarlo todo y...

—No, claro, puedes llevártelo —contestó Charlie, porque sabía que Gamma y su hermana siempre habían hablado un mismo e impenetrable idioma.

Y que ella jamás se pondría a catalogar todo aquello.

—Te lo devolveré —prometió Sam—. Podemos vernos en Atlanta, o puedo venir aquí.

Charlie asintió. Le apetecía volver a ver a su hermana.

—No puedo creer que papá guardara todas estas cosas. —Sam sostenía en la mano uno de sus premios de atletismo—. Debía de tenerlo en el bufete. Si no, se habría quemado en el incendio. Y... ¡Ay, Dios mío! —Había encontrado un montón de viejos trabajos escolares—. Tu trabajo sobre el trascendentalismo. Charlie, ¿te acuerdas de que Gamma se pasó dos horas discutiendo con tu maestro? Estaba furiosa porque había dejado de lado a Louisa May Alcott. Ah, y mira, mi boletín de notas. Papá tenía que firmarlo.

Ben silbó para llamar la atención de Charlie. Sostenía una hoja de papel en blanco.

—Tu padre guardaba mi dibujo de un conejo en una ventisca.

Charlie sonrió.

—Ah, no, espera. —Él cogió un bolígrafo de la mesa y dibujó un punto negro en el centro del papel—. Es el ano de un oso polar.

Ella se rio, y luego le dieron ganas de llorar porque echaba mucho de menos el humor de su marido.

—¡Charlie! —exclamó Sam entusiasmada—. Creo que nos ha tocado la lotería. ¿Te acuerdas de los cuadernos de mamá?

Volvió a hurgar en la caja fuerte y sacó un cuaderno grande encuadernado en piel. Abrió la tapa.

En lugar de las páginas de un diario llenas de ecuaciones, vieron cheques en blanco.

Charlie volvió a mirar por encima del hombro de su hermana. Un librillo encuadernado en espiral. Tres filas de cheques por página, y los resguardos de cheques ya arrancados. La cuenta era del

Bank of America, pero Charlie no reconoció el nombre de la empresa: Pikeville Holding Fund.

Sam hojeó los resguardos, pero los huecos reservados para la información habitual (fecha, cantidad y nombre del beneficiario) estaban en blanco.

—¿Por qué tenía papá una chequera a nombre de esta empresa? —preguntó.

—Su cuenta de garantía bloqueada está a nombre del señor Rusty Quinn —contestó Charlie.

La mayoría de los abogados tenían cuentas corporativas para el depósito de indemnizaciones y otros ingresos derivados de sus pleitos. El abogado se quedaba con su parte y entregaba el resto al cliente.

—Pero esto no tiene sentido —añadió—. Lenore es quien se ocupa de la contabilidad. Se hace cargo de todo desde que una vez a él se le olvidó pagar la factura de la electricidad y nos cortaron la luz.

Ben echó un vistazo a un fajo de cartas sin abrir que había sobre la mesa. Encontró un sobre y lo levantó.

—Bank of America.

—Ábrela —dijo Charlie.

Ben sacó el extracto de una sola hoja.

—Caray. Más de trescientos mil dólares.

—Papá nunca ha tenido un cliente que le pagara esa pasta.

—Solo hay un reintegro el mes pasado —continuó Ben—. El cheque número cero, tres, cuatro, cero por un importe de dos mil dólares.

—Normalmente, el primer cheque de una cuenta empieza con tres ceros y un uno. ¿Qué día se extendió el último cheque? —preguntó.

—No lo pone, pero se hizo efectivo hace un mes.

—El segundo viernes de cada mes.

—¿Qué? —Charlie miró la chequera—. ¿Has encontrado algo?

Sam meneó la cabeza. Cerró la tapa de piel.

—No es que quiera convertir esto en un episodio de *Scooby Doo*, pero ¿por qué no probamos el truco del lápiz? Pasar la mina por los cheques en blanco que estuvieran debajo de los ya expedidos. Rusty apretaba mucho cuando escribía a boli.

—Es una idea brillante, cielo. —Charlie se puso a buscar un lápiz por encima de la mesa.

—Tendremos que pedir copias oficiales —dijo Sam—. Frotando con el lápiz no averiguaremos nada.

—Sí, sabremos a quién le expedía esos cheques.

Sam apretó el cuaderno contra su pecho.

—Yo tengo varias cuentas en el Bank of America. Puedo llamarlos mañana y pedirles copia de los cheques. Habrá que pedir el certificado de defunción de papá. Charlie, ¿estás segura de que no ha dejado testamento? Deberíamos asegurarnos. Mucha gente mayor hace testamento y no se lo dice a sus hijos.

De pronto, Charlie se quedó paralizada. Sintió que empezaba a sudarle la nuca. Un coche se dirigía hacia la casa. El ruido de siempre, cuando la rueda delantera pisaba el bache. El crujido de los neumáticos al aplastar la arcilla compacta.

—Seguramente será Stanislav, mi chófer —dijo Sam—. Le dije que viniera a buscarme aquí. —Miró el reloj de la mesa de Rusty—. Llega pronto. Debería buscar una caja para meter todo esto.

—Ben... —dijo Charlie.

—Iré yo. —Ben se alejó por el pasillo.

Charlie se quedó en el pasillo, pero le siguió con la vista hasta la cocina. Él miró por la ventana. Agarró el pomo de la puerta. A Charlie le dio un extraño vuelco el corazón. No quería ver a Ben en aquella cocina. No quería que abriera la puerta.

Ben abrió la puerta.

Mason Huckabee estaba en el porche lateral. Miró a Ben, sorprendido. Vestía traje negro con corbata azul y gorra de camuflaje.

Ben no le dirigió la palabra. Dio media vuelta y se alejó por el pasillo.

Charlie se sintió enferma. Corrió al encuentro de Ben. Le cortó el paso apoyando las manos a ambos lados de la pared.

—Lo siento.

Él intentó esquivarla, pero Charlie se mantuvo firme.

—Ben, yo no le he pedido que viniera. No quiero que esté aquí.

Su marido no iba a apartarla por la fuerza. La miró fijamente mientras se mordisqueaba la punta de la lengua.

—Me libraré de él. Estoy deseando librarme de él —dijo ella.

—Ben, ¿puedes ayudarme a guardar estas cosas? —dijo Sam desde el despacho.

Charlie sabía que su marido era demasiado educado para decirle que no.

Le dejó pasar de mala gana. Se precipitó hacia la cocina, casi al galope.

Mason la saludó con la mano. Desde donde estaba veía claramente el fondo de la casa. Tuvo el buen sentido de no sonreír cuando ella se acercó.

—Lo siento —dijo.

—Y más que vas a sentirlo —siseó Charlie con voz áspera—. Lo de esa orden de alejamiento no era un farol. Tardaría dos minutos en destrozarte la puta vida.

—Lo sé —contestó él—. Mira, lo siento. Lo siento de veras. Solo quería hablar contigo y con tu hermana.

Charlie prefirió ignorar su tono de desesperación.

—Me da igual lo que quieras. Tienes que irte.

—Charlie, déjale entrar —dijo Sam.

Se dio la vuelta. Su hermana estaba en el pasillo. Tocaba otra vez la pared con la punta de los dedos.

—Por aquí —le dijo a Mason, y entró en el cuarto de estar antes de que Charlie pudiera decirle que no.

Mason entró en la cocina sin esperar a que le invitara. Se detuvo junto a la puerta. Se quitó la gorra y la manoseó con nerviosismo. Recorrió la habitación con la mirada con evidente desinterés. Rusty no había cambiado nada desde el día en que se mudaron a la granja. Las sillas endebles, la mesa desportillada. Solo faltaba la máquina de aire acondicionado de la ventana. Había sido imposible quitar los trozos de carne de Gamma del ventilador.

—Por aquí. —Charlie echó un vistazo al pasillo vacío en busca de Ben.

La puerta del despacho de Rusty estaba cerrada. La camioneta de Ben seguía fuera. No había abierto la puerta de atrás. Debía de estar en el despacho, preguntándose por qué su mujer era tan zorra.

—Lamento lo de tu padre —dijo Mason.

Ella se volvió bruscamente.

—Sé quién eres.

Él pareció alarmado.

—No lo sabía cuando te conocí, obviamente, pero luego mi hermana me contó lo de la tuya y... —Luchó por encontrar las palabras adecuadas—. Siento muchísimo lo que le pasó. Y lo que tuvisteis que pasar tú y tu familia. Pero lo nuestro fue un error, un error inmenso. Estoy enamorada de mi marido.

—Ya me lo has dicho. Lo entiendo. Y lo respeto.

Mason saludó a Sam con una inclinación de cabeza. Ella había despejado una silla de respaldo alto para poder sentarse. La grabación de la cámara de seguridad del colegio estaba en pausa en el televisor, a su lado. Ben había conseguido conectar la tele.

Mason se quedó mirando la enorme pantalla.

—¿Quién va a ser ahora el abogado de Kelly?

—Buscaremos a alguien en Atlanta —respondió Sam.

—Yo puedo pagarle —dijo él—. Mi familia tiene dinero. Mis padres. Tenían dinero. Eran dueños de una empresa de camiones.

Charlie se acordaba de los carteles, de cuando era pequeña.

—Transportes Huckabee.

—Sí. —Miró de nuevo la imagen congelada—. ¿Eso es del otro día?

Charlie no quería entrar en ese tema.

—¿Qué haces aquí?

—Es que... —Mason se interrumpió. En lugar de explicar a qué se debía su inoportuna presencia en la granja, dijo—: Kelly intentó matarse. Eso demuestra arrepentimiento. Lo he leído en Internet, que el arrepentimiento es importante en los casos de pena de muerte. Podríais utilizarlo en el juicio para que la condenen a cadena perpetua, quizás incluso con posibilidad de salir en libertad condicional. Ellos saben que intentó matarse, ¿no?

—¿Quién? —preguntó Sam.

—La policía. El fiscal. Vosotros.

—Dirán que solo quería que se apiadaran de ella —contestó Charlie—. Que entregó la pistola. Que no llegó a apretar el gatillo.

—Sí que lo apretó —dijo él—. Tres veces.

—¿Qué? —Sam se levantó de la silla.

—No puedes mentir en eso —le advirtió Charlie—. Había gente allí.

—No estoy mintiendo. Se puso la pistola en el pecho. Tú estabas a cinco metros. Tuviste que verlo, o que oírlo, al menos. —Luego añadió dirigiéndose a Sam—: Kelly se puso el cañón en el pecho y apretó el gatillo tres veces.

Charlie no guardaba ningún recuerdo de aquello.

—Yo oí los chasquidos —prosiguió él—. Y seguro que Judith Pinkman también. No me lo estoy inventando. Intentó matarse de verdad.

—Entonces, ¿por qué no le quitó sin más la pistola? —preguntó Sam.

—No sabía si había vuelto a cargarla. Soy un marine. Siempre das por sentado que un arma está cargada a menos que veas claramente el cargador vacío.

—Que hubiera vuelto a cargarla... —repitió Sam con énfasis—. Cuando empezó el tiroteo, ¿cuántos disparos oyó?

—Seis —contestó él—. Uno, luego una pausa, luego otros tres muy seguidos, una pausa más corta y otro disparo, después otra pausa corta y otro disparo. —Se encogió de hombros—. Seis.

Sam volvió a sentarse. Buscó algo en su bolso.

—¿Está seguro?

—Cuando uno ha entrado en combate tantas veces como yo, aprende a contar las balas a toda prisa.

Sam apoyó el cuaderno sobre sus rodillas.

—¿Y el revólver de Kelly era de seis balas?

—Sí, señora.

—¿Estaba vacío cuando lo cogiste? —preguntó Charlie.

Mason miró con nerviosismo a Sam.

—Este sería un buen momento para que nos explique por qué se guardó el revólver en la parte de atrás de los pantalones —dijo ella.

—Fue un gesto instintivo. —Se encogió de hombros como si sus acciones carecieran de importancia—. El policía no quería cogerlo, así que me lo metí temporalmente en la cinturilla del pantalón, como usted dice. Y luego ninguno de los policías me preguntó por él, ni me registró. Después salí del edificio y ya me había montado en la camioneta cuando me di cuenta de que seguía llevándolo encima.

Sam optó por no hacerle notar que su versión resultaba muy poco creíble.

—¿Qué hizo con el arma? —preguntó.

—La desmonté y la tiré por el lago. En las zonas más profundas.

De nuevo, Sam prefirió no presionarle.

—¿Es posible saber a simple vista si una pistola está cargada?

—No —contestó Mason—. Bueno, si se trata de una nueve milímetros, el pasador normalmente tiene que estar desplazado hacia atrás, pero se puede bloquear el seguro y...

Charlie le interrumpió:

—En el caso de un revólver, los casquillos permanecen dentro del cilindro una vez se ha disparado.

—Sí, así es —repuso él—. Estaban los seis en el cilindro, así que Kelly no volvió a cargarlo.

—Lo que significa —dijo Charlie— que sabía que la pistola estaba descargada cuando apretó el gatillo tres veces.

—Eso no se puede afirmar —insistió Mason—. Seguramente pensó que...

—Repasemos otra vez la secuencia de los disparos, por favor. —Sam sacó el bolígrafo del cuaderno y empezó a escribir mientras hablaba—. Un disparo, una pausa larga, tres disparos seguidos, luego una pausa corta, otro disparo, otra pausa corta y otro disparo. ¿Es así?

Mason asintió con la cabeza.

—Hubo otro disparo después de que Lucy Alexander recibiera el impacto en el cuello —afirmó ella.

—Fue al suelo —repuso Mason—. Bueno, doy por sentado que así fue.

Sam enarcó una ceja.

—Vi un orificio de bala en el suelo —explicó él—, más o menos por aquí. —Señaló el lado derecho de la pantalla—. No saldrá en el vídeo debido al ángulo de la cámara. Está más cerca de la puerta. Más o menos donde acabó estando Kelly cuando la esposaron.

—¿Cómo era ese orificio? —preguntó Charlie.

—La baldosa estaba desconchada, pero no había marcas de punteado, así que seguramente el disparo se efectuó desde una distancia de entre sesenta y noventa centímetros, como mínimo. Además, era ovalado. Como una lágrima, de modo que dispararon desde arriba y en ángulo. —Levantó la mano imitando la forma de un arma con el índice y el pulgar—. Más o menos a la altura de su cintura, quizá. Es más baja que yo, pero el ángulo no era tan agudo. Habrá que tender un cordel para comprobarlo. —Mason se encogió de hombros—. La verdad es que no soy ningún experto. Solo di un cursillo cuando estaba en el ejército.

—No quería matar a Judith Pinkman —dijo Sam—, por eso disparó la última bala al suelo.

Mason volvió a encogerse de hombros.

—Puede ser. Pero conocía desde hacía mucho tiempo a los Pinkman y eso no le impidió matar a Doug.

—¿Los conocía? —preguntó Sam.

—Kelly era la que se encargaba de llevar el agua al equipo de fútbol. Fue entonces cuando empezaron a correr rumores sobre ella y uno de los jugadores. No sé a ciencia cierta qué pasó, pero Kelly faltó a clase unas tres semanas y el chico se mudó a otra ciudad, así que...

Se encogió de hombros, pero sin duda se refería a los rumores que habían impulsado a la mitad del colegio a ultrajar a Kelly Wilson en su propio anuario.

—Douglas Pinkman era el entrenador del equipo de fútbol —aclaró Sam—, así que tenía que conocer a Kelly Wilson desde esa época, como mínimo.

—Exacto. Estuvo dos temporadas como encargada del agua del equipo, creo, junto con otra chica del grupo de educación especial. Las autoridades del condado decidieron que había que integrar a los alumnos con necesidades especiales en más actividades extraescolares: en la banda de música, el equipo de animadoras, el de baloncesto y fútbol... Era una buena idea. Y creo que a algunos los ayudó de verdad. Obviamente no a Kelly, pero...

—Gracias. —Sam volvió a concentrarse en sus notas.

Fue pasando las páginas lentamente y haciendo anotaciones. No es que hubiera desdeñado la historia de Mason; es que había dado con algo más interesante.

Mason miró a Charlie como pidiéndole una explicación.

Charlie solo pudo encogerse de hombros.

—¿De qué querías hablarnos?

—Pues... —Volvió a manosear la gorra—. ¿Te importa que antes vaya al cuarto de baño?

Charlie no podía creer que estuviera alargando adrede aquella situación.

—Está al fondo del pasillo.

Él inclinó la cabeza antes de salir como si estuvieran en un salón inglés.

Charlie se volvió hacia Sam, que seguía absorta en sus notas.

—¿Por qué hablas con él? Tenemos que conseguir que se vaya.

—¿Puedes mirar esto y decirme qué ves? —Sam señaló el lado derecho de la pantalla—. No me fío de mis ojos. ¿Te parece extraña esta sombra?

Charlie oyó que Mason abría la puerta del cuarto de baño y la cerraba. Por suerte no había entrado accidentalmente en el despacho de Rusty.

—Por favor, ayúdame a librarme de él —le dijo a su hermana.

—Dentro de un momento —contestó Sam—. Ahora, mira el vídeo.

Charlie se colocó delante del gigantesco televisor. Observó la imagen congelada. Advirtió que la cámara apuntaba hacia abajo y que el encuadre solo abarcaba la mitad del pasillo. El famoso punto ciego del que le había hablado Mason. Las luces del techo estaban encendidas, pero una extraña sombra se proyectaba desde el lado derecho del pasillo. Estrecha, alargada, casi como una pata de araña.

—Espera —dijo Charlie, pero no por el vídeo—. ¿Cómo sabía dónde está el cuarto de baño?

—¿Qué?

—Se ha ido derecho a él y ha abierto la puerta. —Charlie notó un extraño cosquilleo en la columna—. Aquí nadie acierta con las puertas, Sam. Hay cinco y ninguna de ellas está donde debería. Ya lo sabes. Bromeábamos sobre ello, decíamos que era imposible saber dónde estaba cada cosa. —El corazón empezó a latirle en la garganta—. ¿Crees que Mason conocía a papá? ¿Que no es la primera vez que entra aquí? ¿Que ha venido muchas otras veces y que por eso sabe dónde está el servicio sin necesidad de que se lo digan?

Sam abrió la boca y volvió a cerrarla.

—Tú sabes algo —dijo Charlie—. ¿Te dijo papá...?

—Siéntate, Charlie. Ahora mismo no sé nada a ciencia cierta, pero estoy intentando averiguarlo.

La calma de su hermana la puso nerviosa.

—¿Por qué quieres que me siente?

—Porque merodeas a mi alrededor como un dron del ejército.

—¿No podías decir algo más bonito, como que revoloteo a tu alrededor como un ruiseñor?

—Los ruiseñores son bastante agresivos, en realidad.

—¡Charlie! —gritó Ben.

Le dio un vuelco el corazón. Nunca había oído vociferar así a su marido.

—¡Charlie! —gritó de nuevo.

Se oyeron pasos precipitados en el pasillo. Ben irrumpió en el cuarto de estar. Recorrió la habitación con la mirada frenéticamente.

—¿Estáis bien? —Ben miró hacia atrás, hacia el pasillo—. ¿Dónde está?

—Ben, ¿qué...? —dijo Charlie.

—¿Dónde cojones está? —gritó Ben tan fuerte que ella tuvo que taparse los oídos—. ¡Mason! —Dio un puñetazo en la pared—. ¡Mason Huckabee!

La puerta del cuarto de baño se abrió el ancho de una rendija.

—¡Hijo de puta! —gritó Ben precipitándose hacia él.

Charlie corrió tras él, pero se paró en seco al ver que Ben tiraba a Mason al suelo y empezaba a asestarle un puñetazo tras otro. Mason levantó los brazos para cubrirse la cara. Charlie vio horrorizada cómo le golpeaba su marido.

—¡Ben! —Tenía que hacer algo—. ¡Ben! ¡Para!

Sam la agarró por la cintura y tiró de ella hacia atrás.

—Tengo que... —Charlie se detuvo. No sabía qué hacer. Mason podía matar a Ben. Era un militar entrenado—. Sam, tenemos que...

—No se está resistiendo —dijo Sam casi como si narrara un documental—. Mira, Charlie. No se está resistiendo.

Tenía razón. Mason yacía en el suelo y se tapaba la cara con las manos, encajando cada golpe a la cabeza, al cuello, al pecho.

—¡Cobarde! —gritó Ben—. ¡Enséñame tu puta cara!

Mason apartó las manos.

Ben le asestó un fuerte puñetazo en la mandíbula. Charlie oyó el crujido de los dientes. Mason expelió un chorro de sangre y se quedó allí tendido, con las manos junto a los costados, sin defenderse.

Ben no paró. Le golpeó otra vez, y otra, y otra.

—No —susurró Charlie.

La sangre salpicó la pared.

Ben le había roto la ceja con la alianza de boda.

Tenía el labio partido.

Una brecha en el pómulo.

Y sin embargo seguía allí, inmóvil.

Ben le golpeó otra vez.

Y otra.

—Lo siento —farfulló Mason—. Lo siento.

—Maldito hijo de... —Ben echó el brazo hacia atrás contorsionando todo el cuerpo y le propinó un último puñetazo en la mandíbula.

Charlie vio ondular el pómulo de Mason como la estela de un barco. Oyó un fuerte crujido, como el de un bate golpeando una pelota. La cabeza de Mason giró violentamente hacia un lado.

Pestañeó.

Le sangraban la nariz y la boca.

Pestañeó de nuevo, pero no se movió. Tenía la mirada fija en la pared. La sangre goteaba por el zócalo polvoriento y se acumulaba en el suelo de madera.

Ben se echó hacia atrás, en cuclillas. Jadeaba por el esfuerzo.

—Lo siento —repitió Mason—. Lo siento.

—¿Lo sientes? ¡Y una mierda! —Ben le escupió a la cara.

Cayó de lado, dando con el hombro en la pared. Dejó caer las manos. Tenía los nudillos ensangrentados. Ya no gritaba. Estaba llorando.

—Tú... —Lo intentó otra vez, pero se le quebró la voz—. Tú dejaste que violara a mi mujer.

18

Charlie sintió que se le nublaba la vista. El pánico oprimió su garganta. Solo oía un grito dentro de su cabeza.

Ben lo sabía.

—¿Se lo has dicho tú? —le preguntó a Sam.

—No —contestó su hermana.

—No me mientas, Samantha. Dímelo.

—Charlie, te equivocas.

Pero no había lugar a equívocos. Su marido sabía lo que le había ocurrido. Por eso había dado una paliza a Mason Huckabee hasta casi dejarle inconsciente. Le había escupido, le había dicho...

«Tú dejaste que violara a mi mujer».

«Tú dejaste...».

Sintió que el aire escapaba bruscamente de sus pulmones. Se llevó la mano a la boca al sentir que la bilis afluía a su garganta.

—Fue él —dijo Ben—. No Daniel.

—¿En el bosque? —preguntó Charlie con voz estrangulada.

Vio la horrenda cara de Zachariah Culpepper. Le golpeaba tan fuerte que la cabeza se le iba hacia un lado. Le salía sangre de la boca. Y entonces Daniel Culpepper le tiraba al suelo y empezaba a pegarle con furia, como Ben acababa de pegar a Mason Huckabee.

Solo que no era Daniel Culpepper.

—Fuiste tú quien me quitó de encima a Zachariah. —Tuvo que tragar saliva antes de poder añadir—: Llegaste tarde.

—Lo sé. —Mason se tumbó de espaldas y se tapó los ojos con la mano. En la casa. En el bosque. Llegué tarde a todo.

Charlie sintió que las rodillas se le aflojaban. Apoyó el hombro en la pared.

—¿Por qué?

Mason movió la cabeza de un lado a otro. Respiraba trabajosamente. La sangre le borboteaba en la nariz.

—Díselo —ordenó Ben con los puños apretados.

Mason se limpió la nariz con el dorso de la mano. Miró a Ben y luego a Sam y a Charlie. Finalmente dijo:

—Pagué a Zach para que me ayudara a deshacerme de Rusty. Le di todo lo que tenía ahorrado para pagarme los estudios. Sabía que le debía dinero a Rusty, pero... —Se le quebró la voz y tuvo que detenerse—. Vosotras teníais que estar en la pista de atletismo. El plan era secuestrar a Rusty, llevarle hasta el camino de acceso y allí deshacernos de él. Zach conseguiría tres de los grandes además de librarse de sus deudas. Y yo me vengaría por fin... —Miró de nuevo a Sam y luego a Charlie—. Intenté detener a Zach al ver que tu padre no estaba aquí, pero...

—No hace falta que nos cuente qué hizo —replicó Sam con una voz tan tensa que apenas resultó audible.

Mason volvió a cubrirse la cara. Empezó a llorar.

Charlie escuchó sus sollozos secos y sintió deseos de darle un puñetazo en la garganta.

—Estaba dispuesto a cargar con la muerte de vuestra madre —dijo él—. Lo dije allí, en el bosque. Cinco veces, por lo menos. Me oísteis las dos. Yo no quería que nada de eso pasara. —De nuevo se le quebró la voz—. Cuando disparó a vuestra madre, me quedé paralizado. No podía creer lo que estaba pasando. Me mareé y empecé a temblar, y quise hacer algo pero me daba miedo Zach. Vosotras sabéis cómo era. Todos le teníamos miedo.

Charlie sintió latir la rabia en cada arteria de su cuerpo.

—No hables en plural, patético hijo de puta. Allí, en la cocina, estábamos solas Sam y yo. Fue a *nosotras* a quien obligasteis a salir de casa. A quien condujisteis al bosque a punta de pistola.

Éramos *nosotras* las que estábamos aterrorizadas, las que temíamos por nuestras vidas. Y *tú* disparaste a mi hermana a la cabeza. *Tú* la enterraste viva. Tú dejaste que ese monstruo me persiguiera por el bosque, me violara, me golpeara y me lo quitara todo, *todo*. Fuiste tú, Mason. Todo es lo hiciste tú.

—Intenté...

—¡Cállate! —Charlie cerró los puños, cerniéndose sobre él amenazadoramente—. Puede que creas que intentaste detenerle, pero no es verdad. Permitiste que ocurriera. Contribuiste a que ocurriera. Fuiste *tú* quien apretó el gatillo. —Se interrumpió, intentando recuperar el aliento—. ¿Por qué? ¿Por qué lo hiciste? ¿Qué te habíamos hecho nosotras?

—Su hermana —dijo Sam con una serenidad aterradora—. Por eso dice que se vengó. Mason y Zachariah se presentaron aquí el mismo día que Kevin Mitchell fue absuelto del cargo de la violación. Creíamos que fue por el dinero que Culpepper le debía a papá, pero en realidad fue Mason Huckabee. Mason Huckabee, rabioso hasta el punto de querer matar, pero demasiado cobarde para hacerlo con sus propias manos.

Charlie sintió que la lengua se le volvía de plomo. Tuvo que apoyarse de nuevo en la pared para no caer al suelo.

—Fui yo quien encontró a mi hermana —dijo Mason—. Estaba en el establo. Su cuello... —Sacudió la cabeza—. Lo que le hizo ese cabrón la atormentaba. No podía levantarse de la cama. Se pasaba el día llorando. No sabéis lo que es sentirse tan impotente, tan inútil. Quería que alguien pagara por ello. Alguien tenía que pagar por ello.

—¿Y por eso viniste a buscar a mi padre? —Charlie sintió de nuevo aquel extraño hormigueo en las manos. Le subió por los brazos y se extendió por su pecho—. Viniste a matar a mi padre y...

—Lo siento. —Mason empezó a llorar otra vez—. Lo siento.

Charlie sintió deseos de asestarle una patada.

—No llores, cabrón. Le pegaste un tiro en la cabeza a mi hermana.

—Fue un accidente.

—¡Y eso qué más da! —gritó Charlie—. ¡Le disparaste! ¡La enterraste viva!

Sam estiró el brazo para impedir que Charlie se acercara a Mason y le agrediera como le había agredido Ben.

Ben...

Charlie miró a su marido. Estaba sentado en el suelo, con la espalda apoyada en la pared. Tenía las gafas torcidas y manchadas de sangre. Flexionaba las manos una y otra vez, abriéndose las heridas de los nudillos como si quisiera que siguiera fluyendo la sangre.

—¿Por qué Rusty le expedía cheques al hijo de Zachariah Culpepper? —preguntó Sam.

Charlie se quedó tan anonadada que no consiguió articular palabra.

—La numeración de los cheques —explicó su hermana—. Doce cheques al año durante veintiocho años y cuatro meses. En total, trescientos cuarenta cheques.

—El número del último cheque —recordó Charlie.

—Exacto —dijo Sam—. Y luego está el balance. Empezasteis con un millón, ¿me equivoco?

Se lo estaba preguntando a Mason.

Él asintió lentamente, de mala gana.

—Si empiezas con un millón —explicó Sam— y restas dos mil dólares al mes durante veintiocho años y pico, quedan aproximadamente trescientos veinte mil dólares. Empecé a entenderlo cuando nos dijo que sus padres tenían dinero —le dijo a Mason—. En 1989, no había nadie en Pikeville que tuviera ese dinero, y menos aún al alcance de la mano. Compraron tu libertad por un millón de dólares. Una auténtica fortuna en aquel entonces. Más de lo que vería jamás Culpepper en su mísera existencia. Hizo un trato con ellos: vendió a su hermano muerto a cambio de resolverle la vida a su futuro hijo.

Mason la miró y asintió lentamente con la cabeza.

—¿Qué parte tomó mi padre en esto? —preguntó Sam—. ¿Hizo de mediador entre Culpepper y usted?

—No.

—¿Qué, entonces? —insistió ella ásperamente.

Mason se puso de lado y se incorporó. Se sentó de espaldas a la puerta. La cinta adhesiva que Rusty había usado para reparar el cristal de la ventana dibujaba un rayo sobre su cabeza.

—Yo no sabía nada de eso.

Ben le miró con ira.

—Vas a pudrirte en el infierno por meter a Rusty en tus manejos.

—No fue Rusty. Al principio, no fue él. —Mason hizo una mueca de dolor al tocarse la mandíbula—. Mis padres se encargaron de negociar el trato. La noche que pasó, volví andando a casa. Nueve kilómetros y medio. Zach se llevó mis zapatillas y mis vaqueros porque estaban manchados de sangre. Cuando llegué a casa, iba medio desnudo y cubierto de sangre. Se lo confesé todo a mis padres. Quería entregarme, pero no me dejaron. Más tarde me enteré de que mandaron a un abogado a hablar con Zach.

—Rusty —dijo Ben.

—No, uno de Atlanta, no sé quién. —Movió la mandíbula y la articulación emitió un chasquido—. A mí me dejaron al margen de ese asunto. No tuve elección.

—Tenía usted diecisiete años —repuso Sam—. No me cabe duda de que disponía de un coche. Podría haber acudido a la policía por sus propios medios, o haber esperado a cumplir la mayoría de edad.

—Quería hacerlo —insistió Mason—. Pero me encerraron en mi habitación. Vinieron cuatro tipos y me llevaron en coche a una academia militar del norte. Ingresé en los marines en cuanto tuve edad suficiente. Se limpió la sangre de los ojos—. Estuve en Afganistán, en Irak y en Somalia. Me ofrecía voluntario una y otra vez. Quería hacer algo digno, ¿comprende? Quería dedicarme a ayudar a otras personas. Redimirme.

Charlie se mordió el labio con tanta fuerza que sintió que se le rajaba la piel. No había redención posible para Mason Huckabee, daba igual cuántos países marcara con una chincheta en su ridículo mapamundi.

—Estuve veinte años en el ejército —prosiguió él—. Luego volví a casa. Fui a la universidad. Pensaba que era importante hacer algo por esta ciudad, por estas personas.

—Cabrón. —Ben se levantó.

Seguía teniendo los puños cerrados. Recorrió el pasillo. Charlie temió que saliera por la puerta trasera, pero se detuvo al llegar junto al iPhone de Mason y lo pisó con todas sus fuerzas, haciéndolo pedazos.

Levantó el pie. Tenía fragmentos de cristal pegados a la suela. Dijo:

—Daniel Culpepper murió por tu culpa.

—Lo sé —respondió Mason, pero se equivocaba.

Fue Charlie quien puso a Ken Coin tras la pista de Daniel.

—Te llamó «hermano» —dijo.

Mason sacudió la cabeza.

—Llamaba así a mucha gente. Algunos tienen esa costumbre.

—Eso da igual —dijo Ben—. Ninguno de los dos debería haberse presentado aquí. Lo que pasó después es culpa tuya.

—Sí —convino Mason—. Es culpa mía. Es todo culpa mía.

—¿Cómo acabaron sus ropas y su arma en la caravana de Daniel Culpepper? —preguntó Sam.

Mason negó de nuevo con la cabeza, pero no era difícil adivinar la respuesta. Ken Coin había amañado las pruebas. Inculpó a un hombre inocente y permitió que el culpable quedara libre.

—Mi madre me contó lo del trato después de morir mi padre —explicó—. Yo por entonces estaba destinado en Turquía, intentando hacer algún bien. Volví a casa para el funeral. A ella le preocupaba que pasara algo y que Zach incumpliera su parte del pacto.

—Para aclarar las cosas —dijo Sam—, ¿ese pacto consistía en que Zach guardara silencio respecto a la inocencia de su hermano Daniel y el papel que había desempeñado usted, a cambio de que sus padres le pagaran dos mil dólares al mes a su hijo Danny Culpepper?

Mason hizo un gesto afirmativo con la cabeza.

—Yo no lo sabía. No lo supe hasta que me lo dijo mi madre ocho años después. Culpepper seguía en el corredor de la muerte. La fecha de su ejecución se posponía continuamente.

Charlie apretó los dientes. Ocho años después del asesinato. Ocho años después de que Sam saliera a rastras de su tumba. Ocho después de que a ella la desgarraran.

Por entonces, Sam estaba empezando su posgrado en la Universidad del Noroeste. Y ella iba a presentarse a las pruebas para ingresar en la facultad de Derecho con la esperanza de empezar de cero.

—¿Cómo se metió mi padre en este asunto? —preguntó Sam.

—Acudí a él y se lo confesé todo —dijo Mason—. Aquí, en esta casa. Nos sentamos en la cocina. No sé por qué, pero en cierto modo me resultó más fácil desahogarme sentado a esa mesa. En la escena del crimen. Me puse enfermo al contárselo, al confesarle la verdad con todo detalle. Le dije que estaba furioso por lo que le ocurrió a Mary-Lynne, que pagué a Zach para que me ayudara a vengarme. Cuando eres tan joven, ves las cosas con tanta claridad... No entiendes cómo funciona el mundo. Que hay consecuencias que no puedes predecir. Que una decisión errónea, una mala acción, puede corromperte. —Asentía con la cabeza como si se diera la razón a sí mismo—. Quería explicarle a Rusty lo que pasó y por qué pasó, de hombre a hombre.

—Tú no eres un hombre —le espetó Charlie. Le asqueaba imaginárselo sentado con Rusty en la cocina donde había muerto Gamma y pensar que aquel escenario había aliviado su conciencia en vez de aumentar su sufrimiento—. Eres culpable de asesinato en grado de tentativa, cómplice de violación, cómplice del asesinato de mi madre, de secuestro y de allanamiento de morada.

No quería pensar en todas las novias que habría tenido, en las fiestas, los cumpleaños y las celebraciones de Año Nuevo a los que habría asistido mientras Sam tenía que levantarse de la cama cada mañana rezando por poder andar.

—Haber servido en los marines no te convierte en un buen hombre —añadió—. Te convierte en un cobarde por escapar.

Había hablado en voz tan alta que oyó el eco de sus palabras en el pasillo.

—Rusty le obligó a firmar una confesión —dijo Ben mirando a Sam, no a Charlie—. La he encontrado en la caja fuerte.

Charlie levantó la mirada hacia el techo. Dejó correr las lágrimas. Jamás se perdonaría a sí misma que su marido se hubiera enterado de lo ocurrido por un trozo de papel.

—Yo *quise* firmarla —repuso Mason—. Quería entregarme. Estaba harto de las mentiras, de la mala conciencia.

Sam agarró el brazo de su hermana como si intentara que permanecieran ambas clavadas al suelo.

—¿Por qué no le entregó mi padre?

—No quería que hubiera otro juicio —dijo Mason—. Vosotras teníais vuestra vida, lo habíais superado.

—Lo habíamos superado —masculló Charlie con sorna.

—Rusty no quería remover el asunto —prosiguió él—, obligaros a volver a casa y que Charlie tuviera que subir al banquillo. No quería que tuviera que...

—Mentir —concluyó Sam.

La caja, sellada desde hacía tanto tiempo y guardada en lo alto del armario. Rusty no había querido obligar a Charlie a elegir entre mentir bajo juramento y abrir la caja para que todo el mundo viera su contenido.

Las Culpepper...

El calvario al que la habían sometido aquellas zorras, al que la sometían aún... ¿Qué dirían, qué harían si se demostraba que tenían razón desde el principio, que Daniel era inocente?

Porque era cierto, *tenían* razón.

Ella había señalado al hombre equivocado.

—¿Por qué extendía mi padre los cheques? —preguntó Sam.

—Fue una de sus condiciones —contestó Mason—. Quería que Zach supiera que estaba al corriente, que supiera que había alguien más que podía deshacer el trato, cerrarle el grifo del dinero a Danny si él no mantenía la boca cerrada.

—Pero eso equivalía a ponerse una diana en la espalda —dijo Charlie—. Culpepper podría haber mandado que le mataran.

Mason volvió a negar con la cabeza.

—No, si quería que su hijo siguiera recibiendo los cheques.

—¿Cree que de verdad le importaba su hijo? —preguntó Sam—. Culpepper intentaba provocar a mi padre, ¿lo sabía? Todos los meses le mandaba una carta en la que le decía *Me debes algo*. Solo para provocarle. Para recordarle que podía destrozarnos la vida a todos, robarnos nuestra paz, nuestro bienestar, en cualquier momento.

Mason no dijo nada.

—¿Se da cuenta del estrés que le provocó a mi padre? —preguntó ella—. Mentirnos, ocultar la verdad... Él no estaba hecho para mantener un engaño de ese calibre. Ya había tenido que sufrir que asesinaran a su esposa, que su hija estuviera a punto de morir, que a Charlie la... —Meneó la cabeza—. Ya estaba delicado del corazón. ¿Lo sabía? ¿Se da cuenta de hasta qué punto sus mentiras, su mala conciencia, su cobardía, contribuyeron a su mala salud? Quizá por eso bebía tanto, para intentar quitarse el mal sabor de boca que le producía su complicidad. Una complicidad a la que usted le arrastró. Tenía que cargar con eso cada día, cada mes cuando extendía el cheque, cada vez que me llamaba por teléfono...

Sam se derrumbó por fin. Se quitó las gafas y se llevó los dedos a los párpados. Dijo:

—Todos estos años intentó protegernos por culpa suya.

Mason apoyó la cabeza entre las rodillas. Pero, si estaba llorando otra vez, a Charlie no le importó.

—¿A qué has venido? —preguntó Ben—. ¿Crees que puedes convencerlas de que no te entreguen?

—He venido a confesar —dijo Mason—. A deciros que lo siento. Que desde que ocurrió he intentado todos los días redimirme por lo que hice. He ganado medallas. —Miró a Sam—. Medallas de combate, un corazón púrpura y...

—Eso no me interesa —repuso ella—. Ha tenido veintiocho años para confesarse culpable. Podría haber entrado en cualquier comisaría, haber confesado y haber aceptado el castigo, pero le daba miedo acabar en la cárcel de por vida, o en el corredor de la muerte igual que Zachariah Culpepper.

Mason no contestó, pero la verdad resultaba evidente.

—Sabías que nunca le dijimos a nadie lo que de verdad pasó en el bosque —dijo Charlie—. Así fue como conseguiste que mi padre se pusiera de tu parte, ¿no es eso? Le chantajeaste. Mi secreto a cambio del tuyo.

Mason se limpió la sangre de la boca. Tampoco esta vez contestó.

—Te sentaste en esa cocina —continuó ella—, donde asesinaron a mi madre, y le dijiste a mi padre que utilizarías el dinero de tu familia para eludir una condena por asesinato, al margen de a quién perjudicara eso, al margen de lo que saliera a la luz durante el proceso. Sam habría tenido que volver. Yo me habría visto obligada a testificar. Y sabías que mi padre no lo permitiría.

—¿Qué vamos a hacer ahora? —se limitó a preguntar él.

—Lo que va a hacer usted, querrá decir —repuso Sam—. Tiene exactamente veinte minutos para llegar a comisaría y confesar por propia voluntad, oficialmente y sin la presencia de su abogado, que mintió a la policía y que sustrajo el revólver de Kelly Wilson de la escena de un doble homicidio, o le aseguro que me encargaré de entregar personalmente al jefe de policía su confesión escrita de intento de asesinato y conspiración para cometer un asesinato. Esta ciudad no olvida, Mason. Su excusa de que solo estaba allí, de que fue un accidente, no le exculpa de un delito de homicidio. Si no hace exactamente lo que le digo, acabará en una celda junto a Zachariah Culpepper, que es donde debería haber pasado los últimos veintiocho años.

Mason se limpió las manos en los pantalones. Hizo amago de coger su teléfono roto.

Ben lo alejó de una patada. Abrió la puerta trasera.

—Fuera.

Mason se levantó. No dijo nada. Dio media vuelta y salió de la casa.

Ben cerró la puerta tan violentamente que se abrió otra raja en el cristal de la ventana.

Sam volvió a ponerse las gafas.

—¿Dónde está la confesión? —le preguntó a Ben.

—En la caja fuerte, junto a las cartas.

—Gracias. —Sam no entró en el despacho.

Se dirigió al cuarto de estar.

Charlie vaciló. No sabía si seguirla o no. ¿Qué podía decirle que hiciera que ambas se sintieran mejor? El hombre que había disparado a su hermana en la cabeza, que la había enterrado viva, acababa de salir por la puerta trasera, conminado por Sam a hacer lo correcto, bajo amenaza.

Ben echó el cerrojo.

—¿Estás bien? —le preguntó ella.

Su marido se quitó las gafas y limpió la sangre de los cristales.

—Nunca me había peleado así con nadie. A puñetazos.

—Lo siento, siento que hayas tenido que pasar por esto. Siento haberte mentido. Siento no habértelo dicho. Que hayas tenido que enterarte así, por un papel.

—En la confesión no se menciona lo que te hizo Zachariah. —Ben volvió a ponerse las gafas—. Eso me lo contó Rusty.

Ella se quedó sin habla. Rusty nunca había traicionado su confianza.

—El fin de semana pasado —dijo Ben—. No me dijo que Mason estuviera involucrado, pero me contó lo otro. Dijo que el peor pecado que había cometido en su vida fue obligarte a guardarlo en secreto.

Charlie se frotó los brazos, presa de un escalofrío repentino.

—Lo que te pasó... —dijo él—. Lo siento, pero no me importa.

Ella sintió un dolor casi físico al oír sus palabras.

—Me he expresado mal. —Ben trató de explicarse—. Siento que ocurriera, pero no me importa. No me importa que mintieras. No me importa, Charlie.

—Por eso fue... —Charlie fijó la mirada en el suelo.

Mason Huckabee había dejado un rastro discontinuo de sangre al salir de la casa.

—¿Por eso fue qué? —Ben estaba de pie delante de ella. Le hizo levantar la barbilla—. Dilo sin más, Charlie. Callártelo te está matando.

Él ya lo sabía. Lo sabía todo. Y, aun así, Charlie tuvo que hacer un esfuerzo para dar voz a sus propios fracasos.

—Los abortos. Fueron por lo que pasó.

Ben apoyó las manos sobre sus hombros. Esperó a que ella le mirara a los ojos. Luego dijo:

—Cuando yo tenía nueve años, Terri me dio una patada en los huevos y estuve meando sangre una semana.

Charlie hizo amago de hablar, pero él sacudió la cabeza.

—Cuando tenía quince —añadió—, un tipo del equipo de fútbol me dio un golpe en la entrepierna. Yo estaba con mis colegas, tranquilamente, sin meterme con nadie, y el tío me pegó tan fuerte en los huevos que me los puso de corbata.

Le puso un dedo sobre los labios para que no le interrumpiera.

—Siempre llevo el móvil en el bolsillo delantero del pantalón. Sé que no es bueno porque estropea el esperma, pero aun así lo hago. Y no soporto llevar calzoncillos anchos. Ya sabes que odio que se arruguen. Además, me masturbaba mucho. Ahora solo a veces, pero cuando era un chaval podría haber batido un récord olímpico. Era el único de mi colegio que pertenecía al club de fans de *Star Trek*, coleccionaba cómics y tocaba el triángulo en la banda. Las chicas ni me miraban. Ni siquiera las que tenían acné. Me la pelaba tanto que mi madre me llevó al médico porque temía que me salieran ampollas.

—Ben...

—Charlie, escúchame. Me puse una camiseta roja de *Star Trek* para ir al baile de promoción del instituto. Y no era un baile de disfraces. Yo era el único que no iba de esmoquin. Y creía que era un rasgo de ironía.

Charlie sonrió por fin.

—Evidentemente, no estaba hecho para procrear —agregó él—. Ignoró por qué acabé con una mujer tan guapa como tú o por qué no hemos podido... —No concluyó la frase—. Son las cartas que nos ha tocado jugar, cariño, eso es todo. No sabemos si fue algo que me pasó a mí o algo que te pasó a ti, o si es simple selección natural, pero así son las cosas, y te aseguro que no me importa.

Charlie se aclaró la garganta.

—Kaylee podría darte hijos.

—Kaylee me ha dado una gonorrea.

Charlie debería haberse sentido dolida, pero lo primero que sintió fue preocupación. Ben era alérgico a la penicilina.

—¿Has tenido que ir al hospital?

—Me he pasado los últimos diez días yendo a Ducktown para que no se enterara nadie de aquí.

Ahora sí que se sintió dolida.

—O sea, que ha sido hace poco.

—La última vez fue hace casi dos meses. Al principio pensé simplemente que me costaba hacer pis más de la cuenta.

—¿Y no se te ocurrió ir al médico?

—Pasado un tiempo sí, claro —contestó—. Por eso la otra noche no pude... Según los resultados de los análisis la infección ha desaparecido, pero me parecía mal no contártelo. Y fui a casa para ver cómo estabas. No necesitaba ningún expediente. No hubo ningún trato que se fuera al garete.

A ella no le importó que le hubiera mentido.

—¿Cuánto duró?

—No duró nada. Solo fueron cuatro veces, y al principio era divertido. Luego, solo fue triste. Es tan joven... Cree que Kate Mulgrew debutó en *Orange is the new black*.

—Caray —dijo Charlie, intentando bromear para no echarse a llorar—. ¿Cómo consiguió licenciarse en Derecho?

Él también intentó bromear.

—Tienes razón en lo de ponerse encima. Es mucho trabajo.

Charlie se sintió asqueada.

—Gracias por esa imagen.

—Intenta no volver a estornudar nunca más.

Charlie se mordió el interior de la mejilla. No debería haberle dado detalles. Y preferiría que Ben no se los hubiese dado a ella.

—Voy a guardar esas cosas que quiere llevarse Sam —dijo él.

Ella asintió con un gesto a pesar de que no quería que se marchara, ni siquiera al fondo del pasillo.

Ben la besó en la frente. Charlie se inclinó hacia él y notó su olor. Olía a sudor y al detergente que estaba usando para sus camisas; el detergente que no debía.

—Estaré en el despacho de tu padre —dijo.

Charlie observó su paso desgarbado y algo tambaleante cuando se alejó.

No se había marchado.

Y eso tenía que significar algo.

No se fue en busca de Sam inmediatamente. Dio media vuelta y se asomó a la cocina. La puerta estaba abierta de par en par. Sintió la brisa que entraba por ella. Trató de rememorar el momento exacto en que abrió la puerta esperando encontrar a Rusty y vio dos hombres, uno de negro, el otro vestido con una camiseta de Bon Jovi.

Uno con una escopeta.

El otro con un revólver.

Zachariah Culpepper.

Mason Huckabee.

El hombre que no había llegado a tiempo de impedir su violación era el mismo con el que se había liado en el aparcamiento del Shady Ray.

El mismo que había disparado a su hermana a la cabeza.

El que había enterrado a Sam en una tumba poco profunda.

El que había propinado una paliza a Zachariah Culpepper, no sin que antes la desgarrara en mil pedazos.

—¿Charlie? —la llamó Sam.

Su hermana estaba sentada en la silla de respaldo recto cuando entró en el cuarto de estar. No se había puesto a arrojar cosas contra las paredes, ni parecía agobiada o tensa, como cuando estaba a punto de estallar. Había estado leyendo algo en su cuaderno.

—Menudo día —comentó.

Charlie se rio.

—¿Cómo has atado cabos tan deprisa?

—Soy tu hermana mayor. Soy más lista que tú.

Charlie no tenía pruebas que demostrasen lo contrario.

—¿Crees que Mason irá a comisaría, como le has dicho?

—¿Te ha parecido poco probable que vaya a cumplir mi amenaza?

—Me ha parecido que le habrías matado si te hubieran puesto un cuchillo en la mano.

Charlie hizo una mueca al pensarlo, pero solo porque no quería que Sam se manchase literalmente las manos de sangre.

—No solo mintió al GBI. Mintió a un agente del FBI.

—No me cabe duda de que el agente que le detenga tendrá a bien explicarle la diferencia entre una falta y un delito federal.

Charlie sonrió al pensar en el truco que tan limpiamente había ejecutado su hermana: Mason Huckabee podía pasar años encarcelado en una prisión federal, en lugar de quedar en libertad vigilada y pasar únicamente los fines de semana en la cárcel del condado.

—¿Cómo es que estás tan tranquila?

Sam sacudió la cabeza, desconcertada.

—¿Por la impresión, quizá? ¿O por el alivio? Siempre he tenido la sensación de que Daniel se había ido de rositas en cierto modo, de que no sufrió lo suficiente. En cierta manera, aunque sea retorcida, me satisface saber que Mason ha vivido atormentado. Y también que va a pasar cinco años en prisión, como mínimo. Más les vale a los fiscales que sea así, o pienso amargarles la vida.

—¿Crees que Ken Coin hará lo correcto?

—No creo que ese individuo haya hecho lo correcto ni una sola vez en toda su vida—. Esbozó una sonrisa cómplice—. Puede que haya una manera de bajarlo de su pedestal.

Charlie no le pidió que le explicara cómo podía ocurrir ese milagro. Los hombres como Coin siempre se las ingeniaban para volver a lo más alto.

—Fui yo quien señaló a Daniel. Declaré que Zachariah había llamado «hermano» a su cómplice.

—No te culpes por eso, Charlie. Tenías trece años. Y Ben tiene razón. Si Mason y Zachariah no se hubieran presentado aquí, no habría pasado nada. Ken Coin fue quien se encargó de inculpar y liquidar a Daniel —añadió—. No lo olvides.

—También impidió que la investigación avanzara hasta descubrir al verdadero culpable. —Charlie se sintió enferma al pensar en la parte que, sin saberlo, había jugado en aquel montaje—. Seguramente no habría sido muy difícil descubrir que el niño rico que desaparecía de la noche a la mañana para ingresar en una academia militar estaba involucrado.

—Tienes razón. Zachariah habría delatado a Mason sin necesidad de que nadie le presionara —repuso Sam—. Me gustaría apiadarme de Daniel, incluso de Mason, pero no puedo, es así de sencillo. Creo que ahora ya no puedo apiadarme de ellos. ¿Te parece raro?

—Sí. No. No sé.

Charlie se sentó en el sitio despejado que solía ocupar su padre en el sofá. Intentó examinar sus emociones, descubrir qué sentía respecto a lo que había confesado Mason. Se dio cuenta de que notaba una especie de ligereza en el pecho. Al contarle a Sam la verdad sobre lo ocurrido en el bosque, confiaba en quitarse un peso de encima, pero no había sido así.

Hasta ahora.

—¿Qué me dices de papá? —preguntó—. Nos ocultó todo esto.

—Intentaba protegernos. Como siempre.

Charlie levantó las cejas, extrañada porque su hermana se pusiera de pronto del lado de Rusty.

—Perdonar es necesario —dijo Sam.

Charlie no estaba tan segura. Se recostó en el sofá. Miró el techo.

—Estoy tan cansada... Tan cansada como un criminal después de confesar. Se quedan dormidos. No sabes cuántas veces se ponen a roncar en medio de un interrogatorio.

—Es por el alivio —le dijo Sam—. ¿Es una maldad por mi parte no sentirme culpable por que Daniel fuera tan víctima como nosotras en este asunto?

—Si es una maldad por tu parte, también lo es por la mía —reconoció Charlie—. Sé que Daniel no merecía morir así. Me digo que es un Culpepper y que con el tiempo habría acabado entre rejas o bajo tierra, pero debería haber tenido la oportunidad de decidir por sí mismo.

—Por lo visto, papá decidió pasarlo por alto —repuso Sam—. Dedicó gran parte de su vida a exonerar a culpables, y sin embargo no hizo nada por exculpar a Daniel.

—«No hay nada más engañoso que la apariencia de humildad».

—¿Shakespeare?

—El señor Darcy a Bingley.

—Nada menos.

—Si no fue por orgullo, fue por prejuicio.

Sam se rio, pero al instante volvió a ponerse seria.

—Me alegro de que papá no nos dijera lo de Mason. Creo que ahora soy capaz de asimilarlo, pero entonces... —Meneó la cabeza—. Sé que suena fatal, porque es evidente que esa decisión atormentaba a papá, pero cuando pienso en cómo estaba anímicamente ocho años después de que me dispararan, creo que me habría muerto si hubiera tenido que volver aquí para declarar. ¿Qué te parece, como hipérbole?

—Muy acertada, si me incluye también a mí.

Charlie estaba segura de que la celebración de un nuevo juicio habría precipitado su caída en el abismo. No habría podido ir a la facultad de Derecho. No habría conocido a Ben. Y ella y Sam no estarían allí, hablando.

—¿Por qué tengo la sensación de que ahora puedo afrontarlo mejor? ¿Qué es lo que ha cambiado?

—Esa es una pregunta complicada con una respuesta igualmente complicada.

Charlie se rio. Aquel era el verdadero legado de Rusty. Iban a pasarse el resto de sus vidas citando a un muerto que citaba a otros muertos.

—Papá tenía que saber que encontraríamos la confesión en la caja fuerte —comentó Sam.

Charlie adivinó de inmediato que se trataba de una de las arriesgadas apuestas de su padre.

—Seguro que creía que sobreviviría a la fecha de ejecución de Zachariah Culpepper.

—O puede que pensara que encontraría la manera de solucionarlo por su cuenta.

Charlie se dijo que seguramente las dos tenían razón. Rusty era capaz de jugar a muchas bandas.

—Cuando era pequeña, pensaba que papá tenía ese afán de ayudar a la gente porque creía fervientemente en la justicia. Luego, cuando me hice mayor, me convencí de que era porque le encantaba verse a sí mismo como un héroe zarrapastroso y un poco payaso, sí, pero justiciero y tenaz.

—¿Y ahora?

—Ahora creo que sabía que la gente mala hace cosas malas, pero que aun así creía que merecían una oportunidad.

—Es una manera muy idealista de ver el mundo.

—Hablaba de papá, no de mí —repuso Charlie, y de pronto le entristeció que estuvieran hablando de Rusty en pasado—. Siempre andaba buscando su unicornio.

—Me alegro de que lo comentes —dijo Sam—, porque creo que hemos encontrado uno.

19

Charlie tenía la nariz casi pegada a la pantalla de la televisión. Llevaba tanto tiempo escudriñando la esquina derecha de la grabación de la cámara de seguridad, que se le nublaba la vista por momentos. Dio un paso atrás. Pestañeó para despejarse la vista. Observó la imagen en su conjunto. El largo pasillo desierto. Las taquillas pintadas de un tono de azul vivo que la vieja cámara convertía en azul marino. La lente, orientada hacia abajo, abarcaba el pasillo aproximadamente hasta su punto medio. Volvió a fijar la mirada en la esquina. Había una puerta, presumiblemente cerrada, de la que apenas se veía un milímetro en el encuadre pero que, pese a todo, estaba indudablemente ahí. La luz de la ventana proyectaba una sombra sobre algo que parecía inclinarse hacia el pasillo.

—¿Es la sombra de Kelly? —preguntó Charlie. Señaló más allá de la tele, como si estuvieran las dos en el pasillo y no en el cuarto de estar de Rusty—. Tenía que estar situada aquí, ¿no?

Sam no respondió a la pregunta. Con la cabeza vuelta hacia un lado, observaba la imagen con el ojo bueno.

—¿Qué es lo que ves?

—Esto. —Charlie señaló la sombra que se insinuaba en el pasillo—. Es una línea borrosa y peluda, como una pata de araña.

—Hay algo raro en ella. —Sam entornó los ojos. Estaba claro que veía algo que a Charlie se le escapaba—. ¿No te parece que hay algo raro?

—Puedo intentar agrandarla. —Charlie se acercó al portátil de Ben, pero enseguida cayó en la cuenta de que no sabía qué debía hacer. Tocó varias teclas al azar. Tenía que haber un modo de agrandar la imagen.

—Vamos a pedirle a Ben que nos eche una mano —propuso Sam.

—No quiero pedirle ayuda. —Charlie se inclinó para leer los iconos del menú—. Lo hemos dejado de muy buen...

—¡Ben! —gritó Sam.

—¿Tú no tenías que coger un avión?

—El avión no va a irse sin mí. —Sam se sirvió de las manos para encuadrar el extremo superior derecho de la imagen—. Esto no está bien. El ángulo no es el correcto.

—¿Qué ángulo? —preguntó Ben.

—Este. —Charlie señaló la sombra—. A mí me parece una pata de araña, pero aquí Sherlock Holmes opina que es el sabueso de los Baskerville.

—Más bien *Estudio en escarlata* —repuso Sam, pero siguió sin explicarse—. Ben, ¿puedes agrandar esta esquina?

Ben obró un truco de magia en el portátil y la esquina del encuadre apareció aislada. Un instante después, se expandió hasta ocupar toda la pantalla. Pero, como Ben no era un mago de la informática en una película de Jason Bourne, la imagen no se hizo más nítida, sino, por el contrario, más borrosa.

—Ah, ya lo veo. —Señaló la peluda pata de araña—. Pensaba que era una sombra, pero...

—Ahí no podía haber una sombra —añadió Sam—. Las luces del pasillo estaban encendidas. Y las del aula también. A menos que hubiera un tercer foco de luz, las sombras se proyectarían hacia atrás desde la puerta, no hacia delante.

—Sí, vale. —Ben empezó a asentir—. Yo pensaba que salía por la puerta abierta, pero parece que apunta hacia dentro.

—Exacto —repuso Sam.

Siempre se le habían dado bien los enigmas. Esta vez, parecía haber descubierto la solución antes incluso de que Charlie se diera cuenta de que había un enigma que resolver.

—Yo no veo nada —reconoció—. ¿Podéis decirme de qué estáis hablando?

—Creo que es preferible que confirméis por separado mi hipótesis.

A Charlie le dieron ganas de tirarla por la ventana.

—¿De verdad crees que este es buen momento para aplicar el método socrático?

—Sherlock o Sócrates. Elige uno y cíñete a él. ¿Puedes variar la imagen para darle color? —le preguntó a Ben.

—Creo que sí. —Ben abrió otro programa en el ordenador: una copia pirateada de Photoshop que había usado para insertar al capitán Kirk en sus tarjetas navideñas dos años atrás—. A ver si me acuerdo de cómo se hacía.

Charlie cruzó los brazos para dejarle claro a su hermana que estaba molesta, pero Sam observaba las maniobras de Ben con tanta atención que no se dio cuenta.

Ben siguió tocando el ratón y, un momento después, los colores de la pantalla se saturaron casi en exceso. Los negros eran tan opacos que solo parecía haber manchas grises burbujeando entre campos de negrura.

Charlie sugirió:

—Utiliza el azul de las taquillas como referente. Su color verdadero se parece al del traje que llevaba papá en el funeral.

Ben abrió la carta de colores. Clicó en diversos recuadros.

—Ese es —dijo Charlie—. Ese es el azul.

—Puedo definirlo un poco más. —Ajustó los píxeles. Alisó los contornos. Por último, agrandó todo lo que pudo la imagen sin distorsionarla hasta dejarla irreconocible.

—Joder —dijo Charlie. Por fin lo había entendido.

No era una pierna, sino un brazo.

Y no un brazo, sino dos.

Uno negro. Otro rojo.

Un caníbal sexual. Un destello de rojo. Una mordedura venenosa.

No habían encontrado el unicornio de Rusty.

Habían encontrado una viuda negra.

* * *

Sentada en la camioneta de Ben, Charlie apoyaba las manos sudorosas sobre el volante. Miró la hora en la radio: eran las cinco y seis de la tarde. El funeral de Rusty estaría declinando. A los borrachos del Shady Ray se les habría agotado la provisión de anécdotas. Los rezagados, los mirones, los hipócritas estarían cuchicheando pegados al teléfono o colgando comentarios maliciosos disfrazados de homenaje en sus páginas de Facebook.

Rusty Quinn era un buen abogado, pero...

Charlie rellenó los huecos en blanco con esas cosas que solo entendían quienes de verdad conocían a su padre:

Que había amado a sus hijas.

Que había adorado a su mujer.

Que había intentado hacer lo correcto.

Y que por fin había encontrado a su criatura mitológica.

«Una arpía», había dicho Sam refiriéndose al monstruo, mitad mujer, mitad pájaro, de la mitología grecorromana.

Ella, por su parte, seguía prefiriendo el símil de la araña: le parecía que se ajustaba mejor a la situación. Kelly Wilson había caído en una telaraña cuidadosamente urdida.

La calefacción de la camioneta estaba encendida, pero Charlie se estremeció de frío. Buscó la llave a tientas. Apagó el motor. La camioneta tembló antes de quedar inmóvil.

Ladeó el espejo retrovisor para verse la cara. Sam la había ayudado a disimular los moratones. Había hecho un buen trabajo. Nadie adivinaría que hacía solo dos días que le habían magullado la cara.

Sam había estado a punto de magullársela de nuevo.

No quería que Charlie hiciera aquello. Y Ben tampoco, claro.

Pero iba a hacerlo de todos modos.

Se alisó el vestido que se había puesto para el funeral al salir de la camioneta. Se puso los tacones apoyándose en el volante. Buscó su teléfono móvil en el salpicadero. Cerró la puerta sin hacer ruido y aguardó a oír el *clic* del cierre.

Había aparcado lejos de la granja, más allá de una curva que ocultaba la camioneta. Avanzó con cautela, sorteando los hoyos de la arcilla roja. La casa apareció ante su vista. Se parecía a La Choza, pero solo ligeramente. El jardincillo delantero estaba lleno de plantas coloridas y siemprevivas. Los listones de madera de la fachada estaban pintados de un blanco resplandeciente, y la franja decorativa que rodeaba puertas y ventanas de un negro intenso. El tejado parecía nuevo. Una bandera estadounidense colgaba de un soporte junto a la puerta delantera.

Charlie no se acercó a la entrada principal. Bordeó la casa por uno de sus lados. Vio el viejo porche trasero, con el suelo recién pintado de un azul verdoso. Las cortinas de la cocina estaban echadas. No eran ya de fresas rojas, sino de damasco blanco.

Había cuatro escalones para subir al porche. Se quedó mirándolos, intentando no pensar en los escalones de La Choza, en cómo los subió de dos en dos muchos años atrás, el día en que se quitó las zapatillas y los calcetines y al entrar en la cocina encontró a Gamma maldiciendo.

«Jopé».

Se le trabó el tacón de un zapato en un agujero del primer escalón. Se agarró a la gruesa barandilla. Miró parpadeando la luz del porche que, a pesar de que apenas había anochecido, brillaba ya, blanca como una llama. El sudor se le metía en los ojos. Se lo limpió con los dedos. El felpudo, de goma y fibras de coco que le recordaron la grama que crecía en los campos de detrás de la granja, tenía un dibujo de encaje con una *P* cursiva en el centro.

Levantó la mano.

Aún tenía la muñeca dolorida.

Tocó tres veces a la puerta.

Oyó que una silla arañaba el suelo. Unos pasos ligeros cruzaron el piso. Una voz de mujer preguntó:

—¿Quién es?

Charlie no respondió.

No se oyeron chasquidos de cerraduras, ni el chirrido de una cadena al ser retirada. Se abrió la puerta. Una mujer madura apareció en la puerta de la cocina. Tenía el cabello, más blanco que rubio, recogido en una coleta floja. Seguía siendo guapa. Se le agrandaron los ojos al ver a Charlie. Abrió la boca. Se llevó la mano al pecho como si hubiera recibido el impacto de una flecha.

—Siento no haber telefoneado antes —dijo Charlie.

Judith Pinkman apretó sus labios agrietados. Su cara arrugada parecía irritada por el llanto. Tenía los ojos hinchados. Se aclaró la garganta.

—Pasa —le dijo—. Pasa.

Charlie entró en la cocina. Hacía frío allí, un frío casi helador. Las fresas habían desaparecido de la decoración. Encimeras de granito oscuro. Electrodomésticos de acero inoxidable. Paredes de un blanco satinado. Nada de alegres frutas danzarinas bordeando el techo.

—Siéntate —dijo Judith—. Por favor.

Había un teléfono móvil junto a un vaso de agua con hielo, sobre la mesa. Nogal oscuro, robustas sillas a juego. Charlie se sentó al otro lado. Dejó su teléfono encima de la mesa, boca abajo.

—¿Te apetece tomar algo? —preguntó Judith.

Charlie hizo un gesto negativo con la cabeza.

—Yo iba a tomarme una infusión. —Judith miró con nerviosismo el vaso de agua que había sobre la mesa. Aun así preguntó—: ¿Quieres una?

Charlie asintió en silencio.

Judith apartó la tetera del fogón. Era de acero inoxidable, como todo lo demás. La llenó en el fregadero y dijo:

—Siento mucho lo de tu padre.

—Yo siento lo del señor Pinkman.

Judith miró hacia atrás. Le sostuvo la mirada. Le temblaban los labios. Sus ojos brillaban como si las lágrimas fueran una constante, igual que su pena. Cerró el grifo.

Charlie la vio llevar la tetera al fogón y girar el mando. Se oyeron varios chasquidos y, un instante después, el susurro del gas al prender.

—Bueno... —Judith dudó. Luego tomó asiento—. ¿Qué te trae por aquí?

—Quería ver qué tal estaba —respondió Charlie—. No he vuelto a verla desde lo que pasó con Kelly.

Judith apretó de nuevo los labios. Juntó las manos sobre la mesa.

—Debió de ser muy duro para ti. A mí me trajo malos recuerdos.

—Quiero que sepa cuánto agradezco lo que hizo por mí aquella noche —repuso Charlie—. Que cuidara de mí. Que me hiciera sentirme a salvo. Que mintiera por mí.

Judith sonrió con labios temblorosos.

—Por eso estoy aquí —le dijo Charlie—. Nunca he hablado de ello, mientras ha vivido mi padre.

Ella abrió la boca. La tensión abandonó sus ojos. Sonrió cálidamente. Aquella era la mujer generosa y compasiva que Charlie recordaba.

—Claro que sí, Charlotte. Claro que sí. Conmigo puedes hablar de lo que quieras.

—En aquel entonces —prosiguió Charlie—, mi padre estaba trabajando en un caso. Defendía a un violador que salió en libertad, pero la víctima, una chica, se colgó en el granero de la familia.

—Sí, me acuerdo.

—Me he estado preguntando... ¿Cree usted que por eso papá quiso mantenerlo en secreto? ¿Que le preocupaba que yo hiciera algo así?

—Yo... —Meneó la cabeza—. No lo sé. Siento no poder darte una respuesta. Creo que acababa de perder a su mujer, que pensaba que su hija mayor estaba muerta y que, al ver lo que te había pasado... —Su voz se apagó—. La gente dice que Dios no te da más de lo que puedes soportar, pero yo creo que a veces no es cierto. ¿Y tú?

—No estoy segura.

—Es un versículo de los Corintios. *Fiel es Dios, y no dejará que se os tiente más de lo que podáis soportar, sino que os dará, junto con la tentación, la salida para que podáis resistir.* Es esa segunda parte lo que me hace dudar —añadió—. ¿Cómo *reconocer* la salida? Tendría que estar ahí, pero ¿y si no la ves?

Charlie meneó la cabeza.

—Lo siento —se disculpó Judith—. Sé que tu madre no creía en Dios. Era demasiado lista para eso.

Charlie sabía que Gamma se habría tomado aquel comentario como un cumplido.

—Era tan lista —añadió Judith— que me daba un poco de miedo.

—Sospecho que a mucha gente de por aquí le pasaba lo mismo.

—En fin... —Judith bebió un sorbo de agua con hielo.

Charlie observó sus manos buscando en vano un temblor que la delatara.

—Charlotte. —Judith dejó el vaso—. Voy a ser sincera contigo respecto a lo que pasó aquella noche. Nunca he visto a un hombre tan roto de dolor como lo estaba tu padre. Y espero no volver a verlo nunca. No sé cómo logró salir adelante. De verdad que no lo sé. Pero sé que te quería incondicionalmente.

—Eso nunca lo he dudado.

—Me alegro. —Judith limpió el vaho del vaso con los dedos—. Mi padre, el señor Heller, era un hombre devoto y cariñoso, y me mantenía y me apoyaba, y bien sabe Dios que una maestra de primer curso necesita apoyo. —Se rio quedamente—. Pero después de aquella noche me di cuenta de que no me quería como tu padre te quería a ti. No le culpo por ello. Lo que había entre Rusty y tú era especial. Así que, creo que lo que quiero decirte es que da igual cuáles fueran sus motivos para pedirte que mintieras. No hay duda de que surgían de un amor profundo e inquebrantable.

Charlie creyó que se le saltarían las lágrimas, pero no fue así. Por fin se había quedado seca de tanto llorar.

—Sé que Rusty ya no está —agregó Judith— y que la muerte de un padre te lleva a pensar en muchas cosas, pero no deberías enfadarte con él por pedirte que lo guardaras en secreto. Lo hizo con la mejor intención.

Charlie asintió. Sabía que era cierto.

La tetera empezó a silbar. Judith se levantó. Apagó el fogón. Se acercó a un armario grande del que Charlie se acordaba. Era muy alto: llegaba casi del suelo al techo. El señor Heller guardaba su rifle allá arriba, tapado por la moldura. Desde entonces habían pintado de azul oscuro la madera, antes blanca. Judith abrió las puertas. Había tazas decorativas colgadas de ganchos bajo los estantes. Judith eligió dos, una de cada lado de la fila. Cerró el armario y regresó al fogón.

—Tengo menta y manzanilla.

—Cualquiera de las dos me va bien.

Miró las puertas cerradas del armario. Había una frase pintada bajo la moldura. En azul claro, pero sin el suficiente contraste para que las letras destacaran sobre el fondo azul oscuro. La leyó en voz alta:

—*A la mujer sin hijos la instala en su hogar como madre de hijos felices.*

Las manos de Judith se detuvieron sobre la encimera.

—De los Salmos, versículo 113:9. Pero no es la versión del Rey Jacobo. —Sirvió agua caliente en las tazas.

—¿Qué dice la versión del Rey Jacobo? —preguntó Charlie.

—*A la mujer estéril hace señora de su casa y gozosa madre de hijos. Alabado sea el Señor.* —Sacó dos cucharillas de un cajón—. Pero, como no soy estéril, me gusta más la otra versión.

Charlie sintió que un sudor frío se apoderaba de ella.

—Supongo que en cierto modo es usted la madre de sus alumnos.

—Sí, tienes mucha razón. —Judith se sentó y le pasó una taza a Charlie—. Doug y yo hemos pasado más de la mitad de nuestras vidas cuidando de los hijos de otras personas. No es que no nos gustara, pero, cuando estábamos en casa, nos gustaba aún más la quietud.

Charlie giró la taza empujándola por el asa, pero no la levantó.

—Yo soy estéril —dijo, y aquella palabra le pareció una piedra alojada en su garganta.

—Lo siento mucho. —Judith se levantó de la mesa y sacó un cartón de leche de la nevera—. ¿Quieres azúcar?

Charlie negó con la cabeza. No iba a beberse la infusión.

—¿Nunca quiso tener hijos?

—Me encantan los hijos de otras personas.

—Tengo entendido que estaba ayudando a Kelly a estudiar para un examen —agregó Charlie.

Judith puso la leche sobre la mesa. Volvió a sentarse.

—Se habrá sentido traicionada —dijo Charlie—. Por lo que ha hecho.

Judith observó el vaho que despedía su infusión.

—Y además conocía al señor Pinkman —continuó Charlie, no porque se lo hubiera dicho Mason Huckabee, sino porque su hermana le había enseñado sus notas, en las que había apuntado las palabras exactas de Kelly Wilson:

«Oía decir a la gente que no era mala persona, pero a mí nunca me mandaron a su despacho».

Kelly había logrado sortear la pregunta de Sam: no había dicho que no conociera a Douglas Pinkman, sino que sabía que no era mala persona.

—He visto la grabación del colegio —añadió.

Judith levantó la vista bruscamente y volvió a fijarla en la taza.

—Pusieron una simulación en las noticias.

—No, me refiero a la grabación de la cámara de seguridad que hay delante de la secretaría.

Judith levantó su taza. Sopló la infusión antes de beber un sorbo.

—Alguien, en algún momento, inclinó la cámara hacia abajo. El encuadre se corta a unos sesenta centímetros de la puerta de su aula.

—¿Sí?

—¿Cree que Kelly sabía lo de la cámara? —preguntó Charlie—. ¿Que era consciente de que lo que ocurriera justo delante de su puerta no quedaría registrado por la cámara?

—Nunca me habló de ello. ¿Se lo has preguntado a la policía?

Charlie se lo había preguntado a Ben.

—Los chavales sabían que la cámara no alcanzaba hasta el fondo del pasillo, pero ignoraban dónde terminaba exactamente el encuadre. Lo raro es que Kelly lo sabía. Se hallaba justo fuera del encuadre de la cámara cuando empezó a disparar. Lo cual es muy extraño, porque ¿cómo iba a saber dónde tenía que situarse, a menos que hubiera estado en la sala donde se encuentran los monitores de seguridad?

Judith sacudió la cabeza, aparentemente desconcertada.

—Usted ha estado en esa sala, ¿verdad? O al menos se ha asomado a ella.

La mujer fingió de nuevo ignorancia.

—Los monitores están en un armario, justo al lado del despacho de su marido —prosiguió Charlie—. La puerta estaba siempre abierta, de modo cualquiera que entrara podía verlos. —Añadió otro detalle—: Kelly dice que nunca la mandaron al despacho del director. Es curioso que supiera que existía ese punto ciego si nunca ha visto los monitores.

Judith dejó la taza. Puso las palmas sobre la mesa.

—*No mentirás* —dijo Charlie—. Es un versículo de la Biblia, ¿no?

Judith entreabrió los labios. Exhaló y volvió a tomar aire antes de contestar.

—Es uno de los Diez Mandamientos. *No prestarás falso testimonio contra tu prójimo*. Aunque creo que el que buscas es de los Proverbios. —Cerró los ojos y recitó—: *Estas seis cosas aborrece el Señor, y aun siete abomina su alma: la mirada altiva, la lengua mentirosa, las manos que derraman sangre inocente...* —Tragó saliva visiblemente—. *Que derraman sangre inocente.* —Hizo otra pausa antes de concluir—. *El corazón que maquina pensamientos inicuos, los pies que corren presurosos hacia el mal, el testigo falso que habla mentiras y el que siembra discordia entre hermanos.*

—Menuda lista.

Judith se miró las manos, abiertas aún sobre la mesa. Llevaba las uñas muy cortas. Sus dedos largos y finos proyectaban una delgada sombra sobre el tablero de nogal pulido.

Como la pata de araña que Sam había visto insinuarse en el encuadre de la cámara.

Ben había podido afinar aún más la imagen cuando se dieron cuenta de qué estaban mirando. Fue como una ilusión óptica:

cuando empiezas a entender lo que ven tus ojos, ya no puedes verlo de otra manera.

En aquel plano fijo, la cámara había captado a Kelly Wilson empuñando el revólver, como le había confesado a Sam, pero, como ocurría con casi todo lo que contaba Kelly, esa era solo una parte de la historia.

Kelly vestía de negro ese día.

Judith Pinkman vestía de rojo.

Charlie recordaba haber pensado que la sangre de Lucy Alexander le había empapado la camisa.

El tono sepia de la grabación casi había fundido los dos colores, ambos oscuros, pero, tras definir Ben la imagen en el ordenador, la verdad se hizo evidente.

Junto a la manga negra había una manga roja.

Dos brazos apuntando hacia la puerta del aula.

Dos dedos posados en el gatillo.

«Tenía la pistola en la mano».

Kelly Wilson le había dicho a Sam al menos tres veces durante su entrevista que era ella quien empuñaba el revólver cuando fueron asesinados Douglas Pinkman y Lucy Alexander.

No le había dicho, en cambio, que era la mano de Judith Pinkman la que lo sujetaba allí.

—A Charlie le hicieron pruebas en el hospital para comprobar si tenía residuos de pólvora —añadió Charlie—. Y, en efecto, los tenía, en la mano y por toda la camiseta. Justo donde cabía esperar que los hubiera.

Judith se echó hacia atrás en la silla. Tenía los ojos fijos en sus manos.

—Los residuos son como polvos de talco, si es eso lo que le preocupa —dijo Charlie—. Se van con aguja y jabón.

—Lo sé, Charlotte. —Su voz sonó rasposa, como el ruido que hace un disco cuando la aguja roza por primera vez el vinilo—. Lo sé.

Charlie esperó. Oía el tictac de un reloj en alguna parte. Sintió que una brisa ligera se colaba por las rendijas de la puerta cerrada de la cocina.

Judith levantó por fin la vista. Sus ojos brillaron a la luz de la lámpara del techo. Observó un momento a Charlie. Luego preguntó:

—¿Por qué tú? ¿Por qué no ha venido la policía?

Charlie no se dio cuenta de que estaba conteniendo la respiración hasta que sintió una opresión en los pulmones.

—¿Preferiría que fuera la policía?

Judith miró el techo. Sus lágrimas empezaron a caer.

—Supongo que da igual. Ya no importa.

—Estaba embarazada —agregó Charlie.

—Otra vez —dijo Judith—. Ya abortó una vez en el colegio.

Charlie se preparó para oír un sermón acerca de la santidad de la vida, pero Judith no agregó nada más. Se puso en pie, arrancó un trozo de papel de cocina del rollo y se limpió la cara.

—El padre era un chico del equipo de fútbol. Por lo visto, fueron varios los que se divirtieron con ella. Era muy ingenua. No tenía ni idea de lo que le estaban haciendo.

—¿Quién era el padre esta vez?

—¿Vas a obligarme a decirlo?

Charlie asintió en silencio. Creía, aunque fuera desde hacía poco, en la necesidad de decir la verdad.

—Doug —dijo Judith—. Se la follaba en mi aula. —Charlie debió de dar un respingo al oírla hablar así, porque Judit agregó—: Disculpa mi lenguaje, pero cuando ves a tu marido tirarse a una chica de diecisiete años en la clase donde enseñas a niños preadolescentes, es lo primero que se te viene a la cabeza.

—Diecisiete —repitió Charlie.

Douglas Pinkman era el director del colegio de enseñanza media donde había estudiado Kelly Wilson. Lo que había hecho era abusar de una menor. «Follar» no tenía nada que ver con ello.

—Por eso la cámara apuntaba hacia abajo —explicó Judith—. Doug fue muy listo. Siempre fue muy listo.

—¿Se acostó con otras alumnas?

—Con todas las que pudo. —Hizo una pelota con el papel y la oprimió con la mano. Estaba visiblemente furiosa.

Charlie empezó a preocuparse. Tal vez Sam y Ben tuvieran razón al decir que aquello podía ser muy peligroso.

—¿Ese ha sido el motivo? ¿Que Kelly está embarazada? —preguntó.

—No es por lo que crees. Lo siento, Charlotte. Está claro que tú querías tener hijos, pero yo no. Nunca he querido tenerlos. Me encantan los niños, me encanta cómo funcionan sus mentes, me encanta lo divertidos e interesantes que pueden ser, pero me gustan más cuando puedo despedirme de ellos en el colegio, volver a casa y leer un libro o disfrutar del silencio. —Arrojó el papel de cocina a la basura—. No soy una mujer desesperada por no poder tener hijos que ha perdido la cabeza. No tenerlos fue una elección. Una elección que yo creía que Doug compartía, pero... —Se encogió de hombros—. No te das cuenta de lo mal que va tu matrimonio hasta que se acaba.

—¿Él quería divorciarse? —aventuró Charlie.

Judith se rio con amargura.

—No, y yo tampoco. Había aprendido a convivir con su perpetua crisis de madurez. No era un pederasta. No le interesaban las pequeñas.

Charlie se preguntó hasta qué punto estaba teniendo en cuenta Judith Pinkman que Kelly Wilson poseía la inteligencia emocional de una niña de corta edad.

—Doug quería que nos quedáramos con el bebé —prosiguió—. Kelly iba a dejar los estudios, de todos modos. Era imposible que se graduase. Él quería que le diéramos algún dinero para que se marchase, y que criáramos al niño juntos.

Charlie podía haber imaginado muchas cosas, pero no que aquella fuera la gota que había colmado el vaso de Judith Pinkman.

—¿Por qué cambió de idea? ¿Por qué de pronto quería tener un hijo?

—¿Porque sentía más cerca la muerte? ¿Porque quería dejar un legado? ¿O sencillamente porque era un arrogante, un egoísta y un necio? —Resopló, furiosa—. Tengo cincuenta y seis años. Doug estaba a punto de cumplir sesenta. Deberíamos estar haciendo planes para nuestra jubilación. Yo no quería criar al hijo de otra mujer, de una adolescente. —Sacudió la cabeza, enfurecida todavía—. Eso por no hablar de la deficiencia mental de Kelly. Doug no quería únicamente que me ocupara de criar y educar a un niño durante los próximos dieciocho años. Quería que cargáramos con él toda la vida.

La compasión que Charlie podía sentir por ella se evaporó con aquellas palabras.

—¿Qué más te dijo Kelly? —preguntó Judith, y al instante sacudió la cabeza—. Es igual. Iba a hacerme la mártir, la pobre viuda acusada de complicidad por una retrasada mental con tendencias asesinas. ¿Quién iba a creerla?

Charlie no dijo nada, pero sabía que, sin la grabación, nadie habría creído a la chica.

—Bueno... —Judith se limpió las lágrimas con gesto de rabia—. ¿Ahora me toca contarte cómo lo hice? —Señaló el teléfono de Charlie—. Asegúrate de que todavía está grabando.

Charlie dio la vuelta al teléfono, confiando en que Ben hubiera hecho los ajustes necesarios. No solo estaba grabando: estaba transmitiendo el sonido a su portátil.

—Se lio con ella hace un año —comenzó Judith—. Los vi por la ventana de mi aula. Doug creía que me había marchado. Se quedó a cerrar. Por lo menos, eso dijo. Volví a buscar unos papeles. Como te he dicho, se la estaba tirando encima de uno de los pupitres.

Charlie pegó la espalda a la silla. Judith parecía cada vez más enfadada.

—Así que hice lo que haría una esposa obediente. Di media vuelta. Me fui a casa. Preparé la cena. Llegó Doug. Me dijo que se había entretenido hablando con un padre. Estuvimos viendo la tele y yo, mientras tanto, ardía de ira. Esa noche no pegué ojo.

—¿Cuándo empezó a darle clases particulares a Kelly?

—Cuando empezó a vestirse otra vez como una bruja. —Judith apoyó las manos en la encimera—. Fue lo que hizo la vez anterior. Empezó a vestirse de negro, como los góticos, para ocultar la barriga. En cuanto la vi por el pasillo, comprendí que estaba embarazada otra vez.

—¿Se enfrentó a Doug?

—¿Para qué? Yo solo soy la esposa. La que le hace la comida, le plancha la ropa y le quita las manchas de los calzoncillos. —Su voz tenía una nota chirriante, como un reloj al que se da demasiada cuerda—. ¿Sabes lo que es sentirte anulada? ¿Convivir con un hombre casi toda tu vida adulta y sentir que no eres nada? ¿Que tus deseos, tus planes, carecen de importancia? ¿Que tu marido, que debería cuidar de ti y protegerte, crea que puede echarte encima cualquier carga, por pesada que sea, porque eres una cristiana temerosa de Dios y vas a aceptarlo todo con una sonrisa, simplemente porque él es el rey de la casa?

Había juntado las manos con tanta fuerza que se le marcaban los nudillos.

—No, no lo sabes, claro —añadió—. A ti te han querido, te han mimado toda tu vida. La gente te quería más aún por haber perdido a tu madre, porque tu hermana estuviera a punto de morir y tu padre fuera vilipendiado por todo el mundo en este estado.

Charlie sintió que el corazón le latía en la garganta. No se dio cuenta de que se había levantado hasta que chocó de espaldas con la pared.

Judith no pareció advertir el efecto que estaba surtiendo sobre ella.

—A Kelly se la puede convencer de cualquier cosa, ¿lo sabías?

Charlie no se movió.

—Es tan dulce. Y tan frágil. Y tan pequeña... Es como una niña. De veras, como una niña. Pero cuanto más tiempo pasaba con ella, más la odiaba. —Judith sacudió la cabeza. Se le estaba soltando el pelo. Sus ojos habían adquirido una expresión desquiciada—. ¿Sabes lo que es eso, odiar a una niña inocente? ¿Concentrar toda tu ira en alguien que no sabe lo que estás haciendo, lo que le está pasando, porque te das cuenta de que puedes ver tu propia estupidez reflejada en su conducta? ¿Ver cómo la controla tu marido, cómo la engaña, cómo la utiliza y abusa de ella, igual que hace contigo?

Charlie recorrió la habitación con la mirada. Vio los cuchillos en el bloque de madera, los cajones llenos de útiles de cocina, el armario sobre el que seguramente aún descansaba el rifle del señor Heller.

—Lo siento —dijo Judith, esforzándose visiblemente por tranquilizarse. Siguió su mirada hasta lo alto del armario—. Pensé que iba a tener que inventarme una historia acerca de cómo lo había robado Kelly. O darle dinero y rezar por que siguiera mis instrucciones para comprar un arma.

—Su padre guardaba un revólver en el coche —dijo Charlie.

—Kelly me dijo que lo usaba para cazar ardillas. La gente de Holler se las come a veces.

—Son muy grasientas —repuso Charlie tratando de tranquilizarla—. Tengo un cliente que las hace en estofado.

Judith se agarró al respaldo de una silla. Tenía los nudillos blancos.

—No voy a hacerte daño.

Charlie soltó una risa forzada.

—¿No es eso lo que dice la gente antes de atacar a alguien?

Judith se apartó de la silla. Volvió a apoyarse contra la encimera. Seguía estando furiosa, pero luchaba por dominarse.

—No debería haber dicho eso sobre vuestra desgracia. Te pido disculpas.

—No pasa nada.

—Eso lo dices porque quieres que siga hablando.

Charlie se encogió de hombros.

—¿Y está funcionando?

Judith soltó una risa rebosante de hastío.

Ben había dicho que estaba histérica cuando el personal sanitario la sacó del colegio. Que tuvieron que sedarla para meterla en la ambulancia. Pasó toda la noche en el hospital y habló ante las cámaras para pedir que no se condenara a muerte a Kelly Wilson. Aún tenía los ojos hinchados por el llanto y la cara demudada por el dolor. Le estaba diciendo a Charlie la verdad, la verdad brutal e insoslayable, a pesar de que sabía que sus palabras estaban siendo grabadas.

No intentaba negociar, ni suplicaba, ni trataba de llegar a un acuerdo. Así era como se comportaba una persona cuando sentía verdadero arrepentimiento por sus actos.

—Kelly no habría apretado el gatillo por sí sola —añadió—. Me prometió que lo haría, pero ya sabía que no era capaz. Era demasiado buena, demasiado confiada, y además habría fallado el tiro, así que me puse detrás de ella en el pasillo, le sujeté la mano y disparé a la pared una vez para hacer salir a Doug. —Se tocó la boca con los dedos como si quisiera recordarle a su voz que debía dominarse—. Salió corriendo de la oficina y le disparé tres veces. Y luego...

Charlie aguardó.

Judith se llevó la mano al pecho. Su ira se había enfriado por completo.

—Iba a matar a Kelly —reconoció—. Ese era el plan: disparar a Doug y luego matar a Kelly y decir que lo había hecho para impedir que asesinara a algún niño. La heroína del pueblo. Me quedaría con la pensión de Doug y con su seguridad social. Nada de divorcios engorrosos. Más tiempo para dedicarme a leer. ¿Verdad que sí?

Charlie se preguntó si tenía planeado disparar a Kelly en el vientre para asegurarse de que también muriera el bebé.

—Conseguí dar de lleno a Doug —prosiguió ella—. El forense me dijo que todas las heridas eran mortales de necesidad. Supongo que pensó que sería un consuelo. —Volvieron a brillarle los ojos. Tragó saliva audiblemente—. Pero Kelly no soltaba la pistola. No creo que supiera lo que pensaba hacer, que iba a matarla también a ella. Creo que le entró el pánico al ver muerto a Doug. Forcejeamos. La pistola se disparó. No sé si fue ella o fui yo, pero la bala rebotó en el suelo.

Judith respiraba por la boca. Su voz sonaba ronca.

—Nos quedamos las dos paralizadas al ver que se había disparado la pistola. Kelly se volvió y yo... No sé. No sé qué pasó. Me entró el pánico. Vi por el rabillo del ojo que algo se movía y apreté otra vez el gatillo y... —Se interrumpió con un gemido. Sus labios se habían vuelto blancos. Estaba temblando—. La vi. La vi en el momento de apretar el gatillo. Sucedió todo tan despacio que me di cuenta de lo que iba a pasar y recuerdo que pensé: «Judith, estás disparando a una niña», pero ya no podía impedirlo. Mi dedo siguió apretando el gatillo y...

No pudo concluir la frase, pero Charlie sí.

—Lucy Alexander murió.

Las lágrimas de Judith fluían como agua.

—Su madre y yo somos compañeras. Solía ver a Lucy en las reuniones, bailando al fondo de la sala. Canturreaba en voz baja. Tenía una voz muy bonita. No sé, puede que hubiera sido distinto si no la conociera, pero la conocía.

Charlie no pudo evitar pensar que también conocía a Kelly Wilson.

—Charlotte —dijo Judith—, lamento muchísimo haberte metido en esto. Ignoraba que estabas en el edificio. De haberlo sabido, lo habría hecho al día siguiente, o una semana después. Jamás te habría puesto en esa situación a propósito.

Charlie no iba a darle las gracias.

—Ojalá pudiera explicarte lo que se apoderó de mí. Pensaba que Doug y yo éramos... No sé. Él no era el gran amor de mi vida, pero creía que nos teníamos cariño. Que nos respetábamos. Pero, después de tantos años, todo está enmarañado. Lo comprobarás cuando llegues a ese punto. El dinero, la jubilación, los seguros, los coches, la casa, los ahorros, los billetes que habíamos comprado para hacer un crucero este verano...

—El dinero —dijo Charlie.

Rusty conocía miles de citas acerca del destructivo afán de sexo y dinero que tiene el hombre.

—No era solo por el dinero —repuso Judith—. Cuando me enfrenté con Doug por lo del embarazo y me contó su brillante plan para que nos convirtiéramos en papás de geriátrico, como si un compromiso de ese calibre no fuera nada... Y no lo era, para él. Él no iba a levantarse a las tres de la mañana a cambiar pañales. Sé que parece increíble que sea eso lo que precipitó las cosas, pero para mí fue la gota que colmó el vaso.

Escudriñó los ojos de Charlie como si esperara encontrar en ellos una mirada de comprensión.

—Me permití odiar a Kelly —continuó—, porque era el único modo de convencerme de que podía hacerlo. Sabía que era muy manejable. Lo único que tenía que hacer era susurrarle al oído. ¿Acaso no era mala por dejar que Doug le hiciera lo que le hacía? ¿No iba a ir al infierno por lo que había pasado cuando iba al colegio? ¿No podía castigar a Doug por sus pecados? ¿No podía impedir que hiciera daño a otras chicas? Me asombró comprobar el poco tiempo que hacía falta para convencer a otro ser humano de que no era nada. Nada —repitió—. Igual que yo.

A Charlie le sudaban las manos. Se las secó en el vestido.

—Hay otro versículo que seguramente conoces, Charlotte. Estoy segura de que lo habrás visto en alguna película o algún libro. *Así que, todas las cosas que queráis que los hombres hagan con vosotros, así también haced vosotros con ellos; porque esta es la ley y los profetas.*

—La Regla de Oro —dijo Charlie—. Pórtate con los demás como se portan contigo.

—Le hice a Kelly lo que Doug me hacía a mí. Eso me decía a mí misma. Así justificaba mis actos, y entonces vi a Lucy y me di cuenta... —Levantó el dedo índice como si se dispusiera a contar—. Una mirada altiva a través de la ventana de mi aula. —Levantó otro dedo mientras iba haciendo el recuento de sus pecados—. Una lengua mentirosa para hablar con mi marido y con Kelly. —Estiró otro dedo—. Pensamientos inicuos sobre su asesinato. Corrí hacia el mal al ponerle esa pistola en la mano a Kelly. Presté falso juramento ante la policía. Sembré la discordia en tu vida, en la de Mason Huckabee, en la de todo el pueblo. —Dejó de contar y abrió las dos manos—. Derramé sangre inocente con estas manos.

Se quedó allí, con las manos levantadas, las palmas hacia fuera y los dedos estirados.

Charlie no supo qué decir.

—¿Qué va a ser de ella? —preguntó Judith—. ¿De Kelly?

Charlie sacudió la cabeza, aunque sabía que Kelly Wilson iría a prisión. No al corredor de la muerte, ni a cumplir cadena perpetua, probablemente. Pero, pese a su escaso coeficiente intelectual, la chica tenía razón: había empuñado la pistola.

—Necesito que te vayas, Charlotte —dijo Judith.

—Yo...

—Coge tu teléfono. —Le lanzó el móvil—. Mándale la grabación a esa mujer del GBI. Dile que me encontrará aquí.

Charlie se guardó el teléfono atropelladamente.

—¿Qué va a...?

—Márchate. —Judith estiró el brazo hacia lo alto del armario. Ya no tenía el rifle de su padre. Tenía una Glock.

—Dios mío. —Charlie retrocedió tambaleándose.

—Vete, por favor. —Judith sacó el cargador vacío de la pistola—. Ya te dicho que no voy a hacerte daño.

—¿Qué va a hacer? —preguntó Charlie notando un estremecimiento en el corazón.

Sabía lo que planeaba Judith.

—Márchate, Charlotte. —Sacó una caja de balas y las esparció sobre la mesa. Empezó a llenar el cargador.

—Dios mío —repitió Charlie.

Judith se detuvo.

—Sé que esto va a sonar ridículo, pero, por favor, deja de usar en vano el nombre del Señor.

—De acuerdo —repuso Charlie.

Ben estaba escuchando. Seguramente iba para allá, corriendo por el bosque, saltando por encima de troncos caídos, apartando ramas, intentando encontrarla.

Lo único que tenía que hacer era conseguir que Judith siguiera hablando.

—Por favor —le suplicó—. Por favor, no lo haga. Quiero hacerle preguntas sobre lo que pasó aquella noche, sobre...

—Tienes que olvidarlo, Charlotte. Tienes que hacer lo que te dijo tu padre: guardarlo en una caja y dejarlo ahí, porque, créeme, no te conviene recordar lo que te hizo ese individuo odioso. —Encajó el cargador en la pistola—. Ahora necesito que te vayas, de veras.

—Judith, por favor, no lo haga. —Charlie sintió que le temblaba la voz. Aquello no podía estar pasando. En aquella cocina. Con aquella mujer—. Por favor.

Judith echó hacia atrás la corredera para colocar una bala en la recámara.

—Vete, Charlotte.

—No puedo... —Tendió las manos hacia ella, hacia la pistola—. Por favor, no lo haga. Esto no puede pasar. No puedo permitir que...

«Hueso blanco. Trozos de corazón y pulmón. Fibras de tendones, arterias y venas, y la vida derramándose por sus heridas».

—¡Judith! —gimió—. Por favor.

—Charlotte. —Su voz sonó firme, como la de una maestra delante de la clase—. Tienes que marcharte inmediatamente. Quiero que subas a tu camioneta, que vayas a casa de tu padre y llames a la policía.

—No, Judith.

—Ellos están acostumbrados a hacerse cargo de estas cosas, Charlotte. Sé que tú también crees estarlo, pero no puedo llevar ese peso sobre mi conciencia. No puedo.

—Judith, por favor. Se lo suplico. —Charlie estaba muy cerca de la pistola. Podía abalanzarse hacia ella. Era más joven, más rápida. Podía impedirlo.

—No. —Judith colocó la pistola a su espalda, sobre la encimera—. Te he dicho que no voy a hacerte daño. No hagas que me desdiga.

—¡No puedo! —sollozó Charlie. Tenía la sensación de que unas cuchillas le traspasaban el corazón—. No puedo dejarla aquí para que se mate.

Judith abrió la puerta de la cocina.

—Puedes y vas a hacerlo.

—Judith, por favor, no me cargue con esto.

—Te estoy quitando un peso de encima, Charlotte. Tu padre ha muerto. Soy la última persona que conoce lo ocurrido. Tu secreto morirá conmigo.

—¡No hace falta! —gritó Charlie—. ¡No me importa! Ya hay gente que lo sabe. Mi marido, mi hermana. Me da igual. Judith, por favor, por favor, no...

Sin previo aviso, Judith se abalanzó hacia ella y la agarró por la cintura. Charlie sintió que sus pies se despegaban del suelo. Se agarró a los hombros de la mujer. Sintió una opresión en las costillas cuando la arrastró por la cocina y la arrojó al porche.

—¡No, Judith! —Charlie trató de detenerla.

La puerta se cerró violentamente ante ella.

Se oyó el chasquido de la cerradura.

—¡Judith! —gritó aporreando la puerta—. ¡Judith! ¡Abra la...!

Un estruendo resonó en la casa.

No era el petardeo de un coche.

No eran fuegos artificiales.

Charlie cayó de rodillas.

Apoyó la mano en la puerta.

Alguien que ha oído de cerca el estruendo que produce una escopeta al matar a una persona nunca confunde un disparo con otra cosa.

LO QUE FUE DE SAM

Alternaba el movimiento de los brazos, abriendo un estrecho canal en las cálidas aguas de la piscina. Cada tres brazadas giraba la cabeza y tomaba aire en una larga inhalación. Batía los pies. Esperaba la siguiente inhalación.

«Izquierda-derecha-izquierda-respira».

Ejecutó un giro perfecto al llegar a la pared de la piscina, los ojos fijos en la línea negra que marcaba su calle. Siempre le había encantado la calma, la sencillez del estilo crol, tener que concentrarse en nadar lo justo para que los pensamientos que la agobiaban se borraran de su mente.

«Izquierda-derecha-izquierda-respira».

Vio la marca al final de la calle. Se dejó llevar por el impulso hasta tocar la pared con los dedos. Se arrodilló en el suelo de la piscina respirando trabajosamente y echó un vistazo a su cronómetro: 2,4 kilómetros a 154,2 segundos por cada 100 metros. Es decir, 38,55 segundos por cada largo de 25 metros.

No estaba mal. No tan bien como el día anterior, pero tenía que asumir que su cuerpo trabajaba a su ritmo. Intentó convencerse de que aceptar este hecho era un avance. Pero cuando salió de la piscina sentía aún un hormigueo de malestar: su afán competitivo seguía azuzándola. Solo un dolor sordo del nervio ciático le impidió ceder al deseo de volver a meterse en el agua para mejorar su marca.

Se duchó rápidamente para quitarse el agua salada. Al secarse con la toalla, sus dedos arrugados se trabaron en el algodón egipcio.

Examinó los surcos de sus yemas: la reacción de su cuerpo ante una inmersión prolongada.

No se quitó las gafas de nadar mientras subía en el ascensor. Al llegar a la planta del portal, entró un hombre mayor con un periódico bajo el brazo y un paraguas mojado en la otra mano. Se rio al ver a Sam.

—¡Una bella sirena!

Ella trató de corresponder a su sonrisa entusiasta. Hablaron del mal tiempo, de la borrasca que ascendía por la costa y que, según todas las previsiones, desencadenaría lluvias aún más intensas en Nueva York a media tarde.

—¡Y casi es junio! —exclamó él, como si el mes le hubiera pillado desprevenido.

Sam también tenía en cierto modo esa sensación. Le costaba creer que apenas hubieran pasado tres semanas desde su marcha de Pikeville. Desde entonces, su vida había vuelto a la normalidad. Su horario era el mismo. Veía a la misma gente en el trabajo, presidía las mismas reuniones y conferencias, estudiaba los planos técnicos de los mismos contenedores de compresas higiénicas en preparación para el juicio.

Y sin embargo todo le parecía distinto. Más pleno. Más rico. Incluso un gesto tan prosaico y rutinario como levantarse de la cama iba acompañado de una especie de levedad que no sentía desde... Si era sincera, desde antes de despertarse en el hospital veintiocho años antes.

Tintineó el timbre del ascensor. Habían llegado al piso de su vecino.

—¡Feliz baño, hermosa sirena! —Agitó su periódico en el aire.

Sam le vio alejarse por el pasillo. Su paso vivaz le recordó a Rusty, sobre todo cuando empezó a silbar y a agitar rítmicamente las llaves.

Cuando se cerraron las puertas del ascensor, Sam murmuró:

—«Sale, perseguido por un oso».

El ondulado revestimiento de cromo de las puertas mostraba a una mujer que se sonreía, pertrechada con unas ridículas gafas de natación. Complexión delgada. Bañador enterizo negro. Se pasó los dedos por el corto cabello canoso para que se le fuera secando. Sus dedos rozaron el borde de la cicatriz, allí donde la bala había penetrado en su cráneo. Ya rara vez pensaba en aquel día. Pensaba, en cambio, en Anton. Pensaba en Rusty. Pensaba en Charlie y en Ben.

Se abrieron las puertas del ascensor.

Los grandes ventanales que rodeaban su ático dejaban ver negros nubarrones. Oyó el pitido de los cláxones y las grúas, el estruendo cotidiano de la ciudad, amortiguado por los cristales de triple capa.

Se dirigió a la cocina encendiendo las luces a su paso. Cambió sus gafas de nadar por las normales. Sacó comida para Fosco. Llenó la tetera. Preparó su infusor de té, la taza y una cuchara, pero antes de poner a hervir el agua se acercó a la colchoneta de yoga del cuarto de estar.

Se quitó las gafas. Hizo sus estiramientos con urgencia excesiva. Estaba ansiosa por empezar el día. Intentó meditar, pero se sentía incapaz de vaciar su mente. Fosco, que se había terminado el desayuno, aprovechó aquella perturbación de la rutina para meter la cabeza bajo su brazo, hasta que se dio por vencida. Le acarició la barbilla oyendo sus ronroneos tranquilizadores y se preguntó, como hacía a menudo, si debería adoptar otro gato.

Fosco le mordisqueó la mano para indicarle que ya había tenido suficiente.

Lo vio alejarse parsimoniosamente y tumbarse de lado frente a los ventanales.

Se puso las gafas. Regresó a la cocina y puso a hervir la tetera. La lluvia caía oblicuamente más allá de las ventanas, saturando la parte baja de Manhattan. Cerró los ojos y escuchó el leve tamborileo de miles de gotas golpeando los cristales. Cuando volvió a abrirlos, vio que Fosco también estaba mirando por la ventana. Se había curvado formando una *C* invertida, con las patas delanteras estiradas hacia el cristal, y estaba disfrutando del calor que desprendían las baldosas de la cocina.

Siguieron contemplando la lluvia hasta que la tetera dejó escapar un suave silbido.

Se sirvió una taza de té. Puso el temporizador de los huevos para dejar las hojas en infusión tres minutos y medio. Sacó yogur de la nevera y lo mezcló con muesli con una cuchara que extrajo del cajón. Se quitó las gafas de lejos y se puso las de leer.

Encendió su teléfono.

Tenía varios correos electrónicos de trabajo, pero abrió primero el de Eldrin. La semana siguiente era el cumpleaños de Ben. Sam le había pedido a su asistente que pensara en un mensaje ingenioso que pudiera gustarle a su cuñado. Y Eldrin le sugería...

Ese es el problema de hacerse mayor: ¡que hay tribbles *por todas partes!*

¡Hasta en el paraíso!

Yesterday, all my tribbles seemed so far away... *

Arrugó el ceño. No sabía si la palabra *tribble* era inapropiada o demasiado desenfadada para que una mujer de cuarenta y cuatro años la incluyera en una felicitación de cumpleaños dirigida a su cuñado.

Abrió el navegador del móvil para buscarla en Internet. La página de Facebook de Charlie ya aparecía en pantalla. Sam la visitaba dos veces al día porque era la manera más fiable de saber qué se traían entre manos Charlie y Ben: buscar casa en Atlanta, acudir a entrevistas de trabajo, tratar de encontrar a alguien que supiera si era aconsejable o no trasladar a unos cuantos conejos de la montaña a la ciudad.

En lugar de buscar la palabra *tribble*, volvió a abrir la página de Charlie. Sacudió la cabeza al ver la nueva foto que había colgado su hermana. Había encontrado otro animalillo perdido: un chucho con manchas parecidas a las de un bluetick, pero con las

---

* Los tribbles son unas criaturas peludas que aparecían en un episodio de *Star Trek*. Aquí, la autora juega con su similitud fonética con *troubles*, «problemas», para hacer un juego de palabras en el que incluye un verso de la canción *Yesterday* de los Beatles: «ayer, todos mis problemas parecían tan lejanos». (N. de la T.)

patas cortas como un perro salchicha. El animal aparecía en el jardín trasero de la casa, metido entre la hierba hasta la rodilla. Uno de los amigos de Charlie, una persona que respondía al dudoso mote de Iona Trayler, comentaba mordazmente que el marido de Charlie debería cortar el césped.

¡Pobre Ben! Había pasado horas y horas con Charlie rebuscando en los despachos de Rusty y en las habitaciones de La Choza, llenando cajas, separando las cosas que eran para donar y sacando a la venta en eBay números de revistas, prendas de ropa y hasta una pierna ortopédica que había comprado un canadiense por dieciséis dólares.

No habían encontrado la fotografía de Gamma. Estaba *la* foto, la instantánea descolorida por el sol que Rusty había dejado que se deteriorara sobre la mesa de su despacho, pero la fotografía de la que le había hablado, la que, según decía, captaba el instante en que Gamma y él se enamoraron, no aparecía por ninguna parte. No estaba en la caja fuerte, ni en los archivos de Rusty, ni en los armarios. Ni en el despacho del bufete, ni en el de La Choza.

Charlie y ella habían llegado finalmente a la conclusión de que aquella imagen mítica era probablemente otro de los cuentos de Rusty, embellecido para el oyente pero sin apenas fundamento real.

Aun así, la pérdida de aquella foto fantasma había suscitado en ella un profundo anhelo. Durante años había indagado en el mundo académico y científico en busca de artefactos producidos por la mente brillante de su madre. Hasta tres semanas antes, no se le había ocurrido pensar que había sido una idiota por no buscar ni una sola vez el rostro de Gamma.

Podía mirarse al espejo y ver el parecido. Podía compartir recuerdos con Charlie. Pero, salvo aquellos áridos artículos académicos, no había ninguna prueba de que su madre hubiera sido un ser humano rebosante de vida y energía.

La postal de la NASA que encontraron en la caja fuerte de Rusty le había dado una idea. El Smithsonian, en colaboración con el Centro Espacial Johnson, guardaba un registro detallado de cada fase de la carrera espacial. Sam había tanteado el terreno tratando de encontrar un investigador o un historiador que investigara si había en aquellos archivos alguna fotografía de su madre. Ya había recibido varias respuestas. Al parecer, dentro del campo de la física, la ingeniería y las matemáticas había una nueva preocupación por reconocer las contribuciones olvidadas de mujeres y minorías al progreso científico de la humanidad.

Sería como buscar una aguja en un pajar, pero Sam intuía en lo más hondo de su ser que había una fotografía de Gamma en los archivos de la NASA, o incluso del Fermilab. Por primera vez en su vida, se descubrió creyendo que existía de verdad el destino. Lo ocurrido en la cocina casi tres décadas antes no había sido el fin. Estaba convencida de que volvería a ver el rostro de su madre. Solo hacían falta tiempo y dinero, dos cosas que ella tenía en abundancia.

Sonó el temporizador.

Se sirvió leche en el té caliente. Miró por la ventana y vio cómo la lluvia fustigaba el cristal. El cielo se había oscurecido aún más. Soplaba el viento. Sintió la leve oscilación del edificio sacudido por la tormenta.

Se preguntó, curiosamente, qué tiempo haría en Pikeville.

Rusty lo habría sabido. Al parecer, había seguido con el proyecto meteorológico que inició con Charlie. Ben había encontrado en el granero montones de impresos en los que, durante veintiocho años, su padre había anotado casi a diario la dirección y la velocidad del viento, la presión atmosférica, la temperatura, la humedad y las precipitaciones. Ignoraban por qué había llevado el registro de aquellos datos. La estación meteorológica que Ben había instalado en la torreta remitía los datos telemáticamente al Observatorio Atmosférico Nacional. Quizá se debiera simplemente a que Rusty era un animal de costumbres. Sam siempre había pensado que ella se parecía más a su madre, pero al menos en ese aspecto había salido a su padre.

Sus largos de todos los días en la piscina. La taza de té. El yogur con muesli.

Una de las muchas cosas que lamentaba era no haber conservado el último mensaje de cumpleaños que le dejó Rusty. Su saludo efusivo. El informe del tiempo. La anécdota histórica. Y la absurda frase de despedida.

Sobre todo, echaba de menos su risa. A Rusty siempre le entusiasmaban sus propios chistes.

Estaba tan absorta que no oyó sonar el teléfono. La vibración entrecortada del aparato la devolvió al presente. Pasó el dedo por la pantalla. Se acercó el teléfono al oído.

—Ha firmado el acuerdo —dijo Charlie a modo de saludo—. Le dije que podíamos intentar reducir la pena un par de años más, pero los padres de Lucy Alexander están ejerciendo mucha presión y los Wilson solo quieren que esto acabe de una vez, así que se ha conformado con diez años en una prisión de mínima seguridad y con posibilidad de salir en libertad vigilada dentro de cinco si se porta bien, cosa que hará, naturalmente.

Sam tuvo que repetir para sus adentros las palabras de Charlie para entenderlas del todo. Su hermana le estaba hablando de Kelly Wilson. Ella había contratado a un abogado de Atlanta para que ayudara a la chica a conseguir un acuerdo con la fiscalía. Tras la repentina dimisión de Ken Coin y la presentación de la grabación de Judith Pinkman, equivalente a una confesión *in extremis*, la fiscalía se había mostrado ansiosas por zanjar el caso de Kelly Wilson.

—Coin nunca habría aceptado esos términos —comentó Charlie.

—Apuesto a que yo habría podido convencerle.

Charlie se rio, encantada.

—¿Vas a contarme alguna vez cómo conseguiste que dimitiera?

—Es una historia interesante —respondió Sam, pero no se la contó.

Charlie seguía negándose a explicarle cómo le habían roto la nariz, y ella se negaba a contarle cómo se había servido de la confesión de Mason Huckabee para obligar a Coin a renunciar a su puesto.

—Es un buen trato: libertad vigilada dentro de cinco años. Tendrá poco más de veinte años cuando salga. Su hijo será aún lo bastante pequeño para que puedan establecer lazos de apego.

—Me saca de quicio —dijo Charlie, y Sam comprendió que no se refería a Kelly Wilson o a su futuro hijo, ni siquiera a Ken Coin, sino a Mason Huckabee.

El FBI había pedido su imputación por mentir a un agente federal, manipulación de pruebas, obstrucción a la justicia y complicidad en un doble homicidio con posterioridad a los hechos. A pesar de que había confesado voluntariamente ante la policía de Pikeville, Mason Huckabee había contratado, como era de esperar, a un abogado excelente y carísimo que había conseguido reducir su condena a seis años sin posibilidad de libertad condicional. La penitenciaría federal de Atlanta no era un lugar ideal para cumplir condena, pero durante las semanas anteriores tanto ella como Charlie se habían preguntado a menudo si no debían cumplir la amenaza de Sam y hacer pública su confesión escrita.

Sam contestó lo que decía siempre:

—Es mejor que lo dejemos correr, Charlie. Papá no habría querido que hipotecáramos nuestras vidas los próximos cinco, diez o veinte años sirviéndonos del sistema penal para hostigar a Mason Huckabee. Tenemos que pasar página.

—Lo sé —reconoció Charlie, no sin reticencia—. Pero es que me cabrea que solo le haya caído un año más que a Kelly. Supongo que eso demuestra lo grave que es mentir a un agente federal. Claro que siempre podemos ir a por él antes de que salga en libertad. ¿Quién sabe dónde estaremos dentro de seis años? Además, la ley no contempla la prescripción de...

—Charlie...

—Está bien —dijo su hermana—. A lo mejor le rajan en la ducha o alguien le pone cristales en la comida.

Sam la dejó hablar.

—No es que quiera que le maten ni nada parecido —prosiguió Charlie—, pero si pierde un riñón o acaba con el estómago hecho trizas... O, mejor aún, si tiene que cagar en una bolsa el resto de su vida... —Hizo una breve pausa para recuperar el aliento—. Vale, ya sé que las condiciones de vida en las cárceles son deplorables, que no tienen prácticamente atención sanitaria y que les dan mierda de rata para comer, básicamente, pero ¿no te alegrarías un poquito si se le infectara una muela, por ejemplo, y tuviera una muerte miserable y dolorosa?

Sam esperó para asegurarse de que había acabado.

—En cuanto Ben y tú os instaléis en Atlanta y empecéis vuestra nueva vida, dejará de importarte tanto. Esa será tu venganza. Disfrutar de la vida. Valorar lo que tienes.

—Lo sé —repitió Charlie.

—Sé útil, Charlie. Es lo que quería mamá.

—Lo sé —dijo por tercera vez con un suspiro—. Cambiemos de tema. Ya que estamos con el parte judicial de Pikeville, quiero que sepas que han soltado a Rick Fahey.

El tío de Lucy Alexander. El hombre que probablemente había apuñalado a Rusty.

Sam dijo lo que sin duda Charlie ya sabía:

—A falta de una confesión, no tienen ninguna prueba contra él.

—No paro de pensar que papá le vio aquella noche, que sabía que era él pero que decidió dejarlo correr para que no nos obsesionáramos con ese asunto.

Sam optó por no caer en la condescendencia repitiéndole a su hermana las palabras de Rusty acerca de la virtud del perdón.

—¿No es justo eso lo que decías que querías hacer: dejar correr las cosas?

—Sí, ya, pero yo creía que estabas aprendiendo a no darme tanto la murga.

Sam sonrió.

—Quiero mandarte un cheque por haberte encargado de...

—Ni hablar. —Charlie era demasiado terca para aceptar su dinero—. Mira, estábamos pensando en tomarnos unas vacaciones antes de empezar en el trabajo nuevo. Pasar unos días en Florida para asegurarnos de que Lenore se está integrando bien, y luego ir a verte, quizá.

Sam sintió que una sonrisa tensaba sus mejillas.

—¿No vas a aceptar mi dinero pero sí comida y techo gratis?

—Exacto.

—Me encantaría.

Sam paseó la mirada por su apartamento. De pronto se le antojó demasiado aséptico. Tenía que comprar cosas, cojines, por ejemplo, colgar algunos cuadros y añadir tal vez una nota de color antes de que llegara Charlie. Quería que su hermana supiera que tenía un hogar.

—Bueno —dijo Charlie—, tengo que ir a desahogarme con Ben, a ver si se me pasa el cabreo. Mira tu correo. Hemos encontrado una cosa increíble en el sótano.

Sam hizo una mueca. El sótano era el dominio del grajero solterón.

—¿Algo que vaya a ponerme los pelos de punta?

—Mira tu correo.

—Acabo de abrirlo.

—Pues ábrelo otra vez, pero cuando cuelgues.

—Puedo mirarlo mientras...

Charlie colgó.

Sam puso cara de fastidio. Haber recuperado la relación con su hermana tenía algunas desventajas.

Pulsó el botón del teléfono. Abrió su correo. Arrastró la pantalla hacia abajo con el pulgar. El círculo giró mientras se refrescaba la página.

No había mensajes nuevos. Volvió a cargarlos.

Nada.

Se quitó las gafas. Se restregó los ojos. Repasó mentalmente las inquietantes sorpresas pertenecientes al granjero solterón que ya habían encontrado en el sótano: lencería variada, una colección de zapatos del pie izquierdo y un reloj de cuco en el que una mujer desnuda replicaba la famosa frase de Piolín.

Fosco se subió de un salto a la encimera. Husmeó el cuenco de yogur vacío y puso cara de desilusión. Sam le acarició las orejas. El gato comenzó a ronronear.

Su teléfono trinó suavemente.

Por fin había llegado el correo de Charlie.

Sam echó un vistazo al asunto: *mensaje sin contenido.*

—Charlie... —masculló.

Abrió el correo mientras preparaba para sus adentros una réplica mordaz, y enseguida descubrió que no estaba vacío.

Había un archivo adjunto al final.

Tocar para descargar.

Dejó el pulgar suspendido sobre el icono.

El nombre del archivo quedaba sobre su uña.

En lugar de tocar la pantalla, dejó el teléfono en la encimera.

Se inclinó y pegó la frente al frío mármol. Cerró los ojos. Juntó las manos sobre el regazo. Respiró lentamente, llenándose los pulmones. Luego, dejó escapar el aire. Escuchó la lluvia que seguía azotando las ventanas. Esperó a que se le pasara el cosquilleo del estómago.

Fosco se restregó contra su mejilla. Ronroneaba fervientemente.

Sam respiró hondo otra vez. Se incorporó y estuvo rascándole las orejas al gato hasta que el animal se cansó y se bajó de un salto.

Se puso las gafas. Cogió su teléfono. Miró el correo, el título del archivo.

Gamma.jpg

Si Charlie era la niña de Rusty, ella siempre se había sentido la de Gamma. De niña, había pasado muchas horas observando a su madre, estudiándola, deseando ser como ella: interesante, lista, buena, útil. Pero, tras su muerte, cada vez que intentaba recordar el rostro de su madre, se descubría incapaz de imprimirle la correspondiente expresión: una sonrisa, una mirada de sorpresa, de asombro, de duda, de curiosidad, de aliento, de gozo.

Hasta ahora.

Abrió el archivo. Vio cómo se cargaba la imagen en el teléfono.

Se tapó la boca con la mano. No hizo nada por contener las lágrimas.

Charlie había encontrado la fotografía.

No *la* foto, sino la fotografía mítica de la historia de amor de Rusty.

Estuvo contemplándola minutos, horas, el tiempo necesario para completar sus recuerdos.

Tal y como había dicho Rusty, Gamma se hallaba de pie en un campo. La manta roja de pícnic estaba extendida en el suelo. A lo lejos se veía una vieja torreta meteorológica, de madera, no como la metálica que había en la granja. Gamma estaba girada hacia la cámara, con las manos apoyadas en las estrechas caderas. Doblaba por la rodilla una de sus preciosas piernas. Era evidente que intentaba no darle a Rusty la satisfacción de reírse de alguna de sus bobadas. Tenía una ceja levantada. Los dientes blancos. Las pálidas mejillas salpicadas de pecas. Un tenue hoyuelo en la barbilla.

No pudo negar que su padre tenía razón al afirmar que aquella instantánea había captado un momento trascendental. El vívido azul de los ojos de Gamma mostraba sin duda a una mujer en el acto de enamorarse, pero había algo más: una tensión de la boca, una especie de conciencia de los retos que se avecinaban, la disposición a aprender, la esperanza de una vida convencional, útil, plena, con familia e hijos incluidos.

Sam sabía que así era como le habría gustado a Gamma que la recordaran: con la cabeza erguida, los hombros echados hacia atrás y los dientes apretados, persiguiendo eternamente la felicidad.

AGRADECIMIENTOS

Gracias a Kate Elton, amiga y editora, que me acompaña desde mi segundo libro. Gracias también a Victoria Sanders, amiga y agente, que lleva conmigo desde el principio de los tiempos. Y al Equipo Slaughter, que mantiene los ejes bien engrasados: Bernadette Baker-Baughman, Chris Kepner, Jessica Spivey y la gran maga de Oz, Diane Dickensheid. Gracias también a mi agente cinematográfica, Angela Cheng Caplan, amiga y paladina.

En William Morrow, vaya mi agradecimiento para Liate Stehlik, Dan Mallory, Heidi Richter y Brian Murray.

Hay muchísima gente en las distintas divisiones de HarperCollins en todo el mundo a la que me gustaría dar las gracias, pero quiero mencionar en especial a los equipos de Noruega, Dinamarca, Finlandia, Suecia, Francia, Irlanda, Italia, Alemania, Países Bajos, Bélgica y México, con los que he tenido el honor de pasar tanto tiempo.

Y también a los expertos:

Al doctor David Harper, que contestó pacientemente a todas mis preguntas (¡con ilustraciones incluidas!) para que pareciera más lista de lo que soy.

En el campo jurídico, a Alafair Burke, licenciada en Stanford y exfiscal de Portland, actualmente profesora de Derecho y escritora de notable talento, que, pese a tener que hacer malabarismos con diez millones de cosas a la vez, tuvo la bondad de contestar a mis dudas urgentes sobre enjuiciamiento criminal. Gracias también a las siguientes personas por su asesoramiento jurídico gratuito: Aimee Maxwell, Don Samuelson, Patricia Friedman, Jan Wheeler (juez) y Melanie Reed Williams. Habéis hecho que me alegre de tener vuestros números y que al mismo tiempo me aterre la posibilidad de tener que usarlos alguna vez.

El subdirector del GBI Scott Dutton tuvo la amabilidad de mostrarme el procedimiento y, como siempre, la exsubdirectora Sherry Lange, la exagente especial Dona Robinson y la exsargento del Departamento de Policía de Atlanta Vickye Prattes me fueron de gran ayuda. Siempre me siento un poco culpable cuando escribo sobre policías que se portan mal, porque tengo el inmenso placer de conocer a muchos que cumplen su labor intachablemente. Gracias a David Ralston, presidente de la Cámara de Representantes de Georgia, por hacer las presentaciones. Y al director del GBI, Vernon Keenan: espero que advierta que siempre los dejo en buen lugar.

Sara Blaedel, amiga y colega, me echó una mano contándome cosas sobre Dinamarca. Brenda Allums y su alegre pandilla de entrenadores me ayudaron a calcular tiempos, distancias y muchas otras cosas de las que no sé nada.

Siempre le estoy agradecida a Claire Schoeder por sus gestiones a la hora de organizar mis viajes y por su amistad. Muchísimas gracias a Gerry Collins y a Brian por enseñarme Dublín. Anne-Marie Diffley me sirvió de guía en una estupenda visita al Trinity College de Dublín. Las señoras Antonella Fantoni, en Florencia, y Maria Luisa Sala, en Venecia, consiguieron que la historia cobrara vida con su alegría y su pasión por esas ciudades maravillosas. Y también con su alegría y su pasión por el vino.

Mi más sincero agradecimiento a las mujeres que me hicieron partícipe de sus historias y sus sufrimientos con una gracia y un aplomo inquebrantables. Jeanenne English me habló de lesiones cerebrales. Margaret Graff volvió a zambullirse en la física para ayudarme con algunos pasajes. Chiara Scaglioni, de HarperCollins Italia, me ayudó a encontrar un buen nombre para un vino. Melissa LaMarche hizo una generosa donación a la Biblioteca Pública de

Gwinnett a cambio de que su nombre apareciera en esta novela. Bill Sessions fue quien primero me mencionó la cita de Flannery O'Connor que, según me pareció, captaba a la perfección el dilema de una mujer llena de talento. Siento mucho tener que darle las gracias póstumamente: fue un narrador excelente y un maestro maravilloso.

El libro de Lewis Fry Richardson *Weather Predictions by Numerical Process* (1922) me fue de gran utilidad. Su prefacio de 2007 (segunda edición), escrito por Peter Lynch, profesor de Meteorología en el University College de Dublin, ofrece aclaraciones muy útiles acerca del contenido de la obra. Cualquier error es mío, por supuesto.

Por último, gracias, como siempre, a mi padre, por asegurarse de que no me muera de hambre o frío (o ambas cosas) cuando estoy escribiendo, y a DA, mi amor, que siempre me da la bienvenida al hogar en las apacibles estribaciones de *Mount Clothey*.

Este libro está dedicado a Billie: a veces, tu vida se vuelve del revés y necesitas que alguien te enseñe a caminar haciendo el pino antes de volver a ponerte en pie.

EL ÚLTIMO ALIENTO

8 de junio de 2004

1

—Venga ya, señorita Charlie. —La voz de Dexter Black sonaba rasposa a través del teléfono público de la cárcel. Tenía quince años más que ella, pero la llamaba «señorita» como muestra de respeto hacia sus posiciones respectivas—. Ya se lo he dicho, le pagaré la factura *na* más me saque de este lío.

Charlie Quinn giró los ojos con fastidio, tan bruscamente que se notó mareada. Estaba en el local de la YWCA, fuera del salón de actos lleno de *girl scouts*. No tendría por qué haber cogido la llamada, pero casi cualquier cosa era preferible a hallarse rodeada por una horda de adolescentes.

—Dexter, me dijiste exactamente lo mismo la última vez que te saqué de apuros y, en cuanto saliste de la clínica de desintoxicación, te gastaste todo el dinero que tenías en billetes de lotería.

—Podía haber *ganao*, y le habría *pagao* la mitad. No solo lo que le debo, señorita Charlie. La mitad.

—Eres muy generoso, pero la mitad de cero es cero.

Esperó a que él saliera con otra excusa, pero solo oyó el ruido de fondo del Centro de Detención para Hombres del Norte de Georgia. Rejas que se sacudían. Exabruptos. El llanto de hombres adultos llorando. Y guardias gritándoles que se callaran. Dijo:

—No voy a gastar más minutos de mi tarifa de móvil para que te quedes callado.

—Tengo una cosa —repuso Dexter—. Una cosa por la que me van a pagar.

—Espero que no sea nada de lo que no quieras que se entere la policía a través de una conversación telefónica grabada desde la cárcel. —Charlie se secó el sudor de la frente. El pasillo era como un horno—. Dexter, me debes casi dos mil dólares. No puedo ser tu abogada gratuitamente. Tengo una hipoteca y préstamos de estudios que pagar, y me gustaría poder comer de vez en cuando en un buen restaurante sin tener que preocuparme de que rechacen mi tarjeta de crédito.

—Señorita Charlie —repitió él—, me he *dao* cuenta de lo que ha hecho, cuando *m'ha recordao* lo de que graban las llamadas, pero le digo de verdad que tengo una cosa que a lo mejor le interesa a la policía.

—Pues deberías buscarte un buen abogado para que te represente en las negociaciones, porque no pienso ser yo.

—Espere, espere, no cuelgue —le suplicó Dexter—. Me estaba acordando de lo que me dijo hace la tira de años, cuando nos conocimos. *¿S'acuerda?*

Charlie volvió a poner los ojos en blanco, con menos brusquedad esta vez. Dexter había sido su primer cliente cuando empezó a ejercer, recién salida de la facultad.

—Me dijo que pasaba de tener un trabajo de la hostia en Atlanta porque lo que *usté* quería era ayudar a la gente. —Dexter hizo una pausa para dar mayor énfasis a sus palabras—. ¿Ya no quiere ayudar a la gente, señorita Charlie?

Ella masculló un par de tacos que sin duda harían las delicias de los encargados de monitorizar las llamadas del centro de detención.

—Carter Grail —dijo, dándole el nombre de otro abogado.

—¿Ese viejo borrachín? —preguntó Dexter en un tono puntilloso poco apropiado para un hombre que vestía mono naranja de presidiario—. Señorita Charlie, ¿no puede por favor...?

—No firmes nada que no entiendas. —Charlie cerró su móvil y se lo guardó en el bolso.

A su lado pasó un grupo de mujeres con mallas de ciclista. A media mañana, el local de la YWCA estaba poblado principalmente por jubiladas y madres jóvenes. Se oía el *zum, zum, zum* lejano de la música en una clase de gimnasia. El aire olía al cloro de la piscina cubierta y por la ventana de doble hoja entraba el ruido sordo de los raquetazos de las pistas de tenis.

Charlie se apoyó contra la pared. Repasó mentalmente la llamada de Dexter. Otra vez estaba en prisión. Otra vez por un asunto de drogas. Seguramente se le había ocurrido delatar a algún camello o a algún yonqui colega suyo a cambio de que sobreseyeran su caso. Pero, si no tenía un abogado que negociara el trato con la oficina del fiscal del distrito, más le valía resignarse y seguir comprando billetes de lotería.

Charlie sentía su situación, pero no tanto como para arriesgarse a no poder pagar la siguiente letra del coche.

Se abrió la puerta del salón de actos. Belinda Foster parecía al borde de la histeria. Tenía veintiocho años (la misma edad que Charlie), una hija pequeña en casa, un bebé en camino y un marido del que hablaba como si fuera un niño intratable. Ofrecerse como monitora de las *girl scouts* no había sido la mayor estupidez que había hecho ese verano, pero se hallaba entre las tres primeras.

—¡Charlie! —Belinda se tiró del pañuelo de punto que llevaba enrollado al cuello—. Si no vuelves ahí dentro ahora mismo, me tiro por la ventana.

—Solo conseguirías romperte el cuello.

Belinda abrió la puerta y esperó.

Charlie esquivó el vientre abultado de su amiga. En el salón de actos no había cambiado nada desde que el sonido de su móvil le había brindado la oportunidad de escabullirse. Una veintena de *girl scouts* de entre quince y dieciocho años, de cara fresca y risa fácil, absorbía todo el oxígeno de la habitación. Charlie intentó no estremecerse. Solo les sacaba diez años (como mínimo) a aquellas chicas, pero reconocía algo familiar en todas y cada una de ellas.

Las empollonas obsesionadas con las matemáticas. Las futuras licenciadas en filología inglesa. Las animadoras. Las Divinas. Las góticas. Las bobaliconas. Las frikis. Las genios de la informática. Intercambiaban entre sí las mismas sonrisas crispadas, sabedoras de que en cualquier momento una de ellas podía asestar la puñalada proverbial: un corte de pelo que podía parecer ridículo, un color de uñas desacertado, unos zapatos poco a la moda, unas mallas nada favorecedoras, una palabra dicha a destiempo y de pronto estabas fuera, con la nariz pegada al cristal.

Charlie aún recordaba lo que suponía verse atrapada en esa especie de limbo exterior. No había nada más torturante, ni más solitario, que sentirse rechazada por una pandilla de adolescentes.

—¿Tarta? —Belinda le ofreció una ración de tarta tan fina como papel.

—Umm —acertó a decir Charlie.

Tenía el estómago revuelto. No podía evitar que sus ojos vagaran por la sala escasamente amueblada. Todas las chicas eran jovencísimas, delgadas y poseedoras de una belleza que Charlie no había sabido apreciar cuando se contaba entre ellas. Minifaldas cortísimas. Camisetas ceñidas y blusas con varios botones desabrochados. Parecían tan seguras de sí mismas que casi daban miedo. Se reían agitando sus largas melenas teñidas de rubio. Entornaban los ojos hábilmente maquillados mientras escuchaban. Llevaban los fajines torcidos, los chalecos desabrochados. Algunas infringían gravemente el reglamento indumentario de las *scouts.*

—No me acuerdo de qué hablábamos cuando teníamos su edad —comentó Charlie.

—De que las Culpepper eran un hatajo de zorras.

Charlie hizo una mueca al oír el nombre de sus torturadoras. Le quitó el plato a Belinda, por tener algo en lo que ocupar las manos.

—¿Por qué no preguntan nada?

—Nosotras nunca preguntábamos —respondió Belinda, y Charlie lamentó de inmediato haberse burlado de las mujeres que iban a darles charlas sobre sus carreras profesionales cuando ella era jovencita y estaba en las *girl scouts*.

Le parecían todas tan viejas... Pero ella no era vieja. Todavía tenía en casa su fajín lleno de insignias, guardado en algún armario. Era una abogada estupenda. Tenía un marido adorable. Y estaba en mejor forma que nunca. Aquellas chicas deberían mirarla con admiración. Deberían estar acribillándola a preguntas sobre cómo había conseguido tener una vida tan maravillosa, en vez de ponerse a cuchichear en grupitos, seguramente para debatir cuánta sangre de cerdo pondrían en el cubo que le echarían por la cabeza.

—Es alucinante cómo van maquilladas —dijo Belinda—. Mi madre me restregó tan fuerte los ojos una vez que me puse rímel e intenté escabullirme que casi me arranca los párpados.

La madre de Charlie había muerto cuando ella tenía trece años, pero recordaba más de un sermón de Lenore, la secretaria de su padre, acerca de los peligros que entrañaban los vaqueros demasiado ceñidos. Aunque poco había podido hacer Lenore para impedir que se los pusiera.

—No pienso educar así a Layla —dijo Belinda refiriéndose a su hija de tres años, que estaba resultando ser un ángel, a pesar de la afición inveterada de su madre por la cerveza, los chupitos de tequila y los moteros en paro—. Estas chicas son un encanto, pero no tienen vergüenza. Se creen que todo lo que hacen está bien. Y no hablemos ya de sexo. Las cosas que cuentan en los encuentros... —Soltó un bufido, como si prefiriera callarse para no escandalizar a Charlie—. Nosotros no éramos así.

Charlie había visto todo lo contrario, sobre todo si había una Harley de por medio.

—Supongo que lo que pretende el feminismo es que puedan elegir por sí mismas, no que hagan justo lo que nosotras creemos que deben hacer.

—Bueno, puede ser, pero nosotras tenemos razón y ellas no.

—Estás hablando como una madre. —Charlie cogió un poco de la crema de chocolate de la tarta con el tenedor. La notó pastosa en la lengua. Le devolvió el plato a Belinda—. A mí me daba terror decepcionar a mi madre.

Belinda se acabó la tarta.

—A mí me daba terror mi madre, punto.

Charlie sonrió y se llevó la mano al estómago, donde el chocolate había empezado a dar vueltas como un trozo de madera en un tsunami.

—¿Estás bien? —preguntó Belinda.

Charlie levantó la mano. La náusea fue tan repentina que ni siquiera pudo preguntar dónde estaba el baño.

Belinda conocía aquella expresión.

—Está al fondo del pasillo a la...

Charlie salió corriendo de la sala. Se tapó la boca con la mano mientras probaba a abrir puertas. Un armario. Otro.

Una *scout* de rostro lozano estaba saliendo por la última puerta que probó.

—¡Ay, qué susto! —exclamó la chica levantando las manos y retrocediendo.

Charlie se metió corriendo en el reservado más cercano y vomitó en el váter. Las arcadas eran tan fuertes que se le saltaron las lágrimas. Se agarró a los bordes de la taza con las dos manos. Emitía unos gruñidos que no querría que oyera ningún ser humano.

Pero alguien los oyó.

—¿Señora? —preguntó la adolescente, lo que empeoró aún más las cosas, porque Charlie no tenía edad para que la llamaran «señora»—. Señora, ¿se encuentra bien?

—Sí, gracias.

—¿Está segura?

—Sí, gracias. Puedes irte.

Se mordió el labio para no ponerse a maldecir como a un perro a la pobre criatura. Buscó a tientas su bolso. Lo había dejado caer fuera del reservado. Su cartera, las llaves, un paquete de chicles y algo de calderilla estaban desparramados por el suelo. La tira del bolso se extendía como una cola sinuosa por las baldosas grasientas. Hizo amago de cogerla, pero desistió al notar otra náusea. Solo alcanzó a sentarse en el suelo sucio del retrete, se levantó el pelo de la nuca y rezó por que su malestar gástrico solo afectara a un extremo del circuito.

—¿Señora? —repitió la chica.

Le entraron unas ganas tremendas de decirle que se fuera al infierno, pero no podía arriesgarse a abrir la boca. Esperó con los ojos cerrados, a la espera de oír el ruido de la puerta cuando se marchase la chica.

Oyó que se abría un grifo y que empezaba a correr el agua del lavabo. La chica extrajo unas toallas de papel del dispensador.

Charlie abrió los ojos. Accionó la cadena del váter. ¿Por qué diablos se encontraba tan mal?

No podía haber sido la tarta. Tenía intolerancia a la lactosa, pero Belinda siempre utilizaba ingredientes artificiales en sus tartas. Y las cremas pasteleras eran pura química, así que no solían sentarle mal. ¿Sería el pollo de General Ho's que había cenado anoche? ¿El rollito de primavera que había sacado a hurtadillas del frigorífico antes de irse a la cama? ¿El fiambre que había engullido a toda prisa antes de irse a correr por la mañana? ¿El burrito que había comprado en Taco Bell de camino allí?

Cielo santo, comía como un adolescente de dieciséis años.

El grifo se cerró.

Debería al menos haber abierto la puerta del retrete, pero desistió al ver el estado en que se encontraba. Tenía la falda azul marino subida. Una carrera en las medias. Y unas manchas en la blusa de seda blanca que seguramente no saldrían nunca. Y lo peor de todo era que se había arañado la puntera de los zapatos nuevos, unos de tacón alto, también azules, que le había ayudado a escoger Lenore para cuando tenía que comparecer en los tribunales.

—¿Señora? —preguntó de nuevo la adolescente, y le tendió una toalla de papel mojada por debajo de la puerta del reservado.

—Gracias —dijo Charlie. Se aplicó la toallita fresca a la nuca y volvió a cerrar los ojos. ¿Tendría un virus intestinal?

—Puedo traerle algo de beber si quiere —se ofreció la chica.

Estuvo a punto de vomitar otra vez al acordarse del ponche que había hecho Belinda para la reunión. Ya que la chica no parecía tener intención de marcharse, al menos podía hacer algo útil.

—Tengo dinero suelto en la cartera. ¿Te importaría traerme un *ginger-ale* de la máquina?

La chica se arrodilló en el suelo. Charlie vio su fajín caqui repleto de insignias. Fidelización del cliente. Planificación empresarial. *Marketing*. Educación financiera. Vendedora destacada. Por lo visto la chica sabía vender galletitas.

—Los billetes están en el bolsillo interior —dijo Charlie.

La chica abrió la cartera. Su permiso de conducir estaba en la funda de plástico transparente.

—Creía que se apellidaba Quinn.

—Y me apellido así, cuando trabajo. Ese de ahí es mi apellido de casada.

—¿Cuánto tiempo lleva casada?

—Cuatro años y medio.

—Mi abuela dice que a partir de los cinco empiezas a odiarlos.

Charlie no se imaginaba odiando a su marido. Claro que tampoco se imaginaba manteniendo una conversación como aquella a través de la puerta de un retrete. Notó un picor en la garganta, un cosquilleo, como si otra vez tuviera ganas de vomitar.

—Es usted la hija de Rusty Quinn —dijo la chica, de lo que cabía deducir que no era una recién llegada.

El padre de Charlie era muy conocido en Pikeville debido a los clientes a los que defendía: atracadores de tiendas, traficantes de drogas, asesinos y delincuentes de todas clases. La opinión que la gente tenía de él solía depender de si algún miembro de su familia había necesitado alguna vez de sus servicios.

—He oído decir que su padre ayuda a la gente —dijo la chica.

—Sí. —Aquello le recordó desagradablemente lo que había dicho Dexter: que había rechazado un trabajo de cientos de miles de dólares al año en Atlanta para dedicarse a defender a personas necesitadas. Si algo tenía claro Charlie era que no quería parecerse a su padre.

—Apuesto a que es muy caro. ¿Usted es cara? —preguntó la chica—. Quiero decir cuando ayuda a la gente.

Charlie se llevó otra vez la mano a la boca. ¿Cómo podía pedirle a la chica que por favor le llevara un *ginger-ale* sin ponerse a gritar?

—Me ha gustado su charla —añadió la chica—. Mi madre murió en un accidente de tráfico cuando yo era pequeña.

Charlie esperó a que le aclarara el contexto, pero la chica se quedó callada, sacó un billete de dólar de su cartera y por fin, afortunadamente, salió del aseo de señoras.

En medio del silencio que siguió, Charlie no pudo hacer otra cosa que intentar levantarse. Casualmente, se hallaba en el reservado para minusválidos. Se agarró a las barras de metal y, temblando todavía, consiguió ponerse en pie. Escupió en el váter un par de veces y tiró de la cadena. Cuando abrió la puerta, vio en el espejo a una mujer pálida y de aspecto enfermizo, vestida con una blusa de seda de ciento veinte dólares manchada de vómito. Tenía el pelo revuelto y los labios tirando a azules.

Se levantó el pelo y se hizo una coleta. Abrió el grifo del lavabo, se enjuagó la boca y, al inclinarse para escupir, vio otra vez su reflejo.

Los ojos de su madre, sus cejas arqueadas, la observaban desde el espejo.

«¿Qué pasa dentro de esa cabecita tuya, Charlie?»

Cuando su madre vivía, Charlie oía esa pregunta tres o cuatro veces por semana, como mínimo. Estaba sentada en la cocina haciendo los deberes, o en el suelo de su cuarto tratando de hacer algún trabajo de manualidades, y su madre se sentaba frente a ella y le preguntaba: «¿Qué pasa dentro de esa cabecita?»

No era una muletilla para trabar conversación. Su madre era una científica, una erudita. Nunca había sido muy dada a charlar por charlar. Le interesaba muchísimo saber qué ideas poblaban la cabeza de su hija de trece años.

Hasta que Charlie conoció a su marido, nadie más había expresado un interés tan vivo por lo que pasaba dentro de su mente.

Se abrió la puerta. Había vuelto la chica con el *ginger-ale*. Era guapa, aunque no de una manera convencional. No parecía casar del todo con sus compañeras, tan bien peinadas. Tenía el pelo largo, moreno y liso, recogido a un lado con un pasador plateado. Parecía muy joven, unos quince años quizá, y curiosamente no iba maquillada. Llevaba la tiesa camisa verde de las *scouts* remetida en unos vaqueros descoloridos, lo que a Charlie le pareció una injusticia: en sus tiempos, las obligaban a llevar rasposas camisas blancas y faldas de color caqui con calcetines hasta la rodilla.

No sabía qué era peor: si haber vomitado o haber empleado la expresión «en mis tiempos».

—Le guardo el cambio en la cartera —se ofreció la chica.

—Gracias. —Charlie se bebió parte del *ginger-ale* mientras la chica guardaba cuidadosamente en su bolso las cosas desparramadas por el suelo.

—Esas manchas que tiene en la blusa —dijo— se quitan mezclando una cucharada de amoníaco, un vaso de agua templada y media cucharadita de detergente. Hay que dejarlo en remojo en un barreño.

—Gracias otra vez. —No estaba segura de querer dejar nada a remojo en amoníaco pero, a juzgar por las insignias de su fajín, aquella chica sabía de lo que hablaba—. ¿Cuánto tiempo llevas en las *scouts*?

—Empecé de lobezna. Me apuntó mi madre. A mí me parecía un rollo, pero la verdad es que se aprenden un montón de cosas. A llevar un negocio, por ejemplo.

—A mí también me apuntó mi madre.

A Charlie nunca le había parecido un rollo. Le encantaban los proyectos y las acampadas y, sobre todo, comerse las galletas que hacía comprar a sus padres.

—¿Cómo te llamas?

—Flora Faulkner —contestó la chica—. Mi madre me puso Florabama porque nací justo en la frontera con Alabama. Pero todo el mundo me llama Flora.

Charlie sonrió, pero solo porque sabía que más tarde se reiría de todo aquello con su marido.

—Hay nombres peores.

Flora se miró las manos.

—A algunas chicas se les da de maravilla inventar cosas horribles.

Estaba claro que era una especie de confesión, pero Charlie no supo qué contestar. Trató de refrescar sus conocimientos sobre problemática adolescente, aprendidos en programas de televisión de media tarde, pero solo consiguió acordarse de una película en la que Ted Danson está casado con Glenn Close y ella descubre que él está abusando de su hija adolescente, pero, como ella es frígida, parece que la culpa es suya, así que van todos a terapia para aprender a sobrellevarlo.

—Señorita Quinn... —Flora puso su bolso en la encimera—. ¿Quiere que le traiga unos *crackers*?

—No, estoy bien así. —Y era cierto, curiosamente: estaba bien. No sabía qué había provocado las náuseas, pero ya se le había pasado—. ¿Qué te parece si me das un minuto para que me lave un poco y luego me reúno contigo en el salón de actos?

—De acuerdo —contestó la chica, pero no se movió.

—¿Querías decirme algo más?

—Me estaba preguntando...

Flora lanzó una ojeada al espejo de encima del lavabo y luego fijó de nuevo la vista en el suelo. Charlie reparó de pronto en que parecía muy delicada. Cuando la chica levantó la vista, estaba llorando.

—¿Puede ayudarme? ¿Como abogada, quiero decir?

La pregunta sorprendió a Charlie. Aquella chica no se parecía a los delincuentes juveniles con los que salía tratar, a los que detenían por vender marihuana detrás del instituto. Por su mente desfilaron los típicos problemas de las chicas blancas de clase media: embarazos, enfermedades de transmisión sexual, malas notas en la reválida. Pero, en lugar de hacer conjeturas, preguntó:

—¿Tienes algún problema?

—No dispongo de mucho dinero, por lo menos todavía, pero...

—No te preocupes por eso ahora. Solo dime qué necesitas.

—Quiero emanciparme.

Charlie sintió que su boca se redondeaba por la sorpresa.

—Tengo quince años, pero el mes que viene cumplo dieciséis y lo he buscado en la biblioteca. Sé que esa es la edad legal en Georgia para emanciparse.

—Si lo has mirado, entonces también sabrás cuáles son los requisitos.

—Tengo que estar casada o pertenecer al ejército y estar en servicio activo, o bien solicitar mi emancipación a través de los tribunales.

En efecto, se había informado.

—¿Vives con tu padre?

—Con mis abuelos. Mi padre murió. Una sobredosis, en prisión.

Charlie hizo un gesto afirmativo: sabía que aquello ocurría más a menudo de lo que la gente quería admitir.

—¿Hay algún otro familiar que pueda hacerse cargo de ti?

—No, solo quedamos nosotros tres. Quiero a mis abuelos, pero son... —Flora se encogió de hombros, pero Charlie intuyó que lo importante no eran sus palabras, sino ese encogimiento de hombros.

—¿Te maltratan? —preguntó.

—No, señora, nunca. Son... —Otra vez ese gesto—. Creo que no les gusto mucho.

—Muchos chavales de tu edad sienten lo mismo.

—No son personas fuertes —añadió la chica—. De carácter, digo.

Charlie se apoyó contra la encimera del lavabo. No había incluido el abuso sexual en su listado de problemas adolescentes.

—Flora, la emancipación es un asunto muy serio. Si quieres que te ayude, vas a tener que darme detalles.

—¿Alguna vez ha ayudado a alguien a emanciparse?

Charlie negó con la cabeza.

—No, así que si no te sientes cómoda...

—No, no pasa nada —contestó Flora—. Solo era curiosidad. Imagino que no es muy frecuente.

—Y es lógico que así sea —repuso Charlie—. Normalmente, el tribunal se lo piensa mucho antes de apartar a un menor de su familia. Tienes que aportar razones de peso y, si de verdad te has informado sobre la normativa, existen dos aspectos fundamentales: tienes que demostrar que puedes desenvolverte sola, sin tutores legales, y que puedes ganarte la vida sin recurrir a subsidios públicos.

—Trabajo en un restaurante, por las propinas. Y los padres de mi amiga Nancy dicen que puedo vivir con ellos hasta que acabe el instituto. Y luego, cuando vaya a la universidad, puedo vivir en una residencia.

Cuanto más hablaba, más decidida parecía.

—¿Alguna vez te has metido en líos? —preguntó Charlie.

—No, señora. Nunca. Tengo una nota media de sobresaliente y estoy dando clases de preparación para la universidad. Soy de las mejores alumnas del instituto y trabajo como voluntaria en el club de lectura. —Se llevó las manos a las mejillas, coloradas de tanto alardear—. Lo siento, pero usted me ha preguntado.

—No te disculpes. Es lógico que estés orgullosa —le dijo Charlie—. Mira, si los padres de tu amiga están dispuestos a acogerte, quizá puedas llegar a un acuerdo con tus abuelos sin necesidad de que intervengan los tribunales.

—Tengo dinero —dijo Flora—. Puedo pagarle.

Charlie no pensaba aceptar dinero de una quinceañera angustiada.

—No es cuestión de dinero, sino de lo que sea más sencillo para ti. Y para tus abuelos. Si este asunto va a los tribunales...

—No me refería a eso —dijo Flora—. Cuando mi madre murió, la empresa de transporte a la que pertenecía el camión tuvo que indemnizarme y ese dinero está en fideicomiso.

Charlie esperó, pero la chica no añadió más detalles.

—¿Qué clase de fideicomiso?

—Para pagar mi manutención y mi atención sanitaria, cosas así, aunque no podré acceder a la mayor parte del dinero hasta que vaya a la universidad. Y me da miedo que ya no quede nada cuando llegue ese momento.

—¿Y eso por qué?

—Porque mis abuelos se lo están gastando.

—Si según las cláusulas del fideicomiso solo pueden emplear el dinero para...

—Compraron una casa y luego la vendieron, se quedaron con el dinero de la venta y alquilaron un apartamento. Y también me llevaron al médico y el médico dijo que yo estaba enferma, aunque no era verdad, y luego se compraron un coche nuevo.

Charlie cruzó los brazos.

—Entonces, te están robando y están cometiendo un desfalco. Son dos delitos muy graves.

—Lo sé. Sobre eso también me he informado. —Flora volvió a mirarse las manos—. No quiero meter a mis abuelos en líos. No puedo mandarlos a la cárcel. Así, no. Solo quiero poder... —Sollozó. Empezaron a caerle lágrimas por las mejillas—. Solo quiero ir a la universidad. Quiero tener posibilidades. Es lo que habría querido mi madre. No le gustaría nada verme atrapada en un sitio donde no quiero estar.

Charlie soltó un largo soplido. Su madre era igual, siempre animándola a estudiar, a esforzarse más, a poner en juego su inteligencia y su ímpetu para ser útil a los demás.

—Se portaba muy bien conmigo —agregó Flora—. Era muy simpática y cuidaba de mí, y siempre se ponía de mi parte, daba igual lo que pasase. —Se secó los ojos con el dorso de la mano—. Lo siento. Es que todavía la echo de menos. Siento que debo honrar su memoria y asegurarme de que su muerte sirva para algo bueno.

Ahora fue Charlie quien se miró las manos. Tenía un nudo en la garganta. Había pensado más en su madre en los últimos cinco minutos que en el último mes. La añoranza que sentía, el deseo de tener una última oportunidad de decirle lo que pasaba por su cabecita, era un dolor que nunca se extinguiría.

Tuvo que aclararse la voz para preguntar:

—¿Cuánto tiempo llevas pensando en emanciparte?

—Desde que operaron al abuelo —contestó la chica—. Hace tres años se cayó de una escalera y se hizo daño en la pierna. Desde entonces no trabaja.

—¿Es adicto a los calmantes? —se aventuró a preguntar Charlie, porque la prisión de Pikeville estaba llena de adictos a los calmantes—. Dime la verdad. ¿Es por las pastillas?

La chica asintió con reticencia.

—No se lo diga a nadie, por favor. No quiero que vaya a la cárcel.

—No te preocupes, no se lo diré a nadie —le prometió Charlie—. Pero tienes que entender que, si esto se pone en marcha, se hará público. Dejarás de ser una menor protegida. Y los archivos judiciales puede consultarlos cualquiera. Pero lo peor no es eso. Para preparar tu solicitud de emancipación, tendré que hablar con tus abuelos, con tus profesores, con tu jefe, con los padres de tu amiga... Todo el mundo sabrá lo que te propones.

—No quiero hacerlo a escondidas. Puede hablar con quien quiera, hoy mismo, si quiere, ahora. No quiero meter en líos a nadie, no quiero que vayan a la cárcel. Lo único que quiero es independizarme para poder ir a una buena universidad y hacer algo con mi vida.

Su seriedad resultaba conmovedora.

—Es posible que tus abuelos se resistan. Tendrás que hablar abiertamente de los motivos por los que quieres dejar de vivir bajo su techo. No hace falta que menciones el asunto de las pastillas, pero tendrás que decirle al juez que consideras que no están cumpliendo con su deber como tutores y que prefieres vivir sola a estar con ellos. —Charlie trató de hacerle ver la escena con claridad—. Tendréis que comparecer al mismo tiempo en el juzgado. Y tendrás que decirle al juez a las claras y delante de todo el mundo que no crees que puedas reconciliarte con ellos y que no quieres que tengan ningún control sobre tu vida.

Flora pareció no darse por enterada.

—¿Y si no se resisten? ¿Y si están de acuerdo?

—Eso facilitaría las cosas, desde luego, pero...

—Mi abuelo tiene otros problemas.

Charlie volvió a pensar en un posible problema de abusos sexuales.

—¿Te agrede de alguna manera?

Flora no respondió, pero tampoco apartó la mirada.

—Flora, si está abusando de ti...

Se abrió la puerta y se sobresaltaron ambas al ver la cara furiosa de Belinda.

—¿Se puede saber qué haces aquí escondida? —Intentó que su tono sonara ligero, pero saltaba a la vista que estaba alterada—.

Ahí fuera hay un salón entero lleno de chicas que no tienen nada mejor que hacer que beber ponche y comentar lo seca que está mi tarta.

Flora miró a Charlie.

—No es lo que piensa —dijo con un dejo de desesperación—. De verdad, no es eso. Hable con quien tenga que hablar. Por favor. Le haré una lista. ¿De acuerdo?

Antes de que a Charlie le diera tiempo a contestar, la chica salió del aseo.

—¿De qué hablabais? —preguntó Belinda.

Charlie abrió la boca para responder, pero se acordó del tono de desesperación de Flora y de su insistencia en que no era lo que ella pensaba. Pero ¿y si lo era? Si su abuelo estaba abusando de ella, eso lo cambiaba todo.

—¿Charlie? —preguntó Belinda—. ¿Qué pasa? ¿Qué haces aquí escondida?

—No estoy escondida, estaba...

—¿Has vomitado?

Charlie no podía concentrarse en más de una cosa al mismo tiempo.

—¿La crema de la tarta la has hecho tú?

—No seas tonta. —Belinda entornó los párpados y la miró como si fuera un cuadro abstracto—. Tus tetas parecen más grandes.

—Creía que, después de pasar por el club femenino de la universidad, te habías curado de esa manía.

—Cállate —ordenó Belinda—. ¿Estás embarazada?

—Muy graciosa. —Se tomaba la píldora con rigurosa puntualidad: era lo más parecido a una práctica religiosa que había en su vida—. Llevo dos días manchando. Me duele la tripa. Tengo ganas de atiborrarme a dulces y de asesinar a todo el mundo. Sospecho que solo es un virus.

—Más te vale. —Belinda se frotó la tripa redondeada—. Disfruta de tu libertad antes de que todo cambie.

—Eso suena fatal.

—Ya verás. En cuanto empiezas a tener hijos, tu marido, ese ser cariñoso e ideal, empieza a tratarte como a una vaca lechera. Te lo digo yo. Es como si creyeran que te tienen bien agarrada. Y es verdad. Estás atrapada, y saben que los necesitas, pero ellos pueden marcharse cuando les dé la gana y buscarse a una jovencita de carnes turgentes.

Charlie no quería volver a hablar de ese tema. Tenía la impresión de que sus amigas solo cambiaban en un aspecto: en cuanto tenían hijos, empezaban a tratar a sus maridos como si fueran unos capullos.

—Háblame de Flora.

—¿De quién? —Belinda parecía haberse olvidado de la chica—. Ah, de ella. ¿Te acuerdas de *Chicas malas*, esa película que vimos el mes pasado? Pues ella sería el personaje de Lindsay Lohan.

—Así que forma parte del grupo pero no es una líder nata, y no se siente muy cómoda cuando las otras se portan como unas brujas.

—Es más bien una superviviente. Esas zorras son crueles a más no poder. —Belinda olfateó, mirando hacia el aseo de minusválidos—. ¿Has comido beicon para desayunar?

Charlie buscó en su bolso unos caramelos. Encontró unos chicles, pero se le revolvió el estómago al pensar en el sabor a menta.

—¿Tienes caramelos?

—Creo que tengo unas gominolas. —Belinda abrió la cremallera de su bolso—. Uf, debería limpiar esto. Gusanitos. ¿Cómo habrán llegado hasta aquí? Tengo unas pastillitas de menta. Y unas Oreo, pero no puedes...

Charlie le quitó el paquete de las manos.

—Creía que no podías tomar leche.

—¿De verdad crees que esta cosa blanca es leche? —Charlie mordió una Oreo y sintió que su cerebro se apaciguaba de inmediato—. ¿Qué hay de sus padres?

—¿De los padres de quién?

—Concéntrate, B. Te estoy preguntando por Flora Faulkner.

—Ah, vale. Su madre murió. Y también su padre. Vive con sus abuelos maternos. Es una máquina de vender galletas. Creo que hasta fue a la ceremonia de Atlanta el...

—¿Cómo son sus abuelos?

—Soy nueva en esto, Charlie. No sé nada de esas chicas, excepto que parecen creer que es facilísimo hacer una tarta y dar una fiesta para veinte adolescentes engreídas que no te agradecen nada y que encima piensan que eres vieja, gorda e idiota. —Tenía lágrimas en los ojos, pero últimamente las tenía a menudo—. Es exactamente igual que estar con Ryan. Creía que estaría bien tener algo que hacer fuera de casa, para variar, pero esas chicas piensan que soy un fracaso, igual que mi marido.

Charlie no se veía capaz de soportar otra sarta de lamentos acerca de lo malvado que era Ryan.

—¿Tú crees que lo están haciendo bien?

—¿Cuidar de ella, quieres decir? —Belinda se miró al espejo y se pasó cuidadosamente el meñique por debajo de los ojos—. No sé. Es buena chica. Le va bien en el instituto. Es una *scout* alucinante. A mí me parece muy lista. Y simpática. Además de muy educada. Cuando he llegado, me ha ayudado a sacar la tarta del coche mientras esa panda de holgazanas se quedaba de brazos cruzados.

—Vale, pero me estás hablando de Flora. ¿Qué me dices de sus abuelos? ¿Son buenas personas?

—No me gusta hablar mal de la gente.

Charlie se rio. Y también Belinda. Si no hablara mal de la gente, se pasaría la mitad del día callada.

—A la abuela la conocí el mes pasado —dijo—. A las ocho de la mañana ya olía como un barril de whisky. Eso sí, conducía un Porsche azul zafiro. Un Porsche impresionante. Y tenían una casa en el lago, aunque ahora viven en esos apartamentos de bloques de hormigón que hay cerca del Shady Ray.

¿Qué habría sido del Porsche?, se preguntó Charlie.

—¿Y el abuelo?

—No sé. Algunas chicas bromeaban con ella porque es muy guapo o algo así, pero debe de tener unos doscientos años, así que puede que solo quisieran tomarle el pelo. A ti siempre te gastaban bromas por tu padre, ¿no?

A Charlie no le gastaban bromas: la amenazaban, y a su madre la habían asesinado porque su padre se ganaba la vida sacando a criminales de la cárcel.

—¿Sabes algo más sobre el abuelo?

—No, solo eso.

Belinda se estaba revisando otra vez el maquillaje en el espejo. Aunque detestaba los tópicos, Charlie tuvo que reconocer para sus adentros que su amiga estaba resplandeciente: le cambiaba la cara cuando estaba embarazada. Se le iluminaba el cutis, tenía más color en las mejillas. Y a pesar de lo quisquillosa que era, dejaba de obsesionarse por tonterías. No parecía importarle, por ejemplo, que su barriga del tamaño de una sandía se apretara contra la encimera o que se le mojara de agua el vestido. O que su ombligo sobresaliera como el rabillo de una manzana.

Algún día, a ella le pasaría lo mismo. Llevaría en su vientre un hijo de Ben. Sería madre. Y, con un poco de suerte, se parecería a su propia madre: se interesaría por sus hijas y las animaría a ser mujeres útiles e inteligentes.

Algún día.

En un futuro.

Ya lo había hablado con su marido. Tendrían un hijo en cuanto dejaran de agobiarles los préstamos de estudios que aún estaban pagando, y en cuanto su bufete se estabilizara; en cuanto dejaran de pagar sus dos coches y el friki de su marido estuviera dispuesto a renunciar a la habitación donde guardaba su costosa colección de *Star Trek*.

Charlie trató de calcular cuánto costaría la emancipación de Florabama Faulkner. Tasas administrativas. Trámites judiciales. Comparecencias en el juzgado. Eso por no hablar del coste que supondría para ella en horas de trabajo, porque no podía aceptar dinero procedente del fideicomiso de Flora, al margen de cuánto dinero quedara en él.

Si Dexter Black le pagaba lo que le debía, quizá pudiera cubrir los gastos.

Oyó la voz de su padre dentro de su cabeza: «Y si las ranas tuvieran alas, no se pasarían la vida saltando».

—¿A qué vienen tantas preguntas? —dijo Belinda.

—A que creo que Flora necesita mi ayuda.

—Espera, ¿como en esa película de John Grisham en la que un niño le da un dólar a Susan Sarandon para que sea su abogada?

—No —contestó Charlie—, como en esa película en la que una abogada idiota se arruina porque nunca le pagan.

2

Charlie dio una patada a la máquina expendedora del sótano del juzgado. El cristal se sacudió en el marco. Le dio otra patada. El paquete amarillo brillante de caramelos masticables tembló, atascado en la espiral metálica, pero no llegó a caer.

Levantó el pie para asestarle otra patada a la máquina. Total, ya tenía la puntera del zapato arañada.

—Eso es propiedad del estado.

Se giró bruscamente. Ben Bernard, uno de los letrados de la oficina del fiscal del distrito, bajaba parsimoniosamente por la escalera. Llevaba el cuello de la camisa abierto y la corbata torcida. Observó el paquete de caramelos atascado. Una pegatina de buen tamaño adherida al cristal advertía de que zarandear la máquina podía castigarse con multas y hasta con penas de prisión.

—¿Cuántas ganas tienes de comerte esos caramelos? —preguntó.

—Tantas que, si los sacas, te hago una mamada en el armario de los suministros.

Ben agarró la máquina con las dos manos y le dio una violenta sacudida. Su marido no era ningún Arnold Schwarzenegger, pero estaba motivado. Solo hicieron falta dos empellones para que el paquete cayera. Ben estiró el brazo, lo sacó del cajón y se lo ofreció con una reverencia.

Charlie estaba dispuesta a cumplir el trato, pero le advirtió:

—Creo que debo advertirte que hace menos de veinte minutos tenía la cabeza metida en el váter.

—De todos modos, pusieron un candado en la puerta del armario después de la última vez. —Ben le tocó la frente—. ¿Te encuentras bien?

—Creo que es el SPM. —Abrió a mordiscos el paquete de caramelos—. Oye, quería pedirte información sobre una persona.

Su marido hizo una mueca, pasándose la lengua por los dientes. Hacía cuatro años que trabajaban cada uno en lo suyo, pero él era fiscal y ella abogada defensora y todavía no habían llegado a una conclusión acerca de cómo ayudarse mutuamente sin faltar a su ética profesional.

—No es un caso penal —le aseguró ella—. Por lo menos, en lo que a mí respecta. Hay una chica que quiere emanciparse de sus tutores legales.

Ben aspiró aire entre dientes.

—Sí, ya sé que es un marrón. —Charlie trató de quitar el envoltorio a un caramelo de color rojo—. He estado arriba, rellenando una solicitud de documentación acerca de un fideicomiso. Los tutores son los abuelos de la chica. Por lo visto no son trigo limpio.

Él cogió el caramelo y le quitó el envoltorio.

—¿En qué sentido?

—Pastillas, por lo que parece. Y alcohol. Y dinero del fideicomiso. Al parecer tienen intención de pulírselo antes de que la chica cumpla los dieciocho.

—Entonces, ¿puede pagarte?

—Eh... —Charlie se encogió de hombros y le dedicó una sonrisa que esperaba fuera irresistible.

—Dexter Black —dijo Ben.

—No es cliente mío.

—Sí, lo he deducido cuando se ha presentado en el despacho acompañado por Carter Grail. Querían hablarnos de un asuntillo. ¿Tienes idea de cuándo va a pagarte?

—Cariño, si mis clientes me pagaran, seguramente acabaríamos tomándonos unas largas vacaciones en Costa Rica o en algún sitio por el estilo, y tú te quemarías con el sol, y aumentaría tu riesgo de padecer melanoma, que es el tipo de cáncer de piel más mortífero, y entonces tendría que matarme porque no puedo vivir sin ti.

—De acuerdo, entonces.

Charlie sabía lo que trataba de hacer su marido.

—No estoy segura al cien por cien de que no estén abusando de ella.

—Joder...

—Bueno, no me ha dicho que estén abusando de ella. De hecho, lo ha negado, pero... —Volvió a encogerse de hombros.

No era vidente, pero había tenido un mal presentimiento al escuchar la negativa de Flora. Había visto una expresión fugaz en sus ojos, como si estuviera atrapada y no supiera cómo escapar.

—Aunque no sea verdad, la chica tiene problemas y creo que al menos tengo que intentar ayudarla.

Ben no vaciló.

—Entonces, respaldo tu decisión, sea cual sea.

Charlie ignoraba cómo había logrado casarse con un hombre tan maravilloso.

—Algún día acabaremos de pagar nuestros préstamos universitarios —dijo.

—Y a la seguridad social. —Ben levantó el caramelo. Ella abrió la boca para que lo depositara dentro—. ¿Cómo se llama la chica?

—Florabama Faulkner.

Ben levantó las cejas.

—¿En serio?

—La pobre ha tenido mala suerte desde el principio. —Charlie masticó un par de veces el caramelo y luego se lo pegó al interior de la mejilla—. Se ha criado con sus abuelos. Me ha dado sus nombres, pero su dirección la he conseguido en la lista de miembros de las *scouts*.

—Eso suena vagamente ilegal.

—Juré que todas las *scouts* serían mis hermanas, así que básicamente estoy espiando a mi hermana pequeña.

—Voy a distraerte con un juego de manos mientras intento no imaginarte vestida con el uniforme de las *scouts*.

Ben sacó la libretita de espiral que siempre llevaba en el bolsillo del traje. Le enseñó la tapa a Charlie: el capitán Kirk, muy pensativo, sopesando algún asunto importante de la flota estelar. Sacó el pequeño bolígrafo encajado en la espiral y pasó las hojas hasta encontrar una en blanco.

—Leroy y Maude Faulkner. Viven en la calle del Shady Ray.

El bolígrafo no se movió.

—¿En esos apartamentos de bloques de hormigón?

—Sí.

—Mal sitio para criar a una niña.

—Antes vivían en el lago. Imagino que, entre sus adicciones y el fideicomiso, han tomado algunas decisiones poco sensatas. Belinda dice que la abuela se presentó una vez conduciendo un Porsche, borracha perdida.

—¿Qué tipo de Porsche? —Ben meneó la cabeza—. Da igual. Ya veo por dónde vas.

—Flora quiere ir a la universidad. Quiere que su madre esté orgullosa de ella, honrar su memoria. Y seguramente no podrá hacerlo si sigue viviendo con sus abuelos.

—Seguramente. —Ben anotó los nombres y cerró la libreta—. En la oficina corre el rumor de que ese edificio está bajo vigilancia permanente. La policía no suelta prenda al respecto, pero he visto algunas fotos colgadas en el despacho de Ken. Allí viven muchos adictos de todo tipo, además de unos cuantos vecinos honrados que no pueden mudarse a otro sitio y que viven aterrorizados. Hay un laboratorio de metanfetamina en los alrededores.

—¿Y la policía no lo encuentra?

Los laboratorios de metanfetamina solían instalarse en caravanas o en sótanos ruinosos.

—Por lo que vi en las fotografías —contestó Ben—, sospechan que está en la trasera de una furgoneta.

—Eso es peligroso, además de ser una estupidez.

—La policía los cogerá en cuanto estalle la furgoneta. —Ben volvió a guardarse la libreta en el bolsillo—. ¿Seguro que estás bien?

—Es solo que hoy no paro de pensar en mi madre. La madre de Flora murió cuando ella era pequeña y eso me ha removido muchas cosas.

—¿Puedo hacer algo para que te sientas mejor?

—Ya lo estás haciendo. —Charlie le pasó los dedos por el pelo—. Siempre me siento mejor cuando estoy contigo.

Sonrieron los dos. Era una frase cursi, pero ambos sabían que era cierta.

—Oye —añadió él—, ya sé que no puedo impedir que vayas a ese sitio, pero, por favor, no vayas sola, ¿de acuerdo? Proponles una cita en terreno neutral. En una cafetería, por ejemplo. No sé qué es lo que pasa exactamente en ese sitio, pero está claro que es peligroso. Si no, las autoridades del condado no malgastarían su dinero en vigilarlo.

—Entendido. —Charlie le alisó la corbata. Sintió el latido de su corazón y le besó en el cuello. A él se le erizó la piel. Charlie se puso de puntillas y le susurró al oído—: Prometo compensarte por lo del armario de los suministros.

—Umm —contestó él en voz baja—, eso sería la bomba, si no tuvieras el pelo manchado de vómito.

Pasó por casa para darse una ducha y cambiarse antes de ir al bloque de apartamentos. Le había prometido implícitamente a Ben que no pisaría por allí, pero su marido sabía sin duda que no cumpliría su promesa. Visitar el edificio de apartamentos equivalía, de hecho, a cumplir uno de los acuerdos tácitos de su matrimonio, a saber: que Charlie siempre hacía lo que le venía en gana.

Se alegró de poder quitarse su ropa de profesional adulta y sustituirla por unos vaqueros y una camiseta de baloncesto de los Blue Devils de la Universidad de Duke. Teniendo en cuenta lo que Ben y ella debían aún a la facultad de Derecho, le sorprendía que no les hubieran obligado a trabajar de anuncios andantes para saldar sus deudas.

Era casi la hora de comer y tenía hambre, así que engulló un sándwich de mantequilla de cacahuete con mermelada y media bolsa de Doritos mientras escuchaba los mensajes de su despacho a través del teléfono fijo de casa. El viernes debía comparecer en el juzgado y aún tenía que cumplimentar un trámite de última hora. El juez pedía un escrito aclaratorio acerca de una cuestión jurídica que no favorecía a su cliente. Y por si eso fuera poco, la habían llamado de la financiera de su tarjeta de crédito, y sospechaba que el motivo de la llamada no era darle las gracias por ser tan buena clienta.

Rebuscó en su archivador y encontró el recibo del mes anterior que, según una nota que ella misma había escrito en la hoja, había pagado con un día de retraso. Pero normalmente, cuando eso pasaba, no la llamaban por teléfono. Y aún tenía mil quinientos dólares de saldo.

Marcó el número que le facilitaban en el mensaje. Estaba buscando la tarjeta en su cartera cuando sonó su móvil. Contestó con el teléfono fijo todavía pegado a la otra oreja.

—Señorita Charlie —dijo Dexter—, por favor, no cuelgue.

—Creo que a quien de verdad querías llamar era a Carter Grail.

—Venga ya, no sea así. Fue *usté* quien me dijo que llamara a ese pavo.

—Porque me debes dos de los grandes. —Charlie escuchó la musiquilla del fijo: una versión para saxofón del *Losing my religion* de REM.

—Mire, señorita Charlie —dijo Dexter—, le pago el martes, fijo.

Charlie se acordó de Pilón, que siempre prometía pagar el martes la hamburguesa que se comía hoy, y cayó en la cuenta de que seguía teniendo hambre.

—Dexter, me llevaré una alegría si me pagas, pero hasta que eso pase no puedo asesorarte.

—Pero, oiga, que esto también la beneficia a *usté*. Ya le dije que, si me pagan a mí, yo le pago.

—No puedo hacer esa clase de tratos contigo. De lo contrario, tendría un interés pecuniario en el resultado de tus... chanchullos. —Su Visa no estaba en el bolsillito de siempre de la cartera.

—¿Señorita Charlie?

—Estoy aquí. —Rebuscó atropelladamente en la cartera, con un nudo en el estómago, hasta que encontró la tarjeta metida entre los billetes de dólar de la billetera.

El aseo de la YWCA. El contenido de su bolso desparramado por el suelo. Flora debía de haberla guardado fuera de su sitio.

—Solo necesito que me diga si puedo hacer lo que quiero hacer y si pasa algo si no lo hago, porque, verá *usté*, es que la persona con la que estoy tratando como que no es... Que no se anda con chiquitas, vamos.

—No puedo negociar en tu nombre habiendo un conflicto de intereses tan evidente. —Charlie comprendió que se había caído en su trampa: ya le estaba prestando asesoramiento jurídico—. No voy negociar en tu nombre y punto, Dexter. No puedo decirte cómo transgredir la ley. Y si fuera tu abogada, tampoco podría llevarte al estrado a sabiendas de que ibas a mentir, ni permitir que firmaras un acuerdo de reducción de condena sabiendo que pensabas utilizar alegaciones tendentes a ofuscar la verdad de los hechos.

—Ofuscar —repitió él—. Conozco esa palabra por *Expediente X*. ¿Vio ese episodio? Va de un tío que le mete un chisme metálico a la gente por la nariz y les absorbe el color de la piel.

—*Teliko* —dijo Charlie, porque su marido era un friki que tenía todas las temporadas de *Expediente X* en VHS y en DVD—. Dexter, ¿hay algo en lo que pueda ayudarte que no suponga que infrinja la ley o que te asesore en la comisión de un delito, o que gaste minutos de mi contrato de móvil, o las tres cosas a la vez?

—Eh...

Charlie bostezó. De pronto se sentía agotada.

—¿Dexter?

Él esperó unos segundos. Luego preguntó:

—¿Qué me había preguntado?

Charlie cortó la llamada.

El teléfono fijo, que seguía teniendo pegado a la otra oreja, emitía un chisporroteo eléctrico. La grabación la informó de que el tiempo de espera para que la pasaran con un agente eran de tan solo dieciséis minutos.

Colgó.

Metió el recibo de la tarjeta en el bolso para acordarse de llamar en otro momento. Miró el sofá y pensó en lo fabuloso que sería echarse una siesta. Y entonces se acordó del problema de Flora. Tenía la agenda llena, pero había procurado tomarse ese día libre pensando que las *scouts* la acribillarían a preguntas sobre cómo conseguir que sus vidas fueran tan fantásticas como la suya. Si quería averiguar cómo ayudar a Florabama Faulkner, no podía dejarlo para otro día.

Cogió los Doritos al salir y condujo con la bolsa entre las piernas, con cuidado de no volcarla, mientras iba haciendo un listado mental de las cosas que tenía que hacer.

Primero hablaría con los abuelos de Flora, a ver si la situación era tan mala como la pintaba la chica. La cuestión del abuso sexual seguía en el aire. Quizá Flora le había dicho la verdad y no pasaba nada raro. O quizás estaba dispuesta a mentir para que su abuelo no fuera a la cárcel. O puede que ella hubiera visto demasiados telefilmes. Se tratara de pastillas, de abandono o de abusos sexuales, el hecho de que Flora se esforzara porque sus tutores no fueran a la cárcel decía mucho a favor de su carácter.

En segundo lugar, tenía que hacerse una idea de cuál era la situación de Nancy, la chica cuyos padres se habían ofrecido a acoger a Flora. Tenía su dirección gracias a la lista que le había hecho Flora esa mañana, en la YWCA.

Y, por último, debía hablar con el jefe de Flora en el restaurante donde trabajaba para cerciorarse de que estaba contratada legalmente y cobraba un salario. O quizás eso no fuera lo último. Si le sobraba tiempo, podía hacer algunas llamadas desde casa para hablar con los profesores de Flora. Había hecho sus primeros pinitos en la abogacía trabajando en casos relacionados con menores y sabía que a menudo los profesores veían muchas más cosas acerca de la situación de un menor que cualquier otra persona, incluidos los padres.

Eran muchas tareas para un solo día, pero lo más complicado sería hablar con los interesados y sonsacarles la verdad. Lo demás era simple papeleo.

Le sonaron las tripas. Estaba mareada, pero seguía teniendo hambre. Hizo las cuentas de cabeza y se recordó que tenía que venirle la regla en cualquier momento y que el manchado, el dolor de tripa, la hinchazón de los pechos y el hambre provocada por el SPM señalaban en la misma dirección que todos los meses.

Se comió un puñado de Doritos mientras adelantaba a un camión lleno de pollos. Los pollos la miraron embobados, pero ella seguía pensando en lo que le había dicho Belinda acerca de que un embarazo lo cambiaba todo.

Suponía que de eso se trataba, precisamente: de que tener un hijo te cambiaba la vida. Pero, por lo que había observado, pasaba lo mismo con todos los grandes acontecimientos de la existencia: una de dos, o te unían más a tu pareja, o te distanciaban de ella. Ryan, el marido de Belinda, había estado en Irak una temporada, trabajando en misión de apoyo. Había estado en el desierto, aunque no hubiera participado en los combates. Y al regresar a casa, durante un tiempo, solo parecía capaz de hacer dos cosas: gritarle a la tele y dejar embarazada a Belinda. La guerra le había cambiado. Y no solo la guerra, sino la insidiosa sospecha de que librar aquella guerra era como intentar cruzar a la carrera una zona de arenas movedizas. Esa sensación de inutilidad era solo una parte del problema. A ello había que sumar los periodos que pasaba destinado en el extranjero. Como su marido pasaba tanto tiempo fuera de casa, Belinda se había acostumbrado a tomar todas las decisiones y, cuando Ryan regresaba con ideas distintas acerca de cómo debían hacerse las cosas, la tensión entre ellos se desbordaba, inundando todas las vertientes de su vida matrimonial.

En opinión de Charlie, el principal problema era su falta de objetivo vital. Tanto Belinda como Ryan buscaban una meta, un rumbo claro para su familia, y se estaban haciendo infelices mutuamente porque parecían incapaces de compartir esa responsabilidad.

Se rio, divertida por aquella reflexión tan al estilo de Oprah Winfrey. La culpa de que pensara así era de su madre, cuya cantinela constante había conformado su infancia: «Si no estás siendo útil, entonces es que estás siendo inútil».

¿Ella estaba siendo útil? Flora ansiaba llevar la vida con la que fantaseaba su madre. Ella tenía ese mismo afán. ¿Estaba honrando el recuerdo de su madre? ¿Tenía un objetivo vital claro?

Le faltaba concentración, de eso no había duda.

Estaba tan absorta en sus pensamientos que se pasó el bloque de apartamentos.

—Mieeerda —dijo, y al mirar por el retrovisor lateral vio la mole de hormigón del edificio.

Dio media vuelta cruzando los cuatros carriles de la calle y paró junto al edificio dos plantas construido en una cañada, detrás de un largo tramo de guardarraíl abollado. Se llevó una sorpresa al ver que los apartamentos tenían nombre: un discreto letrero daba la bienvenida a los apartamentos Ponderosa. En homenaje a *Bonanza*, tenía unas cuerdas entrelazadas alrededor de los bordes. Aquel, sin embargo, no era el lugar más adecuado para que Little Joe colgara su sombrero, a no ser que quisiera fabricarse una pipa con una bombilla y fumar un poco de cristal.

La mayoría de las plazas de aparcamiento estaban ocupadas por coches viejos y destartalados, lo cual no era buena señal, teniendo en cuenta que casi todo el mundo tendría que estar trabajando a esas horas del día. Siguió hasta el fondo del aparcamiento por si acaso veía el Porsche del que le había hablado Belinda, pero su Subaru ranchera de tres años de antigüedad era el coche más sofisticado que había por allí. Aparcó cerca de la salida: le pareció lo más prudente, por si tenía que marcharse con prisas. Se acordó de lo que le había dicho Ben acerca de que el edificio estaba vigilado y se sintió más segura sabiendo que había policías cubriéndole las espaldas.

Aunque, pensándolo bien, también la estarían viendo entrar en una guarida de yonquis y traficantes de drogas.

Levantó la mirada hacia el edificio achaparrado y triste. Doce apartamentos en total: seis en la planta baja y seis en la de arriba.

Paredes de bloques de hormigón pintadas de un gris anodino, una barandilla oxidada bordeando la planta de arriba, puertas de madera carcomida con números de plástico descoloridos, un tejado bajo, una cornisa putrefacta. Todas las puertas tenían al lado una ventana, y todas las ventanas tenían una máquina de aire acondicionado debajo. Un caminito empinado conducía a una piscina de aspecto deprimente. Falsas antorchas sin encender jalonaban la valla de alambre. El lugar le recordó a esos moteles de aeropuerto en los que su madre los obligaba a alojarse en vacaciones porque eran baratos y estaban bien comunicados. El recuerdo más claro que guardaba de Disney World eran las noches de terror que pasaba imaginando que el tren de aterrizaje de un avión pasaba rozándole la cabeza mientras dormía.

(«¿Cuánto crees que nos darían de indemnización?», preguntó su padre cuando le contó por qué gritaba en sueños).

Se colgó el bolso del hombro al salir del coche. El aire caliente le dio un bofetón en la cara. Ya había empezado a sudar cuando se dio la vuelta para cerrar el coche. Un olor a pollo frito, a marihuana y a orines de gato (que podía deberse a la presencia en un montón de gatos en los alrededores, o de un montón de metanfetamina) se le metió en la nariz.

Según el listado de las *scouts*, los Faulkner vivían en el bajo número tres, justo en el centro: posiblemente, el peor apartamento del edificio. Vecinos a cada lado y ruido constante arriba. Mientras cruzaba el aparcamiento, oyó el bajo inconfundible de *Freek-a-leek* de Petey Pablo.

«Lleva un pendiente en la lengua y sabe qué hacer con él...».

El volumen de la música fue creciendo a medida que recorría la acera rota.

«Con los ojos en blanco y los pies encogidos».

—Puaj —gruñó, asqueada por la letra de la canción y molesta por sabérsela de memoria.

Detestaba empezar las frases diciendo «en mis tiempos», pero todavía se acordaba de cómo vilipendiaron a Madonna por cantar acerca de sus sentimientos de virginidad renovada.

La música cesó de golpe.

El silencio repentino hizo que se le erizara el vello de la nuca. Tuvo la clara sensación de que la observaban mientras caminaba por la acera desigual hacia el apartamento número tres. La puerta de madera estaba combada y pintada de un rojo oscuro que no llegaba cubrir del todo la pintura negra de debajo.

Levantó la mano. Tocó dos veces. Esperó. Llamó de nuevo.

Se agitaron las cortinas. La mujer cuya cara apareció detrás del cristal parecía mayor que ella, pero no porque perteneciera a otra generación, sino por los estragos de una vida dura, como si hubiera pasado los escasos años que las separaban en una obra o, más probablemente, en prisión. Llevaba los ojos pintados con una gruesa raya negra y sombra azul, y una espesa capa de maquillaje del mismo tono que el polvillo de Doritos que cubría el volante del coche de Charlie barnizaba su rostro. Lucía una melena rubia oxigenada a la altura del hombro que recordaba a la de Nancy Wilson en sus tiempos de *Barracuda*.

Al ver a Charlie arrugó el ceño. Después, cerró las cortinas.

Charlie esperó en la acera recalentada, escuchando los gruñidos que emitían las máquinas de aire acondicionado. Miró su reloj. Empezaba a preguntarse si aquella mujer no iba a abrirle cuando oyó ruidos detrás de la puerta.

Una cadena que se descorría. Una cerradura que giraba. Y luego otra. Se abrió la puerta. Un delicado soplo de aire frío acarició su cara. Los gemidos del aire acondicionado competían con el *Hey ya!* de OutKast que sonaba de fondo, en algún rincón de la habitación en penumbra. La mujer vestía vaqueros y una camiseta roja corta, estampada con el bulldog de la Universidad de Georgia. Sostenía en una mano una botella de cerveza medio vacía y en la otra un cigarrillo. Sus uñas, muy largas y limadas en punta, estaban pintadas de rojo brillante. A Charlie le recordó a las Culpepper, aquellas macarras que la acosaban en el instituto. Tenía su misma *pinta,* como si, en caso de líos, fuera capaz de sacarte los ojos, o de arrancarte el pelo a puñados o de darte un buen mordisco en el brazo o en la espalda. Cualquier cosa con tal de salir vencedora.

—Pregunto por Maude o Leroy Faulkner —dijo Charlie.

—Yo soy Maude. —Hasta su voz sonaba malévola, como una serpiente de cascabel abriendo una navaja.

Charlie meneó la cabeza. Tenía que haber un error.

—Me refiero a la abuela de Flora.

—Soy yo.

Se quedó atónita.

—Sí. —La mujer dio una calada al cigarrillo—. Tenía diecisiete años cuando tuve a Esme, y Esme tenía quince cuando tuvo a Flora. Así que haz cuentas.

Charlie no quería hacer cuentas, porque las abuelas llevaban moño, gafas bifocales y veían culebrones en la tele, no vestían camisetas cortas que dejaban al aire sus ombligos perforados, ni bebían cerveza en pleno día mientras escuchaban a OutKast en su *loro*.

—¿Vas a seguir malgastando mi aire acondicionado o piensas entrar?

Charlie entró en el apartamento. El humo del tabaco pendía en el aire como una sucia cortina de encaje amarillo. No había más luz que la que entraba por la rendija de las cortinas de la ventana delantera. Las suelas de su deportivas se hundieron en la alfombra de pelillo marrón. El cuarto de estar tenía adosada una cocinita. El aseo estaba al fondo de un corto pasillo, con un dormitorio a cada lado. Había ropa por todas partes, cajas de cartón sin abrir y una máquina de coser sobre una mesa de aspecto endeble, arrimada la pared, junto a la cocina. Encajado en el rincón, al lado de la ventana, había un enorme aparato de televisión. El sonido estaba apagado, pero Jill Abbott gritaba a Katherine Chancellor en un episodio de una conocida telenovela.

—¿Leroy? —dijo la mujer.

Charlie pestañeó hasta que sus ojos se acostumbraron a la oscuridad. Enfrente del televisor había un sofá azul oscuro y, sentado en un butacón a juego, un hombre cuya corpulenta figura rebosaba del asiento. Tenía la pierna izquierda rodeada por una férula metálica. Seguramente había sido guapo en algún momento de su vida. Ahora, una cicatriz larga y rosada desfiguraba el lado izquierdo de su cara sin afeitar. El cabello castaño y lacio le llegaba hasta los hombros. Parecía dormido o inconsciente. Tenía los ojos cerrados y la boca abierta. Su camiseta roja de la Universidad de Georgia era casi idéntica a la de la mujer. Sus pantalones vaqueros cortos no tenían el largo habitual hasta la rodilla, sino que habían sido acortados para dejar sitio a la férula y ofrecían un espectáculo lamentable a todo aquel que cruzaba la puerta.

—Por Dios, Leroy. —Maude le dio un puñetazo en el brazo—. Tápate los huevos, que tenemos visita.

Un destello de ira cruzó los ojos pitañosos del hombre. Entonces pareció reparar en Charlie y una mirada de azoramiento sustituyó rápidamente a la ira. Farfulló una disculpa, se puso de lado en el sillón y procedió a hacer algunos ajustes por debajo de la cintura.

Maude encendió su Zippo plateado para fumar otro cigarrillo.

—Maldito idiota.

—Perdón —se disculpó Leroy dirigiéndose a Charlie.

Ella no supo si sonreír o salir corriendo. Dejando a un lado el espectáculo que ofrecían sus pantalones cortos, había algo de repulsivo en el abuelo de Flora. Si de joven había sido guapo, su atractivo debía de haber tenido un punto de siniestro, como esos tipos sospechosos que, cuando te miraban, no sabías si iban a pedirte bailar o a seguirte hasta el aparcamiento para violarte. O ambas cosas.

—Bueno, bonita. —Maude expelió el humo hacia el techo—. A ver, ¿qué quieres?

—Soy Charlotte Quinn. He hablado con...

—¿La hija de Rusty? —Leroy sonrió.

Tenía el labio inferior hundido como si le faltaran varios dientes. Teniendo en cuenta su edad, Charlie lo atribuyó a que la metanfetamina había ocupado el lugar de los calmantes en sus preferencias adictivas.

—Creo que la última vez que te vi fue antes de que muriera tu madre. Acércate para que te vea bien.

Charlie se acercó, a pesar de que todos los músculos del cuerpo le pedían a gritos que no lo hiciera, y no solo porque Leroy

Faulkner le diera grima, sino porque despedía un olor químico y nauseabundo que conocía bien. Algunos de sus clientes, normalmente los que se desintoxicaban en el centro de detención, también olían así.

—¿Cómo es que conoce a mi padre?

—Me metí en algunos líos cuando era joven. Y luego, cuando ya me había encarrilado, me pasó esto. —Indicó su pierna—. El bueno de Russ me ayudó a pelearme con la compañía de seguros. Un buen hombre, tu padre.

Charlie, que no estaba acostumbrada a que la gente alabara a su padre, se permitió el lujo de sentir un instante de orgullo.

—Les dio bien por culo a esos cabrones —añadió Leroy, y el orgullo de Charlie menguó ligeramente—. Cuéntame, qué se te ofrece.

—¿Una cerveza? —Maude hizo girar los posos de su botella—. ¿O algo con más pegada?

—No, gracias —contestó Charlie, pero Maude ya estaba de espaldas, abriendo la nevera.

Decenas de botellas de cerveza tintinearon al chocar unas contra otras. Maude eligió una y, ayudándose con el bajo de la camiseta, giró el tapón. Echó la cabeza hacia atrás y engulló la mitad de la cerveza antes de mirar de nuevo a Charlie.

—¿Vas a quedarte ahí como un pasmarote o piensas empezar a hablar de una vez?

—Si Rusty necesita ayuda... —Leroy levantó las manos, abarcando con un gesto el apartamento—. No podemos hacer gran cosa por él.

—No, no es eso. Vengo en nombre Flora.

Maude miró a Leroy.

—Ya te decía yo que tu princesita se traía algo entre manos.

El buen humor de Leroy se esfumó de repente. Se irguió en el sillón y se inclinó hacia Charlie.

—¿Eres una de sus profesoras?

—¿Y para qué cojones iba a venir aquí una profesora? —preguntó Maude—. Dieron las vacaciones hace una...

—Los profesores también trabajan en verano —repuso Leroy.

—No, qué va. Casi no trabajan el resto del año...

—Soy amiga suya —les interrumpió Charlie, y enseguida se dio cuenta de lo inverosímil que sonaba aquella afirmación. No había muchas quinceañeras que tuvieran amigas de veintiocho años—. De las *scouts*.

—Creía que esa era... ¿Cómo se llama? ¿Melinda?

—Belinda. Ella es la monitora. Yo he ido a darles una charla esta mañana.

—Mierda —dijo Leroy—. Eres abogada, ¿a que sí? «En nombre de Flora».

Maude, alertada por las palabras de su marido, preguntó:

—¿Qué gilipolleces te ha metido en la cabeza esa cría?

—Es todo mentira, te lo digo desde ya —terció Leroy.

Charlie no iba a permitir que los abuelos de Flora la acorralaran.

—A mí no me lo parece.

Maude se rio con un bufido.

—¿Te ha dicho lo de la indemnización? ¿Intentas meter mano en su dinero?

Leroy también resopló.

—Estos putos abogados, siempre intentado quedarse con lo que no es suyo. —Señaló a Charlie con el dedo—. Eso que he dicho de tu padre... Rusty iría a la cárcel por ese asunto. Y no creas que no estoy dispuesto a irme de la lengua.

La amenaza erró el blanco. Charlie sabía que su padre jugaba al ratón y al gato con la ley, pero nunca Rusty cometería el error de dejarse coger, y menos aún por un don nadie como Leroy Faulkner.

—Su nieta quiere solicitar la emancipación legal —dijo.

Leroy y Maude se quedaron callados un momento. Luego, él carraspeó.

—¿La emancipación? ¿Como si fuera una esclava?

—No, imbécil —intervino Maude—. Ser adulta ante la ley, eso es lo que quiere decir. Que dejemos de tener su custodia.

Él se rascó la cicatriz de la mejilla. Tenía una expresión tan torva que Charlie sintió un escalofrío.

—Por encima de mi cadáver —dijo—. Esa cría no va a emanciparse.

—Seguramente querrá irse a vivir con Nancy —añadió Maude—. O puede que con Oliver.

—¿Oliver? —preguntó Charlie.

—El hermano de Nancy. Sale con él desde los catorce años.

Charlie se quedó de piedra. Flora no le había dicho que tuviera novio.

—Él tiene diecinueve —agregó Maude—. Solo la quiere para una cosa.

—Pues cuando yo le ajuste las cuentas no la querrá ni para eso. —Leroy clavó la mirada en el televisor—. Mocosa imbécil...

Charlie sintió que se le quedaba la boca seca. Trató de analizar lo que acababa de decir Leroy. ¿Era simplemente un capullo machista de los que pensaban que el valor de una mujer se alojaba exclusivamente entre sus piernas, o era, además, un superdepredador que no quería que otro le estropeara su presa?

Maude no pareció reparar en el comentario. Le dijo a Charlie:

—Oliver tiene ya unos antecedentes del carajo. No tiene trabajo, ni perspectivas de encontrarlo. Joder, para lo que va a salir ganando, más le valdría quedarse aquí que irse a vivir con ese mierda.

Leroy apuntó a Charlie con el dedo.

—Por mí ya puedes ir a decirle que ni lo sueñe.

—Eso —convino Maude—. No voy a dejar que esa cría se desmande. Pasaría lo mismo que con su madre, solo que peor, porque se fundiría el dinero en un segundo.

—¿Qué ha sido del Porsche? —preguntó Charlie.

Siguió otro largo silencio.

—¿Qué Porsche? —Maude la taladró con la mirada al tiempo que se llevaba la cerveza a la boca. Levantó el culo de la botella y, al apurar su contenido, su garganta se movió como la de una oca cebada para paté.

Leroy se removió en su sillón. Charlie se dio cuenta de que intentaba reunir fuerzas para levantarse. Justo cuando estaba a punto de ofrecerle automáticamente la mano para ayudarle, consiguió ponerse en pie.

—¿Qué te parece si salimos un rato a tomar el aire? —preguntó.

—Ándate con ojo —le advirtió Maude, pero no intentó disuadirle.

Leroy avanzó trabajosamente hacia la puerta, adelantando la pierna tiesa como si fuera un guardia real. Dejó que Charlie saliera primero y la siguió renqueando.

Ella entornó los párpados, deslumbrada por el sol. Empezaron a lagrimearle los ojos. Se había dejado las gafas de sol en el coche.

—Por aquí —dijo Leroy.

Le siguió por la acera rota hasta un lateral del edificio que daba a una arboleda. Aquello era precisamente lo que le había advertido Ben: que no se dejara conducir a un sitio apartado por un individuo que hacía saltar tantas señales de alarma en su cabeza como si llevara dentro una sirena de bomberos.

Aun así, le siguió. Leroy tenía la pierna inutilizada. Si echaba a correr, no le costaría dejarle atrás. O ganarle, si se peleaban. O darle una patada en la rodilla mala.

A no ser que tuviera un arma.

—Aquí. —Le faltaba la respiración cuando por fin llegaron a la zona techada que había junto a la piscina.

Había dos mesas de pícnic desvencijadas, cada una de ellas con dos vasos de café repletos de colillas. En lugar de sentarse, Leroy se apoyó en el borde de una mesa y empezó a masajearse la cadera izquierda con el puño, dejando escapar un suspiro de dolor. La cicatriz rosa de su mejilla destacaba al sol. Debían de haberle dado tropecientos puntos. Tenía el lado derecho de la cara casi partido en dos.

—Flora es buena chica —dijo—, pero a veces se le meten cosas en la cabeza y no hay quien la pare.

—No creo que esto lo haya hecho por capricho.

Charlie no sabía cuánto podía revelarle. No tenía pruebas de que Leroy estuviera abusando de su nieta, pero un yonqui era un yonqui, y sabía por experiencia que no te puedes fiar de alguien que ha cedido el control de su vida a una adicción.

—Esme, su madre —continuó Leroy—, era igual. Igual de cabezota. Por eso acabó muerta. Así lo veo yo, por lo menos. El día que murió, se peleó con su madre, agarró a Flora y se metió en el coche. Se salió de la carretera y al rato nos llamaron del hospital.

—¿Flora iba en el coche con ella?

—Tenía ocho años. —Leroy se acarició la cicatriz como si fuera un talismán—. El de la ambulancia nos dijo que la encontraron con la cabeza de Esme encima de las rodillas, y que la cría estaba berreando porque la tenía medio desprendida. La cabeza, digo. Un tráiler le dio de lado y casi la decapitó. Es muy duro ver morir así a tu madre. —Parecía avergonzado—. Pero, en fin, supongo que eso tú lo sabes mejor que nadie.

Charlie asintió lentamente con la cabeza. Después de varios intentos, Leroy había dado por fin en el blanco.

—Bueno... —Él hurgó en el bolsillo de sus pantalones cortos y sacó un paquete de tabaco—. Imagino que a estas alturas ya te habrás dado cuenta de que no soy precisamente un abuelo modélico.

Charlie dejó que su silencio respondiera por ella.

—Mañana mismo empiezo a desintoxicarme. —Sorprendió la mirada de Charlie—. Sí, apuesto a que no es la primera vez que te lo dicen, pero yo es la primera vez que lo digo. Te lo digo de corazón. Estoy harto. No lo hago por Flora, aunque bien sabe Dios que la quiero mucho. Ni tampoco por Maude, ni porque sea lo correcto. Es que estoy hasta las narices, harto de estar hecho una mierda todo el tiempo.

Charlie supuso que era razón suficiente. Por lo menos sonaba más verosímil que las razones que solían alegar los drogadictos. Claro que Leroy era un yonqui y por tanto podía estar mintiendo. Si ella estuviera en su pellejo, si estuvieran a punto de quitarle a la nieta que le servía de sustento, seguramente haría lo mismo: jurar por lo más sagrado que iba a cambiar de vida.

Leroy adivinó lo que estaba pensando.

—Sí, ya, crees que todo eso son chorradas, ¿eh?

—Sí.

Él sacó un cigarrillo del paquete y encendió el mechero. Charlie le vio dar una profunda calada y expeler un chorro de humo al aire limpio.

—Puedes preguntarle a tu padre por mí —dijo Leroy—. Yo era un tío legal hasta que me pasó esto. —Se tocó la férula—. No es que fuera ninguna maravilla, pero era un tío legal. Pagaba a tiempo las facturas. Cuidaba de mi familia. Me aseguraba de que tuvieran comida en la mesa y un techo. Y un buen techo, además, no esta pocilga.

Dio otra calada al cigarrillo mientras miraba el desangelado edificio de apartamentos. Luego añadió:

—Cuando da el sol a mediodía, esto se pone como un horno. Y yo me quedo ahí dentro, asándome, viendo la tele y pensando: «¿Qué clase de vida es esta? ¿Qué ejemplo estoy dando?».

Charlie observó su cara avejentada. Solía dársele bien adivinar el carácter de la gente, pero Leroy Faulkner la desconcertaba. Incluso su cara tenía una especie de dualidad. El lado de la cicatriz mostraba lo que él afirmaba haber sido: un tío legal. El otro mostraba a un yonqui dispuesto a hacer cualquier cosa por conseguir su próxima dosis.

—Cuando pierdes la movilidad —continuó—, empiezas a pensar «¿De qué me sirve seguir viviendo?». Yo he tardado unos años en darme cuenta, pero ahora sé que lo que tengo que hacer es levantarme cada mañana, ducharme, afeitarme, vestirme y aguantar como un hombre. —Tocó otra vez la férula metálica—. ¿Y qué, si necesito un poco de ayuda para mantenerme en pie? Hoy en día hay muy poca gente que pueda valerse sola, ¿sabes? Ves a esos chavales que vuelven de Oriente Medio sin una pierna, o sin las dos, o sin un brazo, o que no pueden hablar bien, ni pensar, ni mear sin ayuda porque han perdido la chaveta, y piensas «¿Quién soy yo para lloriquear como un bebé porque me caí de una escalera?».

Charlie seguía sin saber si estaba siendo sincero o solo intentaba embaucarla. Pero eso poco importaba, porque ella estaba allí por Flora, y Flora le había dejado bien claro lo que quería.

—Espero que consiga desintoxicarse —le dijo—. De verdad.

Pero Flora no puede esperar a ver qué pasa. Todavía es menor de edad, pero queda poco para que sea adulta.

—Lo sé. —Leroy volvió a mirar el edificio—. Está en esa edad en la que te encuentras en una encrucijada, ¿sabes lo que quiero decir? O acaba como tú o acaba como Maude. O en la cárcel, si no se anda con cuidado. Sobre todo, si sigue con ese Oliver. Ese chaval es tan retorcido como su padre. Si se tragara un clavo, cagaría un sacacorchos.

Charlie decidió aprovechar que Leroy parecía dispuesto a seguir hablando.

—Podría volver ahora mismo a mi despacho y rellenar la documentación para quitarles la custodia.

—De eso nada, muñeca. —Él apagó su cigarrillo en el vaso de café—. Es mi nieta, sangre de mi sangre. No voy a permitir que nadie me la quite.

—Sin duda se da usted cuenta de que estaría mejor viviendo en otra parte.

—Igual que yo y que Maude. ¿Qué tiene eso que ver?

—De todos modos, solo le quedan dos años para alcanzar la mayoría de edad. Si la dejan marchar ahora, esa encrucijada de la que hablaba la llevará directamente a la universidad.

Él se echó a reír.

—Vosotros los Quinn siempre habéis tenido mucha labia.

—¿La está usted agrediendo?

Leroy giró la cabeza bruscamente.

—¿Eso le ha dicho?

—No ha contestado a mi pregunta.

—Ni pienso contestar.

Ella intentó ofrecerle una salida.

—Tiene que dejarla marchar, Leroy. No querrá que le formule estas preguntas en la sala de un tribunal, bajo juramento y delante de un juez.

Él la miró fijamente, quizá por primera vez. O, mejor dicho, le lanzó una mirada lasciva. Deslizó los ojos por el cuello de pico de su camiseta y los clavó en sus pechos. Se acarició la cicatriz con la yema de los dedos. Se humedeció los labios.

—Eres muy atractiva, ¿lo sabías?

Charlie reprimió el impulso de cruzar los brazos. De pronto se sintió trémula, atrapada. Leroy intuyó su nerviosismo. Era de nuevo el cerdo del bar que no aceptaba un no por respuesta. Aquella era su verdadera naturaleza. Se inclinó hacia ella, mirando su camiseta sin disimulo.

—Me gustan las tías peleonas.

Ella rechinó los dientes. Si Leroy intentaba intimidarla, había elegido mal sus palabras. Su miedo se disolvió, reemplazado por la ira: ira contra sí misma por haber estado a punto de dejarse embaucar, y contra él por ser tan cabrón. No estaba indefensa. Era una mujer adulta, licenciada en Derecho en una de las diez mejores facultades del país.

Ella también se inclinó hacia delante, hasta que su cara quedó a escasos centímetros de la de Leroy.

—Escúchame, gilipollas, si lo que quieres es pelea, la vas a tener. Voy a ayudar a Flora. Voy a hacer todo lo que pueda por apartarla de ti.

Él fue el primero en desviar la mirada. Volvió a fijarla en el edificio. Maude había salido del apartamento y estaba en el umbral, observándolos.

—No sé qué tendrás planeado, pero no soy yo quien tendría que preocuparte. También vas a tener que arrancársela a Maude de las manos, porque ni muerta va a dejarla marchar.

Charlie se dio cuenta de lo que pretendía.

—¿De verdad crees que un juez va a creerse que tu mujer no sabía lo que pasaba en la habitación de al lado?

—Vas por mal camino, nena. A mí puedes tocarme las narices todo lo que quieras, pero prueba a meterte con Maude. —Meneó la cabeza—. Acuérdate de que te lo he advertido.

—Acuérdate tú de esta conversación cuando te llame al estrado y tengas que poner la mano sobre la Biblia y jurar que nunca has tocado a tu nieta.

Él mantuvo la mirada fija en su mujer.

—¿Tienes pruebas de lo que estás diciendo? ¿Vas a hacerle la misma pregunta a Flora después de que jure sobre la Biblia?

Charlie ignoraba si el aplomo que demostraba se debía a que sabía que era inocente o a que estaba seguro de que Flora le defendería a toda costa.

Solo le quedaba un as en la manga. Preguntó:

—¿Y si acudiera a la policía y les dijera que tú eres un yonqui y que tu mujer lleva tiempo desfalcando el dinero de Flora?

Leroy soltó una risa áspera.

—Te diría que te vayas al cementerio y le preguntes a tu mamá qué es lo que pasa cuando los clientes de tu papá se sienten amenazados.

3

Charlie tomó el camino más largo para regresar a su despacho. Necesitaba esos cinco minutos extra para tranquilizarse. Le temblaban las manos desde que había dejado a Leroy Faulkner en las mesas de pícnic y estaba otra vez mareada. Tuvo que parar en la cuneta y sacar la cabeza por la puerta, esperando a que los Doritos volvieran a hacer acto de aparición. Solo la suerte y la fuerza de voluntad lograron impedirlo.

No era la primera vez que la amenazaban. Era lo normal cuando una se dedicaba a defender a delincuentes. Pero hasta ese día las amenazas siempre habían sido poco creíbles, hechas normalmente por clientes desesperados que sabían que acabarían en la cárcel. Muchos cometían, además, la estupidez de amenazarla llamando desde el teléfono público de algún centro de detención, donde se grababan las conversaciones de los reclusos.

Esta era la primera amenaza que de verdad la había asustado.

Su madre.

Asesinada ante sus ojos.

Y el que había empuñado la escopeta era un cliente despechado de su padre.

Se estremeció con tanta fuerza que le castañetearon los dientes.

Todavía veía a Maude delante de la puerta del apartamento, trasegando otra cerveza, fumando otro cigarrillo mientras sus ojillos la seguían hasta el coche. O al menos en dirección al coche, porque Charlie había olvidado dónde lo tenía aparcado y había tenido que pararse a mirar hasta que lo localizó al fondo del aparcamiento. Cuando arrancó, le sudaba el labio superior. Y al salir a la carretera y echar un vistazo por el retrovisor, vio a Maude siguiéndola con la mirada.

Comparadas con ella, las Culpepper eran una panda de aficionadas.

Por suerte, se le había asentado el estómago cuando entró en el aparcamiento de la parte de atrás del edificio donde su padre tenía el despacho. Los cinco minutos extra del trayecto habían conseguido tranquilizarla hasta cierto punto, aunque no le hubieran servido para aclarar sus ideas. Todavía tenía que hablar con los padres de Nancy. Eran casi las tres y media. Los Patterson volverían seguramente del trabajo en torno a las cinco. Tendría que hacer acopio de fuerzas para hablar con ellos en persona. Sería más cómodo llamarlos por teléfono, pero le parecía una cobardía hacerlo. Necesitaba ver la casa y evaluar su disposición y su capacidad para hacerse cargo de Flora, de modo que pudiera afirmar rotundamente ante el juez que la chica tenía un puerto seguro en el que refugiarse.

El hecho de que siguiera queriendo ayudar a Flora a pesar del peligro que suponía hacerlo era un defecto congénito, heredado probablemente de su padre. A lo largo de su carrera, Rusty Quinn había representado a toda clase de clientes, a menudo situados en bandos opuestos: clínicas abortistas y fanáticos religiosos dispuestos a volarlas, o jornaleros indocumentados y agricultores a los que las autoridades sorprendían contratándolos bajo cuerda. El precio que su familia había tenido que pagar por ello había sido muy alto. Cuando Charlie tenía trece años, atacaron su casa con cócteles molotov. Y ocho días más tarde unos clientes de Rusty que creían que de ese modo podían saldar las deudas que tenían pendientes con su padre dispararon a su madre y su hermana.

Charlie debería haber escarmentado, pero, por el contrario, aquella tragedia le había dado aún más ganas de pelear.

Como solía decir Rusty, «si nadie te grita, es que no haces bien tu trabajo».

Aparcó en su sitio de siempre, detrás del despacho que compartía con su padre. Salió del coche. Cada paso que daba hacia el edificio le recordaba lo peligrosos que podían ser los enemigos de Rusty Quinn: la verja de seguridad que solo se abría con un código de seis dígitos, la valla de concertina de tres metros y pico de alto, las múltiples cámaras de seguridad, las gruesas rejas de las ventanas, la puerta blindada de la entrada de atrás y el panel de alarma iluminado que había a su lado.

Introdujo el código y utilizó su llave para abrir la imponente cerradura de seguridad cuya barra encajaba a ambos lados de la jamba de acero.

El primer olor que la asaltó fue el de los Camel sin boquilla que fumaba su padre. Luego, el de la extraña humedad que impregnaba la moqueta. Y, por último, el de los rollos de canela.

Siguió su aroma delicioso hasta la cocina. Lenore estaba delante de la nevera. Pese a que era casi treinta años mayor que Charlie, vestía una minifalda rosa y tacones a juego. Estaba mirando un televisor colgado de la pared. Otra vez aquella telenovela. Esta vez, era Katherine Chancellor quien gritaba a Jill Abbott. Charlie se avergonzó vagamente de conocer a los personajes de la serie.

—Qué mala cara tienes, niña —comentó Lenore.

—Tengo el estómago revuelto —dijo Charlie, mirando con deseo los rollos de canela que había encima de la mesa—. ¿Conoces a Maude y Leroy Faulkner?

—Ojalá no los conociera. —Lenore le puso la mano en la frente—. No tienes fiebre. ¿Has vomitado?

Charlie no contestó, pero el ceño fruncido de Lenore indicaba que lo había adivinado.

—No te acerques a los Faulkner —le dijo—. Él es un cerdo asqueroso y ella una zorra capaz de tirar de navaja a la menor oportunidad.

—Procuraré recordarlo.

Se sentó a la mesa. Tiró del borde del papel film que cubría la bandeja de los bollos. Lenore, que sabía que Charlie tenía problemas con la lactosa, siempre los hacía con compota y leche de almendras.

—La nieta de Maude quiere emanciparse de sus abuelos —dijo.

—¿Va a pagarte?

Charlie se rio. Lenore quitó hábilmente el film de la bandeja sin estropear el recubrimiento de los dulces y cogió un plato del escurridor que había junto al fregadero.

—¿Qué hay de Dexter Black?

—¿Qué pasa con él? —El nombre de aquel tipo empezaba a adquirir los tintes siniestros del nombre de Voldemort—. Seguro que no vas a decirme nada que no sepa ya.

—¿Y eso cuándo me ha impedido hablar? —Lenore abrió un cajón. Sacó una espátula y deslizó un rollo de canela en el plato de Charlie—. He visto que tenías un mensaje sobre tu tarjeta de crédito.

—Mierda. —Charlie se había olvidado por completo del asunto. Rebuscó en su bolso y sacó el extracto. Tenía que llamarlos, pero de pronto no se sentía con fuerzas. Estaba demasiado cansada. Miró la hoja mientras bostezaba, abriendo tanto la boca que le chascó la mandíbula.

—¿Estás bien, niña? —preguntó Lenore.

—Estoy hecha una mierda.

Ahora veía cuál era el problema con la tarjeta. La cuota mínima era de 121,32 dólares. Según lo que ella misma había anotado en el extracto, había hecho un pago de 121,31 dólares. Por un miserable centavo iban a cobrarle una comisión por retrasarse en el pago. Echó un vistazo al extracto hasta que encontró la información sobre el periodo de gracia. Llegaba un día tarde.

—Si hubiera visto esto ayer, podría haberles pagado sin que me penalizaran.

Lenore miró el extracto por encima de su hombro.

—Ayer, no, nena, ni la semana pasada. La anterior. Hoy es veintitrés.

Lenore le indicó el calendario de la pared. Charlie se quedó mirando la fecha hasta que empezó a nublársele la vista.

—Mierda.

—Esto hará que te sientas mejor. —Lenore empujó el plato hacia ella y se sentó—. ¿Quieres que te cuente algo de Leroy Faulkner?

Charlie tuvo que hacer un esfuerzo para apartar la mirada del calendario.

—¿Qué?

—Leroy Faulkner, el marido de Maude. Es cliente fijo de Rusty. Desde los años ochenta.

Charlie dobló en dos el extracto de la tarjeta de la Visa y, al igual que Escarlata O'Hara, se dijo que ya pensaría en ello al día siguiente.

O al otro, quizá.

O la semana siguiente.

Lenore continuó tranquilamente:

—Leroy andaba metido en delitos de poca monta. Afanaba desbrozadoras y segadoras de césped en las casitas de los domingueros. Luego robó un cochecito de golf John Deere y así dio el salto: pasó del hurto al robo.

Charlie repasó de memoria lo que acababa de decirle Lenore para ver si lo entendía. Llegó a la conclusión de que no era un dato sorprendente. Los delincuentes no solían acabar en la cárcel por ser precisamente unas lumbreras.

—¿Qué le pasó en la pierna? —preguntó.

—Trabajaba en mantenimiento, en la fábrica de vaqueros, antes de que la trasladaran a México. Se subió a una de esas escaleras de madera de antes para cambiar una bombilla y la escalera se rompió. Cayó como un plomo, de pie. Tenía una pierna más larga que la otra y fue esa la que se llevó todo el peso de la caída. Se destrozó los huesos hasta la cadera.

—¿Qué altura tenía la escalera?

—Nueve metros.

—Santo Dios.

—Sí, mal asunto. Vi las radiografías del hospital. Tenía el pie doblado hacia atrás y pegado a la pantorrilla.

Charlie se acordó de la férula de Leroy. ¿Su discapacidad le impedía perseguir a su nieta? Flora era joven, pero tenía aspecto de saber defenderse. Lo único que tenía que hacer era echar a correr. Claro que, si su abuelo, el hombre que había ocupado el lugar de su padre tras la muerte de este, estaba abusando de ella, era probable que se sintiera paralizada.

—Ya que hablamos de su lesión... —Miró a Lenore—. Me preguntaba si...

Ella levantó un dedo para hacerla callar. Aquella mujer tenía oído de murciélago. Pasaron tres segundos hasta que Charlie oyó los ruidos y chasquidos que indicaban que su padre avanzaba por el pasillo.

—¡Qué maravilla! —Rusty Quinn se llevó la mano al pecho al verlas—. ¡Dos mujeres preciosas en mi cocina! ¡Y encima rollos de canela! —Se sirvió uno—. Díganme, señoras, ¿cuál es la definición de un perfecto temtempié?

—Un buen rollo de canela —contestó Charlie—. Le estaba preguntando a Lenore por Leroy y Maude Faulkner.

Rusty levantó una ceja al tiempo que daba un gran mordisco al bollo. No le importó hablar con la boca llena.

—La última vez que tuve tratos con esos dos, Maude le había dado un navajazo en la cara a Leroy.

Charlie sintió que un trozo de cristal roto le atravesaba el corazón.

—¿Por algún motivo en particular?

—Lo normal: el socorrido estado de embriaguez, supongo. Cuando se le pasó la borrachera, Leroy no quiso presentar cargos. —Rusty cogió la servilleta de papel que Lenore le puso frente a la cara—. La suya es una relación amor-odio: les encanta odiarse mutuamente.

—¿Crees que serían capaces de delatarse el uno al otro? —preguntó Charlie.

—Por supuesto que sí, aunque luego volverían a las andadas. —Su padre sonrió mientras daba otro mordisco al rollo de canela—. Esos dos son como el dedo y el ano del proverbio: nunca se sabe quién está jodiendo a quién.

Charlie estaba insensibilizada desde hacía mucho tiempo contra los comentarios soeces de su padre. Aunque se resistía, volvió a echar una ojeada al calendario. Notó una pátina de sudor en la nuca. Esforzándose por concentrarse, preguntó:

—¿Qué sabes de su nieta?

—Que perdió a su madre en un terrible accidente.

—¿Son capaces de cuidar de ella? Quiero decir sin hacerle daño.

Rusty le lanzó una mirada curiosa.

—¿Qué quieres decir?

Charlie no sabía cómo preguntarle si Leroy Faulkner era un pederasta. Aunque su padre lo supiera, probablemente estaba obligado a guardar silencio, dado que le había representado en calidad de abogado.

—¿Crees que está a salvo con sus abuelos?

—La gente suele tomar decisiones equivocadas cuando está pasando una mala racha.

—Entonces, ¿corre peligro?

—No he dicho eso. —Rusty cogió otro rollo de canela—. Pero sí que puedo decirte que, cuando murió su madre, el hecho de que hubiera una indemnización de por medio pesó mucho a la hora de convencerles de que debían criar a la niña. Es como atar una chuleta al cuello de una niña para que el perro juegue con ella.

A Charlie no le sorprendió la noticia.

—¿Qué pasará cuando se acabe el dinero?

—Eso quisiera saber yo.

Otra evasiva. Charlie trató de estrechar el cerco.

—¿Solo fingen quererla por el dinero de la indemnización? ¿O de verdad la quieren, aunque no haya dinero?

—«A veces, la pregunta es compleja y la respuesta sencilla».

Charlie soltó un gruñido: sabía que, cuando su padre empezaba a citar al doctor Seuss, todo iba de mal en peor.

—¿Cuánto dinero le conseguiste a Leroy por lo de la pierna?

—Arbitraje forzoso —respondió Rusty, lo que significaba que el caso no se había dilucidado ante un juez y un jurado, sino a través de un mediador profesional que probablemente trabajaba para la empresa demandada—. La mayor parte del dinero fue a parar al hospital, los médicos y la rehabilitación. No quedó gran cosa. El muy avaricioso de su abogado se quedó con lo que sobraba.

Charlie apartó la mirada para no ver cómo le caían migas de bollo de la boca. Rusty dio otro bocado.

—¿Algo más, Charlie querida?

Ella levantó la mano.

—No, ya me has ayudado bastante.

Su padre era inmune al sarcasmo.

—Ha sido un placer, mi amada hija.

Se marchó chasqueando los dedos y canturreando hasta que se atragantó con el bollo y empezó a toser como si se hallara en las últimas fases de la tuberculosis.

—¿Cómo le soportas? —le preguntó Charlie a Lenore.

—La verdad es que no le soporto —contestó ella, y a continuación le contó algo que Rusty no había querido revelarle—: Tu padre redujo su minuta a la mitad para echarle una mano, pero Leroy se embolsó unos cincuenta de los grandes, que es mucho, aunque no tanto.

—¿Cobra pensión por discapacidad?

—Lo dudo. Es muy posible que no haya podido cobrarla, teniendo en cuenta sus antecedentes penales. No puede beneficiarse de vales de comida, ni de viviendas sociales, ni de ningún subsidio estatal.

—Imagino que Maude no trabaja.

—Pues en cerveza gasta lo suyo —comentó Lenore—. Y frecuenta el Shady Ray aún más que tu padre, así que alguna fuente de ingresos debe tener.

—¿Tú la conoces?

—Solo de vista. —Le guiñó un ojo—. Yo también frecuento el Shady Ray más que tu padre.

—¿Crees que se prostituye?

—Supongo que habrá hombres dispuestos a pagar para echarle un polvo, pero no creo que en este pueblucho de mierda tuviera suficiente clientela para conseguir ingresos regulares.

Eso Charlie no podía negarlo. Y tampoco se imaginaba a Maude Faulkner prostituyéndose. Pastoreando a un rebaño de prostitutas quizá sí, pero no haciendo el trabajo sucio. De lo que cabía concluir que seguramente el dinero que gastaba en cerveza procedía del fideicomiso de Flora.

—¿Estás bien, niña? —volvió a preguntarle Lenore.

Los ojos de Charlie volaron de nuevo hacia el calendario.

—Me han amenazado. Leroy, quiero decir, pero está claro que Maude le respaldaba.

—¿Por eso estás tan pálida?

Se obligó a mirar la bandeja de los rollos de canela, ya medio vacía. Se le hacía la boca agua al pensar en aquella delicia dulce y tibia, pero estaba tan cansada que no lograba mover los brazos.

—¿Charlotte?

De mala gana, lentamente, volvió a mirar el calendario. Fijó los ojos en los números, deseando que dieran marcha atrás. No se trataba únicamente de la cuota de la Visa. Se había saltado una semana entera. ¿Cómo era posible?

—¿Qué tal Belinda esta mañana? —preguntó Lenore.

—Cabreada —respondió, porque no había mejor forma de describir a su amiga—. La primera vez que se quedó embarazada también estaba cabreada.

—No está cabreada porque esté embarazada. Está cabreada porque su marido es un capullo.

—Dice que los hombres cambian cuando tienes hijos.

—Ryan ha sido siempre un capullo. Por eso es tan buen soldado. —Lenore la cogió de la mano—. ¿Qué te pasa, tesoro?

—¿Cómo era mi madre cuando estaba embarazada?

Lenore sonrió.

—Estaba emocionadísima. Y un poco asustada. Y radiante. Yo no me creía esa chorrada de que las mujeres resplandecen cuando están embarazadas. ¿Qué pasa, es que son como bombillas? Pero en el caso de tu madre era cierto. Resplandecía de felicidad.

Charlie le devolvió la sonrisa. Había pensado lo mismo sobre Belinda esa misma mañana.

—Lo de tu hermana fue un feliz accidente —prosiguió Lenore—, pero contigo estaba todo planeado. Le dijo a tu padre exactamente cuándo iba a tenerte, cómo ibas a llamarte, qué asignaturas iban a ser tus preferidas en el colegio y cómo serías cuando fueras mayor.

—¿Y acertó?

—Qué tonterías preguntas. Tu madre siempre acertaba en todo. Y os quiso con locura a tu hermana y a ti hasta su último aliento —añadió.

Charlie había estado presente cuando su madre exhaló su último aliento. Sabía que Lenore tenía razón.

—No todos los hombres son unos gilipollas —dijo Lenore.

—Lo sé. —Se puso a pellizcar el rollo de canela hasta que se desprendió un trozo.

—Ben es una persona maravillosa.

—Eso también lo sé.

—Entonces... —Lenore se recostó en su silla y observó a Charlie—. ¿Vas a contarme de una vez que hace una semana que debería haberte venido la regla?

Charlie se metió el rollo de canela en la boca, entero, para no tener que responder.

4

Jo y Mark Patterson vivían en un barrio de nueva construcción en el que grandes chalés de cinco y seis dormitorios con parcelas de doce mil metros habían ocupado el lugar de los aparcamientos para caravanas y las granjas avícolas. Aquella zona de la ciudad era la máxima expresión del extrarradio urbano: sus pobladores eran personas con dinero más que suficiente para vivir en Atlanta, pero llevaban una vida tan acomodada que podían permitirse el lujo de hacer el viaje de dos horas en coche hasta la capital una o dos veces al mes para echar un vistazo a sus inversiones antes de regresar a su vida en el campo, más limpia y sosegada. Charlie y Ben solían bromear mordazmente acerca de aquellas mansiones horrendas, pero lo cierto era que envidiaban sus habitaciones de invitados y sus garajes para cuatro coches. Y, sobre todo, sus piscinas.

El garaje de los Patterson solo tenía sitio para tres coches, lo que le hizo sentir pena por ellos. Desde la calle, la casa de estilo semitudor, construida en ladrillo y estuco, parecía impecable, pero al enfilar el largo camino de entrada Charlie advirtió que la pintura de la fachada estaba descascarillada en algunas partes. Todas las puertas del garaje estaban cerradas. En el camino había aparcado un BMW que parecía bastante viejo. Charlie confiaba en llegar a tiempo de encontrarse accidentalmente con Oliver, el presunto novio de Flora Faulkner, pero dedujo por la pegatina que adornaba el parachoques del BMW (*MI HIJA ES UNA*

ALUMNA DESTACADA DEL INSTITUTO DE PIKEVILLE) que Jo Patterson no trabajaba fuera de casa.

No se acordaba de cómo se llamaba la hija de los Patterson y tuvo que consultar las notas de su cuaderno.

Nancy.

Encontró su bolígrafo manchado de polvillo de Doritos. Había anotado en su lista que tenía que hablar con los profesores de Flora, pero decidió preguntarles también por Nancy Patterson. Y, de paso, por su hermano Oliver. Probablemente el chico había dejado los estudios hacía tiempo, pero los profesores solían acordarse de los alumnos conflictivos, y Charlie dedujo por el hecho de que ya tuviera antecedentes que Oliver habría dejado una huella indeleble en el instituto.

Al salir del Subaru, oyó el suave ronroneo del motor de un coche en la calle y un momento después vio aparecer por el camino de entrada un impresionante Porsche Boxter azul zafiro. Calculó que el chaval flacucho que iba al volante tenía aproximadamente diecinueve años y (citando a Maude Faulkner) unos antecedentes del carajo. El chico, que solo podía ser Oliver Patterson, tenía una buena mata de pelo rubio y la nariz aplastada, como si se la hubiera roto más de una vez. Al ver a Charlie, se subió las gafas de sol apoyándolas sobre la frente, entornó los ojos y frunció los labios. Intentaba hacerse el malote, pero Charlie pensó únicamente que parecía un mono capuchino.

Los neumáticos del Porsche chirriaron cuando giró bruscamente en redondo al llegar al final del camino y volvió a marcharse por donde había llegado.

—Vale —masculló Charlie, preguntándose a qué venía aquella exhibición.

Si de veras Oliver Patterson era el novio de Flora, tendría que hablar seriamente con la chica acerca de los peligros de salir de Guatemala para caer en Guatepeor.

Se colgó el bolso del hombro y se dirigió a la casa. Comprobó que, vista de cerca, no solo tenía la pintura descascarillada: la madera también parecía podrida y en el recubrimiento de estuco se veían grandes desconchones. Algunos ladrillos estaban rotos. Al acercarse a la puerta delantera, se fijó en que el camino estaba agrietado y en que entre las grietas crecían hierbajos. El césped tenía calvas como un perro sarnoso. Las hojas de los arbustos de boj de delante del porche estaban arrugadas a causa de algún hongo. Uno de los paneles del ventanal tenía el cristal roto, y en los demás se acumulaba el vaho entre el cristal doble. Algunas tejas se habían caído y habían ido a parar al jardín. Los escalones del porche estaban podridos. Incluso la pintura de la puerta estaba descolorida: ya no era roja, sino tirando a rosa.

Charlie había tratado a mucha gente rica. O bien los Patterson provenían de una familia acomodada y eran muy descuidados, o bien eran nuevos ricos a los que el dinero se les había agotado pronto.

Recordó el comentario de Leroy acerca de que Oliver era tan retorcido como su padre. Charlie se enfadó consigo misma por no haberse informado previamente sobre la familia. Su curiosidad intrínseca, el placer que le producía hurgar en los asuntos de los demás, era primordial en su trabajo como abogada defensora. Normalmente sabía más sobre sus clientes y posibles testigos que ellos mismos. Esta vez no, en cambio. Ni siquiera sabía cómo se ganaba la vida Mark Patterson. O cómo no se la ganaba, si resultaba que no trabajaba. Hoy estaba tan aturdida que creía a pie juntillas casi todo lo que le decían.

Como el timbre estaba recubierto de celofán, tocó con los nudillos cuatro veces y esperó. Luego volvió a llamar con más fuerza pensando que, con lo grande que era la casa, nadie la oiría.

Vio llegar otro coche. El vecino de enfrente, supuso cuando el Mercedes nuevecito se metió por el camino de la casa del otro lado de la calle. De él salió una mujer con una americana colgada del brazo y un maletín en la otra mano, como una personificación de la madre trabajadora. Miró fijamente a Charlie, arrugando la nariz como si pudiera deducir por el olfato qué hacía en el porche de sus vecinos.

—¿Sí?

Charlie dio un brinco y estuvo a punto de caerse por los escalones. La puerta de la casa se había abierto. Una mujer menuda, de cuarenta y tantos años, vestida con pantalones negros de yoga y camiseta de tirantes verde fluorescente, aguardaba su respuesta. Llevaba una botella de agua en una mano y una escopeta en la otra.

—¡Joder! —Charlie levantó las manos a pesar de que la escopeta apuntaba hacia abajo.

—Ay, perdone. No está cargada. Por lo menos, eso creo.

Dejó la escopeta junto a la puerta y se secó la frente con una toalla. Tenía ese ligero brillo de sudor de las mujeres ricas que practican pilates o yoga, o cualquier otro ejercicio de estiramiento que requiera tiempo y dinero de sobra.

—Creía que era la vecina de enfrente —añadió—. Estaba arriba, haciendo ejercicio, y he visto su coche. Es una bruja. Todos los días llama a la puerta para darnos la lata por esto o aquello. Ni que fuera asunto suyo lo que hagamos en nuestra casa. —Le indicó que pasara—. Usted debe de ser la abogada. —No aguardó respuesta—. Soy Jo Patterson. Flora nos dijo que vendría. Es una chica estupenda. ¿Sabe usted que ha vendido más galletas que nadie en toda Georgia? Y es la mejor amiga de Nancy. Son uña y carne. Nosotros la queremos con locura. ¿Le apetece un té con hielo?

Charlie sintió el impulso de menear la cabeza para que aquella avalancha de información se ordenara hasta adoptar una forma comprensible.

—No, gracias.

—Vamos a la parte de atrás. Solo es cuestión de tiempo que esa zorra llame a la puerta.

Charlie la siguió de buena gana: siempre había querido ver el interior de una de aquellas casonas. Mientras avanzaban por el pasillo, Jo fue cerrando enormes puertas de madera y farfullando disculpas por el desorden. Charlie no se imaginaba ni en sus sueños más descabellados viviendo en una casa con tantas habitaciones, y mucho menos teniendo que amueblarlas. Al parecer, Jo Patterson se había topado con el mismo problema. Había una salita ocupada únicamente con dos pufes y un televisor viejo con una videoconsola debajo. En el comedor no había mesa ni sillas y la lámpara del techo estaba torcida, como si alguien hubiera intentado columpiarse en ella. Incluso el aseo mostraba indicios de desidia. El papel del techo se había desprendido. Alguien había hecho un intento poco enérgico de arrancarlo y solo había conseguido empeorar su aspecto.

—¿Hace mucho que viven aquí? —preguntó Charlie.

—Cinco o seis años. —Jo Patterson cerró la puerta de lo que parecía ser un despacho. Dentro había un escritorio metálico como los de los profesores de instituto, varias cajoneras de metal con gruesas cerraduras y numerosas cajas rebosantes de papeles—. Todavía estamos amueblándola, aunque la verdad es que llevo tiempo diciendo lo mismo, porque soy incapaz de tomar una decisión. Hay tanto donde escoger, usted ya me entiende.

A Charlie le habría encantado poder escoger entre distintas opciones si se trataba de comprar un lavaplatos nuevo que no perdiera agua cuando ponías más de cuatro platos en la rejilla de abajo.

—Aquí es —dijo Jo y, estirando los brazos, le indicó una enorme cocina con sala de estar.

El sol entraba a raudales por los gigantescos ventanales. El techo abovedado tenía al menos nueve metros de alto, pero las vigas de madera vistas le daban un ambiente acogedor. La parte de atrás de la casa, al menos, sí estaba amueblada. Era lo único que parecía habitado. Mullidos sofás de cuero. Butacas. Y un descomunal televisor de pantalla plana colgado sobre la chimenea de piedra. Al ver la enorme estancia diáfana, a Charlie se le saltaron las lágrimas de envidia, no porque le gustara cocinar, sino porque quería tener una cocina que hiciera llorar de envidia a las visitas.

Si los Patterson no querían adoptar a Flora, podían adoptarla a ella: estaría encantada.

—No somos muy de jardín —comentó Jo como si Charlie le hubiera preguntado algo sobre el embarrado jardín trasero—. Eso nos trae problemas con las vecinas, porque hay no sé qué cláusula en los estatutos de la comunidad sobre el mantenimiento de los jardines. A nosotros nos trae sin cuidado, pero por lo visto en este barrio no puede una ni cagar sin pedir permiso. Pero, oiga, usted es abogada, ¿no? ¿No podría ayudar a quitárnoslos de encima? Son una panda de brujas que no tienen otra cosa mejor que hacer que venir a quejarse.

Charlie tuvo que sacudir la cabeza otra vez para entender lo que acababa de pedirle.

—No me dedico a ese tipo de cuestiones, pero puedo darle el nombre de un abogado que podría ayudarla.

—No, qué va. —La mujer meneó la mano, indicándole que entrara en la cocina—. Querría cobrarnos.

Charlie no señaló que ella también querría cobrar por su trabajo.

—¿Con o sin azúcar?

No había pedido té, pero quería tener una excusa para quedarse en la cocina admirando los electrodomésticos de acero inoxidable.

—Sin.

—Flora es increíble. La queremos una barbaridad. —Jo abrió la puerta de cristal del enorme frigorífico. El cristal se sacudió. Tuvo que empujar para volver a cerrarla. Le dijo a Charlie—: Nancy la conoció el primer día de instituto y enseguida se hicieron grandes amigas. Siempre se han llevado estupendamente. Son uña y carne. —Sacó dos vasos limpios del lavaplatos Miele que había junto al fregadero de porcelana—. Yo estaba muy preocupada cuando trasladaron a Mark desde Roswell, pero todo ha salido bien. Mi marido es promotor inmobiliario. Hoy, precisamente, ha ido a visitar unos terrenos para una empresa de Atlanta que quiere construir un restaurante Applebee's cerca de la 40 Norte. ¡Un Applebee's! ¿Se imagina? ¿Qué será lo siguiente? ¿Un Olive Garden? ¿Un Red Lobster? ¡Esto se pondrá de bote en bote!

Charlie se sentó junto a la encimera. La lisa superficie de granito era fría al tacto. Una nevera para vinos ronroneaba tras ella, vacía. Su envidia remitió ligeramente. Vista de cerca, la cocina parecía algo deteriorada. Había arañazos en las paredes, a la campana de madera le faltaba un trozo y, a la placa de la cocina, dos mandos de color rojo.

Jo, que no parecía percatarse de su mirada crítica, sirvió el té.

—Y luego hay también unos tipos que quieren construir un centro comercial en ese viejo molino que hay en la 515. ¿Sabe cuál le digo? —No necesitó que Charlie contestara para agregar—: Yo habría construido allí un spa. Me encanta esto, pero, Dios mío, la gente es insoportable. Creo que la mitad de los vecinos estarían de mucho mejor humor si de vez en cuando les dieran un buen masaje. Pero, en fin, no paro de hablar de mí misma. ¿Qué es lo que quiere que le cuente?

Se hizo un desacostumbrado silencio y Charlie se quedó escuchándolo.

—Sobre Flora —añadió Jo—. ¿Qué necesita saber?

Charlie tardó un instante en volver a calarse el birrete de abogada.

—Flora quiere emanciparse.

—Ya, eso nos lo ha dicho. ¿Se acuerda de esa película en la que Drew Barrimore quería hacer lo mismo...?

—Es un poco distinto de...

—¡Diferencias irreconciliables! —exclamó Jo chasqueando los dedos—. Dios mío, me estaba volviendo loca intentando recordar el título de esa película. Me pregunto qué habrá sido de Shelley Long. Estaba estupenda en *Cheers*.

Charlie necesitaba recuperar el hilo de la conversación.

—Para conseguir su emancipación, habrá que convencer al juez de que Flora es capaz de desenvolverse como una mujer adulta: cuidar de sí misma, ser responsable y no vivir de subsidios estatales. Creo que es mucho más probable que ganemos si podemos demostrar que dispone de un buen hogar en el que instalarse.

—¿Qué puede haber mejor que esto? —Jo abrió los brazos con orgullo, como si la casa no se estuviera cayendo a pedazos—. Pero nosotros no la adoptaríamos, ¿verdad? Flora solo viviría aquí. Casi como una inquilina. No es que vayamos a pedirle que firme un contrato ni nada por el estilo. Será como una hija, pero sin serlo.

—Exacto —respondió Charlie, porque Flora seguía siendo muy joven y no podía valerse sola por completo—. Así que lo que necesito ahora mismo tanto de usted como de su marido es que firmen una declaración afirmando que están dispuestos a acoger a Flora en su casa hasta que cumpla dieciocho años.

—Por supuesto que sí. —Jo Patterson empujó un vaso de té por la encimera, hacia Charlie—. Es más, estamos dispuestos a acogerla hasta que se case. Y luego puede venirse a vivir al sótano si quiere. La queremos una barbaridad. El otro día se lo dije: que, necesite lo que necesite, aquí nos tiene. Para lo que sea.

—Para lo que sea —repitió Charlie porque había una nota extraña, casi ensayada, en el tono de la mujer—. ¿Qué me dice de su hijo Oliver? ¿Todavía vive con ustedes?

—Claro que sí. Sigue siendo mi bebé.

—¿Cree usted que se casarán?

—Uf, ¿quién sabe con estos críos? —Se rio—. Oliver es tan tontorrón en lo que se refiere a Flora... Antes llevaba el pelo hasta aquí. —Puso la mano a la altura de su hombro—. Y siempre tenía granos porque la grasa del pelo le rozaba la cara y yo le decía «Ollie, lávate el pelo y no te saldrán granos», y él cerraba de un portazo su habitación y decía «¡Mamá!». Y entonces apareció Flora y Ollie se cortó el pelo igual que Mark, aunque no le diga a Ollie que lleva el pelo igual que su padre porque se pondrá...

Frunció la boca en un mohín y luego soltó una carcajada. Siguió riéndose. Y riéndose. Y pasado un rato se reía tan fuerte que Charlie empezó a preguntarse si de verdad había algo de tronchante en aquella situación. ¿Estaría pasando algo por alto?

Por ejemplo, ¿por qué se estaba cayendo la casa a pedazos?

¿Por qué la única habitación que estaba amueblada era la única en la que dejaban entrar a las visitas?

¿Por qué no contrataban a un paisajista para que se encargara del jardín?

¿Y por qué no a un empleado de mantenimiento que cuidara de la casa?

Y lo que era más importante, ¿por qué conducía Oliver un Porsche que, según Belinda, había conducido Maude Faulkner el mes anterior?

Charlie se recostó en su silla. Había una puerta abierta en la cocina que parecía conducir al sótano, lo cual estaba muy bien de no ser porque la pared de yeso no estaba pintada, de lo que cabía deducir que el sótano tampoco estaba acabado.

—¡Ay, señor! —Jo se secó las lágrimas de cocodrilo de los ojos—. Espero que se casen, sí. Todos queremos una barbaridad a nuestra pequeña Flora.

Charlie cruzó los brazos.

—Hábleme más de Oliver.

—Es un chico muy bueno y sensible. —Se llevó la mano al pecho, aparentemente sin darse cuenta de que se estaba contradiciendo—. Siempre está buscando maneras de ayudar a la gente, hasta cuando era pequeñito. Es lo que quiere hacer. Lo que queremos hacer todos, en realidad. Queremos ayudar a Flora, pero Oliver, sobre todo, está emperrado. —Se apoyó contra la encimera, todavía con la mano en el corazón—. Una vez, cuando era pequeño, recuerdo que me preguntó: «Mamá, ¿por qué los indigentes huelen tan mal?». Y yo le dije: «Tesoro, eso es porque no tienen una casa con ducha ni un sitio donde lavar la ropa», y en cuanto me descuidé se puso a hablar con un mendigo que había en la calle, en el centro de Atlanta, y se ofreció a traerlo a nuestra casa para que se duchara y lavara la ropa. Yo no podía permitirlo, claro, pero aun así ya ve usted que tiene un corazón de oro.

A Charlie volvió a extrañarle su tono ensayado. Empezaba a tener la clara sensación de estar viendo el mejor espectáculo del pueblo sentada en primera fila.

—Y Nancy es nuestro orgullo y nuestra alegría —agregó Jo Patterson—. Más lista que el hambre. No le gusta mucho estudiar, pero lo capta todo al vuelo. Estamos muy orgullosos de nuestros angelitos. ¡Ah, aquí está mi niño grande!

Charlie se giró, esperando ver al perro de la familia, y se encontró con un hombre maduro, con el pelo canoso, una hendidura en la barbilla con la que podría cortarse un bollo de pan y la piel tan morena que sin duda pasaba innumerables horas bronceándose bajo una lámpara de rayos uva.

—Mark Patterson. —El hombre le tendió la mano dejando ver unos dientes blanquísimos, un grueso Rolex de oro y un vello tan espeso en los brazos que parecía lógico que su hijo fuera un mono capuchino—. Usted debe de ser la abogada —dijo—. Flora nos avisó de que vendría. ¿En qué podemos ayudar?

Charlie estrechó su mano sudorosa.

—Cuéntenme cómo viviría Flora en caso de trasladarse aquí.

Él miró un instante a su mujer.

—Bueno, para nosotros sería como una hija más. Haríamos todo lo posible por ella. Me doy cuenta de que al emanciparse pasaría a ser legalmente adulta, pero todavía tiene dieciséis años...

—Quince —masculló Jo.

—Claro, quince ahora, pero cuando se instale aquí ya tendrá dieciséis. Lo que quiero decir es que todavía es una cría. Una adolescente. Una adolescente estupenda —añadió—. Quiero decir que Flora es maravillosa, pero sigue siendo muy joven.

Charlie sacó su cuaderno.

—¿Tendría su propia habitación?

—Claro que sí. Aquí tenemos espacio de sobra.

—Aunque puede que le apetezca compartir habitación con Nancy —agregó Jo—. Son uña y carne.

Charlie se alegró de que «uña y carne» no fuera uno de esos juegos en los que los contendientes tienen que beber chupitos de alcohol, porque a esas alturas ya estaría borracha.

—¿Podría ver dónde viviría Flora? —preguntó.

Mark y Jo cambiaron una mirada. Ella dijo:

—La planta de arriba está hecha un desastre, pero se la enseñaré encantada otro día. O puedo hacer unas fotos y mandárselas. ¿Le valdrá con eso?

Charlie se preguntó cuántas habitaciones sin amueblar había arriba. Y a continuación se preguntó cómo iba a sonsacarles la verdad a los Patterson.

—¿Y qué me dicen de un coche?

—¿Un coche? —repitió Jo.

—Como usted misma ha dicho, Flora cumplirá pronto los dieciséis. Necesitará un coche.

Jo Patterson buscó de nuevo la mirada de su marido. Lo obvio habría sido contestar que el fideicomiso cubriría las necesidades de transporte de Flora, pero Mark ofreció otra alternativa.

—Nancy tendrá coche en cuanto cumpla los dieciséis, el mes que viene —dijo—. Un Honda viejo que voy a comprarle a un antiguo cliente. Imagino que lo compartirán. De todos modos, van siempre juntas a todas partes. Son uña y carne.

Lo del «uña y carne» era como un mantra para aquella familia. De hecho, parecía casi una cantinela ensayada.

—¿Y qué hay de la comida? —preguntó Charlie—. ¿La ropa? ¿Los gastos escolares?

—Eso no es problema —respondió él—. Flora ya es como una hija para nosotros. Será un placer ocuparnos de esas cosas. Es una chica estupenda. La queremos una barbaridad.

Charlie observó que Jo daba un respingo al oír que su marido repetía sus mismas palabras.

Daba la impresión de que seguían un guion.

—Hacen muy buenas migas, ¿verdad?

—Exacto. —Sonrió como si acabara de aprobar un examen—. Muy buenas migas.

—El caso es —dijo Jo, tratando de reparar los daños— que los Faulkner, sus abuelos, no son una buena influencia. Lamento tener que decirlo, pero se trata del futuro de Flora, de su educación, de cómo va a vivir su juventud. Ellos lo intentan, pero tienen un carácter... —Se detuvo.

Seguramente había estado a punto de decir lo mismo que le había dicho Flora esa mañana en el cuarto de baño del local de las *scouts*. Por fin añadió:

—Sé que Flora no dirá una palabra en contra de sus abuelos, pero Leroy tiene problemas con las drogas y Maude es... Bueno, ya la habrá visto. Se habrá hecho una idea de cómo es. Yo no me metería con ella ni por todo el oro del mundo, pero queremos tantísimo a Flora... Es una chica increíble. La queremos...

—¿Una barbaridad? —preguntó Charlie.

—N-no —tartamudeó Jo.

Mark se apresuró a intervenir:

—Imagino que lo que iba a decir mi esposa es que no podíamos permitir que Flora siguiera en esa situación tan horrible.

—¿Qué tiene de horrible exactamente?

Una mueca de desagrado arrugó la nariz morena de Mark.

—Ese edificio de apartamentos es un horror. Está justo al lado de la autovía.

—Creo que es lo único que pueden permitirse. Pero ser pobre no es un delito, ¿verdad? —Charlie observó su expresión, tan pétrea como la de una estatua de mármol—. A menos que esté pensando en el fideicomiso.

—¿Fideicomiso? —dijo Mark con voz aguda—. ¿Qué fideicomiso?

Su débil intento de disimular casi hizo reír a Charlie.

—Flora me ha dicho que les ha contado lo del dinero que tiene en fideicomiso.

Los Patterson parecieron relajarse ligeramente. Jo soltó una risa nerviosa: la segunda risa de su repertorio, después de la carcajada estruendosa.

—Bueno, no estábamos pensando en el fideicomiso —dijo su marido— porque, evidentemente, ese dinero es para los estudios de Flora y para que pueda independizarse más adelante. Es una chica muy lista. La verdad es que podría ir a cualquier colegio. —Hizo un gesto abarcando la casa—. No quiero parecer grosero, pero obviamente no nos hace falta el dinero.

—Obviamente —repuso Charlie.

Jo se rio otra vez, pero solo con un «ja, ja» que sonó exactamente como si lo estuviera leyendo en la parte de atrás de una caja de cereales.

—Una cosa más. —A Charlie le encantaba decir «una cosa más», porque esa «cosa» solía ser el quid de la cuestión—. Lamento decírselo, pero Leroy ha hecho algunos comentarios poco halagüeños sobre usted, Mark. Ha dicho algo así como que era muy retorcido.

—Santo cielo. —Jo soltó su risa número uno: una profunda carcajada—. Parece un chiste: un constructor y un abogado entran en un bar...

Mark se sumó a sus carcajadas. Incluso se llevó la mano al estómago. Charlie estuvo observándolos hasta que sus risotadas se fueron por el desagüe.

—¡Ay! —dijo Mark secándose los ojos—. Bueno, ya sabe lo que opina la gente de los constructores. Nos meten a todos en el mismo saco.

—Creía que era usted promotor inmobiliario.

—Constructor, promotor inmobiliario... Viene a ser lo mismo.

—¿De veras? Tenía entendido que una cosa tenía mucho más que ver con la especulación que la otra —comentó Charlie—. Y que era económicamente más arriesgada.

—A nosotros nos va muy bien —dijo Jo—. Mark es buenísimo en lo suyo.

—Eso es estupendo. —Se quedó callada, mirando a Mark como si esperara una explicación.

Él tenía la boca tan seca que se le pegó el labio a los dientes cuando sonrió.

—¿Quiere hacernos alguna otra pregunta?

—No, gracias. —Charlie cerró su cuaderno, puso la capucha al bolígrafo y fingió que no notaba que los dos suspiraban al unísono—. Solo necesitaré que pongan por escrito lo que acaban de decirme: que no tocarán el dinero del fideicomiso.

Los Patterson se miraron otra vez con ojos saltones.

—¿Se refiere a una carta o algo así? —preguntó Jo con voz aguda.

—No. —Charlie bebió un sorbo de té, pero solo para hacerles esperar—. Necesitaré una declaración jurada en la que se comprometan a no recibir ningún dinero del fideicomiso de Flora ni directa ni indirectamente. —Sonrió—. Y, naturalmente, también tendrán que subir al estrado durante la vista y declarar lo mismo delante del juez, lo que supongo que no supondrá ningún problema, ¿verdad?

Mark se mordisqueó el labio.

—Mhmm.

Charlie aumentó un poco más la presión.

—Porque, si se comprometen a no tocar el dinero del fideicomiso y no cumplen su palabra, eso sería perjurio.

—Perjurio —repitió Mark.

—Bueno... —Jo se aclaró la garganta—. No soy abogada, pero, si no he entendido mal, Flora ya estará emancipada. —Sonrió débilmente—. Así que será ella quien controle el dinero, no nosotros. Puede hacer con él lo que quiera.

—Correcto, pero si recibieran ustedes dinero, si ella les pagara un alquiler, por ejemplo, o pagara enseres de la casa o les ayudara con la hipoteca o con la compra o con cualquier otra cosa, eso equivaldría a detraer dinero de su fideicomiso. Por eso me alegro de que hayan dicho que no sería una inquilina, porque ello podría considerarse un incentivo económico para ustedes, podría sospecharse cierto ánimo de lucro y, dado que todavía es menor de edad y no se ha emancipado, el juez no lo vería con buenos ojos. Por eso tenemos que cerciorarnos de que lo que han dicho es cierto: que Flora será como una hija más para ustedes, no la gallina de los huevos de oro que pueda sacarles de posibles apuros económicos. —Charlie guardó su cuaderno en el bolso—. ¿De acuerdo?

—Mhmm —repitió Mark.

—El caso es —prosiguió Charlie— que el juez designará a un trabajador social y un albacea para que se encarguen de hacer el seguimiento del caso, porque quitarles la custodia de una menor a sus familiares y declararla adulta, todo ello bajo la premisa de que estará mejor atendida con otra familia, es un asunto muy serio. El juez querrá tener garantías de que todo el mundo cumple lo acordado. El trabajador social hará visitas de inspección. Y el albacea se encargará de vigilar los movimientos de dinero para asegurarse de que no haya irregularidades. Y, naturalmente, todo el mundo tendrá muy presente el tema del perjurio, un delito que puede acarrear hasta cinco años de prisión y una multa de hasta doscientos cincuenta mil dólares.

—Vaya —dijo Mark—. Es bueno saberlo.

—Sí —añadió Jo esbozando una sonrisa trémula—. Por mi parte no hay problema en firmar ese documento. No tenemos intención de tocar ni un centavo de ese dinero.

—Cierto —terció Mark, reaccionando de inmediato—. Nuestra única intención es asegurarnos de que Flora disponga de ese dinero para sus estudios.

Deberían haber sabido que no convenía intentar embaucar a una abogada.

—Me temo que las intenciones no tienen tanta fuerza como los contratos jurídicamente vinculantes. Al juez no le interesarán sus intenciones. Querrá una declaración jurada.

—Bueno... —dijo Jo.

—Evidentemente, el dinero no es lo que cuenta —la interrumpió Mark—. Flora es muy importante para nosotros. La queremos una barbaridad. —Sus ojos se movían como el carro de una máquina de escribir—. Como usted ha dicho. Antes, quiero decir. Es lo que ha dicho. Que la queremos una barbaridad.

Charlie emuló su sonrisa falsa.

—Obviamente.

5

Charlie había aparcado frente al restaurante casi desierto, decorado en vinilo rojo y cromo, al estilo de los años cincuenta, y aún estaba sentada dentro del coche. Una rápida llamada al juzgado (una llamada que debería haber hecho esa mañana) le había desvelado que Mark Patterson debía varios millones de dólares. El Range Rover que había visto aparcado en el camino de entrada al marcharse de casa de los Patterson estaba a punto de ser embargado. La cuota final del chalé estaba pendiente de pago. Incluso debía tanto dinero a un colegio pijo de Roswell que la dirección había dejado el asunto en manos de una agencia de cobro a morosos.

Obviamente, querían a Flora por su dinero. Antes de seguir adelante con el asunto, Charlie tenía que averiguar si habían llegado a un acuerdo con ella para que les hiciera un pago por adelantado o les abonara un alquiler mensual, o habían pactado algún otro subterfugio.

Había, además, otros interrogantes.

Flora afirmaba que quería desvincularse de sus abuelos antes de que acabaran con todo el dinero del fideicomiso. ¿Para qué iba a molestarse en pedir la emancipación para caer en las garras de otra pareja igual de avariciosa? ¿Creía acaso Flora que podría controlar a los Patterson una vez fuera declarada oficialmente adulta?

Solo había un modo de averiguarlo y era preguntárselo a la propia Flora, pero Charlie se había sentido paralizada por el cansancio al aparcar frente al restaurante.

¿Por qué Flora no había sido sincera con ella desde el principio? ¿Temía decir la verdad o es que la tomaba por tonta?

A través de las ventanas del restaurante, la vio hablar con su último cliente. Le produjo la misma impresión que esa mañana: la de una adolescente amable, simpática y espontánea. Seria. Honrada. Un poco frágil, pero también obstinada.

Se había recogido el pelo en un moño y vestía un delantal blanco encima de los vaqueros azules y la camisa verde de las *scouts*. El cliente era un hombre mayor, flaco y amojamado, con el pelo peinado en cortinilla, el tipo de hombre que siempre tenía a mano un arsenal de anécdotas aburridas que contarles a las jovencitas guapas. Flora parecía dispuesta a escucharle. Sonrió y asintió con la cabeza una vez, y luego otra, y a continuación dejó discretamente la cuenta sobre la mesa y se alejó.

El de la cortinilla le dio una palmada en el culo.

Charlie sofocó un grito de sorpresa.

Saltaba a la vista que no era la primera vez que Flora se encontraba en una situación así. Sonrió y miró al viejo verde meneando el dedo. Después volvió al trabajo. El hombre prácticamente babeaba cuando ella se inclinó para recoger los platos de una mesa cercana.

Sonó su móvil y Charlie reconoció el número del despacho de Ben. Seguramente el equipo de vigilancia de la policía le había informado de su visita al apartamento de los Faulkner.

Esperó a que el teléfono dejara de sonar, sintiendo una punzada de mala conciencia.

Cuando volvió a mirar hacia el restaurante, Flora se estaba riendo con la boca abierta y los ojos cerrados. Había otra camarera, una chica más o menos de su edad. Probablemente le había contado algo gracioso a Flora. Esa parecía ser su única contribución al trabajo. Había estado rellenando desmañadamente los botes de kétchup y tenía el delantal tan manchado de rojo que parecía recién salida de una matanza. Su cabello rubio oxigenado y la serpiente que llevaba tatuada en el antebrazo tampoco le hacían ningún favor.

Charlie sacudió la cabeza al ver la serpiente. Antes, solo los moteros y los delincuentes llevaban tatuajes. Ahora, eran tan corrientes que ya ni siquiera podían considerarse un signo de afirmación personal, como no fuera para decir «Eh, que soy como todos los demás».

Se le encogió el estómago. Ya estaba otra vez comportándose como una abuela. O quizá no como una abuela, sino como una *madre*.

Se llevó la mano al vientre y pensó en Escarlata O'Hara viendo alejarse a Rhett.

Lo de dejar las cosas para mañana tenía sus ventajas.

Apartó aquella idea de su mente y volvió a fijarse en la escena que se desarrollaba dentro del restaurante.

El de la cortinilla se levantó trabajosamente de la mesa. Flora le obsequió con la misma sonrisa pizpireta hasta que el hombre dio media vuelta para marcharse. La cara de asco que puso entonces era idéntica a la de un sinfín de mujeres cuyo salario depende de que coqueteen convincentemente o no con un hombre por el que no sienten ninguna atracción.

Charlie no podía quedarse en el coche indefinidamente, lamentando las injusticias que sufrían las mujeres. Apagó el motor y se dirigió al restaurante.

Una ráfaga de aire frío envolvió su cuerpo cuando empujó la puerta de cristal. Notó un fuerte olor a patatas fritas que le dio hambre y, un instante después, vio un tarro de mayonesa que le revolvió el estómago. Fijó la mirada en las relucientes molduras de cromo que remataban todas las superficies. Había peores sitios en los que comer. Los asientos corridos de vinilo rojo parecían mullidos y acogedores. Los Beach Boys sonaban a través de los altavoces. En el local solo quedaba un cliente: un hombretón sentado junto a la barra al que se le veía buena parte de la raja del culo. Charlie supuso por su atuendo que era el conductor de la furgoneta de una empresa de fontanería que había en el aparcamiento.

La camarera tatuada estaba sirviendo un café. Levantó la vista y sonrió a Charlie. La chapa con su nombre decía *NANCY*. Señaló con la cabeza hacia una mesa vacía de la parte delantera del local.

—Enseguida estoy con usted.

Charlie recorrió el restaurante con la mirada, pero no vio a Flora.

—Primero voy a usar el aseo.

Recorrió el pasillo trasero por el que había visto desaparecer a Flora. Había tres puertas a la izquierda, cada una con su correspondiente rótulo. *CHICOS. CHICAS. ALMACÉN.* La puerta del fondo estaba entreabierta. El sol cortaba el suelo de damero como una cuchilla. Charlie notó un olor a tabaco. Oyó risas.

—No, gilipollas —dijo Flora, cuya voz sonaba mucho más ronca que antes—. No pienso hacer eso. Qué asco.

—¿Por qué? —respondió una voz masculina, muy aguda, probablemente perteneciente a un mono capuchino—. ¿Es que no me quieres?

—Si *tú* me quisieras, ni siquiera me lo plantearías.

Charlie cerró los ojos. A los quince años, ella había tenido conversaciones parecidas.

—Mira —añadió Flora—, tú aguanta unos días más. Esa abogada va a hablar con tus viejos, y entonces viviremos en la misma casa y será más fácil.

—No, si interviene tu abuela.

—De mi abuela me encargo yo.

Él soltó una corta risotada.

—Si tú lo dices.

—Claro que lo digo. —Flora hizo una pausa—. Venga, nene, no seas así.

Charlie oyó el sonido inconfundible de unos labios y unas lenguas entrelazándose. Lo cual era una asquerosidad, porque espiar a Flora enrollándose con su novio era justamente lo que haría un tipo como el de la cortinilla.

Retrocedió y entró en el aseo de *CHICAS.*

El olor a lejía le produjo picor en la nariz. Una de las camareras (Flora, seguramente) había limpiado el aseo a conciencia. El lavabo prácticamente brillaba. Hasta el suelo estaba impecable.

Parpadeó cuando empezó a nublársele la vista. Se sentía inexplicablemente mareada. Otra vez tenía el estómago revuelto. Apoyó la mano en la pared. No iba a vomitar el rollo de canela que se había comido hacía una hora, pero, por si acaso, entró en un reservado. El asiento del váter, recién limpio, tenía la tapa levantada. Se quedó allí de pie, mirando su reflejo en la lisa superficie del agua, y esperó.

¿Iba a vomitar?

Sí, iba a vomitar.

Se inclinó. Sintió una arcada. Su garganta emitió el gorgoteo propio de las ocas cebadas para paté, pero no sucedió nada.

Esperó unos segundos para asegurarse. Se incorporó. Se acercó al lavabo.

El espejo reflejaba la imagen de una mujer aterrorizada ante la posibilidad de que toda su vida cambiara de repente.

¿Para bien o para mal?

Se llevó otra vez la mano a la tripa, no porque tuviera ganas de vomitar sino porque se preguntaba qué había allí dentro.

Podía pasarse por una farmacia. Comprar una de esas pruebas. Podía hacer pis en un palito y al cabo de unos minutos saldría de dudas.

Pero ¿de verdad quería saberlo?

Se recogió el pelo en una coleta y se la sujetó con un pasador. Encontró una barra de carmín en el bolso. Se estaba pintando los labios pálidos cuando se abrió la puerta.

—¿Se encuentra bien, señorita Quinn? —preguntó Flora.

—Siempre me encuentras en el peor momento —le dijo Charlie al reflejo de la chica en el espejo—. ¿Ese era Oliver, tu novio?

Flora se apoyó contra la pared. Ella también le habló al espejo.

—Yo no lo llamaría mi novio.

—Sea lo que sea, no hagas nada con él que no quieras hacer.

—No lo haré.

Parecía muy segura de sí misma.

—¿Te han dicho tus abuelos que he hablado con ellos? —preguntó Charlie.

—Me ha llamado la abuela. Está muy enfadada con usted.

—Ya me lo dejó claro cuando la vi. —No podía fingir que las cosas seguían igual que la última vez que Flora la había sorprendido vomitando en un aseo público—. También he hablado con los Patterson —dijo.

Apoyada contra la pared, Flora cruzó los brazos y esperó.

—Sabes que quieren sacarte dinero, ¿verdad?

La chica fijó la mirada en el suelo. Charlie volvió a guardar el carmín en el bolso.

—No puedo ayudarte si no eres sincera conmigo.

—He sido sincera —afirmó Flora—. Necesito escapar de mis abuelos. Van a fundirse mi dinero y...

—¿Has llegado a algún tipo de acuerdo con los Patterson?

La chica no respondió.

—Necesito saber la verdad, Flora.

Asintió lentamente con la cabeza.

—Cariño, los Patterson no son buena gente. Te están estafando.

—No te pueden estafar si sabes lo que está pasando.

—Eso no es del todo cierto. —Charlie también cruzó los brazos—. ¿Qué pasará si dentro de un año quieren más dinero?

—Que no se lo daré.

—Te echarán de casa, ¿y entonces qué?

—Entonces viviré en otro sitio.

—Flora... —Charlie no quería entrar en detalles, así que solo le dijo lo esencial—: Como abogada, no puedo llevar a alguien al estrado a testificar a sabiendas de que va a mentir.

La chica no parecía muy convencida.

—¿Y quién se va a dar cuenta de que está mintiendo?

—Lo sabré yo. —Dejó escapar un largo suspiro al ver su expresión desconcertada—. Puede que te cueste creerlo, pero los abogados debemos ceñirnos a un código ético. Podría perder mi licencia para ejercer si lo violara.

La chica no se inmutó.

—¿Es usted una cobardica o qué?

Charlie no iba a contestar con evasivas a aquella pregunta infantil.

—Lo siento, pero creo que sí.

Los ojos de la chica centellearon, llenos de rabia.

—Su padre no es ningún gallina.

—No, pero gracias a él aprendí una lección muy dura acerca de las consecuencias que tienen los propios actos. —Se dio cuenta de que la chica seguía sin entenderla—. Mi padre tomó algunas decisiones respecto a su carrera como abogado que tuvieron consecuencias muy negativas para mi familia. —No sabía cómo expresarse con más claridad—. Incendiaron nuestra casa.

Flora pareció sorprendida. Había crecido en Pikeville, así que evidentemente sabía lo del tiroteo. El hecho de que su casa hubiera sido atacada con cócteles molotov apenas una semana antes solía quedar eclipsado por el asesinato a sangre fría.

—Alguien lanzó un cóctel molotov por la ventana de nuestra casa —añadió.

—¿Qué es un cóctel molotov?

—En nuestro caso, una botella de cristal llena de gasolina de la que sobresalía un trapo.

Flora parecía confusa.

—¿Explotó al chocar contra la casa?

—No, prendieron fuego al trapo antes de lanzar la botella por la ventana delantera. La botella se rompió, la gasolina se extendió por todas partes, el trapo ardiendo prendió fuego a la gasolina y cuando llegaron los bomberos ya no había casa, solo un agujero negro y humeante.

—Joder. —Flora no parecía tan horrorizada como esperaba Charlie—. Como en *Más allá del amor*.

—No, como en *Más allá del amor*, no. Más bien como más allá del infierno. —Había olvidado lo que era tener la edad de Flora, cuando todo era trágico o romántico—. Por suerte no estábamos en casa. El fuego se extendió tan deprisa que la casa se quemó en menos de diez minutos.

Flora apretó los labios.

—Lo siento muchísimo, señorita Quinn. Debió de ser muy duro.

No tanto como lo que pasó ocho días después.

—Flora, te aprecio y quiero ayudarte, pero las decisiones que tomo como abogada, cómo defiendo a mis clientes y qué líneas estoy dispuesta a cruzar o no, pueden tener consecuencias de largo alcance. Mi familia depende de mí. Sobre todo, ahora. —Bajó la mirada. Sin darse cuenta, había vuelto a llevarse la mano a la tripa—. Me están pasando cosas de las que tú no sabes nada.

—Lo siento, señorita Quinn. ¿Puedo hacer algo?

A Charlie se le rompió el corazón al verla de nuevo tan dispuesta a ayudar.

—Gracias, pero tanto tú como yo tenemos alternativas. No voy a hacerte ninguna promesa, pero, si estás dispuesta a seguir adelante, estoy segura de que podré conseguir que el juez designe un nuevo albacea para tu fideicomiso. Tus abuelos están estafando al sistema y eso podemos impedirlo. No podrás recuperar el dinero perdido, pero al menos dejarán de aprovecharse de ti.

—Pero tendrá que decirle al juez el motivo. —Flora había advertido de inmediato cuál era el punto flaco de su estrategia—. No puedo hacer eso, señorita Quinn. Tendría que denunciarlos ante la ley y entonces irían a la cárcel y yo acabaría en un hogar de acogida. Estaría mejor con Mark y Jo.

Charlie dudaba de que los Patterson estuvieran dispuestos a acogerla sin su dinero.

—No me parece una buena opción.

—Si no vivo con ellos, ¿dónde voy a ir? —preguntó la chica—. ¿A un hogar de acogida? —Sacudió la cabeza con vehemencia—. En el instituto hay algunos chicos que viven con familias de acogida. Aparecen en clase con golpes en la cabeza, con piojos, medio muertos de hambre, y a veces cosas peores. Prefiero quedarme en casa de mis abuelos y perder todo mi dinero que tener que dormir con un cuchillo debajo de la almohada cada noche. Si es que tengo almohada.

Charlie no podía discutírselo. Caer en el sistema de acogida de Pikeville equivalía a caer en un agujero negro. Para los adolescentes como Flora, las cosas podían torcerse fácilmente. Y en el condado ya había centenares de chavales hacinados en condiciones casi infrahumanas porque nadie quería o podía hacerse cargo de ellos.

Aun así, le dijo a Flora:

—Podemos ir paso a paso. Puedo hablar con...

Flora no dijo nada, pero dos gruesas lágrimas rodaron por sus mejillas.

—No es una causa perdida —añadió Charlie, aunque, si la chica no estaba dispuesta a denunciar a sus abuelos por desfalco, no le quedaban muchas alternativas—. Solo son dos años más. Quizá pueda hablar con ellos y explicarles...

—No —dijo, sollozando—. No pasa nada, señorita Quinn. He aguantado mucho tiempo. Puedo aguantar un par de años más.

Charlie se sintió como si se hubiera tragado una piedra. Tuvo de nuevo la impresión de que algo no cuadraba. Estaba acostumbrada a que le mintieran; ayudar a delincuentes no era un trabajo gratificante. Pero llevaba todo el día teniendo la sensación de que Flora le ocultaba un detalle importante, o quizá muchos.

—¿Qué quieres decir? —le preguntó sin rodeos—. ¿Qué es lo que puedes aguantar dos años más?

Flora se secó los ojos.

—Da igual.

—Flora. —Charlie se puso delante de ella y agarró sus delgados hombros—. Dime qué está pasando.

—No es nada. —Sacudió la cabeza tan fuerte que las lágrimas salieron despedidas de sus ojos.

—Flora...

La chica sorbió por la nariz y mantuvo la mirada fija en el suelo.

—¿Se acuerda de su madre, de que si había tenido un mal día o le había pasado algo horroroso, o estaba muy triste, apoyaba la cabeza sobre su regazo y ella le acariciaba el pelo y todo mejoraba de repente, por malo que fuera lo que le hubiera pasado?

Charlie no pudo tragar saliva. Tenía un nudo en la garganta.

—Lo notas en el cuerpo. Se relajan todos los músculos porque sabes que, cuando pones la cabeza sobre su regazo, estás a salvo. —Flora se limpió la nariz con el dorso de la mano—. Eso es algo que solo puede hacer tu madre, ¿sabe?

Charlie solo acertó a asentir con un gesto.

—A veces lo echo tanto de menos... Más que su olor. Más que su forma de cantar. Esa sensación de estar a salvo.

—Lo sé. —Charlie también sabía que, si seguía a la chica por aquel camino triste y solitario, acabaría acurrucada en el suelo, sollozando. Acarició su cabello—. Cariño, dime qué es lo que pasa de verdad con tus abuelos.

—Nada, estoy bien.

—No, no estás bien, eso está claro. —Charlie le alisó otro mechón de pelo. Flora tenía la piel caliente; la cara roja y llena de pequeñas manchas—. Dime qué pasa.

Esperó, pero Flora no dijo nada. Charlie le formuló la misma pregunta que le había hecho esa mañana, la misma que le inquietaba desde entonces:

—¿Tu abuelo te está agrediendo, Flora?

La chica tragó saliva. Desvió la mirada.

—Flora, yo puedo ayudarte, pero...

—Es la abuela. —Pestañeó intentando aclararse la vista—. Pero puedo aguantarlo.

Charlie se quedó tan asombrada que no pudo decir nada. Ni en un millón de años habría sospechado que Maude pudiera estar abusando de su nieta. Por fin preguntó:

—¿Qué te hace?

Flora tragó saliva de nuevo. Saltaba a la vista que no quería hablar, pero por fin cedió. Se levantó la camisa y se bajó un poco la cinturilla de los vaqueros. Tenía en la cadera un moratón negro con la forma de un puño pequeño.

Charlie sintió el impulso de poner la mano sobre el moratón y absorber por arte de magia su dolor. En lugar de hacerlo, preguntó:

—¿Esto te lo ha hecho Maude?

La chica se subió la manga corta de la camisa. Tenía varios hematomas ovalados en el bíceps. Alguien le había clavado los dedos.

—Ay, Flora —suspiró Charlie.

—Solo quiero marcharme. —Su voz sonó muy débil en medio del pequeño aseo—. No quiero que nadie se enfade conmigo. Lo único que quiero es sentirme segura.

Charlie pensó en todas las cosas que debía decir. Como letrada, tenía la obligación de denunciar la situación. Tendría que personarse inmediatamente en la comisaría para solicitar una orden de alejamiento. Removería cielo y tierra para sacar a Flora de aquel apartamento de mierda. Pero ello planteaba un problema de difícil solución: ¿dónde iría Flora?

A casa de los Patterson, no. Seguramente le cerrarían la puerta en las narices.

Al sistema de acogida tampoco podía recurrir. Una niña tan ingenua y amable como Flora desaparecería con toda probabilidad entre las miasmas del abandono y la negligencia... o algo peor. Sobre todo, si otros chicos se enteraban de que tenía dinero.

—Flora...

Se abrió la puerta y Nancy asomó la cabeza. Flora se incorporó rápidamente, compuso una sonrisa y fingió que no pasaba nada, como seguramente hacía a diario cuando alguien le preguntaba por sus odiosos abuelos.

—¿Pasa algo?

—Oliver se va —contestó Nancy—, por si quieres despedirte.

Flora hizo amago de salir. Charlie la agarró del brazo y se contuvo de inmediato al darse cuenta de cómo podía tomarse Flora su gesto, porque ¿cuántas veces la había agarrado así Maude? ¿Cuántas veces la había arrastrado por la habitación? ¿Cuántos puñetazos le había dado en el estómago?

—No pasa nada, señorita Quinn —dijo la chica—. Ya encontraré una solución. Usted cuide de su familia.

—No —dijo Charlie—. Quiero ayudarte. *Puedo* ayudarte.

Flora hizo un gesto afirmativo a pesar de que parecía poco convencida.

—Deje que vaya a despedirme de Ollie.

—Vuelve después —insistió Charlie—. Vuelve para que hablemos, ¿de acuerdo?

La chica titubeó, pero volvió a asentir con la cabeza antes de salir. Charlie tragó saliva, intentando deshacer el nudo que aún tenía en la garganta. El hematoma que Flora tenía en la cadera era espantoso. Casi podía sentir el impacto. ¿Quién podía hacerle eso a una chica tan dulce y buena como Flora? ¿Cómo podía alguien maltratar físicamente a un niño?

Sobre todo, una mujer. Una madre. Una abuela.

Pensarlo la ponía enferma. Iba a ayudar a la chica. Iba a encontrar la manera de sacarla de ese infierno, porque eso era lo que debían hacer los adultos. Para eso había vuelto a Pikeville en lugar de utilizar su carísima licenciatura en Derecho para ganar un pastón en algún bufete prestigioso de Atlanta o Nueva York: para ayudar a gente como Flora Faulkner. Quería ayudar a personas normales y corrientes que no podían recurrir a un letrado lo bastante cualificado o inteligente para sacarlos de apuros, o que sencillamente no tenían ni el más mínimo interés en hacerlo.

Abrió la puerta del aseo con gesto decidido y una leve sonrisa, porque iba a hacer lo que su madre siempre le había dicho que hiciera: ser útil a los demás.

Se llevó de nuevo la mano a la tripa y se imaginó a Escarlata O'Hara yéndose por el desagüe del váter.

Mañana sería otro día, pero no sería solo eso.

Mañana, todo sería distinto porque esa noche, durante las horas siguientes, se pasaría por la farmacia para comprar la prueba de embarazo que daría un vuelco definitivo a su vida.

De pronto sintió una necesidad urgente de hablar con su marido. Nunca le ocultaba nada a Ben. Al menos, las cosas importantes. Y aquello era importante, uno de esos momentos que ambos recordarían el resto de sus vidas. Tenía que hacerlo bien. Todo tendría que ser perfecto.

Tomó asiento junto a la barra del restaurante. Repasó el plan con más detalle: primero hablaría con Flora y decidiría qué pasos seguir. La chica estaba siendo maltratada. Había que tomar medidas urgentes para garantizar su seguridad.

Una vez arreglado lo de Flora, se pasaría por la farmacia de la I-15 de camino a casa. Compraría la prueba de embarazo. Haría pis en el palito. Vería la cruz o la carita sonriente o lo que fuese. No se lo diría a Ben en cuanto llegara a casa. Esperaría a que se pusiera los pantalones de chándal y se sentara en el sofá. No, en el dormitorio. Le seguiría arriba cuando fuera a quitarse la ropa del trabajo. O estaría esperándole en la habitación con un modelito sexi, tumbada como una esclava de Orión esperando al capitán Kirk, y entonces le enseñaría la prueba de embarazo.

Cerró los ojos unos segundos y luego apartó esa imagen de su mente, porque nada de eso podía ocurrir hasta que supiera cómo podía ayudar a Flora.

No podía permitir que regresara a una casa donde la maltrataban. No solo tenía obligación legal de denunciar a Maude Faulkner: también era su deber moral. Lo que significaba que Flora no dormiría esa noche en el apartamento de sus abuelos.

Pero ¿dónde podía ir?

Ella no podía acogerla en su casa. Aunque quisiera, como abogada de la chica había una raya muy clara que no podía cruzar. Tal vez alguien del instituto se ofreciera a acogerla unos días, mientras se llevaban a cabo los trámites legales. Quizá Leroy Faulkner consiguiera desintoxicarse. Si algún profesor o algún funcionario del colegio podía cuidar de Flora mientras su abuelo estaba en la clínica, tal vez cuando acabara el tratamiento y se hubiera desenganchado podría separarse de Maude y hacerse cargo de su nieta.

Respiró hondo para calmarse. Esa era la solución: no pensar a largo plazo. Pensar a corto plazo. Si nadie del colegio se ofrecía voluntario, seguramente se podría persuadir a los Patterson (o presionarlos, o incluso amenazarlos, si llegaba el caso) para que acogieran a Flora aunque fuera solo por unos meses y sin pago previo, hasta que Leroy solucionara su problema con las drogas.

Sintió que una sonrisa tensaba sus mejillas. Siempre estaba más contenta cuando tenía un plan que poner en práctica. Miró más allá de la cocina y se preguntó por qué tardaba tanto Flora. Seguramente le estaba contando a Oliver la conversación que habían tenido en el aseo. Tal vez Oliver pudiera presionar a sus padres para que Flora tuviera un lugar donde vivir mientras Leroy estaba en tratamiento. Si los Patterson seguían pidiendo dinero, ella podía encontrar un modo de pagarles. Su casa estaba tan destartalada que no cumpliría los requisitos del sistema de acogida, pero tal vez ella pudiera conseguirles un pago por adelantado, una especie de fianza, antes de que la trabajadora social tuviera tiempo de inspeccionar la vivienda.

Si ello no era posible, podía adelantar ella el dinero. Seguramente había alguna piedra por ahí que todavía no había levantado.

Respiró hondo otra vez. De pronto se sentía exultante. Todo empezaba a ordenarse en su cabeza. Ahora tenía que llamar a Ben, no para contarle lo que estaba pasando dentro de su cuerpo, sino para oír su voz. Y para que él oyera la suya, rebosante de felicidad. Como un anticipo de lo que vendría después. Miró dentro de su bolso. Se había dejado el teléfono en el coche.

Se levantó. Ya tenía la mano en la puerta cuando vio cruzar el aparcamiento a Dexter Black.

—Increíble —masculló, sintiendo que su alegría se disipaba de inmediato.

Aquel capullo llevaba todo el día incordiándola. ¿Cómo había dado con ella?

Abrió la puerta, decidida a encararse con él, pero Dexter se encaminó hacia un lado del edificio.

Por si acaso Charlie pensaba que no la había visto, le guiñó un ojo con malicia.

—¿Qué...? —Charlie notó que arrugaba el ceño.

Miró su coche y luego volvió a mirar a Dexter y la furgoneta del fontanero, que seguía allí aparcada. Luego dio media vuelta y echó una ojeada al restaurante desierto.

El fontanero al que se le veía la raja del culo ya no estaba en su taburete, así que ¿por qué seguía allí la furgoneta? ¿Y por qué tenía todas las ventanillas tintadas de negro? ¿Y por qué sobresalía una gigantesca antena de radio de su parte de atrás?

—Mierda —dijo en voz baja.

Maude le había dicho que Oliver ya tenía antecedentes. Había muy pocos motivos, aparte del tráfico de drogas, por los que la policía detuviera a un chaval de diecinueve años. El novio de Flora era posiblemente el pardillo al que Dexter quería delatar a cambio de su libertad. Ella había pergeñado un plan perfecto, y ahora iba a torcerse por culpa de aquel idiota. Lo único que hacía falta era que Flora se viera implicada en los tejemanejes del capullo de su novio.

Giró en redondo. Cruzó rápidamente el restaurante a sabiendas de que los polis también estarían vigilándola.

—¿Señora? —Nancy estaba sentada detrás de la caja registradora.

—¿Puedes llamar a Flora?

—No tiene teléfono.

—No, sal al pasillo y llámala por la puerta de atrás. Pero no salgas.

—¿Por qué no voy a salir?

—Porque no te conviene verte mezclada en lo que está pasando ahí fuera.

—¿Oliver está haciendo otra vez de las suyas?

—Santo cielo. —Estaba perdiendo el tiempo. Recorrió el pasillo. La puerta seguía entornada. Oyó un murmullo lejano de voces, seguramente una transacción entre Dexter Black y Oliver, el novio apestoso.

Flora iba a verse acorralada.

En lugar de salir, abrió la puerta del aseo tratando de disimular. Era una letrada en activo. No podía interferir en una operación policial. Podía, en cambio, quedarse en el pasillo e intentar sacar a la chica de allí.

—¿Flora? —gritó hacia la puerta abierta.

Esperó. El corazón le latía dolorosamente. ¿Cuántas chicas había en prisión porque los idiotas de sus novios les pedían que les sujetaran las drogas alegando que los tribunales eran más benévolos con ellas? ¿Cuántas veces había oído la misma historia en boca de una mujer a la que le aguardaba una década entre rejas?

—¿Flora? —Lo intentó una tercera vez—. ¡Flora! ¿Puedes venir un minuto? Necesito tu ayuda.

Esperó. Y esperó.

Dio un paso hacia el fondo del pasillo. Luego otro.

Oyó el chirrido de unos neumáticos.

El grito de una chica.

Los policías gritaron:

—¡Al suelo! ¡Al suelo!

Corrió pasillo abajo con el corazón en un puño. Se paró en seco al salir por la puerta trasera. Los agentes de la policía se arremolinaban como un enjambre de avispas, apuntando con los láseres rojos de sus rifles. Con sus uniformes negros de las fuerzas especiales y sus chalecos de *kevlar,* parecían estar dando caza a Osama Bin Laden.

Más gritos. Más voces. Más chirridos de neumáticos.

A Dexter Black lo empujaron contra el capó de un coche policial. A Oliver Patterson lo arrojaron contra la pared. Quedaba otra persona tumbada en el suelo, con los brazos y las piernas en cruz, sujeta por cuatro policías.

Uno de ellos se acuclilló. Charlie alcanzó a ver el color verde de una camisa de las *scouts* cuando el agente pulsó el micro que llevaba sujeto al hombro e informó a sus jefes:

—Tenemos a la sospechosa bajo custodia.

—¿Sospechosa? —susurró Charlie.

Pero no era ninguna sospechosa.

Era Flora.

6

Charlie se paseaba por la sala de entrevistas mientras esperaba a que ficharan a Flora. En el restaurante, mientras la policía introducía a la chica en un coche patrulla, le había gritado a voz en cuello que mantuviera la boca cerrada, pero temía que sus instrucciones hubieran caído en saco roto. Flora era lista pero tenía quince años y era más servicial de lo que le convenía. Probablemente no entendería que el simpático agente de policía trataba de engatusarla para enviarla a la cárcel.

Lo bueno era que Charlie había presenciado cómo le registraban los bolsillos. Habían encontrado un fajo de billetes de un dólar, de las propinas del restaurante, un paquete de chicles y su permiso de conductora en prácticas. Cuando alguien propuso que registraran el restaurante en busca de su bolso, Charlie les sugirió que fueran a buscar una orden judicial. Y luego fingió que no veía la mirada que cambiaban Flora y Nancy cuando uno de los agentes contestó que tendrían la orden antes de que anocheciera. Charlie era abogada. No podía intervenir en la ocultación o la destrucción de pruebas incriminatorias.

Eso por no hablar de que quizá acabara siendo culpable de asesinato, si conseguía dar con Dexter Black. Dexter la había llamado dos veces ese día, una de ellas sin supervisión policial. Podía haberle mencionado que pensaba delatar a unos adolescentes.

A unos, no. A una en concreto. A Flora.

Oliver Patterson había sido puesto en libertad sin cargos. Dexter era libre de hacer lo que quisiera hasta la próxima vez que diera con sus huesos en prisión. Nancy no había tenido nada que ver en el asunto. El único objetivo de la redada era detener a Flora Faulkner. Lo que no entendía Charlie era por qué habían mandado a un equipo de las fuerzas especiales a esposar a una chica de quince años. Le extrañaba que no hubieran llevado también el Humvee blindado del que, gracias a una incautación, disponían desde el año anterior.

Se abrió la puerta.

Flora vestía un mono carcelario naranja, demasiado grande para su cuerpo menudo. No iba esposada. Llevaba los brazos flacuchos cruzados y al andar arrastraba los pies, enfundados en unas deportivas Nike blancas y rosas. Tenía los ojos muy abiertos y las pupilas dilatadas. Saltaba a la vista que estaba en estado de *shock*.

Charlie sintió el impulso de abrazarla, de dejar que pusiera la cabeza en su regazo, de acariciarle el pelo y decirle que todo iba a salir bien.

Pero, en lugar de hacerlo, la condujo a una de las sillas y la ayudó a sentarse. Apoyó la mano en su espalda con gesto tranquilizador, tratando de darle fuerzas. Si en el restaurante su cerebro no paraba ni un momento, ahora estaba tan concentrada que prácticamente vibraba, ansiosa por asegurarse de que Flora saliera de allí de una pieza.

—¿Estás bien? —le preguntó.

Ella movió la cabeza afirmativamente.

—¿Has hablado con alguien? ¿Has contestado a alguna pregunta?

Empezó a temblarle el labio. Se puso a juguetear con el colgante que llevaba al cuello, una crucecita en la que Charlie no había reparado hasta entonces.

—Flora, mírame. —Tuvo que obligarla a girar la cabeza—. ¿Has contestado a alguna pregunta o has hablado con alguien?

—No, señora.

—¿Has visto a un tipo con un traje barato?

—Creo que sí —respondió—. Quiero decir que el traje era muy feo. No sé cuánto costaba.

—Seguramente era Ken Coin, el fiscal del distrito. ¿Le has dicho algo?

—No, señora. —La chica tenía los ojos llenos de lágrimas—. ¿Voy a ir a la cárcel?

—No, si yo puedo evitarlo. —Pasó el brazo por sus hombros estrechos con gesto protector. El corazón le latía con violencia. Estaba tan angustiada como si estuviera hablando con su propia hija—. Mira, ese hombre del traje, Ken Coin, es más astuto que una serpiente, así que ten mucho cuidado con él, ¿de acuerdo? Intentará engañarte o te mentirá sobre las pruebas o te dirá que tus amigos han hablado mal de ti, pero no creas nada de lo que te diga. Lo único que tienes que hacer es quedarte sentada y dejarme hablar a mí.

Las lágrimas de Flora se desbordaron.

—Estoy asustada.

—Lo sé, cielo.

Charlie le frotó la espalda. Sentía el pecho rebosante de indignación. Le daban ganas de abrir la puerta, liarse a patadas con cualquier hombre que se cruzara en su camino y llevarse a Flora de allí.

—Todo se va a arreglar. Yo voy a representarte.

—¿Y las consecuencias?

—Esto es distinto —respondió Charlie—. No tenemos mucho tiempo antes de que venga la policía. Soy tu abogada. Voy a hacerlo oficial. Cualquier cosa que me digas será confidencial. ¿Entendido?

La chica asintió, temblando todavía.

—¿Hay algo que tengas que decirme?

—Yo no he hecho nada.

—Lo sé, cariño, pero tienes que confiar en mí. Si te han detenido, es por algo.

Flora seguía llorando. Empezó a gotearle la nariz.

—No entiendo por qué estoy aquí.

Charlie buscó unos pañuelos de papel en su bolso. Mientras esperaba a que Flora se sonase la nariz, se fijó en que tenía las manos limpias. Al menos le habían permitido lavárselas después de tomarle las huellas.

—¿Tienes alguna idea de por qué te han detenido?

—No, señora.

—¿Oliver está metido en algún asunto ilegal?

—No, que yo sepa. —Miró por encima del hombro de Charlie, pensativa—. Bueno, la primavera pasada fue a cazar fuera de temporada, pero no cazó nada, así que eso no cuenta, ¿no?

Charlie negó con la cabeza, conmovida por su ingenuidad.

—¿No está vendiendo drogas ni se ha mezclado con personas poco recomendables?

—No, señora, que yo haya visto. Juega a los videojuegos, fuma tabaco y los fines de semana bebe cerveza. —Flora se secó los ojos—. ¿Qué va a pasarme ahora? —preguntó.

Charlie se recostó en su silla. Tenía que dominar sus emociones o estaría casi incapacitada cuando Ken Coin hiciera acto de aparición.

—El fiscal del distrito va a venir a hacerte unas preguntas, pero recuerda que no tienes que contestar a nada, ni siquiera hacer un comentario a menos que yo te lo diga, ¿de acuerdo? Y, si lo haces, que sea muy muy breve. Contesta solo a lo que te hayan preguntado. No intentes ayudar ni dar más explicaciones de la cuenta.

—¿No debo contestar? —preguntó la chica—. Porque tengo ese derecho, ¿no? A guardar silencio, quiero decir.

—Sí, desde luego, y, si así lo decides, debes seguir lo que te dicte tu conciencia. Si les dices que no quieres hablar con ellos, se marcharán y te llevarán de nuevo a la celda.

Flora respiró hondo, temblorosa.

—¿Y si lo hacemos como usted propone?

—Como abogada, creo que es preferible dejar que hable el fiscal del distrito y que nosotras escuchemos. No contestaremos a casi nada, pero sus preguntas nos ayudarán a deducir cómo te has visto implicada en este lío. No puedo prometerte nada —añadió—, pero tal vez pueda convencerlos de que te suelten. Pero tienes que saber que, si no lo consigo, volverán a llevarte a la celda.

Flora asintió vagamente con la cabeza.

—Creo que si lo hacemos a su manera por lo menos tendré alguna oportunidad.

—No puedo prometerte nada —repitió Charlie, porque a veces Ken Coin era más listo de lo que estaba dispuesta a admitir—. Ahora escúchame. Tú abuela me dijo que Oliver tenía antecedentes. Ya sé que me has dicho que no está mezclado en nada raro. Pero necesito que me digas la verdad. No voy a juzgarte, ni a echarte un sermón, ni a criticarte. Pero no quiero llevarme una sorpresa cuando llegue el señor Coin.

Flora apretó los labios.

—Se supone que mañana por la mañana tengo que abrir yo el restaurante. Nancy no puede porque tiene escuela de verano. —Hizo una pausa para tragar saliva—. Usted dijo que necesitaba tener un empleo para demostrarle al juez que puedo valerme sola. No quiero que me despidan.

Charlie dejó escapar un breve soplido. A la chica seguía preocupándole la emancipación cuando lo que debía preocuparle era la cárcel.

—¿Hay algo que no me hayas contado?

—Lo siento, señorita Quinn —dijo Flora—, pero no puedo hablar de los demás. Eso no está bien.

Charlie observó su semblante cándido. Media hora antes, a Charlie le preocupaba el sistema de acogida de Pikeville. Ahora, Flora se enfrentaba a la posibilidad de pasar una noche, quizá más, en el centro de detención de mujeres. Si pasaba un solo día allí, los daños serían irreparables. Las internas de más edad se abalanzarían sobre ella como chacales.

—¿A quién estás protegiendo? —preguntó.

La chica no dijo nada.

—No es a Oliver, ¿verdad? —insistió—. Estás protegiendo a otra persona.

Flora apartó la mirada.

—¿Es a tu abuela?

El Porsche. El dinero que Maude gastaba en cerveza. Su abuela era la beneficiaria más clara del fideicomiso. Y mantenía a la chica bajo control a base de puñetazos.

—Escúchame, Flora. Alguien va a dormir esta noche en la cárcel. ¿Quieres ser tú o prefieres decirle al señor Coin lo que ha estado haciendo tu abuela y arreglar tal vez las cosas para que viváis solos tu abuelo y tú en el apartamento?

Flora no apartó la mirada de la mesa.

—No quiero meter a nadie en...

—En líos, ya lo sé. Pero piensa en dónde acabarás si te empeñas en proteger a tu abuela.

—Yo soy menor. —Se encogió de hombros—. Lo mío será menos grave que lo suyo.

—¿Grave? —preguntó Charlie—. ¿En qué sentido?

Flora miró por encima de su hombro izquierdo y luego del derecho. Vio el espejo polarizado. Miró a los ojos a Charlie y dijo gesticulando sin emitir sonido:

—Cristal.

Charlie reprimió un exabrupto. Sabía por Ben que la policía estaba buscando una furgoneta que se usaba para fabricar metanfetamina de cristal en los alrededores del bloque de apartamentos. Maude no parecía una yonqui, pero Leroy tenía todas las trazas de serlo. ¿Mandaban a su nieta a comprar la droga y luego Leroy consumía una parte y Maude vendía el resto en el Shady Ray para conseguir dinero con el que comprar cerveza? ¿Y golpeaba a Flora cuando esta se negaba a cumplir sus encargos? La chica, desde luego, parecía de las que se resistirían a quebrantar la ley.

—Si te inculpan de un delito que en realidad ha cometido tu abuela —le dijo—, quiero que sepas que seguramente te enfrentas a una condena severa. Y no me refiero a un centro de internamiento para menores. Me refiero a la cárcel.

Flora tragó saliva con esfuerzo.

—Pero soy menor de edad.

—En la cárcel hay muchos adolescentes que pensaban que obtendrían una condena leve debido a su edad y que cuando salgan en libertad peinarán canas.

Flora pareció vacilar.

—Quiero que pienses en una cosa —prosiguió Charlie—. Supongo que te habrá asustado la forma en que te ha detenido la policía, con el equipo de las fuerzas especiales y todo eso. Y es lógico que tengas miedo, pero no debes cometer una estupidez. Está claro que tratan de intimidarte para que delates a quien de verdad vende las drogas. Por eso te esposaron las manos a la espalda y no por delante. Por eso te detuvieron delante de tus amigos y en tu lugar de trabajo.

Flora se mordisqueó el labio.

—Puedes facilitarles el nombre de la persona que conduce la furgoneta y todo se arreglará.

—Es mala gente, señorita Quinn. Me matarán.

Charlie ya sospechaba que diría eso.

—Entonces puedes darles el nombre de la persona que te mandaba a comprar las drogas. La persona que se quedaba con parte del alijo y vendía lo demás.

Flora pareció horrorizada.

—No puedo hacer eso. Delatar a mi propia familia. Ella me acogió cuando murió mi madre. Es lo único que tengo. Ella y Leroy.

Charlie le puso un mechón de pelo detrás de la oreja. Le rompía el corazón que intentara proteger a su maltratadora.

—Flora, sé que quieres a tu abuela y sé que quieres hacer lo correcto, pero tienes que preguntarte si merece la pena que, por lealtad a esas personas, sacrifiques los próximos cinco o diez años de tu vida. Y, además —añadió—, ¿te parece bien que tu abuela permita que vayas a la cárcel para que ella se libre?

—Ella no haría eso —protestó Flora—. Me quiere demasiado.

—Te pega.

—A veces se enfada, nada más. Yo también le pego a veces —añadió.

—¿Ella te teme cuando le devuelves el golpe? ¿Te teme como tú la temes a ella?

La chica se quedó pensando. La respuesta se pintó claramente en su cara.

—Lo hace sin querer. Después se arrepiente de verdad. Llora y se disgusta muchísimo, y deja de hacerlo durante un tiempo.

—¿Solo durante un tiempo?

—Ya se lo he dicho, llevo mucho tiempo aguantándolo. Puedo aguantarlo dos años más. —Sorbió por la nariz—. Solo pasa una o dos veces al mes. O sea, cuarenta y ocho veces más, como máximo, antes de que me vaya a la universidad. Y la mayoría de las veces no es para tanto. Puede que se le vaya la mano tres o cuatro veces en total, eso es todo, y después...

—Flora...

—Usted sabe lo que es no tener madre. —La chica había empezado a llorar abiertamente—. Sabe lo que es no tener a nadie que te quiera, a quien le importes más que nada en el mundo. —Se le quebró la voz—. Eso es para mí mi abuela, aunque no sea perfecta. Es lo más parecido a una madre que tengo. No pueden quitarme eso. Otra vez no.

Charlie sintió que se le saltaban las lágrimas. ¿Cuántas veces había deseado a lo largo de los años apoyar una sola vez más la cabeza en el regazo de su madre y escucharle decir que todo se iba a arreglar?

—Por favor —le suplicó Flora—. No puedo perderla. Tiene que sacarnos de este lío.

—Flora... —Se interrumpió al ver que se abría la puerta.

Ken Coin entró en la sala contoneándose, hasta donde podía contonearse un hombre con la fisionomía de una mantis religiosa. Dejó caer un grueso dosier sobre la mesa y se tiró de los pantalones, demasiado holgados. Llevaba el pelo teñido de negro y peinado hacia atrás. Su traje de pata de gallo brillaba tanto que bajo la luz fluorescente producía un efecto estroboscópico.

Coin había iniciado su carrera profesional como ayudante del sheriff y más tarde había estudiado Derecho en una escuela que tenía su sede en un centro comercial. A ninguno de los idiotas que le habían votado para el puesto de fiscal parecía importarles que supiera tan poco de leyes como Flora, o que su relación con la policía fuera tan estrecha que en el juzgado muchos se tomaban a pitorreo el mandato constitucional de la independencia del poder judicial.

—Charlotte. —Coin la saludó con una escueta inclinación de cabeza y esperó a que entrara Roland Hawley, un detective veterano de la policía local.

Roland era tan alto que tuvo que agachar la cabeza al pasar por la puerta. Cuando la cerró, apenas quedó espacio en la sala.

Coin se sentó delante de Charlie. Tamborileó con los dedos sobre el dosier, como si estuviera a punto de desvelar un misterio. Roland ocupó la silla situada frente a Flora. Sus manos, del tamaño de pelotas de fútbol, se desplegaron sobre la mesa. Seguramente sus rodillas tocaban las de Flora.

Charlie agarró el respaldo de la silla de la chica y la retiró unos centímetros. Roland sonrió. No era la primera que jugaban a aquel juego. Se sacó una pequeña grabadora del bolsillo.

—¿Le importa si dejamos constancia de la conversación?

Charlie hizo una mueca.

—¿No lo hacen siempre?

Su sarcasmo hizo reír a Roland. Aun así, el detective esperó a que Charlie hiciera un gesto de asentimiento. Luego, encendió la grabadora.

—¿Pueden decirme por qué estamos aquí? —preguntó ella.

—¿No se lo ha dicho ella? —Roland le guiñó un ojo a Flora—. Vamos, niña, empieza a cantar para que pueda irme a casa con mi mujer.

Flora abrió la boca, pero Charlie le agarró la mano por debajo de la mesa, ordenándole que guardara silencio.

—Por favor, indíquele al detective que no interpele directamente a mi cliente —le dijo a Coin.

El fiscal soltó un profundo suspiro de fastidio. En lugar de dirigirse a Roland, dijo:

—Florabama Lee Faulkner, va usted a ser imputada por la fabricación y distribución de metanfetamina, una sustancia ilegal, en cantidades que exceden los quinientos gramos.

Charlie se quedó boquiabierta. Aquella cantidad equivalía a una sentencia mínima de veinticinco años de prisión.

—¿Tráfico de estupefacientes?

—Así es, en efecto. —Coin esbozó una sonrisa entre ufana y eufórica.

—Tiene quince años —dijo Charlie—. Tienen que demostrar que estaba implicada conscientemente en...

—La venta, distribución o posesión de dicha sustancia —concluyó Coin—. Sí, Charlotte, conozco la ley.

Charlie se mordió la lengua para no hacer un comentario acerca de su título de pacotilla.

—¿Qué pruebas tienen?

—Eso lo dejaremos para la sala del tribunal.

—¿Van a procesarla? —Charlie se dio cuenta de que su voz sonaba demasiado aguda. Trató de controlar su tono antes de que Coin la acusara de estar histérica—. Flora no llevaba drogas encima, y mucho menos medio kilo de metanfetamina. Vi cómo la registraban.

—Se trata de posesión implícita —repuso Coin—. Encontramos las drogas en el maletero de su coche.

—Todavía está aprendiendo a conducir. No puede tener un coche a su nombre.

Coin revolvió entre sus papeles.

—Un Porsche Boxter del 2004, azul zafiro. No es que tenga mucho maletero, pero ahí fue donde encontramos la droga. —Deslizó un documento sobre la mesa—. El coche es propiedad del fideicomiso de Florabama Faulkner.

Charlie no podía creer que Coin fuera tan obtuso. Hasta en los cursos de Derecho por correo se explicaba el funcionamiento básico de un fideicomiso.

—Son sus abuelos quienes controlan el dinero. Ella no puede tocarlo hasta que sea mayor de edad.

—Según la declaración jurada del vendedor del concesionario —dijo Coin—, Flora en persona escogió todas las prestaciones del coche. No sabía si decantarse por un Boxter o por un 911.

—Yo habría escogido el 911 —comentó Roland.

Flora abrió la boca para responder.

—No —le advirtió Charlie—. Deja que conteste yo.

—¿Así es como quieres que sea? —le preguntó Roland a Flora—. ¿Que solo hable tu abogada? Creía que eras más dura.

La chica abrió de nuevo la boca. Charlie estiró el brazo como si quisiera atajar físicamente su respuesta.

—Flora no es una traficante de drogas —le dijo a Coin—. Es una estudiante modélica. Una *girl scout*, por el amor de Dios. Trabaja en el restaurante a cambio de las propinas. No dirige un cartel de metanfetamina.

—Dile que puedes hacer ambas cosas, Flora —dijo Roland.

La chica miró a Charlie, desesperada.

—Creía que había dicho que solo querían un nombre.

—Ya lo tenemos —afirmó el detective—. Florabama Faulkner.

Charlie sacudió la cabeza. Aquel tenía que ser uno de los legendarios juegos de poder de Ken Coin.

—Usted sabe que la declaración de un vendedor de coches no tiene ningún peso. Flora no puede acceder a ese dinero.

—Manipuló a su abuelito para que lo hiciera él. —Coin hizo un extraño ademán con la mano—. Como si tirara de los hilos de una marioneta.

—Eso es una locura, Ken. Incluso en su caso.

—¿Eso cree? —Sacó un fajo de fotografías del dosier y empezó a desplegarlas sobre la mesa—. Flora conduciendo el Porsche para ir a trabajar. Flora en el Porsche, junto al lago. Flora en el coche, en el McDonald's de la Quince. Está claro que el coche es suyo.

Charlie estudió las fotografías y al instante advirtió el fallo del razonamiento de Coin.

—Conforme a las restricciones de su permiso de conductora en prácticas, va siempre acompañada de un adulto. Ese del asiento del copiloto es Leroy Faulkner, su abuelo.

—Ella le obligaba a acompañarla —repuso Coin—. Vea esto.

Le mostró otra fotografía. En ella, Flora aparecía aún sentada al volante, pero Leroy le estaba pasando algo por la ventanilla a un tipo con gafas de sol y aspecto sospechoso. Charlie le reconoció de inmediato: era Dexter Black.

Pero ¿por qué había delatado Dexter a Flora, en lugar de a Leroy? Nada de aquello tenía sentido.

—Tenemos grabada la transacción en vídeo, con sonido y todo lujo de detalles. Este tipo compró veinte gramos de cristal.

—A Leroy Faulkner, no a su nieta.

—Flora dirigía la transacción desde el asiento del conductor.

—¿Eso lo tienen grabado?

Coin no respondió, lo que significaba que su argumento se apoyaba principalmente en el testimonio de Dexter. O sea, que el caso tenía muy poca consistencia.

—¿Dónde está la furgoneta, corazón? —le preguntó Roland a Flora.

La chica se mordió el labio.

—Tiene a su novio dando vueltas por toda la ciudad —le dijo Roland a Charlie—, fabricando cristal en la trasera de una furgoneta. Esta tarde estaba aparcada a veinte metros del instituto. Vendiendo esa porquería como si fueran helados.

—Entonces, ¿por qué no enviaron al equipo de detención a apresar la furgoneta? —preguntó Charlie—. ¿O es que necesitaban a todos sus hombres para reducir a una adolescente de cuarenta y cinco kilos?

—Es más dura de lo que parece. —Roland volvió a hacerle un guiño a Flora—. ¿Verdad que sí, tesoro?

—No han contestado a mi pregunta —insistió Charlie—. ¿Por qué no apresaron la furgoneta?

—La vimos por la cámara de seguridad después de los hechos —reconoció Coin.

Roland se inclinó sobre la mesa y dijo dirigiéndose a Flora:

—No creas que no vamos a encontrarla, niña. ¿Qué te apuestas a que tiene huellas tuyas por todas partes?

—Parece más bien que tendrá las de Oliver. —Charlie cruzó los brazos, dándoles a entender que estaba harta de juegos—. ¿Qué es lo que quiere, Ken?

—Queremos encerrar a una delincuente muy peligrosa —respondió Coin—. Tiene a sus abuelos presos dentro de su propia casa.

—Eso es ridículo. —Charlie trató de adivinar las intenciones del fiscal. Coin no parecía dispuesto a hacer un trato—. Si hay alguna responsable, tiene que ser Maude Faulkner.

Flora contuvo la respiración. Charlie acercó una mano para tranquilizarla.

Esta vez fue Coin quien cruzó los brazos y se recostó en la silla.

—Yo no me ando con trucos, Charlotte. Ya deberías saberlo.

El muy mamón conocía más trucos que una fulana de Las Vegas.

—¿Cree que Leroy y Maude no permitirán que su nieta vaya a la cárcel, que darán un paso al frente y confesarán que...?

—No lo harán —dijo Flora con voz trémula—. Sé que no me ayudarán. —Sus lágrimas caían tan deprisa que se acumulaban en el cuello del mono naranja—. ¿Qué voy a hacer?

—Tranquila, cariño. Deja que yo me ocupe de esto. —Charlie apretó su mano temblorosa y le dijo a Coin—: Mire, los abuelos llevan años desfalcando el fideicomiso de Flora.

La chica se puso tensa.

—Lo siento —le dijo Charlie—. Esto es muy serio. Tu abuela es...

—Su abuela no es la albacea —la interrumpió Roland—. El albacea es Leroy Benjamin Faulkner, el abuelo. Es él quien toma todas las decisiones. O, al menos, quien transmite las decisiones que toma Flora a cambio de un poquito de ese género tan rico que vende su nieta.

—Resumiendo —terció Coin—, que ella controla al abuelo, Leroy Faulkner, un hombre que quedó discapacitado como consecuencia de un horrible accidente y que antes era un hombre honrado y trabajador. Y digo antes porque ella, Florabama Faulkner, ha conseguido convertir a su propio abuelo en un adicto a la metanfetamina. La misma metanfetamina que hace vender a su novio en una furgoneta.

—Sí, Ken, gracias, ese punto ya estaba aclarado. —Charlie trató de razonar con ellos. Era evidente que habían cometido un error—. He estado asesorando a Flora sobre su emancipación legal. Intenta escapar.

—¿De qué? ¿De la buena vida? —preguntó Coin—. Es usted como esas mamás que dicen «lo que pasa es que mi nenita se ha juntado con malas compañías». Mire, guapa, esta chica de aquí es la jefa de la banda. Es a ella a quien temen todos.

Charlie no dijo nada. Las absurdas teorías conspirativas de Coin giraban dentro de su cabeza como un torbellino.

—¿Por qué quieres emanciparte? —le preguntó Roland a Flora—. Eres dueña de esos apartamentos. Puedes echarlos a todos a la calle y quedarte con todo el edificio para ti sola.

—Los apartamentos son propiedad del fideicomiso —dedujo Charlie, pero se preguntó por qué demonios habría comprado Leroy aquel edificio. Si quería cristal, había formas más sencillas de conseguirlo—. Tú mismo lo has dicho —le dijo a Roland—, el dinero lo controla Leroy. Flora no tiene poder de decisión.

—¿Has visto a Leroy? —preguntó Roland—. ¿Te parece un mago de las finanzas?

«Maude», pensó Charlie. Cabía la posibilidad de que fuera la abuela la que manejaba el dinero. El mes anterior se la había visto conduciendo el Porsche. Y era ella quien visitaba el Shady Ray todas las noches. Y quien golpeaba a Flora.

Claro que también Oliver conducía el Porsche; lo había visto con sus propios ojos, esa misma tarde.

Y estaban todas esas fotografías de Flora sentada al volante del coche.

¿Y qué pasaba con la furgoneta?

Coin preguntó:

—¿Por qué cree que el juez no permitió que Maude se hiciera cargo de administrar el fideicomiso? Porque se declaró insolvente seis veces antes de que muriera su hija. Pasó una temporadita en prisión por desfalcar dinero del Burger King en el que trabajaba.

Roland se rio.

—Esa bruja no vale ni el papel higiénico que usaría para limpiármela del zapato.

Charlie abrió la boca para responder, pero volvió a cerrarla porque todo lo que decían *sonaba* a gilipollez, pero no *olía* a gilipollez. Y Charlie había olido muchas gilipolleces a lo largo de su carrera.

Roland pareció intuir sus dudas. Le dijo:

—Aquí a la pequeña Flora se le da de perlas conseguir lo que quiere.

Charlie sintió que la chica le apretaba la mano por debajo de la mesa. La miró, vio sus ojos empañados, el temblor de sus labios, y se preguntó a qué se estaba enfrentando exactamente.

—Por ejemplo —continuó el detective—, ¿qué hace usted aquí, señorita? ¿Cómo es posible que una abogada brillante como usted se encontrara en el restaurante en el momento oportuno y que ahora esté aquí batiéndose el cobre por una chica a la que apenas conoce? Y seguramente gratis. ¿Me equivoco?

Charlie no supo qué responder, pero su instinto le decía que allí había gato encerrado.

—El fideicomiso también tiene la titularidad de una furgoneta blanca. El mismo tipo de furgoneta que se ha visto frente al instituto vendiendo cristal. —Roland sonrió a Flora—. Solo que esta misma tarde, diez minutos después de que el guardia de seguridad del instituto cruzara la calle para encararse con el conductor, se denunció el robo de la furgoneta. ¿Verdad que es curioso, señorita Flora?

Ella le miró fijamente.

—Fuiste *tú* quien denunció el robo a la policía —añadió el detective.

—No fue ella —afirmó Charlie, pero Roland le pasó una hoja de papel.

Charlie había visto un sinfín de atestados policiales a lo largo de su vida. Se saltó los pormenores. A las tres y cuarto de la tarde, Florabama Faulkner había denunciado que esa mañana le habían robado una furgoneta blanca frente al edificio de apartamentos en el que residía.

La misma furgoneta en la que alguien tenía montado un laboratorio de metanfetamina. La misma que era propiedad del fideicomiso a nombre de Florabama Faulkner. La misma que vendía cristal a los chavales del instituto.

¿Qué hacía falta para dirigir un tinglado de ese tipo, para eludir eficazmente a la policía? Fidelización del cliente. Planificación empresarial. *Marketing*. Educación financiera. Y una vendedora estelar.

Aquel era el sueño de Juliette Gordon Low: todas las destrezas que Flora había aprendido en las *scouts*, puestas en práctica en la vida real.

Charlie experimentó una sensación de vacío, como si su corazón se precipitara en caída libre.

Se estaba creyendo parte de la historia que contaban Roland y Coin.

Y si era cierta en parte, ¿por qué no iba a serlo en su totalidad?

Miró a la chica. Flora pestañeó al estilo Bambi. Tenía los hombros encogidos. Trataba de parecer más pequeña, más delicada, más desvalida a ojos del pardillo o la pardilla al que miraba. Una sarta de exabruptos desfiló por la cabeza de Charlie. Tenía que salir de allí. La habitación le parecía de pronto demasiado opresiva. Estaba sudando otra vez.

Roland le preguntó a Flora:

—¿Tu brillante abogada de oficio sabe lo de tus manejos inmobiliarios?

Charlie hizo un esfuerzo por contenerse. No podía marcharse. Seguía siendo la abogada de Flora y, si se levantaba y se ponía a gritar «¿Qué manejos inmobiliarios, joder?», seguramente acabaría teniendo que comparecer ante la junta de ética profesional. Le dijo a Coin:

—Cualquier compra de bienes inmuebles que haya hecho Leroy en nombre de Flora tuvo que respetar las condiciones iniciales del fideicomiso.

Roland soltó una sorda carcajada.

—¿De verdad cree que dejaron su bonita casa del lago para vivir en esa pocilga porque Leroy Faulkner entiende las fluctuaciones del mercado inmobiliario?

—¿Y usted cree que Flora sí las entiende? —preguntó Charlie, y se lanzó a especular—: ¿Por qué iba a valer más ese edificio destartalado que una casa en el lago? Hay doce apartamentos en total. El alquiler de cada uno no puede superar los trescientos dólares al mes. ¿Cree que unos ingresos de menos de cuatro mil dólares mensuales, a los que hay que restar los gastos de mantenimiento y la hipoteca que tengan...?

—Tiene a Patterson cogido por los huevos —explicó Coin—. Invirtió todo su dinero en veinticinco hectáreas de terreno rústico. Hay un supermercado y varias cadenas de restaurantes interesados en construir, pero los terrenos no tienen acceso a la autovía sin la parcela de Flora.

—No son los apartamentos en sí —dijo Roland—, sino el acceso directo a la carretera lo que hace tan valioso ese terreno.

Charlie tuvo que hacer un esfuerzo para no abrir la boca de asombro. Se había criado en Pikeville, sabía del flujo constante de promotores inmobiliarios que llegaban de la capital, incluso había oído a Jo Patterson hablar sobre la llegada de cadenas de restaurantes como Oliver Garden y Red Lobster, pero nunca se le había ocurrido pensar que los apartamentos Ponderosa tuvieran algún valor.

—Aquí la maga de las finanzas —añadió Coin— convenció a la vieja señora Piper de que le vendiera el terreno sin la intervención de un agente inmobiliario.

Charlie puso cara de fastidio, pero sintió que los últimos vestigios de su credulidad se desmoronaban definitivamente.

—Se las arregló para que la viuda le vendiera un acceso a la autovía que valía dos millones de pavos —añadió Roland—. Dile cuánto le pagaste, Flora, bonita.

La chica no respondió, pero una sonrisa se dibujó en las comisuras de su boca.

—Tiró de sentimentalismo para convencer a la viuda —explicó Coin—. Le dijo que tenía la obligación moral de conservar ese pedazo de terreno por el bien de Pikeville, para impedir que esos promotores ávidos de dinero destrozaran el pueblo.

—Y luego —prosiguió Roland—, la dulce *scout* dio media vuelta y utilizó los terrenos para chantajear a uno de esos promotores ávidos de dinero. A la viuda, ¿le pagaste en galletitas de chocolate y menta o de chocolate y mantequilla de cacahuete?

Flora soltó una risita nerviosa. A Charlie le dieron ganas de sacudirla como una Polaroid.

Un olor a cuerno quemado inundó sus fosas nasales.

—Flora conocía a la señora Piper porque solía venderle galletitas —explicó Roland—. La engatusó para que le vendiera los terrenos por menos de medio millón de dólares.

—Por trescientos setenta y cinco mil, para ser exactos. —Coin le pasó un fajo de documentos. El primero de ellos, la escritura de los apartamentos Ponderosa—. ¿Os dan también una chapita por estafar a viejecitas indefensas? —le preguntó a Flora.

—Podría estar adornada con una *scout* arrancándole el andador a una ancianita —comentó Roland.

—¿Vas a contestar o piensas seguir ahí sentada como si no hubieras roto un plato en tu vida? —preguntó Coin.

Flora levantó las cejas. Giró lentamente la cabeza hacia Charlie y puso una mirada angelical mientras aguardaba a que la mema de su abogada la sacara de aquel lío.

—Santo Dios —fue lo único que acertó a decir Charlie.

Vio el destello de sus dientes blancos antes de que Flora consiguiera dominar su sonrisa.

—¿Qué pasa, Charlotte? —preguntó Coin—. ¿Necesita un momento para hablar con el Creador?

Roland se rio con un bufido.

—Creo que más bien acaba de tener una revelación divina.

Charlie sintió frío y calor al mismo tiempo. Intentó tragar saliva, pero acabó tosiendo. Tenía la garganta seca y notaba un extraño pitido en los oídos.

—¿Charlotte? —dijo Coin fingiéndose preocupado.

—Necesito... Tengo que mirar... —Levantó un dedo, pidiéndoles un momento.

Fingió leer la escritura de los apartamentos Ponderosa, pero aquella cifra aparecía intermitentemente ante sus ojos, nublándole la vista: trescientos setenta y cinco mil dólares, más o menos lo que Ben y ella debían en préstamos de estudios. Invertidos en una parcela de terreno apestoso, en un tramo desolado de la carretera que quizás algún día se convirtiera en una vía por la que circularía la mitad del condado.

Llegó a la última página. Vio la firma temblorosa de Leroy Faulkner.

Por fin se obligó a aceptar los hechos tal y como los habían expuesto Ken y Roland. Leroy controlaba el dinero, pero que era un yonqui, y Flora traficaba con la droga a la que era adicto su abuelo. No hacía falta ser un economista de primera fila para entender el mecanismo básico de la oferta y la demanda. Leroy estaba dispuesto a hacer lo que quisiera Flora con tal de que siguiera abasteciéndole. Lo que significaba que Charlie había pasado la mayor parte del día comiéndose la cabeza por una psicópata en ciernes.

Y, aun así, tenía la obligación de defender a aquel mal bicho.

Tuvo que aclararse la garganta para poder hablar.

—Según estos documentos, la señora Piper vendió los terrenos al fideicomiso, no a Flora Faulkner.

Coin sonrió.

—¿Así es como piensa jugar sus cartas?

—Esto no es un juego, ni yo estoy jugando —replicó Charlie, porque el fiscal sabía tan bien como ella que no podía levantarse sin más y desentenderse de Flora.

Ya que estaba allí, tenía que quedarse, al menos, hasta que acabara el interrogatorio.

—No tienen pruebas de que mi clienta interviniera en esa transacción ni en ninguna otra. Flora es menor de edad. No puede, por ley, firmar ningún contrato, ni inmobiliario ni de ninguna otra clase. Su nombre no figura en ninguno de estos documentos —añadió hojeando los papeles—. Leroy Faulkner los firmó todos. Aparte de la suya, solo figuran las firmas del notario, el apoderado del banco y la señora Edna Piper. No veo el nombre de Flora por ninguna parte.

—Aquí. —Coin clavó el dedo en la primera página, donde se leía: *COMPRADOR: FIDEICOMISO DE FLORABAMA FAULKNER.*

Charlie respondió a su sonrisa ufana con una mueca de desdén.

—¿Tengo que explicarle la diferencia entre una persona física menor de edad y una entidad financiera establecida conforme a la normativa del derecho civil?

El semblante de Coin no se alteró.

—¿Tengo que explicarle yo en qué consiste la conspiración para la comisión de un delito de fraude?

—Creo que se refiere al delito de colusión, como sin duda sabría si hubiera ido a una facultad de Leyes que no tuviera su sede entre un salón de masajes y un restaurante chino.

Coin se levantó con los puños apretados y salió de la sala. Charlie adivinó que estaría paseándose por el pasillo. Le había visto hacerlo otras veces. El fiscal tenía una mecha muy corta, pero sus explosiones solían ser prematuras.

Roland hizo caso omiso y preguntó a Flora:

—¿Viste un plano o un dibujo en el escritorio de Mark? ¿Fue así como se te ocurrió la idea?

—No. —Flora sabía que había perdido el apoyo de Charlie: ya no tenía sentido seguir fingiendo—. Si hubiera hecho lo que usted dice, cosa que no es cierta, le diría que tengo ojos en la cara. Y que cualquiera puede darse cuenta de que esos terrenos necesitan una salida a la autovía.

Roland puso la expresión propia de quien sabe que a los delincuentes les encanta alardear de sus hazañas.

—¿Cómo averiguaste de quién eran esos terrenos?

—Está todo en el registro. Cualquiera puede consultar la documentación. Si tiene interés, claro. No es que yo lo tuviera. Solo hablo hipotéticamente.

—¿Y reconociste el nombre de la viuda?

—¿De la señora Piper? —La chica se encogió de hombros—. Podría venderle la luna si quisiera.

—¿Y? —Roland esperó un segundo antes de añadir—: Sigue, tesoro. Cuéntame cómo lo planeaste. Si es que lo planeaste, claro.

—No —dijo Charlie, porque Flora parecía creer que sus comentarios hipotéticos eran una especie de kriptonita jurídica—. Flora, como abogada te aconsejo que cierres la boca de una vez.

Ella le clavó una mirada fría como la de una serpiente. Charlie reprimió un escalofrío tan fuerte que podría haber hecho que se cayera de la silla.

—Charlotte, vamos a ver si entre todos llegamos a una solución. —Coin apareció de nuevo en la puerta, con una mano encajada en la cinturilla de sus relucientes pantalones. Su estúpida convicción de que podía persuadirla para que arrojara a su clienta a los lobos había conseguido disipar su ira—. Tienes que convencer a tu clienta de que llegue a un acuerdo con nosotros o cuando vuelva a respirar aire puro será prácticamente una momia.

Charlie no respondió. Coin probó otra táctica.

—La chica tiene olfato para los negocios —le dijo a Roland—, eso hay que reconocerlo.

El detective hizo un gesto afirmativo.

—Lástima que no supiera que Mark Patterson estaba arruinado. No puede permitirse pagar el precio de mercado que le costaría el acceso a la carretera, y nadie quiere los terrenos si no llevan aparejados la parcela de los apartamentos Ponderosa.

Flora no puso reprimir una sonrisa.

—Menos mal que tengo dinero para comprarlos cuando se los embarguen y salgan a subasta.

—Flora —dijo Charlie haciendo un esfuerzo—, más vale que te calles.

—Claro que voy a callarme, señorita Charlie. Pero ya ve que no tienen pruebas contra mí. —Flora cruzó los brazos y le dijo a Coin—: Ya ha oído a mi abogada. No voy a decir nada más.

—Muy bien, porque estoy harto de tener que aguantar tus gilipolleces. —Coin se inclinó sobre la mesa y añadió—: Te tenemos pillada por tráfico de drogas, bonita. Habla de una vez y quizá podamos ahorrarte unos años de cárcel.

—Conozco mis derechos —replicó Flora—. O me acusan de algo o tienen que ponerme en libertad.

Charlie giró la cabeza tan bruscamente que le chasqueó el cuello.

—¿Qué has dicho?

Flora hizo amago de contestar, pero Charlie levantó una mano para atajarla.

—No llevas esposas. ¿Te han tomado las huellas? —Flora negó con la cabeza—. ¿Te han hecho una fotografía? —Flora negó de nuevo—. ¿Te han dicho en algún momento que estabas detenida? ¿Te han leído tus derechos?

Roland suspiró y apagó la grabadora.

—¿Flora? —insistió Charlie.

—No, nada de eso.

—Entonces, ¿por qué llevas puesto ese mono? —preguntó Charlie.

—Me han dicho que me lo pusiera porque mi ropa estaba muy sucia, de haber estado tirada en el suelo.

—Pero han dejado que te quedaras con las deportivas y con la cadena del cuello. —Charlie lanzó una mirada furiosa a Ken Coin—. Maldito tramposo.

El fiscal se encogió de hombros y Charlie se acordó de la primera frase que había salido de su boca: «Va a ser usted imputada...».

No había dicho que estuviera imputando a Flora. Y ella estaba tan preocupada por la posibilidad de que su clienta fuera enviada a prisión que no se había percatado de ese detalle. Ahora, sin embargo, se daba cuenta de que el fiscal del distrito había jugado con ella casi tan bien como Flora.

—Usted ha tomado parte en esto —le dijo a Roland—. No crea que voy a olvidarlo.

El detective exhaló otro suspiro cansino.

—Odio que los hombres suspiren en vez de decirme que me vaya a la mierda. Levántate —le ordenó a Flora. Al ver que la chica no reaccionaba, tiró de ella y prácticamente la llevo a rastras hasta la puerta—. Esto es una vergüenza, incluso tratándose de usted.

—No va a durarle mucho la libertad —repuso Coin—. Solo es cuestión de tiempo que la cague.

—Es increíble —masculló Charlie.

Siguió tirando de Flora por el pasillo. Aporreó el timbre para que el sargento de guardia abriera la puerta del vestíbulo.

—No entiendo —dijo Flora—. ¿Qué ha pasado?

—Que no te han detenido. Ningún juez iba a extenderles una orden de detención con unas pruebas tan endebles, así que decidieron probar suerte y te mandaron una escolta de veinte hombres para que te acompañaran a la comisaría. Confiaban en que, con el susto, confesaras.

—¿Confesar qué? —Flora volvió a adoptar su mirada de inocencia—. Señorita Quinn, yo no he hecho nada.

Charlie volvió a aporrear el timbre.

—Cállate de una vez, embustera.

La puerta se abrió lentamente, con un zumbido.

Maude Faulkner estaba en la sala de espera, sentada en una de las duras sillas de plástico. Se levantó de un salto al verlas.

—¿Qué coño está pasando?

Charlie abrió de un empujón la puerta de la calle. No quería volver a hablar con nadie relacionado con aquella familia. Una cosa era que te mintiera un cliente. Eso ocurría todos los días, en ocasiones varias veces al día. Pero Flora Faulkner no se había limitado a mentirle. La había manipulado. Había enarbolado el recuerdo de su madre muerta, una herida tan fresca aún que a Charlie se le saltaban las lágrimas cada vez que se acordaba de aquel último día, del último aliento de su madre. Ella estaba sentada a escasos centímetros del arma. Si se concentraba lo suficiente, aún podía sentir el chorro de sangre caliente que hizo saltar la bala que partió a su madre en dos.

Y Flora se había servido de esa tragedia no a manera de palanca, sino como un arma contundente. Como un garrote. Como un bate de béisbol. Como un cóctel molotov arrojado directamente al corazón.

Localizó su Subaru al fondo del aparcamiento. Le temblaban las manos cuando buscó las llaves. Volvía a sentir aquella mezcla de calor y frío, aquel pitido en los oídos. No le importaba el porqué de todo aquello. Solo quería alejarse de aquel horror. Ya había perdido tiempo más que suficiente con aquellos canallas. Tenía cosas más importantes de las que preocuparse, como el hecho de que su vida estuviera a punto de dar un vuelco. Tenía que ir a la farmacia a comprar la prueba de embarazo y luego tenía que decírselo a su marido, que quizá no se alegraría tanto como ella de la noticia.

Se detuvo a metro y medio del aparcamiento.

Su deseo ardiente de marcharse volvió a agitarse con un chisporroteo cuando vio un Porsche Boxter azul zafiro aparcado en una de las plazas para discapacitados.

El coche tenía que haber costado cincuenta mil dólares como mínimo, más o menos la mitad de lo que le quedaba por pagar aún por sus estudios. El interior era negro. El techo, azul marino. La carrocería centelleaba bajo los focos del aparcamiento. Y los focos estaban encendidos porque ya había oscurecido y, en lugar de estar en casa con Ben, contándole lo maravillosa que iba a ser su vida dentro de nueve meses, se hallaba frente a la comisaría de policía, intentando dominarse para no estrangular a un monstruo de quince años.

Dio media vuelta.

Flora estaba justo detrás de ella.

Maude se mantenía a distancia prudencial.

—Bonito coche —dijo.

—¿Verdad que sí? —La chica tenía la sonrisa encantadora de Chuckie, el muñeco diabólico—. ¿Ya puedo hablar?

—¿Es que tienes algo que decir?

—Es confidencial, ¿no? ¿Quedará entre nosotras?

Charlie cruzó los brazos.

—Claro.

—En primer lugar —dijo Flora—, gracias por sacarme de ahí.

—Tendrás mucha suerte si consigues seguir en libertad, mocosa idiota. —Charlie vio un destello de ira en los ojos de la chica—. Ya has oído al fiscal. Van a por ti, Flora. Tendrás cuarenta años cuando salgas de la cárcel. Tu vida se habrá acabado.

Maude soltó un gruñido.

—Y una mierda, ¡espera a tener cincuenta!

—Esto no es una broma —replicó Charlie—. Flora está metida en un lío muy gordo. Han encontrado más de medio kilo de metanfetamina en el maletero de su Porsche.

Maude frunció los labios.

—Medio kilo, no está mal.

A Charlie le dieron ganas de abofetearla.

—El fiscal del distrito y la policía no van a archivar el caso. Van a ir a por ella por tráfico de drogas. —Señaló la cara de Flora con el dedo, amenazadoramente—. Y no eres lo bastante lista pasar salir de este lío.

—Suerte que tengo una abogada más lista que yo.

—Conmigo no cuentes —replicó Charlie—. Se acabó, no quiero saber nada más de este asunto.

—No puede usted abandonarme, señorita Quinn —dijo Flora en un tono que unas horas antes había obrado el efecto de un encantamiento—. Necesito su ayuda.

—¿Mi ayuda para qué?

Se acordó de cómo había cruzado Flora los brazos en la sala de interrogatorio. Sus dedos se ajustaban casi a la perfección a los tres hematomas que tenía en el bíceps.

—Eso te lo has hecho tú, ¿verdad? Los moratones del brazo.

Flora se miró el brazo. Contestó a la pregunta hundiendo los dedos en los hematomas. Encajaban perfectamente.

—Pensé que necesitaría usted un incentivo para decidirse. A veces, la historia de la mamá muerta solo sirve a medias.

Charlie pensó en lo que le había dicho acerca de apoyar la cabeza en el regazo de su madre, y notó un regusto a bilis al fondo de la boca.

—¿Y el moratón de la cadera? ¿Cómo te lo hiciste?

La chica no contestó, pero Maude dijo:

—Se dio un golpe con una mesa del restaurante. ¿Qué le ha dicho?

—Que usted abusaba de ella, eso me ha dicho.

Maude dio un respingo.

—No me he follado a una tía en toda mi vida.

Charlie se quedó atónita. A aquella mujer la indignaba más que la acusaran de ser lesbiana que de ser una pederasta.

—Me dijo que la golpeaba. Que esos moratones se los había hecho su abuela.

—Florabama Faulkner. —Maude puso los brazos en jarras—. ¿Por qué le dijiste eso?

Su nieta se encogió de hombros.

—La gente se esfuerza más si cree que estás desvalida.

—¡Yo te habría defendido! —gritó Charlie—. Te habría ayudado si hubieras sido sincera conmigo desde el principio.

—No como me ha defendido ahí dentro —repuso Flora—. Habría intentado llegar a un trato con ellos. No me habría ayudado a irme de rositas. Tiene su código ético, como usted dice. No quiere que nadie sufra las consecuencias por ser una abogada corrupta como su padre.

Charlie decidió obviar la pulla dirigida contra su padre.

—¿Por eso me contaste lo de tu madre? ¿Para manipularme? Sabías que mi madre fue asesinada. Sabías lo que le pasó a mi hermana. Eran personas de carne y hueso. Eran importantes para mí. Pero tú lo único que viste en esa tragedia fue una oportunidad para utilizarme. ¿Es que te crees que mi vida es un juego?

Flora bajó la mirada y movió un pie, restregando el suelo de cemento con la zapatilla.

—Lo siento, señorita Quinn. Sé que debería haber sido sincera. Le prometo que no...

—También has manipulado a los Patterson, ¿verdad? Engatusaste a Mark haciéndole creer que le venderías los apartamentos a cambio de que te dejara mudarte a su casa.

—Mark no podía conservar la finca mucho más tiempo. Y he estado negociando con el banco para quedarme con la casa. Pensé que podía cobrarles un alquiler si llegaba el caso. —Se encogió de hombros—. Puede que piense usted que soy una mala persona, pero no tengo por costumbre echar a la gente de su casa, no me dedico a eso.

A Charlie no le interesaban los contratos de alquiler, ni la compra y venta de bienes inmuebles. Quería que Flora le explicara el verdadero motivo por el que la había metido en aquel embrollo.

—Tu abuelo me dijo que iba a desintoxicarse. Es el albacea del fideicomiso. Si se desintoxica, no podrás seguir sobornándole con metanfetamina.

—Hijo de puta —siseó Maude—. El muy cabrón se fue a la clínica hace una hora.

—Eso no importa, abuela —repuso Flora—. Es lo que tiene el abuelo: que siempre desea algo. —Clavó la mirada en Charlie—. Todo el mundo tiene un precio. Puede ser metanfetamina, o galletitas, o un acceso a la carretera. Lo único que tienes que hacer es colgarlo delante de ellos y saltarán tan alto como les digas.

Charlie encajó la indirecta. Su precio había sido cero, ni más ni menos.

—He intentado facilitar las cosas —continuó Flora—. Fui sincera cuando le dije que no quería meter en líos a mis abuelos. Pero necesito el dinero ahora, no dentro de dos años. Y menos aún mientras espero a que mi abuelo se desintoxique. Este pueblo está a punto de despegar. Está viniendo cada vez más gente de Atlanta. Un día de estos autorizarán las licorerías. La economía está en auge. Es el mejor momento para comprar.

Charlie dijo:

—Resultas muy convincente. Si no fuera porque te has convertido en una traficante de drogas.

—Tres millones de dólares —repuso Flora—. Fue la cantidad que quedó en el fideicomiso después de pagar a los abogados. La última vez que miré, quedaban menos de novecientos mil. Invertirlos en terrenos es la única inversión lógica. Las tierras nunca pierden valor.

—Tu madre no habría querido que las cosas fueran así —dijo Charlie.

—Usted no conocía a mi madre.

—No, pero sé cómo son las madres. Mi madre me quiso hasta su último aliento, Flora. Hasta su último aliento. Tú estabas con la tuya cuando murió, igual que yo. Sé que ella te quería igual. Quería que hicieras cosas buenas.

—Quería que sobreviviera —replicó Flora—. Eso fue lo que me dijo con su último aliento, justo antes de que ese tráiler le arrancara la cabeza. Me estaba gritando, diciéndome que saliera de este sitio de mierda y que hiciera algo con mi vida, y que daba igual a quien tuviera que pisar para conseguirlo. Y eso no puede hacerse con novecientos mil dólares.

—Sí se puede, si no conduces un Porsche de cincuenta mil.

—Costó sesenta y ocho mil —respondió Flora—. Y fue un leasing, porque así se pagan menos impuestos. Conducir un buen coche es esencial si una quiere hacer negocios. Tienes que aparentar. El éxito engendra éxito.

—Vendes metanfetamina a críos. Has enganchado a tu propio abuelo...

Charlie se quedó sin palabras. Decirle a aquella bruja calculadora que estaba haciendo daño a otras personas era una inmensa pérdida de tiempo. Flora ya lo sabía. Era parte de la diversión.

Charlie tenía las llaves del coche en la mano.

—No vuelvas a intentar ponerte en contacto conmigo. Ni siquiera pienses en pedirme ayuda. Ni a mí, ni a mi padre. No quiero volver a verte.

—No se preocupe por mí, señorita Quinn. Ya se me ocurrirá algo.

—Apuesto a que sí. —Quería marcharse, pero no podía dejar las cosas así. Hacía mucho tiempo que no se sentía tan furiosa, tan utilizada—. Estaba preocupada de verdad por ti. Me he pasado todo el día devanándome los sesos, pensando en cómo podía ayudarte.

—Y me ha ayudado. Me ha sacado de este lío. Y tenía razón sobre eso de dejarles hablar a ellos. Sus preguntas me han aclarado muchas cosas.

—¿Qué te han aclarado?

—Que en realidad no tienen nada contra mí. Que, si llega el caso, mi abuelo y Oliver cargarán con las culpas, como era mi intención. Que puedo aflojar un poco el ritmo durante una temporada, esperar a que el señor Coin pierda interés y empezar de nuevo cuando me parezca oportuno. —Se encogió de hombros—. Como le decía, a mí me da igual vender una cosa u otra. La gente siempre quiere algo y, si estás dispuesta a dárselo, obtienes beneficios.

—Eres increíble.

—Y usted es una buena persona, señorita Quinn. No permita que nadie le diga lo contrario. —Sonrió enseñando los dientes—. Es honrada y justa. Amable y servicial. Considerada y...

—Cállate de una puta vez.

Charlie se dirigió a su coche. Temía acabar agrediendo a una menor, pero no iba a permitir que una traficante de quince años la humillara sirviéndose del juramento de las *scouts*.

7

Estaba sentada a la mesa de la cocina, con un rollo de canela que había sobrado y un *ginger-ale*. No sabía qué le hacía más falta para aplacar su malestar de estómago. Y tampoco importaba: estaba tan agotada que ni siquiera podía alargar el brazo. Solo tenía fuerzas para quedarse sentada en la silla, mirando distraídamente el salero y el pimentero que había sobre la mesa.

Los había comprado Ben cuando se fueron a vivir juntos. Uno tenía forma de Pepe el Zorrillo y el otro de Penélope la Gata.

—¿Lo pillas? —había preguntado Ben—. Pepe, por pimienta.

Dejó que sus ojos se posaran en el reloj de la pared. Ben llegaba tarde del trabajo. Esa noche estaba de guardia. Los ayudantes del fiscal del distrito se turnaban para atender los casos que llegaban fuera del horario de oficina. Solía llamarla para decirle que iba a llegar tarde. Tal vez por eso había sonado su teléfono frente al restaurante.

Hizo un esfuerzo por levantarse. Salía más barato escuchar los mensajes a través del fijo. Encontró el teléfono inalámbrico junto a la nevera, donde lo había dejado esa tarde. Las teclas todavía estaban manchadas de polvillo de Doritos. Oyó sonar su móvil en el bolso y en su oído. Introdujo la clave para escuchar los mensajes de su buzón de voz.

«Hola, cariño», decía Ben en uno de ellos. «¿Has visto esa llamada de la Visa? Esta mañana nos han pirateado el número de la tarjeta. Alguien se ha gastado una burrada de dinero en el Spenser's. ¿Te puedes creer que ese sitio siga abierto?».

Charlie colgó el teléfono.

El aseo de la YWCA. El contenido de su bolso desparramado por el suelo.

Flora debía de haber copiado el número de su tarjeta de crédito antes de volver a dejarla en la cartera.

—Dios. —Se dejó caer de nuevo en la silla.

¿Qué demonios le había pasado hoy?

A los trece años, dejó de confiar en la gente. No podía una ver morir asesinada a su madre sin convertirse en una escéptica. Y sin embargo Florabama Faulkner se las había arreglado de algún modo para engañarla. Estaba claro que se le daba bien manipular a la gente. Maude también se había dejado engatusar por la cría, o al menos había pasado muchas cosas por alto. Ken Coin, en cambio, parecía haberla calado desde el principio.

Lo cual era un fastidio por muchos motivos.

¿Tan crédula era? ¿O es que Flora era una maestra de la manipulación?

El coche de Ben entró en el garaje. Llevaba el volumen de la radio tan alto que Charlie oyó claramente a Bruce Springsteen cantando a Filadelfia. Al menos, todo lo claramente que podía cantar Bruce Springsteen.

Cerró los ojos. Oyó cómo se abría y se cerraba la puerta del coche, cómo se abría y se cerraba la de la cocina. No abrió los ojos hasta que las llaves de su marido tintinearon en el gancho, junto a las suyas.

—Hola, cariño. —Ben la besó en la coronilla y se sentó a la mesa, frente a ella—. Me he enterado de que has estado en la comisaría.

—¿Te han dicho por qué?

—El jefe no ha soltado prenda, y me ha extrañado. Pero me figuro que habrá sido por lo de esos apartamentos.

Ella hizo un gesto afirmativo, sabedora de que no podía entrar en detalles. Flora era una psicópata en potencia, pero ella no podía quebrantar el juramento de silencio que la unía a ella como abogada. Aunque la chica se lo mereciera.

—Coin parecía cabreado cuando volvió de comisaría —comentó su marido—, así que imagino que hiciste un buen trabajo. —Cogió el rollo de canela y le dio un mordisco. Observó a Charlie mientras masticaba—. Creía que habíamos quedado en que no te pasarías por esos apartamentos porque son peligrosos.

—Siento haberte mentido.

—Sabía que me estabas mintiendo, pero tenía que dejar constancia de mis objeciones para poder decirte luego «ya te lo avisé».

—Adelante, tienes todo el derecho a hacerlo.

—Ya te lo avisé. —Le ofreció el resto del bollo. Ella negó con la cabeza—. ¿Puedes decirme qué pasa? —preguntó Ben—. Sin entrar en pormenores, solo a grandes rasgos.

—Yo... —Charlie se detuvo. Estaba mentalmente demasiado agotada para hacer los malabarismos que requería contarle algo sin contárselo todo—. ¿Tú crees que Belinda y Ryan son felices?

—Santo cielo, no.

—¿Por los niños? ¿Por la niña y por el que viene de camino, quiero decir?

Ben arrugó la frente.

—No creo que sea por eso. En realidad, tuvieron hijos porque pensaban que así se arreglaría su matrimonio, ¿no?

—¿Eso te lo ha dicho Ryan?

Ben hizo una mueca cómica.

—Yo no te he dicho nada.

—¿Le culpas a él de su infelicidad? —preguntó ella—. Porque Belinda se pone insoportable a veces. Yo la quiero mucho, pero...

—Eso no es justo. —Ben dejó el rollo de canela—. Belinda no ha cambiado tanto. Ryan sabía en lo que se estaba metiendo. Si la cosa no funcionaba, debería habérselo dicho y haberle dado la oportunidad de arreglar las cosas. Y viceversa. Hay que esforzarse por solucionar los problemas, no arremeter contra el otro y tratar de ganar a toda costa.

—Ya es demasiado tarde para eso. Están atados el uno al otro. Por lo menos, Belinda lo está —añadió ella—. Dice que todo cambia cuando tienes hijos. Que estás atrapada. Que tu marido no te trata igual que antes, que te mira de otro modo.

—Bueno... —Ben pareció incrédulo, aunque sin duda pensaba que se trataba de una conversación filosófica: sabía que Charlie se tomaba religiosamente sus píldoras anticonceptivas—. Yo antes creía que Ryan era un machote porque había ido a la guerra y todo eso, pero la verdad es que un hombre como es debido no trata así a su mujer. Ni a sus hijos.

—¿Qué quieres decir?

—Siempre la está humillando. Tú lo viste el fin de semana pasado. Estaba su hija delante y se puso a gritar a Belinda como si fuera una descerebrada.

Charlie se acordaba. Belinda se había quedado sentada mientras Ryan la humillaba públicamente. A pesar de lo que decía, nunca le plantaba cara. Quizá porque Ryan llevaba mucho tiempo humillándola.

—Entiendo que uno tenga problemas —continuó Ben—. Todo el mundo los tiene. Pero no puedes hablar así delante de tus hijos. Sobre todo tratándose de una niña, porque lo que le estás transmitiendo en que no pasa nada porque los hombres traten así a las mujeres, y no es verdad.

A Charlie le dieron ganas de lanzarse en sus brazos y besarle.

—¿Sabe qué te digo? —añadió él—, que no es verdad. Da lo mismo que sea un niño. Aprenderá de su padre que no pasa nada porque los chicos humillen a las mujeres. —Se levantó y fue a buscar una cerveza a la nevera—. Además, si Ryan le habla así en público, imagínate cómo la trata cuando están en casa.

Charlie le vio abrir una botella. Ben nunca le había gritado. A veces levantaba la voz, pero nunca gritaba, y menos a ella. Incluso cuando se peleaban (lo cual no pasaba muy a menudo, pero pasaba), no intentaba imponerse a toda costa. Dejaba clara su opinión. Le decía que se equivocaba, o que estaba siendo poco razonable, o que estaba loca, y ella le contestaba lo mismo, y así seguían hasta que acababan haciendo el amor o viendo una película.

—No sabía que tuvieras un criterio tan claro al respecto —comentó.

—Digamos que mi padre era el ejemplo perfecto de cómo no debe uno tratar a su mujer y a sus hijos.

Al igual que Belinda, Ben quería hacer las cosas de otro modo. Charlie se dijo que su marido tenía muchas más posibilidades de conseguirlo que su amiga.

—Hoy he tenido una clienta —dijo—. No puedo decirte su nombre.

Ben escuchó mientras se bebía la cerveza.

—Es una adolescente, pero me la ha jugado. Y a lo grande, además. No me engañaban así desde que mi hermana me convenció de que nuestro vecino de enfrente trabajaba para la CIA.

—¿Para la CIA? ¿Por qué? ¿Tenía algún vínculo con Rusia?

—Concéntrate, cielo.

Su marido esperó.

—Tratar con esa chica ha hecho que me pregunte qué clase de madre sería.

Pensó en la cajita blanca que tenía en el bolso. Se había ceñido al plan, más o menos: antes de volver a casa, se había pasado por la farmacia y había comprado la prueba de embarazo. Había hecho pis en un aseo público mugriento. Y entonces se había puesto tan nerviosa que había vuelto a guardar el chisme en la caja antes de que apareciera el signo de más o el de menos.

—Seguramente es una psicópata en toda regla —prosiguió—, pero me creí cada palabra que salió de su boca. Me manipuló como a una marioneta. Y eso ha hecho que me pregunte, si una cría desconocida puede engañarme así, ¿qué pasará cuando se trate de mi propia hija?

—Pues que seguramente será aún peor. —Ben volvió a sentarse a la mesa—. Piensa en cuántos padres vemos en nuestro trabajo que te dicen «Mi hijo no, imposible». Puedes enseñarles grabaciones de su hijo robando una bici y desguazándola, que te dicen «Seguro que la confundió con la suya» o «Alguien le habrá engañado para que lo haga». Sus cerebros buscan automáticamente una explicación alternativa. No pueden aceptar que sus niños puedan hacer algo malo. ¡Pero si hasta los tipos que están en el corredor de la muerte reciben la visita de sus madres! Nunca los dan por perdidos. Supongo que así son las cosas. Nunca se rinden. —Ben sonrió—. Así que, si ese es el requisito fundamental, que nunca te rindes, creo que, teniendo en cuenta tu trayectoria, estás perfectamente capacitada para ser madre.

Charlie cogió su mano. Una hora antes, Ken Coin había utilizado un argumento parecido para decirle que era una idiota. Ahora, en cambio, su marido, aquel hombre maravilloso, lo estaba usando para demostrarle que sería una madre estupenda.

—¿Y tú? —preguntó—. ¿Estás preparado?

—¿Yo? —Se echó a reír—. Yo era el mayor pardillo de mi instituto y ahora estoy casado con una mujer despampanante.

—¿Ese es tu baremo para saber si puedes ser un buen padre?

—Cariño, si un tío como yo puede conseguir a una mujer como tú, puede hacer cualquier cosa.

Charlie no pudo seguirle la broma.

—¿Y si se me da fatal?

—A ti no hay nada que se te dé mal. —Le apretó la mano—. Eres perfecta.

—El viernes no pensabas lo mismo.

—Vale. Salvo el viernes, que te pusiste insoportable, eres perfecta. —Le apretó otra vez la mano—. Pero ¿por qué te preocupa eso ahora? ¿Porque Belinda y Ryan son el peor ejemplo del mundo?

—Supongo.

—Tenemos un montón de amigos que son buenos padres. O que al menos intentan serlo.

Era cierto. Entonces ¿por qué había pasado tanto tiempo pensando en sus amigos más infelices, en vez de pensar en los que gozaban de una vida feliz?

—Por eso te necesito —dijo—. Para que me recuerdes que hay cosas buenas en el mundo.

Ben estiró el brazo y le acarició el pelo.

—Si alguna vez tenemos hijos, no puedo prometerte que no vaya a cometer errores, pero me esforzaré todo lo que pueda, que es lo único que puede hacer uno, de todos modos. Solo con estar ahí ya tienes la mitad de la batalla ganada.

Charlie se enjugó los ojos.

—¿Qué ocurre, cariño? Estás muy rara desde esta mañana.

Ella sintió que le temblaba el labio. Llevaba todo el día evitando decirlo en voz alta, pero había llegado el momento de hacerlo. Aunque el test diera negativo, estaba segura de que estaban preparados para acoger a un nuevo miembro de la familia. Ben era su alma gemela. Era el amor de su vida. Quería verle convertido en el padre de sus hijos. Quería ser una de esas mamás bobaliconas que se empeñaban en que su bebé no mordiera a sus amiguitos, o en que no tirara un ladrillo por la ventana, o en que no traficara con metanfetamina (pero, por favor, Dios mío, que no llegara ese caso).

—Cariño —dijo Ben—, estás llorando.

Charlie se secó los ojos. No solo estaba llorando: estaba a punto de ponerse a hipar. Podía contar con los dedos de una mano las veces que había llorado así delante de su marido, y normalmente siempre era porque los Blue Devils sufrían una derrota aplastante en la cancha de baloncesto.

—¿Charlie? —Ben se acuclilló a su lado—. ¿Estás bien?

No, no estaba bien. Estaba llorando a moco tendido. Le picaban los ojos. Le moqueaba la nariz.

—¿Quieres un pañuelo? —preguntó él.

—Hay un paquete en mi bolso.

Él se levantó para coger el bolso, que estaba al lado de la puerta.

A Charlie le dio un vuelco el corazón.

La cajita blanca.

Su plan, viniéndose abajo.

No era así como pensaba decírselo, pero así era como iba a ocurrir. Ella estaba llorando y él abriría su bolso y vería la prueba de embarazo y entonces la miraría y…

Sonó el teléfono.

Charlie dio un brinco tan repentino que estuvo a punto de caerse de la silla.

Ben le pasó el bolso y se acercó al teléfono.

—¿Diga?

Ella cerró los ojos y escuchó.

—¿Cuándo? —preguntó Ben, y luego añadió—: ¿Cuántos? —Y por último—: De acuerdo.

Cortó la llamada.

Ella abrió los ojos.

Ben había dejado el teléfono sobre la encimera, pero seguía con la mano apoyada sobre el aparato como si necesitara agarrarse a algo.

Charlie dedujo por su semblante que le había tocado un caso de asesinato. Lo que significaba que era el peor momento posible para darle la noticia.

—¿Tienes que irte? —preguntó.

—Tengo que esperar a que los bomberos aseguren la zona. Todavía no disponen de información suficiente. —Ben volvió a sentarse y la agarró de la mano—. Son esos apartamentos de bloques de cemento.

Charlie sintió que se le paraba el corazón.

—Solo son de bloques de cemento por fuera. El resto es madera —añadió su marido.

—¿Qué quieres decir?

—Ha habido un incendio —contestó él—. Se ha quemado todo el edificio. Han muerto seis personas.

Charlie se llevó la mano a la boca. Flora. Maude. Leroy.

—Han pillado a un chaval, un tal Oliver Reynolds, abandonando el lugar de los hechos. Conducía la furgoneta que andaban buscando. La policía ha encontrado en ella una botella que parece idéntica a la que arrojaron por una de las ventanas del edificio.

Charlie sintió que todos los músculos de su cuerpo se agarrotaban.

—¿Una botella?

—Sí, hay un testigo, una mujer. Estaba fuera, fumando en las mesas de pícnic cuando vio llegar a Oliver con la furgoneta. Vio al chico encender un trapo metido en una botella llena de gasolina y arrojarla dentro de unos apartamentos de la planta baja. Es lo que llaman...

—Un cóctel molotov. —Charlie le había hablado a Flora de aquel artefacto incendiario menos de tres horas antes—. ¿Cómo se llama la testigo?

—Como te decía, todavía no se conocen todos los datos. No me han dicho el nombre, pero es la novia, o la exnovia, del chaval. Creen que ha sido una riña de novios. La chica no paraba de hablar de esa película...

—*Más allá del amor*.

—Sí —dijo Ben, pero no le formuló la pregunta obvia: ¿cómo lo sabía ella?

—Dios mío.

Se tapó la boca con las manos. Estaba demasiado asustada para hablar. La testigo tenía que ser Flora. Seguramente era ella quien le había dicho a Oliver que arrojara la botella por la ventana, y quien había llamado a la policía para que sorprendiera a Oliver con las manos en la masa.

Y después les había dicho lo mismo que le dijo a ella sobre el incendio en casa de su familia: que era igual que en *Más allá del amor*.

—¿Quién estaba en el apartamento en el que arrojaron el cóctel molotov? —preguntó.

—Los abuelos de la testigo. Murieron casi en el acto. No sé sus nombres.

Ella sí los sabía, pero no podía decírselo a Ben porque había jurado proteger a su clienta.

Su clienta, que ahora era libre de emanciparse.

Cuyos abuelos se habían quemado vivos en su propia casa.

Cuyo novio iba a ir a prisión por asesinato e incendio provocado.

Los padres de cuya mejor amiga iban a perder su casa.

Que había descubierto cómo neutralizar una investigación policial.

Que iba a ganar millones de dólares mediante una operación inmobiliaria.

Que había llegado al corazón de Charlie hablándole del bienestar que produce apoyar la cabeza en el regazo de tu madre.

Cerró los ojos.

Pensó en la mano acariciadora de su madre cuando le tocaba el cabello. En su voz tranquilizadora. En sus palabras de ternura. En su razonamiento lógico, según el cual las cosas siempre siempre mejoraban, por muy mal que se pusieran. En el caliente bofetón de la sangre cuando se accionó el gatillo de la escopeta.

Abrió los ojos.

Por suerte, eso no se lo había contado a Flora.

«No se preocupe por mí, señorita Quinn. Ya se me ocurrirá algo».

—¿Charlie? —Ben la miraba preocupado—. ¿Ese incendio tiene algo que ver con lo que te ha pasado hoy?

Ella asintió con un gesto. Estaba llorando otra vez, aunque no de emoción, sino de desaliento.

¿Hasta qué punto era cómplice de las muertes de Maude y Leroy Faulkner? Oliver ya tenía antecedentes. Iría a prisión para el resto de su vida. Flora no solo había logrado liberarse, sino que había acabado de una vez por todas con el caso de tráfico de drogas. Cualquier abogado medianamente capaz podría persuadir a un jurado de que la pobre chica era una víctima de sus abuelos, los traficantes, y de su novio el pirómano.

Y ella prácticamente le había escrito un guion sobre cómo hacerlo.

—Charlie. —Ben la besó en la coronilla—. ¿Qué ocurre?

—Soy una persona despreciable.

—Venga, no digas eso.

—Lo soy —sollozó. ¿Cómo había podido estar tan ciega?—. Y voy a ser una madre horrible.

—No voy a permitir que hables así. —Ben la hizo apartar las manos de su cara—. Escúchame, Charlie. Sé que no puedes contarme lo que ha pasado, pero estoy aquí. Siempre estoy aquí. Pase lo que pase, lo afrontaremos juntos. Tú y yo. Siempre.

—¿Me lo prometes?

—Claro que te lo prometo. —Le apretó las manos—. Te quiero.

—Yo también te quiero. —Ella besó sus manos y pensó en lo que tal vez estuviera creciendo dentro de su vientre—. Hasta mi último aliento.

Otra frase manida pero cierta.

Ben le dedicó una sonrisa azorada y le secó las lágrimas de los ojos.

—Falta al menos una hora para que tenga que marcharme. ¿Qué quieres cenar?

Charlie meneó la cabeza. No podía pensar en comer.

—Vale, elige el chef. —Él se incorporó y se acercó a la nevera—. ¿Pollo? Umm... Aunque la verdad es que no tiene muy buena pinta.

Charlie metió la mano en su bolso. Encontró la caja de cartón blanco.

—Podría hacer un asado —prosiguió su marido—, pero no sé qué verduras ponerle. O puedo hacer espaguetis. Ah, y todavía hay un poco de lo que pedimos al General Ho's. ¿Quieres...?

—¿Ben?

Él miró hacia atrás.

—¿Sí?

—Estoy embarazada.